Everything's Eventual

世事无常

［美］斯蒂芬·金————著　车家媛　鲁锡华————译

Stephen King

湖南文艺出版社
HUNAN LITERATURE AND ART PUBLISHING HOUSE　博集天卷
CS-BOOKY

本 书 献 给 谢 恩 · 莱 纳 德

目 录
Contents

　　我只是抽出了一副牌里所有的黑桃，外加一个王。A～K=1～13。王=14。我洗牌发牌。以每个故事在出版商发来的列表上的位置为基准，发牌的顺序就成了故事的顺序。事实上，最后在文学故事和彻头彻尾的惊悚故事之间取得了非常不错的平衡。我还在每个故事之前或之后添加了注释，就看哪个位置更为合适。这个集子，由塔罗牌选出。

导　言

练习（几乎）失传的艺术

　　我不止一次淡到过写作的快乐，时至今日不需要旧话重提，但实话是：对我的作品在商业方面的表现，我还会生出业余人士那种略显疯狂的愉悦感。我喜欢鼓捣新玩意儿，搞一点媒体的"异花授粉"和创新。我尝试写过视觉小说（《世纪邪风暴》《血色玫瑰》）、连载小说（《绿里奇迹》），以及网络连载小说（《植物》）。这无关乎赚更多钱或是开拓更大的市场，而关乎努力以不同方式看待写作的行为、艺术和技巧，以便时时更新写作这个过程，使得产出的手工艺品——也就是故事——尽可能巧妙。

　　上面一行，我本来写的是"保持（故事）新鲜"，然后出于坦诚又删掉了。我的意思是，得了吧，女士们先生们，时至今日，除了我自己，我还能骗谁？我大三那年，二十一岁，卖出了自己的第一部小说。现在我都五十四了，已经用这台重二点二磅的有机计算机（文字处理器）处理过许多文字，这上面还挂着我的红袜队鸭舌帽。写小说对我来说早已算不上新鲜，但这并不意味着它失去了魅力。不过，如果我不能让它保持新鲜有趣，它很快就会衰老疲倦。我不想让这种事情发生，因为我不想欺骗读我小说的人（可能是你，亲爱的忠实读者），而且我也不想欺骗自己。我们终究是一条船上的，这是我们之间的约会：我们应该尽情玩乐，我们应该跳舞。

所以，记住这一点，下面我们讲另一个原因。我妻子和我拥有两家电台，对吧？ WZON-AM 电台是体育广播，WZIT-FM 电台则是古典摇滚乐（我们称之为“班戈摇滚”）。现如今广播是个艰难的行业，特别是在班戈这样的市场，这里电台太多，而听众不足。我们有当代乡村音乐、经典乡村音乐、怀旧歌曲、经典老歌，拉什·林博、保罗·哈维，以及凯西·格森[1]。斯蒂夫与塔比·金夫妇电台亏本运营了多年——亏损不大，但足以让我感到烦扰了。你看，我想成为赢家，尽管我们在阿比壮广播电台评级（可类比尼尔森的电视台评级）中占优，但年底总是徘徊在后几名。我得到的解释是，班戈市场的广告收入本就不足，而这块蛋糕还被切成了太多块。

于是我想了个主意。我要写一部广播剧，类似我小时候在缅因州达勒姆跟祖父（我在慢慢长大，他却渐渐老去）一起收听的那些。一部万圣节剧，老天！我当然知道在水星剧场播出的奥森·威尔斯著名的——或者说臭名昭著的——万圣节改编版广播剧《世界大战》。威尔斯出于自负（他那才华横溢的自负）把 H. G. 威尔斯的经典入侵地球小说改编成一系列新闻报道。他成功了。当时效果太好了，以致全国上下一片恐慌，而

---

[1] 三人均为美国著名广播电台主持人。

威尔斯（奥森，不是 H.G.）不得不在第二周的水星剧场节目里公开道歉。[1]
（我打赌他道歉的时候一定面带微笑，我知道——如果我能编出这么震撼
又有说服力的谎话，我也会笑的。）

　　我以为奥森的做法在我这里也会有效。威尔斯的改编版开头是一
首舞曲，我的版本则以泰德·纽金特[2] 在唱片《猫抓热》上的哭号开
始。接着，广播员插进来，这是我们真实的 WKIT 电台主持人（没人再
叫他们 DJ 了）。"我是 JJ 韦斯特，欢迎收听 WKIT 新闻广播，"他说，
"我现在班戈市中心，大约一千人正挤进皮克灵广场，围观一个巨大的
银色唱片形物体掉向地面……等一下，如果我举起麦克风，你可能就
能听到。"

　　就这样，我们加入了竞赛。我可以用我们自己的制作设备制造出声
效，让本地的社区剧院演员来扮演角色，而最妙的部分，整个计划中最
妙的部分是什么？我们可以把结果录下来，然后在全国的电台同步播出！
随之而来的收入，我认为（我的会计师也这么认为），会是"电台收入"，
而不是"创意写作收入"。这是一个应付广告收入不足的办法，而到了年
底，电台可能真的会赢利！

　　广播剧的想法令人兴奋，而我作为雇佣作家，利用自己的技能帮助
电台赢利的前景也令人兴奋。所以发生了什么呢？我做不来，就是这么
回事。我努力再努力，写的东西听上去全都像旁白。不是戏剧，那种会
在你脑海里萦绕的东西（年长到能记起广播剧《悬念》和《硝烟》的读者
会懂我的意思），而是一本录在磁带上的书。我现在确定，我们那时依然
可以走同步播出这条路，赚点钱，但我知道这部剧不会成功。它无聊透

---

[1]奥森·威尔斯是美国著名导演、编剧、演员和广播电台主持人，是"水星剧场"这
档电台节目的策划人和主播。他改编的《世界大战》万圣节广播剧后来成为传播学的
经典案例。H. G. 威尔斯是英国著名科幻小说家。

[2] Ted Nugent，美国摇滚明星。

顶。这是欺骗听众。它失败了，而我不知道如何补救。写广播剧，在我看来，是一门失传的艺术。我们失去了以耳代目的能力，虽然我们曾经拥有过。我依然记得听着电台音效师用指关节敲一块空心木头，然后看到马特·狄龙朝朗布兰奇酒吧的吧台走去，踏着他满是尘土的靴子，[1] 这画面一清二楚。不会再有了。那些日子一去不复返了。

以莎士比亚的风格进行剧本创作——自成一派的无韵体喜剧和悲剧——是另一门失传的艺术。人们依然去观看大学里演出的《哈姆雷特》和《李尔王》，但是让我们坦诚面对自己吧：你觉得这些戏剧在电视上跟《智者为王》或是《幸存者5：滞留月球》[2] 相比会表现如何，即使你能让布拉德·皮特来演哈姆雷特，让杰克·尼科尔森演波洛尼厄斯？尽管人们依然去观看《李尔王》或《麦克白》这样的伊丽莎白时代的华丽演出，但欣赏一种艺术形式跟有能力创造这种艺术形式的新作有天壤之别。不时有人试着在百老汇或别的地方演上一部无韵体作品，都不可避免地归于失败。

诗歌不是一门失传的艺术，诗歌比以往更好了。当然，灌木丛中还藏着一群白痴（《疯狂》杂志的特约撰稿人常如此自称），以及混淆了做作和天才的人，但这门艺术依然有许多才华横溢的从业者。倘若你不信我，就去看看你本地书店里的文学杂志。每读六首蹩脚诗，你真的会发现一两首佳作。相信我，这是一个非常可以接受的垃圾与宝藏的比例。

短篇小说也不是一门失传的艺术，但我会说它比诗歌离堕入消亡的深渊近得多。早在令人愉快的一九六八年卖掉自己的第一个短篇时，我已经在为市场的持续萎缩而叹息了：廉价小说杂志已经消亡，文摘正在

---

[1]《硝烟》中的场景。

[2] 均为综艺节目。

消亡，周刊（例如《周六晚邮报》）在垂死边缘挣扎。在那以后的年月里，我看到短篇小说市场继续萎缩。愿上帝保佑那些小杂志，让年轻作家还能够以投稿的方式发表作品，保佑那些依然阅读堆积的自荐稿的编辑（特别是在二〇〇一年发生炭疽恐慌之后），也保佑为时不时出现的原创故事选集开绿灯的出版商，但上帝不需要一整天——或者甚至是他的咖啡时间——都保佑这些人。十或十五分钟就足以奏效了。他们数量很小，而且每年都减少一两个。《小说》（Story）杂志——年轻作家（包括我自己，尽管我从未在上面发表过作品）曾经的指路星——不复存在了。《惊奇故事》（Amazing Stories）杂志也没了，尽管不断有人努力想让它复刊。诸如《顶点》（Vertex）这样有趣的科幻小说杂志消亡了，当然，消亡的还有《毛骨悚然》（Creepy）和《怪诞》（Eerie）这样的惊悚杂志。这些极好的期刊都消失了。不时会有人努力让某种杂志复刊——就在我码字的当口，《怪谈》（Weird Tales）杂志正在蹒跚经历复刊过程。它们大多数都以失败告终，就像无韵体诗剧，眨眼之间，昙花一现。一旦去了，便不复返。失传自有其道理。

这些年来，我一直在写短篇小说，一个原因是依然时不时地有灵感冒出来——完美压缩了的灵感，它们迫切需要三千字，或是九千，最多一万五千字。另一个原因是我想证明，至少是向自己证明，我并没有屈服，无论那些无情的批评家怎么想。短篇小说依然按件计酬，就像你能在工匠店里买到的"只此一家"的物品。换句话说，如果你愿意耐心地等着它在里间被工匠慢慢做好的话。

但绝不能仅仅因为故事是按照"父亲创作它们的方法"创作出来的，就用同样老套的方法来推广它们，也绝不能认为（但许多评论界的老古董似乎就是这么认为的）一部小说的销售方式一定会在某种程度上污损或贬低作品本身。

我这里要谈的是《骑弹飞行》，这无疑是我在市场上最奇特的卖书经历，这个故事也阐述了我要说明的重点：事物一旦消亡便无法轻易恢复，一旦过了某个节点，消亡便可能无法避免，但是换一种新的视角来审视创意写作的一个方面——商业方面——有时能更新整个局面。

《骑弹飞行》是在《写作这回事》之后写成的，当时我正从一场让我陷入近乎无休止的疼痛的事故中慢慢恢复。写作驱走了最难熬的痛苦；它当时（如今依然）是我有限的武器库里最有效的止痛剂。我要讲的故事非常简单，差不多就是一个篝火边的鬼故事，真的。一个搭便车的人上了死人开的车。

当我在想象的世界里自顾自地写小说的时候，一个网络气泡也在同样不真实的电子商务领域逐渐成长。其中一方面就是所谓的电子书，据一些人说，它会终结我们惯常对书的认知：用胶水和其他粘合物束缚在一起的东西，用手翻页（如果胶水黏性太弱，或是装订太旧，书页有时会脱落）。二〇〇〇年初，阿瑟·C.克拉克的一篇文章引起了极大关注，这篇文章只在网络上发表。

但是这篇文章极短（第一次读时，感觉就像亲吻你的姐妹一样点到即止）。而我的故事，写好之后，则相当长。一天，我在斯克瑞伯纳出版社的主编苏珊·莫尔德（我作为一名《X档案》的粉丝，会叫她"莫尔德探员"）在拉尔夫·威辛安扎[1]的提示下，打电话问我有没有作品想在电子书市场试试水。我就把《骑弹飞行》寄给她，然后我们三个——苏珊、斯克瑞伯纳出版社和我——就创造了一点出版界的历史。几十万人下载了这部小说，我则尴尬地大赚了一笔钱（只不过这是假话，我一点都不觉得尴尬）。连音频版权都卖了十几万美元——高到离谱的价格。

这是在吹嘘吗？炫耀自己窄窄的白屁股？某种程度上，确实如此。

---

[1] Ralph Vicinanza，著名文学经济人，曾代理斯蒂芬·金、阿西莫夫等多位著名惊悚、科幻小说作家。

但我在这里也告诉你们，《骑弹飞行》让我完全疯狂了。通常，如果我身处一个华丽精致的机场大厅，会被其他顾客忽略，他们忙着打电话或是在酒吧谈生意。这种状态我很喜欢。时不时会有人走过来，请我为他的妻子在一张鸡尾酒餐巾纸上签名。这些身穿漂亮西服、手拿公文包的家伙通常想让我知道，他们的妻子读过我所有的书。而他们自己则一本都没读过，他们也想让我知道这一点。他们只是太忙了。读过《高效能人士的七个习惯》，读过《谁动了我的奶酪？》，还读过《雅比斯的祷告》，差不多就这些。得走了，得快点，我大概四年之后会心脏病发作，我想确保发作时我已经准备好了相机见证那一刻。

《骑弹飞行》以电子书的形式出版之后，情况变了。我在机场候机大厅里被人团团围住，我甚至会在波士顿火车站的候车大厅里被人围住，我在街上被人强行拦下。没过多久，我就在头晕目眩地拒绝一天上三个脱口秀的机会了（我一直在等待杰拉尔德·施普林格的脱口秀，但杰拉尔德从未打电话过来）。我甚至登上了《时代》周刊的封面，《纽约时报》还用相当的篇幅对他们口中《骑弹飞行》的成功以及后续作品《植物》的失败发表了一番武断的评论。上帝啊，我还登上了《华尔街日报》的头版。我无意间竟成了一个显要人物了。

是什么让我发狂呢？是什么让这一切看上去毫无意义？唉，那就是没有人在乎故事本身。见鬼，甚至没人问起这个故事，你知道吗？这是个相当不错的故事，要是让我说的话——简单但有趣。任务完成。如果它能让你关掉电视，在我看来，它（或者这个集子里的任何一个故事）绝对就是成功的。

但是《骑弹飞行》出版之后，所有打领带的家伙想知道的就是："情况如何？卖得怎么样？"我该怎么跟他们说我他妈一点都不关心它在市场上表现如何，我关心的是它在读者心里表现如何：它在那里是大获成功了吗？还是节节败退？扣人心弦？让人微微战栗（战栗正是惊悚故事存在的目的）？我渐渐意识到，我看到的是另一个创造性衰退的例子，另一种艺术在那条很可能通往消亡的路上又往前走了一步。仅仅因为你换了一种方式进入市场，就出现在一本重要杂志的封面上，这透着一种怪异的腐朽。我意识到，所有那些读者可能只是对电子包装的新奇感兴趣，对包装里面的东西则没那么大的兴趣。那我想不想知道那些下载了《骑弹飞行》的读者中，有多少人真正读了它？我并不想。我觉得自己可能会极度失望。

电子出版可能是也可能不是未来的潮流。关于这一点，我丝毫不在意，相信我。对我来说，走这条路，只是换种方式让自己全身心地投入写作的过程中，然后让它们接触到尽可能多的人。

这本书可能会在畅销书榜上待一阵子，这样我已经非常幸运了。但是等你看到它上了畅销榜，你可能会问自己，每年还有多少短篇小说集登上畅销书排行榜，出版商能继续出版一种读者不太感兴趣的图书的日子还有多久。但对我来说，很少有什么事比在寒冷的夜晚，坐在最爱的椅子上，冲一杯热茶，听着窗外寒风呼啸，读一个能一次读完的好故事，更令人愉快了。

写这些故事可就没那么令人愉快了。这个集子里，我只能想到两个短篇——《世事无常》和《L. T.的宠物理论》——写作时付出的努力不是远远大于其短小的篇幅。但我觉得，我之所以成功地让手艺保鲜（至少对我如此），主要是因为我拒绝虚度时光，每年至少写出一两篇来。不是为钱，甚至不完全出于爱，而是在缴费。因为如果你想写短篇小说，就不能仅仅想着写短篇小说。它不像骑自行车，而更像是在健身房锻炼：你选择去做这件事还是丢弃这件事。

看到它们被结成这个集子，我很高兴。我希望你也能从中获得愉悦。你可以登录网站 www.stephenking.com 告知我，还能另外帮我（也是帮你自己）做件事：如果你喜欢这些故事，可以再买一本集子。比如马修·克拉姆的《猫侦探山姆》，或是罗恩·卡尔森的《伊甸园酒店》。他们只是在做正确之事的好作家中的两个，虽说现在已然是二十一世纪，但他们依然保持传统的做派——一次只写一个词。无论最终的成品如何，都不能改变这一点。如果你愿意，请支持他们。而最好的支持方法其实并没有多大变化：读他们的作品。

我想感谢一些读过我作品的人：《纽约客》杂志的比尔·比福德；斯克瑞伯纳出版社的苏珊·莫尔德；多年来编辑了我大量作品的查克·维里尔；《科幻小说杂志》（*The Magazine of Fantasy and Science Fiction*）的拉尔夫·威辛安扎、亚瑟·格林、戈登·范格尔德和艾德·弗曼；《骑士》（*Cavalier*）的奈·威尔登，以及在 1968 年买了我第一个短篇小说、如今已经辞世的罗伯特·A. W. 朗兹。此外——也是最重要的——还有我的妻子，塔比莎，她一直是我最爱的忠实读者。正是这些人所做的并且依然在做的努力，使短篇小说不致成为一门失传的艺术。我也在贡献力量。你通过购买（从而选择了资助）和阅读，也贡献了力量。主要在于你，忠实的读者。一直都是你。

斯蒂芬·金

缅因州 班戈

2001 年 12 月 11 日

Autopsy Room Four

第四解剖室

　　眼前如此漆黑，以至于有那么一会儿——只是不知道多久——我觉得自己仍然不省人事。然后，我慢慢意识到，不省人事的人是无法感知黑暗中的移动的。这移动还伴随着轻微而有节奏的声音，听上去只可能是嘎吱作响的轮子。我还有触感，从头顶到脚后跟。我能闻到橡胶或是乙烯树脂的气味。这不是不省人事，这有点太……太什么？这些感觉太清晰太合乎逻辑了，不可能是梦境。

　　那这是什么？

　　我是谁？

　　我这是要去干吗？

　　那个嘎吱作响的轮子停止了那该死的有节奏的声响，我也停止移动了。我周身那橡胶味的东西发出噼啪一声。

一个人说:"他们说几号来着?"

一阵停顿。

另一个人说:"我记得是四号。对,四号。"

我们又开始移动,但慢了一些。现在我能听到脚擦过地面的声响,大概穿着软底鞋,可能是胶底运动鞋。说话的人就是这些鞋子的主人。他们又让我停下,扑通一声,紧接着一声嗖的轻响,我想这是装有气动铰链的门被打开的声音。

这是怎么回事?我大喊,但这喊声停在我的脑袋里,我的嘴唇没有动。我能感觉到它们——还有舌头,像一只受了惊的鼹鼠,躺在口腔底部——就是无法动弹。

我身体下面的东西又开始动了。一张移动的床?是的,也就是轮床。我对它们有些经验,很久以前,在林登·约翰逊倒霉的亚洲之行中。我意识到自己在医院里,摊上了倒霉事,就像二十三年前差点让我绝育的那次爆炸,并且要做手术。有许多答案,大部分合乎情理,但我哪里都不痛。除了被吓得要死这个小问题,其他感觉都挺好。如果是护理员推着我进手术室,那我为什么看不到东西?为什么说不了话?

第三个人说:"这里,小伙子们。"

我的移动床被推向另一个方向,疑问在我脑袋里不停地打鼓,我这是摊上什么倒霉事了?

难道这不取决于你是谁吗?我问自己,但至少这一点我是知道的。我叫霍华德·科特雷尔,我是一名股票经纪人,被一些同事称作"征服者霍华德"。

第二个人(就在我脑袋上方)说:"你今天真漂亮,医生。"

第四个人(女性,声音镇定)说:"得到你的证实,总是让人高兴,鲁斯迪。你能快点吗?保姆等着我七点回去,她一定要回家跟父母吃晚饭。"

七点回去，七点回去。现在可能还是下午，或是傍晚，但这里很黑，漆黑一片，黑得像土拨鼠的屁眼，黑得如波斯的午夜，这是怎么回事？我之前在哪里？我在做什么？我当时为什么没在打电话？

因为今天是周六，远处一个人低声说道。你当时……在……

砰的一声！这声音我喜欢，差不多是我为之而活的声音。什么声音？当然是高尔夫球杆杆头的声音——把球从球座上打飞。我站好，看着它飞入蓝色的……

我被人抓住肩膀和小腿抬了起来。这把我吓得不轻，我努力喊叫，但没有声音……也许确实有声音，轻微的吱吱声，比我身下轮子的声音微弱得多。很可能连吱吱声都没有，可能只是我的想象。

我被装在一个黑漆漆的封套里，抬到空中——嘿，别把我摔下去，我的腰不好！我努力想说，但嘴唇和牙齿还是动都没动。舌头继续躺在口腔底部，那只鼹鼠可能不只是受了惊，而是死了，现在我有了一个可怕的想法，使得惊骇更趋近恐慌了：万一他们把我放下时搞错了方向，我的舌头向后滑动，挡住了气管呢？那我就没办法呼吸了！人家说有人"吞下了舌头"就是这个意思，不是吗？

第二个人（鲁斯迪）说："这个你会喜欢的，医生，他长得挺像迈克尔·波顿[1]。"

女医生："迈克尔·波顿是谁？"

第三个人——听上去像个年轻人，也就二十出头："那个想做黑人的白人酒吧驻唱。我觉得这个人不像他。"

说完有人笑了，那个女性声音也笑了（有些不以为然），等我被放在一张像是有衬垫的桌子上以后，鲁斯迪开始讲一个新笑话——看起来，他

---

[1] Michael Bolton，美国著名摇滚歌手。

很有单口相声演员的架势。我突然感到一阵恐惧，完全没了欢乐。如果我的舌头堵住了气管，我就没法呼吸了，这是从我脑海中滑过的想法，但万一我现在就没在呼吸呢？

如果我已经死了呢？万一这就是死后的感觉呢？

这就说得通了。它就像安全套一样贴合，令人恐惧。这漆黑。这橡胶的味道。最近我是征服者霍华德，杰出的股票经纪人，德里市乡村俱乐部的可怕人物，还是被世界各地的高尔夫球场称为"第19洞"的场地的常客。但是在一九七一年，我还是湄公河三角洲医疗支援队的一员，一个吓坏了的孩子，有时晚上梦到家里的狗，会眼睛湿润着醒来，所以，我立刻就知道了这种感受，这个气味。

亲爱的上帝啊，我在一个尸袋里。

第一个人说："要签字吗，医生？记得用点力——是一式三份的。"

笔在纸上摩擦的声音——我想象着第一个人把一个笔记板递到女医生面前。

哦，亲爱的耶稣，不要让我死！我努力想大叫，但什么声音都没发出来。

我还在呼吸……对吗？我的意思是，我感觉不到自己的呼吸，但我的肺看起来没事，它们既没有快速抽动，也没有像在水下游了太久之后那样疯狂地渴望空气，所以我一定没事，对吧？

除非你死了，那个深沉的声音低声说道，它们就不会疯狂地渴望空气了，对吗？对——因为死人的肺不需要呼吸。死人的肺只需要……放轻松。

鲁斯迪："你下周六晚上有安排吗，医生？"

可是如果我死了，我怎么会有感觉？我怎么会闻到装着我的袋子的味道？我怎么会听到人的说话声？这会儿医生说下周六晚上要给她的狗洗头（那狗也叫鲁斯迪，真是太巧了），然后大家都笑了。我如果死了，为什么既没有消失，也没有像他们总在《奥普拉脱口秀》上说的那样"接受公正无私的裁判"？

一阵刺耳的撕裂声，然后我突然身处白光之中。这光令人目眩，就像冬日里透过薄薄的云层射下来的阳光。我努力想闭上眼睛，但什么都没发生。我的眼皮就像滚轮坏了的百叶窗。

一张脸探到我身体上方，遮住了一部分刺眼的强光，这光并非来自某架星际飞船，而是来自头顶上方的一簇荧光灯。这张脸属于一个常规意义上有些帅气的年轻人，二十五岁上下，看上去像《海滩救护队》或《飞跃情海》[1]里的健美男子。不过他略微聪明一点，随意戴着的绿色手术帽下面是一头浓密的黑发。他还穿着一件无袖束腰外衣，眼睛是钻蓝色的——据说这是一般女孩子最爱的颜色，颧骨上面有一条淡淡的雀斑带。

"嘿，天哪。"他说。这是第三人的声音。"这家伙长得确实像迈克尔·波顿！就是有点老，也许……"他凑近了些，绿上衣领口的一条平结丝带蹭着我的额头，"……不过好吧，我知道了。嘿，迈克尔，唱首歌吧。"

我想唱的是《救救我！》，但我只能用死人的呆滞眼神盯着他深蓝色的眼睛；我只能纳闷自己是不是死了，纳闷是不是本就如此，是不是当心脏停止跳动，所有人都会经历这个过程。如果我还活着，那为什么当光照到我眼睛的时候，他没有看到瞳孔收缩？但是，我知道答案……或者说我认为自己知道。它们并没有收缩，所以荧光灯的光才这么刺眼。

他领结的丝带像一根羽毛，搔过我的额头。

救救我！我朝《海滩救护队》里的健美男子大喊，他可能是一名实习生，或者还是个医学院的小毛孩。求你，救救我！

我的嘴唇纹丝未动。

---

[1]均是以展现俊男靓女著称的影视作品。

那张脸收了回去，领结也不再弄得我痒痒的，白色的光束透过我无法转移目光的眼睛，直射进我的脑袋。这是一种地狱般的感觉，好像被强奸。我觉得，如果我盯着灯光看久了，就会变成瞎子，而瞎了反倒解脱了。

砰！球杆击中球的声音，但这次声音有点小，手上的感觉也不好。球飞起来了……但是突然改变了方向……转向……转向……

妈的。

球进了深草区。

另一张脸探进了我的视野，脸下面的绿色无袖上衣换成了白色，脸上方是一头浓密而凌乱的橙色头发。我的第一印象是智商要打折。这只能是鲁斯迪，他咧着嘴傻笑，让我想到高中生的傻笑，一边松弛的肱二头肌上应该文着"为解胸罩而生"的小毛孩。

"迈克尔！"鲁斯迪喊道，"天，你看起来很……不错！太荣幸了！为我们唱支歌吧，大人物！甩开屁股唱吧！"

我身后传来女人的声音，镇定，甚至不再假装觉得这些搞怪举动好笑了。"够了，鲁斯迪！"然后又略微改变了说话的方向，"是什么情况，麦克？"

麦克是第一个说话的人——鲁斯迪的同伴。听上去他觉得跟这样一个长大后想成为安德鲁·戴斯·克雷的家伙搭伙有些难堪。"在德里市政高尔夫球场的 14 号洞找到他的。其实是在球道外面，长草区里。如果他身旁不是刚好在进行一场四人赛，如果他们没有看到他的一条腿从灌木丛中伸出来，他现在已经成了蚂蚁农场了。"

我在脑海里又听到了那个声音——砰——只是这次响声后紧跟着另一个讨厌得多的声音：我用球杆杆头拨开灌木丛时，灌木丛发出的沙沙声。一定是 14 号洞，据说这里有毒葛。毒葛和……

鲁斯迪还在盯着我看，目光愚蠢而贪婪。他感兴趣的并不是我的死，而是我长得像迈克尔·波顿。哦，是的，我当然知道这一点，还用它对付过几个女性客户。否则，很容易衰老啊。而在这些情况中……上帝。

"主治医生呢？"女医生问道，"是卡扎利安吗？"

"不是。"麦克说，然后低头看了我一眼。他比鲁斯迪至少年长十岁，黑色头发中间夹杂着少许银丝，戴眼镜。为什么这些人一个都没看出来我没死？"发现他的四个人里有个医生。第一页上有他的签名……看到了吗？"

快速翻动纸张的声音，接着："天哪，是詹宁斯。我认识他。挪亚方舟在亚拉腊山着陆之后，他给挪亚做了体检。"

鲁斯迪似乎没理解这个笑话，但他还是像驴叫一样对着我的脸笑了几声。我能闻到他呼吸里的洋葱味——午饭残留的味道，如果我能闻到洋葱味，那我一定在呼吸。一定是，对吗？要是……

我还没想完，鲁斯迪凑得更近了，我突然感到一阵希望。他看到了什么！他看到了什么，要给我做人工呼吸。上帝保佑，鲁斯迪！上帝保佑你和你洋葱味的呼吸！

但那愚蠢的笑容丝毫没有变化，他的嘴没有压在我嘴上，反倒是他的手托住了我的下巴。大拇指在一侧，其他四根手指在另一侧。

"他还活着！"鲁斯迪大叫，"他还活着，而且要为4号房迈克尔·波顿歌迷俱乐部唱歌！"

他的手指捏得更紧了——有点疼，一种刚从局部麻醉药中恢复过来的感觉——然后开始上下移动我的下巴，把我的牙齿碰得当当响。"即使她很坏，他也看不到，"鲁斯迪的歌声可憎而单调，珀西·斯莱奇听了估计脑袋都要炸掉，"她不会有——有错……"[1]我的牙齿在他粗鲁的动作下开

---

[1] 这首歌名为 *When A Man Loves A Woman*，创作及原唱为美国歌手珀西·斯莱奇，后因被迈克尔·波顿翻唱而走红。

开合合，我的舌头像一只漂在荡漾的水面上的死狗一样上下浮动。

"停下！"女医生对他厉声说道，她听上去是真的震惊了。鲁斯迪可能也感觉到了，但他没有停下，而是继续愉快地唱着。这会儿他的手已经掐进了我的脸颊。我凝滞的眼睛茫然地盯着上方。

"他会背弃他最好的朋友，如果他已爱上……"

接着，她出现了，穿着绿色的长罩衫，帽子系在脖子上，像《西斯科小子》里的墨西哥宽边帽一样垂在背后，棕色的短发从额头向后梳，漂亮但神情严峻——与其说美丽，倒不如说帅气。她用她指甲很短的手抓住鲁斯迪，把他从我身边拉开。

"嘿！"鲁斯迪愤怒地说，"拿开你的手！"

"那你也别再碰他，"她说，话里的愤怒显露无遗，"我受够了你这种大学二年级的小聪明，鲁斯迪，下次你再这样，我就告发你。"

"嘿，大家都冷静。"海滩救护队猛男说——他是医生的助手。他听上去有点害怕，好像鲁斯迪和他上司马上要在这儿一决胜负了。"大家就此打住。"

"她为什么对我这么刻薄？"鲁斯迪说。他尽量让自己听起来愤愤不平，但实际上只是在发牢骚罢了。然后，他略微变了个方向，又说："你为什么这么刻薄？大姨妈来了，是吗？"

医生厌恶地说道："把他从这儿弄走。"

麦克："走吧，鲁斯迪。我们去在日志上签字。"

鲁斯迪："好。也去呼吸点新鲜空气。"

我听着这些，感觉是在听广播。

他们的脚吱吱叫着朝门口走去。鲁斯迪一副气冲冲的样子，质问她为什么不戴个情绪戒指之类的东西，好让大家知道。软底鞋在瓷砖上吱吱作响，突然，这声音被我用球杆挥打灌木丛寻找那该死的球的声音代替了，球去哪儿了，我确定它滚得不远，所以它在哪儿呢，耶稣，我恨

14 号洞，据说有毒葛，还有这么多灌木丛，那很可能有……

然后什么东西咬了我，不是吗？是的，我几乎可以肯定它咬了我。在左小腿上，就在我的白色运动袜上方。一种炽热的刺痛感，刚开始极度集中，然后开始扩散……

……然后就一片漆黑了。醒来我就躺在轮床上，被舒舒服服地装在裹尸袋里，听到麦克（"他们说几号来着？"）和鲁斯迪（"我记得是四号。对，四号。"）的对话。

我觉得是某种蛇咬了我，但也许只是因为我在找球的时候脑子正想着蛇。也可能是只虫子，我只记得一阵剧烈的疼痛，再说，这个重要吗？重要的是我还活着，而他们根本不知道。这太不可思议了，但他们就是不知道。我当然运气不佳——我认识詹宁斯医生，记得在 11 号洞超过他的四人小组的时候还跟他说过话。一个挺好的家伙，但糊里糊涂的，是个老古董。这个老古董宣布我死了。然后是鲁斯迪，呆滞的绿眼睛和欠关拘留所的笑容，也宣布我死了。这个女医生，西斯科小姐，甚至都还没看我一眼。等她看的时候，也许……

"我讨厌那个蠢货。"门关上以后，她说道。现在就剩下我们仨了，当然西斯科小姐觉得只有他们两个人。"我为什么总分到蠢货，彼得？"

"不知道，"飞跃情海先生说，"但鲁斯迪是个特例，即使在著名的浑蛋年鉴上也算个人物。"

她笑了，什么东西当啷一声。紧跟着的声音让我非常害怕：钢制工具彼此撞击的咔嗒声。它们就在我左边，尽管看不到，但我知道它们将要做什么：解剖。它们准备把我豁开。它们要取出霍华德·科特雷尔的心脏，看它是否已经彻底抛锚了。

我的腿！我在脑子里大喊。看看我的左腿！这才是问题所在，不是我的心脏！

也许我的眼睛稍微适应了一些。现在，我看到眼睛正上方有一个不锈钢电枢，看上去像一台巨大的牙科设备，只是顶端那个东西不是钻头，那是一把锯。在我脑海深处——存储那些只有在电视上看《危险边缘》时才会用得到的冷知识的地方，甚至浮现了它的名字。那是一把吉利线锯，他们用它来切掉你头盖骨的顶部。当然，这是在他们像扒掉孩子的万圣节面具一样扒掉你的脸皮之后——头发什么的全在内。

然后，他们会取出你的脑子。

叮当。叮当。咣当。一阵停顿。接着当啷一声巨响！声音那么大，要是我能跳的话，肯定跳起来了。

"你想做心包切开术吗？"她问道。

彼得谨慎地说："你想让我做吗？"

西斯科医生愉快地说："对，我想是的。"听上去像是一个赋予他人恩惠与责任的人。

"好的，"他说，"你会从旁协助吗？"

"会是你值得信赖的副驾驶。"她说完笑了笑，笑声中夹杂着嘎吱嘎吱的响声。那是剪刀咬合的声音。

现在，恐慌像一群被困在阁楼里的八哥一样在我脑壳里拍打着翅膀。越战已经过去很久了，但我在那里见过几次现场解剖——医生们称之为"尸检"——所以我知道西斯科医生和她的助手要做什么。剪刀的刀刃又长又锋利，非常锋利，还有着硕大的指孔。然而，你需要内心足够强大才敢去用。刀刃下部会像切黄油一样插进内脏。然后，向上剪，剪过腹腔神经丛，进入上方牛肉干似的纵横交织的肌肉与肌腱，然后剪入胸骨。当刀刃这次咬合时，随着一声沉重的嘎吱声，胸骨会一分为二，肋骨像一对用麻线绑在一起的木桶一样，砰一声崩开了。接着，刀刃继续往上，看上去跟超市的宰杀员用的鸡骨剪没什么两样——嘎吱嘎吱，嘎吱嘎吱，嘎吱嘎吱，剪断骨头，切开肌肉，解放肺部，划破气管，把征服者霍华德做成一顿没人会吃的感恩节大餐。

一声轻微的抱怨——这听上去可不像牙医的电钻。

彼得说："我能……"

西斯科医生带着母亲的口吻说："不行。用这把。"嘎吱嘎吱。这是在给他做示范。

他们不能这么做，我想，他们不能把我豁开……我能感觉到疼！

"为什么？"他问。

"因为我想这样，"她说，语气里的母性少了许多，"等你独立了，小彼得，你可以做你想做的。但是，在凯蒂·阿伦的解剖室里，你只能从心包切开术开始。"

解剖室。你瞧，弄明白了。我想让自己全身起鸡皮疙瘩，但是，当然什么都没发生，我的身体依然光滑如初。

"记住，"阿伦医生说（但现在她其实是在做演讲），"随便一个傻瓜都能学会用挤奶机……但亲自动手去做总是最好的。"她的话里带着某种模糊的暗示。"好吗？"

"好的。"他说。

他们要动手了。我必须弄出点动静或是搞出点动作，否则他们就真的要动手了。如果一剪刀下去，血流出来或是喷出来，他们就会知道不对劲，但那时就太晚了。那时，剪刀已经嘎吱嘎吱响过了，我的肋骨会躺在我的上臂上，荧光灯下，心脏在血红色的心包里疯狂地跳动着……

我把注意力全都集中到胸口。我向上顶，或是尽力……然后发生了什么。

一个声音！

我弄出了声音！

它有一大部分在我紧闭的口腔里，但我能听到，还能从鼻腔里感受到——一声低哼。

我集中精力，聚集全身的力气，又来了一次，这次声音大了一点，像香烟的烟雾一样从鼻孔里飘出来。嗯——这让我想起很久很久以前看过的一档希区柯克的电视节目，节目里演员约瑟夫·科顿在一场车祸中瘫痪了，最后通过挤出一滴眼泪，成功地让人知道他还活着。

即使没有其他作用，这蚊子叹息般的微小声音至少能向我证明自己还活着，而不只是一个流连在自己尸身的黏土雕像里的幽灵。

我集中全部精力，能感觉到气息从鼻孔进入喉咙，代替了我刚刚耗费的气息，然后我再次向外呼气，比十几岁那年暑假在莱恩建筑公司打工时更努力，我这辈子从未如此努力过，因为我是在为生命而努力，他们必须听到，亲爱的耶稣，必须听到。

嗯——

"你想来点音乐吗？"女医生问道，"我这有马蒂·斯图尔特和托尼·本内特……"

他发出一声绝望的呻吟。我几乎没有听到，也一时没搞清楚她的意思……也许是怜悯吧。

"好吧，"她笑着说，"还有滚石乐队。"

"你？"

"对。我可没有看上去那么一本正经，彼得。"

"我不是这个意思……"他听上去有些慌乱。

仔细听！我在脑袋里大喊，呆滞的眼睛盯着那雪白的灯光，别再像饶舌妇一样说个不停，仔细听！

我感觉更多空气流入我的喉咙，意识到之前无论在我身上发生了什么，它的作用也许正在消退……但这个念头只在我的脑海里闪了一下。也许它确实在消退，但很快，恢复的过程便会被打断。我用尽所有力气来让他们听到我，这次他们会听到的，我知道。

"那就滚石吧，"她说，"除非你想让我跑出去买一张迈克尔·波顿的CD，来庆祝你的第一次心包切开术。"

"不，真不用！"他喊道，接着两人都笑了。

我又弄出了声音，这次更加响亮。尽管不如我预想的响亮，但也足够了。肯定够响了。他们会听到的，也必须听到。

接着，正当我开始把声音像某种会快速凝固的液体一样从鼻孔中挤出来时，房间里突然响起电吉他的巨大声响，米克·贾格尔的声音在墙壁间回荡："噢……不，这不过是摇滚，但是我喜——欢……"

"小点声！"西斯科医生语带诙谐地故意大声喊道。而在这些噪声之中，我自己的鼻音，拼尽全力从鼻孔中发出的嗡嗡声，就跟铸造车间里的耳语声一样被吞没了。

现在，她的脸再次探到我身体上方，我看到她戴着的树脂护目镜和纱布口罩，感到一阵恐惧。她又转过头去。

"我帮你给他脱掉衣服。"她对彼得说，然后弯腰探向我，戴着手套的手里握着一把闪闪发光的手术刀，在滚石乐队雷鸣般轰响的吉他声中朝我探过来。

我不顾一切地哼哼着，但是没有用。我自己甚至都听不到。

手术刀悬停了片刻，然后开始切割。

我在脑袋里尖叫，但没有感觉到疼，只感觉到我的polo衫分成了两片滑落在身体两侧。之后我的胸腔也会这样滑落，等彼得无意中在一个活人身上做了自己的第一台心包切开术后。

我被抬了起来。我的头向后仰，有那么一瞬，我看到倒着的彼得，戴着树脂护目镜，站在一个钢制台面旁边，清点一排令人毛骨悚然的工具。其中最显眼的是一把超大号的剪刀——我只是瞥到一眼，刀刃像冷酷的绸缎一样闪着光泽。然后我又被放平，我的polo衫不见了，现在我上身赤裸着。房间里挺冷。

看看我的胸膛！我朝她大喊，你一定能看到它上下起伏，不论我的呼吸多浅！看在上帝的分上，你他妈可是个专家！

相反，她看向房间另一侧，提高了嗓门好让自己的声音不被音乐盖住。（我喜欢它，喜欢它，是的，我喜欢。滚石乐队唱着，我觉得到地狱里也要听这愚蠢的鼻音合唱了，没有尽头。）"你选哪个，平角还是三角？"

我意识到他们在说什么，既恐惧又愤怒。

"平角！"他大声喊道，"肯定的！一看这家伙就知道！"

浑蛋！我想大喊，你大概以为所有人过了四十都会穿平角内裤吧！你大概觉得等你四十了，你会……

她解开我的百慕大短裤的扣子，拉下拉链。换作其他情况下，一个如此美丽动人的女人（有点严肃，是的，但依然美丽动人）这么干，我准会高兴坏了。但是，今天……

"你输了，小彼得，"她说，"三角内裤。往奖池里放钱。"

"等到发工资那天。"他走过来说，他的脸也探过来。他们透过树脂护目镜，像外星人看被绑架的地球人一样低头看着我。我努力让他们看到我的眼睛，看到我在看着他们，而这两个蠢货却在看我的内裤。

"哦，还是红色的，"彼得说，"酒红色！"

"我更习惯叫它浅粉色，"她回答，"帮我把他抬起来，彼得，他重得要命，难怪会突发心脏病。你要吸取他的教训。"

我身材很好！我朝她大喊，可能比你的身材都好，臭婊子！

我的胯部突然被一双有力的手向上抬起，我的背部咔嚓一声。这声音把我吓了一跳。

"抱歉，伙计。"彼得说，突然，我的短裤和红内裤都被扯掉了，我感觉更冷了。

"噢，噢，不哭不哭，一次，"她说着抬起一只脚，"噢，噢，不哭不哭，两次，"然后提起另一只脚，"先脱掉鞋子，再脱掉袜子……"

她突然停下了，希望再次攫住了我。

"嘿，彼得。"

"怎么了？"

"男的打高尔夫的时候都穿百慕大短裤和莫卡辛鞋吗？"

在她身后（尽管那里只是源头，但它实际上环绕我们左右）滚石乐队唱到了《情感救援》。我会成为你的骑士，身穿闪亮的铠甲，米克·贾格尔唱道，我在想，要是他那瘦削的屁股上塞着三根高核炸药，跳起舞来该会多么带感。

"要我说，这家伙就是自找麻烦，"她继续说，"我还以为他们会穿那种特定的鞋，很丑，只在打高尔夫的时候穿，鞋跟上带小球……"

"是的，但是没人规定一定要穿那种鞋。"彼得说。他仰起头，戴着手套的双手举过头顶，手指相扣，然后手掌向外掰着手指。随着指关节咔咔作响，滑石粉像雪屑一样落了下来。"至少现在还没有，不像保龄球鞋。要是抓到你打保龄球的时候没穿保龄球鞋，他们会把你送进州立监狱。"

"真的吗？"

"是的。"

"你想做体温和肉眼检查吗？"

不！我尖叫道，不，他还是个孩子，你想干什么？

他看着她，仿佛同样的想法也从他的脑海里闪过。"这个……嗯……不太合法吧，对吗，凯蒂？我是说……"

他说话的时候，她环顾四周，略显滑稽地查看了房间的情况，我开始有种预感，这对我可能是非常糟糕的消息：不管程度如何，我感觉西斯科——也就是凯蒂·阿伦——对深蓝色眼睛的彼得有意思。亲爱的基督，他们把陷入瘫痪的我拖离高尔夫球场，然后拉进了一集《综合医院》，本周的剧集名为《爱情在第四解剖室里绽放》。

"嘿，"她用沙哑的声音耳语道，"这里除了你跟我，我没看到别人。"

"录音……"

"还没开始呢，"她说，"等磁带开始转动，我会一直在你身旁……就像所有人知道的那样，至少大部分时间我都在。我只是不想要那些表格和幻灯片。要是你觉得不舒服……"

是的！我透过自己一动不动的脸朝他大喊，觉得不舒服！非常不舒服！太不舒服了！

但他最多二十四岁，对这么个美丽动人、一脸严肃、用只能有一种解释的方式对他步步紧逼的女人，他又能说什么呢？不，妈妈，我害怕？况且，他也愿意。我能透过树脂护目镜看到那份渴望，就像一群模仿滚石乐队的超龄朋克摇滚歌手一样跳来跳去。

"嘿，只要你帮我打掩护，万一……"

"当然，"她说，"有时你得在实践中学习，彼得。如果你真的需要，我可以重录录音带。"

他一脸惊讶。"你可以这么做？"

她微微一笑。"我们第四解剖室里可有很多秘密呢，先生。"

"这个我信。"他笑着说，然后一只手从我无法移动的视野里穿过。等他的手回来时，抓着一个麦克风，用一根黑线连着从天花板上垂下来。这麦克风看上去像一滴钢制眼泪。看到它，我的恐惧比之前更加真实了。他们肯定不会把我豁开的，对吧？彼得是个新手，但他受过训练，他肯定会看到我在长草区找球时被什么东西咬过的痕迹，然后他们至少会起疑心。他们必须得起疑心。

但我不停地看到剪刀上闪着无情的绸缎般的光泽——自以为了不起的鸡骨剪——我一直在想，等他从胸腔里取出我的心脏，托着它，带着淋漓的血，在我呆滞的目光前停留片刻，然后转身啪嗒一声扔到称重盘里，那时我会不会还活着。在我看来，我可能还活着。我真的可能活着。他们不是说，大脑在心跳停止后还能保持三分钟的清醒吗？

"准备好了，医生。"彼得说，现在他听起来几乎恢复正常了。在某个地方，录音带在转动。

解剖程序开始了。

"我们给他翻个面。"她愉快地说，然后，我就被很快地翻了个面。我的右臂飞到身体另一侧，然后扑通一声砸在桌子边缘，凸起的金属边缘戳进了二头肌。非常痛，几乎到了折磨人的程度，但我并不在意。我祈祷金属边缘能割破皮肤，祈祷有血流出来，因为真正的尸体不会流血。

"没事没事。"阿伦医生说。她抬起我的手臂，然后扑通一声把它放回我身体一侧。

现在我最担心的是鼻子，它顶着桌子。我的双肺第一次发出了压力信号——一种像是被棉花堵住的窒息感。我的嘴闭着，鼻孔也有一部分堵塞了（堵住多少我说不上来，我甚至感觉不到自己在呼吸）。万一我就这样窒息而亡呢？

接着发生的事让我的心思从鼻子上完全移开了。一个巨大的物体——感觉像是一个玻璃做的棒球棍——被粗鲁地插进我的直肠。我又一次想大声喊叫，却只能可怜地发出微弱的哼哼声。

"测体内温度，"彼得说，"我已经打开定时器。"

"好主意。"她说着往后退了退，给他腾出空间，让他拿这个宝贝试试手——让他拿我试试手。音乐声被关小了一些。

"对象，白种人，年龄四十四，"彼得说，这次是对麦克风说的，是对后世子孙说的，"他名叫霍华德·伦道夫·科特雷尔，住址是德里月桂冠巷 1566 号。"

阿伦医生在不远处说："玛丽米德。"

一阵停顿后，彼得继续说，听上去略有些慌乱："阿伦医生告诉我该对象实际上住在玛丽米德，后者从德里分离出来，时间是……"

"不用多讲历史，彼得。"

亲爱的上帝，他们往我屁股里插了什么？某种畜用温度计？要是再长点，我都能尝到这头的味道了。而且，他们居然没有用润滑液……不过话说回来，他们为什么要用润滑液呢？毕竟我已经死了。

死了。

"抱歉，医生。"彼得说，他在脑海里掂量着说到哪儿了，最后终于找到了，"以上信息出自救护车信息表。原始信息来自一张缅因州驾驶证，宣布结果的医生是，嗯，弗兰克·詹宁斯。该对象被当场宣布死亡。"

现在我希望鼻子能流血。求求你，我对它说，流血吧。不过，别只是流血。要喷血。

它没有照做。

"死亡原因可能是心脏病。"彼得说。一只手轻巧地从我赤裸的背部抚过，直到臀沟。我祈祷它能拔出温度计，但是它没有。"脊柱看上去完好无损，没有可吸引性现象。"

可吸引性现象？可吸引性现象？他们他妈的觉得我是啥，一盏昆虫灯？

他抬起我的头，手指按在我的颧骨上，我拼命地哼哼——嗯——虽然知道在基思·理查兹吉他的尖叫声中，他不可能听到，但还是希望他能感觉到声音在鼻腔里的振动。

他没有感觉到。相反，他把我的脸从一侧转到另一侧。

"没有明显的颈部外伤，不僵硬，"他说，我希望他能松开我的脑袋，让我的脸砸到桌面上——这样鼻子就能流血，除非我真的死了——但他轻轻地把它放下，很体贴，再一次没按我的建议去做，也再次使得窒息极有可能发生。

"背部和臀部都没有可见的伤口，"他说，"不过右大腿上部有个旧疤痕，看起来像是个伤口，可能是弹片造成的。伤疤很丑。"

确实是丑，也的确是弹片造成的，它标志着我的战争结束了。一枚迫击炮弹落到了补给区域，两人丧命，一人——就是我——幸免于难。从前面看要丑得多，位置也更为敏感，但所有的装备都还能用……或者说以前能用，直到今天。再往左一英寸，他们就得为我的亲密时刻准备手动泵和二氧化碳气瓶了。

他终于拔出了温度计——哦，亲爱的上帝，真是舒坦——我从墙上的影子看到他举着它。

"34.6 摄氏度，"他说，"哎呀，这可不算太糟。这家伙几乎有可能还活着，凯蒂……阿伦医生。"

"想一下他们在哪儿发现他的。"她从房间那头说。他们听着的唱片正在换歌曲，有那么一瞬间，我能清楚地听到她演讲般的声音。"高尔夫球场？夏日的午后？即使你得到 37 摄氏度的读数，我也不会惊讶。"

"对，对，"他说，听上去像是受了惩罚，然后接着说，"这录在录音带上会很好笑吗？"翻译过来就是："我在录音带上会显得很蠢吗？"

"听上去会像是教学情境，"她说，"事实也正是如此。"

"好的，很好。太好了。"

他戴着橡胶手套的手指扒开我的屁股，然后松开，两手顺着我的大腿后侧往下滑。要是我能紧张，这会儿就会紧张了。

左腿，我对他打信号。左腿，小彼得，左小腿，看到了吗？

他一定要看到，一定，因为我能感觉到像蜜蜂蜇伤或是笨手笨脚的护士把本该扎进静脉的针头扎进肌肉时的阵痛。

"该对象很好地展示了穿着短裤打高尔夫是个多么糟糕的主意。"他说，我开始希望他出生时是个瞎子。该死，也许他出生时真是个瞎子，因为现在他就是睁眼瞎。"我看到各种各样的蚊虫叮伤、恙虫叮伤、划伤……"

"麦克说他们是在长草区发现他的。"阿伦喊道。她正弄出巨大的哗啦声，听上去她是在餐馆厨房里洗盘子，而不是在整理文件。"要我猜，他是在找球的时候突发心脏病。"

"嗯哼……"

"继续,彼得,干得不赖。"

我觉得这是个极具争议性的命题。

"好的。"

他继续戳戳这儿摸摸那儿。很温柔。也许太温柔了。

"左小腿上有蚊子叮咬的伤口,看起来感染了。"他说,尽管他的动作依然温柔,但这次的疼痛无比剧烈,让我想大声喊出来,如果在低沉的哼哼声之外,我还能弄出别的动静的话。我突然意识到,我的生命全系于他们在听的滚石乐队的磁带长度……假设那是磁带,而不是一张能一直播到底的CD的话,如果在他们把我切开之前它能播完……如果我能在他们把它换到另一面之前,发出足够大的声响让他们听到……

"在肉眼检查之后,我可能要看一眼那些虫子的咬痕,"她说,"尽管如果我们说他是心脏病发作没错的话,就没必要看了。或者……你想让我现在看吗?它们会让你担忧吗?"

"不会,它们很明显就是蚊虫叮咬,"傻瓜吉姆佩尔[1]说,"在西部蚊子会长得很大。他光左腿上就有五……七……八……天哪,接近十二个包。"

"他忘了带防蚊喷雾。"

"别说防蚊喷雾了,他连强心药都没带。"他说,然后两人大笑起来。解剖室里的幽默。

这次,他自己把我翻了个面,大概很乐意用用他那健身房练出来的猛男肌肉,把蛇咬的伤口以及周围蚊子咬的包都遮起来,掩盖住。我又盯着那些刺眼的荧光灯了。彼得向后退去,走出了我的视野。有嗡嗡的

---

[1]美国作家艾萨克·巴什维斯·辛格(Issac Bashevis Singer)小说《傻瓜吉姆佩尔》中的人物,是一个饱受捉弄和欺辱的犹太人。

声音，桌子开始倾斜，而我知道为什么。等他们把我切开，液体会向下流入底部的收集点。一旦解剖过程中发现任何问题，会有无数的样本可供奥古斯塔[1]的州实验室使用。

他正低头看着我的脸，我集中所有的意志和力气想闭上眼睛，却连抽搐都没有一下。我只想在周六下午打上一场18洞球，最后却成了有胸毛的白雪公主。我止不住地想知道，当那些鸡骨剪插入我的上腹部时是什么感觉。

彼得手里拿着笔记板，他看了看，放到一边，然后对着麦克风说话。他的声音这会儿自然多了。他刚刚做出了一生中最可怕的误诊，却不自知，所以他正开始热身。

"我即将开始解剖，时间下午五点四十九，"他说，"周六，一九九四年八月二十日。"

他提起我的嘴唇，像一个想买马的人一样看了看我的牙齿，然后把我的下巴往下掰。"颜色很好，"他说，"脸颊上没有出血点。"扬声器里的音乐正逐渐消失，他踩上脚踏板，我听到咔嗒一声，录音带停住了，"天哪，这家伙可能真的还活着！"

我疯狂地哼哼，与此同时，阿伦医生丢下了听上去像便盆的东西。"他倒是想。"她笑着说，他也笑了。这次，我希望他们都得了癌症，一种手术无法治愈却持续时间很长的癌症。

他快速向我脚的方向走去，抚摸着我的胸膛（"没有擦伤，没有红肿，也没有任何心脏骤停的外部迹象。"他说，这他妈真是个天大的惊喜），接着按了按我的肚子。

我打了个嗝。

他看着我，瞪大了眼睛，嘴张大了一些。我又开始拼命哼哼，尽管

[1] 缅因州首府。

知道他听着《让我开始》，不可能听到，但还是觉得，也许，哼哼声加上打嗝声，他最终会明白眼前的情况……

"小心点，小伙子，"那个婊子阿伦医生从我身后说，然后咯咯地笑了，"最好看着点，彼得——这些尸体打的嗝最臭了。"

他夸张地扇开面前的空气，继续手里的工作。他没怎么碰我的裆部，只是说我右腿后面的伤疤一直延伸到前面。

不过，你错过了主要问题，我想，也许是因为它比你看的地方略高一些。没什么要紧的，我的《海滩救护队》猛小伙，但你还弄错了我还活着这个事实，这个真的很要紧！

他继续对着麦克风低吟，听上去越来越放松了，我知道就在我身后，他的同伴——医学界的波丽安娜[1]，并不觉得她需要回录磁带以抹掉这段检查。除了没有意识到自己的第一台心包切开术的对象还活着，这孩子干得很不错。

最后，他说："我觉得我准备继续了，医生。"不过他听上去还是有些踌躇。

她走过来，粗略地看了看我，然后捏了捏彼得的肩膀。"好的，"她说，"节目开始吧！"

现在，我正努力把舌头伸出来——仅仅是孩子般的冒失行为，但这也足够了……我似乎能感觉到嘴唇深处有一阵轻微的刺痛感，那种当你终于开始从重度麻醉剂中恢复时的感觉。而我能感觉到抽动吗？不，痴心妄想，只是……

是的！是的！只要抽动就可以了，当我第二次尝试时，什么都没发生。

当彼得拿起剪刀的时候，滚石乐队开始唱《迟疑不决》。

把一面镜子放到我鼻子前面！我朝他们大喊，看它起水雾！你们连

---

[1] Pollyanna，意为"盲目乐观的人"。

这个都做不到吗?

咔嚓,咔嚓,咔咔嚓。

彼得把剪刀转动一定的角度,灯光从刀刃上掠过,而我第一次确信,真正确信,这个疯狂的哑谜游戏真的要玩到底了。导演不会让画面定格,裁判不会让打斗在第十局结束,我们不会暂停插播广告。这个娘娘腔要将这把剪刀扎进我的肚子,而我只能无助地躺在这里,然后他会像拆霍乔精品家居的快递包裹一样,把我豁开。

他犹豫地看着阿伦医生。

不!我吼道,我的声音在我黑漆漆的头盖骨里回荡,却没有从我的嘴里传出一丝,不,求求你,不要!

她点点头。"开始吧。没事的。"

"嗯……你想把音乐关掉吗?"

对,对!把它关掉!

"它打扰到你了吗?"

是的!它打扰到他了!它把他搞得头脑混乱,居然认为他的病人死了!

"嗯……"

"好的。"她说,然后从我的视线中消失了。过了片刻,米克和基思的声音终于消失了。我努力发出哼哼声,却发现一个可怕的事情:现在我连这个都做不到了。我太害怕了,恐惧锁住了我的声带。我只能眼睁睁地盯着上面,看她重新走到他身边,两个人低头看着我,像扶灵人盯着一个打开的墓穴。

"谢谢。"他说。然后,他深吸一口气,举起剪刀。"开始心包切割。"

剪刀缓缓往下移,我看到它们……看到它们……接着它们从我的视野里消失了。很久之后,我感觉到冰冷的钢铁贴上我赤裸的上腹部。

他怀疑地看着医生。

24

"你确定你不……"

"你想不想把这个手术纳入你擅长的领域，彼得？"她有点不耐烦地问他。

"你知道我想，可是……"

"那就剪。"

他点点头，嘴唇紧绷着。如果可以的话，我想闭上眼睛，不过当然我连这个都做不到。我只能让自己准备好承受一两秒之后的疼痛——让自己准备好挨刀。

"剪。"他说着俯下身。

"等一下！"她大喊。

我心口的压力立刻减轻了一些。他扭过头看着她，一脸的惊讶和不安，也许还为这重要的时刻被推迟而松了口气。

我感觉到她戴着橡胶手套的手握住了我的阴茎，仿佛她要在这种离奇的情况下给我打一次飞机——与死人的安全性爱。之后她说："你错过了这个，彼得。"

他凑过来，看着她的重大发现——我裆部的伤疤，就在我的腹股沟里，肌肤上一个光滑的碗状疤痕。

她的手依然握着我的阴茎，把它拨开。只有这些。在她看来，她不过是掀起沙发垫，好让其他人看到掉在下面的财物——钢镚，不见了的钱包，或者那只你一直没能找到的猫薄荷老鼠玩偶——但是有什么事要发生了。

拄着二轮战车拉着的拐杖的、坐轮椅的亲爱的耶稣 [1]，有什么事要发生了。

"你看。"她说，她的手指在我右侧睾丸旁边轻轻画了一条线，让人

---

[1] "拄拐杖的耶稣"是英语中的一个俗语，表达震惊或难以置信的情绪。

发痒，"你看这些细小的伤疤，他的睾丸当时一定肿得跟该死的葡萄柚似的。"

"两个都完好无缺，也算幸运了。"

"你他娘……你说得太对了。"她说，然后又略带暗示性地笑了。她戴着手套的手松了松，开始移动，稳稳地向下推去，试图清理好观察区。她无意间做了你要专门花上二三十美元才能做的事……不过是在另一种情形下。"我想这是一个战场上留下的伤疤，把放大镜递给我，彼得。"

"可我不应该……"

"很快就好，"她说，"他又跑不了。"她完全被自己的发现吸引住了。她依然握着我那东西，依然向下按着，刚刚发生的事依然在继续，但是我可能搞错了。我一定弄错了，或者他会看到的，她也会感觉到……

她弯下腰，现在我只能看到她穿着绿上衣的背部，帽子的丝带像奇怪的猪尾巴一样从上面垂下。现在，哦，老天，我下面那里都能感觉到她的呼吸。

"注意这种向外的辐射，"她说，"这是某种爆炸伤，可能至少有十年了，我们可以查看一下他的服役记……"

门嘭的一声开了。彼得被吓得大叫一声，阿伦医生没有叫，但她的手却不自觉地握紧了——她又抓住了我。这一出古老的"淘气护士"立刻演变成了地狱般的全新版本。

"不要切开他！"一个人喊道，他的声音很大，透着惊恐，我几乎没认出是鲁斯迪，"不要切开他，他的高尔夫球包里有条蛇，它咬了麦克！"

他们转身面向他，瞪着眼睛，下巴掉了下来，她的手还抓着我那东西，但已经意识不到这一点了，至少此时是，而娘娘腔也没有意识到自己一只手正抓着解剖服的左胸，好像他才是那个燃油泵老旧了的家伙。

"什么……你说……"彼得说。

"直接把他放倒了！"鲁斯迪说，说得含混不清，"他会没事的，我猜，但是他说不了话！一条棕色的小蛇，我之前从未见过这样的蛇，它钻进了卸货区，它现在就在那里，但这个不重要。我觉得它咬了我们带进来的那家伙。我觉得……天哪，医生，你在干什么？把他撸醒吗？"

她环顾四周，一脸茫然，刚开始还没弄明白他在说什么……直到意识到自己正握着一根几乎直立的阴茎。她一声尖叫——尖叫着夺走了彼得软弱无力、戴着手套的手里的剪刀——我又想起了希区柯克那档老电视节目。

可怜的约瑟夫·科顿。我想。

他哭了起来。

▆ 后 记

在第四解剖室的经历已经过去一年了，尽管瘫痪既顽固又可怕，但我已经完全康复了。要到一个月之后，我才能更加灵活地活动手指脚趾。我依然不能弹钢琴，当然，我从来都没有会过。这是个玩笑，我并不会为此道歉。我觉得，在那次糟糕的际遇之后的头三个月里，我开玩笑的能力在神志清醒与精神崩溃之间提供了一个狭窄却极为重要的缓冲带。除非你真的感受过解剖剪的刀尖戳进肚皮的感觉，否则你不会明白我的意思。

我死里逃生之后大约两周，杜邦街上的一个女人向德里警察局报警，投诉隔壁房子里传出"恶臭"。那栋房子属于一个叫沃尔特·克尔的单身银行职员。警方发现房子是空的……也就是说没有人。他们在地下室里发现了六十多条种类不同的蛇，差不多一半都死了——死于饥饿和脱水——但很多还是活蹦乱跳的。这些蛇中有一些非常罕见，按照爬虫专家的说法，其中一种据说自二十世纪中叶就已经灭绝。

八月二十二日，克尔没有去德里社区银行上班，也就是我被咬两天之后，这件事被媒体报道（标题是《瘫痪男子解剖室死里逃生》，其中一个地方援引我的话，说我"被吓僵"了）一天之后。

在克尔的地下室动物展览中，每个笼子里都有一条蛇，除了一个，那个空笼子没有标签。那条从我的高尔夫球包（救护车的医护人员把它跟我的"遗体"一起抬上了车，还在救护车停车区练习切球）里跑出来的蛇再也没找到。我血液中的毒素——护理员麦克·霍珀的血液中也发现了这种毒素，但浓度低得多——被记录在案，但始终没有确认是何种蛇毒。过去的一年中，我翻看了大量蛇的图片，发现据报道至少有一种蛇能致人全身麻痹，那就是秘鲁树蛇，一种据推测早在二十世纪二十年代就灭绝了的可恶的毒蛇。杜邦街距离德里市政高尔夫球场不足半英里，其间的地面绝大部分不是覆盖着灌木丛就是空地。

最后说一点。凯蒂·阿伦跟我约会了四个月，从一九九四年十一月到一九九五年二月。我们最后和平分手，原因是性生活不和谐。

她必须戴着橡胶手套，否则我就干不成事。

————

有时，我觉得每一位惊悚小说作家都得尝试"活埋"这一主题，只因为它看上去是一种无处不在的恐惧。在我还是个六七岁的孩子的时候，当时上演的最恐怖的电视节目是《希区柯克剧场》，而其中尤为恐怖的——在这一点上，我和朋友们意见完全一致——要数约瑟夫·科顿演一个在车祸中受伤的男人那集。实际上，他伤得非常严重，医生们都认为他死了，他们连心跳都测不到。他们马上要给他做尸检了——也就是说，把他豁开，而他还活着，在脑海里尖叫——这时，他挤出一滴眼泪，让他们知道他还活着。那个故事很感人，但感人并非我的日常保留剧目。当我想到这个主题时，一种更为——

我们可以说"现代的"吗——传达活力的方法浮现在脑际，这个故事就是最终的成果。最后说一点，关于那条蛇：我真心怀疑是否真的有"秘鲁树蛇"这种毒蛇，但是在"马普尔小姐"系列惊悚喜剧的其中一集中，阿加莎·克里斯蒂夫人曾提到过一种非洲树蛇。我就是非常喜欢这个词（树蛇，不是非洲），一定要把它放到这个故事里。

The Man in the Black Suit
黑衣人

　　现在我已经衰老，但这事发生时我还非常年轻——只有九岁。那是一九一四年的夏季，我哥哥丹刚刚在韦斯特菲尔死去，三年之后，美国参加了第一次世界大战。我从未跟别人谈起过那天在溪流分岔处发生的事，也永远不会……至少不会用嘴说。但我决定在这本书中写下来，然后将它放在床头的桌子上。我写不长，因为近来我的手颤抖得厉害，几乎没有力气，不过我觉得这种情况不会很长久了。

　　过段时间，有人可能会发现我写的东西，在我看来有这种可能。因为，对于一本封皮上写着"日记"的书，当它的所有者逝去后，人们出于本能几乎肯定会把它打开来看。所以，是的，我的文字很可能会被人读到。一个更好的问题是，会不会有人相信。几乎肯定不会，但这不重要。我在意的不是相信，而是自由。我发现，写作能给我这个。二十年来，我一直为城堡岩的《呼喊》杂志写一个名叫"往事久远"的专栏，我知道，有时事情就是这样的——你写下来的东西会永远离开你，就像丢在太阳下面的老照片，逐渐褪到只剩白色。

我渴望这种释放。

一个年逾九十的人应该早已战胜了童年的恐惧，但随着疾病像波浪一点点吞噬漫不经心地建造起来的沙堡一样慢慢缠上我，那张恐怖的面孔在我脑海里越发清晰，像童年星座中一颗闪烁的暗星。我昨天做过的事，在养老院的房间里见过谁，我对他们说过什么或是他们对我说过什么……这些事情都不记得了，但那个黑衣人的脸却更清晰，更近了，我还记得他说的每一句话。我不愿想起他，但又无可奈何，有时候在夜里，我那颗衰老的心脏会剧烈而快速地跳动，我觉得它都要从胸腔里挣脱出来了。于是，我拔开笔帽，强迫我那衰老颤抖的手在日记本里写下这个毫无意义的故事，这个本子是我的一个重孙女——我不记得她的名字了，至少现在记不起，不过我知道她名字的开头是"S"——去年送给我的圣诞礼物，我之前从未在里面写过东西。现在，我要写了。我会写下自己是如何在一九一四年一个夏日的午后，在城堡溪的岸边遇到那个黑衣人的。

那时，莫顿镇与如今大为不同——不同到我难以言表的程度。那时候头顶没有嗡嗡作响的飞机，几乎没有汽车、卡车，也没有电线把天空分割成条状。

整个镇子没有一条铺就的路，商业区只有科森杂货店、图特制服与五金店，位于基督角的卫理公会教堂、学校、市政厅，以及半英里之外的哈利饭店，它始终被我的母亲鄙夷地斥为"酒屋"。

但是，主要的不同还在于人们的生活方式——彼此居住的距离。我不知道二十世纪中叶之后出生的人会不会相信这一点，尽管他们可能会出于对我这样的老人的礼貌，说他们相信。那时候，缅因州西部没有电话，第一部电话出现在五年之后，而等到我们家装上电话，我已经十九岁了，正在缅因大学奥罗诺分校上学。

但这只是表层的事情。离我们最近的医生远在卡斯科，所谓的镇子上仅有十几栋房子，没有所谓的社区（我甚至不知道我们是否有这个词，尽管我们有个动词——与什么为邻——来描述教会的功能和谷仓舞会），而大片的田野并不常见。城镇之外的房子都是农场的，彼此之间距离很远，从十二月一直到三月中旬，我们大多数时间都守在我们称之为家的生着炉子的小屋里。我们守着，听着烟囱里的风声，同时希望没人会生病、弄断腿或是生出一肚子坏点子，比如城堡岩的那个农民，三年前他把自己的妻子和孩子剁碎了，然后在法庭上说是魔王让他做的。在一战之前，莫顿的大部分地区都是树林和沼泽，幽暗广阔，遍地是麋鹿和蚊子，蛇和秘密。那时候，到处都是魔王。

我要说的这件事发生在一个周六。父亲给了我一堆活，其中包括本应由丹来做的事，如果他还活着的话。他是我唯一的哥哥，死于蜜蜂蜇伤。一年过去了，母亲还是不肯相信，她说是其他的原因，一定是，说没人会死于蜜蜂蜇伤。当卫理公会妇女援助会最年长的斯威特嬷嬷努力告诉她——这是在去年冬天的教会晚宴上——同样的事情一八七三年也发生在她最爱的叔叔身上时，母亲双手捂住耳朵，站起身，径直走出了教堂地下室。她再也没有回去过，无论父亲说什么都没能让她改变主意。她说自己跟教会的缘分到头了，还说如果再见到海伦·罗比肖（这是斯威特嬷嬷的真名），会打烂她的脸。她说会控制不住自己。

那天，父亲让我去打柴，给豆子除草，弄两壶水放到冷得冻人的食品室里，然后尽可能多地刮下地窖隔板上的旧油漆。他说做完之后我就能去钓鱼，如果我不害怕一个人去的话——他因为几头奶牛的事得去找比

尔·艾维汉谈谈。我说当然不害怕自己去，父亲笑了，好像这并不怎么
让他惊讶。上周他给了我一根竹子钓竿——不是因为我过生日或是别的原
因，仅仅因为他有时就是喜欢给我东西——我迫不及待地想在城堡溪里试
一下，而那里是目前为止我去过的鲑鱼最多的地方。

"但是不要往树林里走太深，"他告诉我，"不要越过溪水分岔的
地方。"

"不会的，先生。"

"向我保证。"

"好的，先生，我保证。"

"现在去向你母亲保证。"

我们站在后门的门廊上，我提着水桶正要去食品储藏室，这时父亲
叫住了我。现在，他让我转身面向母亲，她正站在大理石桌台边，一束
强烈的晨光从洗碗池上方的双扇窗中照进来。一绺头发垂在她前额一侧，
挨着眉梢——看到我记得多清晰了吗？明亮的阳光把那一小绺头发染成
了缕缕金丝，使得我想跑过去抱住她。那一瞬间，我把她视为一个女人，
就像父亲眼里的她一样。我记得她穿着家居服，上面绣满了红色的小玫
瑰，她正在揉面包。糖果比尔，我们的黑色小苏格兰犬，正机警地站在
她脚边，昂着头，等待可能掉下的东西。母亲正看着我。

"我保证。"我说。

她露出了微笑，不过是自父亲从韦斯特菲尔抱着丹回来之后，她脸
上经常会有的那种担心的微笑。那时父亲光着膀子，抽泣着。他脱掉的
衬衫搭在丹的脸上，丹的脸肿了，变了颜色。我的孩子！他哭着说，哦，
看看我的孩子！耶稣啊，看看我的孩子！我记得当时的情形，仿佛就在
昨日。那是我第一次听到父亲徒然地喊着救世主的名字。

"你保证什么，加里？"她问道。

"保证绝不越过溪水分岔的地方，妈妈。"

"绝不越过。"

"绝不。"

她一边揉面，一边耐心地盯着我，什么也不说，这会儿面团看上去已经柔软光滑了。

"我保证不会越过溪水分岔的地方，妈妈。"

"谢谢你，加里，"她说，"努力记住，学习使用语言既是为了学业，也是为了生活。"

"好的，妈妈。"

我干活的时候，糖果比尔一直跟着我，我大口吃午饭的时候，它就坐在我两脚之间，抬头看着我，那份专注跟它看母亲做面包时一模一样，但是，等我拿起新钓竿和易碎的旧鱼篮，走出门前的庭院时，它停下了，只是站在一卷旧防雪篱旁边的尘土里，看着我。我呼唤它，但它就是不过来。它吠了一两声，仿佛在叫我回去，但仅此而已。

"那你就待在家里吧。"我故作轻松地说，仿佛根本不在意。不过，我在意，至少有那么一点在意。糖果比尔总是跟着我去钓鱼。

母亲走到门口，朝外看着我，左手抬起来挡着阳光。我现在依然能看到她当时的模样，就像看着一个后来过得很不幸或者突然死去的人的照片一样。"记住你爸爸的话，加里！"

"好的，夫人，我会的。"

她挥挥手，我也挥挥手。然后，我转过身去，走开了。

阳光打在我的脖子上，热辣辣的，起初的四分之一英里是这种情况，但之后我进了树林，道路两侧的树荫投在路面上，空气就变得凉爽起来，弥漫着杉树的味道，能听到风在落满了厚厚针叶的树林里嗖嗖作响。我把钓竿扛在肩头，就像当时所有男孩会做的那样，另一只手提着鱼篮，就像提着旅行袋或是推销员的样品箱。沿着一条小路往前走了大约两英里，我开始听到城堡溪匆匆的私语。这路不过是两道车辙，车辙中间是一道长满草的隆起。一想到背部有明亮的斑点、肚子纯白的鲑鱼，我的心就怦怦直跳。

溪水从一座小木桥下流过，两侧河岸陡峭，灌木丛生。我小心翼翼地往下走，抓着能抓到的东西，鞋跟踩进泥土里。我走出盛夏，进入仲春，至少我感觉如此。凉意慢慢从水面升腾而起，我可以闻到苔藓清新的味道。我在那儿只站立了片刻，深深地呼吸着苔藓的味道，看着蜻蜓在水面上方盘旋，水黾在水上滑行。这时，在更往下的地方，我看到一条鲑鱼跃起来袭击一只蝴蝶——一条很大的红点鲑，可能有十四英寸长——然后想到自己可不是来这儿看风景的。

我沿着河岸，顺着水流的方向往前走，在还能看到上游的木桥的地方，第一次投下了钓线。有东西拉了一两下钓竿，吃掉了一半的鱼饵，但对于九岁孩子的双手，它太过狡猾了，或者它还没有饿到犯糊涂的地步，所以我继续往前走。

我又在另外两三个地方停下过，最后来到了城堡溪的分岔处，一边向西南流入城堡岩镇，另一边向东南流入喀什瓦卡马克镇，在其中一条分支里，我钓到了这辈子钓过的最大的鲑鱼，用我放在鱼篮里的小尺子一量，从头到尾足足有十九英寸。即使在那个年代，就红点鲑来说，也算是巨大了。

如果我当时觉得自己已经足够幸运，回家去了，就不会有现在这个故事了（这个故事会比我预想的要长，我已经预感到了），可是我没有。相反，我像父亲之前教我的那样，立刻把那条鱼收拾停当——洗干净，放在鱼篮底部的干草上，再盖上一层湿草——之后继续钓鱼。在九岁的年纪，我并不觉得钓到一条十九英寸长的红点鲑是件特别了不起的事。不过，我确实记得，在既没有渔网也毫无捕鱼技术可言的情况下，我把它拖出水面，鲑鱼拍打着尾巴，笨拙地在空中画出一道弧线，朝我荡过来，我很惊讶渔线竟然没有断掉。

　　十分钟后，我来到了当时溪水分岔的地方（那是很久之前的事了，城堡溪过去流经的地方现在是一栋联排住宅，还有一所地方语法学校，即使有溪水，也只会在暗处流淌），一块我们家室外厕所大小的灰色巨石把溪水一分为二。这里有一块不错的平地，青草茂密，土质柔软，俯瞰着被我和父亲称为"南部分支"的溪水。我蹲下来，把渔线放入水中，然后几乎立刻就钓到了一条大虹鳟。尽管没有红点鲑那么大——只有一英尺左右长——但也不错。我在鱼鳃停止翕动之前把它弄干净，放入鱼篓，然后重新把渔线放入水中。

　　这次，并没有鱼立刻咬钩，所以我身子后倾，抬头看着那条顺着河道的窄窄的蓝天。白云自西向东轻轻飘过，我努力想象着它们像什么。我看到了一只独角兽，然后是一只公鸡，再然后是一只有点像糖果比尔的狗。在寻找下一个的时候，我打起了瞌睡。

　　或许是睡着了，我不太确定。我只知道钓竿被猛地拉了一下，几乎从我手中脱落，于是我醒过来。我坐起来，抓住钓竿，然后突然意识到鼻头上落了个东西。我双眼聚焦在鼻尖，看到一只蜜蜂。我的心似乎在胸腔里停止了跳动，有那么一瞬，我感觉自己都要尿裤子了。

　　钓竿又被拉了一下，这次力道更大，但是，尽管我依然抓着钓竿的一端，好让钓竿不会被拽到水里（我觉得自己甚至想过用食指掐断渔线），我也丝毫没有办法往上收渔线。我吓坏了，所有的注意力都在那只把我的鼻子当成休息站的黑黄色的胖蜜蜂上。

　　我慢慢地噘起下嘴唇向上吹气。蜜蜂动了动，但依然待在我鼻头上不走。我又吹了一下，它又动了动……但是这次它似乎有点不耐烦了，于是我不敢再吹了，害怕它彻底发起脾气来，蜇我一下。它离得太近了，我没办法紧盯着它的一举一动，但很容易想象它把蜇针扎进我的鼻子，把毒液射入我的眼睛，我的大脑。

我突然生出一个可怕的想法：就是这只蜜蜂蜇死了我哥哥。我知道这不可能，不仅因为蜜蜂通常活不过一年（除了蜂后，对蜂后我不太确定）。这不可能，是因为蜜蜂蜇了人之后就会死掉，虽然只有九岁，但我已经知道了。它们的蜇刺上带着倒钩，等它们蜇人之后想飞走的时候，就会把自己的肚子扯开。即便如此，这个想法依然挥之不去。这是一只特别的蜜蜂，一只魔王蜂，它回来要阿尔比恩和洛蕾塔的另一个儿子的命了。

还有一件事：我之前被蜜蜂蜇过，尽管伤口肿得似乎比平常人厉害（我真的不确定），我却并未因此丧命。这可怕的陷阱就是为我哥哥量身定做的，我莫名其妙地逃过一劫。但是，当我斗眼斗到眼睛发痛，只为看清蜜蜂的时候，这些逻辑都不存在了，存在的只有那只蜜蜂，只有它——那只杀死了我哥哥的蜜蜂。它把他蜇得那么厉害，让父亲只得解开工装裤的吊带，好脱下衬衫，遮住丹肿胀变形的脸。尽管无比伤心，他依然这样做了，因为他不想让妻子看到她大儿子的惨状。现在那只蜜蜂回来了，它要杀死我。它会杀了我，而我会在痉挛中死在河岸上，像被从嘴里取出钓钩后的红点鲑一样扑打着身子。

当我全身颤抖、惊慌失措地坐在那里时——我差一点直接站起身，撒腿就跑——身后传来了声音。那声音刺耳而果断，如同手枪的枪声，但我知道那不是手枪声，那是某个人的拍手声。啪的一声。声音传来的那一刻，蜜蜂从我的鼻子上摔了下去，掉到了我的腿上。它躺在我的裤子上，六脚朝上，蜇针像一条毫无威胁的黑色线头，沾在那磨损了的棕色灯芯绒布料上。我立刻就看出来，它死翘翘了。正在这时，钓竿又被拖了一下——到目前为止最为猛烈的拖拽——又差点从我手中掉落。

我两手握住钓竿，使劲猛地一拉，如果父亲在场的话，他一定会两手抱住头。一条虹鳟，比之前钓到的那条大一些，扭动着湿漉漉的身体从水里跃出来，鱼尾洒下细小的水珠——看上去就像四五十年代《真实》和《男人的冒险》这类男性杂志封面上被浪漫化了的钓鱼照片。然而，那一刻，我脑子里一点都没想着把大鱼拽上来，所以，当渔线断开，鱼掉回溪水里的时候，我几乎丝毫没有意识到。我扭过头去看是谁在拍手。一个人正站在我身后的森林边缘处。他的脸很长，脸色苍白，黑色的头发被梳得紧贴头皮，在他细长脑袋的左侧整齐地分开。他非常高，穿着黑色的西服三件套，而我立刻意识到他不是人类，因为他的眼睛是炉火一样的橙红色。我说的不是虹膜，因为他根本没有虹膜，没有瞳孔，当然也没有眼白。他的眼睛是完全的橙色——闪烁摇曳的橙色。要是不说清楚我到底是什么意思就真的太迟了，不是吗？他的身体内部在燃烧，两只眼睛就像你有时会在炉门上看到的观察孔。

我的膀胱松了，那只死蜜蜂躺着的棕色旧灯芯绒布料颜色更深了。我几乎没有意识到发生了什么，眼睛紧紧盯着那个站在河岸顶部、俯瞰着我的男人，他穿着上好的西服和油光锃亮的细长皮鞋，步行穿过了西缅因州三十英里长的人迹罕至的森林。我能看到他挂在西服背心上的表链在夏日的阳光下闪闪发光，身上连一根松针都没有。而他正朝我微笑。

"嘿，原来是个钓鱼的男孩！"他用柔和而讨人喜欢的声音说道，"真是出人意料！你好啊，钓鱼的男孩？"

"你好，先生。"我说。我发出的声音并不颤抖，但那听上去也根本不像我的声音。它听上去更成熟，可能像丹的声音，甚至是我父亲的声音。我满心想着，如果我假装没有看出他的真面目，他也许还会放我走——如果我假装没有看到火焰在本该是眼睛的地方闪烁跳动。

"也许，我刚让你免于一次严重的蜇伤。"他说，然后，恐怖的是，他沿着河岸往下走，朝我坐着的地方走来。我坐在那儿——一只死蜜蜂躺在我湿漉漉的大腿上——两只绵软无力的手握着竹钓竿。他那鞋底光滑的皮鞋本该在陡峭的河岸上丛生的低矮杂草上打滑，但是没有。我也没看到它们留下足迹，他的双脚接触——或者是看上去接触——的地方，没有哪怕一根断裂的嫩枝、一片踩坏的树叶或是一个踏出的鞋印。

不等他走到我身边，我就闻到了从他西服下面的皮肤上升腾起来的气味——燃烧过的火柴的气味——硫黄的气味。这个黑衣人是魔王。他穿过了莫顿和喀什瓦卡马克之间茂密的森林，此刻就站在我身边。我从眼角瞥见一只如橱窗里人体模特一样惨白的手，手指长得可怕。

他在我身边蹲下，双膝像正常人一样前凸，但当他的手垂在膝盖上时，我看到那些长手指的指尖长的并不是指甲，而是一根根又长又黄的爪子。

"你没有回答我的问题，钓鱼的男孩。"他声音柔和地说道，现在想想，那就像很多年后电台大乐团演奏会中播音员的声音，那种会兜售巨力多、缓泻药、阿华田和格拉博博士烟斗的广播员，"你好吗？"

"求你不要伤害我。"我低声说道，声音小得几乎连自己都听不到。我的恐惧无法用语言描述，至今我都不愿记起……但我确实记得。我记得。希望那是一个梦的念头从未出现过，我想如果我当时年龄大一些的话，也许真会这么希望。但我并没有更大一些。我当时只有九岁，当他在我身边蹲下的时候，我就知道了真相。我知道苍鹰不是苍鹭，就像父亲常说的那样。那个在仲夏的周六下午走出森林的男人就是魔王，在他空洞的眼眶里，他的大脑在燃烧。

"噢，我闻到什么味道了吗？"他问道，就好像他没有听到我说话一样……尽管我知道他听到了，"我闻到什么……湿了？"

他伸着鼻子朝我探过来，就像一个想要嗅花香的人。我注意到一件可怕的事，随着他脑袋的影子在河边移动，影子下方的青草随即变黄枯死了。他把头凑向我的裤子，嗅了嗅。他那耀眼的眼睛半闭着，仿佛吸入了某种绝妙的芳香，想要全神贯注于其上。

"哦，小坏蛋！"他喊道，"可爱的小坏蛋！"然后他唱起歌来："猫眼石！钻石！蓝宝石！翡翠！我闻到了加里的柠檬水！"然后他躺在那一小片平地上，疯狂地笑了起来。那是一个疯子的笑声。

我想逃跑，但双腿好像在两个镇子之外，根本不听大脑使唤。但是我没有哭。我像个婴儿一样尿裤子了，但是我没哭。我吓坏了，哭不出来。我突然意识到自己要死了，可能会很痛苦，但最糟糕的是，还可能有更糟糕的结局。

最糟糕的可能晚点发生。在我死了以后。

他突然坐了起来，燃烧过的火柴的味道从他的西服里溢出来，弄得我有些窒息。他细长而苍白的脸上，燃烧的眼睛严肃地看着我，但他身上也有一种滑稽的感觉——他身上总有那种滑稽的感觉。

"不幸的消息，钓鱼的男孩，"他说，"我带来了不幸的消息。"

我只能看着他——黑色的西服，漂亮的黑皮鞋，指尖不是指甲而是爪子的又长又白的手指。

"你母亲死了。"

"不！"我喊道。我想着她做面包的样子，一绺发丝垂在额头，刚好触到眉梢，她站在强烈的清晨阳光中，恐惧再次攫住了我……这次并非因为自己。然后，我想起自己拿着钓鱼竿出发的时候，她站在厨房门口，一只手放在眼睛上方遮着阳光，我感觉她当时的样子就像一个你期望再次见到却再也见不到的人的照片。"不，你骗人！"我尖叫道。

他微微一笑——一个经常被人误解的男人伤感而耐心的微笑。"恐怕没有，"他说，"跟你哥哥一样，加里，是蜜蜂蜇的。"

"不，这不是真的，"我说，这时我真的哭了起来，"她年纪大，她三十五岁了，如果丹那样的蜜蜂蜇伤能要了她的命，那她很早之前就死了，你这个骗人的浑蛋！"

我骂魔王是骗人的浑蛋。在一定程度上我意识到了这一点，但我的全部思绪都被他的话占据了。母亲死了？他不如跟我说落基山所在的地方变成了一片海洋。但是我相信他的话。在一定程度上，我完全相信他的话，就像我们总是不自觉地相信心里想到的最糟糕的情况一样。

"我理解你的悲痛，钓鱼小子，但这番反驳恐怕根本站不住脚。"他用令人厌恶和恼火的虚假的安慰语气说道，没有一丝同情和怜悯，"一个人可能一辈子都没见过一次知更鸟，你知道的，但是这就意味着知更鸟并不存在吗？你母亲……"

我们下面有条鱼跃出了水面。黑衣人皱了皱眉头，朝它伸出一根手指。那条鲑鱼在空中抽搐着，身体费力地弯曲，有那么一刹那，它仿佛咬住了自己的尾巴，落回水中后，便一动不动地漂在水面上，死了。它的尸体撞在了溪水分岔处的灰色大石头上，在漩涡里打了两转，然后朝城堡岩镇漂走了。与此同时，那个可怕的陌生人再次把他燃烧着的眼睛对着我，面带食人族式的微笑，两片薄嘴唇向后咧着，露出两排小尖牙。

"你母亲一辈子都没有被蜜蜂蜇过，"他说，"但是那会儿——实际上，不到一个小时以前——当她从烤箱里取出面包，放到台面上冷却的时候，一只蜜蜂从厨房窗户飞了进来。"

"不，我不要听，我不要听，不要听！"

我举起双手，捂住耳朵。他噘起嘴仿佛要吹口哨，然后朝我轻轻吹了口气。这只是一小口气，却臭得难以置信——像堵塞了的下水道，从未撒过石灰的厕所，洪水过后的死鸡。

我的双手从脸侧滑落。

"很好，"他说，"你需要听，加里。你需要听，我的钓鱼小子。是你母亲把这个致命的缺陷遗传给了你哥哥丹。你也有一些，但是你还从你父亲那里遗传到了某种保护，而可怜的丹却不知为何没遗传到。"他又噘起嘴唇，只是这次，他滑稽得近乎残酷地发出喷喷声，而不是朝我吹他那臭烘烘的口气。"所以，尽管我不愿指摘逝者，不过这几乎就是报应，不是吗？毕竟，是她杀死了你哥哥丹，就如同她拿枪对着他的头，然后扣动了扳机。"

"不，"我低声说，"不，这不是真的。"

"我向你保证，这是真的，"他说，"蜜蜂从窗户飞进来，落在她的脖子上。她甚至没弄明白，就伸手去打它——你要比她聪明，对吗，加里——然后蜜蜂蜇了她，她立刻就感到喉咙在收紧。事情就是这样，你知道，对蜂毒过敏的人，他们的喉咙会收紧，然后他们就会在空气中'溺死'。就是这个原因，丹的脸才会那么肿胀，发紫，你父亲才会用衬衫盖住他的脸。"

我盯着他，已经说不出话来，泪水顺着脸颊不住地往下流。我不愿意相信他的话，也记得在教会学校学到过魔王是撒谎的始祖，但我依然相信了。我相信他就站在我们家的庭院里，透过窗户，看着母亲跌跪下去，两手抓着自己肿胀的喉咙，糖果比尔在她身边跳来跳去，尖声吠着。

"她发出最美妙、最恐怖的声音，"黑衣人回想着，"恐怕还把脸抓得很严重。她的眼睛像青蛙的眼睛一样凸出来。她还哭了。"他顿了顿，然后继续说："她哭着死去，这多美妙啊！而最美妙的是，等她死后……等她在地上躺了十五分钟左右之后，只有烤箱的嘀嗒声，此外毫无声息。那根小小的蜇针扎在她脖子一侧——那么小，那么小——你知道糖果比尔做了什么吗？那个小捣蛋鬼舔去了她的泪水。先是这一侧……然后是另一侧。"

他凝视了溪水片刻，一脸悲伤又若有所思的样子。然后他重新面对着我，脸上悲伤的表情像梦境一样消失了。他的脸就像一具死于饥饿的尸体的脸，松弛而贪婪，他的眼睛燃烧着，我能看到他那苍白的嘴唇之间锋利的小牙齿。

"我饿了，"他突然说道，"我要杀了你，把你撕开，然后吃掉你的内脏，钓鱼小子。你觉得如何？"

不，我努力说道，求求你，不要，但是什么声音都没有发出来。他打算这么做，我看出来了。他真的打算这么做。

"我饿坏了，"他说，语气里既有任性也有戏弄的意味，"而且，相信我，你没了挚爱的妈妈，也不想活了吧。因为你父亲是那种必须有个温暖的洞让他捅的家伙，相信我，如果他身边只有你了，你就会是服侍他的那个人。我可以让你避免那份不适和不快。而且你会上天堂，想想吧。被谋杀的人灵魂都会升入天堂。所以，今天下午我们两个就都能为上帝服务了，加里。是不是很棒？"

他又朝我伸出长而苍白的双手，我想都没想，一把掀开鱼篮的盖子，把手伸到篮子底部，拿出之前钓到的那条硕大的红点鲑——我本该为它感到满足的那条。我闭着眼睛把鱼朝他举着，手指抠着它肚子上的裂口，从那里我可以掏出它的内脏，就像黑衣人威胁掏出我的内脏一样。鲑鱼呆滞的双眼茫然地盯着我，黑色圆点外面的金色圆环让我想起了母亲的结婚戒指。在那一刻，我看到她躺在棺材里，阳光照在婚戒上，闪闪发光，意识到这是真的——她被蜜蜂蜇了，在温暖而弥漫着面包香味的厨房空气中窒息而死，糖果比尔舔去了她肿胀脸颊上的泪水。

"真是条大鱼！"黑衣人用贪婪的喉音说道，"哦，大——鱼！"

他一把从我手里夺过那条鱼，塞进一张比任何人都张得更大的嘴里。很多年后，我六十五岁的时候（我知道是六十五岁，因为那是我从教职退休的当年夏天），去了新英格兰水族馆，终于见到了一条鲨鱼。黑衣人的嘴就像鲨鱼的嘴张开时的样子，只是他的喉咙是火红色的，跟他那可怕的眼睛一样，我感觉热流从里面冒出来，扑到我脸上，就像一块干柴着火时，你感觉一股热浪突然从壁炉里涌出来一样。这股热流也不是我想象出来的，我知道不是，因为当他把那条十九英寸长的鲑鱼的鱼头塞进张开的大嘴时，我看到鱼身子两侧的鱼鳞翘了起来，像飘在焚烧炉上方的纸屑一样卷曲起来。

他把鱼整个吞下，就像巡回戏法团的演员吞下一把剑那样。他并没有咀嚼，燃烧的眼睛凸出来，仿佛很费力。鱼逐渐消失在他嘴里，他的喉咙随着鱼滑下食道而鼓胀，然后，他自己也掉了眼泪……只是他的眼泪是血，鲜红而浓稠。

我觉得，正是看到了那些血红的眼泪，我才清醒过来。我不知道为什么会这样，只觉得就是如此。我像从箱子里拿出来的千斤顶一样，倏地站起来，手里还握着钓竿，转身沿河岸往上跑，弯着腰，用那只空着的手拨开浓密的野草，好更快地爬上斜坡。

他发出压抑愤怒的声音，就像一个嘴里塞了太多东西的人。我到了河岸顶部之后回头看去，他正朝我追来，西服后摆在身后拍打着，那条细金表链在阳光下闪闪发光。鱼尾巴还伸在他的嘴外面，我能闻到余下的部分在他的喉咙里烘烤的味道。

他朝我冲过来，爪子往前探着，我沿着河岸顶部逃走了。跑了大概一百码之后，我又能出声了，开始大叫起来——当然是出于恐惧，也为我那死去的美丽的母亲而伤心。

他依然在追我。我能听到树枝折断和灌木丛搅动的声音，但我没有回头。我低下头，保护着眼睛不被岸上的灌木丛和低垂的树枝弄伤，然后拼尽全力往前跑。每跑一步我都感觉他的双手会落在我肩膀上，把我拉进他那致命的炙热怀抱里。

这并没有发生。不知过了多久——我想最多不过五到十分钟，但感觉无比漫长——我透过层层树叶和冷杉看到了那座木桥。我还在尖叫，但这会儿已经上气不接下气，听起来就像一个快要煮干的烧水壶，我来到第二道更为陡峭的河岸边，开始往上冲。

冲到一半的时候，我脚下打滑跪倒在地上，回头看去，发现黑衣人已经追到了我近旁，苍白的脸因为愤怒和贪婪抽搐着。他的脸颊上溅满了血红的泪水，巨大的嘴巴像装了铰链一样大开着。

"钓鱼男孩！"他咆哮着朝岸上追过来，一把抓住我的一只脚。我挣脱开，转身把钓竿朝他扔过去。他轻易地挡了下去，却不知怎的被钓竿绊住了双脚，跪倒在地。我没有再继续看，转过身快速跑到了坡顶。我在坡顶差点滑倒，但设法抓住了桥下的一根支柱，救了自己。

"你跑不掉的，钓鱼男孩！"他在我身后喊道，听上去异常愤怒，但听着也像在笑，"一口鲑鱼可喂不饱我啊！"

"放了我吧！"我朝他大喊，同时抓住桥的栏杆，一个笨拙的跟头翻了过去，手里满是碎片，落下时脑袋重重地撞到了木板上，眼冒金星。我翻身趴到地上，开始往前爬。马上到桥头的时候，我蹒跚地站起来，一个趔趄，然后找到节奏，又开始跑起来。我一个年仅九岁的孩子，像风一样尽力往前跑。仿佛我的脚三四步才接触一次地面，我只知道，那是可能的。我沿着右侧的车辙往前跑，一直跑到太阳穴突突直跳，眼睛在眼窝里搏动，我的身体左侧从肋骨底部到腋窝都升腾起一股灼热的疼痛，喉咙深处泛起金属的味道。等我实在跑不动了，趔趔趄趄地停住脚步，扭头往回看，像一匹呼吸困难的马。我深信他正穿着漂亮的黑色西服，站在我身后，表链在胸前的马甲上形成一道闪闪发光的曲线，头发一丝不乱。

但是他不见了。茂密的松树和云杉之间，那条通往城堡溪的路上空无一人。但我觉得他就在附近森林里的某个地方，用他熊熊燃烧的眼睛看着我，身上散发着燃烧过的火柴和烤鱼的味道。

我转过头，以最快的速度往前走，一瘸一拐——我两条腿上的肌肉都拉伤了，第二天早上起床的时候，我双腿酸痛，几乎走不了路。不过当时我并没有注意到这些，我只是不断地回头，一次次确认身后的路上没人。每次看时，路上都没人，但回头看非但没有减轻反倒增加了我的恐惧。冷杉树看起来更暗更浓密了，我不断想象着道路两侧的树木后面藏着什么——幽深曲折的林间小路，让人断腿的陷阱，里面不知道住着什么生物的沟壑。在一九一四年那个周六之前，我一直以为熊是森林里最可怕的东西。

现在我有了更深刻的见解。

再往前走大概一英里，就在道路从森林里伸出来、与基根大道相交的地方，我看到父亲朝我走来，还一边用口哨吹着《古老的橡木水桶》。他拿着自己的钓竿，那根从猴子沃德公司买的带有精心设计的卷线器的钓竿。他的另一只手里提着鱼篮，提手上有丝带的那个鱼篮，丝带是丹还在世的时候母亲缠上去的，上面写着"献给耶稣"。我之前一直在走，看到他以后，我一边提高嗓门尖叫着"爸爸！爸爸！"，一边开始跑起来，一瘸一拐，拖着两条疲惫的、像装了弹簧的腿，像个喝醉的海员。要是换种情况，他认出我脸上惊讶的表情会显得很滑稽。但现在他看都没看，就丢下钓竿和鱼篮朝我跑来。那是我一生中见到父亲跑得最快的一次。我们撞到时，冲击力没有让我们失去意识真是个奇迹，我一头撞在了他的腰带扣上，把鼻子都撞出血了。不过我后来才意识到。那时我只知道伸出双臂，用尽全力抱住他。我抱着他，把发烫的脸在他肚子上蹭来蹭去，弄得他那件蓝色的旧工装裤上满是血、泪和鼻涕。

"加里，怎么了？发生了什么事？你没事吧？"

"妈妈死了！"我抽泣着说，"我在森林里遇到一个男的，他告诉我的！妈妈死了！她被一只蜜蜂蜇伤了，然后伤口肿了起来，就像丹的情况一样，然后她就死了！她躺在厨房的地板上，糖果比尔……舔去了她脸上的……泪……泪……"

"水"是我要说的最后一个字，但那时我的胸口剧烈起伏，没办法说完。我的泪水又开始往外涌，将父亲震惊又恐惧的脸庞模糊成了三张重叠的面孔。我号啕大哭——不像一个擦破了膝盖的小孩，而像一条在月光下看到了什么不祥之物的狗——父亲再次把我的头紧贴在他坚实平坦的肚皮上。我从他的手后溜出来，回头看去，想确认黑衣人没有跟来。没有他的任何踪迹，那条通往森林的曲折道路上空荡荡的。我下定决心再也不走那条路了，无论如何都不，现在看来，上帝对世间万物最大的赐福就是让他们无法预见未来。我要是知道不到两个小时之后我会重新走上那条路，估计当时就崩溃了。但是在那一刻，看到依然只有我们两个人，我只觉得松了一口气。然后我想到了母亲——我那美丽的逝去的母亲——再次把脸贴到父亲的肚子上，大哭了一阵。

"加里，听我说。"过了一会儿，他说道。我继续号啕大哭，他让我哭了一会儿，然后伸手抬起我的下巴，好让他能看到我的脸，我能看到他的。"你妈妈没事。"他说。

我只是看着他，眼泪不住地往下流。我不相信他的话。

"我不知道谁跟你说的，或者是哪个坏蛋要这样吓唬一个小男孩，但我以上帝的名义发誓，你妈妈没事。"

"可是……可是他说……"

"我不在乎他说了什么。我提前从艾维汉那里回来了——他一头奶牛都不想卖，所以就随便聊了聊——觉得还有时间追上你，于是我拿了钓竿和鱼篮，你妈妈还为我们做了几片果酱面包。她刚做的，还热着呢。所以半个小时之前她还好好的，加里，我向你保证，没人听到过类似的消息，至少在半个小时之内不可能。"他看向我身后，"这个人是谁？他当时在哪儿？我要找到他，狠狠揍他一顿。"

我在两秒之内想到了一千件事——至少当时感觉如此——但我想到的最后一件事最为震撼：如果父亲见到了黑衣人，我觉得他不会是揍人的那个。也不会全身而退。

我不断地想起那些又长又白的手指，以及手指末端的尖爪。

"加里？"

"我不太记得了。"我说。

"你当时在溪水分岔处吗？那块大石头？"

当父亲问我一个直接的问题时，我从来都没办法撒谎——并非为了拯救他或者我自己的性命。"是的，但是不要去那里。"我两只手抓住他的手臂，使劲拽着，"求求你不要去。他非常可怕。"灵感像照亮天空的闪电一样袭来，"我记得他有把枪。"

他若有所思地看着我。"也许没有什么人，"他说，最后一个字的音调升高，变得几乎是但又不是问句，"也许是你钓鱼的时候睡着了，儿子，然后做了个噩梦，就像去年冬天你做的关于丹的噩梦。"

去年冬天我确实做过很多关于丹的噩梦，在梦里，我会打开我们的壁橱门，或是黑暗而弥漫着水果味的苹果酒棚里间的门，看到他站在那里，用那紫色的窒息而亡的面孔看着我。我从许多这样的梦中尖叫着醒来，也把父母吵醒了。我也确实在河岸上睡着过一小会儿——就是打了个瞌睡——但我并没有做梦，而且我很确定，在那个黑衣人把蜜蜂拍死，蜜蜂从我鼻子上滑落到腿上之前，我就醒过来了。我并没有像梦到丹那样梦到他，这点我相当肯定，尽管跟他的偶遇在我心里已经披上了一层梦幻色彩，就像我认为真的会有超自然现象那样。但是让父亲认为那个人只存在于我的想象中也许更好——对他更好。

"我想可能是吧。"我说。

"走吧，我们应该回去找到你的钓竿和鱼篮。"

他其实已经朝那个方向走了，我不得不疯狂地拉扯他的手臂才让他停下，转身面向我。

"晚点再去，"我说，"求求你了，爸爸？我想见妈妈。我必须亲眼看到她。"

他思考了片刻，然后点点头。"是的，我想是的。那我们先回家，晚些时候再去拿钓竿和鱼篮。"

于是我们一起走回农场，父亲像我的朋友一样把钓竿扛在肩上，我提着他的鱼篮，各自吃着母亲做的抹了黑加仑果酱的面包片。

"你钓到鱼了吗？"我们看到牲口棚的时候，他问道。

"是的，先生，"我说，"一条虹鳟。个头很大。"还有一条大得多的红点鲑，我想着，但并没有说出口。说实话，那是我见过的最大的，但我没办法给你看那条鱼，爸爸。我把它给了黑衣人，好让他不吃我。那奏效了……但只管用了一小会儿。

"就一条？没别的了？"

"钓到之后我就睡着了。"这算不上什么回答，但也不是谎话。

"所幸你没有把钓竿弄丢。你没有弄丢，对吗，加里？"

"对，先生。"我非常不情愿地说道。即便我能想出一个弥天大谎也没有用——反正他打定主意要回去拿我的鱼篮和钓竿了，我从他的脸上看出他打定了主意。

我们前方，糖果比尔从后门冲出来，尖声吠叫着，像苏格兰犬兴奋时那样摇摆着整个臀部。我迫不及待，期待和焦虑像泡沫一样冲到了我的嗓子眼。我丢下父亲，朝房子跑去，手里还提着他的鱼篮，内心深处依然相信自己会发现母亲死在了厨房地板上，脸部肿胀发紫，就像父亲一边哭一边喊着耶稣从韦斯特菲尔抱回的丹的模样。

但是她正站在桌台边，就像我离开时那样安然无恙，一边哼着歌一边把豌豆剥到一个碗里。她扭过头看到我，先是开心，继而转为惊惧，因为她看到了我睁大的双眼和苍白的脸颊。

"加里，怎么了？发生什么事了？"

我没有回答，只是跑到她身边，疯狂地亲吻她。过了一会儿，父亲进来说道："别担心，洛，他没事。他就是在小溪边做了个噩梦。"

"上帝保佑这是最后一个。"她说着，把我抱得更紧了，糖果比尔则尖声吠叫着，在我们脚边跳来跳去。

"如果不愿意，你不用跟我一起来，加里。"父亲说道，尽管他已经清晰地表明他觉得我应该去——我应该去，应该直面自己的恐惧，我想，就像如今的父母常说的那样。这对那些虚假的恐怖事物很管用，但两个小时的时间并没有让我改变黑衣人真实存在的想法。不过，我肯定没办法让父亲相信。我觉得没有哪个九岁的孩子能让他父亲相信，他看到魔王穿着黑色的西服从森林里走了出来。

"我去。"我说。我鼓起全部勇气，挪动双脚，趁着他还未离开，从房子里走出来跟上了他，现在，我们正站在侧院里的劈柴墩边，离柴火垛不远。

"你背后拿的是什么？"他问道。

我慢慢地拿出来。我会跟他一起去，我希望那个打扮得精致整洁的黑衣人已经不在了……但是如果他还在，我想让自己做好准备，准备到最好。我从背后拿出家里的《圣经》。我本来只想带《新约》的，那是我在周四晚上的青少年教友大赛中，因为能记住最多圣诗（我记住了八首，尽管才过去一周时间，除了第二十三首，大部分都已经从我脑袋里飘走了）而赢得的奖品，但是那本小小的红书似乎不够用，特别是当你要面对魔王本人，即使耶稣的话语都用红色墨水标记出来了，也不够用。

父亲看着那本旧《圣经》，里面鼓鼓囊囊地塞满了家庭文件和照片，我原以为他会让我放回去，但他没有。一丝掺杂着伤心和同情的神情从他脸上闪过，他点点头。"好吧，"他说，"妈妈知道你拿了《圣经》吗？"

"不知道，先生。"

他又点点头，说："那我们就希望她不会在我们回来之前发现吧。走吧。别掉了。"

差不多半个小时之后，我们两个站在河岸上，俯瞰城堡溪的分岔处，那块我遇到橙红色眼睛男人的平地。我手里拿着竹钓竿——从桥下捡起来的——看着我的鱼篮躺在下面的那块平地上，柳条盖子翻开着。我和父亲站在那里看了很久，谁都没说一句话。

猫眼石！钻石！蓝宝石！翡翠！我闻到了加里的柠檬水！这是他作

的那首令人讨厌的诗，说完之后，他便躺到地上哈哈大笑起来，像一个刚刚发现自己有勇气说出"拉屎""尿尿"这种词汇的孩子一样。下面的那块平地跟缅因州七月初的阳光能照到的任何一个苍翠繁茂的地方没什么两样——除了那个陌生人躺过的地方，青草已经枯黄死亡，呈现一个人形。

我低下头，看到自己正把那本表面起了皱的旧家庭《圣经》举在身前，两根大拇指用力地按着，都发白了。斯威特嬷嬷的丈夫诺维尔帮人打井时，就是这样紧握柳树杈的。

"你待在这儿。"父亲终于说道，然后侧着身子滑下河岸，把鞋跟插入肥沃松软的泥土，伸展手臂保持平衡。我站在原地，伸直双臂，像紧握柳树杈一样把《圣经》生硬地举在身前，心脏扑通扑通地跳个不停。我不知道那时是否有一种被人注视的感觉。我太害怕了，感觉不到任何东西，有的只是想要远离这个地方和这片森林的冲动。

父亲弯下腰，闻了闻枯草所在的地方，做了个鬼脸。我知道他闻到了什么：某种类似燃烧过的火柴的气味。然后，他抓起鱼篓，匆忙沿着河岸往上走。他突然回头看了一眼，以确保身后没有东西跟来。什么都没有。他把鱼篓递给我时，盖子依然开着，连在那个精巧的皮革铰链上。我往里面看，里面除了两把青草什么都没有。

"我记得你说钓到了一条虹鳟，"父亲说，"不过也许那也是你做的梦。"

他说话的语气刺痛了我。"不，先生，"我说，"我钓到了。"

"嗯，那它肯定没有蹦出来，在被取出内脏、清理干净之后。在取出内脏并清洗之前，你不会把鱼放进鱼篓的，对吗，加里？我教你的可不止这些。"

"是的，先生，你教过，可……"

"所以，如果你不是在梦里钓到的，如果它死了之后被放在篓子里，那一定是有什么东西来把它吃了。"父亲说，然后他又快速看了身后一眼，眼睛瞪大了，仿佛听到森林里有什么东西在动。看到他额头上渗出晶莹剔透的大颗珠宝似的汗水，我并没有感到惊讶。"走吧，"他说，"我们离开这该死的地方。"

我对此表示赞成，于是，我们沿着河岸朝木桥走去，我们走得很快，一句话都没说。到了以后，父亲单膝跪地，查看了我们找到我钓竿的地方。那里也有一片枯草，凤仙花都黄了，叶子卷曲着，好像一股热浪把它们烤焦了。与此同时，我看了一眼空空如也的鱼篮。

"他一定是回去把另外那条鱼也吃了。"我说。

父亲抬头看着我，说："另外那条鱼！"

"是的，先生。我之前没有告诉你，我还钓到了一条红点鲑，很大一条。他饿坏了，那个家伙。"我想继续说下去，那些话就在我嘴唇后面颤抖，但最后我没说出来。

我们爬上木桥，互相协助着翻过栏杆。父亲拿过我的鱼篮，往里面看了看，然后走到栏杆边，把它扔了下去。我走到他身边，刚好看到鱼篮落入水中，像条小船一样漂走了，随着水从柳条之间灌进来吃水越来越深。

"真难闻。"父亲说道，他说这话的时候并没有看我，语气听上去带着奇怪的防卫的感觉。那是我唯一一次听到他这样说话。

"是的，先生。"

"我们就跟你母亲说没找到，如果她问起的话。她要是不问，我们就什么都不说。"

"好的，先生，我们不说。"

她确实没问，我们也没说，事情就这样不了了之。

那天在森林里发生的事已经过去八十一年了，其间很多年里，我从未想起过……至少醒着的时候没想过。就像世间的任何人一样，我也对自己的梦没有把握。但是，如今老了，我仿佛会醒着做梦。疾病像很快就会吞没一座孩子遗弃的沙堡一样缠上了我，回忆也缠上了我，让我想起了一段古老的歌谣，其中一部分是这样的："不要理会它们，它们会自己回家，身后摇着尾巴。"我想起了自己吃过的饭，玩过的游戏，表演泰戈尔的剧《邮局》时在学校的衣帽间里吻过的女孩，和我同住过的男孩，我喝的第一杯酒，抽的第一支烟（在迪基·哈默家猪圈后面的玉米皮上，我还吐了）。但是在所有的回忆中，对黑衣人的记忆最为强烈，散发着幽灵般的微光。他真实存在，他是魔王，那天我不是他的使命所在，或者就是运气所致。我越来越强烈地感觉到，从他手中逃脱是我运气好——纯粹是运气，而不是我一生敬奉和歌颂的上帝插手的结果。

当我躺在养老院的房间里时，在这座被摧毁的沙堡里，也就是我的身体里，我告诉自己不用害怕魔王——我这辈子过得美好，待人仁慈，所以不用害怕魔王。有时，我提醒自己，那年夏天晚些时候，是我把母亲哄骗回了教堂，而不是我父亲。然后，在黑暗中，这些想法并不能让我感到轻松或宽慰。黑暗中传来一个声音，小声说九岁的我也没有做过任何让我应当害怕魔王的事……但魔王还是来了。我有时在黑暗中听到那个声音变得更小了，小到人无法听到的程度。大鱼！它用透着克制的贪婪语气低声说，道德世界里的所有真理在它的饥饿面前悉数崩溃。大——鱼！

很久之前，魔王来找过我一次。万一他现在再来呢？现在我老了，跑不动了，甚至不用拐杖都去不了洗手间。我也没有又大又好的红点鲑来安抚他一时半刻，我老了，鱼篮也空荡荡的。万一他再回来找我呢？

万一他还饿着呢？

———

纳撒尼尔·霍桑的作品中，我最爱《年轻的古德曼·布朗》。我觉得它算得上美国作家创作的最优秀的十部作品之一。《黑衣人》是我对它的致敬。至于创作的详情，有一天我正在跟一个朋友聊天，他碰巧提到他的爷爷相信——是真的相信——二十世纪初自己曾在森林里见到过魔王。他爷爷说魔王从森林里走出来，像正常人一样开始跟他聊天。聊天的时候，他爷爷发现这个从森林里走出来的人有一双火红的眼睛，身上散发着一股硫黄味。我朋友的爷爷相信，如果魔王意识到自己认出了他，自己就没命了，所以尽量跟他正常交谈，直到他最后离开。我这个故事是从我朋友的故事生发而来，写的时候毫无乐趣可言，但我依然继续写了下去。有时候，故事会大声嚷嚷，你把它们写下来就能让它们闭嘴。我原以为这篇作品不过是一个从旁人视角讲述的单调乏味的民间传说，自然跟我非常喜欢的霍桑的作品相去甚远。当《纽约客》杂志要求刊登时，我非常震惊。等它在一九九六年获得欧·亨利短篇小说奖一等奖时，我坚信一定有人搞错了（但这并没有阻止我接受奖项）。读者的反馈也普遍比较积极。这个故事证明，作者常常是自己作品最差的评判者。

All That You Love Will Be Carried Away
你所爱的终将逝去

　　这是 80 号州际公路上的一家 6 号汽车旅馆，位于内布拉斯加州林肯市西侧。随着一月黄昏的阳光渐渐隐去，下午三点钟左右开始下的雪把路标浓艳的黄色变成了柔和的淡色调。在空洞放大效应的作用下，寒风正在迫近；这种效应你只能在这个国家平坦的中部才能见到，通常在冬季。而这只意味着不适，但如果今夜下起大雪——天气预报员似乎也无法下定结论——那么明早州际公路就会关闭。这对阿尔菲·齐默来说毫无问题。

　　他从一个穿红马甲的男人手里接过钥匙，一路开到那栋长长的煤渣砖砌成的建筑物尽头。他在中西部销售货物已有二十年了，确立了四条确保晚上休息的基本原则。第一，永远提前预订。第二，可能的话预订连锁旅馆——你熟悉的假日酒店、华美达酒店、精选酒店、6号汽车旅馆。第三，永远要求尽头的房间。这样，你最多只会有一对吵闹的邻居。最后，要一楼的房间。阿尔菲已经四十四岁了，不能玩载货汽车停车场上的妓女、吃炸鸡排或是把行李拎上楼了。如今，一楼的房间通常是无烟房。阿尔菲租下了房间，照常抽烟。

有人占去了190号房前面的车位。沿着建筑物的所有车位都被占用了，阿尔菲并不觉得吃惊。你可以提前预订，确保有房间，但是如果你到晚了（像今天这种日子，下午四点之后就算晚了），就得把车停远，然后走过来。那些早归的鸟儿般的汽车沿着灰色的煤渣砖建筑和亮黄色的房门停成一长排，车窗上已经落了薄薄的一层雪。

阿尔菲驾车绕过街角，把车停下，车头冲着某个农民沐浴在白日将近时暗淡的光线中的一大片白茫茫的田地。在视线所及的最远处，他能看到一个农场上的点点灯光。在那里，他们能安下心来。在这里，风力强劲，足以摇动汽车。大雪飘过，暂时抹去了农场上的灯光。

阿尔菲身形高大，面色红润，因为抽烟，呼吸声奇大。他穿着一件大衣而不是夹克，因为当你兜售东西的时候，这就是人们希望看到的。零售店店主要是穿着夹克、戴着约翰·迪尔的帽子向人们出售东西，大家都不买。房间钥匙放在他旁边的座位上，上面带一颗绿色的塑料钻石。那钥匙就是一把钥匙，而不是磁卡。广播里，克林特·布莱克正唱着《唯有尾灯为伴》，这是一首乡村歌曲。林肯市电台现在有个摇滚乐FM频道，但是摇滚乐不太合阿尔菲的胃口。至少在这儿不行，得在调到AM频道还能听到愤怒的老男人召唤地狱之火的地方。

他关掉发动机，把190号房的钥匙放进口袋，看了一下笔记本也在里面——他的老朋友。"拯救俄国的犹太人，"他提醒自己道，"收集有价值的奖品。"

他下了车，一阵风猛地吹过，吹得他身体往后仰，裤腿哗哗作响，

56

他发出烟民那种吃惊的咯咯的笑声。

样品在后备厢里，但他今晚不需要它们。不，今晚一点都不需要。他从后排座位上拿出行李箱和公文包，关上车门，然后按了一下车钥匙上的黑色按钮。这会锁住所有的车门。红色的按钮是触发警报，被打劫的时候用的。阿尔菲从未被打劫过。他猜很少有兜售食品的销售员没被打劫过，特别是在这种地方。在内布拉斯加、艾奥瓦、俄克拉何马和堪萨斯州有食品销售市场，甚至在南、北达科他州也有，尽管许多人可能不信。阿尔菲做得相当不错，特别是在过去的两年里，其间他对市场有了更深的了解——但是这永远也比不上，比如，化肥的市场。此刻，冬日刺骨的寒风都要把他的脸冻僵了，脸也变得更红了，但他依然能闻到风中化肥的气味。

他又在原地站了片刻，等着风势减弱。风小了，他又能看到点点灯光了。农舍。在那些灯光后面，某个农夫的妻子会不会正在热一锅佃农牌豌豆汤，或者用微波炉加热佃农牌肉末土豆馅饼或法式鸡排呢？这是可能的，这非常有可能。她丈夫在看早间新闻，鞋子脱了，穿着袜子的双脚放在搁脚凳上，楼上，他们的儿子在用任天堂游戏机玩游戏，女儿坐在浴缸里，香气宜人的泡泡没到下巴，头发用丝带扎了起来，正在读菲利普·普尔曼的《黄金罗盘》，或者"哈利·波特"系列中的一本，这些都是阿尔菲的女儿卡林最爱看的书。那些灯光后面，某个家庭的万向接头平滑地转动着，但是，在他们和停车场的边缘之间，有一英里半的平坦田地，在低沉的天空下流逝的日光中泛着白，因季节的流转陷入昏沉。阿尔菲想象自己穿着皮鞋，走在那片田地里，一手拿着公文包，一手提着行李箱，最后终于到了，敲门。门开了，他闻到豌豆汤的味道——那丰盛美好的味道，听到KETV电视台的气象学家在另一个房间里报道："但是现在先看看这个刚从落基山脉过来的低压系统。"

阿尔菲会对农夫的妻子说什么呢？说他是来吃晚饭的？他会建议她

拯救俄国的犹太人，收集珍贵的奖品吗？他会上来就说"夫人，根据至少一个我最近读到的消息，你所爱的终将逝去"吗？这会是个不错的打开话匣子的办法，一定会让农夫的妻子对这个刚刚穿过她丈夫的田地来敲他家门的流浪的陌生人产生兴趣。等她邀请他进门跟她细说的时候，他可以打开公文包，给她几本样品册子，跟她说，如果她会选择佃农牌的速食佳肴，几乎肯定会喜欢上更为精致的"我的母亲"系列产品。对了，她喜欢鱼子酱吗？很多人喜欢。即使是在内布拉斯加。

寒风刺骨。他站在这里，要冻僵了。

他转过身，背对着田地以及尽头的点点灯光，朝汽车旅馆走去，他小心翼翼地像鸭子一样走路，以免摔个屁股开花。他之前就摔过跟头，天晓得，他在五十个汽车旅馆的停车场上摔过跟头。实际上他在大多数停车场上都摔倒过，所以觉得这至少是部分问题所在。

有一道屋檐，他这才脱离了大雪。有一台可乐贩卖机，上面写着"请使用正确面值的零钱"。有一台制冰机和一台零食贩卖机，弹簧床垫似的金属片后面放着糖果和种类繁多的薯片。零食贩卖机上没有"请使用正确面值的零钱"的指示。在他打算自杀的房间左边的房间，阿尔菲能听到早间新闻，但在那边的农舍里听效果会更好，他确信这一点。寒风呼啸，雪花围着他的鞋边打转，然后，阿尔菲走进自己的房间。灯的开关在左边，他打开灯，关上门。

他了解这个房间，这是他梦寐以求的房间。方方正正，四面墙壁是白色的。其中一面上挂着一幅画，画上有一个小男孩，头戴草帽，手里拿着钓竿，睡着了。地上有张绿色的地毯，厚约四分之一英寸，人工编织的，上面满是疙瘩。现在房间里很冷，但等他按下窗户下方空调控制面板上的高温按钮，很快就会暖和起来，可能还会变得燥热。一张桌子占了整一面墙，上面有台电视机，电视上放了一张硬纸板，上面印着"一键观影"几个字。

有两张单人床，上面铺着亮金色的被子，被子从枕头下绕过，然后翻上来，使得枕头看起来就像婴儿的尸体。两张床之前有张桌子，上面放着一本基甸版《圣经》、一份电视节目单和一台肉色的电话。第二张床再往里是卫生间。打开卫生间的灯，换气扇也会开启。你要是想要光，也会得到风扇，没有其他办法。卫生间的灯是荧光灯，里面藏着死苍蝇的魂魄。洗手台旁边的桌子上会有一个便携电炉、一个宝膳力牌电烧水壶，以及几小包速溶咖啡。这里有股味，混杂着某种刺鼻的清洗液味道和浴帘上的霉味。阿尔菲对这些都了然于胸。连绿地毯他都梦到了，但这算不上什么，这并不是个很困难的梦。他想打开暖气，但它也会咯咯作响，而且，打开又有什么意义呢？

阿尔菲解开大衣扣子，把行李箱放在靠近卫生间的单人床床脚边，把公文包放在金色的被单上。他坐下来，大衣的两襟像裙子一样铺开。他打开公文包，在各种册子、产品目录和订货单间翻找着——他终于找到了那把枪。这是一把史密斯-威森左轮手枪，点三八口径。他把枪放在床头的枕头上。

他点着一支烟，伸手去拿电话，这时他想起了笔记本。他把手伸进大衣的右口袋，拿出笔记本。这是一本破旧的活页笔记本，是花了一美元四十九美分从奥马哈、苏城或者堪萨斯州朱比利市的一个被人遗忘的廉价商店买来的——封面皱巴巴的，上面几乎看不到任何文字和图案了。有些页面有一部分从金属线圈上脱落了，但所有页面都还在。阿尔菲随身携带这个笔记本差不多七年了，自从他为西蒙奈科斯公司销售统一产品代码扫描器时就带着了。

电话下面的架子上有个烟灰缸。在这里，有些汽车旅馆的客房里还有烟灰缸，甚至在一楼都有。阿尔菲伸手去拿烟灰缸，把烟放在凹槽处，然后打开笔记本。他翻阅着——里面的内容是用五花八门的笔写的（还有一些是铅笔字），时不时停下来念一些条目。其中一条是："我噘着小嘴给吉姆·莫里森口交（劳伦斯，堪萨斯）。”卫生间里涂满了同性恋涂鸦，大多千篇一律，很讨人厌，但“噘着小嘴”很不错。另一条是：“艾伯特·戈尔是我最喜欢干的人（默多，南达科他）。”

在最后一页纸上四分之三的地方，只有两个条目。“不要嚼特洛伊口香糖，吃起来就像橡胶（阿沃卡，艾奥瓦）。”另一条是：“拉尼尼吸大麻你这个大傻子（帕皮利恩，内布拉斯加）。”阿尔菲非常喜欢这条。先是“a，a”，然后突然变成了“i”。这也许不过是一个文盲的错误（他肯定这是莫拉的责任），但是为什么要这么想呢？这样有什么乐趣呢？不，阿尔菲更愿意（即使现在）相信“a，a”……等一下……“i”是故意为之，狡猾而顽皮，有点卡明斯的味道。

他摸索着大衣内侧口袋里的物件，有纸、旧通行券、一瓶药片——他已经不再吃了——最后终于找到了那支总是藏在杂物下面的笔。该记录今天的发现了。两个不错的，来自同一个服务区，一个在他当时用的小便池上方，另一个用锐意马克笔写在零食贩售机旁边的地图盒上。（在阿尔菲看来，思脆这个品牌有上佳的产品线，但是在大约四年前，因为某种原因被剥夺了在80号州际公路服务区的销售权利。）近来，有时一连两周，阿尔菲驱车三千英里都见不到一条新涂鸦，甚至旧涂鸦连一点明显的变化都没有。这次是一天之内得了两条——生命的最后一天得了两条，就像某种预兆。

他的笔身上有一行金色的字，**佃农食品，放心产品**，紧挨着商标——一间茅草屋，烟雾从古雅地弯曲着的烟囱里冒出来。

阿尔菲坐在床上，依然穿着大衣，认真地俯身看向那本旧笔记本，影子投在页面上。在“不要嚼特洛伊口香糖”和“拉尼尼吸大麻你这个大傻子”下方，阿尔菲添上了“拯救俄国的犹太人，收集珍贵的奖品（沃尔顿，内布拉斯加）”和“你所爱的终将逝去（沃尔顿，内布拉斯加）”。他犹豫了一下，因为他很少添加注释，喜欢让自己的发现独立存在。解释说明的文字透着一种怪异的俗套（或许是他渐渐有了这种想法，早年间他会更随意地添加注释），但是不时加上一个脚注，不仅能阐释说明，还更富启发性。

他盯着第二个条目——"你所爱的终将逝去（沃尔顿，内布拉斯加）"——在距离页面底部两英寸的地方画了一条线，写了起来。*

他把笔放回口袋，想知道自己或是任何人在即将结束一切的时候为什么还要继续做某件事。他一个答案都想不出。当然，你也会继续呼吸。没有一场粗暴的手术，你是不会停止呼吸的。

外面一阵狂风吹过，阿尔菲快速地朝窗户看了一眼，窗帘（也是绿色的，但与地毯的绿色不同）被拉上了。如果他拉开窗帘，就会看到80号公路上的一条条灯带，上面每一颗明亮的珠子都代表着在高速公路上飞驰的有意识的人。然后，他又低下头看着笔记本。他打定主意，就这样吧，这样也……好……

"呼吸。"他面带微笑地说。他从烟灰缸上拿起烟，吸了一口，把烟放回凹槽，又往回翻笔记本。这些条目让他想起了数不清的载货汽车停车场和路边的炸鸡饭以及高速公路服务区，就像广播中的某些歌曲能让人回忆起某个特定的地点、特定的时间、你身边的人、你喝的东西，以及当时的想法。

"我坐在这儿，伤心绝望，想拉屎，却只放了个屁。"每个人都知道这个，但这里有个有趣的翻版，出自俄克拉何马州胡克市的D&D牛排餐馆："我坐在这儿，不知所措，努力想拉出墨西哥卷饼酱。我知道我能拉一大坨，只希望我不要爆炸。"还有来自25号州道与80号州际公路交会处的艾奥瓦的凯西的："我妈把我变成了妓女。"有人用另一种笔迹在下

---

*要看到这一条，你必须看向从沃尔顿休息区回高速公路的出口坡道，即在离开的时刻。（凡作者注，均用星号标示，以区别于译注。）

面补充道："如果我提供纱线，她能把我变成妓女吗？"

当他还在销售统一产品代码扫描器的时候，就已经开始收集了，把各种各样的涂鸦词句记在活页笔记本上，起初他甚至都不知道自己为什么这么做。它们就是引人发笑，或是令人困惑，或二者都是。但是，渐渐地，他被这些州际公路上的信息迷住了，在这里，当你在雨中经过的时候，仅有的另一种交流就是把前灯调为近光，或者当你将车子开上超车道，车尾喷溅着雪沫时，某个心情不好的家伙会朝你竖中指。他逐渐意识到——或许只是希望——这里有事发生。比如，那首轻快的卡明斯小诗，"拉尼尼吸大麻你这个大傻子"，或者，那句不善表达的愤怒发泄，"韦斯特街1380杀了我妈拿走了她的珠宝"。

或者这句："我坐在这儿，脸部扭曲，分娩另一个得克萨斯人。"如果你琢磨一下，会发现韵律是错的，没有抑扬格，只是某种蹩脚的三连音节格式，重音落在第三个音节上。好吧，结尾的时候有点乱了，却也在一定程度上更容易让人记住，因为末尾处那个可以帮助记忆的曲折。他曾多次想过，自己可以回到学校，再上几门课，熟练掌握韵脚韵律，弄明白自己在说什么，而不是完全靠直觉走钢丝。学校里学的那些他只记得五步抑扬格："生存还是毁灭，这是一个问题。"实际上，他是在70号州际公路上的男厕所里看到这个的，有人在下面补充道："真正的问题是你父亲是谁，蠢货。"

这些三音节诗。它们被称作什么呢？是抑扬诗吗？他不知道。他搞清楚的事似乎已经不重要了，但是他能去搞清楚的事，是的，还很重要。这是人们都学过的东西，不是什么大秘密。

比如这个版本，阿尔菲也在全国各地都见到过："我坐在这儿，在马桶上，分娩一名缅因州警察。"总是缅因州，无论你在哪儿，它总是缅因州警察，为什么？因为其他州都不符合格律要求。缅因州（Maine）是五十个州中唯一一个州名只有一个音节的州。而且，还是在一首三连音诗中："Here I sit, on the pooper."

他想过出本书，小小的一本。他想到的第一个书名是《不要往这儿看，你尿在鞋上了》，但是你不能给一本书起这样的名字。不能这样，毕竟还希望有人把它放到书店里卖呢。另外，这也不够严肃。浅薄。这么多年来，他已经渐渐相信，这里有什么事情发生，而且并不轻浮。他最终决定的书名改编自他在54号高速公路上、堪萨斯州斯科特堡市外的服务区厕所里看到的涂鸦文字，《我杀了特德·邦迪：美国高速公路的中转密码》，阿尔弗雷德·齐默著。听上去既神秘又有一种不祥的感觉，还有点近乎学者的风范。但是他从未出过书。尽管他在全国各处都见过"如果我提供纱线，她能把我变成妓女吗？"被加到"我妈把我变成了妓女"下面，却从未解释过（至少没有付诸文字）回复文字中那种令人震惊的同情心的缺失，那种"要学会接受"的冷酷。那"钱财是新泽西之王"呢？你怎么解释为什么新泽西会让它听上去滑稽好笑，而换作其他州的名字就可能不会呢？哪怕去尝试都显得近乎傲慢自大。毕竟，他只是个小人物，做着一份小人物的工作。他销售东西，目前是速冻食品。

现在，当然了……现在……

阿尔菲又吸了一大口烟，把烟掐灭，然后给家里打电话。他不希望莫拉接电话，她也没有。回答他的是他自己的录音，结尾是他的手机号码。这样会有许多好处。手机在那辆雪佛兰的后备厢里，坏了。他在小物件上从未有过好运气。

哔声之后，他说："嘿，是我。我现在在林肯，正在下雪，记得把那口炒菜锅带给我妈妈，她会等着的。她还问我要了红球优惠券。我知道你觉得她对那东西着迷了，但是迁就一下她吧，好吗？她年纪大了。告诉卡林，爸爸问她好。"他顿了顿，差不多五年来第一次说道："我爱你。"

他挂了电话，想再抽支烟——不用担心肺癌，现在不用了——最后决定不抽了。他把笔记本翻到最后一页，放在电话旁。他拿起枪，取出弹匣，弹仓是满的。他手腕一抖，弹匣咔嚓一声复位，然后他把短枪管塞进嘴里，上面有股机油和金属的味道。他想着，我坐在这儿，准备放松下来，吞下一颗该死的子弹。他含着枪管咧嘴笑了。糟糕。他可能没办法把这个写到笔记本里了。

然后，一个想法突然出现在他的脑海里，他把手枪放回枕头上的凹陷处，再次拿起电话，又拨了家里的号码。他等着自己的录音说完那个没用了的手机号码，然后说道："还是我。别忘了后天兰博要去宠物医院看病，好吗？晚上别忘了喂鱼干条，那对它的腿有好处。再见。"

他挂了电话，再次举起手枪。不等枪管伸入嘴里，他的目光又落在笔记本上。他皱起眉头，放下手枪。笔记本翻到了最后四个条目。等有人听到枪声赶来时，首先看到的会是他的尸体，趴在靠近卫生间的那张床上，脑袋垂在床沿，血滴在绿色的地毯上。而他们看到的第二件事物会是那本活页笔记本，翻到写了字的最后一页。

阿尔菲想象着某个警察，某个出于韵律要求而永远不会在浴室的墙上被人提到的内布拉斯加州警察，读着那最后几个条目，也许会用笔尖把那本破旧的笔记本转向自己。他读了前三个条目——"特洛伊口香糖""拉尼尼抽大麻""拯救俄国的犹太人"——会认为阿尔菲是精神错乱。他读了最后一行，"你所爱的终将逝去"，会认为这个死了的家伙最后恢复了一点理智，但只够写半清醒半糊涂的自杀遗书。

阿尔菲不喜欢别人认为他疯了这个想法（继续查看笔记本，里面包含的此类信息，"米杰尔·埃弗斯好好地生活在迪士尼乐园里"，只会证实这种印象）。他并没有疯，而他多年来写下的东西也并不疯狂。对此他深信不疑。如果他搞错了，如果这只是疯子的嚷闹，那它们更需要被仔细检查了。比如"不要往这儿看，你尿在鞋上了"这条，是幽默吗，还是愤怒的咆哮？

他想用马桶处理掉笔记本，然后又摇了摇头。他最终会双膝跪地，撸起衬衫袖子，在里面捞来捞去，把那该死的笔记本弄回来。换气扇咔嗒咔嗒地叫，日光灯嗡嗡地响。尽管浸入水中会让一些墨迹模糊，但不会让整本笔记都模糊，至少不会过于模糊。另外，这本笔记本已经跟着他那么久了，在口袋里随他走过了无数英里平坦而空旷的中西部平原。他讨厌把它冲走的想法。

那就最后一页？一张纸，团起来，肯定能冲下去。但是这样他们（总是有个"他们"）就会发现余下的那些神志不清的确凿证据。他们会说："幸亏他没想端着把 AK-47 去学校，拉一帮小孩垫背。"他们会像系在狗尾巴上的锡罐一样缠着莫拉："你听说她丈夫的事了吗？"他们会在超市里彼此这样问道："在汽车旅馆里自杀了，留下了一本记满疯言疯语的笔记。他没杀了她真是万幸。"当然，对此他可以心肠硬一点。毕竟，莫拉是个成年人。但是，卡林……卡林还是……

阿尔菲看了看手表。学校篮球二队的赛场，这就是此刻卡林所在的地方。她的队友也会跟那些超市的妇女说差不多的话，不过是在只有彼此能听到的范围内，且伴随着七年级女孩的冷漠笑声，眼睛里充满了快乐和惊骇。这样公平吗？不，当然不公平，但是他所经历的一切也没有丝毫公平可言。有时，当你沿着高速公路行驶的时候，会看到有些独立卡车司机使用的翻新轮胎上剥落的橡胶条。这就是他此刻的感受：被丢弃的胎面。药片让情况变得更糟，它们让你的头脑清醒到刚好能意识到自己身处多大的困境中。

"但是我没有疯，"他说，"这不会让我发疯。"不。也许疯了反倒更好。

阿尔菲拿起笔记本，啪的一声合上，就像把那把点三八口径的手枪的弹匣咔嚓一声复位一样，然后坐在那儿，用笔记本轻轻敲着腿。这太荒唐了。

无论是否荒唐，他都觉得很烦。就像他在家的时候老是觉得炉子没关，这让他烦躁不安，直到他终于站起身去查看，结果发现炉子是凉的。

只是现下这种情况更糟，因为他喜欢笔记本里记的东西。逐渐积累涂鸦——想着涂鸦——是他过去这些年真正的工作，不是销售产品代码扫描器或是用精巧的可微波炉加热的盘子装着的斯旺森或冰箱女王速冻食品。比如"海伦·凯勒上了她的伐木机"之类的疯话。不过，一旦他死了，这个笔记本就很可能成为让人极为难堪的事物。那就像不小心把自己吊死在了衣橱里，仅仅因为你在试验一种新的手淫方式，结果被人发现短裤褪到了脚边，脚踝上沾着大便。他笔记本上的一些内容估计会同他的照片一起出现在报纸上。要是搁在过去，他大概会嘲笑这个想法，但如今，当圣经带 [1] 上的报纸都例行公事般报道总统阴茎上的一颗痣的时候，这种想法很难不去理会。

那烧了它？不，他会触发该死的烟雾探测器的。

把它放在墙上的照片后面？那张一个小男孩手拿钓竿、头戴草帽的照片？

阿尔菲想了想，然后缓缓点了点头。算是个不错的主意。这本活页笔记本可能在里面待上很多年，然后，在遥远的将来的某一天，它会掉下来。某人——也许是个房客，更可能是个女服务员——会好奇地捡起来，然后翻开看。那个人会做何反应？震惊？饶有兴味？摸不着头脑？阿尔菲更希望是最后一种情况，因为笔记本里的内容确实会让人迷惑。"猫王杀了只大猫咪。"一个得克萨斯州哈克伯里的家伙如此写道。"坦诚相待便是平静。"南达科他州拉皮德城的一个人这么认为。在这下面，有人写道："不，愚蠢，平静 $=(va)^2+b$，如果 $v=$ 平静，$a=$ 满足，那么 $b=$ 性和谐。"

那就放在照片后面吧。

阿尔菲刚走到房间的一半，突然想起了大衣口袋里的药片。汽车的

---

[1] 多指美国南部一些基督教福音派在社会文化中占主导地位的地区。

置物箱里还有更多，种类不同，但作用相同。这些都是处方药，但不是当你感觉……嗯……乐观开朗时医生给你的那种药。所以，警察会仔细搜查这个房间，看看还有没有其他种类的药，等他们抬起墙上的照片，笔记本就会掉到绿色的地毯上。因为他的费心隐藏，笔记本里的内容会显得更为糟糕，更为疯狂。

他们会把最后一句当成自杀遗言，仅仅因为它是最后一句。不论他把笔记本放在哪里，这件事都会发生。就像东得克萨斯州的某个收费站诗人写过的，这事"像沾在美国屁股上的屎一样确定无疑"。

"如果他们发现了它。"他说，就这样，答案不言自明。

积雪越来越厚，风更强劲了，田地那头的灯光也消失不见了。阿尔菲站在停车场边上被积雪覆盖的汽车旁，大衣在身前翻腾。在农场里，这会儿他们肯定都在看电视。他妈的全家人一起。当然，假设碟形天线没有被风从农舍屋顶吹落的话。在他自己家，卡林的篮球赛结束后，莫拉和女儿应该快到家了。莫拉和卡林的世界与州际公路无关，与几乎淹没了破败小路的快餐盒无关，也与以七八十甚至九十英里的时速驶过的半挂车恼人的轰鸣声无关。他并不是在抱怨（或者说他希望自己不是），他只是指出事实。"即使有人，也没人在这儿。"就像密苏里州乔克勒福尔的某个家伙在一个厕所的墙壁上写的那样，有时，那些服务区的卫生间里会有血，大多数时候只有一点，但是他曾经看到过一面有抓痕的不锈钢镜子下面的肮脏洗手池里盛了半池子血。有人注意过吗？有人报警吗？

在一些服务区，天气预报不停地从头顶的扩音器里传出来，在阿尔菲看来，这声音好像鬼附身一样，一个鬼魂的声音从一具尸体的声带上传出来。在堪萨斯州的坎迪市，位于283号公路上的内斯县，有人写道："你瞧，我站在门口敲门。"下面另有人补充道："你要不是PCH直销公司的人，就走开，坏家伙。"

阿尔菲站在人行道边缘，略微有些气喘，因为空气寒冷刺骨，还飘着雪花。他左手拿着那本活页笔记本，那笔记本弯得几乎对折了。毕竟，没有必要毁掉它。这里是林肯市西部，他可以直接把它扔到随便哪个农民的田地里。风会帮助他的。笔记本可能飞出二十英尺，然后，风会把它翻滚着带到更远的地方，直到它最终落在垄沟里，被雪盖住。它会躺在积雪下面一整个冬天，那时他的尸体早已被运回了家。春天，农民开着拖拉机过来，驾驶室里充斥着佩蒂·勒芙莱斯、乔治·琼斯，甚至柯林·布雷克的歌，他会毫不知情地把那本活页笔记本犁到土下，然后它就会消失在物质循环中。总得有这么个循环。"放轻松，这不过是漂洗循环罢了。"有人在距离密苏里州卡梅伦不远的35号州际公路上的公用电话旁边这样写道。

阿尔菲把笔记本往后举，好扔出去，然后又放下了胳膊。他不愿扔掉它，这就是事情的真相。这就是所有人总挂在嘴边的"底线"。但是现在情况不太好。他又举起手臂，然后再次放下。在这种痛苦和优柔寡断中，他不由得哭了起来。大风从他身边呼啸而过，奔向目的地。他只知道，他不能再像过去那样生活了，一天都不能。而朝嘴里开一枪要比任何生存挑战都来得轻松，这个他也知道。比奋力写一本没几个人（如果还能有人的话）会读的书要轻松得多。他再次把手臂抬到耳后，像一个准备扔快球的投手一样，然后就这样停住了。他有了一个主意。他会数到六十，如果在此期间，农舍里的灯光再次出现的话，他就会努力写那本书。

他想，要写这样一本书，开头你得讲如何利用绿色的里程标记牌测量距离，还有陆地的宽度；当你在俄克拉何马州或北达科他州的服务区走出汽车时，风听上去如何，它听上去几乎就像有人在说话一样。你得解释沉默，解释为什么卫生间里总是一股离开了的旅行者的尿和大响屁的味道，解释墙壁上那些声音是如何在这沉默中开始说话的——那些写了字然后继续赶路之人的声音。尽管解释的过程会很难受，但是如果风速下降，农场的灯光重新出现的话，他还是会做的。

如果没有出现，他就把笔记本扔到田地里，回到190号房间（在思脆贩售机旁左转就是），然后像计划的那样开枪自杀。

非此。即彼。

阿尔菲站在那里，在心里默默地从一开始数，等着看风会不会变小。

———

我喜欢驾驶，而且特别沉迷于在州际公路上长时间高速行驶，你看到的只有两侧的牧场以及相隔大约四十英里的煤渣砖建的服务区。服务区的卫生间里总是布满涂鸦，其中一些极为怪异。我开始收集这些不知何处寄来的信件，记在一个袖珍笔记本上，从网络上找其他的（有两三个网站专门做这个），最后找到了与它们契合的故事。这就是那个故事。我不知道它是好还是坏，但我非常喜欢故事中的主人公，真希望他最终平安无事。在第一稿中，结局确实如此，但《纽约客》的比尔·比福德建议结尾要更加暧昧。他大概是对的，但我们还是为世上的阿尔菲·齐默们祈祷吧。

The Death of Jack Hamilton

杰克·汉密尔顿之死

希望你从一开始就搞明白一件事：地球上没人不喜欢我朋友约翰尼·迪林杰，除了联邦调查局的梅尔文·珀维斯（珀维斯是 J. 埃德加·胡佛的得力助手，他对约翰尼恨之入骨），除此之外的所有人——这么说吧，约翰尼总有办法让人喜欢他，就是这样。他总有办法把人们逗笑。他总是说，上帝会让一切都好起来的。你怎么能不喜欢一个持有这种人生哲学的人呢?

人们不想让这样的人死去。你会惊讶地发现，仍有许多人说一九三四年七月二十二日在芝加哥的传奇剧院旁被 FBI 特工击毙的不是约翰尼。毕竟，当时负责追捕约翰尼的是梅尔文·珀维斯，而且，珀维斯为人卑鄙，还是个该死的蠢货（那种想要从窗户往外撒尿却不记得先把窗户打开的家伙）。不过你也不会从我这儿听到什么更难听的话了，那个打扮花哨的同性恋。我多恨他啊！我们都那么恨他！

在威斯康星州小波希米亚的枪战之后，我们甩掉了珀维斯和追兵——所有人都逃了出来！当年最大的谜团是那个同性恋是如何保住饭碗的。约翰尼曾经说过："J.埃德加可能找不到一个口活比得上他的女人。"我们那个笑啊！当然，珀维斯最后逮到了约翰尼，但也是在传奇剧院外面布下埋伏，趁他沿着一条小巷逃跑的时候从身后射中了他。他摔倒在秽物和猫屎里，说了句："这是怎么回事？"然后就死了。

尽管如此，人们依然不相信。他们说约翰尼长相英俊，看上去就像个电影明星。特工在传奇剧院外面射杀的那家伙脸盘肥大，肿胀得像根煮熟的香肠。他们说，约翰尼还不到三十一岁，被警察射杀的那个傻瓜看上去少说也有四十了！还有（说到这儿，他们压低了声音），谁都知道约翰尼·迪林杰的家伙有棒球棍那么长，而被珀维斯在传奇剧院外面伏击的那伙计的家伙也就标准的六英寸。还有他上嘴唇的疤痕，你可以从太平间的尸体照片上（比如那张，一个蠢货抬起我老伙计的头，神情庄重，好像在断然向全世界宣称，犯罪不值得）清楚地看到，那个伤疤把约翰尼一侧的胡子一分为二。大家都说，谁都知道约翰尼·迪林杰从未有过这样的伤疤，只要看一下别的随便哪张照片。上帝知道，他的照片多得是。

甚至还有一本书声称约翰尼没死——说他比其他的同伙活得长久得多，最后去了墨西哥，住在一个大农场上，用他那超大号的家伙满足着无数已婚和未婚的女人。那本书声称我的老伙计于一九六三年十一月二十日去世——比肯尼迪早死两天——终年六十，而夺去他性命的并不是一颗联邦调查局的子弹，而是最平常不过的心脏病，还说约翰尼·迪林杰是在床上去世的。

这是个不错的故事，可惜不是真的。

最后那些照片上约翰尼的脸看起来肥大，是因为他真的胖了不少。

他是那种一紧张就要吃东西的人，杰克·汉密尔顿死在伊利诺伊州的奥罗拉之后，约翰尼觉得下一个就轮到他了。我们把可怜的杰克带到采砾场后，约翰尼就是这样说的。

至于他的家伙——自从我们在印第安纳州的彭德尔顿少年管教所遇见之后，我就认识约翰尼了——我亲眼见过他穿衣服脱衣服，霍默·范·米特可以做证，他的家伙不算小，但并没有特别大。（你要想知道，我来告诉你谁的家伙大：多克·巴克——那个奶嘴男！哈哈！）

这就要说到约翰尼上唇的伤疤了，在那些他躺在冷却板上的照片上，你能看到它把他的胡子一分为二。之所以在约翰尼的其他照片上看不到那个伤疤，是因为那是他到了最后才落下的。这事发生在奥罗拉，当时我们的老伙计杰克·雷德·汉密尔顿正躺在临终的床上。而这正是我想向你们讲述的：约翰尼·迪林杰是如何落下上唇那道疤痕的。

在小波希米亚的枪战之后，我和约翰尼还有雷德·汉密尔顿从后窗逃了出来，一路沿着湖边往前赶，而珀维斯和他的蠢货手下还在朝旅馆的正面狂射子弹。老天，我希望持有那家旅馆的德国佬买了保险！我们找到的第一辆车属于隔壁一对年迈的夫妇，车子发动不了。我们在第二辆车上的运气更好一些——一辆福特小轿车，车的主人是一个刚上路的木匠。约翰尼让他坐到驾驶座上，他载着我们朝圣保罗开了很长一段路。然后他被请下车——他倒是非常乐意——然后我接过手。

我们从圣保罗下游二十英里的地方穿过密西西比河，尽管当地警察都在密切关注他们口中的"迪林杰团伙"，但我觉得，要不是逃跑时杰克·汉密尔顿弄丢了他的帽子，我们本可以平安无事的。他当时全身冒汗——他紧张的时候总是这样——当他看到木匠的汽车后座上有块破布，就把它弄成一股绳，然后像印第安人一样把它缠到脑袋上。这刚好引起了停在螺旋桥威斯康星州那侧的警察的注意，当我们从他们身边经过时，他们便开始追赶我们，想看个究竟。

我们原本已经走投无路了，但是约翰尼总是命大——至少在传奇剧院之前。他把一辆运牛卡车堵在我们和他们之间，警察始终没办法越过来。

"加把劲，霍默！"约翰尼朝我大喊，他在后排座位上，声音里带着少有的幽默，"快点走！"

我也确实这么做了，然后我们就把运牛卡车甩在了尘土中，那些警察则被困在它后面。再见，妈妈，等找到工作我会写信的。哈哈！

等我们看上去甩掉了他们之后，杰克说道："慢点开，你这个蠢货——没必要因为超速而被逮捕。"

于是我把车速降到了三十五英里每小时，接下来的十五分钟里，一切看上去平安无事。我们谈论着小波希米亚，不知道莱斯特（我们总是把他叫作"娃娃脸"）有没有跑掉，这时，突然传来了步枪和手枪的射击声以及子弹从路面上呼啸而过的声音。是桥边的那些蠢警察，他们追上来了，只剩最后的百十来码，现在的距离足以让他们射击轮胎了——即使那个时候，他们可能也不十分确定车里的就是迪林杰团伙。

他们并没有疑虑太久。约翰尼用手枪枪托打破了后窗玻璃，开始朝后射击。我再次猛踩油门，把车速提到了五十英里，这在当时已经是飞快了。路上车辆不多，但只要有车，我就想尽一切办法超过去——从左侧，从右侧，从排水沟里。我两次把驾驶员一侧的轮子开得腾空，但都没有翻车。开车逃跑的时候，没有什么车能比福特好用。约翰尼曾经给亨利·福特本人寄过信。"当我坐在福特车里的时候，我能把任何一辆车甩在身后。"他告诉福特先生，而那天我们确实把他们甩在了身后。

不过我们也付出了代价。不断传来"嗖！嗖！嗖！"的声音，风挡玻璃上出现了一条裂缝，一小块金属——我很确定是点四五口径手枪的子弹——嵌到了仪表盘上，看上去就像一只硕大的黑色榆树甲虫。

杰克·汉密尔顿当时坐在副驾驶座上。他从汽车地板上抄起冲锋枪，正在检查弹匣，我想是准备探出车窗，这时又传来一串"嗖嗖"声。杰克喊道："哦！浑蛋！我中枪了！"那颗子弹一定是从破裂的后窗飞进来的，但我不知道它怎么没击中约翰尼，偏偏击中了杰克。

"你还好吗？"我喊道。我像只猴子一样把着方向盘，开车时很可能也像只猴子。我从右侧超过一辆古力乳制品运输卡车，不停地按着喇叭，大喊着让那个穿白衣服的狗娘养的农民让开路。"杰克，你还好吗？"

"我还好，我没事！"他说，然后抱着冲锋枪从车窗探出去，腰部以上几乎都露在外面。只是，起初那辆乳制品运输卡车挡住了目标。我从后视镜里看到司机从那顶小帽下面呆呆地盯着我们。当我扭头看向探出车外的杰克时，我看到他的大衣中间有个洞，就像你用铅笔画的一样，又圆边缘又整齐。没有血流出来，只有那个小小的黑洞。

"先不要管杰克，再他妈的开快点！"约翰尼朝我大喊。

我开快了。我们把乳制品运输卡车甩出了差不多半英里，警察始终被堵在后面，因为一侧是护栏，另一侧是对面缓慢驶来的车辆。我们在一个急弯处猛地一转，有那么一会儿，乳制品运输卡车和警车都看不到了。突然，右侧出现一条野草丛生的碎石路。

"往那儿走！"杰克喘着气说，然后跌坐回副驾驶座上，不过这时我已经转上了碎石路。

那是一条旧车道。我开了大概七十码，爬上一个小坡，然后下坡，最后到了一间农舍旁。农舍看上去已经空置了很久，我关掉发动机，之后我们都下了车，站在车后面。

"他们要是来了，我们就让他们好看，"杰克说，"我可不要像哈里·皮尔庞特一样上电椅。"

但是没人过来，大约十分钟之后，我们回到车上，缓慢而小心地开回大路上。这时，我看到了自己不太喜欢的一幕。"杰克，"我说，"你嘴里流血了。注意点，不然血就弄到衬衫上了。"

杰克用右手大拇指擦了擦嘴，看了看手指上的血，然后面带微笑地看着我，这微笑我至今还会梦到：无比灿烂又害怕得要命。"我刚刚咬到了脸颊内侧，"他说，"我没事。"

"你确定？"约翰尼问道，"你听上去不大对劲。"

"我就是还有点喘，"杰克说，他又用手指擦了擦嘴，这次的血少了，他似乎也对此感到满意，"我们快他妈的离开这里吧。"

"掉头朝螺旋桥开，霍默。"约翰尼说，我按他说的做了。并非所有有关约翰尼·迪林杰的故事都是真的，但是他总能找到回家的路，即使在他没有家了以后，而我始终相信他。

我们又一次以牧师去开会般的每小时三十英里的合法速度行驶着，这时，约翰尼看到了一个德士古加油站，让我右转下主路。我们很快就驶上了一条乡村碎石路，约翰尼大喊着给我左右指路，尽管在我看来这些路全都一个样：就是穿梭于被毁坏的玉米地之间的车辙。这些路泥泞不堪，有的地方还有小片的残雪，时不时会有个土头土脑的小孩看着我们经过。杰克变得越来越安静。我问他感觉怎么样，他说："我没事。"

"好的，等我们稍微冷静一下，就找人给你看看，"约翰尼说，"我们还会把你的大衣补好。上面带着个洞，好像有人开枪射中了你似的！"他大笑起来，我也笑了，连杰克都笑了。约翰尼总能让你高兴起来。

"我觉得子弹打得不深，"我们刚驶上43号高速公路上时，杰克说道，"我嘴里已经不流血了，看。"他转身让约翰尼看他的手指，他手指上只有一点褐红色。但是当他转身坐回座位时，血从他的嘴和鼻孔里涌了出来。

"我觉得子弹进去得很深了，"约翰尼说，"我们会照顾你的——如果还能说话，你可能就没事。"

"当然，"杰克说，"我很好。"他的声音比之前更小了。

"真他妈的好。"我说。

"哦，闭嘴吧，你个蠢货。"他说道，然后我们都笑了。他们经常取笑我，都只是开开玩笑。

我们回到主路上大概五分钟之后，杰克昏了过去。他靠在车窗上，血从他的嘴角流出来，淌在了玻璃上。这让我想起了拍死一只刚喝饱血的蚊子的情形——到处都是红酒的颜色。杰克头上还绑着那块破布，不过已经歪了。约翰尼把它取下来，用它擦去杰克脸上的血。杰克嘟囔着抬起双手，好像要把约翰尼推开，但是这双手又落回他腿上。

"那些警察一定广播了通缉令，"约翰尼说，"如果我们去圣保罗就完蛋了。我是这么想的。你觉得呢，霍默？"

"跟你一样，"我说，"那去哪里？芝加哥？"

"没错，"他说，"只是我们首先要丢掉这辆车，他们现在一定知道车牌号了。即使不知道，这东西也会带来厄运，它就是个该死的不祥之物。"

"那杰克呢？"我说。

"杰克会没事的。"他说，我也就不再说什么了。

我们往前开了大约一英里后停下，约翰尼打爆那辆不祥的福特车的前胎，杰克则靠着引擎盖，脸色惨白，虚弱无力。

我们需要汽车的时候，总是我去拦车。"人们都不会为我们中其他任何人停车，但他们会为你停车，"约翰尼曾经说过，"这是为什么？我很纳闷。"

哈里·皮尔庞特回答了他。那时候还没有迪林杰团伙，还叫皮尔庞特团伙。"因为他看上去像个蠢蛋，"他说，"还没有人比霍默·范·米特更像一个蠢蛋。"

我们都笑了起来，此时此地，又该我出手了，这次真的非常重要。可以说是生死攸关。

三四辆车过去了，我假装在摆弄轮胎。下一辆是一部农用卡车，但是它太慢了，而且摇得厉害。另外，后面还坐了几个人。司机让车慢下来，说道："需要帮忙吗，朋友？"

"不用，"我说，"活动活动好有胃口吃午饭。你继续上路吧。"

他朝我笑了笑，然后开走了。坐在后面的人也朝我挥手。

接下来也是辆福特，孤零零的。我挥舞双臂，让他们停车，停在他们一定会看到车胎瘪了的地方。此外，我还朝他们咧着嘴笑，这笑容在说我只是路边一个毫无恶意的蠢蛋。

这见效了，福特车停下了。车里有三个人，一个男人，一个年轻女士，还有一个胖胖的婴儿。一家人。

"看上去你是轮胎爆了，伙计。"男人说道。他穿着西服和一件大衣，都干干净净的，但算不上上等衣服。

"我不知道能有多糟糕，"我说，"毕竟它只是下面瘪了。"

我们还在为这个笑着，就好像听到了一个新笑话，这时，约翰尼和杰克端着枪从树林里走出来。

"不要动，先生，"杰克说，"没人会受伤。"

男人看看杰克，看看约翰尼，又看看杰克。然后，他的眼睛再次看回约翰尼，接着就张大了嘴。这种表情我看了上千次，依然会被逗笑。

"你是迪林杰！"他喘着气说，然后唰地举起双手。

"幸会，先生，"约翰尼说着抓住男人的一只手，"把手套摘掉可以吗？"

他摘手套的空当，又有两三辆车驶过——乡下进城的那种，车里的人像棍子一样在他们满是泥土的破车里坐得笔直。我们看上去不过就是一群人在路边准备换轮胎。

与此同时，杰克走到新福特车的驾驶座那一侧，关掉发动机，取下钥匙。那天天空灰白，好像要下雨或者下雪，但是杰克的脸比那天空还要白。

"你叫什么,夫人?"杰克问那个女人。她穿着一件灰色的长大衣,戴一顶可爱的水手帽。

"迪丽·弗朗西斯,"她说,她的眼睛像李子一样又大又黑,"这是罗伊。他是我丈夫。你们会杀了我们吗?"

约翰尼一脸严肃地看着她,说:"我们是迪林杰团伙,弗朗西斯太太,我们从未杀过人。"约翰尼总是强调这一点。哈里·皮尔庞特经常嘲笑他,问他为什么要浪费口舌,但是我觉得约翰尼这么做是对的。这就是那个戴草帽的同性恋早被人遗忘,而约翰尼还会被人铭记的原因之一。

"没错,"杰克说,"我们只抢银行,而且次数还不到外面那些人所说的一半。这个小绅士是谁?"他抚摸着小孩的下巴说。他很胖,没错,长得有点像 W. C. 菲尔兹。

"这是巴斯特。"迪丽·弗朗西斯说。

"他真是个肥嘟嘟的小家伙,对吧?"杰克笑了,他的牙齿上沾着血,"他多大了?三岁左右?"

"还不到两岁半。"弗朗西斯太太得意地说。

"是吗?"

"是的,不过他个儿高显大。先生,你没事吧?你脸色非常苍白。有血沾在你的……"

这时约翰尼开口了。"杰克,你能把这辆车开到树林里去吗?"他指着木匠的那辆旧福特车。

"好的。"杰克说。

"那车胎已经瘪了。"

"我试试。就是……我口渴得厉害。夫人——弗朗西斯太太——你有什么喝的吗?"

她转过身,弯下腰去——怀里抱着孩子,这并不容易——从后面拿出一个热水瓶。

又有几辆车不紧不慢地开了过去。车里的人朝我们挥手，我们也朝他们挥手。我依然咧着嘴，笑容满面，努力让自己看上去就像个蠢蛋一样。我很担心杰克，都不知道他怎么还能站着，更不要说举起保温杯大口喝里面的饮料了。是冰茶，她告诉他，但是他好像没有听到。等他把杯子递回给她的时候，他的脸上流下了泪水。他谢了她，她再次问他是否真的没事。

"现在没事。"杰克说。他坐进那辆不祥的福特车，把它开进了灌木丛，因为有个轮胎被约翰尼打爆了，那车不住地上蹿下跳。

"你为什么没有把后轮胎也打爆一个，你这个蠢货？"杰克听上去愤怒又气喘吁吁。他费劲地把车开到树林里，看不到了，然后慢慢地往回走，边走边看自己的双脚，就像一个走在冰面上的老头。

"好了。"约翰尼说。他发现弗朗西斯先生的车钥匙链上有个兔子脚，眼下正在摆弄它，我知道弗朗西斯先生再也见不到那辆福特车了。"好了，在这儿我们都是朋友，我们要搭个便车。"

约翰尼开车，杰克坐在副驾驶座上，我跟弗朗西斯夫妇挤在后排，还努力逗那只小猪对我笑。

"等到了下一个小镇，"约翰尼对后排的弗朗西斯一家说，"我们就把你们放下，并给你们留下足够前往目的地的巴士车费。我们会把车开走。我们不会损坏它，如果没人往车身上射子弹，你们会完好无损地拿回它。我们会打电话告诉你们它的位置。"

"我们还没有电话。"迪丽说。这真是个麻烦事。她听上去像那种差不多每隔一周就要挨上一巴掌好让乳头挺直的女人。"我们在电话安装名单上，但是那些负责装电话的人行动比冷掉的糖浆还要迟缓。"

"好了，那么，"约翰尼说，语气愉快，毫不慌乱，"我们会给警方去个电话，他们会跟你们联系的。但是如果你们抱怨的话，那么拿到的肯定不是一辆能跑的车了。"

弗朗西斯先生点点头，仿佛他相信其中的每一句话。也许他是真的相信。毕竟，这是迪林杰团伙。

约翰尼把车开进一个加油站，加满油，给每个人都买了汽水。杰克喝了一瓶葡萄汁，就像一个在沙漠里快要渴死的人一样。那个女人不让小猪少爷喝他的那瓶汽水，一口都没让喝。孩子号啕大哭，伸着两只手想要。

"他午饭之前不能喝汽水，"她对约翰尼说，"有什么问题吗？"

杰克头靠着副驾驶的车窗玻璃，眼睛闭着。我以为他又昏过去了，但是他说道："快让那个小鬼闭嘴，太太，不然我就动手了。"

"我看你是忘了你在谁的车里了。"她傲慢地说道。

"把他的汽水给他，你这个婊子。"约翰尼说。他依然面带微笑，不过是另一种微笑。她看着他，脸上顿时没了血色。就这样，小猪少爷得到了他的饮料，不管吃没吃午饭。又开了二十英里，我们把他们放在了一个小镇上，然后继续朝芝加哥赶路。

"娶了个这样的女人，这男的就活该这样，"约翰尼评论道，"而他要承受的还多着呢。"

"她会报警的。"杰克说，依然没有睁开眼睛。

"不会的，"约翰尼说，语气还是如往常一样自信，"她不会舍得花那个钱的。"他是对的。到达芝加哥之前，我们只看到了两辆蓝色的警车，全都是向相反的方向，而且都没有减速查看我们。又是约翰尼的好运气。至于杰克，只消看他一眼，你就知道他的好运气快要耗光了。等我们到了芝加哥市中心，他已经神志不清，开始跟他的母亲说话了。

"霍默！"约翰尼瞪大了眼睛说道，他这样说话总能把我逗笑，就像一个调情的女孩。

"什么？"我说着愉快地回头拿右眼看他。

"我们没地方可去。这里比圣保罗还糟糕。"

"去墨菲酒吧,"杰克闭着眼睛说,"我想喝瓶冰啤酒。我渴了。"

"去墨菲酒吧?"约翰尼说,"你知道,这不是个好主意。"

墨菲酒吧是个位于芝加哥南区的爱尔兰酒吧。地板上撒满木屑,摆着一张蒸汽保温食品柜,有两名吧台服务生,三个门卫,吧台边有可爱的女孩,楼上有一个房间,你可以带她们上去。酒吧后面有更多的房间,人们有时可以在里面会面,或者待上一两天避避风头。在圣保罗,我们知道四个这样的地方,但在芝加哥只知道两个。我把福特车停在小巷里,约翰尼跟我们精神恍惚的朋友——我们还没准备好把他称作"我们将要死去的朋友"——坐在后排,他让杰克的头靠在他的肩膀上。

"进去把布赖恩·穆尼叫出来。"约翰尼说。

"万一他不在呢?"

"那我也不知道了。"约翰尼说。

"哈里!"杰克喊道,应该是在叫哈里·皮尔庞特,"你给我介绍的那个娼妇把他妈的淋病传染给了我!"

"快去。"约翰尼对我说,同时像位母亲一样用手抚过杰克的头发。

还好,布赖恩·穆尼在里面——又是约翰尼的好运气——我们弄到了一个房间过夜,尽管花了两百美元,考虑到窗户对着小巷子,厕所在走廊的尽头,这算是相当昂贵了。

"你们几个现在火得发烫,"布赖恩说,"米基·麦克卢尔会直接把你们轰到大街上的。现在报纸上、广播里全是小波希米亚的报道。"

杰克在角落里的一张简易床上坐下来,点着一支烟,拿了一瓶冰镇生啤。啤酒让他大大恢复了精神,他几乎完全正常了。"莱斯特跑掉了吗?"他问穆尼。他说话的时候,我扭头看着他,看到了一件可怕的事。他每抽一口他的好彩香烟,就有一小股烟从他大衣后面的洞里冒出来,就像烟雾信号一样。

"你说娃娃脸？"穆尼问道。

"如果他能听到你说话，你是不会这样叫他的。"约翰尼咧开嘴笑着说。看到杰克恢复了精神，他也高兴了点，但是他还没有看到那股从他背后冒出来的烟。我只希望自己也没看到。

"他用枪射了一帮警察之后跑了，"穆尼说，"至少死了一个警察，可能两个。反正，这只是让问题变得更糟了。你们今晚可以留在这儿，但是明天下午之前就得离开。"

他出去了。约翰尼等了几秒钟，然后像个孩子一样朝门口吐了吐舌头。我笑了起来——约翰尼总能把我逗笑。杰克也想笑，但是忍住了。笑起来太痛了。

"该给你脱掉大衣，看看伤得多重了，伙计。"约翰尼说。

这足足花了我们五分钟。等他脱得只剩背心的时候，我们三个都已经满身大汗了。有四五次，我不得不用手捂住杰克的嘴不让他叫出来。我的袖口上弄得全是血。

他大衣的衬里上不过一块玫瑰大小的血迹，但他的白衬衫已经染红了一半，背心则被浸透了。在背部左上方，肩胛骨下面，有一块隆起，中间有个洞，就像一座小火山。

"不要了，"杰克哭着说，"求求你们，不要了。"

"没事了，"约翰尼边说边用手掌抚着杰克的头发，"我们完事了。现在你可以躺下了。睡吧。你需要休息。"

"我睡不着，"他说，"太痛了。哦，上帝，你真不知道有多痛！我还想喝啤酒。我口渴。只是这次里面不要放那么多盐。哈里在哪儿，查利在哪儿？"

我猜是哈里·皮尔庞特和查利·马克里——哈里和杰克还只是鼻涕虫的时候，就是查利那个老坏蛋带他们走上这条路的。

"他又来了，"约翰尼说，"他需要看医生，霍默，你要去找个医生过来。"

"上帝，约翰尼，这可不是在我们镇子上！"

"没关系，"约翰尼说，"如果我出去，你知道会发生什么。我会写几个名字和地址。"

结果只有一个名字和一个地址，我到了那儿，却发现是白跑一趟。那名医生（一名帮人堕胎以及售卖可以抹去指纹的酸性溶剂的药剂师）两个月前服用自己开的鸦片酊快活而死了。

我们在墨菲酒吧后面那个条件恶劣的房间里待了五天。这期间米基·麦克卢尔露过面，想把我们赶出去，但是约翰尼用他特有的方式跟米基谈了一下——约翰尼一旦施展魅力，米基几乎不可能说不。而且我们付了钱。第五天晚上，房租涨到四百美元，而且我们被禁止在酒吧里露面，以免引人注意。没有人看到我们，据我所知，在四月下旬的那五天里，警方从未发现我们身在何处。我不知道米基·麦克卢尔从这次交易中捞了多少——我们可是花了一千多美元。我们抢银行的钱都没这么多。

结果，我去找了几个文身师和面部美容师，没一个愿意来看看杰克。他们说风头太紧。那是最落魄的时候，即使是现在我都不愿想起。可以这么说，我和约翰尼体会到了耶稣基督在客西马尼园被彼得·皮洛特拒绝三次时的感受。

有那么一阵，杰克时而神志清醒时而陷入昏迷，之后他大部分时间都处于精神错乱的状态。他谈论着他的母亲、哈里·皮尔庞特，然后是布比·克拉克——密歇根城我们都认识的一个著名的同性恋。

"布比曾经想亲我。"一天晚上，杰克一遍又一遍地说道，我觉得自己都要疯了。不过约翰尼从不在意，他只是坐在杰克的简易床旁边，抚摸着他的头发。他围着弹孔在背心上剪了洞，还不停地往上涂红药水，但是皮肤已经变成了灰绿色，伤口会冒出难闻的气味。只需略微闻一下，就会被熏得眼里泛起泪花。

"这是坏疽，"米基·麦克卢尔来收房租的时候说道，"他没救了。"

"他不会没救的。"约翰尼说。

米基探过身子，两只胖手撑在两个胖膝盖上。他像个警察闻酒鬼一样闻了闻杰克的呼吸，然后站直身子说："你们最好尽快找个医生。在伤口上闻到这个味，情况已经不妙了。如果在一个人的呼吸里都能闻到……"米基摇了摇头，走了出去。

"去他妈的，"约翰尼对杰克说，依然用手抚摸着他的头发，"他懂个屁！"

只是，杰克什么都没说。他睡着了。几个小时后，等约翰尼和我睡着以后，杰克开始坐在床沿上，激愤地说起密歇根城的典狱长亨利·克劳迪。我们总是叫他"我的上帝"克劳迪，因为他总是说"我的上帝我要干这个""我的上帝你要干那个"。杰克大喊着，要是克劳迪不把我们放出去，他就杀了克劳迪。结果有人拍着墙壁，嚷嚷着叫我们让他闭嘴。

约翰尼坐在杰克旁边，让他重新平静下来。

"霍默？"过了一会儿，杰克说道。

"怎么了，杰克？"我说。

"你能表演捉苍蝇的把戏吗？"他问道。

他竟然还记得，这让我很是惊讶。"这个，"我说，"我非常乐意，但是这里可没什么苍蝇。在这个地方，还没到有苍蝇的时候。"

杰克用低沉沙哑的声音唱道："你们有些人身上可能有苍蝇，但我身上一只都没有。对吧，查玛？"

我根本不知道查玛是谁，但还是点点头，拍了拍他的肩膀。他的肩膀热得发烫，还黏糊糊的。"没错，杰克。"

他的眼睛下面有很大的黑眼圈，嘴唇上沾着干了的唾液。他的身体已经开始消瘦，我也能闻到他身上的气味。尿的酸臭味，这个倒还好，还有坏疽的味道，这个很不好闻。但是，约翰尼从未显露出他闻到了任何难闻气味的迹象。

"双手倒立给我看看，约翰，"杰克说，"就像过去做的那样。"

"稍等一下，"约翰尼说，他给杰克倒了杯水，"先喝了这个，润润嗓子，然后我看看还能不能倒立着穿过房间。还记得我以前在衬衫工厂里倒立着跑吗？我一路跑到大门那儿，他们就把我塞到了门洞里。"

"记得。"杰克说。

约翰尼那天晚上没有倒立行走。等水送到杰克嘴边的时候，可怜的家伙已经头靠着约翰尼的肩膀睡着了。

"他要死了。"我说。

"他不会死。"约翰尼说。

第二天早上，我问约翰尼该怎么办。我们能怎么办。

"我又从麦克卢尔嘴里要到了一个人的名字。乔·莫兰。麦克卢尔说他是布雷默绑架案的中间人。如果他能把杰克安排妥当，对我来说帮助可就太大了。"

"我有六百。"我说。我愿意把钱拿出来，但并非为了杰克·汉密尔顿。杰克已经不需要医生了，他那时候需要的是一名牧师。我是为了约翰尼·迪林杰。

"谢谢，霍默，"他说，"我一个小时后回来。这期间，你看好杰克。"但是约翰尼面容沮丧。他知道，如果莫兰不愿帮忙，那我们就得离开。带着杰克回到圣保罗，去那儿碰碰运气。我们也知道开着一辆抢来的福特车回去可能意味着什么。那是一九三四年春天，我们三个——我，杰克，特别是约翰尼——都在 J. 埃德加·胡佛的"人民公敌"名单上。

"那祝你好运，"我说，"回头见。"

他出去了，我在房间里闲逛。我那时已经烦透了那个房间，就像又回到了密歇根城，不过比那个还要糟。因为，当你服刑的时候，他们已经对你做了最糟糕的事。在这里，躲在墨菲酒吧后面，事情总能变得更糟。

杰克喃喃自语了一阵，之后又睡着了。

简易床的床腿边有把椅子，上面放着一个垫子。我拿过垫子，在杰克旁边坐下来。不会很久的，我脑子里一片空白。当约翰尼回来的时候，我只需要说可怜的杰克吸了最后一口气，然后放弃了。垫子会回到椅子上。真的，这算是帮了约翰尼一个忙，也是帮杰克。

"我看到你了，查玛。"杰克突然说道。我跟你说，这差点把我的魂都吓没了。

"杰克！"我两肘撑在垫子上，说道，"你感觉怎么样？"

他缓缓闭上了眼睛。"表演捉苍蝇——的把戏。"他说，说完又睡着了。但他在关键时刻醒来了，否则，约翰尼就会在简易床上看到一具尸体。

当约翰尼终于回来的时候，他直接破门而入。我拔出了枪，他看到后大笑起来："把那把玩具枪收起来，伙计，把烦恼装进旧工具袋里！"

"怎么回事？"

"我们要离开这里，就是这个。"他看起来年轻了五岁，"早该如此了，不是吗？"

"是的。"

"我不在的时候他没事吧？"

"嗯。"我说，把绣着"芝加哥见"的垫子放在椅子上。

"没有异常？"

"没有异常。我们要去哪儿？"

"奥罗拉，"约翰尼说，"是北部地区的一个小镇。我们要跟沃尔尼·戴维斯和他的女朋友一块儿住。"他身子探到简易床上方。杰克本就纤细的红头发已经开始脱落了，头发粘在枕头上，你都能看到他雪白的头皮。"听到了吗，杰克？"约翰尼喊道，"我们在这儿太受关注了，我们这就去避避风头！明白了吗？"

"像约翰尼·迪林杰过去那样双手倒立行走。"杰克闭着眼睛说道。

约翰尼只是保持微笑，朝我眨了眨眼。"他都明白，"他说，"他只是没有醒。你知道吗？"

"我知道。"我说。

去往奥罗拉的路上，杰克靠着车窗坐在那里，每次车轮碾过路上的坑洼，他的头都会飞起来再重重地撞在车窗上。他在跟我们看不到的人进行长久而含混不清的谈话。我们一出城，我和约翰尼就摇下车窗，车里的味道实在太重了。杰克正在从内而外地腐烂，但他就是不死。我曾听人说生命脆弱而短暂，但是我并不相信。如果真是这样，反倒更好。

"那个莫兰医生是个爱哭鬼，"约翰尼说，那会儿我们在树林里，城市在我们身后，"我决定不让他这种爱哭鬼给我朋友治病，但是我绝不会空手而回。"约翰尼走到哪儿都会在腰带下面别一把点三八口径的手枪，现在他把枪拔出来给我看，一定就像他拿出来给莫兰医生看那样。"我说：'如果我别的什么都带不走，医生，那我就要了你的命。'他看我是来真的，当场就给一个人打了电话，就是沃尔尼·戴维斯。"

我点点头，就好像知道这个人一样。我后来发现，沃尔尼也是巴克妈妈团伙的成员。他是个相当不错的家伙，多克·巴克也是。还有沃尔尼的女朋友，他们都叫她兔子，因为她挖洞从监狱里逃出来好几次。她是这帮人中最好的——最好的朋友。至少，她努力帮助过可怜而麻烦的杰克。其他人都不肯——药剂师，文身师，当然还有乔·（爱哭鬼）·莫兰医生。

　　巴克一伙因为搞砸了一桩绑架案正在逃命，多克的妈妈已经离开了——一路跑到了佛罗里达。奥罗拉的藏身处并不大——四个房间，没有电，房子后面有个室外厕所——但已经好过墨菲酒吧了。就像我说的，沃尔尼的女朋友至少曾试图帮忙，那是我们在那儿的第二个晚上。

　　她在床周围放满了煤油灯，然后在一壶开水里给一把水果刀消了毒。"如果你们几个觉得难受，"她说，"那就忍着，一直等到我做完。"

　　"我们会没事的，"约翰尼说，"对吧，霍默？"

　　我点点头，但是她还没开始我就想吐了。杰克趴在床上，头扭向一侧，嘴里喃喃自语，看起来他就没有停下过。无论他在哪个房间，里面都站满了只有他能看到的人。

　　"但愿如此，"她说，"因为我一旦开始，就没有回头路。"她抬起头，看到多克正站在门口，还有沃尔尼·戴维斯。"走开，秃子，"她对多克说，"一并把这个大酋长带走。"沃尔尼·戴维斯还没有我像印第安人，可他们总是戏弄他，因为他出生在彻罗基部落。就因为偷了一双鞋，被一个法官判了三年，他也从此开始了自己的犯罪生涯。

　　沃尔尼和多克出去了。他们一走，兔子就把杰克翻过身，然后用刀画了个叉，把杰克豁开了，她如此用力，我几乎不敢看。我按着杰克的双脚，约翰尼坐在他的脑袋旁边，努力安抚他，但是毫无用处。等杰克开始尖叫的时候，约翰尼在他头上盖了一块擦碗布，点头示意兔子继续，其间一直用手抚摸着杰克的头，告诉他不要担心，一切都会没事的。

　　兔子，他们总说它们脆弱，但她没有丝毫脆弱——她的手一点都不颤抖。当她切开那个内陷的部位时，血从里面喷涌而出，一部分发黑，凝成了块状。她切得更深了些，接着脓汁出来了，一些呈白色，还有像鼻屎一样的大块的绿色东西，这太糟了。但是等她切到肺部的时候，气味还要难闻一千倍，毒气袭击气味也不会更糟了吧。

　　杰克咻咻地喘着粗气。你能从他的喉咙里听到，也能从他背上的弹孔处听到。

"你最好快点，"约翰尼说，"他的气管出现了裂缝。"

"这还用你说，"她说，"子弹在他的肺里。你把他按住就好，帅哥。"

事实上，杰克并不怎么挣扎。他太虚弱了。空气在他身体内进出的尖叫声越来越弱了。床周围放了这么多煤油灯，房间里比地狱还要热，热煤油的臭味几乎和坏疽一样强烈。我真希望开始之前我们就想到了打开一扇窗户，但是那时已经太晚了。

兔子有把钳子，但是她没办法把它插进弹孔里。"他妈的！"她骂了一句，把钳子扔到一旁，然后把手指伸进了血肉模糊的弹孔，四处摸索着，直到找到里面的弹头，然后把它拔出来，扔到地板上。约翰尼探身过去，她说道："你可以晚点再取你的纪念品，帅哥，现在先按住他。"

她开始往那个被她搞得一片狼藉的洞里塞纱布。

约翰尼拿起擦碗布，瞄了一眼下面。"再及时不过了，"他咧嘴笑着对她说，"老家伙雷德·汉密尔顿的脸色已经有点发紫了。"

外面，有辆车停在了车道上。正如我们所知，可能是警察，但那时我们已经做不了什么了。

"捏住这个，"她指着那个塞满了纱布的洞对我说，"我可不是个裁缝，不过我猜缝上几针还是做得来的。"

我一点也不想靠近那个洞，但又不愿拒绝她。我捏住弹孔，又有水状的脓液流出来。我的上腹部收紧了，开始打嗝。我控制不住自己。

"得了吧，"她说，脸上带着笑意，"如果你有胆量扣扳机，就有胆量处理弹孔。"然后，她用稀疏的简易锁边针法用力把伤口缝了起来——她真的是使劲把针插进去。前两针之后，我真的不敢看了。

"谢谢你，"完事以后约翰尼对她说，"我想让你知道，为了这个，我会罩着你的。"

"别抱太大的希望，"她说，"我觉得他活下来的概率百分之五都不到。"

"他会渡过难关的。"约翰尼说。

接着，多克和沃尔尼冲了回来，他们身后是另一名团伙成员——巴斯特·达格斯还是德拉格斯，我不记得是哪个了。反正，他去了市区内城市石油加油站旁边他们之前用过的那部电话附近，他说芝加哥市内的警察正忙得不可开交，逮捕任何一个他们觉得可能牵涉布雷默绑架案的人，这是巴克妈妈团伙上次的大手笔。他们逮捕的人中有一个叫约翰·J.（老板）·麦克劳克林的，芝加哥政治机器中的一个重要人物。另一个是乔·莫兰医生，也叫爱哭鬼。

"莫兰会供出这个地方的，板上钉钉的事。"沃尔尼说道。

"也许这个消息根本就是假的。"约翰尼说。杰克现在失去了意识，他的红头发像小段的电线一样铺在枕头上。"也许这就是个谣言。"

"你最好不要这么想，"巴斯特说，"这是蒂米·奥谢亲口告诉我的。"

"蒂米·奥谢是谁？浑蛋的擦腚纸？"约翰尼说。

"他是莫兰的外甥。"多克说，用那种很确定的语气。

"我知道你在想什么，帅哥，"兔子对约翰尼说，"你现在就可以不用想它了。你要是把这个伙计放到车里，然后载着他一路颠簸从这里返回圣保罗，他明天早上就得没命。"

"你可以把他留下，"沃尔尼说，"要是警察来了，他们就得照顾他。"

约翰尼坐在那儿，脸上的汗水不住地往下流。他看起来很疲惫，但依然面带笑容。约翰尼总能面带微笑。"他们会照顾他的，好吧，"他说，"但是他们不会带他去任何一家医院。很可能就是在他脸上放个枕头，然后坐到上面。"这话让我打了个寒战，我相信你能明白这种感觉。

"好吧，你最好做个决定，"巴斯特说，"因为他们黎明时分就会包围这里。我要离开这个鬼地方了。"

"你们都走，"约翰尼说，"你也走，霍默。我跟杰克留在这儿。"

"好吧，管他的，"多克说，"我也留下。"

"为什么不呢？"沃尔尼·戴维斯说。

巴斯特·达格斯或德拉格斯看着他们，好像在看一群疯子。但是你知道吗？我对此丝毫不感到吃惊。这就是约翰尼对别人的影响力。

"我也留下。"我说。

"好吧，我要走。"巴斯特说。

"好，"多克说，"把兔子带走。"

"说什么鬼话，"兔子大声说道，"我要做饭。"

"你疯了吗？"多克问她，"现在是半夜一点，而且你从手到胳膊肘都沾满了血。"

"我才不管几点呢，而且血是可以洗掉的，"她说，"我要给你们做一顿你们从未吃过的大餐——鸡蛋，培根，松饼，肉汁，土豆煎饼。"

"我爱你，嫁给我吧。"约翰尼说，我们都哈哈大笑起来。

"哦，好吧，"巴斯特说，"如果有早饭吃，那我也不走了。"

就这样，我们都留在了那栋奥罗拉的农舍里，准备好为一个已经——不论约翰尼喜不喜欢——快死了的人豁出性命。我们用一张沙发和几张椅子堵住前门，然后用煤气炉堵住后门，反正煤气炉也坏了，能用的只有柴火炉。我和约翰尼从福特车上取了冲锋枪，多克又从阁楼上拿下来几把。还有一箱手榴弹，一台迫击炮，一箱迫击炮弹。我打赌这地方的陆军都没有我们这么多装备。哈哈！

"好了，我不管会来多少人，只要其中有那个狗娘养的梅尔文·珀维斯就好。"多克说。等兔子把饭端上桌时，农民们也该吃早饭了。我们轮流吃饭，保证有两个人观察车道上的情况。巴斯特发出过一次警报，我们都冲到各自的位置，结果只是主路上的一辆送奶卡车。警察始终没来。你可以说这是情报不准，可我说这是"约翰尼·迪林杰的好运气"。

与此同时，杰克的情况并不乐观，身体状况更差了。到了第二天下午三点左右，就连约翰尼一定都看出来他撑不下去了，尽管他不愿直接说出来。让我难过的是那个女人。兔子看到又有脓液从她那些稀疏的黑色针脚里渗出来，就哭了起来。她一直哭，就好像她已经认识杰克·汉密尔顿很多年了。

"没关系，"约翰尼说，"振作起来，美人，你已经尽力了。况且，他可能很快就会醒过来。"

"都是因为我是用手指取出的子弹，"她说，"我不该那么做的。我事先是知道的。"

"不，"我说，"不是因为这个，是因为坏疽。里面本来就有坏疽了。"

"胡说，"约翰尼狠狠地看着我说，"可能是感染，但不是坏疽。现在没有什么坏疽了。"

你能在脓液里闻到。也没什么好说的了。

约翰尼依然看着我说："还记得我们在彭德尔顿时，哈里都是怎么叫你的吗？"

我点点头。哈里·皮尔庞特和约翰尼始终是最要好的朋友，但是哈里从不喜欢我。要不是约翰尼，他永远不会收我入伙，记得吧，刚开始还是皮尔庞特团伙。哈里觉得我是个傻子。这一点，约翰尼永远都不会承认，抑或是谈起。约翰尼希望所有人都成为朋友。

"我要你出去抓几只大苍蝇回来，"约翰尼说，"就像当年你在彭德尔顿的垫子上那样。几只大块头的苍蝇。"当他提出这个要求时，我知道他最终明白杰克没救了。

在彭德尔顿管教所的时候，哈里·皮尔庞特总叫我"苍蝇男孩"，那时候我们都还是孩子，我常常用枕头蒙住头哭到睡着，好不让那些浑蛋听到。但是，哈里依然我行我素，最后在俄亥俄州坐了电椅，所以，也许我并不是唯一的傻子。

兔子在厨房里切晚饭要用的蔬菜，炉子上炖着什么。我问她有没有线，她说我明知道她有线，她给我朋友缝针的时候我不是就在她旁边吗？我说，当然，但是那线是黑色的，我想要白色的。六段，大概这么长。然后我伸出两根食指，中间相距大约八英寸。她想知道我要干什么。我跟她说，她要是这么好奇的话，可以从洗碗池上方的窗户往外看。

"外面除了厕所啥都没有，"她说，"我对看你上厕所毫无兴趣，范·米特先生。"

食品储藏室的门上挂着个袋子，她从里面摸索出来一轴白线，给我剪了六段。我亲切地谢过她，然后问她有没有创可贴。她从洗碗池正下方的抽屉里拿出几片——因为她说她老是切到手指。我拿了一片，然后朝门外走去。

我因为和那个查利·马克里一起在纽约中央地铁线上偷钱包而进了彭德尔顿——世界真小，不是吗？总之，说到让那些坏小子忙碌起来的法子，印第安纳州的彭德尔顿管教所可多得是。他们有一个洗衣房，一个木工车间，一个制衣工厂，那些笨蛋在里面做衬衫和裤子，大多是为印第安纳州刑罚系统里的看守人员做的。有人称之为衬衫车间，有人称之为大便车间。这就是我抓阄抓到的车间——也是在这里，我遇到了约翰尼和哈里·皮尔庞特。约翰尼和哈里"完成任务"从来没有问题，但我总是还差个十件衬衫或者五条裤子，然后就被罚去站垫子。狱警们觉得我总是胡闹，哈里也这么认为。而事实是，我有点迟钝，笨手笨脚的——约翰尼似乎明白这一点，这才是我到处胡闹的原因。

如果没有完成任务，第二天就得关在禁闭室里，里面有个草垫，约莫两英尺见方。你要脱得只剩袜子，然后在那儿站上一整天。走下垫子一次，屁股就要挨板子。走下垫子两次，就有一个浑蛋按住你，另一个把你毒打一顿。第三次走下垫子，关禁闭一周。想喝多少水都可以，但这是个陷阱，因为一天之中你只能上一次厕所。如果被逮到站在那里，尿顺着腿往下流，你就会被打一顿，然后被塞到洞里。

日子很无聊。在彭德尔顿，在密歇根城，在"我的上帝"的大男孩监狱里，有些人给自己编故事，有些人唱歌，有些人则列出了自己出去后要搞的女人的名单。

我，自学了如何用线套苍蝇。

厕所是套苍蝇再好不过的地方了。我在门外站好，然后开始用兔子给我的几段线做线圈。之后，就什么都不用做，只需尽量少动。这些都是我在那个垫子上学到的技巧，永远都忘不了。

没用多久。五月初就有苍蝇了，但它们都是动作迟缓的苍蝇。如果有人觉得不可能套住苍蝇……那么，我能说的是，如果你想挑战一下，先试试蚊子。

我抛了三次绳套，就捉到了第一只。这算不上什么；有时候，我在垫子上站了半个上午，才捉到第一只。我刚捉到，兔子就叫了起来："老天啊，你在干什么？这是魔法吗？"

从远处看，确实像魔法。你得想象二十码开外她眼中的情形：一个男的站在厕所旁边，往外扔一小段线——毫无目标，至少在你看来——但是，那段线没有落到地上，反而挂在了半空中！线的一头绑着一只好大的苍蝇。约翰尼就能看到，可是兔子没有约翰尼那样的好眼神。

我抓着线的一端，用创可贴把它粘在厕所门把手上。接着是第二只。兔子走出来，好看得仔细些，我跟她说，她要是保持安静的话，可以留下来，她也尽力保持安静，但是她并不擅长保持安静，最后，我只好跟她说她把苍蝇都吓跑了，让她回到了房子里。

我在厕所旁边站了一个半钟头——久到我已经闻不到臭味了。然后开始有点冷了，我捉的苍蝇都有些迟缓。我捉到了五只。按照彭德尔顿的标准，这已经不少了，但对一个站在厕所边的人来说并不算太多。总之，我得趁它们被冻得飞不动之前回到屋里。

当我慢慢地穿过厨房时，多克、沃尔尼和兔子都一边笑一边鼓掌。杰克的卧室在房子的另一头，里面阴沉昏暗。正因为这个，我才要了白线而非黑线。我看起来像是抓着一把一端绑着隐形气球的线。只是你能听到苍蝇的嗡嗡声——疯狂而困惑，就像其他任何莫名其妙被捉住的东西一样。

"我真是佩服，霍默，佩服得五体投地。你在哪儿学到的这个？"

"彭德尔顿管教所。"我说。

"谁教你的？"

"没人教，"我说，"我就是有一天就会了。"

"它们为什么不会把线纠缠在一起？"沃尔尼问道，他瞪大的眼睛有葡萄那么大。这把我逗乐了，我跟你们说过。

"不知道，"我说，"它们总是在各自的空间里飞，几乎不会交叉。这真是个谜。"

"霍默！"约翰尼从另一个房间里喊道，"你要是抓到了，现在就是带着它们进来的时候！"

我迈步穿过厨房，像个有一手好活的套蝇牛仔，用缰绳拽着那些苍蝇。兔子碰了碰我的手臂。"小心点，"她说，"你朋友要走了，这让你的另一个朋友发疯了。他会好起来的——之后——但是眼下他可不太安全。"

这点我比她更清楚。当约翰尼心仪什么的时候，他几乎总能得到它。但这次不行。

杰克靠在枕头上，头倚在墙角，尽管脸色苍白如纸，但神志恢复了正常。他这是回光返照了，就像有时出现在人们身上的那样。

"霍默！"他叫道，语气非常愉快。接着他看到了那些线，大笑起来。那是一种尖锐的、像口哨一般的笑声，一点都不对劲，然后他立刻就咳了起来，咳嗽声和笑声混在一起。血从他的嘴里流出来，有些还溅到了我的线上。"就跟在密歇根城时一个样!"他使劲拍着腿说道。血流得更多了,顺着下巴淌下来,滴到汗衫上。"就像往日那样!"他又咳了起来。

约翰尼的脸色看起来很可怕。我看出他想让我在杰克把自己撕裂之前离开卧室;与此同时,他也知道这根本一点屁用都没有,如果这样看着这些被线套住的厕所苍蝇能让杰克开心地离开,那就让他看吧。

"杰克,"我说,"你得安静点。"

"不,我现在很好,"他说,边咧着嘴笑边哧哧地喘气,"把它们拿过来!拿到我能看到的地方!"但没等说出下面的话,他就又咳了起来,腰往下弯,膝盖蜷缩到身前,床单上溅了一摊血,像是横亘在两人之间的一条水槽。

我看着约翰尼,他点点头。他战胜了内心的某种想法,示意我过去。我慢慢地走过去,手里抓着线,它们浮在空中,那是幽暗中的几道白线。杰克太高兴了,以至于不知道这是他最后一次咳嗽。

"放了它们吧,"他用潮湿沙哑的声音说道,我几乎听不到,"我记得……"

我照做了,松开那些线。有那么一两秒钟,线的底端凝成了一团——被我手掌里的汗水黏在了一起——然后就分散开来,直直地垂在空中。我突然想起了在梅森城抢了银行之后,杰克站在街上的情形。他正用冲锋枪射击,掩护我、约翰尼和莱斯特,我们正把人质驱赶到逃跑用的汽车边。子弹从他身边飞驰而过,尽管受了点皮肉伤,但他看起来能够永远活下去。现在,他却躺在那里,膝盖从满是血污的床单下面突起来。

"天哪!你看看它们。"他看着那些白线根根独立地往上升,说道。

"还不止这个呢,"约翰尼说,"看这个。"然后他朝厨房门迈了一步,转过身,鞠了一躬。他咧嘴笑着,但那是我一生中见过的最悲伤的笑容。我们只是尽自己所能,我们并不能让他好好地吃上最后一顿饭,不是吗?"还记得我在衬衫车间里是怎么双手倒立行走的吗?"

"是的!别忘了高谈阔论!"杰克说道。

"女士们，先生们！"约翰尼说，"现在热烈欢迎约翰尼·赫伯特·迪林杰来到舞台中央，为大家献上精彩的演出！"他把"献"说得很重，就像他父亲那样，就像他还未如此出名前介绍自己时那样。然后，他两手一拍，向前一个鱼跃，身子立在了两手之上，巴斯特·克拉比也不能做得更好了。他的裤腿落到膝盖处，露出了袜子的上沿和小腿。零钱从口袋里掉出来，哗啦啦落了一地。他开始在地面上走动，还如以前一样敏捷，扯着嗓子唱着"杀——人——番——茄——驾——到"，那辆抢来的福特车的钥匙也从口袋里掉了出来。杰克发出一阵阵嘶哑的狂笑——就像得了流感一样——多克·巴克、兔子和沃尔尼都挤在门口，也哈哈地笑着，肚皮都要笑炸了。兔子拍着手，嘴里喊着："好哇！再来一个！"在我脑袋上方，那些白线还在上升，只是彼此间一点点地越来越远。我也跟其他人一起笑着，这时我看到了即将发生的事，止住了笑声。

"约翰尼！"我喊道，"约翰尼，小心你的枪！小心你的枪！"

是他总别在裤腰里的那把点三八口径手枪，它正慢慢地从腰带里往下滑。

"啊？"他说，接着手枪掉到了地上的车钥匙上，走火了。点三八式并不是世上声音最大的手枪，但是在那间卧室里，它的声音已经足够大了。火光非常明亮，多克大喊了一声，兔子尖叫起来。约翰尼什么都没说，只是一个跟头，面朝下摔在了地上。他的双脚重重地砸下来，差点砸到了躺着奄奄一息的杰克·汉密尔顿的那张床的床腿，接着他就躺在那儿不动弹了。我拨开那些白线，朝他跑过去。

起初我以为他死了，因为当我把他翻过来时，他的嘴上脸上到处是血。不过他坐了起来，擦了擦脸，看着手上的血，然后看着我。

"我的老天，霍默，我刚刚开枪打了自己吗？"约翰尼问。

"我想是的。"我说。

"有多严重？"

不等我跟他说我不知道，兔子就把我推到一边，用围裙擦去他脸上的血。她仔细地看了他一两秒，然后说道："你没事，只有一处擦伤。"只是后来等她给他擦过碘酒，我们才看到其实有两处伤。子弹射穿了他嘴唇上方右侧的皮肤，在空中飞行了大概两英寸，又击中了颧骨紧挨眼睛的部分，之后射入了天花板。不过在此之前，它还击中了一只我套到的苍蝇。我知道这令人难以置信，但我发誓这事千真万确。那只苍蝇躺在地上的一小堆白线上，只剩下几条苍蝇腿。

"约翰尼？"多克说，"我觉得有个坏消息要告诉你，伙计。"他不用告诉我们是什么消息。杰克依然坐在那里，但是他的脑袋往前使劲耷拉着，头发都碰到了两腿之间的床单。我们忙着检查约翰尼伤得重不重时，杰克已经死了。

多克让我们把尸体拉到大约两英里外的砾石坑里，那里刚过奥罗拉的边界。洗碗池下面有瓶碱液，兔子把它拿给我们。"你们知道这个怎么用，对吧？"她问。

"当然。"约翰尼说。他的嘴唇上方贴着一片创可贴，那片地方后来再也没长胡须。他听上去无精打采的，而且不愿直视她的眼睛。

"逼着他做，霍默，"她说，然后用大拇指指向卧室，杰克被用那条满是血迹的床单裹了起来，"如果他们在你们逃掉之前找到并确认了他的身份，你们的处境就更糟了。也许我们的也是。"

"别人都不愿意的时候你们收留了我们，"约翰尼说，"你们这辈子不会后悔的。"

她对他微微一笑。几乎所有的女人都会爱上约翰尼，我原以为这一个是例外，因为她是这样地一本正经，但现在我看到她并不例外。她只是装作一本正经，因为她知道自己的相貌并不出众。而且，当一群带枪的男人像我们这样被困在一起的时候，一个头脑清醒的女人是不会想在他们中间招惹什么事的。

"等你们回来，我们已经走了，"沃尔尼说，"妈妈不断说起佛罗里达，她看上了韦尔湖的一个地方……"

"闭嘴，沃尔尼。"多克说着用手狠狠地戳了一下他的肩膀。

"总之，我们要离开这里了，"他揉着痛处说，"你们也该离开。拿上行李，回去的路上甚至不要停车，事情可能会急转直下。"

"好的。"约翰尼说。

"至少他走的时候很快乐，"沃尔尼说，"笑着走的。"

我什么都没说。我突然意识到，雷德·汉密尔顿——我的好兄弟——真的死了，这让我非常伤心。我把思绪转向子弹是如何擦伤约翰尼（然后又杀死了一只苍蝇）的，以为这样能让自己高兴起来。但是没有。这只让我更难受了。

多克跟我握了手，然后跟约翰尼握手。他脸色苍白阴郁。"我不知道我们怎么会落到这步田地，这是实话，"他说，"我还是个孩子的时候，一心想的是要做一名铁路工程师。"

"那么，我来告诉你吧，"约翰尼说，"我们不用担心，上帝会让一切都好起来的。"

我们最后一次载着杰克，他被一条满是血迹的床单裹着，塞进那辆抢来的福特车的后排座位。约翰尼载着我们到砾石坑的远端，一路上把人颠得要散架（说到颠簸，我任何时候都宁愿选择三翼机也不要坐福特车）。然后，他熄灭发动机，碰了碰嘴唇上方的创可贴。他说："我今天用光了自己仅存的好运气，霍默。现在他们能抓到我了。"

"不要这么说。"我说。

"为什么不能说？这是真的。"我们头顶上方的天空阴沉沉的，蓄满了雨水。我估计从奥罗拉到芝加哥的旅途中，我们得在泥水里前行了（约翰尼觉得我们应该回去，因为联邦特工会在圣保罗等着我们）。几只乌鸦在什么地方啼叫，另外能听到的只有正在冷却的发动机的滴答声。我不停地从后视镜看后排座位上被裹起来的尸体。我能看到突起的手肘和膝盖，以及最后他弯下腰边咳边笑溅出的细小的红色血迹。

"看看这个，霍默。"约翰尼说，指着被重新别到腰带里的那把点三八口径手枪。然后，他用指尖把玩着弗朗西斯先生的钥匙环，不管他如何使力，手指上硌出的痕迹总在不断恢复如初。钥匙环上，挨着福特车钥匙的还有四五把钥匙，以及那只幸运的兔子脚。"手枪落下时，枪柄砸中了这个，"他点点头，"正好砸中了我的吉祥物，现在我的好运没了。过来帮帮我。"

我们把杰克拉到砾石坑的斜坡上。约翰尼拿过那瓶碱液，瓶身的标签上有个硕大的棕色骷髅头和交叉的腿骨。

约翰尼跪下来，拉开床单。"把他的戒指摘掉。"他说，于是我把它们捋下来。约翰尼把戒指装进口袋，后来我们在卡柳梅特城卖了四十五美元，尽管约翰尼对天发誓说那枚小的上面有颗真钻石。

"现在让他的两只手伸出来。"

我照做了，约翰尼在杰克的每根手指尖上倒了一瓶盖碱液。这组指纹再也不会回来了。然后，他凑近杰克，吻了他的额头。"我不愿意这么做，雷德，但是我知道，换作你也会对我这么做的。"

然后，他把碱液浇到了杰克的脸颊、嘴和眉毛上。碱液咝咝作响，冒起气泡，并且变成了白色。等它开始侵蚀他闭着的眼睑时，我扭过头去。当然，这么做根本没用，尸体被一个装砾石的农民发现了。一群野狗扒掉了我们盖在他身上的大多数石头，正在啃他的手和脸。至于身体的其他部分，上面有足够的伤疤让警方确定他是杰克·汉密尔顿。

约翰尼的好运气走到了尽头，没错。之后他走的每一步——直到珀维斯和佩戴徽章的枪手们在传奇剧院外打死他的那个晚上——都是错的。那天晚上他可以直接举起双手投降吗？我得说这不可能。珀维斯千方百计要弄死他，这就是为什么联邦特工从未告诉芝加哥警方约翰尼在这里。

　　我永远忘不了当我用细线把那些苍蝇带进房间时杰克的笑声。他是个好人，他们中的大多数都是——进错了行当的好人，而约翰尼是这群人中最好的那个。没谁能找到比他更为真挚的朋友。我们又一起抢了一家银行，印第安纳州南本德市的国家招商银行。莱斯特·纳尔逊欢呼雀跃地加入进来。逃离市区的路上，仿佛印第安纳州的每个乡巴佬都在朝我们开枪，但我们还是逃掉了。但这到底为了什么呢？我们原以为会有十多万美元，足够我们搬到墨西哥过上国王般的生活了。结果，只有可怜的两万美元，大部分还都是一角硬币和脏分的一美元钞票。

　　上帝会让一切都好起来的，这是我们分别前约翰尼对多克·巴克说的话。我从小被教育成基督徒——我承认在人生的旅途中我有点背弃了它，但我依然相信：我们无法摆脱我们所拥有的，但这没关系，在上帝眼中，我们都不过是绑在细线上的苍蝇，真正重要的是沿途你能播撒多少阳光。我跟约翰尼见的最后一面是在芝加哥，他当时正取笑我说的话。这种方式对我来说已经很不错了。

————

　　我还是个孩子的时候就着迷于大萧条时期那些不法之徒的故事，这一兴趣也许随着阿瑟·佩恩的《雌雄大盗》而达到顶峰。二〇〇〇年春天，我重读了约翰·托兰关于那个时期的作品《迪林杰的日子》，尤其被他讲述的迪林杰的伙伴霍默·范·米特在彭德尔顿管教所自学套苍蝇的故事吸引住了。杰克·雷德·汉密尔顿延绵的死亡过程是记录在案的事实，而我讲述的在多克·巴克藏身处发生的事情，当然纯粹是想象……或者迷思，如果你更喜欢这个词的话。我是更喜欢这个词。

死室

　　这是一间死室。门一打开，弗莱彻就知道它是什么了。地上铺着灰色的工业砖，墙壁是脏兮兮的白色石头，零散地分布着深色的片状污迹，也许是血迹——这个房间里肯定发生过流血的事情。头顶的灯被罩在铁丝笼里。房间中央放着一张木头长桌，桌子后面坐着三个人。桌子前面放着一把空椅子，正等着弗莱彻去坐。椅子旁边有一辆小推车，推车上的物体被一块布盖着，就像雕塑家会在工作间歇把半成品遮住一样。

　　弗莱彻被半引半拽地拉向那把为他准备的椅子。他被守卫抓着，身体有些跟跟跄跄，也放纵自己跟跄着。如果他看上去比实际更为茫然、震惊和没头没脑，那很好。他认为自己能够离开情报部这间地下室的概率有三十分之一二，也许这都算是乐观的。无论概率多小，他都不愿因为自己看上去哪怕有五分清醒而让它进一步变小，他鼓胀的眼睛、圆肿的鼻子以及破了的下唇可能在这方面有所帮助。还有嘴巴周围凝固了血痂，像一簇深红色的山羊胡子。有一件事弗莱彻非常确定：如果他真的离开了，其他人——那名守卫以及桌子后面并排坐着的三个人——都得死。他是一名报社记者，还从未杀死过比大黄蜂大的任何东西，但是如果必须杀人才能逃出这个房间，他会的。他想到了妹妹正在回去的路上。他想到妹妹在一条有着西班牙语名字的河里游泳。他想到了中午时分，水面上波光粼粼，刺得人睁不开眼。他们来到了桌子前面的椅子边，守卫一把把他推坐到椅子上，弗莱彻差点栽过去。

"小心点，不该这样，不能有意外。"桌子后面的一个男人说道。这是埃斯科瓦尔，他对守卫说的是西班牙语。埃斯科瓦尔左边坐着另一个男的，右边坐着一个约莫六十岁的女人。女人和另一个男的都很瘦，埃斯科瓦尔很胖，油腻腻的像一支廉价蜡烛，看起来像电影里的墨西哥人。你盼着他会说："警飞？警飞？我们不需要什么臭警飞！" [1] 但他是首席情报部长。有时他会在市电视台播报天气预报的英文部分，每次都会收到粉丝来信。穿着西服时，他看上去并不油腻，只是有点矮胖。弗莱彻对此非常清楚，他写过三四篇关于埃斯科瓦尔的报道。他很有趣，据传，他还热衷于拷问。一个中美洲的希姆莱 [2]，弗莱彻想，同时惊奇地发现，一个人的幽默感——即使不怎么高明——竟能演变成如此这般的恐惧。

"手铐呢？"守卫也用西班牙语问道，同时举起一副塑料手铐。弗莱彻尽力保持脸上的茫然不解。如果他们铐住了他，那就完了。他可以忘了那大约三十分之一的概率，或者说三百分之一。

埃斯科瓦尔短暂地看了一眼他右侧的女人。她的脸色很暗，黑色的

---

[1] 电影《碧血金沙》中的经典台词，"警飞"应为"警徽"。

[2] 德国纳粹战犯。

头发已经斑白，从额头往后上方梳，仿佛被强风吹着。她的发式让弗莱彻想起了电影《科学怪人的新娘》中的爱尔莎·兰切斯特。他近乎惊慌失措地紧抓着这个相似不放，就像他紧抓着那个关于波光粼粼的河面，或是妹妹和她的朋友边笑边朝水边走去的想法不放一样。他想要的是画面，不是想法。现在，画面成了奢侈品，想法在这种地方毫无益处，在这种地方，你所有的只能是错误的想法。

那个女人朝埃斯科瓦尔轻轻地点点头。弗莱彻在大楼周围见过她，她总是穿一条难看的裙子，就像她此刻穿的这条一样。她总是跟埃斯科瓦尔在一块儿，弗莱彻还以为她是他的秘书，私人秘书，甚至可能是他的传记作者——天知道像埃斯科瓦尔这种自我意识如此强大的人是否需要这种附属品。现在弗莱彻在想自己是否一直就搞错了，是否她是他的上司。

无论如何，这点头似乎让埃斯科瓦尔满意了，等他重新看着弗莱彻的时候，脸上挂着笑容。他开口了，说的是英语。"别傻了，把手铐收起来，弗莱彻先生只是来这里帮我们解决几个问题的。他很快就会返回他的祖国了，"埃斯科瓦尔深深地叹了口气，看得出他非常后悔说了这句话，"但与此同时，他是一位贵宾。"

我们不需要什么臭手铐，弗莱彻想。

那个脸色黝黑、看上去像科学怪人的新娘的女人朝埃斯科瓦尔凑过身子，用手遮着嘴在他耳边说了什么，埃斯科瓦尔微笑着点点头。

"当然了，拉蒙，如果我们的客人想做什么傻事或是做出什么侵犯性的举动，你就开枪。"他放声大笑起来——在电视上身材矮胖的主播的笑声——然后用西班牙语重复了一遍说过的话，好让拉蒙跟弗莱彻一样明白。拉蒙认真地点点头，把手铐放回腰间，然后退到了弗莱彻视线的边缘。

埃斯科瓦尔把注意力转回弗莱彻身上。他从那件装饰着鹦鹉和植物叶子的瓜亚贝拉衬衫的一个口袋里拿出一个红白两色的小包：万宝路，为每一个第三世界的民族所偏好的香烟。"抽烟吗，弗莱彻先生？"

弗莱彻朝埃斯科瓦尔放在桌子边缘的烟盒伸出手，然后又缩了回来。他三年前就戒烟了，如果他真的离开这里的话，也许会重拾这个嗜好——很可能还会喝高度酒——但是眼前他并没有抽烟的欲望或需要。他只是想让他们看到他颤抖的手指，仅此而已。

"也许晚点吧。眼下抽烟也许……"

也许什么？埃斯科瓦尔并不在意，他只是宽容地点点头，把那个红白两色的烟盒留在了原处——桌子的边缘。弗莱彻突然有了一个令人痛苦的预感，他看到自己在四十三号大街上的一个报亭边停下，要买一包万宝路，一个自由的人在纽约街头买快活毒药。他告诉自己，如果离开了这里，他要这么做。他会这么做，就像有些人癌症治愈或是眼睛重见光明之后去罗马或耶路撒冷朝圣一样。

"对你施暴的人，"埃斯科瓦尔用一只不是特别干净的手指了指弗莱彻的脸，"已经受到了纪律处分，但是不太严重，你会注意到，我本人也不再道歉了。那些人都是爱国者，就像我们一样。就像你一样，弗莱彻先生，对吧？"

"我想是吧。"他必须表现出奉承和害怕，表现成一个为了离开这里什么都愿意说的人。而埃斯科瓦尔的工作就是安抚，让这个坐在椅子里的人相信他肿胀的眼睛、裂开的嘴唇和松动的牙齿算不得什么；这些不过是一场误会，很快就会澄清，而等到误会澄清，他就可以离开了。即使是在这间死室里，他们还在忙着互相欺骗。

埃斯科瓦尔转向守卫拉蒙，用西班牙语快速地说着什么。弗莱彻的西班牙语还不足以让他听懂所有内容，但是在这座肮脏的首都待了将近五年之后，不可能学不会相当数量的词汇。西班牙语并不是世界上最难的语言，这一点，埃斯科瓦尔和他的科学怪人的新娘朋友无疑很清楚。

埃斯科瓦尔问弗莱彻的物品是否已经打包停当，他是否已经从华美酒店退房：是的。埃斯科瓦尔想知道情报部外面是否有一辆汽车正在等候，等讯问结束后就送弗莱彻先生去机场。是的，就停在五月五日大街的街角。

埃斯科瓦尔扭回头，说道："你明白我问了他什么吗？"从埃斯科瓦尔的口中，"明白"被说成了"明卖"，弗莱彻又想起了埃斯科瓦尔上电视的情形。低记压？什么低记压？我们不需要什么臭低记压。

"我问你有没有退房——尽管这么久之后，它对你来说可能更像是一间公寓了吧——还问我们的谈话结束后是否有车送你去机场。"只是他之前说的并不是"谈话"这个词。

"是……吗？"弗莱彻听上去好像无法相信自己的好运，或者说他希望自己听上去如此。

"你会搭乘第一架达美航空的班机返回迈阿密。"科学怪人的新娘说，她说话时没有一丝西班牙口音，"班机一降落在美国土地上，你的护照就会物归原主。你不会受到伤害，也不会滞留在这里，弗莱彻先生——只要你配合我们的询问——但是你将会被驱逐出境，这点我们先说清楚。'被赶出去'，像你们美国人说的，被撵了出去。"

她比埃斯科瓦尔圆滑得多。弗莱彻之前还以为她是埃斯科瓦尔的助手，想着挺好玩。而你还自诩为记者呢，他想。当然，如果他只是个记者，《纽约时报》的驻中美洲记者，他就不会在情报部的地下室里了，墙壁上的污迹看起来很像血。大概十六个月之前他就不再做记者了，差不多在他第一次见到努奈兹的时候。

"我明白。"弗莱彻说。

埃斯科瓦尔拿了一支烟，用一个镀金打火机点着，打火机的一侧嵌着一颗假的红宝石。他说："你准备好配合我们的询问了吗，弗莱彻先生？"

"我有选择吗？"

"你永远都有选择，"埃斯科瓦尔说，"但是我觉得你在我们国家已经不受欢迎了，对吗？你们是这么说的吗，'不受欢迎'？"

"差不多。"弗莱彻说。他想：你必须防备自己相信他们的渴望。人天生渴望相信，也可能天生渴望说实话——特别是当你在自己最喜欢的餐馆外面被人抓住，然后迅速被一帮散发着炸豆泥味道的男人揍了一顿之后——但是满足他们的需求并不会帮到你。这才是你需要紧抓不放的想法，在这样的房间里这是唯一有用的想法，他们无论说什么都毫无意义。重要的是那辆小推车上的东西，那块布下面的东西。重要的是那个还未开口说话的男人。当然，还有墙壁上的污迹。

埃斯科瓦尔探身向前，一脸严肃。

"你否认在过去的十四个月里，曾经把某些信息告知一个名叫托马斯·埃雷拉的人，后者又把它透露给某个名叫佩德罗·努奈兹的共产党叛乱分子吗？"

"不，"弗莱彻说，"我不否认。"为了充分保持自己的伪装——可以用"谈话"和"讯问"之间的区别来概述的伪装——此时他应该为自己辩护，尝试去解释，就好像人类历史上曾有人在一个这样的房间里赢得过一场政治辩论一样。但是他不愿这么做。"不过时间要比这个更久一些。我想总共差不多有一年半吧。"

"抽支烟，弗莱彻先生。"埃斯科瓦尔打开一个抽屉，拿出一个薄文件夹。

"暂时不用。谢谢。"

"好吧。"当然，从埃斯科瓦尔嘴里出来的是"吼吧"。当他在电视上播报天气的时候，控制室里的男孩们有时会把一张穿着比基尼的女人的照片叠印在气象图上。等他看到这个，埃斯科瓦尔就会哈哈大笑，挥舞双手，拍着胸口。大家喜欢这个；这很滑稽，就像听到"吼吧"一样，就像听到"臭警飞"一样。

埃斯科瓦尔打开文件夹，他那支烟笔直地插在嘴巴正中间，烟雾正好升腾到眼睛里。你会看到，这里街角上抽烟的老人就是这个模样，那些依然戴草帽、穿着凉鞋和宽松白裤子的老人。现在埃斯科瓦尔面带微笑，嘴唇闭着，这样他的万宝路香烟才不会从嘴里掉到桌子上，但他依然在笑。他从薄文件夹里拿出一张带光泽的黑白照片，让它顺着桌子朝弗莱彻溜过来。"这是你朋友托马斯。不大好看，对吧？"

这是一张高对比度的正面照片，它让弗莱彻想起了四五十年代那个名气不大的新闻摄影师的作品，那个自称"维吉"的家伙。这是一张死人的照片，眼睛睁着，闪光灯的灯光映在里面，给了它们些许生机。没有血，只有一处疤痕，但没有血，但你还是一眼就能看出这个人死了。他的头发被梳过，还能看到梳子留下的齿痕，以及他眼睛里微小的光斑，但那是反射的灯光。你立刻就知道这个人死了。

那个疤痕在左太阳穴上，呈彗星状，看上去像是火药灼伤，但是没有弹孔，也没有血，头骨也没有变形。即使是点二二这样的小口径手枪，在能留下火药灼伤的距离上射击，也会把头骨挤压变形。

埃斯科瓦尔把照片拿回去，放到文件夹里，合上文件夹，耸了耸肩，好像在说，看到了吗？看到发生什么了吗？他耸肩的时候，烟灰从烟上落到了桌面上，他用一只胖手把烟灰扒拉到灰色的地砖上。

"我们真的不愿麻烦你，"埃斯科瓦尔说，"我们为什么要麻烦你呢？这是个小国，我们是小国里的小人物，《纽约时报》是个大国的大报。当然，我们有自尊，但是我们也有……"埃斯科瓦尔用一根手指敲着太阳穴，"你明白吗？"

弗莱彻点点头。他眼前不停地浮现托马斯的影像，尽管照片已经放回文件夹里了，他还是能看到托马斯，以及梳子在他头发上留下的齿痕。他吃过托马斯的妻子烹饪的食物，坐在地板上跟托马斯最小的孩子——

一个大约五岁的小女孩——一起看过动画片《猫和老鼠》，里面本就不多的对话还是西班牙语的。

"我们不想打扰你，"埃斯科瓦尔说着，腾起的烟雾在他脸上分散开来，从耳边缭绕而上，"但是我们已经观察你很久了。你没有看到我们——也许是因为你太大了，而我们太渺小了——但是我们在观察。我们知道你知道托马斯知道的信息，我们就去找了他，努力让他说出自己知道的信息，这样我们就不用打扰你了，但他就是不说。最后，我们让这位海因茨来尝试让他开口。海因茨，给弗莱彻先生看看你是如何尝试让托马斯开口的，当时托马斯就坐在弗莱彻先生现在的位置上。"

"可以。"海因茨说，他说的英语是带鼻音的纽约腔。他头上光秃秃的，只是耳朵周围有一小撮头发，戴一副小眼镜。埃斯科瓦尔看上去像是电影里的墨西哥人，那个女人看上去像《科学怪人的新娘》中的爱尔莎·兰切斯特，海因茨则像是一则电视广告中的男演员，跟你解释为什么伊克赛锭是治疗头痛的最佳药物。他绕过桌子，走到小推车旁，用兼有顽皮和阴险意味的表情看了看弗莱彻，然后掀开盖在上面的布。

布下面有台机器，机器上有几个刻度盘和几盏灯，现在都是暗的。弗莱彻起初以为这是一台测谎仪——这有一定的道理——但是在那个简陋的控制面板前面，有一个带橡胶柄的物体，用一根粗壮的黑色电线与机器的一侧相连。它看上去像一支铁笔或是某种钢笔，不过没有钢笔尖。那东西只是慢慢变细，变成了一个钝金属头。

机器下面是个架子，架子上有一块标记着"德科"的汽车电池。电池的电极上覆着橡皮碗，电线从橡皮碗里伸出来，连接到机器后部。不，不是测谎仪。不过可能对这些人来说是的。

就像一个喜欢解释自己职业的人一样，海因茨活泼地说道："这很简单，真的，就是把神经学家用来对单极神经症患者实施电击的装置改进了一下，使这台机器能施加一个强大得多的震颤。我发现，疼痛倒是其次，大部分人甚至都不记得疼痛，让他们渴望开口的是对这个过程的厌恶。这几乎可以称为返祖现象。将来有一天我希望能写篇论文。"

海因茨握着绝缘的橡胶柄拿起铁笔，把它举到眼前。

"这个可以接触到四肢……躯干……生殖器，当然……但它也能插入——请原谅我粗陋的用词——阳光照不到的地方。一个大便被电击过的人永远也忘不了，弗莱彻先生。"

"你这样对待托马斯了吗？"

"没有。"海因茨说，然后小心翼翼地把铁笔放回电击发生器前面，"他的手上被施加了一半功率的电击，这是为了让他见识一下自己要面临的是什么，但他依然拒绝讨论秃鹰……"

"算了吧。"科学怪人的新娘说道。

"请原谅。当他依然拒绝说出我们希望知道的信息，我就把魔杖放到了他的太阳穴上，再次小心谨慎地实施了电击。经过了仔细斟酌，我向你保证，一半的功率，丝毫不多。他一阵抽搐，然后就死了。我相信可能是癫痫发作。他有癫痫病史吗，你知道吗，弗莱彻先生？"

弗莱彻摇摇头。

"尽管如此，我相信事情就是这样。尸检显示他的心脏没有问题。"海因茨把手指修长的双手叠放在身前，看着埃斯科瓦尔。

埃斯科瓦尔夹下嘴角的香烟，看了看，然后把它扔到了灰色的地板上，踩了一脚。然后，他看着弗莱彻，脸上露出微笑。"当然，非常遗憾。现在我问你几个问题，弗莱彻先生。其中很多——我坦白告诉你——都是托马斯·埃雷拉拒绝回答的。我希望你不要拒绝，弗莱彻先生。我喜欢你，你有尊严地坐在那里，不哭泣，不乞求，也不尿裤子。我喜欢你，我知道你只做自己相信的事，这是爱国精神。所以我跟你说吧，我的朋友，你最好痛快并如实地回答我的问题。你不会想让海因茨动用他的机器的。"

"我说了我会帮你的。"弗莱彻说，死亡比头顶罩在精巧的铁丝笼里的灯离得都近。不幸的是，疼痛离得还要更近。而秃鹰努奈兹有多近呢？比这三个人猜得更近，但是也没有近到可以帮他的地步。如果埃斯科瓦尔和科学怪人的新娘再等上两天，也许甚至是再等二十四个小时……但是他们没有等，于是他就来到了这间死室里。现在他将看到自己是什么成色。

"你是说过，最好说话算数，"那个女人非常清晰地说道，"我们可不是瞎胡闹的，外国佬。"

"我知道你们不是瞎胡闹。"弗莱彻用叹息而颤抖的声音说。

"我想，你现在想抽烟了吧。"埃斯科瓦尔说，当弗莱彻摇了摇头，他自己拿了一支，点着，然后似乎陷入了沉思。最后，他抬起头。那支烟像上一支一样插在他的脸部中央。"努奈兹很快会来吗？"他问道，"就像哪部电影里的佐罗？"

弗莱彻点点头。

"多快？"

"我不知道。"弗莱彻非常在意站在那台可恨的机器旁边的海因茨，他手指修长的双手叠放在身前，看上去随时准备着，提示一来，就开始谈论镇痛药。他也同样在意站在他右侧视野边缘的拉蒙。他看不到他，但猜到拉蒙的一只手就放在手枪柄上。下一个问题来了。

"他来了之后，会进攻堪迪多山区里的守备部队，圣特雷泽的守备部队，还是直接进城呢？"

"圣特雷泽的守备部队。"弗莱彻说。

他会进城，托马斯这么说过，当时他的妻子和女儿肩并肩坐在地板上，边从一个边沿有蓝条纹的白碗中拿爆米花吃边看动画片。弗莱彻什么都记得。他会直捣心脏，不会瞎胡闹。他会攻击心脏，就像杀死吸血鬼一样。

"他不想要电视台？"埃斯科瓦尔问道，"或是政府广播电台？"

先拿下市民山上的广播电台，动画片播着的时候托马斯说道。那时播的是《大野狼与哔哔鸟》，哔哔鸟总是身后拖着一股烟尘，后面跟着大野狼使用的任何一种哔哔鸟高端捕捉装置，然后哔——哔一声，跑远了。

"不，"弗莱彻说道，"我被告知，秃鹰说'让他们嚷嚷吧'。"

"他有火箭弹吗？空对地导弹？便携式防空导弹？"

"有。"这是真话。

"多吗？"

"不多。"这个不是真话。努奈兹手上有超过六十发。这个国家的破烂空军满打满算也就十几架直升机——都是些飞不了多久的劣质俄罗斯直升机。

科学怪人的新娘敲了敲埃斯科瓦尔的肩膀，埃斯科瓦尔朝她侧过身子。她对他耳语了几句，这次没用手遮着。她不需要用手遮住嘴，因为她的嘴唇几乎没动。弗莱彻觉得这项技能跟监狱有关，他从未去过监狱，但他看过电影。当埃斯科瓦尔耳语回去的时候，他抬起一只胖手遮住自己的嘴。

弗莱彻边看着他们边等，他知道这个女人在跟埃斯科瓦尔说他在撒谎，很快海因茨的论文——《浅谈对不愿配合的讯问对象的大便进行电击及其结果》——就会有更多的资料了。弗莱彻发现这份恐惧在他心里创造了两个新人，至少两个，他们都是弗莱彻的替身，对这事的发展前景都有各自毫无价值却又相当强势的看法。一个悲观中带着希望，另一个则只有悲观。悲观中带着希望的那个是"也许他们会的"先生，也就是也许他们真的会放我走，也许真有一辆车停在五月五日大街上，就在拐角处，也许他们真的要把我从这个国家踢出去，也许我明天上午真的会降落在迈阿密，恐惧但还活着，整件事看起来就像一场噩梦。

另一个，只有悲观的那个，叫"即使这样"先生。弗莱彻也许能够通过发动突然袭击让他们大吃一惊——他挨过揍，而他们傲慢自大，所以是的，他也许能够出其不意。

但是，即使这样，拉蒙也会开枪杀了我。

如果他袭击拉蒙呢？设法拿到他的枪？不太可能但也不是完全不可能。那个家伙很胖，至少比埃斯科瓦尔重三十磅，呼吸的时候呼哧呼哧的。

即使这样，埃斯科瓦尔和海因茨也会在我开枪之前把我制服。

也许，那个女人也会；她说话时嘴唇都不动；她可能还会柔道、空手道或者跆拳道。如果能把他们全都打死，并设法逃出了这个房间呢？

即使这样，还有遍地的守卫——他们听到枪声后会冲过来。

当然，像这样的房间往往都装了隔音设备，原因显而易见，但是，即使他走上楼梯，出了门，到了大街上，事情才刚刚开始。而且"即使这样"先生会如影随形地跟着他，无论他跑到哪里。

问题是，无论是"也许他们会的"先生还是"即使这样"先生都无法帮他。他们只是让人分心的事物，是他越发狂躁的头脑试图欺骗自己的谎言。像他这样的人，不是靠说实话就能离开这样的房间的。他倒不如试着创造出第三个替身，"也许我能"先生，然后放手一搏。他不会有任何损失。他只需确保他们不知道他明白这一点就行了。

埃斯科瓦尔与科学怪人的新娘分开了，他把烟放回嘴里，对弗莱彻露出了悲伤的微笑，说："朋友，你在说谎。"

"不，"他说，"我为什么要说谎？你不认为我想离开这里吗？"

"我们不知道你为什么撒谎，"那个脸部细长的女人说，"我们不知道你起初为什么会选择协助努奈兹。有些人说美国人天真烂漫，我毫不怀疑其中有这个因素，但绝不会仅仅如此。没关系。我相信你准备好演示了吧，海因茨？"

海因茨面带微笑，转向他的机器，打开一个开关。随之传来一阵嗡嗡声，那种旧式收音机启动时的声响，接着三盏绿灯亮了起来。

"不。"弗莱彻说道，同时想要站起身，他觉得他可以显得惊慌失措，为什么不呢？他确实惊慌失措了，或者说差点惊慌失措了。当然，想到海因茨用那个为侏儒族准备的不锈钢人造阴茎碰他，他就感觉害怕。但是在内心深处，还有另一个他，非常冷静而又深谋远虑，知道他至少要接受一次电击。他并没有什么清晰明了的计划，但是他必须至少接受一次电击。"也许我能"先生坚持事情是这样的。

埃斯科瓦尔朝拉蒙点点头。

"你们不能这么做，我是美国公民，我为《纽约时报》供稿，他们知道我身在何处。"

一只有力的手按在了他的左肩上，把他按回椅子里。与此同时，一把手枪的枪管深深地插入了他的右耳。疼痛如此突如其来，弗莱彻的眼前出现了明亮的斑点，疯狂地跳跃着。他尖叫起来，但声音听上去发闷。当然，因为一只耳朵塞住了——一只耳朵被塞住了。

"伸出一只手，弗莱彻先生。"埃斯科瓦尔说，他叼着烟的嘴边又露出了笑容。

"右手。"海因茨说。他像握铅笔一样握着那支铁笔的黑色橡胶柄，他的机器在嗡嗡作响。

弗莱彻右手紧紧地抓住椅子扶手。他已经不确定自己是否在表演了——表演与惊慌之间的界限不见了。

"伸出来。"那个女人说道。她的双手撑在桌面上，上身探到双手上方。她的两个眼珠上各有一个光点，把她的黑眼睛变成了钉子头。"伸出来，否则后果自负。"

弗莱彻逐渐松开握着椅子扶手的手指，但是没等他抬起手，海因茨就冲上去，把那支钝铁笔的笔尖戳到了弗莱彻的左手手背上。也许他的目标本就是它——而且它更靠近海因茨站立的地方。

随之传来一声噼啪声，非常纤细，就像一根小细枝，弗莱彻的左手紧紧地攥成了拳头，指甲都扎进了手掌。一种跳动的不适从手腕迅速传到前臂，传到猛地落下的胳膊肘，最后传到他的肩膀上，到颈部的左侧，最后到达了牙床。他甚至能在左侧的牙齿或牙齿填充物上感觉到那种冲击力。他哼了一声，咬住舌头，身体迅速倒向椅子一侧。插在他耳朵里的那把枪被拿走了，拉蒙抓住了他。否则，弗莱彻就摔在灰色的地砖上了。

那根铁笔也收起来了。在它接触过的地方，左手无名指的第二、三指关节之间，有个灼热的小点。尽管他的手臂依然刺痛，肌肉还在抽搐，但这才是唯一真正的疼痛。被如此电击，确实很可怕。哪怕是开枪打死自己的母亲，弗莱彻也不要再被那个不锈钢人造小阴茎碰一下。海因茨称之为返祖现象。将来有一天，他希望能写篇论文。

海因茨突然把脸凑了过来，嘴唇向后咧着，露出了牙齿，眼睛放光，脸上挂着白痴般的笑容。"你怎么形容它？"他叫道，"趁着这经历还很新鲜，你怎么形容它？"

"就像要死了一样。"弗莱彻说道，那声音听上去并不像自己的。

海因茨看起来万分激动。"没错！你们看，他尿裤子了！不多，只有一点，但是没错……那么弗莱彻先生……"

"闪开，"科学怪人的新娘说道，"别傻头傻脑的。我们先把正事做好。"

"而这才是四分之一的电力。"海因茨用带着畏怯的机密口吻说道，然后站到一边，重新把双手叠放在身前。

"弗莱彻先生，你口是心非。"埃斯科瓦尔用责备的口吻说道。他从嘴里拿下烟屁股，看了看，然后扔到地上。

烟，弗莱彻想。烟，是的。电击严重地损害了他的手臂——肌肉依然在抽搐，还能看到手掌里有血——但似乎让他的头脑恢复了一些，有精神了一些。当然，休克疗法的效果本该如此。

"不……我想帮助……"

但埃斯科瓦尔摇摇头说："我们知道努奈兹会进城。我们还知道他在来的路上会拿下广播电台，如果可以的话……而且他大概也能做到。"

"暂时的，"科学怪人的新娘说道，"只是暂时的。"

埃斯科瓦尔点点头说："只是暂时的。也就几天吧，也许就几个钟头。这个无关紧要。重要的是，我们给了你一段绳子，看你会不会做个绳套……结果你真的做了。"

弗莱彻重新在椅子上坐好，拉蒙后退了一两步。弗莱彻看着左手手背，上面有个小斑点，就像照片上托马斯脸侧的那个一样。杀了弗莱彻的朋友的海因茨站在他的机器旁边，双手叠放在身前，脸上带着笑，也许在思考他要写的论文，文字、图表和标注着"图1""图2"的小照片，一直到"图994"。

"弗莱彻先生？"

弗莱彻看着埃斯科瓦尔，伸直左手手指。那只手臂的肌肉还在抽搐，但是抽搐正在消退。他想，等时候到了，他就能用这只手臂了。如果拉蒙开枪打了他，那又怎样？让海因茨试试他的机器能不能让人起死回生吧。

"你在听我们说话吗，弗莱彻先生？"

弗莱彻点点头。

"你为什么想保护这个努奈兹？"埃斯科瓦尔问道，"你为什么宁愿受苦也要保护这个人？他吸食可卡因。如果他赢得了革命的胜利，就会自称为终身总统，并把可卡因卖到你的国家。他周日会去参加弥撒，一周的其他时间都在干他那些吸食可卡因的妓女。最后谁赢了呢？也许是共产党人，也许是联合果品公司，反正不是人民。"埃斯科瓦尔低声说道。他目光温和。"帮帮我们，弗莱彻先生，凭你自己的意愿，不要让我们逼你帮我们，不要让我们拉紧绳子。"他抬头从那浓密的一字眉下看着弗莱彻，他用可卡犬似的温和目光看着他，"你仍然可以坐上那架飞往迈阿密的飞机，回去的途中你会想喝一杯，对吧？"

"对，"弗莱彻说，"我会帮助你们。"

"啊，好的。"埃斯科瓦尔露出了笑容，然后看着那个女人。

"他有火箭弹吗？"她问道。

"有。"

"多吗？"

"至少六十枚。"

"俄国货？"

"有些是。其他的用板条箱装着，上面有以色列标记，但是导弹弹体上的文字看上去像日语。"

她点点头，看上去还算满意。埃斯科瓦尔满脸堆笑。

"它们现在何处？"

"到处都是，你没办法发动突然袭击然后把它们一锅端了。奥尔蒂斯可能还有十几枚。"弗莱彻知道这不是真的。

"那努奈兹呢？"她问道，"秃鹰在奥尔蒂斯吗？"

她知道的更多。"他在丛林里。我最后一次得到的消息是，他在贝伦省。"这是谎话。

弗莱彻上次见到努奈兹时，还是在首都郊区的克里斯托巴尔，他大概还在那里。但是如果埃斯科瓦尔和那个女人知道这一点，也就不需要这场讯问了。再说，他们为什么就笃定努奈兹会把自己的行踪透露给弗莱彻呢？在这样一个国家里，埃斯科瓦尔、海因茨和科学怪人的新娘只是你众多敌人中的三个，你为什么要把自己的地址告诉一个美国报社记者呢？一定是疯了！一个美国报社记者为什么会牵涉其中呢？但是他们已经不再考虑这个了，至少是现在。

"他在城里跟谁联系？"女人问道，"不是他玩的女人，是他联系的人。"

如果他打算采取行动的话，那么，此时此刻，他必须得开始行动了。情况是，现在已经不再安全了，他们有可能听出他在说谎。

"有个男的……"他说道，然后顿了顿，"现在我能抽支烟吗？"

"弗莱彻先生！当然可以！"一时间，埃斯科瓦尔成了忧心的晚宴主持人。弗莱彻不觉得他在演戏。埃斯科瓦尔拿起那盒红白两色的烟——那种任何一个自由的男人或女人都可以在任何一个弗莱彻记忆中四十三号大街上的那种报亭买到的香烟——然后抖出一支。弗莱彻接过来，他知道，也许在它燃到过滤嘴之前他就没命了，不在这个星球上了。他什么都感觉不到，只有左臂肌肉逐渐消退的抽搐以及左侧牙齿填充物中一股怪异的烘焙味。

他把烟放在两唇间。埃斯科瓦尔上身又往前凑了凑，然后咔嗒一声拨开镀金打火机的盖子。他滑动滚轮，打火机喷出一束火焰。弗莱彻注意到海因茨的机器像一台旧收音机一样嗡嗡作响——那种机身后面带晶体管的收音机。他意识到那个被他丝毫没有幽默感地认作科学怪人新娘的女人正看着他，就像动画片里大野狼看着哔哔鸟一样。他感受着自己心脏的跳动，感受着圆形的香烟叼在嘴里的熟悉的感觉——"一个装着奇异的快乐的管子"，某个剧作家曾经这么称呼它，感受着心脏的跳动在难以置信地变缓。上个月，他曾被要求在国际俱乐部做一场午餐后演讲，那里都是些外国新闻界怪才，那时他的心脏都比现在跳得快。

身在此处，那又怎样？连盲人都能找到出路——连他的妹妹都可以，在河边。

弗莱彻朝火焰弯下腰去。万宝路香烟的一头着了，发出红光。弗莱彻深吸一口，立刻开始咳嗽。三年没有抽烟之后，不咳嗽就更难了。他靠回椅背，咳嗽中又添上了一阵刺耳而令人窒息的低吼。他全身发抖，手肘外伸，脑袋歪向左侧，双脚不停地敲击地面。最精彩的是，他想起了儿时一项古老的天赋，翻起了白眼。这期间，他始终没有丢掉那支烟。

弗莱彻从未见过癫痫发作，尽管他隐约记得帕蒂·杜克在电影《海伦·凯勒》中曾经演过一次。他无法知道自己是否跟癫痫患者的表现一样，但他希望托马斯·埃雷拉的意外死亡能让他们忽略掉他表演中所有的瑕疵。

"该死，不会又来一次吧！"海因茨用接近尖叫的声音喊道。要是在电影里，这一幕会很好笑。

"快抓住他，拉蒙！"埃斯科瓦尔用西班牙语喊道，同时想要站起身来，但起身的时候那肉嘟嘟的大腿重重地撞在桌子上，结果他又砰的一声坐下了。那个女人没有动弹，弗莱彻想：她起疑心了。我觉得她可能还不知道这一点，但她确实比埃斯科瓦尔聪明，聪明得多，而她起疑心了。

这是真的吗？他眼睛上翻，只能模糊地看到她的轮廓，不足以准确知道事态如何……但是他就是知道。不过这又有什么关系？表演已经开始了，他们会跟着演下去的，而且会很快地演下去。

"拉蒙！"埃斯科瓦尔喊道，"别让他摔到地上了，你这白痴！别让他把舌头吞……"

拉蒙弯下腰，抓住弗莱彻颤抖的肩膀，也许是想把弗莱彻的头扶正，也许是想确保弗莱彻的舌头安全无虞，没有被吞下去（谁都没办法把自己的舌头吞下去，除非被切掉了，拉蒙显然没有看过《急诊室的故事》）。不管他想干什么，都没有关系。当他的脸到了弗莱彻够得到的地方时，弗莱彻把那根燃烧的万宝路香烟戳进了拉蒙的眼睛。

拉蒙一声尖叫，身体猛地后退。他的右手朝脸上抬去，那根仍在燃烧的香烟歪歪扭扭地从他眼窝里垂下来，但他的左手还放在弗莱彻的肩膀上，此刻正紧紧地钳着。拉蒙后退的时候，把弗莱彻的椅子拽倒了。弗莱彻从椅子里滑出来，翻过身，站了起来。

海因茨在尖叫着什么，也许是在说话，但在弗莱彻看来，他就像一个十来岁的小女孩见到了偶像——也许是汉森兄弟中的一个。埃斯科瓦尔没发出一点声响，这不太妙。

弗莱彻没有回头看桌子，他不用看都知道埃斯科瓦尔正朝他扑来。相反，他迅速伸出双手，抓住拉蒙左轮手枪的枪柄，将枪从枪套里拔了出来。弗莱彻觉得拉蒙甚至都不知道枪不见了。他正一边尖声说着西班牙语，一边用手抓脸。他伸手想去拨开那支烟，但是那支烟没有掉下来，而是折断了，燃烧的那头依然插在他的眼睛里。

弗莱彻转过身。埃斯科瓦尔就在那儿，已经绕过那张长桌的远端，伸出两只胖手朝他拍过来。埃斯科瓦尔看起来不再像一个偶尔上电视播报天气、谈论高压系统的家伙了。

"抓住这个狗娘养的美国佬！"那个女人愤怒地喊道。

弗莱彻把那张翻倒的椅子踢到埃斯科瓦尔身前，他随之绊到了椅子上。他倒下去的时候，弗莱彻把枪伸出来，依然用两只手握着，对着埃斯科瓦尔的头顶开了一枪。埃斯科瓦尔的头发跳了一下，团状的血从他的鼻孔、嘴以及下巴下方子弹穿出来的地方流出来。埃斯科瓦尔面朝下摔在了自己满是鲜血的脸上，双脚撞上了灰色的地砖。一股大便味从他垂死的身体上冒出来。

那个女人不在椅子上坐着了，但她丝毫没有靠近弗莱彻的打算。她朝门口跑去，穿着那件难看的黑裙子，动作像只鹿一样敏捷。拉蒙还在咆哮，此刻他处在弗莱彻和那个女人之间。他伸着手朝弗莱彻扑来，想抓住他的脖子，把他掐死。

弗莱彻朝他开了两枪，一枪打在胸口上，一枪打在脸上。脸上的那枪打掉了拉蒙的鼻子和右脸的一大部分，但这个穿着棕色制服的大块头依然咆哮着扑过来，那支烟依然插在他的眼睛里，他那香肠似的大手指——其中一根上戴着一枚银戒指——一张一合的。

　　拉蒙被埃斯科瓦尔绊倒在地，就像埃斯科瓦尔被椅子绊倒一样。弗莱彻想到了一幅著名的画，画的是一排鱼，每条鱼都张着嘴去吃紧邻着的比它小一点的鱼。那幅画叫《食物链》。

　　拉蒙趴在地上，虽然中了两枪，但还是伸出一只手，紧紧钳住了弗莱彻的脚踝。弗莱彻一个趔趄，挣脱开了，结果开枪打中了天花板，灰尘落了下来，现在房间里一股浓重的硝烟味。弗莱彻朝门口看去。那个女人还在那里，一只手猛拉门把手，另一只手笨拙地摆弄着那把回转锁，但就是开不了门。如果能打开，她早就打开了——现在应该已经跑过走廊，边喊着"杀人啦"边跑上台阶。

　　"喂，"弗莱彻说，现在他觉得自己只是一个周四晚上去保龄球俱乐部打了一局完美比赛的普通人，"喂，你这个婊子，看我。"

　　她转过身，两手手掌紧贴着门，仿佛撑着门以防它倒下。她的眼睛里还是有钉子头似的光点。她开始对他说他不能伤害她，起初用西班牙语说，犹豫了一下，又用英语说了一遍："你不能让我受到任何伤害，弗莱彻先生，只有我能确保你能从这里安全离开，我向你庄严宣誓，但是你一定不能伤害我。"

　　在他们身后，海因茨正像一个恋爱中（又或者恐惧中）的孩子那样哭泣。此刻，弗莱彻离那个女人很近——女人背靠着死室的门，双手紧贴着门的金属表面——他能闻到某种又苦又甜的香水味。她的眼睛瞪得有杏仁那么大，头发从头顶向后梳。我们可不是瞎胡闹的，她这么对他说过，弗莱彻想，我也不是瞎胡闹的。

　　那个女人从他的眼睛里看到了自己将死的征兆，语速变得更快了，屁股、后背和手掌也和金属门贴得更紧了，仿佛只要足够用力，自己就可以从门里穿出去。她说她有证件，写着他名字的证件，她说她愿意把这些证件交给他。她还有钱，很多钱，还有金子；有个瑞士银行账号，他可以用她家里的电脑登录。弗莱彻突然意识到，可能只有一个办法能从根本上辨别恶棍和爱国者：当死亡像潮水一样淹没他们时，爱国者会发表演讲；而恶棍，会告诉你他们的瑞士银行账号，并帮你登录。

"闭嘴。"弗莱彻说。除非这个房间真的进行了良好的隔音处理，否则很可能有十几个士兵已经在赶来的路上了。他没办法跟他们对峙，但这个女人绝对跑不掉。

她闭上了嘴，依然背靠门站着，手掌贴在门上，眼睛里依然闪着钉子头似的光。她多大了？弗莱彻想，六十五岁？她在这个房间或者类似的房间里杀了多少人？她下令杀过多少人？

"给我听着，"弗莱彻说，"你在听吗？"

毫无疑问的是，她在等着听赶来的救援声。去梦里听吧，弗莱彻想。

"那个天气预报员说秃鹰吸食可卡因，说他是共产党的跟屁虫，联合果品公司的男妓，谁知道还有什么。也许他确实是这其中的一些，也许一个都不是。我不知道，也不在乎。我知道我在乎的是，他并不负责指挥一九九四年夏天沿着卡亚河巡逻的那队士兵。努奈兹当时在纽约，在纽约大学。所以，那群发现了正离开卡亚镇的修女的那帮人中没有他。那些人把三个修女的脑袋挂在棍子上，插在岸边。中间的那个是我妹妹。"

弗莱彻朝她开了两枪，然后拉蒙的手枪就没了子弹。不过两枪就够了。那个女人顺着门滑下去，那双带亮的眼睛死死地盯着弗莱彻。该死的那个人是你，那双眼睛仿佛在说，我不明白，该死的那个人是你。她的手抓住了喉咙，一次，两次，然后不动了。

她的眼睛在他身上停留了片刻——那双像有着一肚子故事要说的老水手般明亮的眼睛——然后她的头垂了下去。

弗莱彻转过身，举着拉蒙的手枪朝海因茨走去，走路的时候发现自己右脚上的鞋不见了。他看了看拉蒙，后者依然面朝下躺在逐渐扩大的血泊里，手里还抓着弗莱彻的平底便鞋，就像一只临死还紧抓着鸡不放的黄鼠狼。弗莱彻停下脚步，穿上鞋。

海因茨转身，仿佛要逃跑，于是弗莱彻把枪对准他。枪里已经没子弹了，但是海因茨好像还不知道。他也许是想起了在这个死室里根本无路可逃，所以不再移动，只是盯着迎面而来的手枪以及手枪后面的人。他哭了起来。"后退一步。"弗莱彻说道，海因茨哭着后退了一步。

弗莱彻在海因茨的机器前停下。海因茨用的是哪个词来着？返祖现象，对吧？

小推车上的这台机器对海因茨这样的人来说似乎有些过于简单了——三个刻度盘，一个标着"开"和"关"的开关（现在处在"关"的位置），外加一个变阻器。变阻器已经被调过，上面的白线大致指着十一点的方向。刻度盘上的指针都平躺在零度位置上。

弗莱彻拿起那支铁笔，朝海因茨递过去。海因茨带着哭腔，摇摇头，然后又后退了一步。他脸上的肌肉收紧，五官拧在一起，像悲伤至极时发出的讥笑，然后又松弛下来。他满头大汗，泪流满面。这后退的第二步让他几乎走到了一盏被铁丝笼罩着的灯的正下方，影子落在脚边。

"接着，不然我杀了你，"弗莱彻说，"你要是再后退一步，我也杀了你。"他不该为这个耽误工夫，这不管怎样都觉得不妥，但是弗莱彻没法控制自己。他眼前不停地浮现托马斯的那张照片，那双睁着的眼睛，那个像火药灼伤的烧焦的痕迹。

海因茨抽泣着接过那个钢笔形状的钝物，小心翼翼地只拿着上面的橡胶绝缘套筒。

"把它放到嘴里，"弗莱彻说，"像含棒棒糖一样含住它。"

"不！"海因茨哭哭啼啼地喊道，他摇着头，水滴从脸上飞出去。他的脸依然不断地扭曲：收紧、松弛，收紧、松弛。他的一个鼻孔处有个绿色的鼻涕泡，它随着海因茨急促的呼吸扩大又收缩，就是不破。弗莱彻从未目睹过这样的场面。"不，你不能逼我！"

但是海因茨知道弗莱彻可以这么做。科学怪人的新娘也许不会相信，埃斯科瓦尔可能都没有时间相信，但海因茨知道他已经没有了拒绝的权利。他现在处在了托马斯·埃雷拉的位置，弗莱彻的位置。一方面，这就是复仇，但另一方面，又不是。认知是一种想法，想法在这里没有用处。在这里，眼见为实。

"把它放到嘴里，不然我就一枪打爆你的头。"弗莱彻说着把那把空枪对准海因茨的脸。海因茨发出一声恐怖的哀号，躲开了。这时，弗莱彻听到自己的声音低了下去，口吻透着信任和真挚。这在某种程度上让他想起了埃斯科瓦尔的声音。我们将会迎来一个低压系统，他想。我们将会迎来雷阵雨。"如果你快点照做，我就不会电击你。不过我得让你知道它是什么感觉。"

海因茨盯着弗莱彻。他的眼睛是蓝色的，镶着红边，眼眶里泪汪汪的。当然，他不相信弗莱彻，弗莱彻的话毫无道理，但是很显然海因茨还是想相信，因为，不论是否说得通，弗莱彻都在提出活命的可能。他只需再被推一步。

弗莱彻露出微笑，说："为了你的研究。"

海因茨被说服了——尽管没有被完全说服，但足以相信弗莱彻可能是"也许他会的"先生了。他把那根不锈钢棍子插到嘴里。他鼓起的眼睛盯着弗莱彻，在那双眼睛下面和那根突出的铁笔——它看上去不像一个棒棒糖，倒像一个老式的体温计——上面，那个绿色的鼻涕泡膨胀、收缩，膨胀、收缩。弗莱彻仍然用枪指着海因茨，把控制面板上的开关从"关"拨到"开"的位置，然后用力转动电阻器。旋钮上的白线从上午十一点的方向转到了下午五点钟的方向。

海因茨或许还有时间把那根铁笔吐出来，电流却让他咬紧了那根不锈钢棍子。这次的噼啪声更加响亮，像一根小树枝，而不是更末端的小细枝。海因茨的嘴唇咬得更紧了，他鼻孔里的那个绿色的黏液气泡爆开了，他的一只眼睛也爆开了。他全身仿佛都在衣服里振动。他双手在手腕处打成弯，修长的手指张开着，脸从白色变成了浅灰色，继而变成了暗紫色。他的鼻孔开始冒烟，另一只眼球弹到了脸颊上。那双移位的眼睛上方现在是两个原始状态下的眼窝，正用惊讶的神情盯着弗莱彻。海因茨一侧的脸颊不是被撕裂了就是被融掉了，一缕烟和一股浓烈的肉烧焦时的煳味从那个洞里冒出来，弗莱彻观察到了小小的火焰，橙色的和蓝色的——海因茨的嘴着火了，他的舌头像地毯一样在燃烧。

弗莱彻的手指依然放在变阻器上，他把旋钮转回左侧，然后把开关拨到"关"的位置。那些之前一路摆到刻度盘上"+50"处的指针，立刻回到了"0"。电流离开他的那一刻，海因茨瘫倒在灰色的地砖上，倒下的过程中拖着嘴里的那道烟。那支铁笔掉了出来，弗莱彻看到上面粘着海因茨嘴唇的碎片。弗莱彻打了个嗝，喉咙里一股咸味往上涌，他闭紧了喉咙防止它冒出来。他没时间为自己对海因茨的所作所为呕吐，他可以晚点再考虑呕吐。但他还是多逗留了片刻，弯腰去看海因茨冒烟的嘴和移位的眼睛。"你会怎么形容？"他对着尸体问道，"趁现在经历新鲜出炉？怎么，无话可说？"

弗莱彻转过身，迅速穿过房间，绕过拉蒙。拉蒙还活着，正在呻吟，听上去像一个正在做噩梦的男人。

他记得那门是锁着的，拉蒙锁上的，钥匙应该挂在拉蒙腰带上的钥匙环上。弗莱彻回到守卫身边，跪下，从他的腰带上扯下钥匙环。拉蒙这时又摸索着抓住了弗莱彻的脚踝。弗莱彻手里还握着枪，他用枪柄连续地砸着拉蒙的头顶。有那么一会儿，抓着他的脚踝的手握得更紧了，然后手松开了。

弗莱彻刚要起身，接着想到，子弹，他一定还有子弹，手枪里没子弹了。他接着想到自己不需要什么臭子弹，拉蒙的枪已经为他物尽其用了。在这个房间外面带枪，只会招来苍蝇似的士兵。

尽管如此，弗莱彻还是沿拉蒙的皮带摸了一圈，打开那个小皮革扣，最后找到了一个快速装弹器，用它给手枪装满子弹。他不知道自己能否狠下心对那些像托马斯一样要养家糊口的普通士兵开枪，但他可以射杀军官，而且至少可以给自己留一发子弹。他很可能没法离开这栋大楼——就像连续两次打出十二全中的完美比赛一样——但是他再也不会被带回这个房间，坐在海因茨机器旁边的椅子上了。

他用脚把地上科学怪人的新娘推开。她的眼睛呆滞地盯着天花板。弗莱彻渐渐明白过来，他活下来了，而其他人没有，他们正逐渐变凉。在他们的皮肤上，大量的细菌已经开始死亡。在情报部的地下室里，不该有这些不好的想法，一个已经——也许是暂时的，但更可能是永远——不存在的人的脑袋里不该有这些不好的想法。然而，他依然禁不住这么想。

第三把钥匙打开了门。弗莱彻把脑袋伸进走廊——煤渣砖砌的墙，下面的一半是绿色的，上面一半是脏兮兮的乳白色，就像旧式学校的走廊墙壁，地上铺着褪色的红色油地毡。走廊里一个人都没有，左侧大约三十英尺的地方，一只棕色的小狗正靠着墙睡觉，它的腿在抽搐。弗莱彻不知道那只狗是梦到了在追逐什么还是被什么追逐，但他觉得如果在这里能听到非常响亮的枪声——或者海因茨的尖叫——的话，它就不会睡着了。如果我能回去，他想，我会写隔音是独裁统治的伟大胜利，我会告诉全世界。当然我可能回不去，右边的那些楼梯可能就是我离四十三号大街最近的地方，但是……

但是还有"也许我能"先生。

弗莱彻走进走廊，在身后拉上那间死室的门。那只棕色的小狗抬起头，看着弗莱彻，鼓着嘴唇低声呜了一声，那声音几乎听不到，然后它又低下了头，看起来又睡着了。

弗莱彻双膝跪地，两手（一只手还握着拉蒙的手枪）放在地上，弯下

126

腰，亲吻了油地毡。这时，他想到了他妹妹——在河边丢了性命的八年前，她是多么满心盼望去上大学啊。去大学的那天，她穿着一件格子衬衫，衬衫上的红色跟这褪了色的油地毡的红色并不相同，但很接近。就像他们说的那样，足够让政府采用了。

弗莱彻站起身，沿着走廊迈步朝楼梯走去，一楼的门厅，大街，城市，4 号高速公路，巡逻队，路障，边境，检查站，水。中国人说，千里之行，始于足下。

看看我能走多远吧，弗莱彻走到台阶前时想道，也许会有惊喜呢。但仅仅是活着，就已经够让他惊喜了。弗莱彻微微一笑，把拉蒙的手枪端在身前，开始沿楼梯往上走。

一个月后，一个男人走到卡洛·阿尔库奇位于四十三号大街上的报刊亭边。卡洛几乎确定这个男人会拿一把枪对着他的脸，然后抢劫他，所以一时间有点手足无措。现在才八点，天还没黑，周围人很多，但是这些能阻止一个疯子吗？而且那个人看上去非常像疯子——他那么瘦，白衬衫和灰裤子仿佛浮在他身上一样，眼睛垂在又圆又大的眼窝下方，像是刚从集中营或者（出于什么巨大的失误）疯人院里放出来。当他把手伸进裤子口袋的时候，卡洛·阿尔库奇心想，现在他要拔枪了。

但是，他拿出来的不是一把枪，而是一个破旧的巴克斯顿钱包，然后从里面拿出一张十美元的纸币。之后，那个穿白衬衫和灰裤子的男人用无比清醒的口吻说要一盒万宝路香烟。卡洛拿过一盒，在烟盒上放了一包火柴，推过报刊亭的柜台。那个男人打开烟盒的时候，卡洛则在找零。

"不用了。"看到零钱以后，那男人说道。他抽出一支烟放进嘴里。

"不用了？不用了是什么意思？"

"我的意思是不用找零了。"男人说道，他把那盒烟递向卡洛，"你抽烟吗？愿意的话，抽一支吧。"

卡洛难以置信地看着那个白衬衫灰裤子男人。"我不抽烟。这是个坏习惯。"

"非常坏。"男人表示同意，接着点燃香烟，抽了一口，显然非常享受。他站在那里，一边抽烟一边看着马路对面的人。路对面有几个女孩，男人会看穿夏装的女孩，这是人的天性。卡洛也不觉得这个顾客是个疯子了，尽管他把一张十美元钞票找回的零钱留在了报刊亭狭窄的柜台上。

那个瘦削的男人把那支烟一直抽到过滤嘴边处。他转身面向卡洛，身体略有些摇晃，仿佛他不习惯抽烟，被那支烟弄得头昏眼花了。

"一个美好的夜晚。"男人说道。

卡洛点点头。确实如此，是一个美好的夜晚。"我们能活着，真幸运。"卡洛说。

男人点点头说："所有人。每时每刻。"

他朝路边走去，那里有个垃圾箱。他把那盒只抽了一支的香烟丢进了垃圾箱。"所有人，"他说，"每时每刻。"他走开了。卡洛看着他走远，心想，也许他就是个疯子。也许不是。疯狂是一种很难界定的状态。

————

这是一个带有卡夫卡风格的故事，一个南美版的地狱的故事。在这类故事中，被讯问的人最后通常都会和盘托出，然后被杀掉（或是丧失理智）。我想写一个结局美满一些的故事，无论多么不真实。这个就是。

The Little Sisters of Eluria

伊路利亚的小姐妹

如果我一生中有什么杰作的话，那大概就是还未完成的关于来自基列地的罗兰·德斯钦以及他寻找世界中心黑暗塔的故事的七卷本了。一九九六年或一九九七年，拉尔夫·威辛安扎（我未来的经纪人和国外版权代理）问我愿不愿意为罗伯特·西尔弗伯格正在编辑的奇幻小说集写个关于罗兰早年间的故事。我欣然接受了。不过，我什么都没写出来，什么都没有。我正要放弃了，突然有一天早上，我醒来时脑子里想着《魔符》，以及那个巨大的帐篷，在那里，杰克·索亚第一次看到了领地女王。淋浴的时候（这时候我总是尽力想象——我觉得这有点类似于子宫），我开始设想那个帐篷处于一片废墟之中……但依然挤满了窃窃私语的女人。鬼魂。可能是吸血鬼。小姐妹。只让人死，不让人活。从这个中心主题写出一个故事困难得令人惊讶。我有许多发挥的空间——西尔弗伯格想要的是短篇小说，而不是短篇故事——但这依然很难。目前，一切有关罗兰和他朋友的文字不仅要长，还要有史诗级的感觉。这个故事的一个优势是，你不需要读过"黑暗塔"系列小说才能读懂。对了，你们这些塔迷，"黑暗塔"系列的第五本已经完成，足足九百页。书名是《卡拉之狼》。*

————

I . 弗勒斯。空荡荡的村子。铃铛。死掉的男孩。翻倒的马车。绿族。

这一天，在弗勒斯，太阳炙烤着大地，一口气仿佛不等被身体利用，就要被它吸走，基列地的罗兰来到德萨托亚山区的一个村子外。他那时正独自一人赶路，而且很快就得步行了。这一周他都在盼望能找到一名兽医，但是现在，即使这个村子里有这个人，也没什么用了。他的坐骑，一匹两岁大的杂色马，几乎肯定不行了。

村子的大门上还装饰着花，也许是因为什么节日，门敞开着，欢迎他进去，但是大门里面的寂静不太对劲。枪侠没有听到任何咯噔咯噔的马蹄声，没有马车轮子的隆隆声，也没有市场上商贩的叫卖声。只有蟋蟀的低吟（反正是某种小虫，而且比蟋蟀的叫声更加悦耳），敲击木头的怪异声音，以及小铃铛微弱而恍惚的叮当声。

此外，缠在装饰性的熟铁门上的花早已枯萎。

————

* "黑暗塔"系列小说始于一个疲惫但"继续前进"的世界里最后一位枪侠——来自基列地的罗兰。他追踪自己的死敌——一个身穿黑衣的魔法师沃特——已经很长时间了。在这套书的第一本中，他终于追上了。但是，这个故事发生在罗兰还在搜寻沃尔特行踪的时候。

他胯下的托普西打了两个响亮而空洞的喷嚏——阿嚏！阿嚏！——然后身体向一侧一个趔趄。罗兰下了马，部分出于对马的尊重，部分是对自己的尊重——要是托普西选择在这个时候倒下，然后慢跑来到它生命的尽头，他可不想在托普西身子下面弄断一条腿。

枪侠穿着满是尘土的靴子和褪了色的牛仔裤，站在灼灼烈日下，用手轻抚着毛发凌乱的马脖子，是不是停下来，然后用手指猛地拉过托普西缠结在一起的鬃毛，还是停下去驱赶聚在托普西眼角上的小苍蝇。等托普西死后再在那里产卵、孵化蛆虫吧，死之前可不行。

这样，罗兰一边尽力向他的马表达敬意，一边听着那些遥远如梦般轻柔的铃铛声以及奇怪的敲击木头的当当声。过了一会儿，他停止了心不在焉的照料工作，若有所思地看着那扇打开的大门。

大门正上方的十字架有点不同寻常，但除此之外，这扇门就是一扇典型的西部常见的门，并不实用，只是出于传统——过去的十个月里，似乎他去过的每一个小村子的入口处都有一扇这样的门（宏伟），出口处也都有一扇这样的门（不那么宏伟）。没有一扇门是为了拒阻访客而建的，这一扇肯定也不是。它立在两堵粉色的土坯墙之间，路两侧的墙壁往岩屑堆里延伸了大约二十英尺，然后戛然而止。关上门，锁上很多把锁，也不过是绕着其中一面墙走上一小段路的事。

在大门里面，罗兰能看到一条在大多数方面都再普通不过的大街——一家旅馆，两间酒吧（一个叫**忙碌的猪**，另一个上面的招牌褪色褪得认不出店名了），一家商店，一间铁匠铺，一个集会礼堂。还有一座不大却很可爱的木质建筑，顶部有个朴素的钟楼，底部坚固的根基用散石砌成，双开门上有个镀金的十字。这个十字和大门上方的十字架一样，表示这里是那些笃信耶稣的人做礼拜的地方。在中世界，这并不是一个常见的信仰，但也远非无人知晓。那时候，几乎大多数对神的崇拜都是这种情况，包括太阳神巴力、魔王阿斯莫德以及其他数以百计的宗教崇拜。信仰，就像如今世上的任何事物一样，也前进了。在罗兰看来，十字架之神不过是另一个教导人们爱与谋杀彼此交织、难以分割的宗教——最后，上帝总会喝人血。

与此同时，还有那听上去很像蟋蟀叫的低声吟唱，如梦一般轻柔的铃铛声，以及奇怪的敲击木头的声音，就像用拳头敲门一样，或是敲棺材盖。

这里有什么很不对劲，**枪侠想**，注意点，罗兰，这地方有股泛着红色的味道。

他牵着托普西穿过装饰着死花的大门，沿着大街往前走。在商店的门廊上，本该有几个老人聚在一起讨论庄稼、政治以及年青一代的荒唐事，现在却只放着一排空荡荡的摇椅。其中一把摇椅下躺着一个烧焦了的玉米芯烟斗，仿佛是一个粗心大意（早已辞世）的人掉下的。"忙碌的猪"酒馆前面的拴马架也空荡荡的，酒馆的窗户黑漆漆的。其中一扇蝙蝠门被扯掉了，靠在一侧的墙壁上，另一扇门半开着，褪了色的绿板条上布满了褐红色的东西，也许是油漆，但很可能不是。

马车行的店面完整无损，就像一个用着上上等化妆品的堕落女人的脸一样，但是它后面的双扇门仓库则被烧得只剩架子了。那场火一定是雨天发生的，**枪侠想**，否则整个村子都要葬身火海了——一场欢乐的奇观，周围的人都能看到。

此刻，在他的右侧，大街通向村子的广场，而在他和广场中间，有座教堂。教堂两侧都是杂草丛生的草坪，把它跟一侧的集会礼堂以及另一侧为牧师及其家人（如果这是一个允许神职人员娶妻生子的耶稣教派的话；一些教派——毫无疑问是由疯子管理的——要求至少表面上保持独身）留出的小房子隔离开来。这两道杂草丛生的草坪上还有花，尽管看上去快干透了，大部分却还活着。所以，无论之前发生了什么把这里清空的事情，这事还并不久远。也许一周之前吧。考虑到炎热的天气，最多不过两周。

托普西又打了个喷嚏——阿嚏！然后懒洋洋地低下头。

枪侠看到了叮当声的来源。教堂门上的十字架上方，绑着一根长长的绳子，绳子略微有些下垂，上面挂着二十几个小银铃。今天几乎没有什么风，但即使这样，这些小铃铛从未静止不动……如果真有一阵风吹过，罗兰想，这些铃铛的叮当声可能就要难听许多了，更像是刺耳的流言蜚语。

"喂！"罗兰喊道，看着大街对面一个巨大的骗人招牌上写着**好床旅馆**的地方，"你好，村子！"

没有应答，只有铃铛的叮当声、叫声一致的虫子，以及那奇怪的敲击木头的声音。没有应答，没有动静……但是这里有人——人或者别的什么东西。他正被人监视着，后颈上的汗毛竖了起来。

罗兰继续迈步朝前走，牵着托普西向村子的中心走去，每一步都掀起大街上蓬松的尘土。他往前走了四十步，在一栋只标记着"法"字的低矮建筑前停下。警局（如果在如此远离内世界的地方也有警局的话）看上去跟教堂非常相似——石头地基上方的木板上黏了一片可怕的深棕色。

他身后的铃铛不住地响。

他让马站在街中央，自己走上警局门前的台阶。他能清楚地听到铃铛声，感受到太阳照在脖子上，以及汗水顺着两肋往下淌。门是关着的，但没有锁。他打开门，然后缩了回来，在困在里面的热气无声冲出来时，将一只手半举到空中。如果每一栋关着门的建筑里都这么热，他沉思道，那么马车行的仓库很快就不是唯一被烧毁的高大建筑了。没有雨水阻止火势（当然也没有志愿消防队了），村子不用多久就会从地球上消失了。

他迈步进去，尽力小口呼吸那令人窒息的空气，进去后立刻听到了苍蝇低沉的嗡嗡声。

有一个单人牢房，很宽敞，空荡荡的，带门闩的门开着。床铺下面放着几双肮脏不堪的皮鞋，其中一双开线了，床铺上也浸透了"忙碌的猪"酒馆门上那种干了的褐红色物质。苍蝇就是聚在这里，在污迹上爬来爬去，拿它当吃的。

桌子上有个本子。罗兰把它转过来，读出凸印在红色封面上的文字：

罪行与矫正记录
在我们主的岁月里
伊路利亚

所以，现在他至少知道这个村子的名字了——伊路利亚。可爱，又有点不祥。不过，罗兰想，考虑到这些情况，什么名字都会有点不祥吧。他转身正要离开，又看到一扇用木门闩闩上的门。

他走过去，在门前站了一会儿，然后从大腿外侧拔出一把硕大的左轮手枪。他又站了一会儿，低着头，思考着（他的老朋友卡斯伯特总喜欢说罗兰脑袋里的轮子转得很慢，但磨得很细），然后拉开门闩。他打开门，接着立刻后退，端着枪，以为会有一具尸体（但愿是伊路利亚的警长）倒进房间，喉咙被切开，眼睛被剜了出来，一个需要被矫正的罪行的受害者……

什么都没有。

其实，里面有六件褪了色的套头衫，可能是刑期较长的囚犯需要穿的，两个碗，一袋子箭，一个落满灰尘的旧马达，一把可能一百年都没开过火的步枪，还有一个拖把……但是，在枪侠看来，这些什么都算不上。这就是一个储物间。

他回到桌子边，翻开记录本，快速地翻了一遍，连里面的纸都是温热的，好像被烘烤过一样。他想，在一定程度上，确实如此。如果这条大街的格局不是这样，他也许会认为会有大量的亵渎宗教的行为被记录下来，但是他并不意外地发现一个都没有——如果耶稣的教堂能跟几个酒馆和平共处，教会的人一定相当通情达理。

134

罗兰找到的都是些很平常的轻微犯罪行为，有几个不那么轻微——一桩谋杀案，一桩偷马案，一位女士的不幸（可能是指强奸）。谋杀者被转移到一个名叫列克星沃斯的地方绞死了，罗兰从未听说过这个地方。接近末尾的一条笔记写着：**绿族到来**。这对罗兰毫无意义。距今最近的一个条目是这样的：

12/Fe/99　　查斯·弗里伯恩，偷牛贼，将被审判

罗兰对"12/Fe/99"并不熟悉，但是因为二月已经过去很久了，他觉得"Fe"可能表示弗勒斯（Full Earth）。不管是何种情况，那墨水看上去跟牢房床铺上血干掉的程度差不多，所以枪侠觉得查斯·弗里伯恩／偷牛贼已经走过了他人生旅途的尽头。

他走进外面的热浪，以及蕾丝般轻柔的铃铛声中。托普西目光呆滞地看着罗兰，然后又垂下了脑袋，好像大街上的尘土中有什么可以吃的东西一样，就好像它还想再吃什么。

枪侠收起缰绳，在他褪得没有颜色的牛仔裤上打去缰绳上的尘土，然后沿着大街继续往前走。敲击木头的声音随之不断变得更加响亮（离开警局的时候他并没有把枪收进枪套，现在也不愿把它收起来），等他快到村子广场——在平时，这里应该是伊路利亚的市场——的时候，罗兰终于看到有什么东西在动。

在广场的远端有一条长长的饮水槽，看上去是用铁木做的（这里有人称之为"红杉"），很显然，过去是由一根生锈的钢管供水的，现在钢管干巴巴地伸在水槽的南端上方，一滴水都没有。在这片城市绿洲的一侧，懒洋洋地躺着一条穿着褪了色的灰裤子的腿，一头是一只被咬得稀烂的牛仔靴。

咬靴子的是一只大狗，差不多比那条灯芯绒裤子的灰色深了两度。罗兰想，换作其他情况，这只杂种狗早就把靴子咬掉了，但是也许靴子

里的脚和小腿已经肿了。无论如何，那只狗已经快把靴子咬掉了。它会咬住靴子，前后摇晃。靴子跟不时撞击着水槽，发出空洞的敲击声。看起来，枪侠想到的棺材盖还没有错太多。

它为什么不后退几步，跳到水槽里，然后朝他扑过来呢？罗兰想。水管里又没有水流出来，所以它不用担心会溺水。

托普西又打了一个空洞而疲惫的喷嚏，当那条狗听到声音转过身来的时候，罗兰明白它为什么动作这么费劲了。它的一条前腿受了重伤，被矫正得歪歪扭扭的。行走对它已经不是易事，更不要说跳了。它的胸脯上有一块脏兮兮的白色皮毛，白色皮毛中间又有一片近似十字形的黑色皮毛。这大概是一条耶稣狗，希望来点午后的圣餐。

但是，从它的胸腔蜿蜒而出的咆哮声或那阴冷的眼神中并没有特别虔诚的意味。它鼓起颤抖的上唇，朝我冷笑，露出一副相当好的牙齿。

"快走开，"罗兰说，"趁你还有机会。"

那条狗往后退去，直到后腿碰到了那只被咬破的靴子。它恐惧地看着这个走近的人，但显然想要坚守阵地。罗兰手里的左轮手枪对它来说毫无意义。枪侠并不意外——他猜这条狗应该从没见过枪，不知道那跟一根棍子有什么区别，而棍子只能被扔一次。

"快走。"罗兰说，但是那狗就是不动。

他应该开枪打死它——它对它自己来说就是个累赘，而一只尝过人肉味道的狗对其他人更没有好处——但他不愿意这么做。杀死这个村子里唯一的活物（当然，除了那些低唱的虫子）仿佛会招来霉运。

他朝那只狗好用的前腿旁边的尘土里开了一枪，枪声在炎热的天气中炸裂开来，暂时让虫子归于平静。看起来那只狗可以跑，尽管有点东倒西歪，罗兰看在眼里不舒服……心里也有一点不舒服。它在广场的远端停下来，扭头往回看，旁边是一辆翻倒的平板马车（看上去，车夫座位那一侧还有溅上的干了的血迹）。它发出一声绝望的嚎叫，让罗兰后颈上的汗毛翘得更高了。然后，它扭过头去，绕过那辆失事的马车，一瘸一拐地沿着一条两个货摊之间的小巷子跑开了。这条路通向伊路利亚的后门，罗兰想。

枪侠继续牵着那匹将死的马，穿过广场，走到铁木水槽边，往里瞧瞧。

那个被咬了的靴子的主人并不是一个成人，而是一个男孩，但男根已经开始发育——罗兰判断，还是个挺大的男根，即使是排除在夏天的烈日下，在九英寸深的水里泡了不知道多久而导致的肿胀效应。

男孩的眼睛——现在只是两个乳白色的球——像雕塑的眼睛一样茫然地盯着枪侠。他的头发呈现出像老人头发一样的白色，不过那是因为泡在水里的缘故；他的头发可能是淡黄色的。尽管不过十四五岁，他的衣服却是牛仔的打扮，脖子上挂着一个金吊坠，在水里隐隐闪着光。那水在烈日下正慢慢变成一汪人皮炖汤。

尽管不情愿，但罗兰觉得负有某种责任，还是把手伸进了水里。他抓住吊坠，往上一拉，链子断了，他把那个滴着水的东西提到空中。

他还满以为是个耶稣的印章——叫作耶稣受难像或者十字架——但是链子上吊着的是个四方形小物件，那东西看着像纯金的，上面刻着这样的文字：

詹姆斯
家人之爱。上帝之爱。

罗兰本来排斥到差点没有把手伸进污水中（要是再年轻点，他无论如何也不会这么做），此刻却很欣慰自己这么做了。他可能永远也不会碰上一个爱过这个孩子的人，但他对卡有足够的了解，觉得也许确实如此。无论如何，这么做是对的。给这个孩子一个体面的葬礼也是对的……当然，假设他能把尸体从水槽里弄出来却不让它在衣服里散开的话。

罗兰正在考虑这个问题，努力平衡自己在这件事中的责任以及越发强烈的离开这个村子的愿望，这时托普西终于死了。

这匹马一声呻吟倒在了地上，马具发出咔嚓一声。罗兰转过身，看到街上有六个人，排成一排朝他走来，就像助猎者要把鸟儿或是小猎物驱赶出来一样。它们的皮肤呈蜡光绿色，这种皮肤的人黑夜里可能会像鬼魂一样发光。它们的性别很难分辨，不过这对它们自己或其他人来说又有什么关系呢？它们是动作迟缓的变异体，走起路来弯腰驼背，像被某种神秘魔法复活了的尸体。

它们脚上蒙了一层厚厚的尘土。那只狗被赶跑了，要不是托普西在这个时候适时死去，它们很可能已经进入攻击距离了，这也算是帮了罗兰一个忙。罗兰没看到它们手里有枪，它们拿的是棍子。这些棍子大部分是椅子腿和桌子腿，但是其中一个看上去像是做的而不是随手抄起来的——上面伸出来一层密密麻麻的锈铁钉，他怀疑它曾归酒吧守卫所有，很可能就是在"忙碌的猪"酒馆维持秩序的那个守卫。

罗兰举起手枪，瞄准那排人中间的那个家伙。现在他能听到它们双脚拖地的声音以及湿乎乎的喘气声，仿佛它们都得了严重的支气管炎。

很可能是刚从矿井里出来，罗兰想，附近什么地方有镭矿。这就能解释它们皮肤的颜色了。太阳竟然没要了它们的命。

这时，他眼见边上的那个——脸像融化的蜡烛一样——死了……反正是倒了。它（罗兰很确定那是个雄性）呜咽似的一声低喊，双膝跪地，伸手去抓走在它旁边的那个东西的手——那东西秃头上满是疙瘩，脖子上红色的伤口咝咝作响。这个生物丝毫没有注意到倒下的同伴，黯淡的眼睛始终盯着罗兰，跟它余下的同伴艰难地迈着步子东倒西歪地往前走。

"站住别动！"罗兰说，"给我听着，如果你们想活过今天，就给我好好听着！"

他主要是对中间的那个说的，它穿着破旧的红色吊带裤，里面是破烂不堪的衬衫，戴着一顶肮脏的圆顶礼帽。这位先生只有一只眼好用，正带着可怕而显露无遗的贪婪凝视着枪侠。圆顶礼帽旁边的那个（罗兰觉得这可能是个雌性，穿的背心下面垂着两个乳房残留物）把手里的椅子腿扔了过来。弧线是有，但是导弹着地点差了十码。

罗兰扳回左轮手枪的扳机，又开了一枪。这次，子弹击起的尘土落到了圆顶礼帽的破鞋上，而不是一只残废了的狗的爪子上。

那群绿东西并没有像那只狗一样跑开，但是它们停了下来，用迟钝的贪婪眼神盯着他。伊路利亚不见了的村民都进了这些生物的肚子吗？罗兰不敢相信……尽管他非常清楚这些生物对同类相食毫无顾虑（也许算不上同类相食——不管它们曾经是什么，但这些东西怎么可能被当成人类呢）。它们太过迟钝，太过愚蠢。如果它们敢在被警长赶出去之后回到村子里，一定会被烧死或是被乱石砸死。

罗兰想都没想自己在做什么，就把从那个男孩尸体上取下的吊坠塞到牛仔裤口袋里，然后把那根断了的细链子也塞了进去，他只想着如果这些幽灵不听劝的话，就腾出另一只手再拔一支枪。

它们站在那儿盯着他，扭曲的影子在身后拉长。接下来怎么办，让它们从哪里来回哪里去？罗兰不知道它们会不会照做，最后觉得还是让它们待在他能看到的地方为好。至少现在不用担心留下来埋葬那个名叫詹姆斯的男孩了，这个难题解决了。

"站住别动，"他低声说道，同时开始后退，"谁先动……"

不等他说完，其中一个——胸膛厚实的巨怪，癞蛤蟆似的嘴往前噘着，带肉垂的脖子两侧还有类似鳃的东西——突然冲了过来，用尖锐而软弱无力的声音胡言乱语着什么（那可能是某种笑声），手里挥舞着一根类似钢琴腿的棍子。

罗兰开了枪，癞蛤蟆先生的胸膛像坏了的屋顶一样塌陷下去。它后退了几步，努力保持住平衡，同时用那只没有拿钢琴腿的手捂着胸口。

它那脚趾卷曲、穿着红丝绒拖鞋的双脚绊在一起，然后摔倒了，发出一声奇怪却又有点凄凉的咕噜声。它松开了手里的棍子，侧过身子，试图站起来，却又倒回尘土里。酷热的阳光射入它睁开的眼睛，罗兰眼见着从它皮肤上升起卷状的白气，那皮肤很快失去了之前的淡绿色，还伴随着哗哗的声音，就像一口唾沫吐在了热炉子上。

至少不用动嘴解释了，罗兰想，然后目光扫向剩下的几个，说："好了，他是先动的那个，谁想做下一个？"

看起来没"人"愿意。它们只是站在那儿，看着他，并不朝他扑过来……但也没有后退。他想（就像对那只十字狗一样）自己应该趁它们站着不动时杀了它们，只需要拔出另一把枪，把它们挨个撂倒，只要几秒钟。即使有几个逃跑的话，解决它们对他那双天赋异禀的手来说也是轻而易举的。但是他做不来，不能如此冷酷无情，他不是那种杀手……至少现在还不是。

他开始缓缓后退，绕过水槽，让它挡在他和它们之间。当圆顶礼帽向前迈出一步时，罗兰没有给其他"人"效仿的机会。他朝圆顶礼帽一只脚前方一英寸的尘土里开了一枪。

"这是最后一次警告。"他说，声音依然低沉，他完全不知道它们能否理解，也毫不在乎。他猜它们对这首曲子的节奏把握得很好。"我的下一颗子弹将吞下一个人的心脏，唯一的避免方法就是，你们待在这儿，我离开。你们只有这一次机会，跟上来的话，你们全都得死。天太热了，没办法玩游戏，我已经失去了……"

"嘣！"他身后一个粗鲁而清脆的声音叫道，明显带着欢乐。罗兰看到翻倒的货运马车的影子里冒出一个身影，此时他差不多到了马车边，刚刚意识到还有一个绿东西藏在它下面。

他开始转身，这时一根棍子重重打在罗兰的肩膀上，让他的右胳膊从肩膀到手腕全都失去了知觉。他握着手枪，开了一枪，子弹打到了马车的一个轮子上，打断了一根木辐条，使轮子尖声转了起来。他听到身后大街上的绿族嘶哑地尖叫着，冲了过来。

藏在翻倒马车下面的东西是个脖子上长着两个头的怪物，一个头上是尸体残留的松弛的脸，另一个尽管是同样的绿色，却更有生机。它嘴唇肥厚，咧着嘴兴奋地笑着，举起棍子又打了过来。

罗兰举起左手——那只还没有失去知觉、离得更远的手，一枪射穿埋伏者的笑脸，让它鲜血和牙齿飞溅着向后倒去，那根木头短棒从它松开的手指间飞了出去。接着其他"人"一拥而上，用棍子打他。

枪侠躲过了头几下，有那么一刻，他觉得自己也许能绕到翻倒的马车后面，然后转过身来用枪对付它们。他当然能够这么做。他对黑暗塔的追逐之旅当然不会在这个叫作伊路利亚的西部小镇这太阳炙烤的大街上，被六个绿色皮肤、动作迟缓的变异物种所终结。卡当然不会这么无情。

但是圆顶礼帽一记恶毒的侧勾拳打中了他，罗兰倒在了马车缓缓旋转的轮子上，而不是绕了过去。他双手双膝着地，在地上爬着，努力转身，努力躲开如雨点般落在身上的击打，他看到现在远不止六个。至少有三十个绿色的"男女"沿着大街朝广场走来。这不是一个家族，而是他妈的一整个部落。而且是在炙热的大太阳之下！根据他的经验，动作迟缓的变异物种都喜欢黑暗，差不多就是些长了大脑的毒蘑菇，他从未见过这种东西。它们……

那个穿红色背心的是个雌性。随着它们把他团团围住，用手里的棍子对他猛击，她在肮脏的红背心下面晃荡的光秃秃的乳房，是他清楚地看到的最后一样东西。那个上面散布着钉子的棍子落在他的右小腿上，把它那该死的生锈的尖牙深深嵌入其中。他再次尝试举起其中一支大枪（他的视力正逐渐消失，不过如果他开枪，这并不会对它们有什么帮助；他一直都是他们中间最有天赋的射手，洁米·德柯瑞曾说过罗兰可以蒙着眼睛射击，因为他手指上长了眼睛），但枪被打到了尘土里。尽管他还能感觉到另一把枪光滑的檀香木枪柄，但是他觉得它已经不见了。

他能闻到它们身上的味道——浓烈的腐肉的臭味。又或许这是他自己的手的味道？他那举起的无力而徒劳地护着头部的双手。他那曾伸进那汪污水、触碰了那个死去男孩的皮肤碎片的双手。

许多棍子打在他身上，打在他全身上下，仿佛那些绿族生物不只想把他打死，还要把他打成肉酱。当他跌入黑暗时——他非常确信那是死亡的深渊，他听到了虫子的吟唱，他饶了一命的那只狗的吠叫，已经挂在教堂门上的铃铛的叮当声。这些声音混合在一起，形成了一首怪异而优美的乐曲。接着，这乐曲也消失了：黑暗把它吞噬了。

Ⅱ. 上升。挂在空中。白美人。另外两个。吊坠。

枪侠的苏醒并不像在一阵殴打之后恢复意识——这个他之前有过数次经历——也不像从睡眠中醒来。它像上升一样。

我死了，这个过程中的某个时刻他如此想着……此时他至少已经恢复了部分思考能力。死了，正升入来世。一定是这样，我听到的歌唱是死魂灵的歌唱。

完全的黑暗变成了乌云的深灰色，接着变成薄雾的浅灰色。这浅灰色又逐渐变亮，成为被阳光射穿前的雾气般的清澈透明。而贯穿始终的都是那上升的感觉，仿佛他被困在了一阵温和但强劲的上升气流中。

随着上升的感觉逐渐消退，眼睑外的明亮逐渐增加，罗兰终于开始相信自己还活着了。最终说服他的是那歌唱，不是死魂灵，不是耶稣的布道者有时描述的天堂的天使，而是那些虫子。有点像蟋蟀，但声音更为甜美，就像他在伊路利亚听到的那些。

想到这里，他睁开了眼睛。

他还活着的信念受到了严峻的考验，因为罗兰发现自己被吊在一个白美人的世界里——他第一个迷迷糊糊的想法是自己身在空中，飘在一片白云中，他周围是虫子刺耳的歌声。现在他还能听到铃铛的叮当声。

他尽力扭头，身体在某种束缚中摇摆，他能听到它咯吱作响，那些虫子——像基列地傍晚时分草丛中的蟋蟀——轻柔地歌唱，停顿了一下，节奏乱了。接着，仿佛一棵疼痛之树在他背上生长起来。他不知道它那些燃烧的树枝是什么，但它的树干肯定是他的脊柱。一阵致命得多的疼痛从他的一条小腿传来——因为还有些迷糊，枪侠分不清是哪一条腿。那是那根带钉子的棍子打过的地方，他想。他的脑袋也疼，脑壳像一个破裂严重的鸡蛋。他大声喊叫，却几乎不敢相信他听到的那沙哑的牛叫声是从自己喉咙里发出来的。他觉得自己还能听到——非常微弱——那只十字狗的吠叫，但这肯定是他的想象。

我要死了吗？我又一次在故事的最后醒了过来吗？

一只手抚过他的眉头，他能感受到，却看不到——轻抚过他皮肤的手指时不时停下来摩挲着一个结痂的硬块或是一道线状伤口。甜美，如同在炎热的天气喝上一口清凉的水。他闭上眼睛，然后脑子里浮现出一个可怕的想法：如果那只手是绿色的，它的主人下垂的乳房外面罩着一件红背心呢？

如果真是这样呢？你能怎么办？

"嘘，小伙子。"一个年轻女子说道……或许是一个女孩。罗兰首先想到的当然是苏珊，把他称作"您"的来自梅吉斯的女孩。

"哪里……哪里……"

"嘘，不要动。太快了。"

现在他背上的疼痛正在减弱，但那疼痛像树一样的形状还在，因为他那一部分的皮肤仿佛微风中的叶子在颤动。怎么会这样？

他不理会这个问题——不理会所有的问题——把注意力集中在那只抚摸他眉头的清凉的小手上。

"嘘，好看的小伙子，愿上帝之爱降临于你。但是你伤得很重。别动，慢慢好起来。"

那只狗停止了吠叫（如果它一开始确实在那里的话），罗兰又感觉到那低沉的咯吱声了。这让他想起了拴马绳，或是他不愿想起的东西（吊绳）。现在他相信他能感受到大腿、臀部，以及，也许……是的……肩膀下面的压力。

我没有躺在床上。我觉得我正躺在床的上方。怎么会这样？

他猜自己可能是在一个悬带里。他依稀记得，小时候曾经见过有人被这样吊在礼堂后面的兽医室里。一个马夫，被煤油烧伤得太严重了，不能躺在床上。那个人正在死去，但不够迅速。一连两个晚上，夏日甜美的空气里都回荡着他的尖叫声。

我被烧伤了吗？变成一堆长了腿的煤渣，吊在悬带里？

手指触碰了他眉头的中心，擦掉了那里正在成形的皱眉动作，仿佛跟这只手同步的声音能读懂他的心思，用她聪慧又令人宽心的指尖把它们一一挑出。

"如果上帝愿意，你很快就会好起来的，"和那只手相伴的声音说道，"但是时间属于上帝，不属于你。"

*不，*他会说，如果能说的话，*时间属于黑暗塔。*

然后，他又滑落下去，像上升时一样平稳地下落，离开那只手以及虫子如梦一般的歌声和铃铛发出的叮当声。中间有一段间隔，也许是睡着了，也可能是失去意识了，但他从未一路沉下去。

有时，他觉得自己听到了那个女孩的声音，尽管他不能肯定，因为这次音调变高了，透着狂怒，或是恐惧，或者二者都有。"不！"她喊道，"你们不能从他身上拿走它，你们也知道这一点。走你们的路，别再谈论它，快走！"

等他第二次恢复意识，身体并没有更加强壮，但神志清醒了一些。

睁开眼时，他看到的不是一片白云的内部，而是最一开始浮现在他眼前的那个印象——白美人。从某些方面来说，这是罗兰一生中见过的最美的地方……当然一方面是因为他还活着，但主要还是因为这个地方如此奇异而宁静。

这是一个巨大的房间，又高又长。当罗兰终于扭过头——小心地，如此小心谨慎——尽力丈量它的长度，他觉得它从头到尾至少有两百码长。房间建得很窄，但它的高度给人一种强烈的通透感。

他不曾见过这样的墙壁或天花板，尽管它看上去有点像个巨大的帐篷。在他上方，阳光射在纤薄的巨浪般的白色丝绸上，把它们变成了他起初误以为是云彩的窗饰。在这丝绸华盖之下，房间里如黄昏时分一般暗淡。

墙壁上也是丝绸，像船帆一样在微风中泛着涟漪，每一块墙板上都垂下一根系着小铃铛的微微弯曲的绳子。铃铛贴在丝绸上，当墙幕泛起涟漪时，便像风铃一样一齐发出令人沉醉的低唱。

一条过道沿中线贯穿整个房间；过道两侧有几十张床，每张床上都铺着干净的白床单，床头放着清爽的白枕头。过道对面那一侧也许有四十张床，全都空着，罗兰这一侧又有四十张，有两张床被占用着，一张在罗兰右侧，紧邻着他。这个家伙……

是那个男孩。水槽里的那个。

这个想法让罗兰的两只胳膊上起了一层鸡皮疙瘩，这个迷信的念头把他吓得不轻。他更加仔细地看了看那个睡着的男孩。

不可能。是你眼花了，仅此而已。不可能是。

但是更仔细地观察并没有消除这个疑虑。看上去确实是水槽边的那个男孩，可能是病了（不然他为什么会在这种地方呢？），但绝对没有死。罗兰能看到他胸口缓慢地起伏，垂在床沿上的手指不时地抽搐。

你看得不够仔细，不能确定任何事情，在那个水槽里泡上几天，连男孩的母亲都会认不出那是谁了。

但是，曾有过母亲的罗兰知道的可不止这些。他还知道，他看到那个男孩脖子上的金吊坠。就在那些绿族发动进攻之前，他从男孩的尸体上取下来，放进了口袋里。现在，有人——很可能是这地方的所有者，他们像施魔法一般让这个名叫詹姆斯的男孩死而复生——把它从罗兰身上取走，戴回男孩的脖子上了。

是那个小手凉爽宜人的女孩做的吗？她会因此认为罗兰是个偷死人东西的盗尸者吗？他不愿这么想。事实上，这个想法比这个年轻牛仔膨胀的尸体莫名其妙地恢复正常尺寸然后死而复生的想法更让他难受。

过道这一侧，跟男孩和罗兰·德斯钦隔了十二张空床的地方，枪侠看到这个奇怪的医务室还有第三个病号。这家伙的年龄看上去至少是男孩的四倍，枪侠的两倍。他那长长的胡须中，白色的比黑色的多，分成零乱的两股，垂在胸口上方。胡须再往上是一张被太阳晒黑的脸，上面布满了深深的皱纹，眼睛下方有厚重的眼袋。一道粗重的深色痕迹从他左侧的脸颊横着穿过鼻梁，罗兰觉得那是一道疤。那个长胡子男人不是睡着了就是失去了意识——罗兰能听到他的鼾声，他被吊在床铺上方三英尺的空中，身体被很多条在昏暗中闪闪发光的白带子兜着。这些带子相互交错，绕着这个人的身体形成了一系列的"8"。他看上去就像一只裹在蜘蛛网里的虫子。他穿着一件薄纱似的白色卧床服。其中一条带子从他屁股下面绕过，把他的裆部往上提，仿佛要把凸起的阴部呈给梦境般灰色的空气。顺着身体往下，罗兰看到他那黑影状的双腿，它们看上去像死去的老树一样扭曲。罗兰不愿去想它们断成了多少截才会变成这般模样，而且它们看起来还在动。如果这个长胡子男人失去了意识，他的双腿怎么会动呢？也许是光线的问题，也许是那些影子……也可能因为那个男人穿的薄汗衫在微风中抖动，或者……

罗兰抬头看向上方高处巨浪般的丝绸，努力控制自己逐渐加速的心跳。他所看到的并非由风、影子或是别的什么东西造成的。那个男人的双腿没有动却不知怎的在动……就像罗兰仿佛感觉自己的背没有动却不知怎的在动一样。他不知道什么能引起这种现象，也不想知道，至少现在还不想。

"我还没有准备好。"他低声说道，他感觉嘴唇发干。他又闭上眼睛，想睡觉，不愿想那个长胡子男人扭曲的双腿预示着自己将来的什么情况。但是……

但是你最好做好准备。

每当他想懈怠、草草了事或是绕过障碍时，仿佛总会出现这个声音。那是他小时候的老师科特的声音。他们那群男孩全都怕他的棍子，而他们更怕的是他那张嘴——他们脆弱时他的嘲笑，他们抱怨或是对命运发牢骚时他的责备。

你是个枪侠吗，罗兰？如果是的，你最好做好准备。

罗兰重新睁开眼睛，再次把头转向左侧。这时，他感到有东西在他胸口移动。

他极其缓慢地从悬带里举起右手，背上的疼痛咕哝着搅动他的身体。他停止了动作，直到觉得这痛不会变得更剧烈（至少如果他小心的话），才完成剩下的动作，把手抬到胸口上。它碰到了一块精纺面料。棉布。他把下巴贴到胸骨上，看到自己穿着一件跟长胡子男人一样的卧床服。

罗兰把手伸进衣服领子里面，摸到了一根细链子。再往下一些，他的手指触碰到了一个矩形的金属。他认为自己知道那是什么，但是必须加以确认。他把它抽出来，动作依然十分小心，努力不牵动背上的任何一块肌肉。一个金吊坠。他强忍疼痛，把它举起来，直到看清上面刻的文字：

詹姆斯

家人之爱。上帝之爱。

他把它重新塞进衣服，看回隔壁床上睡着的男孩——在床上，而不是吊在床上方。男孩的被子只盖到了胸部之下，那个吊坠躺在胸口洁白的卧床服上，跟罗兰现在戴的一样。只是……

罗兰觉得自己明白了，而明白是一种解脱。

他又看向长胡子男人，看到了一件极其怪异的事：他脸上和鼻梁上的伤疤不见了，伤疤之前所在的地方只留下一个正在愈合的粉红色痕迹……割伤或是划伤。

是我想象出来的。

不，枪侠，科特的声音又回来了，你这种人可不是会这样想象的。你也非常清楚。

这个轻微的动作又把他累得精疲力竭……或许是这些思绪把他累得精疲力竭。虫子的吟唱和铃铛的响声混成了一首让人把持不住的催眠曲。这次，罗兰闭上眼睛时，他睡着了。

Ⅲ. 五姐妹。詹娜。伊路利亚的医生。吊坠。承诺保持沉默。

罗兰再次醒来时，起初以为自己依然在沉睡中。在做梦。做噩梦。

曾经，当他遇到并爱上苏珊·德尔伽朵时，他已经认识了一个名叫莉亚的女巫——他在中世界见到的第一个真正的女巫。是她造成了苏珊的死，尽管其中也有罗兰的责任。现在，睁开眼睛，他不止一次看到了莉亚，而是五次。他想：这是回忆往事的结果。召唤苏珊的同时，也召唤出了库斯的莉亚。莉亚和她的姐妹。

这五个人穿着跟墙壁和天花板装饰一样的随风飘动的白色长袍。她们干瘪老婆子的丑脸被一样的白布围着，脸上的皮肤像干旱的大地一样黯淡而布满了沟壑。一串串小铃铛像护身符一样从束发（她们真的有头发）的丝带上垂下来，她们移动或是说话时，便会叮当作响。她们长袍的雪白前胸上都绣着一朵血红色的玫瑰……黑暗塔的符号。看到这个，罗兰想：我不是在做梦，这些老巫婆是真实存在的。

"他醒了！"她们中的一个用风骚得可怕的声音喊道。

"喔——喔！"

"哦——哦！"

"啊！"

她们像鸟儿一样扑扇着衣服。中间的那个走上前来，这时，她们的脸都像房间里的丝绸墙壁一样闪着光。他看到她们一点都不老——也许是中年吧，但不老。

是的。她们老。她们会变。

现在领头的那个比其他人要高，眉头宽阔，略微前突。她朝罗兰弯下身子，额头边缘的铃铛跟着叮当作响。这声音让他有点犯恶心，感觉比片刻之前更虚弱了些。她淡褐色的眼睛透着急切，也许是贪婪。她触碰了他的脸颊片刻，一种麻木感似乎就从那里发散开来。然后她向下瞥了一眼，一种看上去像是不安的神情让她的脸没再靠近。她把手抽了回去。

"你醒了，美男子。你真的醒了。太好了。"

"你是谁？我在哪儿？"

"我们是伊路利亚的小姐妹，"她说，"我是修女玛丽。这是修女路易丝，修女米凯拉，修女科吉娜——"

"还有修女塔姆拉，"最后那个说，"一个二十一岁的可爱小姑娘。"她咯咯地笑着。她脸上闪闪发光，过了一会儿，她又变得衰老无比了。鹰钩鼻，灰皮肤。罗兰又想起了莉亚。

她们走近了些，围在把他吊在里面的复杂的束带周围，罗兰向后缩去，疼痛再次从背上和受伤的腿上涌来。他呻吟了一声，托着他的束带咯吱作响。

"喔——喔!"

"真疼!"

"他真疼!"

"疼痛欲裂!"

她们凑得更近了,仿佛他的疼痛让她们着迷。现在,他能闻到她们身上的气味了,一种干涩的泥土味。那个叫米凯拉的修女伸出手……

"走开!别碰他!我之前没跟你说过吗?"

她们听到,都向后闪开了。修女玛丽看起来非常恼火,但她还是最后瞪了(罗兰可以发誓)一眼他胸口的吊坠,然后退了回去。他上次醒着的时候把它塞到衣服下面了,但现在它又到外面来了。

第六个修女出现了,她从玛丽和塔姆拉中间用力地挤进来。这个也许真的只有二十一岁,脸颊红润,皮肤光滑,有一双深色的眼睛。她的白色长袍像梦一样舞动着,胸前的红玫瑰极为显眼。

"走!别碰他!"

"哦,我的老天!"修女路易丝又笑又怒地喊道,"是小詹娜呀,她是不是爱上他了呀?"

"是的!"塔姆拉笑着说,"小姑娘已经对他心有所属了!"

"哦,确实如此!"修女科吉娜附和道。

玛丽转向新来者,嘴唇噘成了一条紧绷的线。"这里没你的事,莽撞无礼的孩子。"

"我说有就有。"修女詹娜回答道,她现在看上去恢复了克制。一绺黑发从头巾里滑出来,像个逗号一样贴在额头上。"快走。他禁不起你们的说笑。"

"别对我们呼来喝去的,"修女玛丽说,"因为我们从不说笑。这你是知道的,修女詹娜。"

女孩的脸色温和了一点,罗兰看到她很害怕。这让他为她担心起来,也为自己担心。"走,"她重复道,"现在还不是时候。没有其他人需要照料了吗?"

修女玛丽似乎在考虑,其他人看着她。最后,她点点头,朝罗兰笑了笑。她的脸仿佛又在闪光,就像透过热霾看到的一样。他在那下面看到了(或是觉得看到了)恐惧和警惕。"好好待着,美男子,"她对罗兰说,"跟我们住一阵子,我们会把你治好的。"

我有的选吗?罗兰想。

其他人笑了起来,鸟儿一般的窃笑像丝带一样升入昏暗的天空,修女米凯拉还朝他飞了个吻。

"走吧,女士们!"修女玛丽喊道,"我们让詹娜跟他待一会儿吧,算是纪念她那个为我们深爱的母亲!"说完,她领着其他人走了,五只白鸟沿着中间的过道飞走了,她们长袍的下摆一会儿往这儿摆,一会儿往那儿摆。

"谢谢你。"罗兰看着那只凉爽的手的主人说道……因为他知道是她安慰的他。

她握起他的手指,仿佛要证明这一点,爱抚着。"她们不是要伤害你。"她说……但是罗兰看出她一个字都不相信,他也不信。他在这里有麻烦,非常严重的麻烦。

"这是什么地方?"

"我们的地方,"她简短地说道,"伊路利亚的小姐妹的家。我们的修道院,如果你愿意这么叫的话。"

"这不是个修道院,"罗兰看着她身后的空床说道,"这是个医务室。对吧?"

"是个医院,"她说,依然抚摩着他的手指。"我们为医生服务……它们也为我们服务。"他对她眉头上的那绺黑发着了迷——如果他敢伸手的话——想去轻抚一下,只为了感受一下它的质地。他觉得它很美丽,因为那是这个白色世界里唯一的黑色。对他来说，白色已经失去了魅力。"我们是医院职员……或者说曾经是，在世界前进之前。"

"你们信仰耶稣吗？"

她一时有点意外，几乎有些震惊，然后高兴地笑了笑说："不，我们不信！"

"如果你们是医院职员……护士……那么医生在哪儿呢？"

她看着他，咬着嘴唇，仿佛正努力做着什么决定。罗兰觉得她的疑虑十分迷人，他意识到——无论是否让人恶心——他正把一个女人当成女人看待，自从苏珊·德尔伽朵死后，这是第一次，而那死亡已经是很久之前的事了。从那时开始，整个世界都发生了变化，而且没有变得更好。

"你真的想知道吗？"

"是的，当然。"他有些意外地说道，也有一点不安。他一直等着她的脸闪光、变化，就像其他人那样。它没有变。她身上也没有那种令人不快的泥土味。

等一下，他提醒自己，不要相信这里的任何东西，不要相信你的任何感官。现在还不行。"我猜你一定想知道。"她叹了口气说，额头上的铃铛发出清脆的叮当声，这些铃铛比其他人戴的颜色都要深——不如她的头发那般黑，而是有点炭黑，就像被挂在篝火的烟里熏过。而且它们发出的叮当声极为明亮。"答应我你不会叫出声来，把那边床上的阴毛叫醒。"

"阴毛？"

"那个男孩。你保证吗？"

"嗯。"他说，不觉间进入了差不多忘光了的外穹行话里了。苏珊的特色方言。"我已经很久没有尖叫了，美人。"

她的脸更红了，比她胸前的那朵更加天然、更富活力的玫瑰嵌在脸颊上。

"看不清就不要说人漂亮。"她说。

"那就把你戴的头巾往后推。"

她的脸他看得一清二楚，但他非常想看她的头发——几乎是渴望，这个梦境般的白色世界里的一泓黑色。当然，头发有可能被剪短了，她们修道会的人可能会留这样的发型，但他不知为什么并不这样觉得。

"不，这是不允许的。"

"谁不允许？"

"大修女。"

"自称玛丽的那个？"

"嗯，是她。"她转身走开，然后停住脚步，扭头往回看。换作另一个跟她同岁、一样漂亮的女孩，这一看会很娇媚。这个女孩却是一脸严肃。

"记住你的承诺。"

"嗯，不尖叫。"

她朝长胡子男人走过去，裙摆舞动着。一片昏暗之中，她经过时只在空床上投下一个模糊的影子。等她走到男人身边（罗兰想，这个人是失去了意识，不只是睡着了），又回头看了一眼罗兰。他点点头。

修女詹娜走近那个吊着的男人，站在他床的另一侧，好让罗兰能透过扭曲缠绕的白色丝带看到她。她把双手轻轻放在他左胸上，弯下腰去……然后左右摇晃脑袋，像在干净利落地拒绝什么。她额头上的铃铛尖锐地叫着，接着罗兰又一次感到背部怪异地搅动起来，伴随着一阵轻微的疼痛。仿佛明明没有打战，却不知怎的在打战，又或者是在梦里打战。

接下来发生的事差点让他叫了出来，他不得不咬着嘴唇才抑制住。那个不省人事的男人的双腿似乎又不由自主地动了起来……因为是腿上的东西在动。男人毛发浓密的小腿、脚踝和双脚都露在卧床服外面，此刻，一拨黑色的虫子沿着小腿往下移动，它们疯狂地唱着，就像一个边行进边唱歌的陆军纵队。

罗兰想起了横在男人脸颊和鼻梁上的那道黑色疤痕——那道消失了的疤痕，那当然也是这种虫子。它们也在他身上，所以他才会在不颤抖的时候颤抖。它们爬满了他的背，大快朵颐。

不，憋着不叫出声并没有他预想中那么容易。

那些虫子跑到那个吊着的男人的脚趾尖上，然后一拨一拨地跳下去，就像动物从堤岸上跳入水中一样。它们在下面亮白的床单上快速集结，排成大约一英尺宽的队伍，朝地面进发。罗兰没法把它们看清楚，距离太远，光线又太昏暗，但他觉得它们可能有蚂蚁的两倍大小，比家里那些挤满花坛的肥蜜蜂小一点。

它们边走边唱。

那个长胡子男人并没有唱。随着那群包裹着他扭曲双腿的虫子逐渐减少，他颤抖着，呻吟着。那个年轻女孩一只手放在他眉头上安抚他，尽管在眼下这种极为恶心的图景中，罗兰还是有一点嫉妒。

他看到的情况真的如此可怕吗？在基列地，水蛭被用来治疗一些疾病——主要是大脑、胳肢窝和腹股沟的肿块。碰上脑子的问题，尽管丑陋，水蛭肯定比下一步——打孔——更可取。

但它们有点恶心，也许只是因为他看不清楚它们，他无助地吊在这里，而它们爬满了他的后背，想想都可怕。不过没有唱歌。为什么？因为它们在进食？在睡觉？还是二者同时进行？

长胡子男人的呻吟声渐渐消失了。虫子穿过地板，朝其中一面微微泛着涟漪的丝绸幕墙进发。罗兰看着它们消失在阴影里。

詹娜回到他身边，眼睛里透着忧虑。"你做得很好。但我也看到了你的感受——就写在你的脸上。"

"那些就是医生。"他说。

"是的。它们非常强大，但是……"她压低了声音，"我相信它们对那个牲畜贩子也无能为力了。他的腿好了一点，脸上的伤口也快痊愈了，但他还有医生触及不到的伤。"她用一只手横着滑过腹部，暗示这些损伤的位置，如果不是指损伤的性质的话。

"那我呢？"罗兰问道。

"你被绿族抓了，"她说，"你一定把它们惹得不轻，因为它们没有立刻杀了你，而是把你绑起来，拉着走。塔姆拉、米凯拉和路易丝当时在外采集草药，她们看到绿族在捉弄你，就吩咐它们住手，但是……"

"那些残废总是服从你们吗，修女詹娜？"

她脸上露出微笑，也许是为他记得她的名字而高兴。"不总是，但多数情况下会。这次它们服从了，否则你现在就躺在树间空地下面了。"

"我想是的。"

"你背上的皮肤几乎全磨掉了——从后颈到腰部红通通的。那里会留下永久性伤疤，但医生们已经尽力为你治疗了。它们的歌声也无与伦比地美妙，对吧？"

"是的。"罗兰说，但是想到那些黑东西爬满他的背，在他的肉里歇息，他仍然觉得恶心，"我得向你道谢，也自愿表达谢意。我能为你做什么……"

"那就告诉我你的名字。就这个。"

"我是来自基列地的罗兰，是个枪侠。我有左轮手枪，修女詹娜。你见过它们吗？"

"我没有见过什么手枪。"她说，但是别开了视线，玫瑰又在她脸颊上绽放了。她也许是个称职的护士，人也漂亮，但不是个高明的说谎者。他很高兴，因为高明的说谎者到处都是，诚实才尤为珍贵。

现在先不管这个谎话吧，他告诉自己。我想她是出于恐惧才撒的谎。

"詹娜！"这喊声从医务室——现在枪侠觉得它似乎比之前都要长——

远端更深的阴影中传来，接着修女詹娜内疚地猛地一跳。"快走！你说的话已经足够招待二十个男人了！让他睡觉吧！"

"好！"她喊道，然后扭回头看着罗兰，"不要泄露我给你看过医生。"

"我以妈妈的名义发誓，詹娜。"

她顿了顿，再次咬住嘴唇，接着突然抚下了头巾。头巾在一阵轻柔的叮当声中滑落到她后颈上。她的头发解脱了束缚，像影子一样掠过她的脸颊。

"我好看吗？好看吗？跟我说实话，来自基列地的罗兰——不许说恭维话，因为恭维话只有蜡烛那般长度。"

"像夏日的夜晚一样好看。"

他脸上的神情似乎比他的话语更让她受用，因为她露出了灿烂的笑容。她重新拉上头巾，用手指快速地把头发塞回去。"我体面吗？"

"又体面又好看，"他说，然后小心翼翼地抬起一只手臂，指着她的眉头，"有一绺出来了……就在那儿。"

"嗯，这绺头发老是折磨我。"她做了个滑稽的鬼脸，把头发塞了回去。罗兰多想亲吻她红润的脸颊啊……或许再亲吻一下她红润的唇。

"一切都很好。"他说。

"詹娜！"这次的喊声更加不耐烦了，"罚你面壁思过！"

"马上就来！"她喊道，然后收拢宽松的裙摆准备离开。但她再次转过身来，这次神情非常沉重，非常严肃。"还有一件事，"她用略高于耳语的声音说道，同时迅速看了一眼周围，"你戴的那个吊坠——你戴着它，是因为它是你的。你明白吗……詹姆斯？"

"明白。"他略微扭头看了看那个睡着的男孩，"这是我弟弟。"

"如果她们问的话，就这么说。不这样说，詹娜就会有大麻烦了。"

麻烦有多大，他并没有问，而她也已经走了，仿佛是顺着过道流走了一般，一只手抓着裙摆。她脸上的玫瑰色不见了，脸颊和眉头只剩下灰色。他想起了其他人脸上的贪婪，她们像系紧的结一样把他紧紧围住……脸上闪着光。

六个女人，五个老的，一个年轻的。唱歌的医生，当被叮当作响的铃铛解散时，就穿过地板爬走了。

一个不大可能存在的可能有一百张床的医院病房，一个丝绸做顶、丝绸做墙的病房……

……而且除了其中三张，所有的床都是空的。

罗兰不明白詹娜为什么要从他的口袋里拿出那个死去男孩的吊坠戴在他脖子上，但他觉得如果她们发现是她做的，伊路利亚的小姐妹们可能会杀了她。

罗兰闭上眼睛，虫子医生柔和的歌声再次带他漂入梦乡。

IV. 一碗汤。隔壁床上的男孩。夜班护士。

罗兰梦到一只巨大的虫子（可能是个虫子医生）绕着他的脑袋飞，不停地往他鼻子上撞——与其说痛，倒不如说讨人厌。他不断猛拍那只虫子，尽管通常情况下他的双手出奇地快，却总是打不到它。每次他打个空，那虫子就咯咯地笑起来。

我动作缓慢，是因为我病了，他想。

不，是被伏击了。被迟钝的变种人在地上拖着走，然后被伊路利亚的小姐妹救下了。

罗兰眼前突然浮现出一个男人的影子从一辆翻倒的马车的影子里冒出来的生动画面，听到一声粗野而欣喜若狂的"嘣！"。

他猛地苏醒过来，整个身体都在悬带里晃动，那个站在他脑袋旁边、一边用木调羹轻轻地敲他鼻子一边咯咯笑着的女人吓得赶紧后退，另一只手里的碗都滑落了。

罗兰迅速伸出双手，它们如往常一样迅捷——他始终不能抓住那只虫子，不过是因为在梦里罢了。他接住了那个碗，里面的汤只洒出了几滴。那个女人——修女科吉娜——睁圆了眼睛看着他。

这突然的动作让他的背部从上到下都开始痛，但已经远不及之前那么严重了，他的皮肤也没有在动的感觉了。也许那些医生睡着了，不过他感觉它们是离开了。

他伸手去要科吉娜用来捉弄他的调羹（他发现自己对她们会用这种方法捉弄睡着的病人并不感到惊讶；如果是詹娜他才会感到意外），她把它递给他，眼睛依然睁得滚圆。

"你可真快啊！"她说，"就像变戏法一样，而你才刚睡醒。"

"那就记住它。"他说，然后尝了尝汤，汤里漂着碎鸡肉。换作其他情形，他很可能会觉得清淡，但在这种情形下，它看上去特别美味。他贪婪地喝了起来。

"你这是什么意思？"她问道。现在光线非常昏暗，过道对面的墙幕一片橙粉色，这意味着已是日落时分。在这光线里，科吉娜看上去年轻又漂亮……但罗兰确定，这是魅惑，一种巫术的妆容。

"我没有什么特别的意思。"罗兰把调羹放到一旁，觉得用它喝汤太慢了，他更喜欢用嘴对着碗喝。这样，他四大口就把汤喝完了。"你们如此善待我——"

"哼，确实如此！"她愤愤不平地说道。

"——我希望你们的善意没有隐藏的动机。如果有的话，修女，记住我可是身手敏捷。而且，我可不总是待人友善。"

她没有回答，只是从罗兰手里接回碗。她动作小心翼翼的，也许是不愿碰到他的手指。她的视线垂到吊坠所在的地方，此刻吊坠又藏在了卧床服下面。他不再说什么，再说下去只会提醒她向她发出威胁的是一个手无寸铁、几乎赤身裸体、因为背部还无法承受身体重量而被吊在半空中的男人，这只会减弱这威胁的效力。

"修女詹娜在哪儿？"他问道。

"哦，"修女科吉娜扬起眉梢说道，"我们都喜欢她，不是吗？她让我们的心……"她把一只手放在胸前的玫瑰上，快速地抖动。

"一点也不，一点也不，"罗兰说，"但她人很善良。我想她应该不会像某些人一样戏弄我。"

修女科吉娜脸上的笑容散去了，她看上去又生气又担心。"如果玛丽稍后过来的话，这些话可别跟她说。你会让我摊上麻烦的。"

"我应该在乎这个吗？"

"要是有人通过让詹娜摊上麻烦而让我摊上麻烦，我可是会报复的，"修女科吉娜说道，"反正她刚刚在大姐妹的黑书里。修女玛丽不喜欢詹娜跟她说起你的方式……也不喜欢詹娜回来的时候戴着黑暗之铃。"

这话刚说出口，修女科吉娜就用手捂住了那经常不谨慎的器官，仿佛意识到自己说多了。

罗兰对她的话很感兴趣，但不愿现在表现出来，只是回答道："我不会跟别人提起你说的话的，如果你不跟修女玛丽提起詹娜的话。"

科吉娜松了一口气。"嗯，那说定了。"她信任地探身过来，"她现在在反思室里。那是山里的一个小山洞，大姐妹觉得我们不听话的时候，我们就得去里面面壁思过。她要待在里面反思自己的放肆言行，直到玛丽放她出来。"她顿了顿，然后突然说道，"你旁边这个是谁？你认识吗？"

罗兰扭过去，看到那个年轻人醒了，一直在听他们说话。他的眼睛跟詹娜的一样黑。

"认识他吗？"罗兰问道，话里透着他希望分寸适当的蔑视，"我能不认识我弟弟吗？"

"是吗？怎么他这么年轻，而你这么老？"黑暗中出现了另一个修女，修女塔姆拉，她曾声称自己才二十一岁。快走到罗兰床边的时候，她的脸还是一个八十多……或者九十多岁的老太婆的模样。接着，它微微闪光，又成了三十岁妇女丰满、健康的面容了。除了那双眼睛，角膜仍然是浅黄色，眼角黏糊糊的，但眼神警惕。

"他是最小的那个，我年龄最大，"罗兰说，"在我们之间还有七个孩子，以及父母二十年的生命。"

"多好啊！如果他是你兄弟，那你一定知道他的名字，对吧？一定非常了解。"

枪侠还未来得及惊慌失措，年轻人就开口说道："她们还以为你像约翰·诺曼一样忘了这么简单的陷阱。她们可真够天真的，对吧，詹姆斯？"

科吉娜和塔姆拉看着罗兰隔壁床上那个脸色苍白的男孩，显然非常生气，也显然败下阵来。至少暂时是这样。

"你们已经给他喝了那污秽的汤，"男孩（他的吊坠无可置疑地表明了他的姓名，**约翰，家人之爱，上帝之爱**）说道，"你们为什么不赶紧走，让我们唠唠嗑？"

"好吧！"修女科吉娜生气地说道，"我希望能感受到这里的谢意！"

"我为自己得到的东西表示感谢，"诺曼目不转睛地看着她，回答道，"但不是为你们将要取走的东西。"

塔姆拉鼻子里哼了一声，猛地转过身去，走了，裙摆把一阵风扇到了罗兰脸上。科吉娜又逗留了片刻。

"言语谨慎点，也许某个比我更讨你喜欢的人会在明天早上下马车，而不是一周之后。"

不等回话，她就转身去追修女塔姆拉了。

一直等到她们两个走远，诺曼才转向罗兰，低声说道："我弟弟，死了？"

罗兰点点头说："我拿了吊坠，就是以防万一见到他的家人。它就该是你的，请节哀顺变。"

"谢谢你。"约翰·诺曼的下唇颤抖着，然后坚定下来，"我知道是那些绿东西干的，尽管这些老太婆不跟我说实话。它们杀了很多人，然后弄伤了剩下的。"

"也许那些修女也不确定。"

"她们知道，这点你不用怀疑。她们说的不多，但知道的很多。唯一不同的是詹娜，那个老悍妇口里的'你朋友'就是说她，嗯？"

罗兰点点头说："她还提到了黑暗之铃。要是可以的话，我想多知道点。"

"她很特别，詹娜，更像是一位公主——她的地位由血统造就，令人无法拒绝——而不像其他那些修女。我躺在这里，看着像睡着了——我想这样更安全——但我听到了她们的对话。詹娜最近刚刚回来，而那些黑暗顶端有什么特别的意义……但是说话最有分量的还是玛丽。我觉得黑暗之铃只是象征性的，就像那些贵族过去把戒指传给儿子一样。是她把詹姆斯的吊坠戴在你脖子上的吗？"

"是的。"

"无论如何，都不要摘下来。"他的脸紧绷而严酷。"我不知道是因为金子还是上帝，但她们不太喜欢靠得太近。我觉得就是因为这个我才依然在这儿。"此时他的声音一下子变成了耳语，"她们不是人类。"

"嗯，也许有点古怪，有魔力，但……"

"不！"男孩的身体撑在一个胳膊肘上，明显很吃力，他认真地看着罗兰，"你说的是草药师或是女巫。这些既不是草药师，也不是女巫。她们不是人类！"

"那她们是什么？"

"不知道。"

"你怎么会在这里，约翰？"

约翰·诺曼低声向罗兰讲述了自己所知的遭遇。他、他的兄弟以及另外四个年轻人——他们身手敏捷，被雇为侦察员，分守前后，保护着一个由七辆货运马车组成的长途商队——车上拉着种子、食物、工具、信件和四位被订购的新娘——前往伊路利亚之西大约两百英里处的一个名叫特哈斯的未合并城镇。侦察员轮流在车队前后看守，他们兄弟两人分别在队首和队尾，因为按照诺曼的解释，他们在一起的时候，吵得就像……嗯……

"像兄弟一样。"罗兰提示道。

约翰·诺曼挤出一丝短暂而痛苦的微笑。"嗯。"他说。

约翰所在的三人小队当时断后，在车队后面大约两英里，那些绿色变种人这时在伊路利亚实施了伏击。

"你到那儿时见到了几辆马车？"他问罗兰。

"只有一辆。翻倒了。"

"多少具尸体？"

"只有你兄弟的。"

约翰·诺曼严肃地点点头说："我觉得，她们是因为那个吊坠才没有带走他。"

"那些变种人？"

"修女们。那些变种人才不在乎金子或是上帝。这些臭婊子，不过……"他看着此刻几乎全黑了的夜色。罗兰的睡意再次袭来，后来他才知道那汤里被下了药。

"其他马车呢？"罗兰问道，"那些没翻的马车呢？"

"应该是被那些变种人弄走了，还有货物，"诺曼说，"它们不在乎金子或上帝。而那些修女不要货物，好像她们有自己的食品，这个我还是不要想的好。邪恶的东西……就像那些虫子。"

他和其他殿后的骑手飞驰进入伊路利亚，但是他们到的时候战斗已经结束了，大家横七竖八地躺在地上，一些已经死了，但更多的还活着。

162

订购的新娘至少有两个也还活着。还能走路的幸存者被绿族赶到了一起——约翰·诺曼对那个圆顶礼帽记得非常清楚，还有那个穿着破烂红背心的"女人"。

诺曼和另外两个人奋力战斗，他看到其中一个伙伴被一支箭射中，然后就什么都看不到了——有人从后面猛击了他的脑袋，之后所有的光线都消失了。

罗兰在想那个伏击者在打他之前有没有喊一声"嗝"，但没有开口问。

"等我醒来的时候，就在这里了，"诺曼说，"我看到其他一些人——其中的大多数——身上爬满了那些被诅咒的虫子。"

"其他人？"罗兰看着那些空床，在渐渐变深的黑暗里，它们像白色的岛屿一样微微闪着光，"有多少人被带到了这里？"

"至少二十个。他们都痊愈了……那些虫子治好了他们……然后他们就一个接一个地不见了。你去睡觉，然后等你醒来，就又多了一张空床。一个接一个，直到只剩下我和那边的那个。"

他一脸严肃地看着罗兰。

"现在加上你。"

"诺曼，"罗兰感觉头晕目眩，"我……"

"我想我知道你是怎么回事，"诺曼说，他似乎是在很远的地方说话……也许远在地球的那一面，"是那碗汤。但是男人得吃饭，女人也是，当然如果她是个正常人的话。这些女人不正常，连修女詹娜都不正常。人好不代表正常。"越来越远了。"她最后也会变成她们那样，这个你记好。"

"动不了。"连说这句话都特别费劲，像在移动巨石。

"不。"诺曼突然大笑起来，这声音极具震撼力，在罗兰脑海里逐渐变浓的黑暗中回荡，"她们的汤里不只放了瞌睡药，还有麻痹药。我现在身体没有大毛病，兄弟……所以你觉得我为什么还在这里？"

诺曼现在不是在地球那一面，而是在月球上了。他说："我觉得我们都再也见不到太阳照耀大地了。"

你说错了，罗兰努力做出回应，心情更为急切，但什么都没有说出来。他航行到了月球的暗面，在那里的空旷之中失去了表达能力。

但他没有完全失去意识。或许修女科吉娜汤里的药量计算错了，又或许她们从未对一个枪侠下过手，她们到现在都不知道他是个枪侠。

当然，除了修女詹娜——她是知道的。

夜里，低语声、咯咯的笑声以及微弱的叮当声把他从黑暗中带了回来——他一直在那里等待着，既没有睡着，也没有失去意识。他周围是"医生"的歌声，因为持续不变，他几乎感觉不到它的存在。

罗兰睁开眼睛。他看到苍白又若隐若现的灯光在黑暗中跳动，咯咯声和低语声越来越近。罗兰努力扭过头去，但起初并不能做到。他休息了一下，把意志聚成一个坚硬的蓝色球体，再次尝试。这次他的头扭过去了，不过只扭过去一点，但是一点就足够了。

是其中的五个小姐妹——玛丽、路易丝、塔姆拉、科吉娜和米凯拉。她们沿着黑暗的病房里长长的过道走来，像一群外出恶作剧的孩子一样笑着，手里端着插在银烛台上的长蜡烛，头巾系带上的那串铃铛发出一阵阵银色的叮当声。她们围在长胡子男人的床周围，烛光从她们围成的圈子里聚成一簇，闪烁着上升，还未到丝绸屋顶高度的一半就消失了。

修女玛丽简短地说了什么。罗兰听出了她的声音，但没听清她说的话——既非低沉，也非高亢，完全是另一种语言。其中一句很清晰——can de lach, mi him en tow——而他全然不知道这是什么意思。

他意识到现在他只能听到铃铛的叮当声——虫子医生都安静了下来。

"Ras me! On! On!"修女玛丽用刺耳而有力的声音喊道。蜡烛都熄灭了，当她们围在长胡子男人的床周围时，从头巾两侧照过来的烛光消失了，一切又回到了黑暗之中。

罗兰等待着接下来可能发生的事，身上汗毛直立。他试着弯曲手脚，但做不到。现在他差不多能把头扭动十五度了，除此之外，他根本就是一只被蛛丝干净利落地包裹着挂在蜘蛛网上的苍蝇。

黑暗中微弱的叮当声——以及随之而来的吮吸声。一听到这些声音，罗兰就知道这正是他在等待的事情。他心里早已知道伊路利亚的小姐妹是什么了。

如果能够抬起双手，他就会捂住耳朵，挡住那些声音。但事实是，他只能一动不动地躺着，一边听一边等她们停下。

很长一段时间里——感觉有一万年——她们一直没有停下，她们像从食槽里吸食半液化饲料的猪一样哼哼着。甚至还传来了一声响亮的饱嗝，后面紧接着咯咯的低笑（随着修女玛丽简短地说出"Hais!"，笑声戛然而止）。其间那个长胡子男人发出了一声低沉的呻吟，罗兰很确定。如果当真如此，那就是他在这个世界上发出的最后的声音。

渐渐地，她们进食的声音停止了。虫子又开始歌唱——起初犹像不决，而后变得更加自信。低语声和咯咯的笑声又响了起来，蜡烛重新被点亮了。此时，罗兰躺在那里，头扭向另一侧。他不想让她们知道他看到了什么，但不只是这样——他无论如何也不愿再看下去。他已经看够，听够了。

但是，咯咯声和低语声朝他走来。罗兰闭上眼睛，把注意力集中到胸前的吊坠上。我不知道是因为金子还是上帝，但是她们不愿意靠得太近，约翰·诺曼曾经说过。在小姐妹们用另一种语言低声说着闲话渐渐走近的时候，能记得这个真是一件幸事，但是在黑暗中，那个吊坠的保护力也显得单薄。

罗兰听到远处那条十字狗微弱的吠叫声。

当小姐妹围在他身边时，枪侠能闻到她们身上的味道。那是一种低沉的、令人不快的气味，像腐肉的味道。像她们这种东西，身上还能是别的什么味道呢？

"真是个美男子。"修女玛丽说，她的声音低沉而若有所思。

"却戴着一个如此丑陋的魔符。"修女塔姆拉说道。

"我们会把它摘掉的!"修女路易丝说。

"然后我们就能亲吻他了!"修女科吉娜说。

"大家都能亲吻他!"修女米凯拉喊道,她那满腔的热情逗得她们都笑了起来。

罗兰发现并非整个身体都被麻痹了。他身体的一部分被她们的声音吵醒,此刻正昂首站立。一只手伸进卧床服下面,摸到了那个坚硬的物件,抓住它,抚摸它。他怀着恐惧默默地躺在那里,假装睡着了,一股湿热几乎立刻从身体里溢了出来。那只手在那里停留了片刻,大拇指上下摩挲着那逐渐萎缩的杆状物。然后,它松开手,往上走了一点。找到了他下腹部上的那片潮湿。

咯咯的笑声,如风一样轻柔。

叮当作响的铃铛。

罗兰把眼睛微微睁开一道缝,看着烛光中笑着看他的那些苍老的脸——闪闪发光的眼睛,蜡黄的脸颊,垂在下嘴唇外面的尖牙。修女米凯拉和路易丝仿佛长了山羊胡,不过那自然不是黑色的胡须,而是长胡子男人的血。

玛丽的手弯成杯状。她把手挨个送到几个修女身前,她们趁着烛光舔她的手心。

罗兰闭上眼睛,等着她们离开。最后,她们走了。

我再也睡不着了,他想,五分钟后,他就什么都意识不到了。

V.修女玛丽。一条信息。拉尔夫到访。诺曼的命运。又是修女玛丽。

罗兰醒来时,天已经大亮,头顶上方的丝绸屋顶一片亮白色,在微风中上下翻腾，虫子医生在安心地歌唱。在他左侧，诺曼正熟睡着，脑袋向一侧偏得很厉害，脸颊都贴到了肩膀上。

这里只有罗兰和约翰·诺曼两个人。他们这一侧的远处，长胡子男人之前躺的床空了，上层床单被拉上来，整齐地塞好，枕头被整洁地套在白色枕套里。之前吊着他的悬带不见了。

罗兰想起了那些蜡烛——烛光聚成一个光柱，照亮了围在长胡子男人周围的小姐妹们。她们咯咯地笑着，那些该死的铃铛叮叮当当地响着。

这时，仿佛听到了他的思绪的召唤，修女玛丽快速地走过来，后面跟着修女路易丝。路易丝端着一个托盘，看上去有点紧张。玛丽皱着眉头，显然心情不太好。

这样大餐一顿之后还有脾气？罗兰想。呸，臭修女。

她走到枪侠的床边，低头看着他。"我对你没什么可感谢的。"她开门见山地说道。

"我向你索要过谢意吗？"他的声音像一本落满灰尘、很少被翻开的书。

她没有理睬。"你让一个人原本的放肆无礼、不安分守己变成了彻头彻尾的反叛。她妈妈就是这个样子，在把詹娜重新安排妥当后不久就死了。抬起一只手，忘恩负义的家伙。"

"我做不到。我根本动不了。"

"哦，呆子！你难道没有听说过'不要糊弄你母亲，除非她不在眼前'这句话吗？我非常清楚你能做什么，不能做什么。现在抬起一只手。"

罗兰抬起右手，尽量显得费了比实际更大的劲。他还以为今天早上他能够强壮到溜出悬带……但是然后呢？即使不服用另外一剂迷药，几个小时之内，走路对他来说也都成问题……而在修女玛丽身后，修女路易丝正拿下一碗汤的盖子。罗兰看着它，肚子不住地隆隆作响。

大姐妹听到了，微微一笑。"只要时间足够长，即使躺着也会让一个壮汉饿得不行。不是吗，杰森，约翰的兄弟？"

"我叫詹姆斯。这个你非常清楚,修女。"

"是吗?"她生气地笑了笑,"哦,对!如果我用鞭子把你的小甜心抽得够狠够久——比如说,直到血像汗水一样从背上往外渗——我不能从她嘴里抽出另一个名字吗?或者,在你们的谈话中,你没有跟她说实话?"

"你要是敢碰她,我就杀了你。"

她又笑了起来,脸上闪着光,坚定的嘴变成了一只快死的水母的模样。"不要跟我们提'杀'字,以免我们对你提起。"

"修女,如果你跟詹娜意见不合,为什么不让她从誓言中解脱,放她走自己的路呢?"

"我们这种人永远都无法从誓言中解脱,也不能走自己的路。她母亲尝试过,然后又回来了,奄奄一息,孩子也病了。在她母亲成了风中的尘土、被吹向终结世界时,是我们照顾詹娜让她恢复健康,而她却极少怀有感恩之心。而且,她还戴着黑暗之铃,我们姐妹团体的魔符。我们的卡泰特。快吃吧,你的肚子说它饿了!"

修女路易丝把碗递过来,眼神却游离到他胸前卧床服下的吊坠上。你不喜欢它,对吧?罗兰想,然后想起了烛光中的路易丝,下巴上沾着运货人的血,以及她探身从修女玛丽的手里舔食时衰老而急切的眼睛。

他把头转向一边:"我什么都不想吃。"

"但是你饿了!"路易丝抗议道,"如果不吃,詹姆斯,你怎么能恢复体力呢?"

"把詹娜叫来,我吃她带的。"

修女玛丽紧皱眉头:"你再也见不到她了。只有她庄严承诺把面壁思过的时间增加一倍……并不再踏足病房,才能被从反思室里放出来。快吃吧,不管你是叫詹姆斯,或是其他什么名字。把汤喝下去,否则我们就用刀子把你切开,用毛巾给你擦进去。怎么都行,对我们来说没有区别。对吧,路易丝?"

168

"对。"路易丝说。她依然把碗往前伸着，碗里冒着热气，还有好闻的鸡汤味。

"可能对你来说有区别。"修女玛丽一本正经地咧嘴笑着说，露出长得不正常的牙齿，"在这里弄得血流成河可有点风险，医生们不喜欢，这会让它们太骚动。"

看到血就骚动起来的不是那些虫子，罗兰知道这一点。他还知道在喝汤这件事上他别无选择。他从路易丝手里接过碗，慢慢喝了起来。他得花费不小的力气才能在脑袋里擦掉修女玛丽那张满足的脸。

"很好。"等他把碗递回来，看到里面完全空了之后，她说道。他的手已经变得太沉重而支撑不住了，跌落到为手臂做的悬带里。他感到世界又在渐渐远离自己。

修女玛丽探身向前，她随风起伏的长袍的上半身碰到了他左肩的皮肤，她身上的气味传来，那是一种浓烈而干涩的香气，但凡还有点力气，他一定要呕出来了。

"等你恢复一些力气，把那个该死的金子做的东西摘下来——放到床下的小便盆里。那里才是它该待的地方。因为，哪怕离这么远，它都让我头疼，喘不上气来。"

罗兰费了巨大的力气说道："你要是想要，就拿走。我又怎么拦得住你，你个臭婊子？"

她皱着的眉头又把她的脸变成了雷雨前的乌云。他猜如果她敢跟吊坠靠得足够近的话，一定要扇他耳光了。但是，对于他腰部以上的部位，她的触摸能力仿佛消失了。

"你最好把这个问题考虑得再充分一些，"她说，"只要我想，我依然可以让人用鞭子抽詹娜。她戴着黑暗之铃，但我是大姐妹。好好想一想。"

她走了。修女路易丝跟着走了，同时扭头看了他一眼——眼神里混合着恐惧和贪婪。

罗兰想，我一定要离开这里。一定。

然后，他又飘回了那个并非梦乡的黑暗之地。也许他确实睡着了，至少有那么一阵子是睡着了；也许他在做梦。又有手指抚摸他的手指，一对嘴唇起初在亲吻他的耳朵，然后对着它低声说："看看你枕头下面，罗兰……不要让任何人知道我来过这里。"

过了一会儿，罗兰再次睁开眼睛，有点指望修女詹娜年轻漂亮的脸庞悬在他上方，那一绺黑发又从头巾里露出来。没有一个人。头顶的丝绸帷幔明晃晃的，尽管在这里无法准确地分辨钟点，罗兰猜大约是中午了。离他喝修女的第二碗汤可能过去三个钟头了。

在他旁边，约翰·诺曼依然睡着，发出微弱的鼻息声。

罗兰试图抬起手，滑到枕头下面，但那只手就是不动。他能移动手指尖，但仅此而已。他等待着，一边尽力恢复镇定，一边积聚耐心——耐心来得并不容易。他不断想起诺曼说过的话——那场伏击中有二十名幸存者……至少起初是这么多。他们一个接一个地不见了，直到只剩下我和那边的那个。现在又加上你。

那个女孩不在这里。他在心里用阿兰那温柔而遗憾的语调说道，阿兰是他的老朋友，已经死了很多年了。她不敢来，有其他人监视着呢。那只是你做的一个梦。

不过罗兰觉得那也许不只是一个梦。

过了一段时间——脑袋上方缓慢移动的光亮让他相信差不多又过了一个钟头——罗兰再次尝试移动手臂。这次，他成功把手放到了枕头下面。这枕头蓬松柔软，被舒舒服服地塞在支撑枪侠脖子的宽悬带里。起初，他什么都没找到，但是随着他慢慢地把手指伸得更往里，就碰到了一捆硬邦邦的细棍。

他停了下来，又积聚了一点力气（每个动作都像在胶水中游泳），然后又往里伸了一些。那感觉像是一束干花，用丝带捆着的。

罗兰四下里看了看，确保病房里没人，而诺曼还在睡觉。他把东西从枕头下面拉了出来，那是六根绿色正在消失的脆茎，顶上带着棕色的芦苇头。它们散发着一种奇怪的酵母味，让罗兰想起了小时候一早去那些大宅的厨房乞讨的经历——他经常跟卡斯伯特实施的突袭行动。那些芦苇用一条白色的宽丝带捆着，丝带下面有一块叠着的布，整捆东西闻上去像烤煳的吐司。就像这鬼地方所有的其他东西一样，那块布似乎也是丝绸。

罗兰感觉呼吸困难，眉头上渗出了汗珠。还是只有他自己——很好。他拿起那块布，展开，上面用模糊的炭笔字母费力地写着这条信息：

> 啃头。一小时一次。
>
> 太多，痉挛或者死亡。
>
> 明天晚上。不能提前。
>
> 小心！

没有解释，但罗兰也不需要什么解释。他没的选：如果他继续留在这里，只有死路一条。她们只需要取下他身上的吊坠，他相信修女玛丽足够聪明，会找到办法的。

他啃了一口其中一枝干芦苇的头，味道丝毫不像他们小时候从厨房里讨来的吐司，咽到喉咙里很苦，到了肚子里很热。他吃了不到一分钟，心率就翻倍了。他的肌肉苏醒了，但并不是好好睡了一觉之后那种讨人喜欢的感觉——起初在发抖，接着变得僵硬，仿佛被拧成了结。这种感觉迅速消失了，在罗兰醒来后一个小时左右，他的心跳又恢复了正常，但是他明白詹娜为什么在留言中警告他一次不要吃多于一口了——这东西的效力太强大了。

他把那捆芦苇塞回枕头下面，小心地扫掉掉到床单上的碎屑，又用大拇指肚把那块丝绸上的炭笔字弄模糊。完成以后，上面便只剩下一片毫无意义的污迹。他把那块布也塞回枕头下面。

年轻的侦察员诺曼醒来以后，跟枪侠简单介绍了他的家乡——德兰，有时被戏谑地称为"龙穴"或是"兽穴天堂"。所有的奇闻怪事据说都源自德兰。男孩请求罗兰，如果可以的话，把他和他兄弟的吊坠带给他家乡的父母，并尽力说明杰西的两个儿子，詹姆斯和约翰的遭遇。

"这事你可以自己做。"罗兰说。

"不。"诺曼努力抬起一只手，也许是想挠一下鼻子，但连这个都做不到。那只手抬起了大概六英寸，然后，轻轻地，砰的一声，又落回了床单上。"我觉得不会了。我们以这样的方式遇到彼此，真的很遗憾，你知道——我喜欢你。"

"我也是，约翰·诺曼。真希望我们能以更好的方式认识。"

"嗯。没有这些令人神魂颠倒的女士陪伴。"

他很快又睡着了。罗兰再也没能跟他说话……尽管他确实听到了他的声音。是的。当约翰·诺曼发出最后一声尖叫的时候，罗兰正躺在自己的床上方。

罗兰吃了第二口棕色的芦苇头，当他从肌肉颤抖和急速的心跳中恢复过来时，修女米凯拉给他端来了晚上的汤药。米凯拉有些担忧地看着他涨红的脸，但他保证自己没有发烧，她也只得相信。她不敢触碰他的皮肤，来亲自判断他的体温——吊坠把她拒之于这个动作之外。

配汤的是一个汉堡，面包像皮革一样，里面的肉也难嚼，但是罗兰依然狼吞虎咽地吃了下去。米凯拉面带得意的微笑看着，双手叉在胸前，不时点着头。等他喝完了汤，她小心翼翼地从他手里接过碗，确保他们的手指没有接触。

"你正在恢复，"她说，"很快你就能走了，我们就只剩下对你的回忆了，詹姆斯。"

"是真的吗?"他安静地问道。

她只是看着他，用舌头舔着上唇，咯咯地笑了几声，然后就走了。罗兰闭上眼睛，靠回枕头上，感觉睡意再次袭来。她那揣摩的眼睛……慢慢伸出的舌头。他曾经见过女人用同样的神情看着烤鸡和烤羊肉，计算着它们什么时候能熟。

他的身体非常想要睡觉，但罗兰又努力保持了大约一小时的清醒，然后从枕头下面摸出一根芦苇。随着他的体内注入了新的"无法动弹药"，这个动作费了他巨大的力气，要是没有提前把这根芦苇从捆芦苇的带子里抽出来，他甚至都不确定自己能做到。明天晚上，詹娜的留言上这么说的。如果这是指逃走，那这个主意显得荒唐可笑。他现在觉得他大概要在这张床上躺一辈子了。

他咬了一口。能量涌入他体内，让他肌肉收缩，心跳加速，但活力的迸发几乎立刻就消失了，被埋在了修女们更为强劲的药效下面。他只能希望……然后睡觉。

等他醒来时，天已经完全黑了，他发现自己几乎能在悬带里自由地活动双臂和双腿了。他从枕头下掏出一根芦苇，小心翼翼地啃了一口。她留下了六根，前两根已经差不多吃完了。

枪侠把芦苇茎放回枕头下面，然后开始像一只大雨中的落水狗一样浑身颤抖。我吃太多了，他想，不抽筋就算幸运的了……

他的心脏像一台失控的引擎。正在这时，更糟糕的是，他看到过道尽头出现了烛光。片刻之后，他听到了她们长袍的窸窣声以及拖鞋轻轻拖地的声音。

神灵啊，为什么是现在？她们会看到我在发抖，她们会知道……

罗兰闭上眼睛，唤起所有的意志力和控制力，努力让抽搐的四肢恢复平静。他要是躺在床上，而不是吊在这些该死的悬带里就好了！他每次动弹身子，那些悬带仿佛就自己在发抖。

小姐妹们离得更近了。他闭着的眼睑内侧让她们手里蜡烛的烛光映得通红。今天晚上，她们没有咯咯发笑，也没有彼此低声耳语。直到她们几乎凑到了他上方，罗兰才意识到她们中间有个陌生人——一种呼吸声响亮，呼吸间混杂着空气和鼻涕的生物。

枪侠闭着眼睛躺在那里，已经控制住了四肢明显的抽搐和跳动，但皮肤下面的肌肉依然在打结、痉挛和乱跳。只要仔细观察，谁都能一眼看出他有什么不对劲。他的心脏像被鞭子抽打的马一样快速地奔跑着，她们肯定会看到……

但是她们看着的不是他——至少现在不是。

"把它弄下来，"玛丽气急败坏地低声说道，罗兰差点没听明白，"然后是另外一个。快点，拉尔夫。"

"有威士忌吗？"那个流鼻涕的家伙问道，他的口音比玛丽还重，"有烟吗？"

"是的，是的，喝不完的威士忌，抽不完的烟，但是你得先把这些讨厌东西弄掉！"不耐烦，也许还有点害怕。

罗兰小心地把头扭向左侧，眼睛微微睁开一道缝。

伊路利亚的六个小姐妹中的五个聚在睡着了的约翰·诺曼的床的那一侧，她们举着的蜡烛把光投在他的身上。烛光也照在她们脸上，即使最坚强的人看了那些脸孔也会做噩梦。此刻，深夜时分，它们的诱惑力被放置一边，她们只不过是穿着宽松长袍的古老尸体。

修女玛丽手里握着一把罗兰的手枪。看她握着枪，一阵强烈的恨意涌上罗兰心头。他下定决心，让她为自己的轻率鲁莽付出代价。

站在床脚边的那个东西尽管怪异，但跟小姐妹比起来，几乎可以算是正常了。那是一个绿族。罗兰立刻认出了拉尔夫，他要很久才能忘记那顶圆顶礼帽。

现在，拉尔夫慢慢绕到诺曼的床靠近罗兰的一侧，暂时挡住了枪侠的视线，他看不到小姐妹了。然而，那个变种人一直走到诺曼的脑袋旁边，罗兰又能透过眼睛的缝隙看到那些丑老太婆了。

诺曼的吊坠暴露在外面——男孩也许已经清醒到一定程度，把它从卧床服下面拿出来，希望这样就能更好地保护自己。拉尔夫用它那融化了的牛脂似的手拿起它。小姐妹们在烛光中热切地看着那个绿族把它拉到链子的尽头……然后又把它放下。她们失望地垂下了脸。

"别这么担心，"拉尔夫用他那黏糊糊的声音说道，"想要威士忌！想要烟！"

"会有的，"修女玛丽说，"足够你和你那寄生的族群享用。但是，你必须先把那个可怕的东西从他身上弄下来！两个都弄下来！明白吗？另外，不要捉弄我们！"

"否则怎么样？"拉尔夫问道。他笑了起来，那是一种被噎住的、漱口的声音，一个患有某种邪恶的咽喉和肺部疾病而濒临死亡之人的笑声，但是相比小姐妹的咯咯笑，罗兰还是更喜欢这个。"否则怎么样，修女玛丽，你就喝了我的血？喝了我的血，你会立刻丧命，在黑暗中闪闪发光！"

玛丽举起枪侠的左轮手枪，对着拉尔夫说："把那个讨厌的东西弄下来，不然你立刻丧命。"

"我按你说的做了，也可能要死。"

修女玛丽没做出回应，其他人用她们黑色的眼睛凝视着他。

拉尔夫低下头，仿佛在思考，罗兰猜测圆顶礼帽应该会思考。修女玛丽和她的跟班也许不相信，但是拉尔夫一定很聪明才能活到今天。当然了，他来这里的时候，并没有考虑到罗兰的枪的问题。

"大力棒就不该把枪给你，"他最后说道，"给了你还不跟我说。你给了他威士忌吗？给了烟吗？"

"这你管不着，"修女玛丽回答，"你立刻把这小子脖子上的金吊坠摘下来，否则我就把那家伙的子弹打到你脑壳里。"

"好吧，"拉尔夫说，"如你所愿。"

他再次伸出手，用腐烂了的手握住那个金吊坠。这个动作很缓慢，但之后发生的事异常迅速。他猛地一扯，扯断了链子，漫不经心地把吊坠扔到了黑暗里。他伸出另一只手，把锯齿状的长指甲插入约翰·诺曼的脖子，把它撕开了。

血从这个不幸的男孩的喉咙里喷涌而出，在烛光中更像黑色，他发出一声喊叫。那些女人尖叫起来——但并非出于恐惧，她们如极度兴奋的女人一样尖叫。那个绿族被抛诸脑后，罗兰也被忘记了——一切都被忘记了，除了从约翰·诺曼喉咙里喷出的鲜血。

她们丢掉手中的蜡烛，玛丽同样无助而随意地丢掉罗兰的左轮手枪。随着拉尔夫飞快地消失在黑影中（下次再说威士忌和烟吧，狡猾的拉尔夫一定这么想，今晚他最好集中精力保住自己的性命），枪侠看到的最后一幕是，小姐妹弯着腰，努力在血流干之前尽可能多地捕获。

罗兰躺在黑暗中，肌肉颤抖着，心脏怦怦地跳，听着那些女妖享用躺在隔壁床上的男孩。这似乎没有尽头，最后她们终于吃完了，小姐妹重新点亮蜡烛，低声说着话离开了。

等汤里的药再次战胜了芦苇里的药，罗兰心存感激……但是自从他来到这里，第一次做了噩梦。

在梦里，他站在那里，低头看着村子水槽里肿胀的尸体，想起封面上写着**罪行与矫正记录**的那本书里的一行字，**绿族到来，**也许绿族确实来了，但之后来了一个更为邪恶的部落——伊路利亚的小姐妹，她们是这么自称的。一年之后，她们也许就成了特哈斯的小姐妹、坎贝罗的小姐妹，或是某个其他偏远西部村庄的小姐妹。她们带着她们的铃铛和虫子……从哪儿来呢？谁知道？这重要吗？

一个影子落在了他身旁水槽里污秽的水上，罗兰努力转身面对它，但做不到。他僵在了原地。接着，一只绿手抓住了他的肩膀，把他转过来。是拉尔夫。他的圆顶礼帽往后掀着，约翰·诺曼的吊坠沾满了血，挂在它的脖子上。

"嘣！"拉尔夫喊道，嘴唇裂开，露出没了牙齿的牙床。他举起一支巨大的左轮手枪，檀香木手柄已经磨旧了。它用拇指把击锤往后掰——接着罗兰猛地惊醒，全身发抖，身上又湿又冷。他看着左边的那张床，上面已经空了，床单被拉上来，整洁地塞好，上面放着套着雪白枕套的枕头。那张床，也许已经空了许多年。

现在罗兰又孤身一人了。愿诸神保佑，他是伊路利亚的小姐妹最后一个病人了，那些亲切耐心的医务人员。他是这个可怕地方唯一活着的人类，最后一个血管里流着温热血液的人。

罗兰躺在半空中，手里紧紧地握着那个金吊坠，看着过道对面那一长排空床。片刻之后，他从枕头下面拿出一根芦苇，咬了一口。

十五分钟后，玛丽过来了，他故作虚弱地接过她手里的碗。这次是粥，而不是汤……但他毫不怀疑基本原料并没有变化。

"今天早上你看起来气色多好啊。"大姐妹说道。她的气色也很好——没有暴露吸血鬼面目的微弱闪光。她晚餐吃得很好，那一餐让她恢复了强健。想到这个罗兰就感觉胃里翻滚。"我保证，你很快就会恢复健康了。"

"胡扯，"罗兰愤怒地咆哮，"我一恢复健康，你立刻就会把我撂倒在地，我看到他的床空了。"

她的笑容收敛了一些，眼睛闪着光。"他发烧了，发了一通脾气。我们把他带去反思室了，那里不止一次被用作隔离室。"

你们把他带到坟墓里了，罗兰想，也许那是一间反思室，但无论如何，你们都知之甚少。

"我知道你不是那个孩子的兄弟。"玛丽一边看着他喝粥，一边说。罗兰已经感觉到粥里的东西又在消耗他的体力了。"不管有没有魔符，我知道你不是他的兄弟。你为什么要撒谎？这是对上帝的罪过。"

"你怎么会这么想？"罗兰问道，想知道她会不会提到手枪。

"大姐妹无所不知。为什么不坦白呢，詹姆斯？他们说坦白有益于灵魂。"

"把詹娜叫来陪我，也许我就会告诉你。"罗兰说。

修女玛丽脸上的笑意像大雨中的粉笔字一样消失了。"你为什么要跟她这样的人说话？"

"她是个美人，"罗兰说，"不像有些人。"

她的嘴唇向后咧，露出硕大的牙齿。"你再也见不到她了，傻瓜。你煽动了她，我不会坐视不管。"

她转身要走。罗兰依然努力装出虚弱的样子，同时希望不要显得太过明显（他从来不善于表演），端着那个空了的粥碗。"这个你不想要了吗？"

"把它戴到头上，当个睡帽吧，或是塞到屁股下面。在一切结束之前，你会开口的，傻瓜——一直说到我让你闭嘴，然后祈求继续往下说！"

说完，她庄重地走开了，两只手把裙子的前摆提离地面。罗兰听说她白天不能外出，这个说法肯定是假的。但另一个说法看上去几乎肯定是真的：一个模糊而形状不定的黑影一直跟着她，沿着她右侧的那排空床奔跑，但她并没有投下真正的影子。

VI．詹娜。科吉娜。塔姆拉，米凯拉，路易丝。十字狗。鼠尾草丛中发生的事。

那是罗兰一生中最漫长的一天。他睡着了，但并未睡得深沉。芦苇正发挥着作用，他开始相信，在詹娜的帮助下，他也许真的能离开这里。还有他的枪——也许她也能帮他拿到。

他在对旧日的回忆中度过那些缓慢的时光——有基列地和他的朋友们，还有在露天集市上差点赢下的猜谜大赛。最后，另一个人拿走了那只鹅，但他也曾有机会，唉。他想到了自己的母亲和父亲，他想起了一瘸一拐地度过了温柔善良的一生的亚伯·凡耐，还有一瘸一拐地度过了邪恶的一生的艾尔卓·琼那斯……直到罗兰在沙漠中美好的一天把他从马鞍上打了下去。

和往常一样，他也想到了苏珊。

如果你爱我，那就爱我吧，她说过……他也这么做了。

他也这么做了。

这样，时间一点点过去。他差不多每隔一小时就从枕头下面拿出一根芦苇，咬一口。现在，当那东西进入他的身体时，他的肌肉不再剧烈颤抖了，心脏也不会剧烈跳动了。芦苇中的药不需要再跟小姐妹的药做激烈的斗争了，罗兰想。芦苇占了上风。

散布的阳光扫过白色的丝绸屋顶，最后，那似乎永远悬在床的高度的昏暗开始上升，长长的房间的西墙上洒满了橙红色的余晖。

那天晚上是修女塔姆拉来给他送的晚饭——汤和汉堡。她还在他的手边放了一枝沙漠百合。她放的时候笑容满面，脸颊上泛着红晕。今天她们所有人脸上都泛着红晕，就像饱胀到快要裂开的荔枝一样。

"是你的仰慕者送来的，詹姆斯，"她说，"她对你可真好！这枝百合的意思是'不要忘记我的承诺'。她对你承诺了什么，詹姆斯，约翰的兄弟？"

"说她会再见我，说我们会谈谈。"

塔姆拉大声笑了起来，额头上的那串铃铛叮当作响。她欣喜地把两手握在一起。"真是甜如蜜！哦，没错！"她笑着看着罗兰，"这样的诺言没法实现了，真让人伤心。你再也见不到她了，美男子。"她接过碗。"大姐妹已经决定了。"她站起来，依然面带微笑，"为什么不把那个丑陋的金魔符摘下来？"

"我不这么想。"

"你兄弟把他的摘下来了——你看！"顺着她指的方向，罗兰看到那个金吊坠躺在远处的过道里，还是拉尔夫之前把它扔下的地方。

修女塔姆拉看着他，脸上带着微笑。

"他觉得自己生病也有它的缘故，就把它扔了。聪明的话，你也应该这么做。"

罗兰重复道："我不这么想。"

"那好吧。"她不屑一顾地说道，然后就把他独自和那些在渐深的黑影中微微发着光的空床留在了一起。

尽管睡意越来越浓，罗兰依然保持清醒，直到病房西墙上的火红变成了灰色。然后，他啃了一口芦苇，感觉力量——真正的力量，不是病态的、心脏扑通直跳的那种替代品——在身体里绽放。他看着在余晖中闪光的金吊坠，对约翰·诺曼默默承诺：他会把它和另一个吊坠带给诺曼的亲人，如果卡让他碰巧在旅途中遇到他们的话。

那天，枪侠第一次感觉头脑里完全轻松自如，他睡着了。等他醒来，天已经完全黑了下来。那些虫子医生正用极度尖锐的声音歌唱。他从枕头底下拿出一根芦苇，开始吃起来，这时一个冷酷的声音说道："所以——大姐妹是对的。你藏有秘密。"

罗兰的心脏仿佛在胸腔里停止了跳动。他扭过头，看到修女科吉娜正在起身。她趁他睡觉的时候溜了进来，藏到了右侧的床下面监视他。

"你从哪儿弄到的那个？"她问道，"那是……"

"他从我这儿得到的。"

科吉娜转过身，詹娜正沿着过道朝他们走来。她的长袍不见了，还戴着头巾，额头的边缘处有一串铃铛，但是头巾的下摆垂在一件简单的格子衬衫的肩部，衬衫下面穿的是牛仔裤和磨损了的沙漠靴。她手里拿着什么东西。天太黑了，罗兰没有把握，但他觉得……

"你！"修女科吉娜带着无尽的仇恨低声说道，"等我告诉大姐妹……"

"你跟谁都不会说。"罗兰说。

如果他计划从绑缚他的悬带里挣脱出来，毫无疑问他不会得到好结果，但是，一如既往地，枪侠虽然想得少，但做得好。他的手臂很快就挣脱了，还有左腿。但是，他的右脚踝被缠住了，这让他肩膀落在床上，一条腿吊在空中。

科吉娜转身面对着他，像猫一样发出咝咝声。她的嘴唇向后咧，露出针一样尖的牙齿。她朝他冲过来，张开手指，指甲看上去像锯齿一样锋利。

罗兰抓住吊坠，朝她猛推过去。她闪开了，嘴里依然咝咝作响，转过身，拖着白裙子，朝修女詹娜奔去。"我要杀了你，你这个多管闲事的娼妓！"她用低沉沙哑的声音喊道。

罗兰想把那条腿挣脱出来却做不到。它被缠得很紧，实际上，那个该死的悬带像套索一样缠住了他的脚踝。

詹娜举起双手，他看到自己是对的：她拿来了他的手枪。它们吊在两个旧枪套里，自从上次的大火，他就一直带着它们了。

"杀了她，詹娜！杀了她！"

相反，她依然用枪套吊着手枪，开始摇起头来，就像那天罗兰说服她把头巾往后推，好让他看到她的头发时一样。铃铛发出刺耳的声音，仿佛像长钉一样刺入枪侠的脑袋。

黑暗之铃，她们的卡泰特的魔符。什么……

虫子医生的歌声变成了尖叫，像极了詹娜戴的铃铛发出的声音。现在它们毫无悦耳可言了。修女科吉娜的双手摇摇晃晃地伸向詹娜的喉咙，詹娜却丝毫没有畏缩，连眼睛都没眨一下。

"不，"科吉娜低声说，"你不能！"

"我已经做了。"詹娜说，接着罗兰看到了那些虫子。从长胡子男人的腿上下去时，他看到的是一个营，而眼下从黑影中爬出来的是一支所向披靡的军队。倘若它们不是虫子，而是人类，数量可能超过中世界血腥的历史中所有拿过武器的男人的总和。

然而，它们沿着过道前进的景象并不是罗兰会长久记忆的画面，也不是会让他做一两年噩梦的画面。它们覆盖床铺的方式才是。它们把过道两侧的空床两张两张地变成黑色，就像两对昏暗的矩形灯熄灭了一样。

科吉娜尖叫着，也开始摇起头来，让自己头上的铃铛发声。它们发出的声音跟黑暗之铃发出的声音相比显得纤细而毫无意义。

那些虫子继续向前，把地面染黑，把床铺涂掉。

詹娜快速走过尖叫着的修女科吉娜，把枪放在罗兰身边，然后用力一拉，把拧在一起的悬带拉开。罗兰把腿抽了出来。

"走，"她说，"我已经启动了它们，但是要让它们停下就没那么容易了。"

现在，修女科吉娜的尖叫并非出于恐惧，而是出于疼痛。那些虫子找到了她。

"不要看，"詹娜说着扶罗兰站起来，他觉得自己从未如此开心见到它们，"走。我们得快点——她会惊动其他人的。我已经把你的靴子和衣服放在了离开这里的路边了——我尽量拿了。你怎么样？你有力气了吗？"

"多亏了你。"他的力气能保持多久，罗兰并不知道……而且眼下这个问题并不重要。他看到詹娜抄起两根芦苇——他努力挣脱悬带的时候，它们都散落在床头上——然后他们便沿着过道快步走着，离开那些虫子和修女科吉娜，她的叫声越来越小。

罗兰把枪扣在枪套里，系在腰间，脚步一点没乱。

他们只经过两侧各三张床，就到了帐篷的门帘边……他看到那是个帐篷，不是一个大房间。那些丝绸墙幕和房顶是磨损的画布，薄到可以透过一轮四分之三大小的月亮的月光。而那些床其实不是真正的床，只是两排破旧的行军床。

他转过身，看到之前修女科吉娜所在的地方有一个在地上打滚的隆起。看到她之后，罗兰立刻冒出了一个令人不快的想法。

"我忘了约翰·诺曼的吊坠了！"一阵强烈的懊悔——几乎是悲痛——像风一样拂过。

詹娜把手伸进牛仔裤口袋里，把它拿了出来。它在月光下闪闪发光。

"我从地上捡起来了。"

他不知道是什么让他更加高兴——是看到吊坠还是看到吊坠在她手里。这意味着她跟其他人不一样。

接着，仿佛为了在这个想法紧紧抓住他之前把它驱散，她说："快拿走，罗兰——我拿不住了。"拿走之后，他看到她手指上分明有烧焦的痕迹。

他握住她的手，亲吻每一个伤痕。

"谢谢。"她说，他看到她在哭，"谢谢，亲爱的。这样被你亲吻，我很高兴，所有的疼痛都值得。现在……"

罗兰看到她移开的视线，顺着看过去。几点上下起伏的灯光沿着一条岩石小道往下移动。在灯光后面，他看到了小姐妹住的地方——不是一个女修道院，而是一座看上去有上千年历史的荒废了的大庄园。有三支蜡烛。等它们靠近了，罗兰看到只有三个修女——玛丽不在其中。

他拔出了枪。

"哦，他是个枪侠！"路易丝说。

"一个可怕的人！"米凯拉说。

"他不只找到了枪，还找到了情人！"塔姆拉说。

她们愤怒地笑着。并不害怕……至少不害怕他的枪。

"把枪收起来。"詹娜对他说，等她看过去，他已经收了起来。

与此同时，其他人走得更近了。

"哦，看哪，她哭了！"塔姆拉说。

"她还脱掉了长袍！"米凯拉说，"她也许是在为违背诺言而哭吧。"

"为什么掉眼泪，漂亮的人？"路易丝说。

"因为他亲吻我手指上的烧伤，"詹娜说，"我以前从未被亲吻过。我这才哭了。"

"哦！"

"多美好啊！"

"接下来他就会把他那玩意儿插进她的身体！更美好了！"

詹娜听着她们的玩笑话，丝毫没有怒意。等她们说完了，她说："我要跟他走了。让开。"

她们目瞪口呆地看着她，虚伪的大笑消失在了震惊之中。

"不！"路易丝低声说，"你疯了吗？你知道会发生什么！"

"不，你们也不知道，"詹娜说，"另外，我也不在乎。"她半转过身，把手伸向那顶古老的医院帐篷的入口。月光下，帐篷呈现褪了色的橄榄色，帐篷地上画着一个古老的红十字。罗兰在想小姐妹们带着这顶帐篷去过多少个村子，这帐篷从外面看上去那么小而普通，里面又那么大而极端昏暗。多少个村镇，持续了多少年。

此刻，虫子医生们像一条闪闪发光的黑色舌头一样堵住了帐篷口。它们停止了歌唱。这沉默十分可怕。

"闪开，否则我就让它们爬满你们全身。"詹娜说。

"你不会的！"修女米凯拉用恐惧的低声喊道。

"唉。我已经让它们上了修女科吉娜的身，她现在已经变成它们体内的药了。"

她们的喘息像吹过枯树林的寒风。这惊慌并非只关乎她们珍贵的皮囊，詹娜所做的远超她们的想象。

"那你该下地狱。"修女塔姆拉说。

"你们这种人还说下地狱！让开。"

她们让开了。罗兰从她们身边走过，她们都闪到一边……不过她们躲开她的距离更远。

"下地狱？"等他们绕过庄园，走到庄园后面的小路上时，他问道。月亮在一个碎石堆上方泛着微光。在月光下，罗兰看到陡坡下方有个黑色的小口。他猜那就是小姐妹口中的反思室。"她们说'下地狱'是什么意思？"

"别担心。我们眼下需要担心的就是修女玛丽。我们还没有见到她，这一点我不喜欢。"

她努力走得快些，但他抓住她的手臂，让她转过身来。他依然能听到虫子的歌唱，但很微弱。他们离小姐妹住的地方越来越远了，也离伊路利亚越来越远了，如果他头脑中的指南针还管用的话，他觉得村子在另一个方向。哦，不，是村子的躯壳，他修正道。

"告诉我她们是什么意思。"

"也许什么意思都没有。不要问我，罗兰——有什么用呢？事已至此，已经无路可退。我回不去了。即使可以，我也不愿回去。"她低下头，咬着嘴唇，等她再次抬起头，他看到她脸颊上新流下的泪水，"我跟她们一块儿进食过。有几次我控制不住自己，就像你控制不住自己，喝下了她们那可恶的鸡汤，不论你是否知道里面有什么。"

罗兰想起了约翰·诺曼说的男人需要吃东西……女人也是。他点点头。

"我不会再走那条路了。如果非要下地狱，那让它成为我的主动选择吧，而不是她们的。"她既害羞又恐惧地看着他……但还是触碰了他的目光，"我会陪你走在你的道路上，基列地的罗兰。尽我所能地长久，或者直到你不再需要我。"

"欢迎加入我的道路。"他说，"而且……"

他本来想说，有你陪伴我很荣幸，但不等他说完，前方纷乱的月影中传来一个人声，此时他们刚沿着小路从小姐妹们在其中施展诱惑力的布满岩石、寸草不生的山谷中爬上来。

"很遗憾我要阻止这场美好的私奔，但我必须这么做。"

修女玛丽从黑影中走出来。她那绣着一朵鲜艳红玫瑰的精致白色长袍恢复成了本来的面目：一块裹尸布。肮脏的头罩里是一张布满皱纹的松弛的脸，两只黑色的眼睛瞪着他们，它们看上去像两颗腐烂的枣子。眼睛下面，因为微笑而露出四颗闪闪发光的大门牙。

修女玛丽额头松弛的皮肤上面，铃铛叮当作响……不过不是黑暗之铃，罗兰想。确实如此。

"闪开，"詹娜说，"否则我就让堪塔姆爬满你的身体。"

"不，"修女玛丽走得更近了，说道，"你不会的。它们不会离开其他人那么远。摇头摇响那些该死的铃铛吧，就是把铃锤摇掉，它们也不会来。"

詹娜说到做到，使劲摇起头来，但并没有之前像针一样刺进脑袋的那种特别的、近乎超自然的音质。而那些虫子医生——詹娜称之为堪塔姆——也并没有出现。

她笑得更灿烂了（罗兰猜想，试验之前，玛丽自己都不能确定它们不会出现），这个女尸朝他们扑过来，仿佛飘浮在地面上一样。她的视线移向他。"把那个收起来。"她说。

罗兰低下头看到手里握着一把枪。他不记得自己曾经拔枪。

"除非它受到上帝保佑，或是蘸了某个宗派的圣液——血，水，精液——否则不可能伤害我，枪侠。因为我比物质更为阴暗……尽管如此，依然跟你自己不相上下。"

不过她还是认为他会开枪打她，他从她的眼神里看得出来。你就只有这些枪，她的眼睛说道。没有它们，你还在我们梦到你的帐篷里，困在悬带里，等着我们享用。

他没有开枪，而是把手枪放回枪套里，伸手朝她扑过去。修女玛丽惊讶地大叫一声，但并没有叫多久——罗兰的手指钳住她的喉咙，她刚发出一点声音就被截断了。

她的皮肤摸上去令人厌恶——感觉它不只是活物，而且千变万化，仿佛试图从他身边爬走。他能感觉到它像液体一样流动，那种感觉可怕到难以形容。但他掐得更用力了，决心要把她掐死。

这时，出现一道蓝色的闪光（不是在空中，他后来想到了，那道闪光发生在他脑袋里，随着她开启了某个简单却强劲的脑中风暴），他的双手从她脖子上甩开了。有那么一会儿，他头晕目眩地看到她灰色的皮肉上有大片湿漉漉的凹陷——呈手掌状。接着，他被向后甩去，背部落在岩屑堆上，向后滑去，脑袋重重地撞上一块突起的石头，从而引发了第二道略显微弱的闪光。

"不，我的美男子，"她对他做着鬼脸说道，瞪着两只呆滞的眼睛哈哈大笑，"你掐不死我这样的人，因为你的无礼，我会慢慢地折磨你，在你身上割上一百个口子，以慰藉我的饥渴！但是，首先，我要先抓住这个不守誓言的女孩……然后，此外，还要把那些该死的铃铛摘下来。"

"来试试吧！"詹娜用颤抖的声音喊道，同时摇起头来。黑暗之铃嘲弄、挑逗地响着。

玛丽的狞笑不见了。"哦，没问题。"她吸了一口气，打了个哈欠。在月光下，她的尖牙在牙床上闪闪发光，像从红枕头里刺出来的骨针。"好的，我……"

他们上方传出一声咆哮。那声音变大，接着变成一串咆哮的吠叫。玛丽转向左侧，在那个咆哮的东西离开它之前站着的石头时，罗兰能清楚地看到大姐妹脸上的震惊和困惑。

它朝她扑过去，只在星空中映出一个黑影，四条腿伸着，所以看上去像某种怪异的蝙蝠，但是在它撞到女人半抬的手臂上方的胸口、紧紧咬住她的喉咙之前，罗兰就知道那是什么了。

随着那个黑影把她撞倒在地，修女玛丽发出了一声惊恐而急促的尖叫，那声音像黑暗之铃的响声一样穿过罗兰的脑袋。他站起身，喘着气。那个黑影用力撕扯着她，两只前爪放在她的脑袋两侧，后爪立在她胸前裹尸布上那朵玫瑰之前所在的位置上。

罗兰抓住詹娜，后者正一动不动入迷地看着那倒下的修女。

"快走！"他大喊，"趁它还没觉得也想咬你一口！"

罗兰拉着詹娜走了过去，那只狗丝毫没注意到他们，它几乎要把修女玛丽的脑袋撕下来了。

她的血肉仿佛在变化——很可能在分解——但无论是什么，罗兰都不愿看到。他也不想让詹娜看到。

他们半走半跑地来到一道山脊上，停下来在月光下喘口气，低着头，手拉着手，两个人都喘着粗气。

他们下方的咆哮声小了，但依然能听到一些，这时，修女詹娜抬起头，问他道："那是什么？你是知道的——我从你的脸上看出来了。它怎么能攻击她呢？我们都有超越动物的能力，但是她是——曾经是最强大的。"

"超不过那个。"罗兰开始回忆隔壁床上那个不幸的男孩。诺曼并不知道那些吊坠为什么能让小姐妹无法近身——是因为金子还是因为上帝，现在罗兰知道了答案。"那是一只狗，就是一只土狗。在被绿族打倒、带到小姐妹那里之前，我在广场上看到了它。我猜，其他能逃跑的动物都逃跑了，但是那只不行。对它来说伊路利亚的小姐妹没什么可怕的，而它不知怎的也知道这一点。它的胸口上有个耶稣的标志——白地黑毛，我想应该是它出生时就有的。无论如何，她注定完蛋了。我知道它一直在附近转悠，我有两三次听到它的叫声。”

“为什么？”詹娜低声说，“它为什么会来？它为什么待在这里？它为什么要对她发动攻击？”

基列地的罗兰回应道，就像每次被问及这种无用而神秘的问题时的反应一样："因为卡。快，我们趁天亮之前离这里越远越好。"

他们最终跑出了八英里……当两个人走进一块石头下面一片香气宜人的鼠尾草时，罗兰想，可能也就五英里。是他拖慢了他们的速度，或者说是汤里残留的药物。等他清楚地认识到自己不能再继续前行的时候，就跟她要一根芦苇。她拒绝了，说芦苇中的东西加上突然的剧烈运动，可能会让他心脏炸裂。

“而且，”当他们靠着找到的可以藏身的路堤躺下时，她说道，“她们不会跟来的。剩下的几个——米凯拉，路易丝，塔姆拉——正打包准备离开呢。时间到了，她们知道该离开了，所以小姐妹们才能活到今天。也包括我。我们在某些方面很强，但在更多方面很弱。修女玛丽忘记了这一点。我觉得，要了她的命的，既是那条十字狗，也是她的傲慢。”

她藏在山脊后面的除了他的靴子和衣服，还有他两个钱袋中小的那个。之后她向他道歉，因为没有拿他的铺盖卷和大钱袋（她想拿的，但是太重了），罗兰把一根手指放到她嘴唇上。他觉得有手上这些东西已经是奇迹了，而且（这个他倒是没说，不过她也许也知道），真正重要的就是这两把枪。这是他父亲的枪，以及他父亲的父亲的枪，可以一直追溯到阿瑟·埃尔德时期，那时地球上还有梦和龙。

“你会没事吗？”等他们安定下来，他问她。月亮落下去了，但距离黎明至少还有三个小时，他们被鼠尾草怡人的香气包围着。一种紫色的味道，他当时是这么想的……之后也一直这么想。他感觉它在他身子下面形成了一块魔毯，会很快让他漂入梦乡，他觉得自己从来没有这么疲愈过。

"罗兰,我不知道。"但即使是那时,他都认为她是知道的。她的母亲把她带回去过一次,但没有母亲再把她带回去了。她跟其他人一起进食,吃过修女圣餐。卡是一个转轮,也是一张网,没人能从中逃脱。

但是那时他太累了,没想到这些……而且思考又有什么用呢?就像她说的,她已经无路可退了。罗兰猜,即使返回山谷,他们能找到的恐怕也只有被修女们称为反思室的山洞了。幸存的修女都已经收起她们的噩梦帐篷离开了,只有铃铛的叮当声以及在深夜的微风中前行的歌唱的虫子。

他看着她,抬起一只手(感觉很沉重),触碰着她额头上再次出现的那绺头发。

詹娜难为情地笑了笑说:"这绺头发总是不听话。它很任性,就像它的女主人一样。"

她抬手想把它塞回去,但罗兰在此之前抓住了她的手指。"这很美,"他说,"如夜一样黑,如永恒一样美好。"

他坐起来——这很费力,疲惫像一双柔软的手拉拽着他的身体——吻了那绺头发。她闭上眼睛,叹了口气。他感觉她在他的唇下颤抖。她眉头的皮肤很凉,那绺任性的黑色卷发像丝绸一样顺滑。

"把你的头巾放下来,就像之前那样。"他说。

她默默地照做了。一时间,他只是看着她。詹娜严肃地回望他,跟他四目相对。他用手抚过她的头发,感受它顺滑的重量(他想,就像雨水,有重量的雨水),然后抓住她的肩膀,吻了她两侧的脸颊。之后他收回身子。

"你愿意像一个男人对女人那样,亲吻我的嘴唇吗?"

"嗯。"

于是,他吻了她的嘴唇,就像他躺在丝绸帐篷里不能动弹时想的那

190

样。她也回应了，笨拙而可爱，就像一个除了在梦里、之前从未被亲吻过的人那样。罗兰那时想向她示爱——他已经忍耐很久了，她是那么美丽——却睡着了，嘴还吻着她。

他梦到了那只十字狗吠叫着穿过一大片开阔地，他跟着它，想看看到底是什么让它焦躁不安。很快他就看到了。在那片平原的远处，矗立着黑暗塔，烟熏的石头映衬着浅黄色的落日，可怕的窗户呈螺旋状排列。看到塔之后，那只狗停下了，开始嚎叫。

铃铛响起——特别刺耳，像死亡一样可怕。他知道，是黑暗之铃，但它们的音调却像银器一样明亮。随着铃铛响起，黑暗塔黑漆漆的窗户闪着致命的红光——毒玫瑰的红色，黑夜里传来一声无法忍受痛苦的尖叫。

梦境立刻被吹散了，但尖叫声还继续着，此刻减弱为了呻吟。这一部分是真实的——如黑暗塔一样真实，在末世界的尽头沉思。罗兰回到了明亮的黎明和沙漠鼠尾草轻柔的紫色芬芳中。他拔出两把枪，还没有完全意识到自己醒了就已经站了起来。

詹娜不见了。她的靴子空荡荡地躺在他的钱袋旁边，她的牛仔裤像被丢弃的蛇皮一样躺在不远处，裤子上面是她的衬衫——罗兰惊讶地看到，衬衫依然掖在裤子里。再远一点是她的头巾，那串铃铛躺在满是尘土的地上。他思考了片刻，觉得它们在响，混淆了他最初听到的声音。

不是铃铛的声音，而是虫子。虫子医生。它们在鼠尾草丛中歌唱，听起来有点像蟋蟀，但比蟋蟀的叫声悦耳得多。

"詹娜？"

没有回答……除非虫子的叫声也算回答，因为它们突然停止了歌唱。

"詹娜？"

什么都没有。只有风声和鼠尾草的芬芳。

他都没有意识到自己在做什么（理性思考同演戏一样，也不是他的强项），就弯下腰，捡起头巾，摇了摇。黑暗之铃响了起来。

起初一会儿，没有任何动静。接着，一千只黑色的小动物从鼠尾草丛中跑了出来，聚集在开裂的地面上。罗兰想起了从运货人床头边通过的军团，于是后退了一步。接着，他就坚守住自己的阵地。因为他知道，那些虫子也会如此。

他想，自己能理解。这份理解有一部分来自他对修女玛丽皮肤触感的记忆……富于变化，不是一个东西，而是许多东西；另一部分来自詹娜说过的话：我跟它们一同进食。它们永远不会消亡……但是它们会变化。

那些虫子颤动起来，如同一片黑云遮住了满是尘土的白色土地。

罗兰再次摇动铃铛。

好似微波从它们身上掠过，传来一阵颤抖。它们犹豫了一下，仿佛不确定该如何继续，然后重新分组，又动了起来。最后，它们在随风摇曳的淡紫色鼠尾草之间的白色沙地上，形成了一个大写的"C"。

只不过，这并不是一个字母——是一绺头发。

它们开始歌唱，在罗兰听来，它们仿佛在歌唱他的名字。

铃铛从他无力的手中掉落，当它们撞到地面并发出声响的时候，大多数虫子都四散开来。他想过召它们回来——也许再摇一下铃铛就可以——但是又为了什么呢？有什么目的？

不要问我，罗兰。事已至此，没有退路了。

但她还是最后一次来到他身边，把她的意志施加在一千个片段上，这些片段本应因为失去了整体的凝聚力而失去思考能力的……但她不知怎的还有足够的思想——来形成那个形状。这耗费了多大的努力啊？

它们分散得越来越开，有些消失在鼠尾草丛中，有些爬上了一块悬垂的石头的侧面，涌进裂缝，也许要等待白天的热量消退。

它们不见了。她也不见了。

罗兰坐到地上，双手捂住脸。他想自己要哭出来了，但这份冲动及时过去了。等他再次抬起头，他的眼睛就像他终于来到的沙漠一样干涸，它在那里继续追踪黑衣人沃尔特的踪迹。

如果非要下地狱，她说过，那让它成为我自己的选择吧，而不是她们的。

他自己对地狱有一点了解……他预感惩罚远没有结束，而是刚刚开始。

她给他带来了他的钱袋，里面还有烟草。他卷了一支，盘坐在地上抽了起来。看着她空留在地的衣服——一直抽到烟蒂上——回想着她的黑眼睛坚定的凝视，想着她手指上被吊坠链烧伤的焦痕。她还是把它捡了起来，因为她知道他需要，所以才不顾那疼痛。而此时两个吊坠都戴在罗兰的脖子上。

等太阳完全升起了，枪侠继续西行。他终会再找到一匹马，或是一头骡子，但眼下他满足于步行。这一整天，他的耳畔都萦绕着清脆的鸟鸣声，听上去像是铃铛的声音。

好几次，他停下来环顾四周，满以为会看到一个跟随着他的黑影飘浮在地面上，就像最好的和最糟的记忆追随着我们一样。但是没有什么黑影。他独自一人走在伊路利亚之西低矮的丘陵地里。

孤身一人。

Everything's Eventual
世事无常

　　一天，我脑子里突然冒出一个清晰的画面，一个年轻人正把零钱倒进他在城郊居住的小房子外面的下水道。只有这些，但那个画面是那么清晰——怪异得令人不安——我不得不就此写一个故事。我写得很顺畅，没有丝毫卡顿，这也印证了我的想法：故事属于手工艺品，并非真的是由我们创造（且让我们可以以此自居），而是本就存在，只是被我们发掘出来而已。

————

I

眼下，我有一份好差事，没理由闷闷不乐。不用再跟那些笨蛋去"超级美味"消磨时光，守卫着卡特·科拉尔，然后被斯基珀这样的浑蛋骚扰。斯基珀这些日子一直在大声咀嚼放了很久的极不新鲜的三明治，但我从在这个星球上度过的十九年里学到的一个道理就是，永远不要放松，哪里都有斯基珀这样的人。

我同样也不用在下雨的晚上开车出去送比萨了——那辆旧福特车，消音器也坏了，驾驶室的玻璃也摇不上去了，一根铁丝穿着一面小的意大利国旗，伸出车窗外，开车的时候会把屁股冻掉，就像在哈克维尔有人会敬礼一样。罗马比萨。那些给了二十五美分小费的人甚至都不看你，因为他们的心思大都在电视的球赛上。我觉得为罗马比萨开车送外卖是我人生的最低谷。那之后我甚至还坐过一次私人飞机，所以事情怎么会糟糕呢？

"这就是没拿到文凭就辍学的后果，"我送外卖期间，妈妈总是这么说，"你一辈子都得指望这个了。"好心的老妈妈，没完没了，最后我甚至想给她写一封特别的信。就像我说的，那是我的低谷。你知道那天晚上沙普顿先生在他的汽车里对我说了什么吗？"这不是份差事，丁克[1]，这是一次该死的冒险！"他说得没错。不论他说错过什么，但在这件事上他是对的。

我猜你想知道这份一流差事的工资是多少。我得说明，这份工作挣钱不多。这个最好事先声明。但是一份工作并非只关乎金钱，或是大展宏图。这就是沙普顿先生告诉我的。沙普顿先生说一份真正的工作在于额外福利。他说那才是魅力所在。

---

[1] 丁奇的昵称。

沙普顿先生。我只见过他那一次——他坐在他那辆又大又旧的奔驰的方向盘后面——但有时一次就足够了。

随便你怎么想——从任何旧有的角度都行。

II

我有栋房子，好吗？我自己的房子。这是第一项额外福利。我有时给妈妈打电话，问她那条坏腿情况如何，瞎吹瞎聊，但我从未邀请她过来过，尽管哈克维尔离这儿只有七十英里左右，而且我知道她也非常好奇。我甚至不用去看望她，除非我想去了。大部分时间我不想去。如果你认识我妈妈，你也不会想去的。跟她坐在那间客厅里听她没完没了地讲她的亲戚，抱怨那条肿胀的腿。而且直到我走出房子才意识到房子里的猫屎味有多么浓重——我永远都不会养宠物，而且更要命的是宠物还咬人。

大多数时间我都待在这里。这里只有一间卧室，但它依然是栋不错的房子。就像普格说的，绝了。他是我在"超级美味"唯一喜欢的家伙。当他说什么东西非常好的时候，永远不会像大部分人那样说它好极了，他会说它绝了。多好笑啊。普格迈斯特这个老家伙，不知道他现在怎么样了。我想应该还好吧，但我不能给他打电话确认。我可以给妈妈打电话，我还有个应急电话，一旦出了任何问题，或是我觉得有人多管闲事，就可以打过去，但是我不能给任何一个老朋友打电话（就像除了普格还有谁会在乎丁奇·厄恩肖一样）。这是沙普顿先生的规矩。

但是先不管这个，我们说回我在哥伦布市的房子。你知道有多少个十九岁的高中辍学生能有自己的房子？外加一辆新车？没错，只是一辆本田，但是里程表上的前三个数字还是"0"呢，重要的是这个。车上有个 CD/磁带播放器，而且当我坐到方向盘后面时，不用琢磨这该死的东西能不能发动，就像我在那辆福特车里那样，斯基珀总是拿这事说笑，叫它笨蛋汽车。世界上为什么有这么多斯基珀？这个我真想知道。

顺便说一下，我确实能得到一些钱，这些钱已经超出了我的花销，瞧瞧这个。我每天吃午饭的时候都会看《地球照转》，然后到周四，差不多看到一半的时候，我会听到投信口的盖子噼啪一声。接着我什么都不做，我不能做。就像沙普顿先生说的："这是规矩，丁克。"

我只是继续看剩下的节目。肥皂剧里激动人心的桥段发生在周末前后——周五的谋杀案，周一的床戏——但是我每天还是一直看到结束。我会特别注意每周四都待在客厅里，一直到节目结束。周四，我甚至都不去厨房再倒一杯牛奶。当《地球照转》结束后，我把电视关掉一会儿——接下来是奥普拉·温弗瑞的节目，我讨厌她的节目，那个坐在那里聊天的鬼节目是给世上的老妈们看的——然后走到前厅。

投信口下面的地上会有个普通的白色信封，密封着的。信封正面什么都没写，里面不是十四张五美元纸币就是七张十美元纸币。这就是我这一周的报酬。我是这么花的。我一周去看两场电影，通常是下午，因为下午的电影票是四美元五十美分一张。这是九美元。周六，我会给本田车加满油，通常是差不多七美元。我开车不多，就像普格说的，我对它并不感冒。所以，现在一共是十六美元。我每周大概去四次麦当劳，要么是早餐（吉士蛋麦满分，咖啡，两个薯饼），要么是晚餐（皇家芝士汉堡，别提那个特别套餐，是哪个蠢货想出来那些做法的）。每周一次地，我穿上卡其裤和一件系扣衬衫，去看看另一帮人是怎么生活的——去亚当肋排店或是夹层篷车铺子之类的吃一顿好的。这些加一起差不多要花二十五美元，现在一共是四十一美元。然后，我可能去路边的报亭买一两本色情杂志，不是什么变态的书，就是常见的《花样少女》或是《阁楼》之类的。我曾经试图把这些杂志列在丁奇的记录板上，但是从未成功过。我可以自己去买，它们不会在打扫日消失，但是它们也不会像大部分其他东西一样现身，如果你明白我的意思的话。我猜沙普顿先生的清洁工不喜欢买不干净的东西[1]。而且，我也不能在网上接触到这种色情的东西。我试过，但不知怎的被屏蔽了。通常这种事是很容易处理的——如果不能直接通过，你就从路障下面或者旁边绕过去——但这次不行。

我不是想斥责什么，但我也打不了电话付费的娱乐服务或情感热线。当然，自动拨号器是可以工作的，如果我想随便给世界上任意地方的人打电话，跟他们聊一会儿，那也没关系。是行得通的。但电话付费的娱乐服务或情感热线不行，你只会听到线路忙的声音。也许这样也好。根据我的经验，想着性事就像抓毒葛一样只会让你分神。此外，性事也没什么大不了的，至少对我来说是这样。它真实存在，但算不上"绝了"。不过，考虑到我正在做的事情，这个小假正经有点奇怪，几乎是可笑……不过在这个话题上，我好像已经失去了幽默感，在其他一些事情上也是。

哦，好吧，回到预算上来。

如果我买本《花样少女》，那就是四美元，一共就是四十五美元。剩下的钱，我可以用一些来买张CD（虽然我不需要），或者一两块糖（我知道我不应该这么做，因为我的脸色仍然会炸死老鼠，虽然我几乎不再是一个青少年了）。我有时想叫一份比萨或中餐，但这是违反超越国际集团的规定的。而且，我觉得这样做很奇怪，就像剥削阶级的一员。记住，我送过比萨，我知道这工作多么糟糕。不过，如果我能叫外卖，那个送比萨的家伙是不会拿着二十五美分的小费离开的。我会给他五美元，看着他眼睛放光。

但是，你开始明白我说的不需要很多现金是什么意思了，对吗？当周四早晨再次到来，我通常至少还剩下八美元，有时可能是二十美元。

---

[1]原文为dirty，亦有"下流的，色情的"之意。

198

我把硬币扔进我家门前的下水道里。我知道，如果邻居们看到我这样做，他们会吓一跳的（我是一个高中辍学生，但我并不是因为笨才辍学的，非常感谢），所以我拿出蓝色的塑料回收篮，里面放着报纸（有时《阁楼》或《花样少女》会埋在报纸堆里，这种东西我不会长时间保留，谁会呢），当我把它放到路边的时候，就张开握着零钱的手，零钱就穿过格栅掉进阴沟里了。叮当——叮当——叮当——哗啦，就像魔术师的戏法。你一会儿看到了，一会儿又看不到了。总有一天排水沟会堵上的，他们会派个人去那里，他会以为他中了彩票，除非有洪水或者什么东西把所有零钱都冲到污水处理厂，或者其他什么地方。到那时我已经走了。我可以告诉你，我不打算在哥伦布市度过一生，我马上就要走了，不管怎样。

纸币更容易处理，我只需要把它戳进厨房的厨余垃圾处理器。这是另一个戏法，真正的"钞票变生菜[1]"。你可能会觉得这很奇怪，通过下水道把钱冲走。一开始我也这么觉得，但等你做了一段时间后就会习惯，任何事情都是如此。而且，总有另外七十美元从投信口里掉出来。规则很简单：不要把它存起来，每周把钱花光。再说了，我们说的不是几百万，只是一周八美元或十美元。小钱，真的。

III

丁奇的记录板。这是另一项额外福利。我写下这周我想要的一切，然后就会得到想要的一切（除了色情杂志，就像我告诉你的那样）。也许我最终会厌倦的，但现在的感觉就像全年都有圣诞老人。我写下的大多是食品杂货——就像每个人在厨房黑板上写的一样，但绝不只是食品杂货。

---

[1]"生菜"一词在英语俚语中有"纸币"之意。

例如，我可以写下"布鲁斯·威利斯的新电影"或"威瑟乐团的新唱片"之类的。说到这个，关于威瑟的唱片有件趣事。某个周五，我看完电影，碰巧去通斯速递（周五下午我总会去看电影，即使没有什么我想看的，因为这时候清洁工会来打扫），只是在里面消磨时间，因为下雨了，没法去公园。当我在看最新发行时，有个孩子向一名店员问起了威瑟乐团的新唱片。店员说新唱片要再过十天左右才有，但是我上周五就拿到了。

额外福利，就像我说的。

如果我在记录板上写下"运动衫"，那我周五晚上回到家时它就会在那儿，总是那种我喜欢的大地色系。如果我写下"新牛仔裤"或"卡其裤"，我也会如愿得到。所有衣服都是 Gap（盖璞）的，我自己买也会去那里，如果我得自己去买的话。如果我想要一种须后水或古龙水，我把名字写在**丁奇的记录板**上，回到家时，它就会在浴室的洗手台上。我不约会，但是爱喷古龙水。不敢相信吧。

我打赌你会嘲笑这件事的。有一次，我在记录板上写下了"伦勃朗的画"，然后我一个下午都在看电影，在公园里散步，看人们亲热、狗抓飞盘，还在想，如果清洁工真的给我带来了伦勃朗的作品，那才真是绝了。想想看，哥伦布市相当于落日丘地区的一所房子的墙上，挂着一幅大师的真迹。这该有多绝啊？

可以说，事情真的发生了。我回到家的时候，我的伦勃朗作品就挂在客厅的墙上，沙发上方，沙发上曾经是天鹅绒小丑。当我穿过房间朝它走去的时候，我的心跳大约是每分钟两百次。当我走近了，我发现那只是一份拷贝……你知道，一个复制品。我感到失望，但也不是很失望。我是说，这是伦勃朗的作品，只不过不是伦勃朗的真迹。

还有一次，我在记录板上写了"妮可·基德曼的亲笔签名照"。我觉得她是当今最漂亮的女演员，她让我神魂颠倒。那天我回到家的时候，冰箱上贴着她的宣传照片，用几块小小的蔬菜冰箱贴固定着，照片上，她正坐在《红磨坊》的秋千上。这一次是真品。我之所以知道，是因为上面写的是："献给丁奇·厄恩肖，来自妮可的爱与吻。"

哦，宝贝。哦，亲爱的。

告诉你吧，我的朋友——如果我努力工作并且真的想要它，也许有一天我的墙上真会挂着一幅伦勃朗的真迹。肯定的。做这样的工作，除了向上别无他法。在某种程度上，这才是可怕之处。

IV

我从来不列购物清单，因为清洁工知道我的喜好——斯托弗牌的冷冻食品，尤其是他们称之为奶油牛肉碎的可以带袋煮而妈妈一直称之为石滩上的屎的东西，冷冻草莓，全脂牛奶，只需要丢进热煎锅的半成品汉堡肉饼（我讨厌收拾生牛肉），塑料杯装的多尔布丁（对我的气色不好，但是我喜欢），诸如此类的日常食品。如果想要一些特别的东西，我就把它写在**丁奇的记录板**上。

有一次，我要了一个家庭自制的苹果派，尤其不是超市做的。那天晚上天快黑的时候，我回到家，苹果派就在冰箱里，还有这周余下几天的食物。只是它没有被包起来，就放在一个蓝色的盘子里，所以我才知道它是自家做的。一开始我有点犹豫要不要吃它，因为我不知道它是从哪里来的，然后我发觉自己在犯傻，我也不知道超市里的食物是从哪里来。我的意思是，我们假定它是安全的，是因为它被包裹起来或者装在一个罐子里，或者印有"为了安全，进行了双重密封"，但是在它被双重密封之前，任何人都可以用脏手来处理它，或者在它上面喷出大团的鼻涕，甚至用它擦屁股。我无意冒犯你，但这是真的，不是吗？世界上到处都是陌生人，他们中的许多人都"不怀好意"。相信我，我有过亲身经历。

不管怎样，我试了一下这个派，很好吃。周五晚上我吃了一半，周六早上吃了剩下的一半，当时我正在拨打怀俄明州夏延市的电话。周六晚上，我大部分时间都在马桶上拉屎，我猜，是因为那些苹果，快要把肠子都拉出来了，但我不在乎。这个派是值得的，就像人们常说的"像妈妈的味道"。但他们说的不可能是我妈妈，我妈妈连午餐肉都不会煎。

V

我从来不用把"内裤"写在记录板上。大约每隔五周，旧内裤就会消失，我的衣柜里就会有崭新的哈尼斯内裤，四包三条装的，还装在塑料袋里。为了安全，双重密封，哈哈。厕纸、洗衣液、洗洁精，这些东西我都不用写下来。它们会自己出现。

非常绝，你不觉得吗？

VI

我从来没见过清洁工，就像我从来没见过每周四在《地球照转》期间给我送来七十美元的那个家伙（也可能是个女孩）一样。我也从来不想见到他们。首先，我不需要。另一方面，是的，好吧，我害怕他们。就像我在去见沙普顿先生的那个晚上，害怕坐在灰色大奔驰里的他一样。所以起诉我吧。

周五我不在家里吃午饭。我看完《地球照转》，然后跳进车里，开车进城。我在麦当劳买了个汉堡，然后去看电影，如果天气好的话，之后就去公园。我喜欢那个公园，那是一个思考的好地方，这些天我有很多事情要思考。

如果天气不好，我就去购物中心。现在白天慢慢变短了，我想重新开始打保龄球，至少在周五下午有事情可做，我过去时不时会和普格一起去打。

我有点想念普格。我希望能打电话给他，告诉他一些近期的情况，比如关于内夫。

哦，好吧，往海里吐口水，看它会不会回来。

我不在的时候，清洁工正在里里外外、上上下下打扫我的房子——洗碗（尽管我自己也能洗得不错）、洗地板、洗脏衣服、换床单，放上干净毛巾，把冰箱重新塞满，弄来记录板上的额外福利物品。这就像住在一家拥有世界上最高效（不用说绝了）女佣服务的酒店。

他们不常去大搞一通的地方是饭厅外的书房。我把那个房间弄得很暗，窗帘总是拉得紧紧的，他们从来没有把窗帘拉开让一丝光照进来过，就像他们在房子里其他地方做的那样。那里也从来没有柠檬水的味道，尽管每间屋子在周五晚上都散发着柠檬水的味道，有时都刺激得我直打喷嚏。这不是过敏，更像是鼻腔的抗议示威。

有人在那里用吸尘器清理地板，把废纸篓清空，但是从来没有人动过我桌子上的文件，不管它们看上去有多杂乱、多破烂。有一次，我在膝盖洞上方的抽屉打开的地方贴了一小段胶带，但那天晚上我回到家时，它还在那里，完好无损。我那个抽屉里没有什么绝密的东西，你明白的，我只是想知道。

而且，如果我离开的时候电脑和调制解调器是开着的，我回来的时候它们也还是开着的，显示器上显示的是屏幕保护程序（通常是那张一群人在高层建筑的百叶窗后面做事的图片，因为那是我最喜欢的）。如果我离开的时候是关了的，我回来的时候也是关着的。他们不会在丁奇的书房胡闹。

也许清洁工也有点害怕我。

VII

我接到了一个改变我一生的电话，就在我以为妈妈和送罗马比萨的组合要把我逼疯的时候。我知道这听起来很夸张，但是就这件事来说，是真的。这个电话是在我休班的晚上打来的，妈妈和她的朋友们出去了，在预订的地方玩宾果游戏，她们个个都抽着烟，毫无疑问，每次发牌员从储牌机里抽出 B-12，说道"好了，女士们，该吃维生素了"的时候，她们都哈哈大笑。我当时正在看 TNT（特纳）电视台播出的一部克林特·伊斯特伍德的电影，幻想着我在地球的其他地方，甚至是萨斯喀彻温省。

电话铃响了，我想，哦，太好了，一定是普格打来的，所以当我拿起电话时，我用最柔和的声音说："这里是绝无再绝的教堂，哈克维尔教堂，我是丁克牧师。"

"你好，厄恩肖先生。"一个声音回答。是一个我从未听过的声音，但是它听起来并没有因为我的胡说八道而生气或困惑。不过，我已经够为我们俩难为情的了。你有没有注意到，当你在电话里做类似的事情时——努力从拿起电话那一刻就表现得很酷——电话那头绝对不是你预想的那个人？有一次，我听说一个女孩拿起电话说："嘿，我是海伦，我要你狠狠地干我一顿。"因为她确定那是她的男朋友，结果却是她的父亲。这个故事可能是编出来的，就像纽约下水道里短吻鳄的故事（或者《阁楼》里刊登的信件一样），不过你懂的。

"哦，对不起，"我说，我太紧张了，没心思去想这个奇怪声音的主人怎么知道丁克牧师也是厄恩肖先生，真名理查德·埃勒里·厄恩肖，"我还以为你是别人呢。"

"我确实是别人。"那个声音说，虽然我当时没有笑，但后来笑了，"沙普顿先生是另外一个人。"好吧，说真的，终于有其他人了。

"有什么事吗？"我问，"如果你想找我妈妈，就得我转告了，因为她……"

"出去玩宾果游戏了，我知道。无论如何，我找的是你，厄恩肖先生。我想给你一份工作。"

有那么一会儿，我惊讶得说不出话来。然后我突然想到，这是一场电话诈骗。"我有工作了，"我说，"不好意思。"

"送比萨？"他说，听起来带着笑意，"好吧，我想是的。如果你把这叫作工作的话。"

"你是谁，先生？"我问。

"我叫沙普顿。现在，我'废话少说'，就像你可能会说的那样，厄恩肖先生。丁克？我可以叫你丁克吗？"

"当然，"我说，"我能叫你沙皮[1]吗？"

"你想叫我什么就叫我什么，听着。"

"我在听。"我确实在听。为什么不呢？电视上放的电影是《独行铁金刚》，算不上克林特的好作品。

"我想给你提供一份你迄今为止能想到的最好的工作，而且可能是你这辈子得到的最好的工作。这不仅仅是一份工作，丁克，这是一次冒险。"

"哎呀，我以前在哪儿听过这个？"我腿上放着一碗爆米花，我抓了一把塞进嘴里。这开始变得有趣了。

"别人许诺，但我是提供机会。不过这事我们必须面对面商量。你能见见我吗？"

"你是同性恋吗？"我问。

"不是。"他的声音里有一丝笑意，刚刚好到让人难以怀疑。可以这么说，从我假聪明的回话方式来看，我已经进洞了。"我的性取向与此无关。"

---

[1] 沙普顿的昵称，英文中有"骗子"的意思。

"那你为什么引我上钩？我不知道谁会在他妈的晚上九点半打电话过来，给我提供一份工作。"

"帮我一个忙。放下电话，到前厅去看看。"

越来越疯狂了，但我又有什么损失呢？我照他说的做了，在那儿发现了一个信封。当我看克林特·伊斯特伍德在中央公园里追着唐·斯特劳德跑的时候，有人从投信口把它捅了进来。第一个信封，以后还有很多，当然我当时并不知道。我把它撕开，七张十美元的钞票掉到我手里，还有一张便条。

这可能是一项伟大事业的开始！

我回到客厅，眼睛仍然盯着钱。知道我有多困惑吗？我差点坐到我那碗爆米花上。我在最后一秒钟看到了它，把它放在一边，它扑通一声歪在沙发上。我拿起电话，真有点指望沙普顿已经挂了电话，但当我跟他打招呼时，他回应了。

"这是怎么回事？"我问他，"这七十美元是干什么用的？我不会花掉，但不是因为我觉得我欠你什么，我他妈的什么都没要求。"

"钱绝对是你的，"沙普顿说，"没有任何附加条件。但是我告诉你一个秘密，丁克——工作不仅仅是为了钱，真正的工作是关于额外福利。这才是动力所在。"

"你爱怎么说都行。"

"我绝对会的。我只希望你能跟我见一面，听我多说一点。如果你接受，我会给你一个改变你一生的机会。事实上，这将打开一扇通往新生活的大门。一旦我提出那个建议，你就可以问你想问的所有问题。虽然我必须诚实地说，你可能不会得到你想要的所有答案。"

"如果我不接受提议呢？"

"我会跟你握手，拍拍你的背，并祝你好运。"

"你想什么时候见面？"我的一部分——大部分——仍然认为这是一个玩笑，但剩下的少数派已经形成了意见。首先是那笔钱——这是开车送两周罗马比萨的小费，还是在生意不错的情况下。但主要还是沙普顿说话的方式——他听起来好像是上过学的那类人……我不是指范德鲁森的绵羊直肠州立大学。说真的，这有什么坏处呢？自从斯基珀的事故发生后，地球上没有人愿意以危险或痛苦的方式来照顾我。好吧，还有妈妈，我想是的，但是她唯一的武器是她的嘴……她也不喜欢精心设计的恶作剧。而且我觉得她拿不出七十美元来，特别是附近还有宾果游戏的情况下。

"今晚，"他说，"事实上，就是现在。"

"好的，为什么不呢？过来吧。我想，如果你能从投信口投进一个装满十美元钞票的信封，就不需要我告诉你地址了吧。"

"不在你家，我在'超级美味'的停车场等你。"

我的胃像被切断的电梯一样往下掉，谈话也不再有趣了。也许这是某种安排——甚至是警察参与的安排。我告诉自己，除了耶稣，没人能知道斯基珀的事，更别说警察了。有那封信，可能是把那封信随便丢在什么地方了。但上面什么也看不出来（除了他妹妹的名字，但世界上有几百万个黛比），就像我在布科夫斯基太太院子外的人行道上写的东西，谁也看不出来……也许在这该死的电话响起之前我会这么说。但谁能绝对肯定呢？你知道他们是怎么定义良心谴责的。我当时并没有对斯基珀感到内疚，但是……

"在'超级美味'面试有点奇怪，你不觉得吗？尤其是它晚上八点钟就关门了。"

"丁克，这样才好，在公共场合下的秘密。我就把车停在卡特·科拉尔旁边，你能认出这辆车的——是一辆灰色的大奔驰。"

"我能认出来，因为那里只会有它一辆车。"我说，但他已经挂了。

我挂了电话，把钱放进口袋，几乎没有意识到我在做什么。我全身冒汗，电话里那个人想在卡特·科拉尔见我，斯基珀经常在那里取笑我。有一次，他把我的手指夹在两辆购物车中间，我尖叫，他却大笑。挤到手指是最痛的，两个指甲都变黑脱落了。就在那时，我决定试试那封信。结果令人难以置信。不过，如果斯基珀·布兰尼根有魂魄的话，卡特·科拉尔很可能就是它经常出没的地方，寻找新的受害者来折磨。电话里的声音不可能是偶然听到那个地方的。不过我努力告诉自己这是胡说，巧合总在发生，但我就是不信。沙普顿先生知道斯基珀的事，不知怎的，他就是知道。

我害怕见他，但我不知道还有什么选择。如果别无选择，我应该查明他知道多少，可能会告诉谁。

我起身穿上外套（当时是早春，晚上很冷——我觉得在宾夕法尼亚西部，晚上好像总是很冷），刚出门，我就回去给妈妈留了张便条。"我出去见几个朋友，"我写道，"最晚午夜回来。"我打算在远未到午夜的时候就回来，但那张便条似乎是个好主意。我不会让自己太过仔细地思考为什么这看上去是个好主意，当时不行，但我现在可以承认：如果发生了什么事，不好的事情，我想确保妈妈会报警。

VIII

有两种恐惧——至少我是这样认为的——电视里的那种恐惧和真实的恐惧。我觉得我们一生中大部分时间都只会感到电视里的那种恐惧，比如我们等着医生给出验血结果，或者我们在黑暗中从图书馆走回家，想象着灌木丛里藏着坏蛋。我们不会真的害怕那样的事，因为我们内心深处知道，验血结果会是正常的，灌木丛中也不会有什么坏蛋。为什么？因为这样的事情只会发生在电视里。

当我看到那辆灰色的大奔驰车时，大约一英亩大小的空荡荡的停车场上只有那一辆车，这是自从跟斯基珀·布兰尼根在储藏室里的那件事之后，我第一次真正感到害怕——这是我们最接近真正进入恐惧的时刻。

沙普顿先生的座驾停在停车场黄色的汞蒸气灯下，那是一辆很大的老式德国车，车长至少四米半，可能有五米，这种车现在要十二万美元。车停在卡特·科拉尔超市旁（现在几乎空无一人，马上要打烊，除了一辆三个轮的老旧推车，所有的小推车都被牢牢地锁在超市里面了），驻车灯开着，白色的尾气飘到空中，发动机像一只困倦的猫一样隆隆作响。

我开车向它驶去，心脏缓慢而剧烈地跳动着，喉咙里有一股硬币的味道。我只想踩下福特车的油门（那段时间，车里总是一股意大利香肠比萨的味道），然后离开那里，但我无法摆脱那个家伙知道斯基珀那件事的想法。我可以告诉自己他没什么可知道的，查尔斯·斯基珀·布兰尼根要么出了事故，要么自杀了，警察都不确定是哪一个（他们不可能非常了解他，如果他们了解他，就会把他自杀的想法抛出窗外，斯基珀这样的家伙不会自杀——在二十三岁的时候，他们这种人不会自杀），但这并不能阻止那个声音叽叽喳喳地说我有麻烦了，有人弄明白了，有人得到了那封信，然后搞明白了。

那个声音本身没有逻辑，但它不需要有逻辑。它的肺功能很好，音量盖过了逻辑。我把车停在空转的奔驰旁，摇下车窗。与此同时，奔驰车的驾驶座车窗也摇了下来。我们互相看了看，我和沙普顿先生，就像一对在高帽汽车旅馆见面的老朋友。

我现在不太记得他了，这很奇怪——考虑到从那以后我一直在想他——但这是事实。我只记得他很瘦，穿着一套西服。我觉得是一套很不错的西服，尽管判断这种东西不是我的强项。不过，这套衣服还是让我放松了一些。我猜，不知不觉中，我就有了这样的想法：西服意味着正式，牛仔裤和T恤则意味着乱来。

"你好，丁克，"他说，"我是沙普顿先生。进来坐吧。"

"我们为什么不保持现状呢？"我问，"我们可以透过窗户交谈。人们一直是这样做的。"

他只是看着我，什么也没说。过了几秒钟，我熄掉福特的发动机，走下车。我不知道确切的原因，但我就这么做了。我可以告诉你，我从未那么害怕过。千真万确。也许这就是他能让我按他的想法做事的原因。

我在沙普顿先生和我的车之间站了一会儿，看着卡特·科拉尔超市，想着斯基珀。他个子很高，一头卷曲的金发从前额梳向后，脸上有粉刺，那两片红唇就像一个涂口红的女孩。"嘿，丁奇，让我们看看你的小弟弟。"他会说。或是："嘿，丁奇，你想吸我的小弟弟吗？"你知道的，诸如此类的俏皮话。有时，当我们收集小推车的时候，他会推着一辆追我，用它紧跟着我的脚后跟，嘴里嚷着"嗡！嗡！嗡！"，就像一辆该死的赛车，有几次他都把我撞倒了。吃晚饭的时候，如果我把食物放在腿上，他就会狠狠地撞我，看能不能把什么东西撞到地上。你知道我在说什么，我确定。仿佛他脑子里想的永远不过是坐在自习室后排的无聊孩子们觉得好笑的那些事。

我上班的时候扎马尾辫，如果你的头发很长，你就得扎马尾辫，这是超市的规定，有时，斯基珀会走到我后面，抓住我用的橡皮筋，把它拽出来。有时，橡皮筋会缠在我的头发上，扯着头发。有时它会断开，抽在我的脖子上。所以去上班之前，我只好在裤子口袋里多塞两三根橡皮筋。我会尽量不去想我为什么这么做，我在忍受什么。如果想了，我可能会开始厌恶自己了。

有一次他这么做的时候，我转过身来，他一定在我脸上看到了什么，因为他那嘲弄的微笑消失了，代之以另一个微笑。他那嘲弄的微笑没有露出牙齿，但新的微笑露出了。这是在外面的储藏室里，北墙总是冰冷的，因为它靠着肉柜。他举起双手，握成拳头，其他的人都围坐在一起吃午饭，看着我们，我知道他们谁也拦不住，甚至连普格都不行。他身高约五英尺四英寸，体重约一百一十磅，斯基珀会像吃糖果一样把他吃掉，他知道这一点。

"来啊，驴脸。"斯基珀微笑着说。他从我头发上扯下来的橡皮筋断了，挂在他的两个指关节之间，像一只蜥蜴的小红舌头一样耷拉下来。"来啊，你想和我打架吗？放马过来。我跟你打。"

我想问的是，他为什么偏偏选中了我，为什么偏偏是我把他惹毛了，为什么偏偏是我。但他不会有答案的，像斯基珀这样的人从来不会有答案，他们只想敲掉你的牙。所以，我只好坐下来，重新拿起我的三明治。如果我和斯基珀决斗，他可能会把我送进医院。我开始吃东西，尽管我已经不饿了。他又看了我一两秒钟，我原以为他会主动动手的，但随后他摊开了拳头。断了的橡皮筋掉在地上，旁边是一只碎了的生菜箱。"你个废物，"斯基珀说，"你这个长头发嬉皮士废物。"说完他走开了。就在几天后，他在科拉尔超市里把我的手指夹在了两个小推车中间，又过了几天，斯基珀就躺在卫理公会教堂的缎子上，旁边有人弹奏着风琴。不过，这是他自找的，至少我当时是这么想的。

"记忆里的小小旅行？"沙普顿先生问，这把我拉回到了现实中。我站在他的车和我的车之间，站在卡特·科拉尔超市旁，在那里，斯基珀再也不能挤谁的手指了。

"我不知道你在说什么。"

"这并不重要。上车吧，丁克，我们谈谈。"

我打开奔驰的车门，坐了进去。天哪，那气味。是皮革味，但又不只是皮革味。你知道在大富翁游戏里，有一张免监禁卡吗？当你富有到买得起一辆闻起来像沙普顿先生这台灰色奔驰一样的车时，你一定在现实中有这样一张免监禁卡。

我深吸了一口气，屏住呼吸，然后说："真是绝了。"

沙普顿先生笑了，刮得干干净净的脸在仪表盘的亮光中闪闪发光。

他没有问我是什么意思，他知道。"一切都绝了，丁克，"他说，"或者说都有可能绝了，对正确的人来说。"

"你这么想？"

"我知道是这样。"他的声音里不带一丝怀疑。

"我喜欢你的领带。"我说。我这么说只是想找点话说，但这也是真的。它称不上"绝了"，但也不错。你知道那些印满骷髅头、恐龙或小高尔夫球棒之类的东西的领带吗？沙普顿先生的领带上印满了宝剑，每把剑都由一只强有力的手握着。

他笑了，用一只手摸了摸它。"这是我的幸运领带，"他说，"我戴上它的时候就感觉自己是亚瑟王。"他脸上的笑容渐渐消失了，我意识到他不是在开玩笑。"亚瑟王，召集了有史以来最好的勇士——和他一起坐在圆桌旁并重塑世界的骑士。"

这让我不寒而栗，但我尽量不表现出来。"你要我干什么，亚瑟？帮你寻找圣杯，或者随便他们管它叫什么的东西？"

"一条领带并不能让人成为国王，"他说，"我知道这个，假如你刚刚在想这个问题的话。"

我觉得有点不舒服，换了个姿势。"嘿，我不是想让你失望……"

"没关系，丁克。真的。你的问题的答案是，我两分是猎头，两分是伯乐，四分是行走着谈论命运。抽烟吗？"

"我不抽烟。"

"这很好，你会活得更久。香烟是杀手，不然人们为什么管它们叫棺材钉呢？"

"你难住我了。"我说。

"我希望如此，"沙普顿说着点燃了香烟，"我真心希望如此。你是最好的货色，丁克。我怀疑你是否相信，但这是真的。"

"你之前说的机会是什么来着？"

"告诉我斯基珀·布兰尼根发生了什么。"

天哪,我最害怕的事情成真了。他不可能知道,没人能知道,但他知道了。我只是呆呆地坐在那里,脑袋里砰砰直响,舌头贴在上腭上,就像粘在了那儿一样。

"来吧,告诉我。"他的声音似乎是从很远的地方传来的,就像深夜里的短波收音机频道一样。

我收回了舌头,费了很大的劲,但还是成功了。"我什么都没做。"我自己的声音似乎也是从那该死的短波频道里传出来的,"斯基珀出了事故,仅此而已。他当时开车回家,车开出了马路。他的汽车翻了个身,掉入洛克比河。他们在他的肺里发现了积水,所以我猜他是淹死了,至少从技术上来说。但是报纸上说他怎么都要死的,他的大部分脑袋在翻车时被扯掉了,至少人们是这么说的。有人说他是自杀,不是意外,但我不信。斯基珀是……他从生活中得到了太多的乐趣,不可能自杀。"

"是的。你是他乐趣的一部分,不是吗?"

我什么也没说,但我的嘴唇在颤抖,眼里含着泪水。

沙普顿先生伸出手来,放在我的胳膊上。和他一起坐在那辆停在一个空荡荡的停车场的大号德国车里,你能预想到一个像他这样的老家伙会有这个举动,但是,当他触碰我的时候,感觉并不是那样,他并不是在跟我调情。直到那时,我才知道自己有多难过。有时候你不知道,因为它——我不知道——包围着你,你身处其中。我低下头,没有号啕大哭,但眼泪顺着我的脸颊流了下来。他领带上的剑数量翻倍了,然后是三倍——三换一,多好的交易。

"如果你担心我是个警察,你可以离开。我给了你钱——这把任何可能的起诉都搞砸了。但即使不是这样,也没有人会相信年轻的布兰尼根真正的遭遇,即使你在全国电视上承认也不行。他们会相信吗?"

"不会,"我低声说,然后,更大声地说,"我忍受了很多。最后,我再也忍受不了了。是他逼我的，是他自作自受。"

"告诉我发生了什么事。"沙普顿先生说。

"我给他写了一封信，"我说，"一封特别的信。"

"是的，的确很特别。你在里面写了什么，好只对他有用？"

我知道他是什么意思，但不止于此。当你在信里加入真实姓名时，你增加了它们的力量，让它们变得致命，而不仅仅是危险。

"他妹妹的名字。"我说，我想这时我彻底投降了，"他妹妹，黛比。"

IX

我一直有某种东西，某种能力，我知道它的存在，但不知道如何利用它，也不知道它的名字是什么、意味着什么。我知道我必须保持沉默，因为其他人没有。我想如果他们发现了，可能会把我关进马戏团，或者监狱。

我记得有一次——模模糊糊的，我可能三四岁，那是我最初的记忆之一——站在一扇肮脏的窗户旁，望着外面的院子。院子里有一个木砧板和一个插着红旗的信箱，所以那一定是我们在梅布尔姨妈家的时候，在乡下，我父亲跑路之后我们就住在那里。妈妈在哈克维尔雅致面包店找了份工作，后来，我五岁的时候我们又搬回城里了。我开始上学的时候，我们住在城里。我记得这个是因为布科夫斯基太太的狗，我一周五天都要经过那只吃人肉的狗。我永远忘不了那只狗，那是一只白耳朵的拳师狗。往事令人感怀。

反正，我正往窗外看，几只苍蝇在窗户顶上嗡嗡地飞，你知道它们发出的那种声音。我不喜欢那个声音，但我的手够不到那么高的地方，即使是拿着一本卷起的杂志，也打不到它们或赶走它们。所以我没有那样做，而是用指尖在窗玻璃上的尘土上画了两个三角形，然后又画了另一个形状，一个特殊的圆圈，用来把三角形固定在一起。我刚画好，圆圈刚刚封口，那些苍蝇——有四五只——就掉在窗台上死了。它们有软糖那么大——是那种吃起来像甘草的黑色软糖。我捡起一只，看了看，没什么意思，所以我就把它扔在地板上，继续往窗外看。

这样的事情会不时发生，但绝不是有意为之的，绝不是我"促使"它发生。我记得第一次完全有意地做这件事——在认识斯基珀之前，我是说——是我把随便什么东西都用在布科夫斯基太太的狗身上的时候。布科夫斯基太太住在我们那条街的拐角处，那时我们在达格韦大街租房住。她的狗既卑鄙又危险，西区的所有孩子都害怕那只白耳朵的浑蛋狗。她把它拴在侧院里——该死，更像是在她的侧院里监视——对每一个经过的人狂吠。不是那种无伤大雅的吠叫，而是似乎在说如果能把你弄进来陪我，或我出去陪你，我会把你的蛋蛋撕掉，布鲁斯特。有一次，那狗真的跑了出来，把报童给咬了。换成别人家的狗，可能就被弄死了，但布科夫斯基太太的儿子是警察局长，他设法把事情摆平了。

我恨那条狗就像恨斯基珀一样。在某种程度上，我想它就是斯基珀。我去上学必须经过布科夫斯基太太的房子，除非我想绕过整个街区，并被人称为胆小鬼，我害怕那个狗杂种是因为它的那种状态——在绳子的尽头还不停下，扯着绳子往外跑，叫得疯狂得泡沫从它的牙齿和口鼻里直往外飞。有时它把绳子扯得太猛了，会把自己直接摔到地上，叽叽哇哇地叫着，有些人可能觉得很滑稽，但在我看来却一点也不滑稽。我就是害怕那根绳子（不是铁链，而是一根普通的旧绳子）有一天会断，那只狗会跳过布科夫斯基太太的院子和达格韦大道之间低矮的尖桩篱笆，把我的喉咙咬断。

后来有一天我突然有了个主意。我是说这主意就在那里。我醒来的时候有了这个主意，就像醒来的时候小弟弟直撅撅的一样。那天是周六，阳光明媚，时间还早。如果我不想的话，我可以不去布科夫斯基太太家附近，但那天我确实想去。我下了床，尽快穿上衣服。那天我做每件事都很快，因为我不想失去这个想法。我也会失去——我会像你醒来时最终失去你做的梦一样失去它（或者你醒来时直撅撅的小弟弟，如果你想粗鲁一点的话）——但那时整件事已经在我脑海中非常清晰了：周围画着三角符号，上方装饰着花体的单词，还有特别的圆圈来支撑整个图案……两三个圆圈重叠，以增加强度。

我几乎是飞着穿过客厅（妈妈还在睡觉，我能听到她打呼噜的声音，她那粉色的面包房制服挂在浴室的淋浴杆上），走进厨房。妈妈在电话机旁放了个小黑板，用来记录电话号码和注意事项的——我猜你会说，妈妈的记录板，不是**丁奇的记录板**——我驻足片刻，刚好看到挂在旁边一根绳子上的那支粉色粉笔。我把它放进口袋，出了门。那是一个多么美丽的早晨啊，凉爽而不寒冷，天空那么蓝，就像有人把它在洗车店洗过一样，还没有人四处走动，大多数人都会睡个懒觉，就像每个人周六都喜欢做的那样。

布科夫斯基太太的狗没有睡懒觉。他妈的，别啊。那只狗笃信"拿人钱财替人消灾"。它看见我穿过篱笆，就像往常一样使劲地冲到狗绳的尽头，甚至可能比往常更起劲，仿佛它那昏昏沉沉的小狗脑袋里的某个部位知道今天是周六，而我不应该出现在那儿似的。它挣到了绳子的尽头，叽叽哇哇地叫着，然后向后倒去。但它很快又站了起来，把绳子扯得绷直，用它那像要窒息的声音叫着，仿佛在说"我快要被勒死了，但我不在乎"。我想布科夫斯基太太已经习惯了那种声音，甚至还可能喜欢那种声音，但我不知道邻居们是怎么忍受得了的。

那天我毫不在意这些。我太激动了，一点都不害怕。我从口袋里掏出粉笔，单膝跪地。有那么一秒钟，我以为我已经忘记了整个图案，这太糟了。绝望和悲伤涌上心头，我想，不，不能这样，不能这样，丁奇，反抗。写点什么，即使只是"干布科夫斯基太太的狗"。

但我没写这个。我画了个图形，我想应该是 sankofite。一个奇怪的形状，但是正确的形状，因为它开启了其他的一切。我脑子里妙思如泉涌。这太棒了，但同时也很可怕，因为实在太多了。接下来的大约五分钟里，我跪在人行道上，汗流浃背，像个疯子一样写着。我写下我从未听过的话，画出我从未见过的形状——谁都没有见过的图形：不仅是 sankofite，还有 japp、fouder 和 mirk。我边写边画，直到右肘的半截都沾满了粉红色的尘土，而妈妈的粉笔只变成我拇指和食指之间的一颗小石子。布科夫斯基太太的狗没有像苍蝇一样死掉，它一直对我吠叫，可能又后退然后挣到绳子的尽头一两次，但我没有注意到。我完全陷入了疯狂。我永远无法描述清楚，但我敢打赌，这就是伟大的音乐家们，比如莫扎特和埃里克·克莱普顿，在创作音乐时的感受，或者画家们在画布上创作出最好的作品时的感受。如果有人来过的话，我也没有理由。妈的，如果布科夫斯基太太的狗最终挣断了绳子，跳过栅栏，咬住我的屁股，我可能也会无视的。

这真是绝了，伙计。这真他妈的太绝了，都让我词穷了。

没人来过，尽管有几辆车经过，也许车里的人会纳闷这孩子在干什么，他在人行道上画什么，布科夫斯基太太的狗叫个不停。最后，我意识到我必须让它变得更猛烈，方法就是让它只针对那条狗。我不知道它的名字，所以我用剩下的粉笔写下了"拳师狗"，并在周围画了个圆圈，然后在圆圈的底部画了一个箭头，指向剩下的部分。我感到头晕目眩，脑袋上的筋也在剧烈地跳动，就像你刚考完一门超级难的考试，或是看了太久电视一样。我觉得自己要吐了……但我仍然觉得太绝了。

我看着那只狗——它还和以前一样活泼，吠叫着用后腿站立——但这并没有困扰我。我回到家，心里觉得很自在。我知道布科夫斯基太太的狗完蛋了。同样地，我敢打赌，一个好画家知道他什么时候画了一幅好画，一个好作家也知道他什么时候写了一个好故事。如果恰到好处，我觉得你肯定是知道的，它就在你的脑海里嗡嗡作响。

三天后，那只狗死了。我从最好的消息源——附近的邮递员舍默霍恩——那里得知了这个有关浑蛋狗的故事。舍默霍恩先生说，布科夫斯基太太的拳师狗因为某种原因开始绕着拴它的那棵树跑，当它跑到绳子的尽头（哈哈，绳子的尽头）时，绕不回来了。布科夫斯基太太出去买东西了，所以她帮不上忙。她回到家，发现她的狗躺在侧院的树下，窒息而亡。

人行道上的字迹在那里停留了大约一周，然后下了一场大雨，就只剩下一块模糊的粉红色印记了。但直到下雨之前，字迹一直很清晰。字迹清晰的时候，没有人在上面走，我亲眼所见。人们——步行去上学的孩子，步行去市中心的女士，邮递员舍默霍恩先生——会绕着它走。他们甚至没有意识到这一点。也没有人谈论它，比如"人行道上这个奇怪的东西到底是怎么回事？"，或者"你觉得该管那种东西叫什么？"（fouder，蠢蛋），他们好像根本没看见它在那里。不过他们身体的一部分一定看到了，不然他们为什么要绕着它走呢？

X

我没有把这一切告诉沙普顿先生，但我把他想知道的关于斯基珀的事告诉了他。我决定相信他。也许我身体的机密部分知道我可以信任他，但我不这么认为。我认为只是因为他把手放在了我胳膊上，就像你爸爸做的那样。不是说我有爸爸，但是我能想象到。

另外，就像他说的那样——即使他是警察并逮捕了我，法官和陪审团会相信斯基珀·布兰尼根因为我寄给他的一封信而把车开出马路吗？尤其是一封满是一个高中几何不及格的比萨送餐员编造的一堆毫无意义的单词和符号的信——两次不及格。

当我说完的时候，我们沉默了很长一段时间。最后沙普顿先生说："这是他活该。你知道的，不是吗？"

出于某种原因，这就够了。大坝决堤了，我哭得像个婴儿，我一定哭了十五分钟或更久。沙普顿先生用胳膊搂住我，把我拉到他胸前，我的泪水流到了他西服的翻领上。如果有人开车经过，看到我们这样，肯定会认为我们是一对同性恋，但没有人经过。只有他和我，在黄色的汞蒸气灯下，在卡特·科拉尔超市旁边。咿皮蒂咿哟，前进吧，小购物车，普格常常这样唱道，因为你知道超级美味将是你的新家。我们会笑了掉眼泪。

最后我关住了泪水水闸。沙普顿先生递给我一块手帕，我用它擦了擦眼睛。"你怎么会知道？"我问。我的声音听起来深沉而怪异，就像雾号一样。

"一旦你被盯上，只需要一点基本的侦查工作就够了。"

"是的，但我是怎么被盯上的？"

"我们有人——总共十二个左右——在寻找你这样的小伙子和姑娘，"他说，"他们真的可以看到你这样的小伙子和姑娘，丁克，就像太空中的某些卫星可以看到核反应堆和发电厂一样。你们呈黄色，就像火柴的火焰一样，这是一个观察者向我描述的。"他摇摇头，苦笑了一下，"我一生中只希望看到一次这样的事情，或者能够做你做的事。当然，我也希望有一天——一天就好——我可以像毕加索那样画画，或者像福克纳那样写作。"

我目瞪口呆地看着他："这是真的吗？有人能看见……"

"是的，他们是我们的警犬。他们在全国——以及其他国家——来回穿梭，寻找那明亮的黄色光芒，寻找黑暗中的火柴头。这位年轻的女士当时正在90号公路上，实际上，她要去匹兹堡赶飞机回家——她当时只是停下来休息一下，却看到了你，或者感觉到了你，或者别的什么。发现者自己都不知道，就像你不知道对斯基珀做了什么一样。对吧？"

"什么……"

他举起一只手说："我告诉过你，你不会得到你想要的所有答案——你得根据你的感觉而不是你所知道的来决定——但我可以先告诉你几件事。首先，丁克，我在一家叫超越国际集团的公司工作。我们的任务是铲除世界上的斯基珀·布兰尼根们——那些重要人物，能量大的。我们的总部位于芝加哥，在皮奥里亚有培训中心……如果你同意我的提议，你将在那里度过一周。"

我当时什么也没说，但我已经知道我会点头同意。不管是什么，我都会答应。

"你是个超越者，我的年轻朋友。最好习惯这个概念。"

"是什么？"

"一种特性。我们公司里有些人会把你所拥有的……你能做的……看作一种天赋，一种能力，甚至是一种小故障，但是他们错了。天赋和能力都是由性格决定的。性格是总和，天赋和能力是分项。"

"你得说明白点。我高中就辍学了，记住。"

"我知道，"他说，"我还知道你辍学不是因为你笨，你辍学是因为你不合群。从这个意义上说，你就像我遇到的其他所有超越者一样。"他尖声笑了起来，就像人们觉得并不有趣时笑的那样，"一共二十一个人。听我说，别装傻，创造力就像手臂末端的手，但是一只手有很多手指，不是吗？"

"嗯，至少五个。"

"把手指想象成能力。一个有创造力的人可能会写作、画画、雕刻，或能想出数学公式。他或她可能会跳舞、唱歌或演奏乐器。这些都是手指，但创造力是赋予它们生命的手。就像所有的手基本上都一样——形式遵循功能——一旦到了手指连接的地方，所有有创造力的人都一样。

"超越国际集团也像一只手。有时它的手指被称为预知，即看见未来的能力。有时它们是后瞻，一种看见过去的能力——我们中有一个人知道是谁杀了约翰·F.肯尼迪，不是李·哈维·奥斯瓦尔德，事实上，是个女人。有心灵感应，意念控制，传情术，谁知道还有多少其他的，我们肯定是不知道。这是一个新世界，我们才刚刚开始探索它的第一块大陆。但超越与创造的一个重要区别在于：超越要稀有得多。八百分之一的人被职业心理学家称为

'天才'，但我们认为每八百万人中才可能有一个超越者。"

这让我大吃一惊——想到你可能是八百万分之一，任何人大都会吃一惊，对吧？

"这相当于每十亿个普通人中才有一百二十个，"他说，"我们认为，我们所说的超越者全世界可能都不超过三千个，我们正一个一个地找到他们。这是一项缓慢的工作。感知能力并不是门槛很高的能力，但我们只有十二个左右的发现者，而每个人都需要经过大量训练。这是个艰难的任务……但这也非常有益。我们正在寻找超越者，并让他们开始工作。这就是我们想要你做的，丁克：让你去工作。我们想帮助你集中你的能力，优化它，并利用它来改善全人类。你再也不能见你的老朋友了——我们发现，地球上没有比老朋友更加危险的人了——挣钱不多，至少一开始是这样，但是有强烈的满足感，我要提供给你的，可能是一个非常高的梯子最下层的横档。"

"别忘了那些额外福利。"我说，说最后一个词的时候提高了嗓门，把它变成了一个问句，如果他想这么认为的话。

他咧嘴笑了笑，拍了拍我的肩膀。"没错，"他说，"那些著名的额外福利。"

这时，我开始兴奋起来。我的疑虑还没有消失，但它们正在消失。"那快告诉我吧，"我说，我的心跳得很厉害，但并不是出于恐惧，不再是了，"给我一个我无法拒绝的机会。"

他就是这么做的。

XI

三周后，我平生第一次坐上了飞机——这样失去贞操多好啊！小型私人飞机里唯一的乘客一边端着可乐听着数乌鸦乐队的歌从音箱里倾泻而出，一边看着测高仪一路攀升到四万两千英尺。飞行员告诉我，这比大多数商用喷气式飞机要高出一英里多，跟女孩的内裤一样平滑。

在皮奥里亚待了一周之后，我很想家，真的很想家。这让我非常意外。有几个晚上我甚至哭着睡着了。我不好意思这么说，但到目前为止我一直很诚实，不想开始撒谎，也不想把事情漏掉。

妈妈是我最不想念的人。你可能以为我们很亲密，因为从某种意义上说，是"我们对抗世界"，但我妈妈从来就不怎么爱我、安抚我。她没有抽打过我的头，也没有做过在我的腋窝里摁灭烟头之类的事情，但那又怎么样呢？我是说，大呼小叫。我从未有过孩子，所以我想我不能肯定，但不知何故，我认为做伟大的父母并不关乎你没有对你的孩子做过什么。比起我，妈妈总是更喜欢她的朋友，更喜欢每周造访一次美容院，更喜欢周五晚上外出过夜。她的人生抱负就是赢一局二十个数字的宾果游戏，然后开着一辆崭新的蒙特卡洛汽车回家。我不是在卖可怜，我只是告诉你事情的经过。

沙普顿先生给我妈妈打了电话，告诉她我被选为超越国际集团的高级计算机培训与实习项目的实习生，这是为有潜力的非学历学生提供的特别待遇。这个说法实际上相当可信。我数学很烂，在英语之类的课上几乎完全僵住了，而你本应该在课上开口说话。但我总是和学校的电脑相处得很好。事实上，尽管我不喜欢吹牛（我也从未让任何一个老师知道这个小秘密），但我可以给雅克布瓦先生和威尔科克森太太编写一套程序。我一直都不太喜欢电脑游戏——那是专供笨蛋玩的——但我可以像个疯子一样敲键盘。普格有时会顺便来看我。

"我真不敢相信，"他有一次说，"伙计，你让那东西抽烟和说话了。"

我耸了耸肩。"哪个傻瓜都能削苹果，"我说，"一个真正的男人才能吃它的核。"

所以妈妈相信了（如果她知道超越国际集团要用私人飞机送我去伊利诺伊州，她可能还会多问几个问题，但她没有），我也没那么想念她。但是我想念普格和约翰·卡西迪，约翰是我们在"超级美味"时的另一个朋友。约翰在一个朋克乐队里弹贝斯，左眉毛上穿着一只金环，几乎拥有所有的次流行厂牌出过的唱片。科特·柯本死的时候，他哭了。他没有试图掩饰或归咎于过敏，只说道："科特死了，我很难过。"约翰真是绝了。

我想念哈克维尔。反常但真实。不知怎的，我在皮奥里亚的训练中心就像重生一样，但我想出生总是痛苦的。

我想我可能会遇到一些跟我一样的人——如果这是在一本书或一部电影（或者可能只是《X档案》的一集）中，我会遇到一个可爱的女孩，她有俏皮的小乳房，还能从房间的另一边关上房门——但这并没有发生。我很确定我在那里的时候皮奥里亚还有其他的超越者，但是温特沃思医生和管理这个地方的其他人小心翼翼地把我们分开。我曾经问过为什么，结果被搪塞过去了。就在那时，我开始意识到，不是每个穿着印有超越国际集团字样的衬衫或者拿着超越国际集团笔记板走来走去的人都是我的朋友，或是想成为我失散已久的父亲。

它是关于杀人的——我接受的训练的内容。皮奥里亚的人们没有一直谈论这个问题，但也没有人粉饰它。我只需要记住目标是坏人、独裁者、间谍和连环杀手，而且就像沙普顿先生说的那样，人们在战争中一直都是这样做的。另外，我不用亲自下手。没有枪，没有刀，没有绞索。永远不会有血溅到我身上。

就像我告诉你的那样，我再也没见过沙普顿先生了——至少目前还没再见过——但我在皮奥里亚的那一周里每天都和他交谈，这大大减轻了痛苦和陌生感，和他谈话就像有人在你额头上放了一块冰凉的布。那天晚上我们在他的奔驰里聊天时，他给了我他的电话号码，让我随时给他打电话，即使是夜里三点都可以，如果我感到不安的话。一次，我确实这么做了。嘟了两声的时候我几乎挂断了，因为人们可能嘴上说"随时打电话给我，即使是在夜里三点"，但他们并不真的希望你这么做。但我坚持住了。我想家，是的，但不止如此。确切地说，那个地方跟我期望的不一样，我想告诉沙普顿先生，看看他做何反应。

他在第三响的时候接了电话，虽然他听起来很困（很惊讶吧？），但听上去一点也不生气。我告诉他，他们做的一些事情很奇怪。举个例子，那些闪光灯测试，他们说这是在检测癫痫，可是……

"当时我直接睡着了，"我说，"当我醒来时，我头很痛，痛得我难以思考。你知道我当时的感受吗？就像被人翻箱倒柜之后的文件柜。"

"你要说什么，丁克？"沙普顿先生问。

"我想他们催眠了我。"我说。

我略微顿了顿，然后说："也许他们确实这么做了。他们很可能这么做了。"

"可是为什么呢？他们为什么要这样做呢？他们要我做什么我就做什么，他们为什么还要催眠我？"

"他们的程序和协议我并不都了解，但我猜他们是在编辑你。把很多家务琐事放在你头脑的较低层次上，这样它们就不必浪费你有意识的那部分……也许还会把你的特殊才能搞砸。真的和电脑编程没有什么区别，也不会比那更险恶。"

"但是你不确定？"

"对——我说过，培训和测试不是我负责的。但我会打几个电话，温特沃思医生会跟你谈谈，甚至可能跟你道歉。如果是这样的话，丁克，一定会有人跟你道歉的，你大可放心。我们的超越者太稀有、太珍贵了，不能经受毫无必要的苦恼。还有别的事吗？"

我想了想，然后说没有了。我谢过他，挂了电话。我差点要告诉他我觉得自己还被下了药……一些情绪提升剂，帮我度过思乡之苦，但最后我决定不麻烦他了。毕竟现在是三点，如果他们给我用了什么，可能也是为了我好。

XII

第二天，温特沃思大夫来看我——他可是个大人物——他真的向我道歉了。他表现得非常好，但他的表情，我不知道，就像大概在我挂了电话两分钟后，沙普顿先生给他打了电话，把他臭骂了一顿一样。

温特沃思医生带我去后草坪上散步——春末，草坪绿油油的，堪称完美——说他很抱歉没能让我"跟上进度"。他说，癫痫测试真的就是癫痫测试（同时也是一种断层扫描），但由于它在大多数受试者中诱导出了催眠状态，他们通常会利用它来给出某些"基准指示"。至于我，是关于我在哥伦布市使用的电脑程序的。温特沃思医生问我是否还有其他问题，我撒谎说没有了。

你可能觉得很奇怪，但事实并非如此。我的意思是，我有一个漫长而糟糕的学校生涯，离毕业还有三个月却终止了。我有喜欢的老师，也有讨厌的老师，但从来没有一个老师是我完全信任的。我是那种如果老师的座位表不是按字母排列的，就总是坐在教室的后面并且从不参加课堂讨论的孩子。当我被叫到的时候，多半会说："啥？"几匹野马都不能从我口中拽出一个问题来。沙普顿先生是我所见过的唯一能进入我心田的人，而年迈的温特沃思医生——他秃头，无框小眼镜后面长着一双锐利的眼睛——不是沙普顿先生。我能想象，就算猪都南飞过冬，我都不会向那个家伙敞开心扉，更不用说趴在他的肩膀上哭泣了。

而且，妈的，我不知道还能问什么。很多时候，我喜欢皮奥里亚的生活，我会对前景感到兴奋——新的工作，新的房子，新的城镇。皮奥里亚的人们对我很好，甚至连食物都很好——烘肉卷，炸鸡，奶昔，都是我喜欢的。我不喜欢诊断测试，你得用 IBM 铅笔做那些该死的测试题，有时我会昏昏沉沉的，好像有人在我的土豆泥里放了什么东西（或是亢奋，有时我也会有这种感觉），还有其他时候——至少有两次——我很确定自己又被催眠了。但那又怎样呢？我的意思是，当你在超市停车场上被一个推着小推车、一边大笑一边模仿赛车轰轰声想从你身上碾过去的疯子追着跑之后，这又有什么大不了的呢？

XIII

我和沙普顿先生还通过一次电话，我想我应该提一下。那是在我第二次坐飞机的前一天，那次飞行把我带去了哥伦布市，那里有个人拿着我新房子的钥匙等我。那时，我知道了清洁工的事，也知道了基本的金钱规则——身无分文地开始和结束每一周——如果遇到问题，我也知道该跟当地的什么人联系。（如果遇到了大麻烦，我就打电话给沙普顿先生，从技术上说，他是我的"控制者"。）我有地图册、餐馆列表、电影院和商场的方位。除了最重要的事情外，我把每件事都搞清楚了。

"沙普顿先生，我不知道该做什么。"我说，我当时用咖啡厅外面的电话和他通话。我房间里有部电话，但那时我太紧张了，坐不住，更不用说躺在床上了。如果他们还在往我的食物里下药，那天肯定是没起作用。

"这个我帮不了你，丁克，"他像往常一样平静地说，"所以抱歉，伙计。"

"你这话是什么意思？你得帮帮我！是你招募了我，看在上帝的分上！"

"我来给你假设一个情况。假设我是一所资金充裕的大学的校长。你知道资金充裕是什么意思吗？"

"有很多钱。我不是傻瓜，我告诉过你。"

"你说过——我道歉。不管怎样，我们假设，我，沙普顿校长，用我们学校大量资金中的一部分聘请了一位伟大的小说家作为驻校作家，或者聘请一位伟大的钢琴家来教音乐。那么，我有资格告诉小说家写什么，或者告诉钢琴家创作什么吗？"

"应该没有。"

"绝对没有，但我们假设我有。如果我告诉小说家'写一部关于贝特西·罗斯跟乔治·华盛顿在快乐巴黎的喜剧'，你觉得他能写出来吗？"

我大笑起来。我不能自已。沙普顿先生周身会散发一种特殊的情绪。

"也许吧，"我说，"尤其是如果你给他发奖金的话。"

"好吧，但即使他捏着鼻子硬写了出来，那也可能是一本非常糟糕的小说。因为有创造力的人并不总受约束。而当他们创作出最好的作品时，他们是几乎肯定不受约束的。他们只是闭着眼睛在地上打滚，嘴里大喊大叫。"

"这跟我有什么关系？听着，沙普顿先生，当我试着想象我在哥伦布市要做什么的时候，我看到的只是一大片空白。你说过要帮助别人，让世界变得更美好，除掉那些斯基珀，所有这一切听起来都很棒，只是我不知道该怎么做。"

"你会知道的，"他说，"等时候到了，你会知道的。"

"你说温特沃思和他的人会专注于我的能力，提高它。但大多数时候，他们只给了我一堆愚蠢的测试，让我觉得又回到了学校。这些都在我的潜意识里吗？还是硬盘上？"

"相信我，丁克，"他说，"相信我，也相信你自己。"

我的确相信他，也相信自己。但就在最近，情况不太好。一点也不好。

那该死的内夫——所有的坏事都因他而起。我真希望从没看过他的照片。如果我一定要看到一张照片的话，我希望看到一张他没有笑的照片。

XIV

在哥伦布市的第一周，我什么也没做。我是说完全没有。我甚至没有去看电影。当清洁工来的时候，我就去公园，坐在长椅上，感觉整个世界都在看我。周四，当我要处理掉多余的钱时，我在垃圾桶里撕碎了五十多美元。记住，这对我来说还是新鲜事。说到那种怪异的感觉——伙计，你一点概念都没有。当我站在那里，听着水槽下的马达把钱磨碎时，我不停地想起妈妈。如果妈妈当时看到我做了什么，她很可能会用一把屠刀把我刺穿，让我停下。那可是让十二局二十个数字的宾果游戏（或二十打工装裤）的钱直接打了水漂。

那一周我睡得跟猪一样。我不时地去那个小书房——我本不想去的，但是我的脚会把我拖到那儿去。我想，就像他们说的，谋杀犯总是返回他们的犯罪现场。不管怎样，我会站在门口，看着黑暗的电脑屏幕，看着地球村调制解调器，内疚、尴尬和恐惧让我汗流浃背。甚至连桌子都那么整洁干净，上面一张纸或者字条都没有，这也让我身上冒汗。我几乎能听到墙壁在咕哝"不，这里什么事都没有"和"这个笨蛋是谁，电缆安装工吗"。

我不停地做噩梦。在其中一个梦里，门铃响了，当我打开门时，沙普顿先生出现在那里。他拿着一副手铐。"伸出你的手腕，丁克，"他说，"我们以为你是个超越者，但显然我们搞错了。有时会有这样的事。"

"不，我是，"我说，"我是个超越者，我只是需要多一点时间来适应。我从来没有离开过家，记住。"

"你已经适应五年了。"他说。

我愕然了，真不敢相信。但我知道这是真的。感觉就像过了几天，但已经他妈的五年了，而我一次也没有打开过小书房里的电脑。如果没有清洁工，电脑下面的桌子上都有六英寸深厚的灰尘了。

"伸出双手，丁克。别再为难我们俩了。"

"我不，"我说，"你也不能强迫我。"

这时，他回头看了看，走上台阶的正是斯基珀·布兰尼根。他穿着那件红色尼龙外套，只是现在上面缝的是"超越国际集团"，而不是"超级美味"。他脸色苍白，但其他方面还好，我的意思是没有死。"你以为你对我做了什么，但你没有，"斯基珀说，"你对任何人都做不了什么。你只是个嬉皮士废物。"

"我要给他戴上手铐，"沙普顿先生对斯基珀说，"如果他给我添麻烦，你就用购物车把他撞倒。"

"简直绝了。"斯基珀说，然后我就尖叫着醒过来，从床上爬起来，掉到了地板上。

XV

然后，大约在我搬进来十天后，我做了另外一种梦。我不记得是什么梦了，但一定是个好梦，因为当我醒来时，我在笑。我可以感觉到脸上有一个大大的、快乐的微笑。就像我一觉醒来就想到关于布科夫斯基太太的狗的点子一样。几乎完全一样。

我穿上牛仔裤走进书房，打开电脑，打开标有工具的窗口，里面有个程序叫丁奇的笔记本。我径直打开它，所有的符号都在里面——圆、三角形、japp、mirk、菱形、bew、smim、fouder，还有几百个其他的。成千上万个。也许还有几百万个。这有点像沙普顿先生说的：一个新世界，我就在第一块大陆的海岸线上。

我所知道的是，它突然出现在我面前，我有一台很大的苹果麦金塔电脑，而不是一截小小的粉色粉笔，我要做的就是输入符号对应的单词，符号就会出现。我兴奋到了极点，我是说，我的上帝，它就像一条火河，在我的脑海中燃烧。我写，我调用符号，我用鼠标把所有东西拖到它应该在的地方。完成之后，我收到了一封信——一封特别的信。

但是给谁的信呢？

寄到哪里的信？

然后我意识到这并不重要。做一些细微的定制化改动，这封信可以寄给很多人……虽然这封信是写给一个男人而不是女人的。我不知道我是怎么知道的，我就是知道。我决定从辛辛那提开始，只是因为辛辛那提是第一座出现在我头脑里的城市。也可以是瑞士的苏黎世或者缅因州的沃特维尔。

我试着打开一个名为丁奇的邮件的工具程序。电脑不让我进去，我突然想到，要把调制解调器唤醒。调制解调器一启动，计算机就让我输入一个为312的区号。"312"代表芝加哥，我想，就电话运营商而言，我的电脑电话都出自超越国际集团的总部。不管怎样，我不在乎，那是他们的事。我已经找到了我的事业，并且正在处理它。

调制解调器醒了，被连到了芝加哥，计算机屏幕上闪出：

丁奇的邮件准备就绪

我点击区域设置。那时我已经在书房待了将近三个小时，其间只去快速撒了一泡尿，而且我能闻到自己的气味，汗流浃背，臭烘烘的，就像温室里的猴子。我不介意。我喜欢这种味道。我过得很开心。我他妈欣喜若狂。

我输入辛辛那提，点击完成。

没有辛辛那提这个条目

好吧，没问题。试试哥伦布——反正离家近一点。行了，伙计们！我们赢了。

两个哥伦布条目

230

有两个电话号码。我点击了上面的那个，好奇的同时又有点害怕会弹出什么。但那不是卷宗、档案或者——但愿不是——照片。只有一个词：

松饼

什么？

但接着我就明白了，松饼是哥伦布先生的宠物，很可能是一只猫。我又调出我的特殊信件，调换了两个符号，删除了第三个。然后我在上面加上松饼，箭头指向下面。好了。完美！

我想知道松饼的主人是谁，他做了什么值得超越国际集团注意的事，他又到底会发生什么。我不想知道。我在皮奥里亚接受的训练可能是这种不感兴趣的部分原因，但这种想法真的从未在我脑海中出现过。我只是做自己的事，仅此而已。只是做自己的事，就像潮头上的蛤蜊一样快乐。

我拨通了屏幕上的号码，打开电脑的扬声器，但没有"你好"，只有另一台电脑刺耳的"交配声"。这样也好，真的。当你去掉人的因素时，生活就容易多了。然后，就像那部电影一样，那部《晴空血战史》，开着你信赖的 B-25 轰炸机在柏林上空巡航，透过你信赖的诺顿投弹瞄准器，等待着正确的时机按下你信赖的按钮。你可能会看到烟囱，或者工厂的屋顶，但是看不到人。那些从 B-25 上扔下炸弹的人，不用听那些孩子已经化为灰烬的母亲的尖叫，我甚至不去听别人打招呼。非常划算。

过了一会儿，我还是把扬声器关了。我发现它让人分心。

找到调制解调器

电脑屏幕开始闪烁，接着是：

搜索电子邮件地址　是／否

我输入"是",然后等着。这一次,等待的时间更久一些。我想,那台电脑又要回到芝加哥,获取打开哥伦布先生的电子邮件地址所需要的东西。然而,不到三十秒后,电脑就回来了,屏幕上显示着:

电子邮件地址已找到
发送丁奇的邮件　是／否

我毫不犹豫地输入"是"。电脑上闪过:

正在发送丁奇的邮件

接着显示:

丁奇的邮件发送完成

这就完了。没有烟花。
但我想知道松饼怎么了。
你知道。之后。

XVI

那天晚上,我打电话给沙普顿先生,说:"我在工作。"
"很好,丁克,好消息。觉得好点了吗?"一如既往的平静,沙普顿先生就像塔希提岛的天气。

232

"是的。"我说。事实上，我感到很幸福，那是我一生中最美好的一天。怀疑或不怀疑，担心或不担心，我仍然这么说，这是我生命中最绝的一天。它就像我脑海里的一条火河，一条该死的火河，你能理解吗？

"你觉得好些了吗，沙普顿先生？松了口气吗？"

"我为你高兴，但我不能说我松了一口气，因为——"

"——你从一开始就不担心。"

"一语中的。"他说。

"换句话说，一切都绝了。"

他笑了起来，我说这话的时候他总是会笑："没错，丁克。一切都绝了。"

"沙普顿先生？"

"怎么了？"

"你知道，电子邮件并不完全是私密的。任何真正执着于入侵它的人都可以做到。"

"你发送的部分内容是建议收件人从文件中删除该条信息，不是吗？"

"是的，但我不能完全保证他会这么做。或者她。"

"即使他们不这样做，那些碰巧听到这条消息的人也不会有事，对吗？因为它是……针对个人的。"

"嗯，这可能会让有些人头痛，但差不多就是这样。"

"而信函本身看起来就像一堆胡言乱语。"

"或者代码。"

他哈哈大笑："让他们努力识破它吧，丁奇，对吧？就让他们试试吧！"

我叹了口气说："好吧。"

"我们来讨论一些更重要的事情吧，丁克……你感觉如何？"

"真他妈的爽。"

"很好。不要怀疑奇迹，丁克。永远不要质疑奇迹。"

然后他挂了电话。

XVII

有时我不得不寄实体的信件——把我在丁奇的笔记本上编出来的东西打印出来，把它塞进信封，贴上邮票，然后寄给某个地方的某个人。**安·特维奇教授，新墨西哥大学拉斯克鲁塞分校。安德鲁·内夫先生，《纽约邮报》转交，纽约，纽约州。比利·昂格尔，邮政总局，斯托温顿，佛蒙特州。**只是一连串的名字，但还是比电话号码更让人心烦，比电话号码更私密。这就像从诺顿投弹瞄准器里看到一张张脸朝你游来。我的意思是，这太疯狂了，对吧？你在两万五千英尺的高空，没有人脸能出现在这里，但仍然有面孔出现一两秒钟。

我很好奇一个大学教授没有调制解调器（或者一个地址是他妈的一份纽约报纸的家伙），怎么过得下去，但我从来不会过于好奇。我不必如此。我们生活在一个现代世界里，但是，信件毕竟不需要一定通过电脑发送，还有邮寄信件。但我真正需要的东西总是在数据库中。例如，昂格尔有一台一九五七年产的雷鸟。或者，安·特维奇有一个心爱的人——也许是她的丈夫，也许是她的儿子，也许是她的父亲——名叫西蒙。

特维奇和昂格尔这样的人是特例，我接触到的大多数人都像那个来自哥伦布的第一个人一样——为二十一世纪做好了准备。**正在发送丁奇的邮件，丁奇的邮件发送完成**，非常好，再见，伙计。

我本可以一直这样持续很长时间，也许会永远这样——搜索数据库（没有日程表，没有主要城市和主要目标，完全依靠自己……除非这些东西也在我的潜意识里，在硬盘上），看下午场电影，享受我的小房子里没有妈妈的那份宁静，梦想着我的下一个台阶，只是，有一天我醒来时觉得欲火中烧。我工作了一个小时左右，在澳大利亚到处闲逛，但这没用——这么说吧，我的老二不断地侵入我的大脑。我关掉电脑，到下面的报亭看看能不能找到一本杂志，里面有穿着透明内衣的漂亮女人。

我到那儿的时候，一个人正一边看着《哥伦布快报》一边往外走。我自己从来不看报纸，何苦呢？日复一日，都是老一套，独裁者把比他们弱的人打得屁滚尿流，穿球服的人把足球踢得屁滚尿流，政客们亲吻婴儿，拍马屁。换句话说，大多是关于世界上的斯基珀·布兰尼根的故事。即使我一进去就碰巧看到报纸的展示架，因为它在折痕下方、头版的下半页上，我也不会看这个故事的。但这个该死的浑蛋出来的时候，报纸打开着，他的脸埋在报纸里面。

右下角有张照片，是一个白头发的家伙，叼着烟斗，面带微笑。他看起来像个好脾气的浑蛋，可能是爱尔兰人，眼睛眯着，眉毛又白又浓密。照片上的标题——不是很大，但是能看清——是"内夫自杀谜团依旧，同事们万分悲痛"。

有那么一两秒钟，我觉得那天不应该去报亭，我根本不喜欢穿着性感内衣的女人，也许我该回家打个盹。如果进去了，我很可能会拿起一份《快报》，我会控制不住自己，而且我也不确定自己是否还想对那个爱尔兰长相的家伙多了解一点……这根本没什么，你他妈的可以相信，我急着这么告诉自己。内夫根本不是一个那么奇怪的名字，它毕竟只有四个字母，不像希登杜库斯或是霍尔凯克，要是从全国来说，肯定有成千上万个内夫。这个不一定是我知道的那个喜欢弗兰克·辛纳屈的唱片的内夫。

无论如何，现在离开明天再来会更好。明天，那个拿着烟斗的家伙的照片就不见了。明天，报纸头版的右下角会换成另一个人的照片。总有人死去，对吧？那些不是超级明星，只是出名到可以把照片放在头版右下角的人。有时人们也会感到困惑，就像哈克维尔的人对斯基珀的死感到困惑一样——他的血液里没有酒精，夜色晴朗，路面干燥，非自杀类型。

然而，世界上满是这样的谜团，有时候最好不要去解开它们。你知道，答案可不会太绝。

但是需要意志力的事情从来都不是我的强项。我做不到始终不碰巧克力，尽管我知道自己的皮肤会过敏，那天我也摆脱不了《哥伦布快报》。我走进去买了一份。

我开始往家走，然后冒出一个有趣的想法。这个想法是，我不想把一份头版印有安德鲁·内夫照片的报纸跟垃圾一起丢出去。那些收垃圾的人会开着城市卡车过来，他们肯定不会——不可能会——和超越国际集团有任何关系，但是……

我和普格小时候有个夏天看过一个节目，叫作《黄金岁月》。你可能不记得了。反正，节目里有个人经常说"完美的偏执就是完美的认知"，这就像是他的座右铭。而我对它有几分相信。

不管怎样，我去了公园，而不是回家。我坐在长椅上，看了报道，读完后，我把报纸塞进公园的垃圾桶。我甚至都不愿意这样做，但是，嘿——如果沙普顿先生找个人跟踪我，检查我扔掉的每一件东西，不管怎样，我都被人踢了腚了。

毫无疑问，一九七〇年以来一直作为《纽约邮报》专栏作家的六十二岁的安德鲁·内夫，是自杀身亡。他吃了一堆药片——这些药片可能起了作用——然后爬进浴缸，在头上套了一个塑料袋，以割腕结束了那个夜晚。这是一个完全回避心理咨询的男人。

不过，他没有留下任何遗书，尸检也没有发现任何患病迹象。他的同事对阿尔茨海默病，甚至是早衰的提法嗤之以鼻。"他是我认识的最厉害的人，直到他去世的那天。"一个名叫皮特·哈米尔的家伙说。"他要是参加《危险边缘》，能把两场都赢下。我不知道安德鲁为什么要这么做。"哈米尔接着说。内夫的"迷人的古怪之处"之一是他完全拒绝被卷入计算机革命。他没有调制解调器，没有电脑文字处理器，没有富兰克林电子出版公司的掌上拼写检查器。哈米尔说，他的公寓里甚至连一台CD机都没有；内夫声称——也许只是半开玩笑地——光盘是魔鬼的作品。他喜欢董事会主席乐队，但只在黑胶唱片上。

这个哈米尔还有其他几个人说，内夫一直都很欢乐，直到那天下午他寄出最后一篇专栏文章，回家，喝了一杯酒，然后结果了自己。《纽约邮报》的一位喋喋不休的专栏作家莉兹·史密斯说，最后一天，就在他离开之前，她和他共同享用了一块馅饼，内夫看上去"有点心烦意乱，但其他都还好"。

心烦意乱，当然。满脑子的 fouder、bew、smim，你也会心不在焉。

文章接着说，内夫在《邮报》圈里是个异类，执着于更为保守的观点——我猜他们不会直接建议对那些接受福利救济三年之后仍然没有工作的人执行电椅死刑，但他们确实暗示这总是一个选项。我想内夫是众议院的自由派，他写过一篇名为《一码是一码》的专栏文章，在文章中谈到了改变纽约对待单身少女母亲的方式，并且认为也许堕胎并不总是谋杀，他还说，外围市镇的低收入住房是一台永动仇恨机器。在生命即将结束的时候，他一直在撰写有关军队规模的专栏文章，质问为什么现在除了恐怖分子已经没有敌人可供战斗了，我们的国家却还要这么继续砸钱。他说我们把这些钱花在创造就业上作用会更大。对《邮报》的读者们来说，如果换成别人说这样的话，他们会把他钉死在十字架上，但内夫这么说，他们却非常喜欢。因为他很有趣。因为他很迷人。也许还因为他是爱尔兰人，亲吻过巧言石[1]。

差不多就这些。我开始往家走。不过，路上我绕了个弯，在市中心走了一圈。我转来转去地走着，走过林荫大道，穿过停车场，脑子里一直想着安德鲁·内夫爬进浴缸，把一个大袋子套在头上。一个一加仑大的袋子，能让你所有的剩菜保持新鲜。

他很风趣。他很迷人。而我杀了他。内夫拆开了我的信，不知怎的，信就印在了他的脑子里。根据我在报纸上看到的信息，那些特别的单词和符号大概花了三天时间才把他搞得吞下药丸、爬进浴缸。

---

[1] 位于爱尔兰布拉尼城堡，传说亲吻此石后会变得能说会道。

他自找的。

沙普顿先生就是这么说斯基珀的，也许他是对的……那个时候。但内夫是自找的吗？他有什么是我不知道的吗？他是不是喜欢小女孩的方式不对，或者推销毒品或是尾随那些无力反击的弱者，就像斯基珀推着购物车追我一样？

沙普顿说过，我们想帮助你们，利用你们的能力造福全人类，这肯定不是指因为一个人认为国防部在智能炸弹上花了太多钱，就让他自我了断。这种偏执的东西只适合史蒂文·西格尔和尚格·云顿主演的电影。

然后我有了一个不好的想法——一个可怕的主意。

也许超越国际集团并不是因为他写了那些东西而想让他死。

也许他们想让他死是因为人们——错误的那些人——开始思考他写的东西。

"这太疯狂了。"我大声说，一个望着哥伦布市的女人转过身来，白了我一眼。

最后，我在两点左右到了公共图书馆，腿疼，脑袋也突突地跳。我不停地看到浴缸里的那个家伙，他那布满皱纹的老男人的乳房和雪白的胸毛，他那可爱的笑容被那模糊的神秘表情所取代。我不断看到他把一个大袋子套在头上，哼着辛纳屈的曲子（或许是《我的路》），使劲往下拉，然后透过它往外看，就像你透过雾蒙蒙的窗户往外看一样，这样他好割开手腕上的静脉。我不想看那些东西，但我停不下来，我的投弹瞄准器变成了一台望远镜。

图书馆有个电脑室，你能以非常合理的价格上网。我得办一张借书证，不过没关系，借书证是好东西，身份证明越多越好。

我只花了三美元的时间就找到了安·特维奇，并调出了她的死亡报告。我带着不祥的预感看到，故事开始于头版右下角的"官方死亡角"，然后跳到讣告页。特维奇教授是个漂亮的女人，金发碧眼，三十七岁。

照片上，她手里拿着眼镜，仿佛想让人们知道她戴眼镜……但她好像也想让人们看到她那双漂亮的眼睛。这让我感到悲伤而内疚。

她的死像斯基珀的死一样让人吃惊——天刚黑，她从新墨西哥大学的办公室回家，也许因为轮到她做晚饭，所以有点匆忙，但这到底怎么回事，驾驶条件和能见度都很好。她的汽车——我碰巧知道她的自选车牌号是 DNA FAN——开出了路面，底朝上落在干了的河床上。当有人看到前灯并发现她时，她还活着，但已然没有救治的必要了——她伤得太重了。

她的体内没有酒精，婚姻状况良好（至少没有孩子，感谢上帝的小恩惠），所以自杀的说法非常牵强。她一直对未来充满期待，甚至说过要买一台电脑来庆祝得到了一笔新的研究经费。她从一九八八年左右就排斥拥有个人电脑，因为她那时电脑死机了，丢失了一些宝贵的数据，从那以后，她就不信任它们了。只有在非常必要的时候，她才会使用部门的设备，但仅此而已。

法医的判决是意外死亡。

安·特维奇教授是一名临床生物学家，一直处在西海岸艾滋病研究的最前沿。另一位来自加利福尼亚的科学家说，她的离世将使对某种疗法的研究倒退五年。"她是个重要成员，"他说，"她很聪明，是的，但不仅如此——我曾经听到有人说她是'天生的引导者'，这是最恰当的描述。安是那种能把别人团结在一起的人。她的离世对许多认识她、爱她的人来说是一个巨大的损失，但对这项事业是一个更大的损失。"

比利·昂格尔也很容易找到。他的照片出现在斯托温顿《每周新闻》的头版上方，而不是缩在死人角落里，但这可能是因为斯托温顿没有多少名人。昂格尔曾是威廉·"动起来"·昂格尔将军，在朝鲜战场上获得了银星和铜星奖章。在肯尼迪执政期间，他是国防部副部长（采购改革），也是当时真正的战争鹰派人物之一，杀过俄国佬，喝过他们的血，在梅西感恩节大游行时保护美国的安全，诸如此类。

后来，在林登·约翰逊总统逐步升级越南战争的时候，比利·昂格尔改变了想法，开始给报纸写信。他写道，我们对待战争的方式错了，并以此开始了专栏写作生涯。他进一步认为，我们去越南打仗根本就是错的。然后，大约在一九七五年，他发展到认为所有的战争都是错的。这对大多数佛蒙特人来说都是可以接受的。

从一九七八年开始，他总计在州议会供职七届。一九九六年，当一群进步的民主党人邀请他竞选美国参议员时，他说他想"读点书，考虑一下自己的选择"。这意味着他到二〇〇〇年就将准备好开始国家政治生涯，最迟二〇〇二年。他正在老去，但我想佛蒙特人喜欢老家伙。一九九六年过去了，昂格尔没有宣布成为任何职位的竞选人（可能是因为他的妻子死于癌症），然后，二〇〇二年来临之际，他就死翘翘了。

斯托温顿有一撮规模不大但忠诚的队伍，他们声称"动起来"的死是一场意外，银星奖章获得者不会从房顶上跳下去，即使他在近几年被癌症夺去了妻子。但其余的人指出，那家伙可能不是在修房顶——不可能有人穿着睡衣在深夜两点修房顶。

最后的裁决是自杀。

是的。没错。滚吧，去天堂吧。

XVIII

我离开了图书馆，想着我该回家了。相反，我又回到了公园的那张长椅上。我一直坐在那里，直到太阳下山，那个地方几乎空无一人，没有了孩子和接飞碟的狗。虽然那时我已经在哥伦布市待了三个月，但那是我近期唯一一次外出。我想这很可悲。我以为我在这里过着潇洒的生活，终于摆脱了母亲过上了潇洒的生活，但我所做的不过是投下阴影。

如果有人——某些人——在核查我，他们可能会疑惑我为什么要改变常规。所以我起身回家，煮了一袋那种该死的东西，打开电视。我有有线电视，所有的频道，包括高级电影频道，而且我从未见过一张账单。这交易可算太绝了吧？我打开电影频道，鲁特格尔·哈尔正扮演一位失明的空手道选手，我坐在我的假伦勃朗作品下面的沙发上，看了起来。其实我没有在看，但我吃了我的食物，眼睛看着它。

我想了很多事。关于一位观点自由开放但读者群保守的报纸专栏作家。关于一位艾滋病病毒研究人员，她在其他艾滋病研究人员中发挥着重要的联系作用。关于一个改变了主意的老将军。我想到，我之所以知道这三个名字，只是因为他们没有调制解调器和电子邮箱。

还有别的事情要思考。比如你可以催眠一个有才华的人，或者给他下药，或者甚至把他暴露给其他有才华的人，以防止他问错误的问题或者做错误的事。比如你怎么能确保这样一个能力超群的人不会逃跑，就算他碰巧意识到了真相。你可以把他放在一种无现金的生活中……在这种生活中，首要原则就是不要私藏一分钱，甚至连一个子的零花钱都不要。什么样的人才会爱上这种事呢？一个轻信的人，没有朋友，几乎没有自我认知。他会把自己能力非凡的灵魂卖给你，换来几件杂货和每周七十美元，因为他相信这就是它的全部价值。

我不愿去想这些。我努力把注意力集中在做着那些可笑的空手道动作的鲁特格尔·哈尔身上（相信我，普格要是在那儿，准会笑死的），这样我就不用去想那些事了。

例如，200。有一个数字我不想去想。200。10×20，40×5。抄送给古罗马人。那个让屏幕弹出"丁奇的邮件发送完成"的按钮，我至少按下过两百次。

我意识到——第一次，仿佛我终于醒了——我是一个杀人犯。一个凶残的谋杀犯。

的确是的。总的讲起来就是这样。

人类的福祉？人类的恶行？人类的冷漠？谁做了这些判断？沙普顿

先生吗？他的老板吗？他们的老板吗？这重要吗？

我觉得这一点都不重要。我进一步决定，我真的不能花太多时间来抱怨（哪怕是对自己）自己被下药了，被催眠了，或受到了某种思想控制。事实是，我一直在做这些事，是因为我喜欢创造出那些特别信件时的那种感觉，那种一条火河穿过心头的感觉。

大多数情况下，我这么做是因为我有能力这么做。

“那不是真的。”我说……但声音不大。我是压低声音说的。他们可能没在这里放置什么窃听设备，我确定他们没有，但安全起见。

我开始写这个……这是什么？就算是一份报告吧。那晚晚些时候，我开始写这份报告……事实上，鲁特格尔·哈尔的电影一结束我就开始了。不过，我是写在一本笔记本上，而不在我的电脑上，而且是用普通的古英语写的。没有 sankofite，没有 bew，没有 smim。地下室的乒乓球桌下面有一块松动的地砖，那是我保存报告的地方。我现在回头看看我是怎么开始的。我现在有了一份好工作，我写道，没有理由感到沮丧。愚蠢。当然，任何一个会噘嘴的傻瓜都很容易吹着口哨穿过墓地。

那天晚上，上床睡觉之后，我梦见自己在超市停车场里。普格也在那儿，穿着那件红色的防尘罩衫，头上戴着一顶米老鼠在《幻想曲》里戴的帽子——在这部电影里，米奇是魔法师学徒。在停车场中间，购物车排成一排。普格先举起手，然后再放下。每次他这样做，一辆手推车就会自己开始滚动，速度越来越快，冲过停车场，直到撞到超市的砖墙上。它们在那里越积越多——一堆闪闪发光的废铁和轮子。普格平生第一次没有笑。我想问他在做什么，这是什么意思，但是，我当然是知道的。

“他对我很好，”我在梦中告诉普格，当然，我指的是沙普顿先生，“他是真的真的绝了。”

普格完全面向我，我看到那根本不是普格，是斯基珀，他头部眉毛以上的部位都被撞扁了，破碎的头盖骨堆成一圈，让他看起来像戴着一

242

顶骨头做的皇冠。

"你不是在用投弹瞄准器，"斯基珀说，然后咧嘴一笑，"哦，你就是投弹瞄准器。你觉得怎么样，丁奇？"

我在黑暗的房间里醒来，满头大汗，双手捂着嘴不让自己尖叫，所以我猜我不太喜欢那个梦。

XIX

实话告诉你吧，写下这个是一种可悲的教育。就像是，嘿，丁克，欢迎来到现实世界。当我回想自己的经历时，大多是用厨余处理器磨碎钞票的画面，但我知道这只是因为，想着磨碎钱比想着磨碎人更让人好受。有时我恨自己，有时我害怕自己不朽的灵魂（如果我有灵魂的话），有时我只觉得难为情。沙普顿先生说过，相信我，我也做到了。我想说，你能有多蠢？我告诉自己，我只是个孩子，和我有时想到的那些开 B-25 的人一样大，而孩子是允许犯蠢的。但我怀疑，当事关生命的时候，这种说法是否还正确。

当然了，我仍然在做。

是的。

我一开始以为我做不到，就像《欢乐满人间》里的孩子们失去了快乐的念头时会在房子里四处飘浮一样……但我可以。一旦我坐在电脑屏幕前，那股火开始流淌，我就迷失了方向。你看（至少我想你可以看到），这就是我来到地球上的原因。我能因为做了一件让我完整的事而受到责备吗？

是的。绝对是。

但我停不下来。有时我对自己说，我一直在继续是因为如果我真的停下来了——也许哪怕就一天——他们会知道我已经知道了，清洁工会做一次计划外的拜访，只不过这次他们要收拾的是我。但这不是原因所在。我这样做是因为我是个瘾君子，就像一个男人在巷子里吸可卡因，或者一个女人在胳膊上扎针一样。我这么做是因为那该死的冲动，我这么做是因为当我在丁奇的笔记本上工作时，一切都绝了。这就像掉进了糖果陷阱。这都是那个傻蛋的错，他从报亭里出来，那份该死的《快报》打开着。要不是他，我能看到的就只是十字瞄准线上那些云雾缭绕的建筑物。没有人，只有目标。

你就是投弹瞄准器，斯基珀在我的梦里说，你就是投弹瞄准器，丁奇。

这是真的，我知道这是真的，可怕但真实。我只是一个工具，只是真正的投弹手使用的瞄准镜头，只是他按下的按钮。

你会问，什么投弹手？

别这样，现实点。

我想给他打电话，我是疯了吗？也许不是。"随时给我打电话，丁克，甚至夜里三点都可以。"那人就是这么说的，我很确定那个人就是这个意思——至少在这一点上，沙普顿先生没有撒谎。

我想给他打电话，说："沙普顿先生，你想知道什么最伤人吗？你说过我可以通过除掉斯基珀这样的人来让世界变得更美好，但事实是，你就是斯基珀那样的人。"

确实如此。而我就是他们用来追赶人们的购物车，他们的笑声，叫声，嘴里的赛车声。我的工作也很廉价……大甩卖的价格。到目前为止我已经杀了两百多人，而超越国际集团为此付出了什么？相当于俄亥俄州一个三流小镇上的一套小房子，每周七十美元，外加一辆本田汽车。还有一台有线电视，不要忘了这个。

我在那儿站了一会儿，看着电话，又把它放下。这些我全不能说。这就好比在我头上套一个袋子，然后割腕。

那么我该怎么办呢？

天哪，我该怎么办呢？

XX

距我上次从地砖下面拿出笔记本在上面写东西已经有两周了。每逢
周四《地球照转》播出期间，我会听到两次投信口翻盖的咔嗒声，然
后我会到大厅里去取钱。我去看过四场电影，都是在下午。我用厨余处
理器磨碎过两次钱，把零钱扔进下水道，把那个蓝色的塑料回收筐放在
路边来掩饰。有一天，我去了报亭，原想买一份《花样少女》或《论坛》，
但《快报》头版上的标题再次带走了我的性欲。标题是《教皇执行和平
使命时死于心脏病》。

是我害的吗？不，报道上说他死在亚洲，而最近几周我一直专注于
美国西北部。但也可能是我。如果上周我在巴基斯坦四处打听了，我很
可能就是那个人。

噩梦中的两周。

然后，今天早上，信封里有个东西。不是一封信——我只收到过三四
封信（都是普格寄来的，现在他已经不写信了，我非常想念他）——是凯
马特商场的广告。就在我要把它扔进垃圾桶的时候，什么东西从信封口掉
了出来，啪的一声掉在了地上。是用印刷体大写字母写的便条。**你想退出
吗？**上面写道，**如果是，发送信息"不要离我这么近"是最好的警歌**。

我的心跳得又快又剧烈，就像我那天走进家门时在沙发上方之前挂
着法兰绒小丑的地方看到伦勃朗画作的情形一样。

在这条信息下面，有人画了一个 fouder。它独自待在那里，毫无恶
意，但只是看着它就让我嘴里的口水都干了。这是一条真实的信息，那
个 fouder 证明了这一点，但这是谁寄来的呢？寄件人是怎么知道我的？

我走进书房，低着头慢慢踱步，思考着。塞在邮寄广告中的信息。手写
的印刷体，还塞在了广告中。这意味着是附近的某个人，镇上的某个人。

我打开电脑和调制解调器，拨叫哥伦布市公共图书馆，在那里上网

很便宜……而且相对匿名。我发送的任何东西都要经过芝加哥超越国际集团，但这无关紧要。他们不会怀疑的，如果我小心点的话。

当然，如果真有这样一个人的话。

有。我的电脑连接上了图书馆的电脑，屏幕上闪过一个菜单。就在那一刻，我的屏幕上闪过另一个东西。

一个 smim。

在右下角。一闪而过。

我发了那条关于"最好的警歌"的信息，并在死者角落里增加了一点自己的东西：一个 sankofite。

我可以写得更多一点——事情已经开始了，我相信不久之后事情的进程就会加速——但我认为这并不安全。到目前为止，我只是在谈论自己。如果再进一步，我就得谈谈别人了。但我还有两件事要说。

第一，我为我所做的一切感到抱歉——甚至为我对斯基珀所做的事感到抱歉。如果可以的话，我愿意撤回。我当时不知道自己在做什么。我知道这是个很糟糕的借口，但这是我唯一的借口。

第二，我想再写一封特别的信……最特别的。

我有沙普顿先生的电子邮件地址。我还有更好的东西：当我们坐在他那辆昂贵的奔驰车里时，他是如何抚摸他的幸运领带的——他用手掌抚过那些丝绸宝剑的可爱样子。所以你看，我对他的了解刚刚好。我刚好知道该在他的信里加上些什么，怎样让它"绝了"。我闭上眼睛，看见黑暗中一个词飘浮在我的眼皮后面——就像一团黑色之火，如射进大脑的箭镞一样致命，而它是唯一重要的词语：**神剑**。

L.T.'s Theory of Pets

L.T. 的宠物理论

　　我想，如果要在这个集子里选出一篇我最喜欢的，那就是《L.T.》。我记得这个故事缘起于一个名为"亲爱的艾比"的专栏，艾比在专栏中表示，宠物是送给一个人最糟糕的礼物。首先，它假定宠物和接受者合得来，假定每天喂动物两次并清理粪便（包括室内和室外）正是你一直渴望做的事情。我记得，她把送宠物称作"傲慢的行径"。我想这有点言过其实了。我妻子在我四十岁生日的时候送了我一只狗，马洛——十四岁，只有一只眼睛，柯基犬——从那以后就一直是这个家庭的光荣成员。在其中的五年里，我们还养了一只相当疯狂的暹罗猫，名叫珀尔。正是在观看马洛和珀尔的互动时——它们都带着一种谨慎的尊重——我第一次想到了一个故事：婚姻中的宠物不会在其名义上的主人身上留下印记，而是在另一个人身上留下印记。创作这个故事的过程非常愉快，所以，每当我被叫去大声朗读一个故事的时候，我都会选择这个故事，当然得假设我有五十分钟的阅读时间。它让人发笑，我喜欢这样。我更喜欢的是故事结尾出人意料的基调上的反转，从幽默到悲伤和惊骇。当它来临时，读者已放弃抵挡，故事的情感回报就更高了一些。对我来说，情感上的回报就是一切。当你读到一篇文章时，我想让你大笑或哭泣……或者既大笑又哭泣。换句话说，我想要你的心。如果想学习什么东西，那你得去学校。

———

我的朋友 L.T.几乎从不谈论他的妻子是如何失踪的，或者说是如何死的（很可能是死了）——斧头人的另一个受害者——但他喜欢讲述她是如何抛弃他的。他只是眼珠一转，好像在说："她骗了我，伙计们——是的，很好，正当！"他有时会把这个故事讲给一群人听，这些人坐在工厂后面的货运码头上，吃着午餐，他也吃着他自己做的午餐——现在家里没有露露贝尔为他做午餐了。他讲故事时，他们总是会笑，故事总是以"L.T.的宠物理论"结尾。天哪，我总是会笑。这是个有趣的故事，即使你知道结局，不过并非我们中的任何人都知道。

"跟往常一样，我四点钟就打卡下班了，"L.T.说，"然后去'德布的窝'酒吧喝了几杯啤酒，玩了一场弹球游戏，然后回了家。事情从此不再像往常一样了。一个人早上起床的时候根本不知道当他晚上再次躺下的时候，他的生活可能发生了多大的变化。《圣经》上说：'那日子、那时辰，没有人知道。'我相信这句话是关于死亡的，但它适用于其他的一切，伙计们。这个世上其他的一切。你永远不知道什么时候小提琴的弦会断。

"当我拐进车道时，我看到车库的门开着，她结婚时带来的那辆小斯巴鲁不见了，但我并不觉得这有什么特别之处。她总是开车去某个地方——庭院大甩卖什么的——并且让那该死的车库门开着。我会告诉她：'露露，如果你一直这样下去，最终会有人利用这一点的，进来拿走一把耙子或一袋泥炭苔，甚至是电动割草机。见鬼，即使是一个刚从大学毕业的基督复临安息日会信徒，如果你对他施加足够的诱惑，他也会偷东西的，而这是最不应该去诱惑的人，因为他们比我们这些人的感受都更深。'无论如何，她总是说：'我会改的，L.T.，不管怎样，至少会努力去改，我真的会的，亲爱的。'她确实改了，只是像任何一个普通的罪人一样，会时不时地退步。

"我把车停在车库的一侧，这样她回来之后就能把车开进来，但我关上了车库的门，然后从厨房进了屋。我查看了邮箱，里面是空的，邮件放在厨房台面上，所以她肯定是十一点以后走的，因为他最早要到十一点才来。我是说邮递员。

"露西就在门口，像个暹罗猫那样叫个不停——我喜欢这种叫声，觉得挺可爱的，但露露一直讨厌这种叫声，也许是因为它听起来像婴儿的哭声，而她不想和婴儿有任何瓜葛。'我要一只猴子做什么？'她会说。

"露西在门口也没什么不寻常的。那只猫喜欢我的屁股，现在还是。现在它两岁了。我们婚姻的最后一年的年初拿到了它，差不多那个时间吧。难以相信露露已经离开一年了，而我们在一起也不过三年时间。但露露贝尔是那种能给你留下深刻印象的人，她身上有种我所谓的明星气质。你们知道她老让我想起谁吗？露西尔·鲍尔。现在想想，这大概就是我给那只猫取名露西的原因吧，尽管我不记得当时是怎么想的了。这可能就是你们所说的潜意识联想。她走进一个房间——我是说露露贝尔，不是那只猫——然后用某种方式把它照亮。像这样的人，当他们离开时，你很难相信，而你会一直期待他们回来。

"与此同时，那只猫。它一开始叫露西，但露露贝尔讨厌它的举止，就开始叫它'去你的露西'，然后就沿用下来了。露西不是疯子，她只是想被人爱。比我一生中任何一只宠物都渴望被爱，而我真有过不少。

"不管怎样，我回到家里，抱起猫，抚摸了它一会儿，它爬到我的肩膀上，坐在那里，咕噜咕噜，说着暹罗猫语。我查看了台面上的信件，把账单放在篮子里，然后走到冰箱边给露西拿点吃的。我总是在里面放一罐开了的猫粮，上面盖一块锡纸，以免露西听到开罐器的声音，兴奋得把爪子戳进我的肩膀。你们知道，猫很聪明，比狗聪明多了，它们在其他方面也多有不同。也许世界上最大的分歧不存在于男人和女人之间，而存在于喜欢猫的人和喜欢狗的人之间。你们这些猪肉包装工有没有想过这个？

"露露抱怨冰箱里有一罐打开的猫粮，即使上面盖了一块锡纸，说这让里面的每样东西都有一股金枪鱼味，但是在这件事上我不会让步。在大多数事情上，我都是按照她的喜好做的，但猫粮的问题是少数几个我真正维护自己的权利的领域之一。不管怎样，这和猫粮没有任何关系。这和猫有关。她只是不喜欢露西，仅此而已。露西是她的猫，但她不喜欢它。

"不管怎样，我走到冰箱前，看到上面有一张字条，用一块蔬菜磁铁固定着，是露露贝尔留的。就我的记忆所及，字条上是这样写的：

"'亲爱的 L.T.——我要离开你了，甜心。除非你早点回家，否则等你收到这张条子时，我早就走了。我认为你不会早回家，我们结婚以来你从来没有早回过家，但至少我知道你一进门就会看到这个，因为你回到家的第一件事不是过来看我，对我说，嘿，亲爱的，我回来了，给我一个吻，而是到冰箱那里拿令人讨厌的猫粮去喂去你的露西。所以至少我知道你不会直接上楼，震惊地看到我的猫王最后的晚餐照片不见了，我一半的衣柜是空的，以为我们家来了个喜欢女士裙子（不像有些人，只喜

250

欢裙子下面的东西）的贼。'

"'亲爱的，有时我会生你的气，但我还是觉得你温柔、善良、友好，不管我们走到哪里，你永远都是我的小枫树和糖布丁。只是我觉得自己从来都不适合做罐头猪肉包装工的妻子。我并非出于自负。我为这个决定苦苦挣扎，夜复一夜地睡不着，上周甚至拨打了心理热线（听着你的呼噜声，天哪，我不想伤害你的感情，但你是不是天生就会打呼噜），我得到的信息是破碎的勺子可能成为一把叉子。起初我不明白，但我没有放弃。我不如有些人聪明（或者不像某些人自认为聪明），但我一直在努力。我母亲过去常说，慢工出细活，我就像中餐馆里的胡椒磨一样，不停地琢磨，直到深夜，而你却在打呼噜，毫无疑问，做梦还想着多少猪鼻子能磨出一个猪肉罐头。我忽然想，说一把坏勺子可以变成一把叉子是一件很美的事情，因为叉子齿。那些齿也许必须分开，就像你我现在必须分开一样，但它们仍然有相同的柄。我们也一样。我们都是人，L.T.，彼此相爱，互相尊重。看看我们为弗兰克和去他的露西吵了那么多架，但我们基本上还是相处得很好。然而，现在是时候了，让我沿着与你不同的道路去寻找我的出路，用一种不同的眼光来审视严峻的人生考验。而且，我也想念我的母亲了。'

（我不确定这些东西是不是都写在L.T.在冰箱上发现的字条上，我必须承认，这似乎不太可能，但听他讲故事的人这个时候都乐不可支了——至少在装货码头是这样——而且口气听上去确实像露露贝尔，这点我可以证实。）

"'请不要来找我，L.T.，虽然我会去母亲家，而你知道电话号码，但我还是希望你不要给我打电话，而是等我给你打。我会的。但与此同时，我要好好思考一番，虽然我已经能平静地看待它，却还没有走出迷雾。我想我最终会向你提出离婚的，我认为这样告诉你才公平。我从来就不是一个给人虚幻希望的人，我认为说实话，把魔鬼熏出来更好。请记住，我所做的一切都是出于爱，而不是敌意和怨恨。请记住别人对我说过而我现在又对你说的话：断匙可能是伪装的叉子。我所有的爱，露露贝尔·西姆斯。'"

到这儿，L.T.会停顿一下，让他们明白她用回了娘家姓，接着用L. T. 德威特的专有方式转了几转。然后他会告诉他们字条上的附言。

"'我把弗兰克带走了，把去你的露西留给你。我想这可能正合你心意。爱你，露露。'"

如果说德威特一家是一把叉子，那么去他的露西和弗兰克就是叉子的另外两个齿。如果不是叉子（就我个人而言，我一直觉得婚姻更像一把刀——危险的刀，有两个锋利的刀刃），去他的露西和弗兰克仍然可以说集合了 L.T.和露露贝尔婚姻中出现的所有问题。因为，想想看，虽然露露贝尔给 L.T.买了弗兰克（第一个结婚纪念日时），L.T.为露露贝尔买来了露西（第二个结婚纪念日时）——很快就变成了去他的露西——当露露走出这段婚姻时，他们却得到了另一只宠物。

"她给我买那只狗，是因为我喜欢《欢乐一家亲》里的狗，"L.T.会说，"那种狗是小猎犬，但我现在不记得他们叫它什么了。叫杰克什么。杰克斯普拉特？杰克鲁滨逊？杰克便便吗？你知道那种到了嘴边却说不出来的感觉吗？"

有人会告诉他《欢乐一家亲》里的那只狗是一只杰克罗素犬，L.T.会坚定地点点头。

"没错！"他大喊道，"对！完全正确！弗兰克就是……嗯……一只杰克罗素犬。但你想知道冷酷无情的真相吗？一个小时后，我又会忘记这一点——它会在我的脑海里，但就像躲在石头后面一样。一个小时后，我会问自己，'那个家伙说弗兰克是什么？杰克手柄犬？杰克兔兔犬？很接近，我知道很接近……'诸如此类的。为什么？我想是因为我太讨厌那个小浑蛋了，那只乱叫的蠢狗，那个覆盖着毛皮的拉屎机，我一看到它就厌从心生。就是这样。它不在了，我很高兴。你们知道吗？弗兰克对我也有同感。这叫一见'终'情。

"你知道有些男人会如何训练他们的狗给他们送拖鞋吗？弗兰克非但不肯给我拿拖鞋，还往里面呕吐。是的，第一次的时候，我直接把右脚伸了进去，就像把脚伸进埋了特别大的肿块的温暖的木薯粉里一样。虽然我没看见，但我推测它一直在卧室门外等着，直到看见我过来——他妈的埋伏在卧室门外——然后进去，往我右脚拖鞋里呕吐，然后躲在床底下看好戏。我是根据它仍然温热来推断的。该死的狗。去他妈的人类最好的朋友。那之后我想把它送去收容所、抽出皮带什么的，但是露露大发脾气。你会以为她是看到了我正在给狗灌洗肠液。

"'如果你带弗兰克去收容所，不如也把我送去，'她说着哭了起来，'这就是你对它的看法，这就是你对我的看法。亲爱的，我们对你来说就是想摆脱的麻烦。这就是冷酷无情的事实。'我是说，哦，我的痔疮。

"'它吐到了我的拖鞋里。'我说。

"'这只狗吐他鞋里了，所以要把狗头砍了。'她说，'哦，我的甜心，要是你能听见自己说的话就好了！'

"'嘿，'我说，'你试试光脚伸进一只满是狗呕吐物的拖鞋里，看看感受如何。'你知道的，到那时你已经气疯了。

"只是生露露的气没什么好处。大多数时候，如果你有一张 K，她就会有一张 A。如果你有 A，她就会有一张王牌。而且，女人会他妈的升级。如果发生了什么事，我不高兴，她就生气。我生气，她就暴怒。如果我暴怒，她就会是他妈的一级红色预警，并射出发射井里的导弹。我说的是他妈的焦土政策。多数情况下，都得不偿失，只是几乎每次我们吵架的时候，我都会忘记这一点。

"她会说：'哦，天哪。梅普尔布丁把脚插到呕吐物里了。'我试图插话，告诉她不是这样的，呕吐物就像口水一样，里面没有这些该死的大块，但她一个字都不会让我说出来。那时，她已经开到了超车道上，精神抖擞，准备好说教了。

"'我来告诉你吧，亲爱的，'她说，'在你的鞋里流一点口水是件非常小的事情。你们男人真是要命。有时候试着做个女人，好吗？尝试总是当那个每晚只有床铺的一角可以躺的人，或是半夜上厕所，却因为有个男人把该死的马桶圈竖了起来，结果一屁股坐在了冷水里的人。那是深更半夜的潜泳，而马桶可能还没冲，男人们以为尿仙半夜两点会现身处理。就这样，你坐在尿里，然后突然意识到你的脚也泡在一摊'柠檬汁'里，因为尽管男人们认为他们是神枪手迪克，但大多数时候他们都尿不到马桶里。不管是醉了还是清醒，他们都得把马桶周围该死的地板这么污染一遍才能开始干正事。我一辈子都是这么过来的，亲爱的——一个父亲，四个兄弟，一个前夫，加上一些室友，虽然时至今日，这些都已经跟你无关了——而你要把可怜的弗兰克送到煤气厂去，就因为它凑巧在你的拖鞋里流了一点口水。

"'我的毛皮衬里拖鞋。'我告诉她，但这只是一次小小的反驳。对于和露露在一起的生活，有一点也许还值得一夸，那就是我总是知道我什么时候被打败了。而当我输的时候，那非常具有决定性。有一件事我当然不会告诉她，即使我知道这是狗故意吐在我的拖鞋里，就像它故意在我的内裤上撒尿一样，如果我去上班之前忘了把它拴住的话。她可以把胸罩和裤子扔得遍地都是——也确实如此——但是，如果我在角落里落了一双运动袜，我回到家就会发现那只该死的杰克狗给它冲了个柠檬水澡。但是，告诉她吗？她会帮我预约心理医生的。即使知道那是真的，她也会这么做。否则她就不得不认真对待我说的事，而她不想这样。你们看，她爱弗兰克，弗兰克也爱她。他们就像罗密欧与朱丽叶，或是洛基和阿德里安。

"我们看电视的时候，弗兰克会来到她椅子边，躺在地板上，把下巴放在她的鞋上。整晚都像这样躺在那里，抬头看着她，眼神里充满深情和爱意。它的屁股朝着我，所以如果它要是放屁的话，就全由我享用了。它爱她，她也爱它。为什么？天知道。我猜，对所有人来说，爱情都是一个谜，诗人除外，没有哪个头脑清醒的人能够理解他们写的有关爱情的诗篇。当然我认为在他们闻着咖啡香清醒地醒来的极少数情况下，他们中的大多数人自己也不能理解。

"但露露贝尔并不是为了自己想要才送我那只狗，这件事我们得说明。我知道有些人会这么做——一个丈夫送给他的妻子一趟迈阿密旅行，因为他自己想去那里，或者妻子送给丈夫一台诺迪克跑步机，是因为她认为他应该对他的肠道采取一些措施了——但这不是那种交易。我们一开始深爱对方，我知道我深爱着她，而且我用性命担保她也深爱着我。不，她为我买那只狗是因为我非常喜欢《欢乐一家亲》里的那只狗。她想让我开心，就是这样。她不知道弗兰克会喜欢上她，或者她会喜欢上它，她也不知道这条狗会如此不喜欢我，以至于在我的拖鞋里呕吐或咬我这一侧窗帘的底部是它那天的高潮。"

L.T.看着笑嘻嘻的男人们，自己一点都没笑，他转了转眼睛，眼神里透着长久经受的痛楚和对此的了然于心，他们如期待中那样再次笑了起来。尽管我知道斧头人那件事，但我也笑了。

"我从未被人讨厌过，"他说，"无论是人还是动物，而这让我很不安。这令我非常不安。我试着和弗兰克交朋友——首先是为了我，也为了把它送给我的她——但是没有用。据我所知，它可能也会试着和我交朋友……对一只狗，谁知道呢？如果真是这样，同样没有起作用。那之后我看到过——我记得是在'亲爱的艾比'上——宠物差不多是你能送人的最糟糕的礼物，而我表示同意。我的意思是，即使你喜欢它，它也喜欢你，也要考虑一下这种礼物意味着什么。'比方说，亲爱的，我要送你一个美妙的礼物，它是一台机器，从一头吃东西，从另一头拉出来，它将运行差不多十五年，他妈的圣诞节快乐。'但这种事你常常事后才会想到。你们懂我的意思吗？

"我觉得我们确实尽力了，弗兰克和我。毕竟，即使我们彼此厌恶，但我们都爱着露露贝尔。即使它有时会对着我咆哮，但是当我挨着她坐在沙发上观看《墨菲布朗》或者看电影的时候，它从来没咬过我，我想，这就是其中的原因吧。不过，它确实常常逼得我发疯，胆子真他妈的大，竟敢耸着狗毛、瞪着眼朝我咆哮。

"'听听，'我会说，'它在冲我咆哮呢。'

"她抚摸着它的头——她从来没有那样抚摸过我，除非她喝了酒——说那就是狗在咕噜。说它只是高兴能跟我们在一起，在家里度过一个安静的夜晚。不过，我实话跟你们说，她不在的时候，我从没试过拍拍它。我有时会喂他，而且从来没有踢过它（虽然有几次很想踢，要说没想过，我就是在撒谎），但我从没试过拍拍它。我觉得它会咬我，然后我们会打起来，就像两个跟同一个漂亮女孩住在一起的男人一样，《阁楼》杂志的'论坛'专栏称这为'三角家庭'。我们都爱她，她也爱我们两个，但随着时间的推移，我开始意识到天平在倾斜，她开始爱弗兰克比爱我多一点。也许是因为弗兰克从来不会顶嘴，也从未在她拖鞋里呕吐过，而且对弗兰克来说，该死的马桶圈从来都不是问题，因为它出去解决问题。当然，除非我把一条内裤落在了角落里或床底下。"

这时，L.T.可能会喝完他水杯中的冰咖啡，掰掰指关节，或两者都做。他这是在说，第一幕已经结束，第二幕即将开始。

"然后有一天，是周六，露露和我一起去商场。跟其他人一样逛来逛去，你知道。然后我们经过杰西潘尼百货旁边的宠物店，橱窗前围着一大群人。'噢，我们去看看。'露露说，所以我们就走过去，一直挤到最前面。

"那是一棵假树，光秃秃的树枝，周围是假草——阿斯特罗人工草皮，还有几只小暹罗猫。一共有六只，互相追逐着，在树上爬上爬下，彼此拍打着耳朵。

"'天哪，它们真是太可爱了！'露露说，'哦，它们真是最可爱的小宝贝！看哪，亲爱的，你看哪！'

"'我在看。'我说，我当时在想，我刚找到了要送给露露的结婚周年礼物，这让我如释重负。我希望给她一个非常特别的礼物，让她喜出望外，因为过去的一年我们的关系不太好。我想到了弗兰克，但我并不太担心它，漫画里猫和狗总在打斗，但在现实生活中，它们通常能和睦相处，这是我的经历告诉我的。它们通常比人相处得更好，特别是外面很冷的时候。

"长话短说，我买了其中一只，并在我们的周年纪念日送给了她。我还给它买了个天鹅绒项圈，下面塞了一张小卡片。'你好，我是露西！'卡片上写着，'跟我同来的是 L.T.的爱！结婚两周年快乐！'

"你们大概知道我现在会告诉你们什么，不是吗？没错。事情跟浑蛋弗兰克一样，只是反过来了。起初，我对有了弗兰克高兴得不得了，起初露露对有了露西也高兴得不得了，把它抱到头上，像跟婴儿说话一样跟它说话：'哦，小猫咪你好，哦，你这个可爱的小猫咪，它真是太可爱了。'没完没了……直到露西一声咆哮，在露露贝尔的鼻头上抓了一把，因为爪子刚好往外伸着。然后它跑开了，躲到厨房的桌子底下。露露笑了起来，仿佛这是她见过的最有趣的事，就像小猫的其他行为一样可爱，但我看得出来她很生气。

"这时弗兰克进来了。它一直在我们的房间里睡觉——在她那一侧的床脚边——但当小猫抓了她的鼻子、露露发出一声尖叫时，它就下来看看是什么事大惊小怪的。

"它立刻就看到了桌子底下的露西，然后向它走去，嗅着她待过的油地毡。

"'阻止它们，亲爱的，阻止它们，L.T.，它们要打起来了，'露露贝尔说，'弗兰克会杀了它的。'

"'让它们自己待一会儿。'我说，'看看会发生什么。'

"露西像所有猫会做的那样弓起背，但是站在原地毫不退让，看着弗兰克走近。露露迈步向前，不顾我说的话，想要介入（倾听并不是露露的强项），但是我抓住她的手腕，拦住了她。如果可以的话，最好让它们自己解决。这是最好的办法，也更快。

"然后，弗兰克走到桌子边，把鼻子伸到下面，从喉咙里发出低沉的隆隆声。'放开我，L.T.，我得把它抱出来，'露露贝尔说，'弗兰克正朝它咆哮呢。'

"不，不是的，'我说，'它只是在咕噜。它经常对着我咕噜，所以我知道。'

"她瞪了我一眼，那眼神都能把水煮沸，但什么都没说。在我们三年的婚姻中，我强辩到底的为数不多的几次，都事关弗兰克和去他的露西。奇怪但是真实。换作任何其他话题，露露可以围着我说个没完。但是一谈到宠物，她就仿佛刚从昏迷中恢复过来一样。这常常让她发疯。

"弗兰克把头往桌子下面伸得更往里了一些，露西在它的鼻子上拍了一把，就像它拍露露贝尔的鼻子那样——只是当它拍弗兰克时，没有露出爪子。我原想弗兰克会攻击它，但是没有，它只是呼哧着转身走开了。并不害怕，更像是在想：'哦，好吧，就是因为这个啊。'它回到客厅里，躺在电视机前面。

"这就是它们之间仅有的对抗。它们把领地一分为二，就像露露和我在一起度过的最后一年做的那样，事情变得越来越糟糕。卧室归弗兰克和露露，厨房归我和露西——一直到圣诞节，露露贝尔开始叫它'去他的露西'——客厅则是中立地带。去年我们四个在那里度过了许多个晚上，去他的露西坐在我腿上，弗兰克的下巴放在露露的鞋上，我们两个人坐在沙发上，露露贝尔看书，我看《命运之轮》或《富人和名人的生活方式》，露露贝尔总是把它叫作《富人和秃顶的生活方式》。

"猫不愿跟她有任何瓜葛，从第一天开始就是。至于弗兰克，你时不时会感觉弗兰克至少在试图与我和谐相处。它的本性最终总是占据上风，它会咬烂我的一只运动鞋或者在我的内裤上撒泡尿，但是时不时地，它仿佛真的在努力。舔我的手，或者朝我咧咧嘴。不过，通常是在我有一盘它想吃的东西的时候。

"不过，猫跟狗不一样。猫不会讨好人，即使这能给它们带来好处。猫不可能是个伪君子。如果有更多像猫一样的传教士，这个国家将再次成为一个宗教国家。如果一只猫喜欢你，你会知道。如果它不喜欢你，你也会知道。去他的露西从不喜欢露露，一点都不喜欢，它从一开始就表现得很清楚。当我准备喂它、把吃的舀起来放进它的盘子里时，露西就会咕噜着蹭我的腿。换作露露喂它，露西就一直蹲在厨房那头，在冰箱前面，远远地看着她，露露走开了才会走到盘子边。这让露露发狂。'那猫还以为自己是示巴女王。'她会说。那时，她已经不再像跟婴儿一样对它说话，也不再把露西抱起来。要是抱了，手腕就经常被抓伤。

"现在，我尽力假装喜欢弗兰克，露露则尽力装出喜欢露西的样子，但露露放弃假装比我早得多。我猜，也许他们两个，猫和女人，都忍受不了当伪君子。我不认为露西是露露离开的唯一原因——我知道不是——但我确信露西帮助露露贝尔做出了最终决定。你们知道，宠物可以活很长时间。所以我送给她的两周年礼物真的是压垮骆驼的最后那根稻草。把这话转达给'亲爱的艾比'！

"对露露来说，猫的叫声可能是最讨厌的，她忍受不了。一天晚上，露露贝尔对我说：'要是那只猫不停止嚎叫，我就要用百科全书打它了。'

"'那不是嚎叫，'我说道，'是在聊天。'

"'好吧，'露露说，'我希望它能停止聊天。'

"就在那时，露西跳到了我的腿上，它确实不叫了，只从喉咙深处发出一点咕噜声，是真正的咕噜。我用它喜欢的方式在它的两耳之间搔着，我碰巧抬起头来。露露把目光转回书上，但在此之前，我看到的是发自内心的厌恶。不是对我，而是对去他的露西。用百科全书砸它？她看起来好像要把猫塞到两本百科全书之间，把它活夹死。

"有时露露走进厨房，看到猫在桌子上，就一把把它拍下去。我曾经问她，她见过我那样把弗兰克从床上拍下去吗——它会上床，你们知道，总是在她那一侧，在床上留下那些讨厌的白毛。当我这么说时，露露朝我咧了咧嘴，反正她的牙齿露了出来。'你要是敢这么做，很可能会发现自己少了一根或三根手指。'她说。

"有时露西真的是去他的露西。猫喜怒无常，有时会变得躁狂，养过猫的人都会这么跟你说。它们的眼睛变得很大，怒目而视，尾巴上的毛竖起来，在房子里跑来跑去。有时候它们会后腿踩地，身体直立，对着空气挥拳，仿佛在跟什么它们能看到而人类无法看到的东西搏斗。差不多一岁的时候，有天晚上，露西陷入了这种情绪——在那之后不超过三周，我回到家，发现露露贝尔不见了。

"反正，露西从厨房里跑进来，在木地板上做了个滑行动作，从弗兰克身上跳过去，然后抓着客厅的窗帘往上爬，一爪子接着一爪子，在窗帘上留下了好些个洞，线头垂下来。然后，它就坐在窗帘横杆上，向下打量着房间，蓝眼睛狂热地瞪圆了，尾巴尖来回晃动着。

"弗兰克只是猛地抬起头来，然后又把下巴放回了露露贝尔的鞋上，但那猫把露露贝尔吓得不轻。她当时正埋头看书，当她抬起头看着那只猫时，我看到她眼里的厌恶再次显露无遗。

"'好吧，'她说，'够了，大家他妈的把话说明了吧。我们要为这个蓝眼睛的小婊子找个好归宿，如果我们不能为一只纯种暹罗猫找个家，就把它送到动物收容所去。我受够了。'

"'你这话什么意思？'我问她。

"'你瞎了吗？'她问道，'看看它对我的窗帘做了什么！上面到处是洞！'

"'你要是想看带洞的窗帘，'我说，'为什么不上楼看我床边的那些，底部都破破烂烂的，都是它嚼的。'

"'这不一样，'她瞪着我说，'这不一样，你知道的。'

"好吧，我不会就此打住，我绝不会就此打住。'你认为不同的唯一原因就是你喜欢你送给我的狗，不喜欢我送给你的猫。'我说，'但是，我要告诉你，德威特太太：你周二要是敢因为猫抓了客厅的窗帘就送它去动物收容所，我向你保证，我周三就会因为狗咬卧室的窗帘送它去动物收容所。明白了吗？'

"她看着我，哭了起来。她用书砸我，骂我浑蛋，卑鄙的浑蛋。我试图抓住她，让她留下，至少让我试着补救——如果有一种不用退让就能补救的方法的话，我并不想退让——但她从我手里抽出手臂，跑出了房间。弗兰克跟着她跑了出去。他们上了楼，接着卧室门砰的一声关上了。

"我给了她半个小时左右来冷静一下，然后我上了楼。卧室门仍然关着，当我试图开门时，发现自己得推开弗兰克。我可以推动它，但是它在地板上滑动，动得很慢，也很吵。它咆哮着。我说的是真咆哮，朋友们，可不是他妈的咕噜声。我要是进去了，我相信它会尽力把我的男子气概咬掉。那天晚上我睡在了沙发上——第一次。

"大概一个月之后，她走了。"

如果 L.T.时间把握得准（大多数时候都很准，熟能生巧嘛），这时艾奥瓦州埃姆斯的赫珀顿肉类加工厂开工的铃声会正好响起，不给那些新人提问的机会（老手都知道……而且不会笨到去问），问 L.T.后来是否跟露露贝尔和好了，或者他是否知道她现在何处，或者——那个金牌问题——她和弗兰克是否还在一起。没有什么比继续工作的铃声更能隔绝生活中令人尴尬的问题了。

"好吧，" L.T.会说，放下热水瓶，站起来伸个懒腰，"这一切促使我创造了我的理论，我称之为'L. T. 德威特的宠物理论'。"

他们一脸期待地看着他，就像我第一次听到他使用那个牛气的词汇时一样，但他们最后总会失望的，就像我一直以来总感到失望一样。这么好的一个故事，应该有更好的点睛之笔，但是 L.T.从未改变过。

"如果你的狗和猫比你跟你妻子相处得好，"他会说，"你最好等着某天晚上回家时在冰箱门上找到一张留言条。"

正如我所说的，这个故事他讲了很多次，有一天晚上他来我家吃饭，又跟我的老婆和小姨子讲了一次。我老婆邀请了离婚近两年的霍莉，这样男女就平衡了。我确信事情就是这样，因为罗斯琳从不喜欢 L. T. 德威特。大多数人都喜欢他，就像手喜欢温水一样，但罗斯琳从来都跟大多数人不一样。她不喜欢冰箱上的留言条和宠物的故事——我看得出来她不喜欢，尽管她会在正确的时候咯咯发笑。至于霍莉……该死，我不知道，我从来都摸不透那个女孩的想法。大部分时间她只是双手放在腿上，脸上带着蒙娜丽莎式的微笑。不过，那次是我的错，我也承认。L.T.本来不想讲的，但我鼓动他讲，因为餐桌上太安静了，只有餐具的叮当声和玻璃酒杯的碰撞声，我几乎能感觉到我老婆对 L.T.的厌恶，那厌恶像波浪一样扩散开来。如果 L.T.能感觉到杰克罗素小猎犬不喜欢他，他应该也能发觉我老婆不喜欢他。无论如何，我是这么想的。

所以他就讲了，我想主要是为了取悦我，他在恰当的时机转动眼球，仿佛在说："天哪，她把我耍得团团转，不是吗？"我老婆时不时咯咯地笑两声——那笑声听起来就像假钞一样假——而霍莉则目光朝下，脸上始终挂着蒙娜丽莎式的笑容。除此之外，晚餐一切顺利，晚餐结束时，L.T.告诉罗斯琳，感谢她的"动感十足的晚宴"（无论那是什么），她说欢迎他随时过来，她和我喜欢他来家里做客。她这是在撒谎，但我怀疑世界上是否有过一场晚宴是没人撒过谎的。所以一切进展得很顺利，至少在我开车送他回家之前。L.T.说起再过一周左右露露贝尔就出走一年了。那也是他们结婚四周年的纪念日，如果你是老派人，就送鲜花，要是喜欢新潮，就送家用电器。然后，他说露露贝尔的母亲——露露贝尔从未在她母亲家露面——将在当地的公墓给露露贝尔立一块碑。"西姆斯太太说我们必须当她死了。"L.T.说，接着就大哭起来。我很震惊，几乎把车开出了该死的路面。

他哭得很伤心，以致当震惊过后，我开始害怕他被压抑的悲伤搞得中风或血管爆裂，而后送命。他在座位上前后摇晃，摊开的双手猛地砸在仪表板上，仿佛他体内有个发条。最后我把车停在路边，拍拍他的肩膀。我可以透过他的衬衫感觉到他皮肤的热量，热得像在被烘烤。

"好了，L.T.，"我说，"够了。"

"我就是想她了，"他的声音沙哑而带着哭腔，我几乎听不懂他在说什么，"真的很想她。我回到家，一个人都没有，只有那只猫哭个没完没了。很快我也哭了起来，我们都在哭，我往它的盘子里倒满了那该死的猫粮。"

他把通红、满是泪水的脸转向我。我几乎不敢直视他，但还是忍住了，我觉得我必须看他。毕竟，晚上是谁让他讲述露西和弗兰克以及冰箱上留言条的故事的？肯定不是迈克·华莱士或丹·拉瑟。所以我直视着他。我不太敢抱他，怕发条跑到我身上，但还是不停地拍着他的胳膊。

"我觉得她还活着——在某个地方。我就是这么想的。"他说。他的声音仍然沙哑，但也透着一种可怜的淡淡的蔑视。他说的不是他的想法，而是他希望自己能够相信的说法。我非常肯定。

"好吧，"我说，"你可以这么想。这不违法，不是吗？他们也没有找到她的尸体，或者其他的什么。"

"我宁愿相信她在内华达州某个小赌场的酒店里唱歌，"他说，"不是在拉斯维加斯或里诺，她没法在大城市立足，但是在温尼马卡或伊利[1]之类的地方，我很确定她能勉强过活。她刚好看到一个招聘歌手的告示，就放弃了回她母亲家的想法。哎呀，她们两个从来都合不来，露露常这么说。你知道的，她会唱歌。我不知道你有没有听过她唱，但她会唱。我不认为她唱得很棒，但也不错。我第一次见到她时，她正在万豪酒店的休息室里唱歌，那是在俄亥俄州的哥伦布。或者，有另一种可能……"

他犹豫了一下，接着压低了声音说道：

"你知道的，在内华达州卖淫是合法的。不是在所有的县都合法，但在大多数县是合法的。她可能在某个绿灯侠拖车房或野马妓院里工作。很多女人内心都带着几分妓女倾向，露露就是这样。我并不是说她脚踏几只船，或者背着我乱搞，所以我不知道我是怎么知道的，但我就是知道。她……是的，她可能在那种地方。"

他住了口，目光茫然，可能想象着露露贝尔躺在内华达拖车妓院里屋的床上，只穿着丝袜，被某个不知名的牛仔坚硬的阴茎抽插，另一个房间里传来史蒂夫·厄尔和公爵乐队唱的《六天在路上》或者电视播出的《好莱坞广场》。露露贝尔发出淫叫，但没有死，汽车停在路边——她结婚时带来的那辆小斯巴鲁——什么事也说明不了。动物般的表情，看起来那么专心，通常没有任何意义。

"如果我愿意，我可以相信。"他说着用手腕内侧擦了擦肿胀的眼睛。

"当然，"我说，"当然，L.T.。"不知道那些吃着午餐听他讲故事的咧嘴笑的男人会怎么看这个 L.T.——他那苍白的脸颊、红红的眼睛和发烫的皮肤。

"见鬼，"他说，"我确实相信。"他犹豫了一下，然后又说："我确实

---

[1]拉斯维加斯、里诺、温尼马卡、伊利均位于内华达州。

相信。"

我回到家时，罗斯琳已经上床了，手里拿着一本书，被子拉到胸前。我开车送 L.T.回家的时候，霍莉回家了。罗斯琳心情不好，而我很快就发现了其中的原因。蒙娜丽莎式微笑后面的女人已经被我的朋友征服了，也许是被他迷住了，而我老婆绝对不赞成。

"他是怎么被扣的驾驶证？"她问道，不等我回答就说，"醉驾，对吗？"

"醉驾，是的。是的。"我坐到床上，脱掉鞋子，"但那是差不多六个月之前的事了，如果他再安分两个月，就能把驾照拿回来了。我想他会的。你知道，他去参加匿名戒酒会了。"

我老婆哼了一声，显然并不觉得意外。我脱下衬衫，嗅了嗅腋窝处，把它挂回衣柜里。我只是吃晚饭的时候穿了一两个小时。

"你知道，"我老婆说，"他妻子失踪之后，警察竟然没有更深入地调查他，这很奇怪。"

"他们问了他一些问题，"我说，"但只是为了得到尽可能多的信息。罗斯，肯定不会是他干的。他们从未怀疑过他。"

"哦，你这么确定？"

"事实上，我很确定，我知道一些事情。露露贝尔离开的那天从东科罗拉多的一家旅馆给她母亲打了电话，第二天又从盐湖城打电话给她。她当时很好。那两天都是工作日，L.T.都在工厂里。他们发现她的车停在卡连特附近的牧场公路边那天，他就在工厂里。除非他能神奇地瞬间转移，否则他就没有杀她。此外，他也不会杀她，他爱她。"

她哼了一声，她有时就会发出这种讨厌的怀疑声。结婚将近三十年之后，这种声音仍然会让我气不打一处来，想大声嚷着让她停下来，不拉屎就别占着茅坑，要么把话说明，要么闭嘴。这次我想告诉她 L.T.哭了，他内心仿佛有一阵旋风，撕裂了一切没有被固定好的东西。我想说，但是没说。女人不相信男人的眼泪。她们可能嘴上不说，但打心底不相信男人的眼泪。

"也许你应该自己打电话报警，"我说，"为他们提供一些专家指导。指出他们的遗漏，就像安吉拉·兰斯伯瑞在《女作家与谋杀案》中做的那样。"

我把腿放到床上。她关了灯，我们躺在黑暗中。当她再次开口时，语调温和了一些。

"我不喜欢他。就是这样。我不喜欢，从来没有喜欢过。"

"是的，"我说，"我想这很明显。"

"我也不喜欢他看霍莉的眼神。"

这就是说，正如我最终发现的那样，她是不喜欢霍莉看他的眼神。也就是，当她不低头看盘子的时候。

"我希望你不会再邀请他来吃饭了。"她说。

我保持沉默。时间太晚了，我累了。这是艰难的一天，有一个更为艰难的夜晚，而我累了。我最不想做的就是在我累了而她担心的时候发生争吵，一旦发生了，我们其中一个最后就要在沙发上过夜。避免这样争吵的唯一方法就是保持沉默。婚姻的土地布满了干涸的河床和沟壑，言语就如同雨水，几乎可以让它眨眼间变成汹涌的河流。治疗师深信谈话的效果，但他们中的大多数人不是离异就是同性恋。沉默是婚姻最好的朋友。

沉默。

过了一会儿，我最好的朋友翻了个身，背朝着我，进入了梦乡。我醒着又躺了一会儿，想着一辆满是灰尘的小汽车——也许曾经是白色的——车头朝下停在距离卡连特不远的内华达沙漠公路旁边的沟里，驾驶室的门开着，后视镜掉在地上，前座浸透了鲜血，被进来探查的动物践踏过，也许是为了取样。

有一个男人（他们认为是一个男的，几乎总是如此）在那个地方屠杀了五个女人，在三年的时间里——主要是L.T.和露露贝尔住在一起的时间，其中四名女性都是过路旅客。他会设法让她们停车，然后把她们从车里拉出来，强奸她们，用斧头肢解她们，把尸体一块块扔掉喂秃鹰、乌鸦和黄鼠狼。第五个死去的是一个老牧场主的妻子。警察把这个杀手叫作斧头人。我写下这篇文章的时候，斧头人依然逍遥法外。他也没有再次杀人，如果辛西娅·露露贝尔·西蒙斯·德威特是斧头人的第六个受害者，那她也是他的最后一个受害者，至少到目前为止是这样。然而，关于她是否是第六个受害者这一点，仍然存在一些疑问。即使这个疑问并不存在于大多数人的头脑中，但依然存在于L.T.的头脑中，在那里，他依然抱着希望。

你看，座位上的血不是人血，内华达州法医部门不到五个小时就确定了这一点。发现露露贝尔那辆斯巴鲁的牧场工人在半英里外看到一群盘旋的鸟儿，等他走近了，看到的不是被肢解的女人，而是被肢解的狗。除了骨头和牙齿之外，几乎没剩下什么。掠食者和食腐动物肯定很开心，不过，杰克罗素小猎犬身上没有多少肉。几乎可以肯定的是，斧头人弄死了弗兰克，露露贝尔的命运还远未确定。

我想，她也许还活着，在伊利的监狱酒店唱着《绑黄丝带》或是在霍桑的圣菲玫瑰酒店唱《给迈克尔捎个信》，身后是一支三人爵士乐队，都是穿着红背心、打着黑领结装嫩的老男人。或许她正在奥斯汀或文多弗给开通用汽车的牛仔口交——在画着荷兰郁金香的日历下方，身体向前探，直到乳房压到大腿上，双手抓着一对又一对松弛的臀部，脑子里想着晚上下班之后要看什么电视节目。也许她只是把车停到了路边，然后走开了，很多人会这样做。我知道，也许你也知道，有时人们只是说一句"去他妈的"，然后就走开了。也许她只是把弗兰克留下，觉得有人会过来给它一个温暖的家，只不过出现的是斧头，然后……

　　但是，不。我见过露露贝尔，我无论如何都无法想象她丢下一只狗，它很可能在荒野里被晒死或饿死，尤其是弗兰克，那只她如此喜爱的狗。对此 L.T.并没有夸大其词，我看到他们在一起，我知道。

　　她仍然可能活在某个地方。严格来讲，L.T.是对的，只是因为我无法从那辆门开着、后视镜掉在地上的车和尸体散落几处还被乌鸦吃过的死狗想到一种情况——将露露贝尔·西姆斯从卡连特附近的那个地方引到她唱歌或做缝纫或者给卡车司机口交的其他地方，安全而不为人知——并不意味着这种情况不存在。正如我告诉 L.T.的，他们没找到她的尸体，他们只找到了她的车，以及不远处的狗的遗骸，露露贝尔本人可能在任何地方。这个你会明白。

　　我无法入睡，还感到口渴。我下了床，走进浴室，把牙刷从放在洗手池边的玻璃杯里取出来。我往玻璃杯里装满水，然后坐在放下的马桶盖上，边喝水边想着暹罗猫的叫声，那种奇怪的叫声，如果喜欢，听起来一定不错，就像回到久别的故乡一样。

The Road Virus Heads North

寒路迷毒

　　实际上，我有这个故事中讲到的那幅画，有多奇怪呢？我妻子看到了它，以为我会喜欢（或者至少对它有所反应），就把它送给了我，作为……生日礼物？还是圣诞礼物？我不记得了。我只记得我的三个孩子都不喜欢它。我把它挂在办公室里，他们声称当他们穿过房间时司机的眼睛一直跟着他们（我儿子欧文还是个小男孩，他同样被吉姆·莫里森的画作吓坏了）。我喜欢关于会变的画的故事，于是写了一篇关于这幅画的故事。我还记得的另外一个受一幅真实画作启发而创作的故事是《枫树街上的房子》，是根据克里斯·范·奥斯伯格的一幅黑白画作创作的，那个故事收在《噩梦故事集》中。我还写了一本关于一幅会变的画的小说，书名叫《玫瑰红》，可能是我的小说中读者最少的（也没有拍成电影）。在那个故事里，《寒路迷毒》叫《诺曼》。

————

理查德·金内尔在罗斯伍德的庭院旧物处理会上第一次看到那幅画时，并不觉得害怕。

他被它迷住了，觉得自己有幸找到一件可能非常特别的作品，害怕？怎么可能。直到后来他才意识到（"直到为时已晚。"就像他可能会在自己一部成功得令人麻木的小说中写的那样），他年轻时对某些非法药品的感觉也大致如此。

他去波士顿参加一个新英格兰国际名笔会议，主题为"名气的威胁"。金内尔发现，国际名笔会议能想出这样的主题实际上是有点令人欣慰的。他从德里驱车二百六十英里而来，而不是坐飞机，是因为新书的创作陷入胶着，他希望有一点安静时光来解决问题。

在会议上，他坐在一个座谈小组里，本该知道答案的人问他在哪里得到灵感，他自己是否害怕过。他走托宾桥离开了那座城市，然后开上了1号公路。他在试图解决问题时从未走过收费高速公路。收费公路使他陷入一种无梦的醒着睡觉的状态。它能让人休息，但不会让人很有创意。然而，在海岸公路上走走停停，就像牡蛎里的沙砾一样——它创造了相当多的智力活动——有时甚至是珍珠。

他想，他的批评者不会使用这个词。在去年的一期《时尚先生》中，布拉德利·西蒙斯以这种方式开始《噩梦之城》的书评："理查德·金内尔写的东西，就像杰弗里·达默做的菜，金内尔刚进行了新一轮的喷射性呕吐，他把最近的这摊呕吐物命名为《噩梦之城》。"

1号公路带他穿过曼维尔、莫尔登、埃弗里特，然后顺着海岸线来到纽伯里波特。过了纽伯里波特，在马萨诸塞州-新罕布什尔州边界南边的就是整洁的小镇罗斯伍德。开出市中心差不多一英里，他看到一堆看起来很便宜的商品散布在一片草坪上。一个鳄梨色电炉上靠着一个牌子，上面写着"庭院旧物处理会"。道路两侧停着汽车，形成了一个瓶颈，对庭院旧物处理会的奥秘不感兴趣的过路人咒骂着开车经过。金内尔喜欢庭院旧物处理会，尤其是你有时会在旧物处理会上找到成箱的旧书。他开车穿过瓶颈处，把奥迪停在朝向缅因州和新罕布什尔州的那排汽车前面，然后走回来。

十几个人在蓝灰色的科德角[1]凌乱的房前草坪上转悠。水泥步道的左边放着一台大尺寸电视，四只脚放在四个纸烟灰缸上，但完全没有起到保护草坪的作用。电视机顶上有个指示牌，上面写着"报个价，可能会有惊喜"。一根延长的电线从电视机后伸出来，穿过敞开的前门。一个胖女人坐在门前的草坪椅上，上方有把遮阳伞，彩色的齿状垂帘上印着"沁扎诺"的字样。她旁边有一张牌桌，上面放着一个雪茄盒、一沓纸，以及一个手写的指示牌，牌子上写着"只收现金，谢绝还价"。电视打开着，调到了下午的肥皂剧，电视上两个漂亮的年轻人看起来马上要进行极度不安全的性爱。胖女人瞥了一眼金内尔，然后继续看电视。她看了一会儿，又扭头看看他，这次她的嘴微微弹开了。

啊，金内尔想，同时环顾四周，寻找装满平装书的酒盒，肯定在什么地方，一个粉丝。

他没有看到什么平装书，但是看到了那幅画，靠在熨衣板上，并由两个塑料洗衣篮固定着，他立刻屏住了呼吸。他立刻就想得到它。

他带着有些夸张的随意走过去，在画前面单膝跪地。这是一幅水彩画，技术非常好。金内尔并不关心这个，他对技术不感兴趣（这一点，他自己作品的批评者已经充分意识到了）。他喜欢的是艺术作品的内容，越

---

[1] 美国马萨诸塞州南部的钩状半岛，也指半岛的顶端。

令人不安越好，这幅画在这方面得分很高。他跪在两个装满小物件的洗衣篮之间，手指滑过罩着画的玻璃。他快速地环顾四周，寻找其他类似的画，但是没有——只有通常的庭院旧物处理会的艺术收藏品，比如小波比玩偶、祈祷之手摆件和赌博狗。

他又看回镶着画框的水彩画，脑海里已经在把行李箱搬到了奥迪的后座上，好把画舒舒服服地放进后备厢。

画上画的是一个年轻人，坐在大马力跑车的方向盘后面——也许是一辆庞蒂亚克，或者一辆普利茅斯，反正是有 T 顶的敞篷车——在日落时分驶过托宾桥。T 顶打开了，将那辆黑色轿车变成了只有屁股的敞篷车。年轻人的左臂撑在车门上，右手腕随意地搭在方向盘上。在他身后，天空呈淤青色，黄一块灰一块的，夹杂着粉色条纹。年轻人稀疏的金发散在低低的额头上，他咧着嘴，露出牙齿，那根本不是正常人的牙齿，而是尖牙。

或许是被磨尖的，金内尔想，也许他本是食人族。

他喜欢这个，喜欢食人族在日落时分穿过托宾桥的想法，开着一辆庞蒂亚克跑车。他知道国际名笔会议小组讨论的大多数观众都会怎么想——哦，没错，这画正适合理查德·金内尔，他可能想从它上面获得灵感，用一支羽毛来戳他疲惫不堪的喉咙，再来一次喷射性呕吐——但大多数人都很无知，至少就他的作品而言，而且，他们还无比珍视和纵容自己的这份无知，就像一些人莫名其妙地珍视和纵容那些愚蠢、刻薄、对着客人乱吠、有时还会咬报童脚踝的小狗一样。他被这幅画吸引，并不是因为他创作恐怖小说。他写恐怖小说，是因为他被类似这幅画的东西吸引。他的粉丝们给他寄了很多东西——大部分是画作——大多被他扔掉了，不是因为它们是糟糕的艺术品，而是因为它们无聊而讨厌。然而，一位来自奥马哈的粉丝给他寄了一个陶瓷雕塑，一个尖叫、惊恐的猴子的脑袋从冰箱门里伸出来，这个他倒留下了。雕塑的技艺并不熟练，但有一种意想不到的融合不同事物的能力，被他的雷达捕捉到了。这幅画也有某种相同的特质，但它更好。好得多。

伸手去拿它时，他几乎想立即要了它，马上，把它塞到胳肢窝里，表明自己的意图，他身后传来一个声音："您就是理查德·金内尔吧？"

他吓了一跳，然后转过身。胖女人正站在他正后方，遮住了眼前的大部分景观。在走近之前，她已经重新涂了口红，现在她咧着的嘴仿佛在流血。

"是的，我是。"他笑着说道。

她的目光落到了画上。"我应该知道您会直接走过去，"她傻笑着说，"它太适合您了。"

"是的，可不是吗？"他说，露出他最好的名人笑容，"你收多少钱？"

"四十五美元，"她说，"我实话跟您说，我起初要价七十，但是没人要，所以现在降价了。如果您明天再来，可能三十美元就够了。"傻笑已经发展到惊人的程度，金内尔在她咧开的嘴角处的酒窝里看到一些灰色的烟叶屑。

"我不认为自己想冒这个险，"他说，"我现在就给你写一张支票。"

那傻笑继续扩大，这个女人现在看起来像个古怪的约翰·沃特斯[1]模仿者，又神似秀兰·邓波儿。"我真的不能接受支票，不过好吧。"她说道，语气就像一个十几岁的女孩最终同意与男朋友发生性关系一样，"只是，既然您把笔拿出来了，能为我女儿签个名吗？她名叫罗宾。"

"真是个好名字。"金内尔机械地说道。他拿起照片，跟着胖女人回到牌桌旁，旁边的电视里，那对情欲旺盛的年轻人暂时被一位吞食麦片的老妇人取代了。

"您的书罗宾都读过，"胖女人说，"您到底是从哪里获得那些疯狂的

---

[1] John Waters，美国著名电影制片人、导演、作家，被称为"垃圾教皇"。

想法的？”

“我不知道，”金内尔笑着说，笑容比以往任何时候都更加灿烂，“它们就是不停地冒出来。很神奇吧？”

这位庭院旧物处理会看守人名叫朱迪·戴门特，住在隔壁的房子里。当金内尔问她是否知道艺术家是谁时，她说当然知道了。是博比·黑斯廷斯，而博比·黑斯廷斯就是她卖掉黑斯廷斯家东西的原因。“这是他唯一没有烧掉的画作，”她说，“可怜的艾丽斯！我真的替她难过。我认为乔治并不太关心，真的。而且我知道他不明白她为什么要出售这栋房子。”她在那张满是汗水的大脸盘上翻了个白眼——一副“你能想象得到吗”的表情。等金内尔把支票撕下来，她接过来，然后递给他一个本子，她在上面写了卖掉的所有物品以及收入。“就是送给罗宾，”她说，“求求您了。”那副傻笑又出现了，就像一个你本以为死了的熟人一样。

“嗯——哼。”金内尔说着，写下了标准的“感谢支持”的话，签了二十五年的签名之后，他都不用看手，甚至想都不用想，“跟我说说这幅画和黑斯廷斯一家的故事吧。”

朱迪·戴门特像一个即将开始背诵她最喜欢的故事的女人一样，把两只短胖的手叠放在一起。

“博比今年春天自杀时只有二十三岁。您能相信吗？您知道，他是一个受折磨的天才，但仍然住在家里。”她翻了个白眼，又问金内尔能否想象得到，“他肯定有七八十幅画，再加上所有的素描本，都在地下室里。”她用下巴指着科德角，又看看那个日落时分驾车穿越托宾桥的恶魔似的年轻人，“艾丽斯——就是博比的母亲——说其中的大多数真的很糟糕，比这幅糟得多，让人不敢恭维。”她低声耳语道，同时瞥了一眼一个正瞧着黑斯廷斯家不成套的银器和一堆“亲爱的，我把孩子缩小了”主题的麦当劳旧塑料眼镜的女人，“其中的大多数都跟性爱有关。”

“哦，不。”金内尔说。

"他沾上毒品后画的东西最糟糕，"朱迪·戴门特继续说道，"他死了之后——他在地下室里上吊了，那里是他作画的地方——他们发现了一百多个装可卡因的那种小瓶子。毒品真是害人啊，金内尔先生？"

"确实如此。"

"无论如何，我猜他是到了穷途末路的地步，这里没有双关。他把所有的素描和画作都拿到了后院——我猜，除了这幅——然后付之一炬，再之后他就在地下室上吊了。他把一张字条钉在衬衫上，上面写着：'我无法忍受发生在我身上的事了。'多么可怕啊，金内尔先生。这就是您听过的最恐怖的事了吧？"

"是的，"金内尔真诚地说，"差不多是这样。"

"就像我说的，我本以为如果有的选，乔治会继续住在这栋房子里的。"朱迪·戴门特说，她拿起带有给罗宾的签名的那张纸，跟金内尔的支票放到一起，然后摇了摇头，仿佛惊讶于签名的相似性，"但男人不是这样的。"

"是吗？"

"哦，是的，迟钝得多。在生命的终点，博比·黑斯廷斯基本是皮包骨头了，还一直脏兮兮的，你能闻到他身上的味。他每天都穿同一件T恤，上面印着齐柏林飞艇乐队的照片。他眼睛通红，脸上有一撮弯弯曲曲的毛发，都算不上胡须，青春痘又回来了，仿佛又变回了十几岁。但她爱他，因为母爱能抹去所有这一切不得体。"

那个一直看银器和眼镜的女人拿着一套星球大战餐垫走过来，戴门特夫人收了五美元，在本子上一行"一打，混样防烫手套和隔热锅垫"的条目下仔细地记下了这一笔交易。写完又看着金内尔。

"他们去了亚利桑那州，"她说，"跟艾丽斯的父母住。我知道乔治正在弗拉格斯塔夫找工作——他是一名制图员——不过不知道找到没有。如果找到了，我想我们可能再也不会在罗斯伍德见到他们了。她把希望我出售的东西都标了出来——是艾丽斯——还告诉我，我可以留下收入的百分之二十作为辛苦费。其余的我会寄一张支票过去，应该不会太多。"她叹了口气。

"这幅画很不错。"金内尔说。

"是的，只可惜他把其他的都烧掉了，我想在您看来，这里的其他大部分东西都是废物，原谅我这样说。那是什么？"

金内尔把画转过来，背面粘着一段胶带。

"我想是个标题。"

"上面写的什么？"

他抓住画的两侧，举着，好让她看清。这时，画跟他的眼睛处于一个水平线，他热切地看着它，再一次被纯朴而怪异的画中人吸引住了：一个开跑车的孩子，险恶而心照不宣地咧着嘴笑，露出了一排更为险恶的尖牙。

很合适，他想，如果有一个标题能适合画作，那么这个就是。

"《寒路迷毒》，"她读道，"孩子们把东西拉出来时，我都没注意到。您觉得这是画名吗？"

"一定是。"金内尔无法将目光从金发男孩的笑容上移开。我知道一些事，那笑容在说，我知道的事，你永远都不会知道。

"嗯，我想您不得不相信画这幅画的家伙一定嗑药了，"她说，听起来很难过——是真心难过，金内尔想，"难怪他会自杀，让他妈妈伤透了心。"

"我得北上了，"金内尔说着把画塞到腋窝下面，"谢谢你的——"

"金内尔先生？"

"什么？"

"我可以看看您的驾照吗？"她显然不觉得这个请求有什么讽刺或者好笑的，"我得把驾照号码写在支票背面。"

276

金内尔放下画，好伸手去掏钱包。"当然。当然。"

购买星球大战餐垫的女人在返回车上的路上停了下来，观看草坪上的电视播出的肥皂剧。此刻，她瞥了一眼靠在金内尔小腿上的画。

"哦，"她说，"谁会买一幅这么丑的破画？我每次关灯的时候都会想到它。"

"有什么问题吗？"金内尔问道。

金内尔的姑妈特鲁迪住在韦尔斯，位于缅因州-新罕布什尔州边界以北约六英里处。金内尔从绕着鲜绿色的韦尔斯水塔的高速公路出口处下高速，就是那个有着滑稽标志的水塔（**让缅因州常绿不衰，带美金来**）。五分钟后，他就开上了她整洁的盐盒式小楼房的车道了。这里没有放在纸质烟灰缸上、陷入草坪的电视，只有特鲁迪姑妈令人愉快的花朵。金内尔需要小便，如果能够撑到这里，他不想在路边的服务区解决，他还想要了解最新的家庭八卦消息。特鲁迪姑妈最善于讲述这些；她之于说长道短，就如同札巴食品超市[1] 之于熟食店一样。当然，他也想向她展示新得的画作。

她出来迎他，拥抱他，并用她特有的方式把他的脸啄了个遍，这些吻小时候曾让他全身颤抖。

"想看个好东西吗？"他问她，"你会吃惊得连裤袜都掉下来的。"

"多迷人的想法。"特鲁迪姑妈说，双手抱住手肘，愉快地看着他。

他打开后备厢，拿出新买的画。它影响到了她，没错，但并非以他预期的那种方式。她的脸上突然没了血色——他一生中从未见过这种情况。"太可怕了，"她用紧张而压抑的声音说道，"我讨厌它。我想我知道它什么地方吸引了你，里奇[2]，但是你今天玩什么，明天就被什么玩。听

***

[1] Zabar's，纽约一家地标性的食品超市。

[2] 理查德的昵称。

话，把它放回行李箱里。等到了索科河时，何不把车开到应急车道上，然后把画扔进河里？"

他目瞪口呆地看着她。特鲁迪姑妈紧闭双唇，好阻止它们颤抖，此刻，她长而瘦削的双手不只是握着肘部了，而是用力抓着它们，仿佛要防止自己飞走一样。那一刻，她看起来不是六十一岁，而是九十一岁。

"姑妈？"金内尔试探地说，不知道是怎么回事，"姑妈，怎么了？"

"那个，"她说着松开右手，指着画，"我很惊讶，像你这样富有想象力的家伙，竟然没什么感觉。"

好吧，他确实感觉到了什么，显然他感觉到了，否则也不会拿出支票簿。不过，特鲁迪姑妈感受到的不是这个……或者不止这个。他把画作转过来面向自己（他一直举着给她看，所以，用胶带粘着标题的那面朝他），又看了一遍。他看到的画面像组合拳一样击中了他的胸口和腹部。

画面变了，这是第一拳。变化不大，但明显变了。年轻的金发男子笑容更灿烂了，食人族的尖牙露出得更多了，他的眼睛也眯得更厉害了，让他的脸看起来更加狡猾而可怕。

微笑的程度……磨尖的牙齿露出得稍微多了些……眯着的眼睛倾斜的程度……都是很主观的东西。一个人是有可能搞错这样的事情的，而且，买之前他并没有真正仔细看过这幅画。此外，还被戴门特夫人的喋喋不休分散了注意力。

但是还有第二拳，并且那不是主观的。在车身的阴影中，金发年轻人转动了搭在车门上的左臂，所以金内尔现在可以看到一处之前看不到的文身。那是一把藤蔓缠绕的匕首，刀尖上沾着血。匕首下面有字，金内尔能看到"宁死"两个字，他觉得你不必成为一个畅销书作家就能想到后面没露出来的字。你知道的，就是那一类像他这样倒霉的旅行者会在手臂上文的东西。另一只手臂上文的是一个黑桃 A，金内尔想。

"你讨厌它，不是吗，姑妈？"他问道。

"是的。"她说。现在他看到了一件更加令人惊奇的事：她转过身去，假装望着大街（炎热的午后令人昏昏沉沉的空无一人的大街），这样她就不用看画了。"事实上，姑妈厌恶它。现在把它放起来，进屋。我打赌你肯定要用卫生间。"

水彩画一放回后备厢，特鲁迪姑妈几乎就恢复了机敏。他们谈到了金内尔的母亲（帕萨迪纳），他的姐姐（巴吞鲁日）和他的前妻萨莉（纳舒厄）。萨莉是个天文爱好者，她住在一辆加宽拖车里，经营着一个动物收容所，每个月都会发行两份小册子。《幸存者》上充斥着星座运程和关于灵识世界的所谓真实故事；《访客》上有人类与外星人近距离接触的报告。金内尔不再参加关于幻想和恐惧的粉丝集会了，他认为，一生中有一个萨莉就足够了。

当特鲁迪姑妈送他上车的时候，已经四点半了，他拒绝了强制性的晚餐邀请："如果现在走，回德里的路上大部分还是白天。"

"好吧，"她说，"我很抱歉对你的画如此苛刻。当然，你喜欢它，你总是喜欢……怪东西。我只是觉得不对劲，那张可怕的脸。"她打了个寒战，"好像我们看着他……他也在看我们。"

金内尔咧着嘴，吻了一下她的鼻尖。"你可真有想象力，亲爱的。"

"那当然，家族遗传。你确定走之前你不想再上次卫生间？"

他摇了摇头说："不管怎么说，这不是我过来的原因。"

"哦？那你为什么过来？"

他咧嘴一笑说："因为你知道谁淘气，谁听话，而你从不害怕分享你所知道的事情。"

"好了，快走吧。"她说着推了一把他的肩膀，但显然很高兴，"如果我是你，我会想快点回家。我可不希望那个讨厌的家伙在黑暗中跟在我身后，即使在后备厢里。我的意思是，你看到他的牙了吗？哎呀！"

他上了收费公路，舍弃了风景，加快速度，一直开到格雷服务区才决定再看一眼那幅画。他姑妈的一些不安像病毒一样传染给了他，但他并不认为这是真正的问题，问题是他认为那幅画发生了变化。

服务区最显眼的是常见的美食——罗伊·罗杰斯汉堡，天使冰王冰激凌——后方有一个小而凌乱的野餐和遛狗区域。金内尔停在一辆密苏里州车牌的面包车旁边，深吸一口气，然后呼出来。他开车去波士顿是为了摆平新书中的情节难题，这非常讽刺。如果有什么棘手问题被抛出来，那么，他就会在路上花时间研究他要在小组讨论中说什么，但是并没有什么棘手问题——他们发现他并不知道自己的想法来自哪里，而且，是的，他有时也会吓到自己，他们就只是想知道他是怎么找到经纪人的。

而现在，往回走了，他脑子里全是那幅该死的画。

它变了吗？如果变了，如果金发男孩的手臂已经移动得足以让他，金内尔，读出之前一部分被遮住的文身，那么，他就能为萨莉的杂志写一个专栏了。该死，一个四部曲。如果它没有变化，那么……什么？他有了幻觉？精神崩溃了？胡说。他的生活非常有序，他感觉很好。直到他对这幅画的迷恋开始慢慢变成其他东西，某种更为黑暗的情绪。

"啊，妈的，你第一次是看错了。"他下车时大声说道。嗯，也许吧，也许吧。这不是他的头脑里第一次充斥着奇怪念头了，这是他职业的一部分。有时，他的想象力有点……好吧……

"太过活跃。"金内尔说道，然后打开了后备厢。他把画从后备厢里拿出来，看着它，正是在他看着它而忘记了呼吸的十秒钟里，他开始真正害怕这幅画，就像你害怕灌木丛突然嘎嘎作响，就像害怕如果你戳一只昆虫，它就会拿刺蜇你一样。

此时，那位金发司机正朝他疯狂地咧着嘴笑——是的，朝着他笑，金内尔确信这一点——那些磨尖的食人族尖牙的牙龈都露出来了。他立刻瞪大了眼睛：托宾桥不见了，波士顿的天际线不见了，夕阳也不见了。现在这幅画上的天色几乎全黑了，汽车和它的狂野司机被一盏路灯照亮着，路面和汽车的镀铬表面发出黄油般的光芒。金内尔觉得这辆车（他很确定是辆庞蒂亚克）好像位于1号公路旁的一个小镇边，而且他很确定是哪个小镇——几小时前他才开车经过。

"罗斯伍德，"他喃喃道，"是罗斯伍德。我很确定。"

《寒路迷毒》正沿着1号公路北上，就像他一样。金发男孩的左臂仍然从车窗里伸出来，但已经旋转回原来的位置，金内尔又看不到文身了。但他知道它在那里，不是吗？是的，没错。

这个金发男孩看起来像一个重金属乐队的粉丝，因为刑事责任疯狂逃离了精神病院。

"天哪。"金内尔低声说，这声音似乎不是他发出的，而是来自其他地方。这力量突然从他的身体里跑出来，像水从一个底部有洞的桶里冒出来一样，接着，他一屁股坐在了将停车场与遛狗区域隔开的路沿上。他突然反应过来这是他在所有小说中都忽略的真相，而这正是当人们面对一些不合理的事情时的真实反应。你觉得好像正流血而死，那却只是在你的脑海里。

"难怪那个画它的家伙自杀了。"他嘶哑地说，眼睛仍然盯着画——画上那恶狠狠的笑容，双眼精明又愚蠢。

他把一张字条钉在衬衫上，戴门特夫人说过，"我无法忍受发生在我身上的事了。"多么可怕啊，金内尔先生？

是的，很可怕，好吧。

真的可怕。

他起身，抓着画的顶部，大步走过遛狗区域。他眼睛直直地望着前方，提防狗屎。他没有低头看画。他感觉双腿发抖，不能被信赖，但似乎还能很好地支撑他。就在前方，靠近服务区后方灌木带的地方，有个漂亮的女孩，穿着白色短裤和红色露背上衣，正在遛一只可卡犬。她对金内尔微笑，但看到他脸上的表情后忙拉直了嘴唇，急急地向左走开了。那只可卡犬不想走那么快，所以她就拖着它，拉得它在她身后直叫。

服务区后面那片茂密的松树沿着斜坡蔓延到散发着动植物腐烂臭味的沼泽地。那片厚厚的松针是路边的垃圾辐射区：汉堡包装纸，纸质饮料杯，天使冰王餐巾纸，啤酒罐，空的冰酒器，烟头。他看到一个用过的安全套，像一只死蜗牛一样躺在一条撕破的内裤旁边，上面缝着"周二"，潦草的女孩字迹。

现在，他来到了这里，就又看了一眼那幅画。他鼓起勇气，准备面对进一步的变化——甚至是那幅画在运动的可能性，就像一部装在画框里的电影——但什么都没有。金内尔意识到，不需要那样的变化，金发男孩的表情就够了。那个疯狂的笑容。那些尖牙。那张脸仿佛在说，嘿，老头，你猜怎么着？我他妈的受够了文明。我是真正的 X 世代的代表，下一个千年就在这辆精致时髦的汽车方向盘后面。

特鲁迪姑妈对这幅画的第一反应是建议他把画扔进索科河，姑妈是对的，索科河现在在他后面差不多二十英里处，但是……

"这里也行，"他说，"我觉得这里也行。"

他把画举过头顶——就像一个人赛后举着某项运动的奖杯供摄影师拍照一样——然后把它沿着斜坡扔了下去。它翻了两个个儿，画框捕捉到了午后太阳朦胧的眨眼，然后撞到了一棵树，玻璃面碎了。画倒在地上，然后顺着铺着松针的干燥斜坡往下滑，好像沿着滑道往下滑一样。它落到沼泽地上，画框的一个角从厚厚的芦苇丛中伸出来。其他的，除了碎玻璃，再看不到什么了，金内尔认为这跟其他垃圾很相配。

他转身回到车上，已经拿起了精神上的小铲子。他想，他会把这件事隔离在一个特殊的地方……他意识到，这可能是大多数人遇到此类事情的做法。骗子和那些攀附权贵的人（或许，在这件事上，是那些爱看热闹的人）为《幸存者》之类的出版物写下了自己的幻想，并称之为真相；

那些无意中遇到真正神秘现象的人则三缄其口，并用起"小铲子"。因为
当生活中出现这样的裂缝时，你必须采取措施。否则，裂缝很容易扩大，
一切迟早会崩塌的。

金内尔抬起头，看到那个年轻女人站在自认为安全的地方战战兢兢
地看着他。看到他看着自己的时候，她就转身朝用餐区域走去，再一次
将她的可卡犬拖在身后，并尽量不让臀部摇摆。

你觉得我疯了，不是吗，漂亮女孩？金内尔想。他看到后备厢的盖
子还开着，就像一个嘴巴，他咣的一声关上盖子。但我没有疯。绝对没
有。我就是犯了个小错，就是这样。本该开车过去，却在一个庭院旧物
处理会旁停下了。任何人都可能这样做。你也可能这样。至于那幅画——

"什么画？"里奇·金内尔问炎热的夏夜，并努力挤出笑容，"我没看
到什么画。"

他坐到奥迪车方向盘后面，发动了车辆。他看着燃油表，发现油量
已不足一半。回家之前他还需要加油，但他决定再走一段再加满油。现
在，他只想在他和那幅被丢弃的画作之间放入一段距离——尽可能长。

一出德里市区，堪萨斯大街就变成了堪萨斯路，接近联合城镇的边
界（实际上是开放的乡村）时，就变成了堪萨斯巷。不久之后，堪萨斯
巷从两个石柱子之间穿过，沥青路变成了碎石路。八英里以外的德里最
繁忙的市中心街道之一，在这里变成了一个通往浅丘的车道，在夏夜的月
光下闪闪发光，就像阿尔弗雷德·诺伊斯诗中的什么东西一样。山顶上矗
立着一座漂亮的带尖顶的木质建筑，有反着光的窗户和一个马厩——实际
上是个车库，卫星天线指着星星。德里《新闻》一位幽默的记者曾称之为
戈尔建造之屋……当然不是指美国的前副总统。理查德·金内尔只把它叫
家，那天晚上，他带着疲惫的满足感把车停在了房子前面。他觉得，自
那天早上九点在波士顿港酒店起床以来，仿佛已经过了一周的时间。

再也不在庭院旧物处理会瞎逛了，他抬头望着月亮想，永远不再去庭院旧物处理会了。

"阿门。"他说，然后朝房子走去。他可能应该把车停到车库里，但是管他呢，他现在只想喝上一杯酒，吃点便餐——可以用微波炉加热的——然后睡觉。最好是不做梦的那种。他迫不及待地想把今天抛在脑后。

他将钥匙插入锁孔，转动，然后输入3817，解除窃贼警报面板发出的警告声。他打开前厅的灯，走进门，关上门，转过身，看到了墙上的东西——两天前，那里还挂着他那些镶着框的书封——然后尖叫起来。他是在脑袋里尖叫，实际上他的嘴里什么声音都没有发出来，只有一阵刺耳的呼气声。钥匙串从他松开的手中滑落，掉在两脚间的地毯上，他听到砰的一声和一阵不成调子的叮当声。

《寒路迷毒》不在格雷服务区后面的沼泽了。

它就挂在他玄关的墙上。

画又变了。这辆车现在停在售卖这幅画的庭院车道上，物品仍然散布在各处——玻璃器皿、家具以及陶瓷小玩意儿（抽烟斗的苏格兰猎狗，光屁股的小孩，眨眼的鱼），但现在它们在与金内尔房顶上方同样的月光中闪闪发光。电视机还在，还打开着，将屏幕苍白的光芒投射到草地以及它前面的东西上，旁边是一张翻倒的草坪椅。朱迪·戴门特躺在地上，她已经神志不清了。过了一会儿，金内尔明白过来，她躺在熨衣板上，呆滞的眼睛在月光下像五十美分一样发着光。

庞蒂亚克的尾灯是一抹模糊的粉红色。这是金内尔第一次看到车屁股，上面用黑体铅字写着四个字：**寒路迷毒**。

完全有道理，金内尔麻木地想，不是他，是他的车。只是对这样的人来说，可能没什么区别。

"这不可能。"他低声说道，只是事实就是这样。也许，那些对这种

284

事不太开放的人不会遇到这种事，但事情确实发生了。他盯着这幅画，想起了朱迪·戴门特牌桌上的小标志。只收现金，上面写着（虽然她接受了他的支票，并且只是为了安全起见写上了驾照号码）。上面还写了别的。

恕不退还。

金内尔从那幅画前面经过，走进客厅，觉得自己像一个陌生人。他感觉到他的一部分思绪在摸索着找他早先用过的小铲子，不过他似乎忘了把它放在哪里了。

他打开电视，然后打开电视上面的东芝卫星调谐器。他调到 V–14 频道，他始终能够感觉到前厅里的那幅画，它在戳他的后脑勺——这幅画在某种程度上打败了他。

"一定是认识近路。"金内尔说，然后笑了起来。

在这个版本的画里，他没太看到金发男孩，不过方向盘后面有一个模糊的东西，金内尔觉得那就是他。寒路迷毒已经在罗斯伍德办完了事，是时候继续北上了。下一站——

他用一扇沉重的铁门关上了这个念头，在他看到一切之前切断了它。"毕竟，这一切可能都是我想象出来的。"他对着空荡荡的客厅说，声音嘶哑而颤抖，非但没有安慰效果，反倒让他更害怕了。"这可能是……"但他说不下去。他能想到的只有一首古老的歌曲，像五十年代早期对辛纳屈的伪时髦模仿：这可能是某件大事的开始……

从电视的立体声音响中缓慢渗出的并不是辛纳屈，而是保罗·西蒙，弦乐。蓝色屏幕上的白色电脑字体显示"欢迎收看新英格兰有线新闻"。下面有订购说明，但金内尔没有看。他是一名有线新闻瘾君子，对此烂熟于心。他拨通订购号码，输入万事达卡账号，然后输入 508。"您已经订购了新闻在线（稍做停顿），适用于马萨诸塞州中部和北部，"机器人的声音说道，"非常感……"

金内尔把电话听筒放回去，看着新英格兰有线新闻的标志，紧张地打着响指。"快点，"他说，"快点，快点。"

这时，屏幕一闪，蓝色的背景变成了绿色。开始有文字滚动出现，汤顿的一栋房屋失火，接下来是关于赛狗比赛丑闻的最新信息，然后是今晚的天气——晴朗，温暖舒适。金内尔逐渐放松了一些，开始怀疑他是否真的在玄关的墙上看到了他认为自己看到的东西，还是长途旅行造成了朦胧状态。这时，电视发出刺耳的哔哔声，屏幕上突然出现了"突发新闻"的字样，他站在那里看着加粗的文字向上滚动。

新英格兰有线新闻（讯） 8 月 19 日 20:40，罗斯伍德一女子帮助外出友人时遭残忍杀害。三十八岁的朱迪·戴门特在邻居家的草坪上被人凶狠砍杀，她当时正在那里帮忙看顾一次庭院旧物处理会。没人听到喊叫声，晚上八点，一位对街的邻居穿过街道来抱怨电视声音太吵时，才发现戴门特夫人。据这位邻居马修·格雷夫斯说，戴门特夫人遭到了斩首。"她的头在熨衣板上，"他说，"那是我这辈子见过的最可怕的景象。"格雷夫斯说他没有听到任何挣扎的动静，只有电视的声音，以及在发现尸体之前听到一辆车（很可能配备了消声器）从旁边沿着1号公路加速离开的轰鸣声。推测这辆车可能属于凶手……

只是这并不是猜测，这是再简单不过的事实。

金内尔深吸一口气，但并没有特别喘。他匆匆回到入口处，那幅画还在，但它再次发生了变化。现在，画的是两个耀眼的白色圆圈——前大灯——车身的黑色轮廓蜷缩在后面。

金内尔想，他又要行动了，而他首先想到的就是特鲁迪姑妈——亲爱的特鲁迪姑妈，她总是知道谁顽皮，谁听话。特鲁迪姑妈住在韦尔斯，离罗斯伍德不超过四十英里。

"上帝，求求你上帝，请让他沿着海岸公路过来。"金内尔说着伸手去拿画。是他的想象，还是现在车头灯离得更远了，那辆车仿佛真的就在他眼前移动……但是是在暗地里移动，就像怀表上的分针一样？"请让他沿着海岸公路过来。"

他把画从墙上扯下来，拿着它跑回客厅。当然，壁炉用屏风隔着，至少再过两个月这里才需要生火。金内尔把屏风打到一边，然后把画扔进去，画撞在柴架上，撞破了玻璃面——这玻璃面已经被他在格雷服务区摔破过一次了。然后，他冲向厨房，琢磨着如果这也不管用他该怎么办。

他想，必须管用。一定会管用，因为必须管用，就是这样。

他打开厨柜，在里面翻找，燕麦片、盐撒了出来，醋也洒了，里面的瓶子碎了，浓烈的臭味刺激着他的鼻子和眼睛。

不在这里。他想要的东西不是这里。

他跑进食品贮藏室，在门后找——只有一个塑料桶和一个欧塞达洁具——然后去烘干机旁边的架子上找。找到了，就在煤块旁边。

打火机液。

他抓起它跑回去，匆匆经过的时候瞥了一眼厨房墙上的电话。他想停下来，想打电话给特鲁迪姑妈，这件事靠不靠谱在他们之间不成问题。如果她最喜欢的侄子打电话让她离开家，现在就离开，她会照做的……但如果金发男孩跟着她，追赶她呢？

他会的。金内尔知道他会的。

他匆匆穿过客厅，停在壁炉前。

"老天，"他低声说，"老天，不。"

碎玻璃下方的画上不再是迎面而来的车头灯。现在，那辆庞蒂亚克行驶在一条极度弯曲的道路上，这只能是一条匝道。月光照在汽车上，在车体黑暗的侧面上像液态的缎子一样闪着光。背景里有一座水塔，上面的文字在月光下很容易看清。上面写着：**让缅因州常绿不衰，带美金来。**

第一次挤压打火机液时，金内尔没有击中画。他的双手颤抖得厉害，那芳香的液体只是沿着玻璃未破碎的部分向下淌，模糊了寒路迷毒的车屁股。他深吸一口气，瞄准，然后再次挤压。这次，打火机液透过一个被柴架撞出的锯齿状破损射了进去，沿着画向下淌，渗入油彩，让它也淌了起来，把庞蒂亚克的固特异轮胎变成了一颗乌黑的泪珠。

金内尔从壁炉架上的罐子里取出一根装饰火柴，在壁炉上划了一下，然后从玻璃洞里伸进去。那幅画立刻着了起来，火焰在庞蒂亚克和水塔上上下翻滚，画框上剩余的玻璃变成了黑色，然后裂成了熊熊燃烧的碎片。趁它们把地毯点着之前，金内尔用运动鞋把它们踩灭了。

他走到电话旁，拨了特鲁迪姑妈的号码，没有意识到自己在哭。响了三声后，姑妈的电话答录机响了。"你好，"特鲁迪姑妈说，"我知道说这话会鼓励窃贼，但是我已经去肯纳邦克看哈里森·福特的新电影了。如果你打算闯进来，请不要拿走我的陶瓷猪。如有其他事情，请在哔声后留言。"

金内尔等了片刻，尽可能不让声音颤抖，说道："我是里奇，特鲁迪姑妈。回来以后给我打电话，好吗？无论多晚。"

他挂了电话，看了看电视，然后再次给有线新闻打电话，这次输入了缅因州的区号。当另一端的计算机处理他的请求时，他回去用拨火棍戳了戳壁炉里那变黑、扭曲的东西。一股浓烈的恶臭——相比之下，溢出的醋闻起来像一个花圃——但金内尔发现他并不介意。那幅画完全消失了，变成了灰烬，一切都值得了。

万一它又回来了呢？

"不会的，"他说着把拨火棍放了回去，回到电视机旁，"我相信不会的。"

但每次滚动新闻循环时，他都起身去检查一下。那幅画只是壁炉里的灰……在该州的韦尔斯–索科–肯纳邦克地区，没有任何老年妇女被杀的消息。金内尔继续看着，几乎是等着在看"今晚一辆庞蒂亚克高速冲入肯纳邦克一家电影院，造成至少十人死亡"之类的新闻，但没有出现这种新闻。

十一点十五分，电话响了。金内尔一把抓过来，说："喂？"

"我是特鲁迪，亲爱的。你还好吗？"

"是的，很好。"

"你听起来不太好，"她说，"你的声音听上去颤抖又……怪异。怎么了？怎么回事？"然后继续说道："是因为那幅你很满意的画，对吗？那幅该死的画！"这令他沮丧，但并不令他惊讶。

她能猜得到，让他多少镇静了些……当然，知道她安全无事，他也放心了。

"好吧，也许吧，"他说，"我回来的这一路一直心慌得厉害，所以我烧了它，在壁炉里。"

她会知道朱迪·戴门特的事的，你知道，内心一个声音提醒他说，她没有两万美元的卫星电视，但她确实订购了《联合领导人》，而这条新闻会出现在头版上。她会根据事实推理出来的。她可一点都不傻。

是的，这一点确定无疑，但进一步的解释可能要等到早上，那时他的惊恐可能会少一些……那时他可能已经找到了一种方法，思考寒路迷毒却不失去理智……那时，他才能确定事情是真的结束了。

"很好！"她强调，"你还应该把灰烬撒开！"她停顿了一下，当她再次说话时，声音低了一些。"你是在担心我，对吗？因为你给我看过。"

"有点，是的。"

"那你现在感觉好些了吗？"

他向后靠过去，闭上眼睛。确实，他感觉好些了。"嗯哼。电影怎么样？"

"不错。哈里森·福特穿制服很帅，要是他能弄掉下巴上的那个小肿块……"

"晚安，特鲁迪姑妈。我们明天再聊。"

"会再聊吗？"

"是的，"他说，"我想是的。"

他挂了电话，再次走到壁炉旁，用拨火棍搅了搅灰烬。他看到了一小块壁炉的栅栏和一小块破碎的路面，但仅此而已。显然，真正需要的就是一把火。你通常不就是这样杀死超自然的邪恶使者的吗？当然是的。他自己就用过几次，最特别的一次是在他那部有关闹鬼的火车站的小说《离别》中。

"是的，没错，"他说，"烧吧，宝贝，烧吧。"

他想起了自己承诺要喝的饮料，然后想起了那瓶弄洒了的醋（现在可能正往撒出来的燕麦片里渗——多么有趣的想法啊）。他决定直接上楼去。在小说中——比如，理查德·金内尔的书——经历了发生在他身上的那种事情之后，入睡是毫无可能了。

在现实生活中，他觉得大概还能睡得很好。

实际上，他淋浴时就睡着了，靠在后墙上，头发上满是洗发水，水打在他胸口上。他又去了庭院旧物处理会，立在纸烟灰缸上的电视中播放着朱迪·戴门特的新闻。她的头又被安了回去，但金内尔能看到法医粗糙的缝合手艺——它像一条可怕的项链一样绕在她的喉咙上。"现在播报新英格兰有线新闻最新资讯。"她说。金内尔的梦境一直生动逼真，实际上，他都能看到她脖子上的线随着她说话而伸展、收缩。"博比·黑斯廷斯把所有的画都烧了，包括您的，金内尔先生……那是您的，我相信您是知道的。恕不退换，您也看到了标志。哎呀，您该庆幸我接受了您的支票。"

把所有的画都烧了，是的，当然烧了，金内尔在水一般的梦里想道。他无法忍受发生在自己身上的事了，字条上是这么写的。当你在节日活动中有了这种感觉时，你不会停下来看看是否想要让某件特殊的作品免于篝火。是因为你对《寒路迷毒》有某种特别的感情，不是吗，博比？也许完全出于偶然。你才华横溢，我一眼就能看出来，但才华跟那幅画上的情况毫无关系。

"有些东西生命力就是顽强，"朱迪·戴门特在电视上说，"无论你怎么努力摆脱，它们都会回来。它们像病毒一样不断地回来。"

金内尔伸手换了频道，但是显然，除了朱迪·戴门特秀之外，别的什么节目都没有。

"您可以说他在宇宙的地下室里开了一个洞，"她说道，"我说的是博比·黑斯廷斯，这就是跑出来的东西。很好，不是吗？"

这时，金内尔的脚一滑，虽然不足以让他完全失去重心，但足以把他惊醒了。他睁开眼，在化学物的刺激下立刻皱起了眉头（他打瞌睡的时候洗发水像浓稠的白色小溪一样顺着脸往下淌），然后在淋浴头下把双手并在一起，捧水把泡沫冲走。他这样做了一次，当做第二次时，他听到了什么声音——刺耳的隆隆声。

别傻了，他告诉自己。你听到的只是淋浴声，其他的都是想象出来的。你这个蠢货，这是你训练过度的想象力。

只是，事实并非如此。

金内尔伸出手，关掉水龙头。

隆隆声还在继续，低沉而有力，从外面传来。

他走出淋浴间，穿过二楼的卧室，身上滴着水。他的头发上还有洗发水，看上去好像打瞌睡时头发变成了白色——好像他因为梦到了朱迪·戴门特，头发就变成了白色。

为什么我要在庭院旧物处理会外停下呢？他问自己，但是，对这个问题，他也答不上来。他想也许没人能够回答。

当他走近俯瞰车道的车窗时，隆隆声越来越响了——车道在夏日的月光下发着微光，就像阿尔弗雷德·诺伊斯诗中的那样。

他拉开窗帘向外望去，突然想起了前妻萨莉，他在一九七八年的世界奇幻大会上遇到了她。现在，萨莉在她的拖车里出版了两份小册子，一份名为《幸存者》，另一份叫《访客》。金内尔低头看着车道，这两个名称在他的脑海中汇集在一起，就像立体幻灯机中的双重图像一样。

他有了一位访客，这位肯定是个幸存者。

庞蒂亚克的引擎在房子前面空转着，在夜晚寂静的空气中，白色烟雾从镀铬双排气尾管中冒出，缓缓上升，车屁股上的黑体铅字字母能看得非常清楚。驾驶员一侧的门敞开着，而这不是全部——门廊台阶上的光线表明金内尔的前门也是敞开的。

忘了上锁了，金内尔边想边用一只已经没有知觉的手擦去额头上的泡沫。还忘了重置防盗报警器……但这也并不会对这个家伙有多大影响。

好吧，他可能会让它绕过特鲁迪姑妈，这也算有点价值，但这个想法并没带给他任何慰藉。

幸存者。

大型发动机柔和的隆隆声，至少是辆奥兹莫比尔442型，四腔化油器，止回阀，带燃油喷射装置。

他慢慢地转过身，两条腿已经完全失去了知觉，一个满头肥皂泡的裸体男人，看到那幅画就在他床上，正如他预料的那样。在画上，庞蒂亚克停在他的车道上，驾驶员的车门打开着，两股尾气从镀铬双排气尾管中冒出，升起。从这个角度，他还能看到自家的前门也开着，门厅里有一个长长的人形阴影。

幸存者。

幸存者和访客。

此刻，他听到上楼梯的脚步声。脚步沉重，他不用看就知道，这个金发男孩穿着摩托长靴。手臂上文着"宁死不屈"的人总是穿着摩托长靴，就像他们总是抽不带过滤嘴的骆驼牌香烟一样。这些东西就像有明文规定一样。

还有那把刀。他会拿着一把长而锋利的刀——实际上，更像是一把大砍刀，那种可以一刀砍下一个人脑袋的刀。

他会咧着嘴，露出那些磨尖的食人族尖牙。

金内尔知道这些事情。毕竟，他是一个富有想象力的人。

他不需要谁给他画一幅画。

"不，"他小声嘟囔道，突然意识到自己全身赤裸，整个人僵住了，"不，求求你，走开。"但是脚步声一直传来。当然是这样，你无法让这样的人离开，这样没用，故事通常都不是这样结束的。

金内尔能听到他逐渐靠近楼梯顶端，外面的庞蒂亚克依然在月光下隆隆作响。

现在，那双脚正沿着走廊走来，磨损的靴子跟敲击着抛光了的木地板。

金内尔陷入了严重的瘫痪。他竭力摆脱，想朝卧室门冲去，在那东西进来之前把门锁住，但是他的脚在一摊肥皂水中打滑了，这次他真的摔倒了，躺在橡木地板上。当卧室门咔嗒一声打开，那双摩托长靴穿过房间，朝着他赤身裸体、满头肥皂泡地躺着的地方走来时，他看到那幅画挂在他床头上方的墙上，寒路迷毒在他的房子前面空转，驾驶员一侧的门打开着。

他看到，驾驶员一侧的斗式座椅上到处是血。我想，我要出去了，金内尔想，然后闭上了眼睛。

Lunch at the Gotham Café

哥谭餐厅的午餐

有一次在纽约，我路过一个非常漂亮的餐厅，餐厅的领班正引着一对夫妇往他们的餐桌走。那对夫妇在争吵。领班看到我在看他们，朝我使了个可能是宇宙中最愤世嫉俗的眼色。我回到酒店写出了这个故事。在创作它的三天里，我完全被它迷住了。对我来说，推动故事的不是那个疯狂的领班，而是那对闹离婚的夫妻之间令人毛骨悚然的关系。从这方面来说，他们要比他更加疯狂。疯狂得多。

————

有一天，我从工作的经纪公司回到家，在餐桌上发现了一封信——实际上，更确切地说是张便条——我妻子留的。上面说她要离开我，要离

294

婚，说她的律师会联系我。我坐在餐桌厨房一端的椅子上，一遍又一遍地读着这个便条，不敢相信这是真的。过了一会儿，我站起来，走进卧室，打开壁橱。她所有的衣服都不见了，只剩一条运动裤和一件别人给她的搞怪运动衫，运动衫胸前用闪亮材料印着"白富美"几个字。

我回到餐厅的桌子边（桌子其实是在客厅的一端，我家是一套有四个房间的公寓），又读了一遍那六句话。还是那几句话，但是看过了半空的卧室壁橱，我开始相信上面所说的内容了。那张便条，冷冰冰的，结尾没有"爱你"或是"好运"，甚至连"祝好"都没有。只有一句半温不热的"保重"，然后在下面写上名字，黛安。

我走进厨房，给自己倒了一杯橙汁，然后当我想端起来时却把它碰到了地板上。玻璃杯打碎了，果汁溅到了矮柜上。我知道，如果我去捡玻璃杯，就会割伤自己——我的手在颤抖——但我还是捡了起来，也把自己割伤了。两个口子，都不深。我一直觉得这是个玩笑，然后意识到不是这样。黛安不爱开玩笑。可问题是，我从来没有意识到，我完全不知道。我不知道这是否意味着我愚蠢或是麻木不仁。随着时间的流逝，我回想着我们持续了两年的婚姻的最后七八个月，意识到自己两者都是。

那天晚上，我给她住在庞德岭的父母打电话，问黛安在不在那里。"她在，但她不想跟你说话，"她母亲说，"别再打电话了。"电话那头挂了。

两天后，我在公司接到黛安的律师打来的电话，他自称是威廉·洪堡，在确认是在跟史蒂文·戴维斯通话后，开始叫我史蒂夫。我猜这有点令人难以置信，但事情就是这样，律师们就是这么令人匪夷所思。

洪堡告诉我，我下周早些时候会收到"初步的文书"，并建议我"在解除你们的家庭团体关系之前准备一份账户概述"。他提议我不要采取任何"突然的信托措施"，并建议我在这个"财务困难的过渡时期"保留所有的购物收据，即使是最小的数目。最后，他建议我找个律师。

"听我说，好吗？"我问道。我低着头坐在办公桌旁，左手捂着额头。我闭着眼睛，所以不必看着明亮的灰色电脑屏幕。我哭过很多次，眼睛里总感觉有沙子。

"当然，"他说，"愿闻其详，史蒂夫。"

"我有两件事要告诉你。首先，你的意思是'准备结束你们的婚姻'，而不是'解除你们的家庭团体关系'……如果黛安觉得我会试图欺骗她，那她错了。"

"是的。"洪堡说道，并不是表示同意，而是表示他明白我的意思。

"其次，你是她的律师，不是我的律师。你直呼我的昵称，让我觉得傲慢而麻木不仁。下次打电话再这么叫，我就挂电话。要是当面这么叫，我可能会把你揍得两眼发黑。""史蒂夫……戴维斯先生……我不觉得……"

我挂了电话。自从在餐桌上看到那张上面压着三把公寓钥匙的便条以来，这是我做的第一件事让自己高兴的事。

那天下午，我和法律界的一个朋友谈了，他推荐了一个做离婚诉讼的朋友。这名离婚律师叫约翰·林，我和他约好第二天见面。我尽可能晚地从办公室回家，在公寓里来回踱了一会儿步，决定出去看个电影，但是没什么想看的。我打开电视，也找不到可看的节目，于是继续踱步。过了一段时间，我发现自己在卧室里，站在十四楼一扇敞开的临街窗户前，然后翻出我所有的香烟——包括顶层抽屉最里面的那包老派的总督香烟，可能已经放在那里十年甚至更久了——换句话说，在我知道世界上还有黛安·考斯劳这个人之前就有了。

虽然我已经以每天二十到四十根香烟的频率抽了二十年了，但我不记得曾经突发奇想戒过烟，也不曾有过不同的内部意见——甚至连"也许你妻子出走后两天并不是戒烟的最佳时机"这样的心理暗示都没有过。我直接一股脑地把整箱、半箱以及地板上两三包拆开的烟都丢到了窗外，丢进了黑暗。然后，我关上窗户（我从来没有想过，比起把产品扔出去，把用户扔出去可能更有效；从来没有出现过那种情况），躺到床上，闭上眼睛。渐渐进入梦乡的时候，我突然想到明天可能是我生命中最糟糕的日子之一。我还想到，我可能明天中午又在吸烟了。关于第一件事，我想对了，第二件错了。

接下来的十天——躯体戒断尼古丁的反应最严重的阶段——艰难并且常常令人不快，但也许并没有我想象的那么糟糕。虽然有几十次——不，是几百次——差点重新开始抽烟，但我从未抽过。有些时候，我觉得如果不抽支香烟我就要疯了，而当我在街上经过抽烟的人时，很想朝他们大叫："把烟给我，混账东西，那是我的！"但我没有。

对我来说，最糟糕的是深夜，（但我不确定，从黛安离开以来我的思绪都非常模糊）。我曾以为如果戒了烟，能睡得更好，但是没有。我有时一直躺到三点都睡不着，双手交义放在枕头下面，眼睛看着天花板，听着汽笛声以及驶向市中心的卡车的隆隆声。那时候，我会想起我住的大楼差不多正对面二十四小时营业的韩国市场。我想到里面白色的荧光灯，那么明亮，几乎像是库布勒–罗斯临死前的经历，灯光洒到货架之间的过道上，再过一个小时，两个戴着白纸帽的韩国年轻人就会开始在架子上摆水果。我会想到柜台后面年龄大一些的男人，也是韩国人，也戴着纸帽，身后放着令人生畏的香烟货架，就跟《十诫》中查尔登·海斯顿从西奈山带下来的石碑一样大。我会想到起床，穿上衣服，去那里买一包烟（或者九包、十包），然后坐在窗边，一根接一根地抽万宝路，直到东方的天空逐渐明亮，太阳升起。我从来没有这样做过，但是，许多个凌晨，我都是在数香烟品牌而不是数羊羔中睡去：云丝顿……软盒云丝顿……维珍妮……特威尔……荣誉……软盒荣誉……骆驼……硬盒骆驼……骆驼温和烟。

后来——事实上，差不多在我开始更清楚地看待我们婚姻的最后三四个月时——我渐渐想清楚了，我决定戒烟，也许并不像起初看起来那样欠考虑，更加不是不明智。我既不聪明过人，也不勇敢无畏，但这个决定可能既聪明又勇敢。这当然是可能的，有时我们能超越自己的极限。无论如何，在黛安离开之后的几天里，它让我的思绪有地方安顿，它给我的痛苦提供了原本没有的述说词汇。

当然，我推测，我的戒烟可能在那天发生在哥谭餐厅的事情中起了作用，而且我相信这其中有一定的道理。但谁能预见到这样的事情呢？我们谁都无法预测自己行为的最终结果，我们甚至都没有尝试过，我们大多数人只会尽力延长片刻的愉悦或者停止痛苦。即使我们出于最崇高的原因采取行动，链条的最后一环也经常沾着某个人的血。

我用香烟轰炸西八十三街两周后，洪堡打电话给我，这次他始终称我为戴维斯先生。他感谢我通过林先生转寄的各种文件，并说现在是"我们四个人"坐下来共进午餐的时候了。我们四个人就是说有黛安。从她离开的那天早晨起我就没再见过她——即使是那天早晨，我也没有见到她的面，她当时正睡着，脸埋在枕头里——我甚至也再没跟她说过话。我的心脏在胸腔里加速跳动，我能感觉到握着电话的手腕上敲击的脉搏。

"有些细节问题需要解决，还有一些相关安排需要讨论，而似乎是时候进入那个程序了。"洪堡说。他像个胖子一样在我耳边咯咯地笑了起来，就像一个令人厌恶的成年人给了小孩子某种小礼遇一样。"将当事人聚在一起之前，最好过上一段时间，一段小小的冷静期，但根据我的判断，此时的会面将有助于……"

"我直说了吧，"我说，"你说的是……"

"午餐。"他说，"后天？你能腾出那天的安排吗？"你当然可以，他的声音仿佛说，就是再见她一面……感受一下她的手的轻触。嗯，史蒂夫？

"反正我周四午餐没有安排，所以这不是问题。我要把律师也带来？"

胖子又笑了起来，笑声在我耳边颤抖着，好像刚从模子里倒出来的果冻。"我想林先生会乐意参加的,是的。"

"有地方推荐吗?"我想知道谁会为这顿午餐买单,然后又对自己的天真一笑置之。我伸手去口袋里拿烟,结果被一根牙签戳进了大拇指指甲下面。我痛得一哆嗦,把牙签抽出来,看指尖有没有流血(没看到流血),然后把它塞进嘴里。

洪堡说了什么,但我没再听了。看到牙签,我再次想起我正在没有烟的情况下漂浮在世界的浪潮中。

"你说什么?"

"我问你知不知道五十三街上的哥谭餐厅。"他说,听起来有点不耐烦,"在麦迪逊大道和中央公园之间。"

"不知道,但我相信能找到。"

"中午?"

"可以。"我说,还想让他告诉黛安穿那件带黑色小斑点、拉链在侧面的绿色连衣裙,"我会和律师确认一下。"我突然觉得这是一个浮夸、可恨的表达,一个我再也不要去用的表达。

"好的,如果有问题给我回电话。"

我打电话给约翰·林,他支支吾吾地为预付律师费(没有贵到令人发指,但也相当可观)辩解,然后说他认为"这个时候"会面也算是合规。

我挂了电话,在电脑显示器前坐下来,心里打鼓如果事先不抽上一支烟,我敢不敢再见黛安。

在我们约好共进午餐的那天早晨,约翰·林打电话说他去不了了,说我必须取消会面。"是因为我的母亲,"他说,听起来很烦,"她从该死的楼梯上摔倒了,摔断了髋骨。在巴比伦。我现在要出发去宾州车站了,我得坐火车。"他的语气仿佛他是一个不得不骑骆驼穿越戈壁滩的男人。

我想了片刻,用两根手指摇晃着一根没有过的牙签。电脑终端旁边放着两根用过的，两端都磨损了。我必须提高警惕，很容易想象我的胃里装满了尖锐的木头碎片。我注意到，改掉一种坏习惯，似乎不可避免地会有另一个坏习惯取而代之。

"史蒂文？你在听吗？"

"是的，"我说，"对于你母亲的事我很难过，但我会去赴约。"

他叹了口气，当他再次说话时，听起来既同情又不耐烦。"我明白你想见到她，但你必须非常小心，不能犯错。你不是唐纳德·特朗普，她也不是伊凡娜，但这也不是一个无过错案件，判决书会以挂号信的形式送到你手上。你自己做得非常好，史蒂文，特别是在过去的五年里。"

"我知道，但是……"

"其中的三年里，"林不等我说完，像穿大衣一样换上法庭上的声音，"黛安·戴维斯不是你的妻子，不是你的同居伴侣，更不是你的助手。她只是来自庞德岭的黛安·考斯劳，她没有扔着花瓣或吹着短号走在你前面。"

"对，但是我想见她。"我当时的想法肯定会让他发疯的：我想看她是不是穿着那条带黑色斑点的绿色连衣裙，因为他妈的她非常清楚，我最喜欢那件。

他又叹了口气："我不能继续讨论了，否则要错过火车了。下一趟车要到下午一点零一分。"

"去赶火车吧。"

"我会的，但首先我要再次努力让你理解，这样的会面就像一场格斗比赛。律师是骑士，客户则暂时变成了侍从，大律师爵士一手握着长矛，另一手握着马缰绳。"他的语气表明这是一个古老的形象，而且深受他的喜爱，"而你跟我说的是，因为我不能在场，你要跳上我的坐骑，然后奔向对手，手里既没有长矛、盔甲，也没有护面板，甚至可能连护裆都没有。"

"我想见她，"我说，"我想知道她怎么样，她看起来如何。嘿，没有你，也许洪堡甚至都不愿意聊。"

"哦，那该多好啊。"他说，然后嘲讽地笑了笑，"我是说服不了你了，是吗？"

"是的。"

"好吧，那我希望你遵循一些指示。如果我发现你没有遵守，并且把事情搞砸了，我可能会认为放弃此案更好。你听明白了吗？"

"听明白了。"

"很好，史蒂文。不要对她大吼大叫。这是最重要的。听到了吗？"

"好的。"我不会对她大吼大叫。如果我能在她离开两天后戒烟——并且坚持下来——我想我也可以在一百分钟或三道菜的时间里不骂她是婊子。

"也不要对他大吼大叫，这是第二条。"

"好的。"

"不要一味地说'好的'。我知道你不喜欢他，他也不怎么喜欢你。"

"他甚至都没有见过我，他怎么会对我有什么看法呢？"

"别傻了，"他说，"给他报酬就是让他有看法的，就是这样。所以说'好的'的时候要真心实意。"

"好的，真心实意地。"

"好点了。"但他的话似乎并不那么真心实意，他的语气就像他正在看手表。

"不要谈及实质性的问题，"他说，"不讨论财务结算问题，即使是以'我建议这样，你觉得如何'之类的形式。如果他生气了，问你如果不打算讨论具体细节，为什么还要来赴约，就把你跟我说的原话告诉他，说你想再见到你的妻了。"

"好的。"

"如果他们此时起身离开，你能忍住吗？"

"是的。"我不知道我能不能，但我觉得我能，而且我明白林想去赶火车。

"作为一名律师——你的律师——我告诉你，这是一次愚蠢的行动，如果对庭审产生了不利，我会要求休庭，好把你拉到走廊里，跟你说我早就跟你说过了。现在你明白了吗？"

"是的。跟你妈妈问好。"

"也许今晚吧，"林说，现在他听起来好像在翻白眼，"到那时我才能跟她说上话。我得走了，史蒂文。"

"好的。"

"我希望她放你鸽子。"

"我知道你是这么想的。"

他挂了电话，去看望他的母亲，在巴比伦。当我几天之后见到他的时候，我们之间有一些不能谈及的东西，尽管我认为如果我们彼此了解多一点的话，也会谈及的。我在他的眼中看到了，我想他也在我的眼里看到了——那就是，如果他的母亲没有从楼梯上摔下来并摔断了髋骨，他可能已经像威廉·洪堡一样死翘翘了。

我从办公室步行去哥谭餐厅，十一点十五分出发，十一点四十五分到达餐厅对面。我早早到那里是为了让自己安心——换句话说，就是为了确保这个地方是洪堡说的地方。这就是我的行事风格，而且一直以来就是我的行事风格。我们刚结婚的时候黛安称之为"强迫症"，但我想到了最后她对这种风格有了更深的了解。我不太容易相信别人的能力，就是这样。我意识到这是一种令人憎恶的特质，我也知道这惹得她发疯，但她似乎从未意识到的是，我自己并不喜欢这样。但是，有些东西比其他东西需要更长时间来改变，有些东西永远也无法改变，无论你怎么努力。

餐厅就在洪堡所说的地方，那里有个绿色的遮阳篷，上面写着"哥谭餐厅"。餐厅的厚玻璃窗上映着白色的城市天际线，它看起来很有纽约范儿，它看起来也非常普通，只是挤在市中心的八百多家昂贵餐馆中的一家。

找到了会面地点，我的心绪暂时放松下来（至少在这个问题上放松了，但对于马上要再见到黛安，我紧张得要命，渴望能抽上一支烟），我走到麦迪逊大道上，在一家行李箱商店外逗留了十五分钟。光看不买可不好，如果黛安和洪堡从上城过来，他们可能会看到我。黛安很容易通过肩膀的姿态和外套认出我来，哪怕是从后面，而我不想这样。我不想让他们知道我早到了，我觉得这可能会显得我很急切。所以我进去了。

我买了一把不需要的雨伞，在手表显示正午时离开了商店，我知道可以在十二点零五分的时候跨进哥谭餐厅的门。我父亲的格言：如果你有求于人，早到五分钟；如果别人有求于你，迟到五分钟。我已经不知道谁需要什么、为什么以及多长时间了，但我父亲的格言似乎是最安全的路径。如果只是黛安，我想我会准时到的。

不，这可能是谎话。我想如果只有黛安，我十一点四十五分到那儿时就会进去，等着她来。

我在遮阳篷下站了一会儿，往里看。这个地方很明亮，我记下这个是因为我喜欢。我非常讨厌黑暗的餐馆，你看不到在吃什么或喝什么。这里的墙壁是白色的，挂着充满活力的印象派画作。你无法分辨画的是什么，但这并不重要，明亮的三原色和宽阔的、生气勃勃的笔触，就像视觉咖啡因一样冲击着你的眼睛。我寻找黛安，看到了一个可能是她的女人，坐在长厅中间靠墙的位置。很难说，因为她背对着我，我也没有她那种在困难的情况下认出人来的诀窍，但是跟她坐在一起的体格魁梧、有些秃顶的男人看起来很像洪堡。我深吸一口气，打开餐厅的门，走了进去。

戒烟有两个阶段，我确信正是第二阶段导致大多数人复吸。生理上的戒除持续十天至两周，然后大多数的症状——出汗，头痛，肌肉抽搐，眼睛跳动，失眠，烦躁——就会消失，接下来是持续时间更长的精神戒除。这些症状可能包括轻度至中度抑郁，悲痛，一定程度的快感缺乏（换句话说，情绪低落），健忘，甚至是某种短暂的阅读障碍。我知道所有这些东西，因为我研读过相关内容。哥谭餐厅的事情之后，我觉得这样做似乎非常重要。我想你可以说，我对这个问题的兴趣介于爱好和痴迷之间。

第二阶段戒断的最常见症状是轻微的不真实感。尼古丁改善突触传递并提高专注力——换句话说，拓宽了大脑的信息高速公路。这对成功的思考来说并没有很大的提升，也不是成功思考的必要条件（虽然大多数吸烟者都有不同看法），但是当你把它拿走时，你就会空留一种感觉——就我而言，是一种无处不在的感觉——世界雇了一批梦幻般的演员。很多次，我觉得周围的人、汽车以及我观察到的人行道上的鲜花装饰实际上都在一个移动的屏幕上从我眼前经过，由藏在幕后的控制着巨大曲柄和旋转巨大滚筒的舞台工作人员控制着。也有点像轻微地吸了毒，因为这种感觉伴随着一种无助和道德疲惫感，感觉事情只需按照它们的方式进行，无论是好是坏，因为你（当然，我说的是我）只顾忙着不吸烟，其他的什么也做不了了。

我不确定这一切对发生的事情产生了多大影响，但我知道它有一定影响，因为我很确定，几乎在我看到那个领班的时候，就知道他不太对劲，他一对我说话，我就知道了。

他很高，大概四十五岁，身材苗条（至少在穿着晚礼服的时候是，穿普通的衣服可能看起来就有点干瘦），留着胡须，手里拿着一份皮革菜单。换句话说，他看起来跟大量高档纽约餐厅里的大量领班一个样。除了他那歪斜的领带，还有他衬衫上的斑点，就在西服外套扣扣子的位置。看起来像是肉汁或某种深色果酱。此外，他脑后有几根头发桀骜不驯地翘起来，让我想起了《小淘气》系列电影中的主角。想到这儿，我差点大笑起来——记住，我当时非常紧张——我咬住嘴唇才没笑出来。

"您好，先生？"我走近桌子时他问道，听上去好像是"林好，言生"。纽约的所有餐厅领班都有口音，但是你绝对听不出是什么口音。一个我八十年代中期约会过的女孩，一个确实有幽默感的女孩（不过很不幸的是，她有很严重的吸毒习惯），她曾经跟我说，他们都在同一个小岛上长大，因此都说同一种语言。

"是什么语言？"我问她。

"斯努提语。"她说，然后我就大笑起来。

当我越过桌子，看到我在外面看到的那个女人时，我又想起了这件事——我现在几乎可以肯定那就是黛安——我不得不再次咬住嘴唇的内侧。结果，洪堡的名字从我嘴里传出来时，听起来像是一个半闷着的喷嚏。

领班高高的、黯淡的眉头紧皱。他直勾勾地看着我的眼睛，当我走近桌子时，我以为那是棕色的，但现在看上去是黑色的。

"有事吗，先生？"他问道，听起来像"有系吗，言生"，看起来像在说"去你妈的，杰克"。如他眉毛般灰白的长长的手指——看上去像钢琴演奏家的手指——不安地敲击着菜单的封面。从菜单伸出来的流苏像某种粗制滥造的书签一样来回摆动着。

"洪堡，"我说，"三个人。"我发现自己不住地盯着他那翻折得左侧快要擦到衬衫立领的领结，以及白色礼服衬衫上的那个污渍。我离得更近了，那看起来既不像肉汁也不像果酱，看起来像是半干的血渍。

他低头看着预订簿，脑袋后面的那簇头发在其余被抚平了的头发上方来回挥舞着。我可以透过梳子留下的梳痕看到他的头皮，还有他晚礼服肩膀上的头皮屑。在我看来，一个称职的餐厅经理大概会解雇一个如此懒散的下属吧。

"啊，是的，先生。"（啊，系的，言生。）他找到了那个名字，"您的同伴……"他慢慢抬起头。突然，他停了下来，目光越过我后往下看去，而且如果可能的话，他的目光更加锋利了。"你不能把那条狗带进来，"他厉声说道，"我跟你说过多少次，你不能把那条狗带进来！"

他并没有喊叫，只是说话声音有点大，以至于几个最靠近他的教堂小讲坛般的工作台的食客停止了用餐，好奇地环顾四周。

我也环顾四周。他的措辞如此坚决，我还以为会看到谁的狗，但是我身后没有人，而且肯定没有狗。不知道为什么，我突然意识到，他说的是我的雨伞，也许在领班生活的岛上，"狗"是指代伞的俚语，特别是在不太可能下雨的时候由一位顾客拿着。

我回头看领班，看到他已经离开他的工作台，手里拿着我的菜单。他一定感觉到我没有跟着他，因为他回过头来，眉毛微微抬起。现在，他的脸上只有礼貌的询问——您跟我来吗，言生？——我跟了上去。我知道他有些不对劲，但还是跟过去了。我没有时间或精力来思考我今天之前从未去过、今天之后可能再也不会光顾的一家餐馆的领班可能出了什么问题，我还要对付洪堡和黛安，还是在没有吸烟的情况下。哥谭餐厅的领班得自己应付自己的问题了，包括狗的问题。

黛安转过身来，起初我看到她脸上和眼睛里只有冰冷的礼貌。然后，在那下面，我看到了愤怒，或者我以为我看到了愤怒。我们在一起的最后三四个月里吵过很多次，但是我不记得看到过我现在感觉到的那种藏匿的愤怒，那种本该被妆容、新衣服（蓝色，没有斑点，侧面没有开缝）和新发型隐藏起来的愤怒。和她在一起的那个沉重、体格魁梧的男人正在说着什么，她伸手碰了碰他的胳膊。当他转向我、开始起身时，我看到她脸上还有其他情绪。她既害怕我，又生我的气。虽然她还没说一句话，我已经对她怒不可遏了。她脸上和眼睛里的一切神情都是负面的，她倒不如在额头上戴一个"现已歇业，开业时间另行通知"的标志。我认为我应该受到更好的对待。

"先生。"领班说着拉开黛安左手边的椅子。我几乎没听到他说什么，当然也不再想他的古怪行为和歪歪扭扭的领结了。烟草这个主题也暂时从我的脑袋里溜出去了，自从戒烟以来这是第一次。我能想的只有她脸上小心翼翼的沉着，并惊叹于自己一边生她的气，一边又想她想得看到她就心痛。离别不一定让两颗心靠得更近，但确实会让两人眼前一亮。

我还想知道自己是否真的看到了我所猜测的一切。愤怒？是的，这是可能的，而且很可能。如果她没有在一定程度上生我的气，我想，她当初也不会离开。但是害怕我？为什么黛安会害怕我？我从来没有动过她一根手指。是的，我确实在一些争吵中提高了嗓门，但她也提高了嗓门。

"请慢用，先生。"领班从另一个世界里说道——服务人员通常待的地方，只有当我们因为需要什么东西或是抱怨着叫他们时，他们才会把头伸进我们的世界。

"戴维斯先生，我是比尔·洪堡。"黛安的同伴说，他伸出一只皲裂而略带红色的大手。我简略地握了握。和他的手一样，他身体其余的部分也很大，宽阔的脸上泛着红晕，是惯性饮酒者喝完一天的第一杯酒之后脸上的那种红晕。我觉得他四十五岁上下，距离他下垂的脸颊变成下颌垂肉还有大约十年的时间。

"很荣幸。"我说，但是完全没有考虑在说什么，就像没有考虑他衬衫上的斑点一样，只想着让握手的动作赶紧结束，好看回漂亮的金发女郎，玫瑰奶油色的肌肤，淡粉色的嘴唇，以及修长苗条的身材。不久之前，这个女人还喜欢一边在我耳边低语"给我给我给我"，一边抓着我的屁股，像两端拱起的马鞍。

"林先生呢？"洪堡环顾四周问道（我觉得有点夸张）。

"林先生正在赶往长岛的路上。他的母亲从楼梯上摔下去了，摔断了髋骨。"

"哦，真棒。"洪堡说。他端起面前桌子上喝了一半的马提尼，一饮而尽，直到那颗带牙签的橄榄贴到了嘴唇上。他把它吐回去，然后放下玻璃杯，看着我："而且我敢打赌，我能猜到他跟你说了些什么。"

我听到了这句话，但没有在意。目前，洪堡并不比你想听的广播节目中微弱的静电干扰更重要。我看着黛安。真是太迷人了，她看起来比以前更时鬓、更漂亮了。好像她知道了什么——是的，即使是仅仅分开两周后，跟厄尼和迪迪·考斯劳一起生活在庞德岭——我永远也不会知道的东西。

"你好吗，史蒂夫？"她问道。

"很好，"我说，然后说道，"实际上，不太好。我很想你。"

这位女士对此的反应只是谨慎地沉默，那对蓝绿色的大眼睛看着我，仅此而已。当然没有回发球，没有"我也很想你"。

"我还戒烟了。这也搅得我心神不宁。"

"你终于戒了啊？这对你有好处。"

她礼貌而不屑一顾的态度让我又感到一阵愤怒，是那种极其真实、丑陋的愤怒。仿佛我根本没说实话，但是我说不说实话并不重要了。两年里，她每天都在数落我抽烟这件事——说抽烟会让我得癌症，会让她得癌症，说在我戒烟之前她不会考虑怀孕，所以在那个方面，我就省省力气吧——现在，它一下子变得不重要了，因为我已经不重要了。

"我们有点事要处理，"洪堡说，"如果你不介意的话。"

他旁边的地板上有一只律师用的四四方方的大手提箱。他咕哝着拿起箱子，放在我的律师本该坐的椅子上，如果他的母亲没有摔断髋骨的话。洪堡去解搭扣，但那时我的注意力不在这上面了。事实是，我其实介意。这也不是一个谨慎不谨慎的问题，这是一个什么更重要的问题。那一刻我真的庆幸林被叫走了，他的缺席让我想明白了这件事。

我看着黛安，说道："我想再试一次。我们可以和解吗？有机会吗？"

她脸上的恐怖表情击碎了我自己都不知道曾抱有的希望。她没有回答，只是越过我看着洪堡。

"你说过我们不会谈论这件事！"她的声音颤抖着，带着控诉意味，"你说过你甚至不会让人提及它！"

洪堡看起来有些慌张。他耸了耸肩，低头瞥了一眼空了的马提尼酒杯，然后抬头看着黛安。我想他是希望之前点了双份。"我不知道戴维斯先生会在他的律师不在场的情况下参加此次会面，你应该给我打电话的，戴维斯先生。既然你没有这么做，我觉得有必要告诉你，黛安同意此次会面时没有任何关于和解的念头，她寻求离婚的决定是不会改变的。"

他快速地看了她一眼，寻求并如愿得到了她的肯定。她郑重地点了点头，脸色比我坐下时红润多了，而且不是跟尴尬相关的那种红晕。"一点没错。"她说，我又看到了她脸上那种愤怒的表情。

"黛安，为什么？"我讨厌自己听到的那种悲伤的声音，几乎就像绵羊的咩咩声，但我就是无能为力，"为什么？"

"哦，天哪，"她说，"你是在说，你真的不知道吗？"

"是的……"

她的脸色更加红润了，现在红晕几乎蔓延到了太阳穴。"也对，你可能真的不知道。多像你的一贯作风。"她端起水杯，顶部的两英寸溢到了桌布上，因为她的手在颤抖。我立刻回想起——我的意思是忽的一下——她离开的那天，我把橙汁摔到了地板上，告诫自己在双手恢复平静之前不要去捡碎玻璃片，但我还是捡了，并且割伤了自己。

"停下，这只会适得其反。"洪堡说。他听上去像一个操场上的监视器，试图在一场扭打开始前就把它止住，但是他的视线扫过房间后部，寻找我们的服务生，或者他可以引起注意的任何一个服务生。在那个特定的时刻，他对我们的兴趣远不及他对英国人如何称呼"另一半"的兴趣。

"我只是想知道……"我说道。

"你想知道的跟我们来这儿的目的没有任何关系。"洪堡说，有那么一会儿，他听上去就像带着文凭第一次走出法学院时那样敏锐和警觉。

"是的，对，最后……"黛安说，她用一种脆弱而急迫的声音说话，"最后，这无关乎你想要什么，你需要什么。"

"我不知道这话是什么意思，但我愿意听，"我说，"我们可以尝试心理咨询，我并不反对，如果……"

她把双手举到肩膀的位置，掌心向外。"哦，上帝，太阳打西边出来了。"她说，然后将双手放回膝盖上，"经过了这么多高高地坐在马鞍上、放荡不羁的日子之后，别这么说，乔。"

"别说了。"洪堡对她说，他的视线从他的客户身上转移到他客户的准前夫（这一定会发生，好吧；在这点上，即使是不吸烟带来的轻微的不真实感也无法掩盖这个不言自明的事实）身上，"你们再说一句话，我就宣布结束这次午餐。"他对着我们微微一笑，笑容的虚假太过明显，连我都觉得非常可爱。"而我们甚至都还不知道特色菜呢。"

这——自从我来，这是第一次提到食物——就在坏事发生之前，我记得闻到了附近一张桌子上有鲑鱼。戒烟后的两周内，我的嗅觉变得异常敏锐，但我并不认为这是一种福气，特别是说到鲑鱼的时候。我过去很喜欢吃，但现在我无法忍受那股气味，更不要说味道了。对我来说，那是一股痛苦、恐惧、血腥和死亡的气味。

"是他起的头。"黛安闷闷不乐地说。

你起的头，你是那个出走的人，我想，但我没有说出口。洪堡的意思很清楚：如果我们开始那个"不，我没有，是的，你有"的拌嘴，他就带着黛安离开餐厅，哪怕是再喝一杯酒也留不住他。

"好吧。"我温和地说……相信我，我必须努力才能做到用那种温和的语气，"是我起的头。接下来是什么？"我当然是知道的：文件，文件，文件。可能我能从这个令人遗憾的情形中得到的唯一满足，就是根据我的律师的建议告诉他们我不打算签署任何文件，甚至看都不会看。我又瞥了一眼黛安，但是她正低头看着她的空盘子，头发遮住了脸。我强烈地想要抓住她的肩膀，摇晃穿蓝色的新连衣裙的她，就像摇晃葫芦里面的鹅卵石一样。你觉得就你一个人难受吗？我会对她大叫，你觉得就你一个人难受吗？万宝路男人给你捎信来了，亲爱的——你是个固执、放纵的小……

"戴维斯先生？"洪堡礼貌地问道。

310

我扭头看着他。

"你在听啊,"他说,"我以为你又走神了。"

"一点也没有。"我说。

"好。太好了。"

他手里拿着几捆文件,由不同颜色(红色,蓝色,黄色,紫色)的曲别针夹在一起,跟哥谭餐厅墙壁上的印象派画作相得益彰。我突然意识到,为这次会面的准备非常不充分,不仅仅是因为我的律师在十二点三十一分那趟开往巴比伦的火车上。黛安穿着新裙子,洪堡带着布林克斯公文包,还有用不同颜色的曲别针分类夹在一起的文件,而我拥有的只有大晴天里的一把新伞。我低头看着放在椅子旁边的伞(我从来没想过要查看它),看到手柄上还悬着一个价格标签。

房间里闻起来很香,自从餐馆禁烟之后大多数餐馆都是如此——鲜花、美酒、现磨咖啡、巧克力和糕点的味道——但我闻得最清楚的是鲑鱼。我记得当时觉得它闻起来非常不错,我可能还会点一点。我还记得,当时觉得如果我能在这样的会面中吃下东西,大概在任何地方都吃得下东西。

"我这里有一些表格,可以既保证你和戴维斯女士在财务上的流动性,又保证你们两个都不会不公平地获取你们努力积累起来的资金,"洪堡说,"我还有一些需要你们签字的法庭初步通知,还有一些表格,这些表格将授权我们把你们的债券和短期国债存入代管账户,直到你们目前的情况由法院解决为止。"

我张开嘴,想告诉他我什么也不签,如果这意味着会面结束了,那就这样吧,但我一个字也没说出口。我还没来得及说,就被领班打断了。他边说边尖叫,我试着指出这一点,但是一连串的"e"并不能真正传达出声音的特性。仿佛他肚子里充满了蒸汽,喉咙里卡着一个茶壶口哨。

"那只狗……Eeeeeee……我一遍又一遍地跟你说过那只狗……Eeeeeee……我一直睡不着觉……Eeeee……她说割掉你的脸,那个婊子……Eeeeee……你这样耍我……Eeeeee……现在你又把那只狗带进来了……Eeee！"

当然，整个房间立刻安静了下来，用餐者从用餐或交谈中惊讶地抬起头来，只见那个瘦削苍白、一身黑衣的人穿过房间走过来，脸向前探着，鹤一样的两条细长腿像剪刀一样一张一合。领结从正常位置转了整整九十度，所以现在看上去就像时钟显示的六点。他走的时候双手在背后紧紧地握着，腰部以上微微前倾，他让我想起了我六年级文学书里的一幅画，画的是华盛顿·欧文那位不幸的老师伊奇博德·克瑞恩。

他眼睛看的是我，靠近目标也是我。我盯着他，几乎瘫痪了——感觉就像一个梦，梦里你发现要参加一门没有学过的课的考试，或是光着身子参加白宫晚宴——如果洪堡没有动的话，我可能会一直这样。

我听到他的椅子向后挪动，就瞥了他一眼，他正站起来，一只手放松地拿着餐巾。他看上去很惊讶，但也很愤怒。我突然意识到两件事：他喝醉了，事实上，醉得很厉害，他把这看作对他热情和能力的嘲弄。毕竟，是他选择了这家餐厅，而现在，看哪——主持人发疯了。

"Eeeeee……我来教教你！我最后教你一次……"

"哦，天哪，他尿裤子了。"邻桌的一位女士小声说。她的声音很低，但在一片寂静中却听得清清楚楚。这时，领班换了一口气，好继续尖叫。我看到她说得没错，那个瘦子的裤裆湿透了。

"听着，你这个笨蛋。"洪堡转过身对他说，接着领班从背后拿出左手，手里拿着我见过的最大的一把屠刀。得有两英尺长，刀口顶端有轻微的弧度，就像老海盗电影里的弯刀一样。

"小心！"我朝洪堡喊道。靠墙的一张桌子旁，一个戴无框眼镜的瘦削男人尖叫起来，把一口嚼碎了的棕色食物吐到了面前的桌布上。

洪堡似乎既没听见我的喊声，也没听见那个人的尖叫，他对领班愤怒地皱着眉头。"你就别指望在这儿再见到我了，如果你这样……"洪堡

312

开口说道。

"Eeeeee！Eeeeeeeee！"领班尖叫着，把屠刀平着挥过空气。接着传来哧哧声，就像一句低语，这是刀刃砍到威廉·洪堡右脸上的声音。血从伤口中喷射而出，形成一股猛烈的飞沫，在桌布上形成一个扇形，我清楚地看到（我永远忘不了）一滴鲜红的血液掉进我的玻璃杯里，然后往底部沉落，后面拖着一条尾巴似的粉红色细丝，看起来像一只血红的蝌蚪。

洪堡的脸被猛地撕开了，露出了牙齿。当他用手按住伤口时，我看到他炭灰色外套的肩膀上有个粉白色的东西。直到一切都结束了，我才意识到，那一定是他的耳垂。

"对着你的耳朵告诉你！"领班对黛安正在流血的律师愤怒地叫道，他站在那儿，一只手捂着脸。除去血从他的手指间流出来这一点之外，洪堡仍然看上去很奇怪，就像杰克·本尼那著名的一幕一样，一时没反应过来。"把这句话告诉你那帮可恨的搬弄是非的朋友吧……你这个喜欢抱怨的……Eeeeee……爱狗人士！"

现在其他人也尖叫起来，大多是因为看到了血。洪堡是个大块头，这会儿正像被宰杀的猪一样血流如注。我能听见血啪嗒啪嗒地滴在地板上的声音，就像破了的水管流出的水。他白衬衫的前襟现在变成了红色，本来就是红色的领带现在成了黑色。

"史蒂夫？"黛安说，"史蒂文？"

一对男女一直在她身后偏左的桌子上用午餐。这时，那个男的——三十岁左右，像乔治·汉密尔顿以前那样英俊——猛地站起来，朝餐厅前面跑去。"特洛伊，别丢下我！"他的约会对象尖叫着，但特洛伊没有回头。他似乎是突然想起有本书要还给图书馆，或是想起答应给汽车打蜡的事。

如果说之前房间陷入了瘫痪——我不能确切地说，尽管我似乎看到了很多，而且记得清清楚楚——这打破了这种瘫痪状态。尖叫声更多了，其他人都站了起来，几张桌子被掀翻了，玻璃和瓷器在地板上摔得粉碎。

我看见一个男人用胳膊揽着女伴的腰，急急忙忙从领班身后走过，她的手像爪子一样钳住他的肩膀。有那么一瞬间，她和我四目相对，那目光像希腊半身像的眼睛一样空洞，脸色惨白，惊恐万分。

这一切可能只发生在十秒钟或二十秒钟之间，我的记忆就像一组照片或一段影像，但是没有时间轴。领班从背后拿出左手，我看到屠刀的那一刻，时间仿佛不复存在了。在这段时间里，那个穿燕尾服的男人继续用他特有的领班语言，也就是被我的前女友叫作斯努提语的语言，滔滔不绝地说着一大堆话——有些是外语，有些是英语，有些很惊人，但完全没有意义——几乎是阴魂不散。你读过达基·舒尔兹[1]那篇冗长而又令人困惑的临终声明吗？就是这个样。大部分我已经不记得了，而我所记得的，我想永远也不会忘记。

洪堡踉踉跄跄地后退，仍然捂着那张被砍坏的脸。他的膝盖后部撞在了椅子上，然后重重地坐在了上面，看起来就像一个刚被告知失去了继承权的人。他开始转向黛安和我，眼睛大睁，震惊不已，我看见有眼泪从里面流了出来。接着，领班双手握住屠刀的柄，砍在洪堡的脑袋中间，声音听起来就像有人用手杖敲打一摞毛巾。

"靴子！"洪堡叫了一声。我很确定这是他在地球上的最后一句话——"靴子"。接着，他流泪的眼睛上翻，露出了眼白，趴在了自己的盘子上，一只向外伸着的手把玻璃杯从桌子上扫到了地上。这一切发生的时候，领班——他所有的头发都朝后竖起来了，而不只是一部分——从他的头上拔出那把长刀。血像垂直的窗帘一样从他头上的伤口淌出来，溅到了黛安裙子的前襟上。她再次把双手举到肩膀边，掌心向外，但这次是因为惊恐而不是愤怒。她尖叫了一声，然后用沾满鲜血的手捂住了脸，遮住了眼睛。领班对她毫不在意。相反，他转向了我。

---

[1] Dutch Schultz，美国黑手党头目，死于暗杀。

"你的那条狗。"他几乎是用谈话的口气说着。他对那发出尖叫的惊恐的人群毫无兴趣,甚至一无所觉。他的眼睛大而黯淡,我再次觉得它们是棕色的,但虹膜周围似乎也有黑色的圆圈。"你的那条狗太疯狂了。科尼岛所有的广播加在一起都盖不过这只狗,你这狗娘养的。"

我手里拿着伞,但有件事我不记得了——不管多么努力回想,那就是我什么时候拿起的伞。我想一定是洪堡目瞪口呆地站在那里、意识到自己的嘴巴扩大了八英寸左右的时候,但我就是想不起来了。我记得那个长得像乔治·汉密尔顿的人正朝门口冲去,我知道他叫特洛伊,因为他的女伴在他身后这么喊他,但我不记得什么时候拿起了我在行李商店里买的伞。但是,伞抓在我的手里,价格标签从拳头底部伸出来,当领班像鞠躬一样向前弯腰,把刀朝我挥来的时候——我觉得,是想把它砍在我喉咙上——我举起伞,打在他的手腕上,像旧时老师用教鞭教训不守规矩的学生一样。

"嗯!"领班咕哝着,他的手被狠狠打了一下,本来瞄准我喉咙的刀刃刺穿了湿透了的粉红色桌布。但他没有放弃,把刀拔了回去。如果我曾再次尝试击打他握刀的手,肯定打不中,但我没有。我朝他脸上挥去,给了他一记漂亮的耳光——反正是用雨伞打得最好的耳光了——打在了他的脑袋一侧。这时,伞突然打开了,就像一出闹剧的视觉笑点一样。

不过,我并不认为这很有趣。打开的雨伞把他完全挡住了,他跟跟跄跄地后退,另一只手快速捂住被我打到的地方,我不喜欢看不见他的感觉。事实上,看不见他让我感到害怕,而不是停止害怕。

我抓住黛安的手腕,把她猛地拽起来。她呆滞地朝我踏出一步,高跟鞋一个踉跄,笨拙地倒在我怀里。我能感觉到她的乳房顶着我,乳房上湿漉漉、黏糊糊的。

"Eeeee!你这个杂种!"领班尖叫着说,也许他在骂我是"炸种"。这可能无关紧要,我知道,但我总觉得这很重要。深夜里,小问题会像大问题一样困扰我。"你这个狗杂种!这些广播!嘘,宝宝!去他妈的布鲁西表哥！去你妈的！"

他绕过桌子向我们冲过来（他身后的区域现在已空无一人，看起来就像西部电影酒吧里发生过一场斗殴之后的场面）。我的伞还在桌子上，开着的伞顶从桌子远端伸出去，领班的胯部撞在了上面。伞掉到了他面前，他把它踢到一边，我趁着这个空当把黛安扶起来，拉着她朝房间的另一边跑去。前门不行，无论如何都太远了，而且即使我们能到达那里，那里也挤满了惊慌失措地尖叫着的人们。如果他想要杀我——或者我们俩，都能毫不费力地抓住我们，然后像切火鸡一样把我们切成两半。

"蛆虫！你们这些蛆虫！Eeee……你的狗到此为止了，嗯？你那只乱叫的狗到此为止吧！"

"拦住他！"黛安尖叫道，"哦，天哪，他要把我们俩都杀了，拦住他！"

"我让你们烂掉，你们这些讨厌的家伙。"现在他更近了，可以肯定的是，伞阻挡不了他多久，"我让你和你所有的娼妓都烂掉！"

我看到三扇门，其中两扇在一个小凹室里正对着，那里还有一部公用电话。那是男洗手间和女洗手间。没有用。即使是门上有锁的单人间厕所也不行。我们身后这个疯子会毫不费力地弄掉门锁，那样我们就无处可逃了。

我拖着她向第三扇门跑去，推开门，进入了一个房间，里面贴满了干净的绿瓷砖，有明亮的荧光灯、闪闪发光的铬合金和潮乎乎的食品味。其中主要是鲑鱼的味道——洪堡还未来得及询问特色菜，但我想我至少知道其中一道是什么了。

一位侍者站在那里，一只手平托着装得满满的盘子，嘴巴大张，眼睛睁得大大的。他看起来就像艾萨克·辛格的小说《傻瓜吉姆佩尔》中的吉姆佩尔。"怎么……"他说。接着我把他推到一边，托盘飞了出去，盘子和玻璃器皿撞在墙上摔了个粉碎。

"哎！"一个男人喊道。他身材魁梧，穿着白色工作服，戴着一顶像云朵一样的白色厨师帽，脖子上围着一条红色的印花大手帕，一只手拿

316

着一个滴着某种褐色酱汁的勺子。"哎，你不能就这样进来！"

"我们得出去，"我说，"他疯了。他……"

这时我突然有了个主意，一种不用解释的解释，我把手放在黛安的左胸上一会儿，放在她湿透了的裙子上。那是我最后一次亲密地触碰她，我都不知道当时的感觉是好是坏。我把手伸向厨师，给他看沾满了洪堡的血的手掌。

"我的天哪，"他说，"这儿。到后面来。"

就在这时，我们进来的那扇门又突然开了，领班冲了进来，眼睛圆睁，头发像一只塞进球里的刺猬身上的刺一样竖着。他环顾四周，看见了侍者，没有放在心上，又看到了我，便向我冲来。

我又跑起来，拖着黛安，慌不择路地撞在了大厨松软的肚子上。我们从他身边经过，黛安的裙子前襟在他的外衣前面留下了血渍。我看到他没有跟着我们跑，而是转向领班，想警告他，想告诉他这样不行。那是世上最糟糕的主意，也很可能是他有生以来最后一个主意。但是来不及了。

"哎！"厨师叫道，"哎，盖伊，怎么回事？"他像法国人那样念着领班的名字，然后就什么也没说了。砰的一声巨响，使我想起了刀砍进洪堡脑袋的声音，接着厨师尖叫起来，伴随着水汪汪的声音。接着是一股又浓又湿的啪嗒声，这声音之后始终萦绕在我的梦中。我不知道那是什么，也不想知道。

我拉着黛安经过两个散发着热浪的炉子中间的狭窄过道，过道尽头有一扇门，被两个沉重的钢门闩锁着。我伸手去开上面那个，就在这时又听到了盖伊的声音——那个来自地狱的领班，他朝我们扑来，嘴里喋喋不休地说着什么。

我想继续开门闩，想相信我能在他走到袭击范围内之前把门打开，但我身体的一部分——决心要活下去的那一部分——更有头脑。我让黛安靠着门，我挡在她前面，以一种要追溯到冰河时期的保护性动作，直面着他。

他从炉子中间狭窄的过道里跑出来，左手握着刀，举过头顶。他张着嘴，露出一排脏兮兮的坏牙。从傻瓜吉姆佩尔那里得到帮助的希望破灭了，他蜷缩着靠在餐厅门口的墙上，手指深深地插在嘴里，使他比以往任何时候都更像个乡下白痴了。

"你真不该这么健忘！"盖伊尖叫道，声音听起来像《星球大战》中的尤达，"你那只可恶的狗……你那吵闹的音乐，太不和谐了！ Eeee……你可曾……"

左手边火炉的前排有个大水壶，我挥起手，把水壶朝他拍过去。过了一个多小时，我才意识到我的手烫得多严重：满手掌的水泡，像小圆面包一样，中间的三根手指上还有不少水泡。水壶从炉子上滑出去，在半空中翻了个底朝天，在盖伊腰部往下的地方浇上了玉米、大米之类的东西，还有大约两加仑的开水。

他尖叫了一声，踉踉跄跄地向后退，结果那只不握刀的手放在了另一个炉子上——几乎直接放进了煎锅下面蓝黄色的煤气火焰里，煎锅里之前煎着的蘑菇现在变成了一堆炭。他又尖叫了一声，声音刺得我耳朵都痛了，他把手举到眼前，似乎不相信这只手还跟他连着。

我往右看，看到门边放着一小堆清洁设备——架子上放着洗涤液和玻璃清洗剂，一把顶端装着帽子似的簸箕的扫帚，一个不锈钢水桶里放着一个拖把，水桶侧面有个挤水槽。

盖伊再次向我走来，那只没有红肿得像轮胎内胎的手拿着刀，我抓住拖把柄，用它杵着带脚轮的水桶滑动，把水桶朝他甩去。盖伊上半身后仰，但仍坚守阵地。他的嘴角露出一种奇特而颤动的微笑，看起来就像一只暂时忘记如何咆哮的狗。他把刀举到面前，神神秘秘地比画了几次，头顶的荧光灯在刀刃上闪着水一般的光……当然是在没有沾上血的位置。他那只烧伤的手和双腿似乎一点都不痛，尽管两条腿被开水烫过，礼服裤子上沾满了米粒。

"烂东西。"盖伊一边说一边神秘地比画着，就像一个准备投入战斗的十字军战士。当然，如果你能想象出十字军战士身穿大米覆盖的燕尾服的话。"我要杀了你，就像杀了你那只讨厌的狂叫的狗一样。"

"我没有狗，"我说，"我不能养狗。租约上有规定。"

我想这是我在整个噩梦中对他说过的唯一一句话，而我也不能完全确定我真的大声说出口了。这也可能只是一个念头。他身后，我看到厨师正挣扎着站起来，一只手握着厨房里的大冰箱的把手，另一只手捂着那件血迹斑斑的外衣。那件外衣在他肿胀的肚子上撕开了，露出一个大大的紫色笑容。他尽力阻止血往外流，但这是一场他正在输掉的战斗，一圈又亮又青的肠子已经冒了出来，贴在肚子左侧，像一条可怕的表链。

盖伊用刀吓唬我。我用拖把和桶朝他撞过去作为反击，他后退了。我又把桶拉过来，站在那里，双手紧握木制拖把手柄，准备在他行动的时候把水桶撞向他。我自己的手也在颤抖，我能感觉到汁水像热油一样顺着脸颊淌下来。盖伊身后，厨师努力站直了身体，慢慢地，就像一个刚从大手术中恢复过来的病人。他开始沿着通道朝傻瓜吉姆佩尔挪去，我祝他一切顺利。

"打开门闩。"我对黛安说。

"什么？"

"门上的门闩。打开它们。"

"我动不了，"她说，她哭腔很重，我几乎听不懂她在说什么，"你要把我挤扁了。"

我向前挪了一点，给出一点空间。盖伊朝我露出牙齿，用刀比画了一下，然后收回去。他紧张地咧嘴笑着，我则再次把脚轮吱吱作响的水桶朝他推去。

"蛆虫滋生的臭罐子。"他说，听起来像在谈论大都会队在即将到来的比赛中取胜的机会，"来看看，你现在把广播开得这么响，臭罐子。这能让你的思维发生变化，不是吗？杂种！"

他刺了一下。我滚了一下。但这一次他没有退那么远，我意识到他是在给自己鼓劲。他打算发起进攻，而且应该就在不久之后。黛安喘着粗气，我能感觉到她的乳房摩擦我的后背。我给了她空间，但她并没有转身去开门闩，她只是站在那里。

"打开门。"我对她说，像个囚犯似的用嘴的一侧说，"把他妈的门闩拉开，黛安。"

"我不能，"她抽泣着说，"不行，我的手已经没有力气了。叫他住手，史蒂文，别站在那儿和他说话，叫他住手。"

她快把我逼疯了，我真的是这么想的。"你转过身去拉门闩，黛安，否则我就闪到一边，让……"

"Eeeeeeee！"他尖叫着冲了过来，挥舞着那把刀。

我用尽全力把拖把向前一甩，扫到了他的双腿。他号叫一声，用尽全力把刀砍下来。只要再近一点，我的鼻尖就被削掉了。然后，他笨拙地跪倒在地，双膝叉开，脸刚好在水桶边上的那个挤拖把的小玩意儿上面。完美！我把拖把头砸到他的后颈上，布条像女巫的假发一样垂在他黑色夹克的肩膀上。他的脸猛地撞进挤水槽里。我弯下腰，用空出的手抓住把手，把它合上。盖伊疼得尖叫起来，声音被拖把盖住了。

"拉门闩！"我对黛安大喊，"拉门闩，你这个没用的婊子！拉……"

砰！什么又硬又锋利的东西砸在我左侧的屁股上。我一声大叫，跌跌撞撞地向前倒去，我想，与其说疼，不如说是惊讶。我单膝跪地，松开了挤水槽的把手。盖伊往后退，同时从拖把的面条下溜了出来，他喘气声很大，听起来几乎是狗吠。不过，这并没有使他慢下来多少。他一摆脱水桶就猛烈地用刀攻击我。我后退了几步，能感受到刀刃从脸颊旁挥过的微风。

我爬起来之后才意识到发生了什么事，她做了什么。我扭头快速瞥了她一眼，她挑衅地看着我，后背紧贴着门。我突然产生了一个疯狂的念头：她想让我死。也许整件事都是她计划好的，找一个疯狂的领班，然后……

她瞪大了双眼说："小心！"

我回过头，及时看到他朝我冲过来。他的脸颊两侧都是鲜红色的，除了被挤水槽的排水孔留下的白色大斑点。我用拖把头撞他，瞄准他的喉咙，结果打到了胸口上。我阻止了他的冲锋，实际上撞得他向后退了一步。他踩在了翻倒的水桶里洒出的水上，重重地摔倒在地，头重重地撞在瓷砖上。我什么也没想，只是模糊地意识到我在尖叫，从炉子上抄起蘑菇锅，使劲往他仰着的脸上砸去。发出低沉的砰的一声，接着是可怕（不过很短暂）的嗞嗞声，他的脸颊和前额都被煎熟了。

我转过身把黛安推到一边，拉开门闩。我打开门，阳光像锤子一样打在我身上——空气的味道。我不记得空气的味道曾经如此美妙，甚至连小时候暑假的第一天也不曾如此。

我抓住黛安的胳膊，把她拉进狭窄的小巷，巷子两边都是锁着的垃圾桶。在这狭窄的石缝巷的尽头，就是车水马龙的五十三街。我扭过头，透过敞开的厨房门望进去。盖伊面躺着，头上撒了一圈炭化的蘑菇，就像一顶真实的王冠。煎锅滑到一边，露出一张满是水泡的红肿的脸。他的一只眼睛是睁着的，但是心不在焉地望着荧光灯。在他身后，厨房里空无一人。地板上有一摊血，大型冷柜正面的白色搪瓷上有一块块血手印，但大厨和傻瓜吉姆佩尔都不见了。

我砰的一声把门关上，指着巷子说道："走吧。"

她没有动，只是看着我。

我轻轻推了推她的左肩说："走啊！"

她像交警一样举起一只手，摇摇头，然后用一根手指指着我说："别碰我。"

"碰你又怎样？指使你的律师告我？我想他已经死了，甜心。"

"你不要对我摆出这种高人一等的姿态。你敢？别碰我，史蒂文，我警告你。"

　　厨房的门突然打开了。我想都没想，就砰的一声关上了门。就在门咔嗒一声关上之前，我听到了一声压抑的哀号——不知道是因为愤怒还是痛苦，我也不在乎。我把背靠在上面，撑牢双脚。"你想站在这里谈吗？"我问她，"听声音，他还活得挺欢。"他又撞了一下门。我随着门晃了一下，然后门因为我的重量又关上了。我等着他再试一次，但他没有再撞。

　　黛安看了我很长时间，怒目而视又犹豫不决，然后开始沿着小巷往外走，低着头，头发垂在脖子两侧。我背靠着门站着，直到她走了大约四分之三的路之后，然后我站到一旁，小心翼翼地看着门。没有人出来，但这并不能让我内心平静。我把一个垃圾桶拖到门前，然后慢跑着去追黛安了。

　　当我走到巷口时，她已经不在了。我向右朝麦迪逊大道看去，没看见她。我又向左看，她就在那儿，正慢慢地斜着穿过五十三街，头仍然垂着，头发还像窗帘一样垂在脸侧。没有人注意她；哥谭餐厅前的人们正透过大玻璃窗呆呆地往里望，就像在喂食时间坐在新英格兰水族馆鲨鱼缸前的人们一样。警笛声越来越近了，很多警笛。

　　我穿过街道，想伸手抓她的肩膀，想了想又放弃了。我叫了她的名字。

　　她转过身来，呆滞的眼睛里透着惊恐。她浑身是血，肾上腺素也消耗殆尽，裙子的前面变成了一条可怕的紫色围兜。

　　"别烦我，"她说，"我再也不想见到你，史蒂文。"

　　"你在那里踢了我的屁股，"我说，"你踢了我的屁股，差点害死我。害死我们两个。我真不敢相信，黛安。"

　　"在过去的十四个月里，我一直想踢你的屁股，"她说，"说实现梦想，我们不是总能挑选时机，对……"

　　我给了她一记耳光。我想都没想，就这么做了，成年以后，很少有什么事情让我如此愉快。我对这种愉快感到惭愧，但我在这个故事中已走得太远了，说不了谎了。

她的头往后仰，眼睛因震惊和疼痛而睁得大大的，失去了那种呆滞、受了创伤的神情。

"你这个浑蛋！"她喊道，手抬到脸颊上，她的眼里充满了泪水，"哦，你这个浑蛋！"

"我救了你的命，"我说，"你不明白吗？还不理解吗？我他妈救了你的命。"

"你这狗娘养的，"她小声说，"你这个控制欲强、喜欢评头论足、心胸狭窄、自负自满的狗娘养的。我恨你。"

"你没听到吗？如果不是这个自负、心胸狭窄的浑蛋，你现在已经死了。"

"如果不是你，我一开始就不会在那里。"她说。头三辆警车尖叫着沿五十三街驶来，停在了哥谭餐厅外面，警察像马戏团里的小丑一样从车里蜂拥而出。"如果你再碰我，我就把你的眼睛挖出来，史蒂夫。"她说，"离我远点。"

我不得不把手夹在腋下。它们想要杀了她，想要伸过去掐住她的脖子，杀了她。

她走了七八步，然后转身面向我。她在微笑。那是一个可怕的微笑，比我在那个邪恶领班脸上看到的任何表情都要可怕。"我有过很多情人。"她说，脸上挂着可怕的笑容。她在撒谎。她脸上的表情显露无遗，但这并没有减轻我的痛苦。她希望这是真的，这一点也在她脸上显露无遗。"在过去一年左右的时间里，有三个。你在那方面一点都不行，所以我找了行的人。"

她转过身，沿着街道往前走，像一个六十五岁而不是二十七岁的女人。我站在那里看着她。就在她走到拐角前，我又喊了一遍。这是我无法释怀的唯一一件事，它像鸡骨头一样卡在我的喉咙里："我救了你的命！你那条愚蠢的命！"

她在拐角处停下来，转过身来对着我。她脸上仍带着可怕的微笑。"不。"她说，"你没有。"

然后她继续往前走，绕过拐角。从那以后我就没再见过她，尽管我以为会的。

就像人们都会说的，法院见。

我在下一个街区找到一个市场，买了一包万宝路。当我回到麦迪逊大道和五十三街的拐角处时，五十三街已经被警察用保护犯罪现场和游行路线的蓝色锯木架封锁了。不过我能看到那家餐厅，看得很清楚。我在路边坐下来，点了一支烟，观察事态的发展。六辆救援车到达——我想你可以说是一阵救护车的尖叫声。厨师进了第一辆，他昏迷不醒，但显然还活着。他在五十三街上的粉丝面前短暂露面后，紧跟着抬出一个放在担架上的运尸袋——是洪堡。然后是盖伊，他被紧紧地绑在担架上，被抬上救护车的时候，还在疯狂地环顾四周。我想他的目光和我的目光相遇了一会儿，但那可能是我的想象。

盖伊的救护车缓缓启动，驶过两个身穿制服的警察在锯木架路障上开的口子。我把一直在抽的香烟扔进了排水沟。我决定了，我经历了这样一天可不是为了再次开始用烟草自杀。

我看着驶离的救护车，想象着里面的男人住在领班们住的地方——皇后区、布鲁克林，甚至是拉伊或马马罗内克之类的什么地方。我试着想象他自家的餐厅可能是什么样子，墙上可能挂着什么画。这个我做不到，但我发现我可以相对轻松地想象出他的卧室，尽管想不出他是否和一个女人同住。我能看到他醒着躺在那里，却完全不动，正逢午夜时分，月亮悬在黑色的天空中，像尸体半睁着的眼睛。我可以想象他躺在那里，听着邻居的狗不停地、单调地叫着，直到那声音像一颗银色的钉子刺进他的脑袋。我想象着他躺在离衣橱不远的地方，衣橱里挂满了装在塑料干洗袋里的燕尾服，我可以看到它们像被处决的罪犯一样挂在那里。我想知道他是否有妻子。如果有的话，他在去上班前杀了她吗？我想起了他衬衫上的斑点，觉得这是可能的。我也想知道邻居家的狗，那只不肯闭嘴的狗。还有邻居的家人。

但我主要想到的还是盖伊本人，在我躺在床上失眠的那些夜晚里，听着隔壁或街道远处的狗叫，就像我听着警报声和开往市中心的卡车的隆隆声一样。我想起他躺在那里，望着被月亮钉在天花板上的影子。想到那喊声——Eeeeeee——像密闭房间里的瓦斯一样，在他脑袋中不断积聚。

"Eeeee。"我说……只想看看它听上去如何。我把那包万宝路扔进排水沟，坐在路牙子上，开始有条不紊地用脚踩烟。"Eeeee。Eeeee。Eeeeee。"

站在锯木架旁边的一个警察朝我望来。"嘿，伙计，想不想不再惹人厌了？"他喊道，"我们这边有情况。"

你们当然有情况啦，我想。我们不都有情况吗？

不过，我什么也没说。我停了下来——反正，那时烟盒已经完全报废了，也不再制造噪声了。但我仍能在脑海中听到，为什么不呢？这和其他事情一样有道理。

Eeeeeee。

Eeeeeee。

Eeeeeee。

That Feeling, You Can Only Say What It Is in French

那种感觉，只能用法语表达

弗洛伊德，那边是什么？哦，该死。

这个人说这些话时的声音听起来有些熟悉，但这些话本身只是一段不连贯的对话，那种用遥控器快速换台时听到的声音。她的生活中没人叫弗洛伊德。不过，这只是开始。甚至在她看到那个穿红背带裙的小女孩之前，就有这些不相干的话了。

但正是这个小女孩使它变得强烈起来。"哦——哦，我有了那种感觉。"卡萝尔说。

穿红背带裙的女孩在一个名叫卡森的乡村市场前——里面有啤酒、葡萄酒、蔬菜水果、新鲜饵料、彩票，蹲在那里，屁股贴着脚踝，鲜红的裙摆披在大腿间，玩着一个洋娃娃。这个娃娃黄头发，脏兮兮的，是那种身体圆溜溜、没有骨头的填充娃娃。

"什么感觉?"比尔问。

"你知道的。那种你只能用法语表达的感觉。帮我想想。"

"似曾相识。[1]"他说。

"对。"她说,又转过头看了小女孩一眼。她会抓着那个娃娃的一条腿,卡萝尔想,抓着一条腿,让它倒过来,脏兮兮的黄头发垂下来。

但小女孩却把娃娃扔在了商店表面龟裂的灰色台阶上,走过去看一只关在旅行车后面的笼子里的狗。然后,比尔和卡萝尔·谢尔顿在路上拐了个弯,商店就不见了。

"还有多远?"卡萝尔问道。

比尔抬起一根眉毛看着她,嘴角旁出现一个酒窝——左侧眉毛上挑,右侧出现酒窝,总是这样。这种表情是在说,你以为我很开心,但我真的很生气。这是婚后的第九十万亿次,我真的很生气。但你并不知道,因为你只能往我内心里看两英寸,再往深处看你的视力就失效了。

但她的视力比他想象得好:这是婚姻的秘密之一。也许他也有一些秘密。当然,他们也有一些共同的秘密。

"我不知道,"他说,"我从没来过这里。"

"但你肯定我们走对了路吧。"

"穿过堤道到了萨尼伯尔岛,就只有一条路了,"他说,"那条路一直到科帕奇,并在那里结束。在此之前,我们会经过棕榈屋。我向你保证。"

他的眉毛开始变平,酒窝开始消失。他正在回到她所认为的伟大境界。她也讨厌伟大境界了,但厌恶程度不如那眉毛和酒窝,或是当你说了什么他觉得愚蠢的话时他讽刺地说"你说什么",或是当他想深思熟虑和审慎的时候,习惯性地嘟起下唇。

---

[1] 此处为法语,Déjà vu。

"比尔？"

"嗯？"

"你认识一个叫弗洛伊德的人吗？"

"有个弗洛伊德·丹宁。高三的时候，我俩一起经营楼下救世主耶稣像旁边的小吃店。我跟你说过他的事，对吗？一个周五，他偷了卖可乐的钱，和他的女朋友去纽约度周末。他们停了他的职，开除了他女朋友。你怎么会想到他？"

"我不知道。"她说。这比告诉他和他一起上高中的弗洛伊德并不是在她脑海里跟她对话的弗洛伊德要容易得多。至少，她觉得不是。

你管这个叫第二次蜜月，她想，看着867号公路两旁的棕榈树，一只白鸟像愤怒的传教士一样沿着路肩向前跳，还有一块写着"塞米诺尔野生动物园，十美元一辆车"的牌子。佛罗里达，阳光之州。佛罗里达，好客之州。更别提，佛罗里达，第二次蜜月之州了。二十五年前，马萨诸塞州林恩的比尔·谢尔顿和卡萝尔·谢尔顿——之前是卡萝尔·奥尼尔——第一次来佛罗里达州度蜜月。只不过那次是在另一侧，大西洋岸边的一个小木屋里，抽屉里还有蟑螂，他不停地对我动手动脚。不过没关系，那时候我想被他触碰。天哪，我想像《飘》里的亚特兰大一样被人点燃，他点燃了我，重建了我，之后再一次点燃我。现在已经是银婚了，二十五年是银婚。有时我也会有这种感觉。

他们正驶进一个弯道，这时她想道，路的右侧有三个十字架，两侧各一个小的，中间一个大的。两个小的都是木头拼成的，中间的那个是白桦木，上面挂着一张照片，一张十七岁男孩的小照片。一天晚上他喝醉了，驾车经过这个弯道，结果汽车失控了，那成了他最后一次喝醉，他的女友和朋友在这里做了标记。

比尔驾车驶过弯道。一对身形丰满、羽毛油亮的黑乌鸦啪啦一声从粘在碎石路面上的什么东西上跳开。两只鸟吃得那么尽兴，卡萝尔还以为它们不会躲闪。没有十字架，无论是左边还是右边。只有路中间一只路毙的动物，一只啄木鸟之类的动物，此刻被一辆从未进入梅森-迪克森线[1]北侧的豪车轧过。

弗洛伊德，那边是什么？

"怎么了？"

"嗯？"她惊讶地看着他，感觉有些疯狂。

"你坐得笔直。背部痉挛了吗？"

"有点轻微痉挛。"她略微往后靠了一些，"我又有那种感觉了。那种似曾相识。"

"这会儿没了吗？"

"是的。"她说，但这是撒谎。那感觉消退了一点，仅此而已。她之前有过这种感觉，但从未像这样连续不断。它涨上来又落下去，从未离开。自从那个叫弗洛伊德的声音出现在她脑海里，她就有这种感觉了——然后是那个穿红色背带裙的小女孩。

但是，她真的从未感觉到其中任何一个吗？它真的是从他们步下里尔35[2]的阶梯、走进迈尔斯堡酷热的阳光时开始的吗？或是更早，在从波士顿出发的路上？

他们正驶近一个十字路口，头顶上有一盏闪烁的黄灯，这时，她想，右侧是一个二手车停车场，还有一个萨尼伯尔社区剧院的招牌。

然后她想，不，就像不在这里的十字架一样。这是一种强烈的感觉，却是一种错误的感觉。

十字路口到了。右边是二手车停车场——棕榈谷汽车公司。卡萝尔看到后真的吓了一跳，一种比不安更尖锐的刺痛。她告诉自己不要再犯傻

---

[1] 美国宾夕法尼亚州与马里兰州的分界线，是南北战争之前南北区域的分界线。

[2] 小型喷气式飞机。

了。佛罗里达到处都有停车场，就算你预测每个十字路口都有一个，平均下来你迟早也会成为预言家。这是一个使用了数百年的伎俩。

此外，没有剧院的标志。但是有另外一个招牌。是圣母马利亚——她童年时代的阴魂，伸着双手，就像祖母在她十岁生日送她的那个吊坠上的一样。祖母把它塞到她手里，把链子绕在她的手指上，说："一直戴着它，因为艰难的日子就快来了。"好吧，她一直戴着的。在天使之后文法中学时期，她一直戴着它，然后是圣德保罗高中。她戴着吊坠，直到胸脯长到像平凡的奇迹一样围绕着它，然后在某个地方，也许是在去汉普顿海滩的班级旅行中，她把吊坠丢了。在回家的巴士上，她第一次舌吻。布奇·苏西就是那个男孩，她能尝出他刚吃过的棉花糖的味道。

那个早已丢失的吊坠上的马利亚和这个广告牌上的马利亚表情一模一样，那种让你为自己的思想不纯洁而感到内疚的人，即使你所想的只是花生酱三明治。在马利亚的头像下面，牌子上写着："愿慈善之母帮助佛罗里达的无家可归者——你不帮助我们吗？"

嘿，马利亚，怎么回事……

这次不止一个声音。有许多声音，女孩的声音，唱颂歌的鬼魂的声音。有平凡的奇迹，也有平凡的鬼魂。随着年龄的增长，你就明白了。

"你怎么了？"她对这声音的熟悉程度不亚于她对那眉毛和酒窝的熟悉程度。比尔的"我只是在假装生气"的语气，意味着他真的生气了的语气，至少是有点生气。

"没什么。"她尽力对他微笑。

"你看起来真的有点不对劲。也许你不该在飞机上睡觉。"

"你也许是对的。"她说，不只是为了讨他喜欢。毕竟，有多少女人在结婚二十五周年纪念日的时候来科帕奇岛度第二次蜜月呢？而且是小型喷气式飞机包机往返？在那些你的钱根本算不上钱的地方待上十天（至少在万事达信用卡月底咳出账单之前是这样），如果你想要按摩，一个瑞典大美女就会来你六居室的海滨别墅里用手捶你？

事情一开始就不一样。比尔是她高中时在一个城际舞会上认识的，三年后在大学里又相遇了（这又是一个平凡的奇迹）。结婚后，比尔开始当大厦管理员，因为计算机行业没有空缺职位。那是在一九七三年，计算机基本没什么前途，他们住在里维尔一个肮脏的地方——不是在海滩上，但离海滩很近，整晚人们都爬上楼梯，从住在他们楼上公寓里的两个灰黄的家伙那里买毒品——没完没了地听着六十年代的烂唱片。卡萝尔经常睁着眼躺在那儿，等着喊声响起，心想：我们永远也无法离开这里了，我们会渐渐老去，听着沙滩上奶油和蓝色欢呼乐队的音乐和碰碰车声死去。

比尔上完班筋疲力尽，总能在嘈杂中睡着，侧卧着，有时一只手搭在她的胯部。如果手没放在那里，她经常会把它放在那里，尤其是当楼上的家伙和顾客争吵的时候。比尔是她唯一的财产。当她嫁给他时，与父母断绝了关系。他是天主教徒，却是另一种天主教徒。奶奶曾问她，所有人都看出他是个窝囊废，她为什么还要和这个男孩约会，她怎么会听信他那些蠢话，她为什么要伤她父亲的心。她又能说什么呢？

从里维尔的那个地方到一架在四万一千英尺高空翱翔的私人飞机有很长一段距离，离这辆租来的维多利亚皇冠汽车很远——黑帮电影里的混混们总是称它为"维克皇冠"——要去一个地方待上十天，那里的浴缸可能有……好吧，她甚至都不愿去想。

弗洛伊德？……哦，该死。

"卡萝尔？又怎么了？"

"没什么。"她说。前方的路边有栋粉色的平房，门廊两侧种着棕榈树，看到这些穗状的树枝映在蓝天上，她想起日本零式战机俯冲而来，翼下的机枪喷着火舌，显然，这样的联想是因为小时候电视看多了——当它们飞过时，一个黑人妇女会出来，她正用一块粉色毛巾擦干双手，面无表情地看着它们飞过，维克皇冠里的富人们朝科帕奇驶去，他们不知道卡萝尔·谢尔顿曾睁着眼躺在月租九十美元的公寓里，听着楼上传来的唱片声和毒品交易声，内心充满了活力，让她想起派对上落在窗帘后面的一支香烟，那支香烟很小，没人看见，却在布料旁慢慢地燃烧着。

"亲爱的？"

"我说了没什么。"他们驶过那所房子。没有女人。一个老头——白人，不是黑人——坐在摇椅上看着他们经过。他的鼻子上架着一副无框眼镜，膝上搭着一条和房子同样颜色的粉色毛巾。"现在没事了。只是急着到那儿换条短裤。"

他的手碰到了她的胯部——那是他起初经常碰的地方——然后又向里移动了一点。她想过阻止他（罗马人的手和俄国人的手指，他们都这么说），但是没有。毕竟，他们是在度第二次蜜月。而且，这也会让那个表情消失。

"也许吧，"他说，"我们可以休息一下。你知道，在裙子脱下来之后，短裤提上去之前。"

"我觉得这是个好主意。"她说着，把手放在他的手上，更加用力地按在她身上。前面会有一个指示牌，当他们走得足够近时，就会看到上面写着**棕榈屋，向左三英里**。

实际上，牌子上写着**棕榈屋，向左两英里**。再过去还有一个牌子，又是圣母马利亚，她伸出两只手，头上通了电的发光的圆圈并不太像一个天使光环。这个牌子上写着**愿慈善之母帮助佛罗里达的病人——你不帮助我们吗？**

比尔说："下一个应该是'缅甸刮胡子'。"

她不明白是什么意思，但这显然是一个笑话，所以她笑了。下一个牌子上会写着"愿慈善之母帮助佛罗里达的饥民"，但她不能告诉他。亲爱的比尔。亲爱的那有时愚蠢的表情、有时模糊的暗示。他很可能会离开你，你知道吗？就算你挺过去了，那也可能是你能获得的最好的运气了。这是她父亲说的。亲爱的比尔，只要他能证明一次，就这关键的一次，她就能说她的判断力比她父亲好得多。她仍然嫁给了那个被她奶奶称为"吹牛大王"的男人，也付出了代价。没错，但那条古老的定律怎么说的来着？上帝说，拿走你想要的……然后付钱。

她的头有点痒。她心不在焉地挠着，等着下一个慈善之母的广告牌。

尽管说来可怕，但是当她失去孩子以后，情况就开始不一样了，就在比尔在 128 号公路上的海滩电脑公司找到一份工作之前。就在那时，计算机行业的第一股变革之风吹了起来。

她失去了孩子，流产了——他们都这么认为，也许除了比尔。当然，她的家人都相信这一点：爸爸，妈妈，奶奶。"流产"是他们说的，如果真有的话，流产是一个天主教的说法。嘿，马利亚，怎么回事，她们有时一边跳绳一边唱，感觉很勇敢，感觉很罪恶，她们的制服裙子在结痂的膝盖处上下翻飞，那时她在天使之后文法中学，在那里，如果被发现在句型时间注视窗外，安农恰塔修女会用尺子敲你的指关节，多麻提拉修女会告诉你一百万年只不过是永恒之钟的第一秒（以及你可能会下地狱，大多数人都会，这很容易）。在地狱里，你的皮肤会一直燃烧，你的骨头会被烤焦。现在她在佛罗里达，坐在维克皇冠汽车里，坐在她丈夫旁边，他的手还放在她的胯部。裙子会起皱，但谁在乎呢，只要能去掉他脸上的那个表情，那种感觉为什么就不能停止呢？

她想到一个邮箱，侧面用漆写着"拉格伦"，前面有个美国国旗图案的贴纸。虽然出现的邮箱上的名字是"里根"，贴纸是感恩而死乐队，但邮箱确实存在。[1]她想到一只小黑狗轻快地沿着路的另一侧慢跑，低着头，用鼻子嗅着，而那只小黑狗确实在那儿。她又想到了广告牌，没错，就在那里：**愿慈善之母帮助佛罗里达的饥民——你不帮助我们吗？**

---

[1] "拉格伦"原文为 RAGLAN，"里根"原文为 REAGAN。

比尔在指着什么："在那儿——看见了吗？我想那就是棕榈屋。不，不是广告牌的位置，是另一边。他们为什么允许人们把这些东西竖在这里呢？"

"我不知道。"她的头痒，她抓了抓，黑色的头皮屑开始从她眼前飘落。她看着自己的手指，惊恐地发现指尖上的黑点，就好像有人刚提取了她的指纹。

"比尔？"她用手梳理她的金发，这一次头屑更大了。她看到那不是一块块皮肤，而是一片片纸。其中一片上有一张脸，从各种烧焦物的缝隙里往外看，就像一张脸从被修补过的底片里往外看一样。

"比尔？"

"怎么了？怎……"然后他的声音完全变了，这比汽车突然转弯更让她害怕，"天哪，亲爱的，你头发里是什么？"

那张脸似乎是特雷莎修女的脸，还是因为她一直在想天使之后文法中学？卡萝尔把它从裙子上拿下来，打算拿给比尔看，但她还没来得及给他看，它就被捏碎了。她扭头看向他，看见他的眼镜正融进他的脸颊。一只眼睛从眼窝里冒了出来，然后裂开，就像一颗充满了血的葡萄。

我知道这一点，她想，甚至在转身之前，我就知道了。因为我有那种感觉。

一只鸟在树上鸣叫。广告牌上，马利亚伸出双手。卡萝尔试图尖叫。试图尖叫。

"卡萝尔？"

是比尔的声音，从一千英里以外传来。然后他的手——不是把她的裙子塞进她的腿间，而是放在她的肩膀上。

"宝贝，你没事吧？"

她睁开眼睛，看到了灿烂的阳光，听到了里尔喷气发动机持续的嗡嗡声。还有别的东西压迫她的鼓膜。她越过比尔略带忧虑的脸看向机舱温度表下面的刻度盘，发现高度降到了二万八千英尺。

"要着陆了？"她说，声音听起来有些模糊，"这么快？"

"是很快，对吧？"他听起来很高兴，好像他在开飞机，而不只是付钱坐飞机，"飞行员说我们将在二十分钟后降落在迈尔斯堡。你吓了一大跳，姑娘。"

"我做了个噩梦。"

他笑了——那种"你可真傻"的做作的笑她真的很讨厌："宝贝，第二次蜜月不准做噩梦。是什么噩梦？"

"我不记得了。"她说，这是事实。只有一些碎片：比尔的眼镜在脸上融化了，五六年级的时候，她们有时会唱的三四首跳绳禁歌之一。这首是这样的：嘿，马利亚，怎么回事……然后是什么什么什么。其余的她想不起来了。她能记得叮当乱响，我看到了爸爸的大幽谷，但她不记得关于马利亚的那首了。

马利亚帮助佛罗里达的病人，她想，不知道这个想法是什么意思，就在这时，嘟的一声响，飞行员打开了安全带灯。他们开始了最后的下落。让疯狂的吵闹开始吧，她想，然后勒紧了安全带。

"你真的不记得了吗？"他问，同时勒紧了自己的安全带，这架小型喷气式飞机穿过一块满是肿块的云，驾驶舱里的一名飞行员做了一个小小的调整，飞行又恢复了平稳，"因为，通常你醒来后还能记得。即使是噩梦。"

"我记得天使之后文法中学的安农恰塔修女。句型时间。"

"这么说，确实是一场噩梦。"

十分钟后，起落架嘀嘀地落下。五分钟后他们着陆了。

"他们应该直接把车开到飞机旁边。"比尔说，已经开始了胡扯。她不喜欢他这样，但至少她不像讨厌他那种开怀大笑和那副高高在上的样子那样讨厌。"我希望没出什么岔子。"

没有出岔子，她想，这种感觉席卷了她的全身。再过一两秒钟，我就可以从我这边的窗户看到它了。那是你的佛罗里达度假专车，一辆该死的白色大凯迪拉克，或者一辆林肯……

是的，它来了，这证明了什么？嗯，她想，证明了有时候当你有"似曾相识"的感觉时，你认为接下来会发生的事真的会发生。不是凯迪拉克，也不是林肯，而是维多利亚皇冠——马丁·斯科塞斯电影中的黑帮会毫无疑问地称之为维克皇冠。

"哇。"她一边说，一边由他扶着走下台阶，下了飞机，炎热的太阳让她头晕目眩。

"怎么了？"

"没什么，真的。我有'似曾相识'的感觉，我想这是梦的残留。我们以前来过这里，类似这种感觉。"

"这只是一个陌生的地方，仅此而已。"他说着，吻了吻她的脸颊，"来吧，让疯狂的吵闹开始吧。"

他们朝汽车走去，比尔把驾照给开车过来的那个年轻女子看。卡萝尔看见他瞄了一眼她裙子的下摆，然后在她手里的笔记板上签字。

她会让它掉落，卡萝尔想。这种感觉现在是如此强烈，就像在游乐场玩转伞的时候转得太快了，突然间，你意识到自己正慢慢从快乐的国度堕入恶心的王国。她会让它掉落，比尔会说"哎哟"，然后帮她捡起来，顺便更近地看一眼她的腿。

但是赫兹租车公司的女士没有掉落笔记板。来了一辆白色的小型摆渡车，把她送回巴特勒航空公司的航站楼。她最后对比尔笑了笑——对卡萝尔，她完全没有理睬——然后打开了副驾驶的门。她抬脚向上，然后滑倒了。"哎哟，别着急。"比尔说着，抓住她的胳膊肘，扶住她。她朝他莞尔一笑，他又最后看了一眼她那姿态优美的双腿，卡萝尔站在他们越垒越多的行李旁边，心想：嘿，马利亚……

"谢尔顿太太？"是副机长，他拿着最后一个包，包里装着比尔的笔记本电脑，他看上去有些担心，"你没事吧？你的脸色很苍白。"

比尔听到这话，目光从正在驶离的白色摆渡车上转过来，一脸焦虑。如果她对比尔最强烈的情感是她对比尔唯一的感情——那现在已经持续二十五年了，当她发现了秘书的事时，她就该离开他了。一个金发伊卡璐女孩般的人儿，太过年轻以至于都记不住伊卡璐的宣传语"如果我只有一次生命"。但是，她对他还有其他感情。例如，还有爱。静止的爱。穿着天主教学校制服的女孩们毫不怀疑的爱，一种既不美好也不中用，又很难死去的东西。

此外，不是只有爱才能把人联系在一起。还有秘密，以及你为保守秘密付出的代价。

"卡萝尔？"他问她，"宝贝？你还好吧？"

她想告诉他不好，她感觉不好，她快要溺水而死了，但还是挤出笑容，说："只是天太热了，我觉得有点头晕。把我弄上车，打开空调，我会没事的。"

比尔抓住她的胳膊肘（卡萝尔想，不过我敢打赌你肯定没瞄我的腿。你知道腿上面有啥，对吗？），扶着她朝维克皇冠走去，就好像她是个老太太。等车门关上，凉风吹拂着她的脸，她确实感觉好一点了。

如果那种感觉再回来，我就告诉他，卡萝尔想。我必须说。太强烈了。这不正常。

好吧，似曾相识从来就不正常，她想——它一部分是梦，一部分是化学反应（她确信自己读到过这个，也许在某个医生的办公室里，等着她的妇科医生去勘探她已经五十二岁的阴门的时候），一部分是因为大脑中的错误放电，导致新体验被误认为旧数据。管子上一个短暂出现的洞，热水和冷水混在一起。她闭上眼睛，祈祷它消失。

哦，马利亚，纯洁无罪，请为我们这些求助于你的人祷告。

求求你（"哦，求……求你。"她们过去常这么说），不要再回到教区学校了。这本该是个假期，不是……

弗洛伊德，那是什么？哦，该死！哦，该死！

弗洛伊德是谁？比尔认识的唯一一个弗洛伊德就是弗洛伊德·多宁（或许是达林），那个和他一起经营小吃店的家伙，那个和他女朋友一起跑去纽约的家伙。卡萝尔不记得比尔什么时候告诉她那个家伙的事了，但她知道他说过。

停下，姑娘。这里没有你要的东西。砰的一声关上思绪之门吧。

这招奏效了。还有最后的耳语——怎么回事——然后她就只是卡萝尔·谢尔顿了，在去科帕奇岛的路上，跟她著名的软件设计师丈夫一起去棕榈屋的路上，去向海滩和朗姆酒饮料，以及重金属乐队演奏着《玛格丽塔维尔》的路上。

他们经过了一个帕布利克斯超市。他们经过一个照看路边水果摊的黑人老头，他让她想起了三十年代的演员和你在美国电影频道上看到的电影，一个穿着工作服、戴着圆顶草帽、满嘴说着"是的，老板"的老家伙。比尔和她闲聊，她也跟他闲聊。她略微惊讶地发现，那个从十岁到十六岁每天戴着圣母马利亚吊坠的小女孩成了这个身穿唐娜·凯伦裙子的女人——那对住在里维尔公寓里的绝望的夫妇，就是这两个开车行驶在一条郁郁葱葱的棕榈道上的富人——但事实就是如此。住在里维尔的日子里，有一次他喝醉酒回到家里，她打了他，打得他眼睛下面都出了血。有一次，她害怕下地狱，半醉半醒地把腿架在钢制的马镫[1]上，心想：我受了诅咒，来接受天谴了。一百万年，这不过是永恒之钟的第一秒。

他们在堤道收费站边停下，卡萝尔想，收费员前额左侧有个草莓形的胎记，跟他的眉毛混在一起。

没有胎记——收费员只是一个普通的家伙，四十多岁，或是五十出

---

[1] 指女性在医院堕胎时放腿的器具。

头，铁灰色的寸头，戴着角质架的眼镜，那种说"祝你们玩得愉快，好吗"的家伙——但那种感觉又开始回来了，卡萝尔意识到，现在她以为自己知道的事情，她确实知道，起初并非全都如此，但是，当他们靠近41号公路右侧的小市场时，几乎一切都是了。

市场叫科森市场，前面有个小女孩，卡萝尔想，她穿着一条红背带裙，有个洋娃娃，一个脏兮兮、黄头发的旧娃娃，她把它放在商店的台阶上，好去看一辆旅行车后面的狗。

结果市场的名字是卡森，而不是科森，但其他的一切都相符。当白色的维克皇冠驶过时，穿红衣服的小女孩把严肃的脸庞转向卡萝尔，一张乡下女孩的脸，尽管卡萝尔不知道一个穷人家的女孩拿着一个脏兮兮的黄头发洋娃娃在富人的旅游胜地做什么。

这就是我问比尔还有多远的地方，只不过现实中我不会问。因为我要打破这个循环，走出这个深坑。我不得不这么做。

"还有多远？"她问他。他说只有一条路，我们不可能迷路。他说他向我保证我们会顺利到达棕榈屋。顺便问一下，弗洛伊德是谁？

比尔扬起一根眉毛，他嘴边的酒窝出现了。"等过了堤道，上了萨尼伯尔岛，就只有一条路了。"他说。卡萝尔几乎听不到他说话，他还在说路的事，她丈夫两年前跟秘书在床上度过了一个肮脏的周末，冒着失去他们的一切的风险，比尔当时是另外一张脸，是那个卡萝尔的奶奶警告中让她伤心的比尔。后来比尔跟她解释，说自己实在没控制住，她想尖叫出来，我曾经为了你杀了一个孩子，至少是那孩子存在于世的可能。你知道这个代价有多大吗？这就是我得到的回报吗？到了五十多岁，发现丈夫要跟一个伊卡璐女孩上床？

告诉他！她尖叫起来。让他靠边停车，让他做任何会让你自由的事——改变一件事，就改变了一切！你能做到——如果你能把脚放进那些马镫，你就能做任何事情！

但是她什么也做不了，一切都过得更快了。两只吃得太多的乌鸦从午餐旁飞走了，她丈夫问她为什么那样坐着，是抽筋了吗，她说，是的，是的，背部抽筋了，但正在好转。她继续咕哝着"似曾相识"的感觉，就好像她没有被溺在其中一样；维克皇冠继续向前行驶，就像里维尔海滩上的碰碰车一样。右边是棕榈谷汽车公司。左边呢？是某个当地社区剧院的招牌，《淘气的玛丽达》。

不，是马利亚，不是玛丽达。圣母马利亚，耶稣的母亲，圣母马利亚，上帝的母亲，她伸出双手……

卡萝尔一心想把这件事告诉丈夫，因为正在开车的是正常的比尔，正常的比尔还能倾听她说话。被倾听就是婚姻之爱的意义所在。

什么也说不出来。在她的脑海里，奶奶说："艰难的日子就快来了。"在她的脑海里，一个声音问弗洛伊德那是什么，然后说："哦，该死！"然后尖叫道："哦，该死！"

她看了看时速表，发现不是以英里每小时计的，而是以千英尺每小时计的：他们的速度是两万八千英尺，而且在下降。比尔说她不应该在飞机上睡觉，她表示同意。

一栋粉色的房子越来越近，比一间平房大不了多少，房子周围种着棕榈树，就像你在"二战"电影中看到的那样，棕榈树的叶子中间，里尔喷气式飞机俯冲而来，机枪喷着火舌……

喷着火舌。热得烫手。突然，他手里的杂志一下子变成了火把。圣母马利亚，上帝之母，嘿，马利亚，怎么回事……

他们驶过那栋房子，那个老人坐在门廊上看着他们经过，无框眼镜的镜片在阳光下闪闪发光。比尔的手在她胯部建立了滩头阵地。他说他们可以停下来休整一下，在她脱下裙子和穿上短裤之间，她同意了，尽管他们永远也到不了棕榈屋。他们要沿着这条路一直开下去，他们是为了这辆白色的维克皇冠而存在，这辆白色的维克皇冠是为了他们而存在，永永远远，阿门。

下一个广告牌上写的是**棕榈屋，两英里**。再下一个广告牌上写的是**愿慈善之母帮助佛罗里达的病人**。他们能帮帮她吗？

现在她明白了，不过已经太晚了。她开始像看到亚热带的太阳在他们左边的水面上闪闪发光那样看着这一片光，想着自己一生中做了多少错事，犯了多少罪，如果你喜欢"罪"这个词的话。上帝知道她父母和奶奶肯定喜欢，这个罪，那个罪，把吊坠戴在这两个正在变大、男孩子盯着看的东西中间。多年后，她和自己的新婚丈夫在炎热的夏夜躺在床上，知道必须做出决定，知道时钟正嘀嗒作响，烟头正在缓慢燃烧，她记得做了那个决定，没有大声告诉他，因为对一些事情你可以保持沉默。

她的头痒，她挠了挠，黑色的碎屑从她面前盘旋飘下。在维克皇冠的仪表盘上，时速表停在了一万六千英尺上，然后爆炸了，但比尔似乎没有注意到。

这时前面来了一个邮箱，邮箱正面贴着一张感恩而死乐队的贴纸；又来了一只小黑狗，低着头，忙着小跑，天哪，她的头好痒啊，黑色的碎屑像尘埃一样从空中飘落，其中一片上面画着特雷莎修女的面庞。

愿慈善之母帮助佛罗里达的饥民——你不帮助我们吗？

弗洛伊德。那是什么？哦，该死。

她又看到了一个很大的东西。看到了上面的那个词，**三角洲**。

"比尔？比尔？"

他的回答很清晰，却来自宇宙的边缘："天哪，亲爱的，你的头发里是什么？"

她从腿上抓起烧焦了的特雷莎修女面庞的残骸，递给他，她嫁的那个男人的老掉的版本，那个跟秘书上床，却也从那些认为只要你点燃足够多的蜡烛、穿着蓝色上衣、严格遵守经过允许的跳绳韵律，就能永远活在天堂的人手里救了她的男人。一个炎热的夏夜，楼上进行着毒品交易，铁蝴蝶第九十亿次唱着《在一片活力之地》，她和这个男人躺在那里，她问他觉得自己得到了什么，你知道的，在那事之后，当你在剧中的角色结束时。他把她搂在怀里，楼下的海滩传来喧闹声和碰碰车的撞击声，而比尔……

比尔的眼镜融化在了脸上，一只眼睛从眼窝里冒出来，嘴是一个流血的窟窿。树林里，一只鸟在啼叫，在尖叫，卡萝尔开始和它一起尖叫，手里还拿着有特雷莎修女面庞的烧焦了的纸片，尖叫着，看着他的脸颊变黑，前额被吞噬，脖子像中了毒的甲状腺肿块一样裂开，尖叫，她在尖叫，铁蝴蝶唱着《在一片活力之地》，而在她尖叫。

"卡萝尔？"

是比尔的声音，从千里之外传来。他的手放在她身上，但他的触碰里是关心，而不是欲望。

她睁开眼，环视着光线充足的里尔 35 飞机的机舱，一时间，她明白了一切——就像一个人刚醒来时明白了这场梦的巨大意义一样。她记得问过他，觉得自己得到了什么，你知道，在那事之后。他说你可能得到了你一直认为自己会得到的东西，如果杰瑞·李·刘易斯认为自己会因为玩布吉伍吉下地狱，那么那就是他会去的地方。[1]天堂、地狱，或是大急流城，都是你自己的选择——或是那些教导你该相信什么的人的选择。这是人类头脑中最后一个伟大的小把戏：对在你一直期待欢度时光之处的永恒感知。

"卡萝尔？你没事吧，宝贝？"他一手拿着一直在看的杂志，一份封面上印着特雷莎修女的《新闻周刊》。**现在成为圣徒**？封面上印着一行白色的字。

她发疯似的环顾四周，心想：这事发生在一万六千英尺的高空。我

---

[1] Jerry Lee Lewis，美国摇滚乐的先锋人物，也是乡村音乐家和钢琴家。布吉伍吉是美国 20 世纪 20 年代节奏布鲁斯的一个支流。

必须告诉他们，我必须警告他们。

但一切都在消退，那些感觉总是这样。它们就像梦一样，或者说像在舌尖上变成一团甜雾的棉花糖一样。

"要着陆了？这么快？"她感觉很清醒，但声音听起来沙哑而模糊。

"是很快，对吧？"他听起来很高兴，好像他在开飞机，而不只是付钱坐飞机，"弗洛伊德说我们马上就要着陆，还有……"

"谁？"她问道，小飞机的机舱里很温暖，她的手指却冰凉，"谁？"

"弗洛伊德。你知道，飞行员。"他用拇指指向驾驶舱的左侧座位，他们正降入一片云雾中。飞机开始摇晃。"他说我们将在二十分钟后到达迈尔斯堡。你吓了一跳，姑娘。在那之前，你还在小声哼哼。"

卡萝尔张开嘴说是因为那种感觉，那种你只能用法语表达的感觉，但那种感觉正在消失，她只说了一句"我做了个噩梦"。

哔的一声，飞行员弗洛伊德打开了安全带指示灯。卡萝尔转过头，在下面的某个地方，一辆赫兹租车公司的白色汽车一直在等待他们，一辆黑帮汽车，马丁·斯科塞斯电影里的人物可能会称之为维克皇冠的那种车。她看着新闻杂志的封面，看着特雷莎修女的脸，突然间，她想起在天使之后文法中学后面跳绳，跟着一支被禁止的旋律跳绳，嘿，马利亚，怎么回事，拯救我免遭炼狱。

艰难的日子就快来了，奶奶曾说。她把吊坠塞进卡萝尔的手心，把链子缠在她的手指上。艰难的日子就快来了。

————

我认为这个故事的主题是地狱。是其中一个版本，那个你被判一遍又一遍地做相同事情的版本。存在主义，宝贝，多棒的概念。喊出阿尔贝·加缪的名字。有一种观点认为他人即地狱，我觉得地狱可能是不断地重复。

除了任何时候都受欢迎的活埋之外，每一个写惊悚或悬疑故事的作家都应该至少写一个关于旅馆鬼屋的故事。这是我的版本。唯一的区别在于，我之前从未打算完成它。作为《写作这回事》附录的一部分，我写了前面的三四页，是想向读者展示一个故事是如何从初稿发展到第二稿的。最重要的是，我想提供一些具体例证，用以说明我在文中一直啰唆的原则。但发生了一件不错的事：这个故事吸引了我，最后我把它写完了。我认为，让我们害怕的东西因人而异（例如，我一直无法理解为什么秘鲁树蛇会让一些人毛骨悚然），但这个故事让我害怕，在我写的时候就是。它最初出现在一个名为《血与烟》的音频合辑中，这段音频让我更害怕了，把我吓得要死。但是旅馆房间是让人很自然就感觉毛骨悚然的地方，你不这样认为吗？我是说，在你之前有多少人睡过这张床？他们中有多少人病了？有多少人失去了理智？有多少人可能在考虑把床头抽屉里的《圣经》拿出来最后读上几段，然后在电视旁的壁橱里上吊自杀？嗯。不管怎样，我们去办理入住吧，好吗？这是你的钥匙……你可以留意一下这四个无辜的数字加起来是什么。

它就在走廊的尽头。

———

I

迈克·恩斯林还在旋转门里就看到海豚酒店的经理奥林坐在一把鼓鼓囊囊的大堂椅子上，迈克的心一沉。也许我还应该带律师一起来，他想。好吧，为时已晚。即使奥林决定在迈克和1408房间之间再设置一两道路障，也不全是坏事——会有补偿的。

迈克离开旋转门时，奥林正伸着一只胖乎乎的手，穿过房间。海豚酒店位于第61街，转弯就是第五大道，小巧却精致。当迈克把旅行袋换到左手，伸手去握奥林的手时，一对穿着晚礼服的男女从迈克身边走过。女人金发碧眼，当然，穿着黑色礼服，她身上那淡淡的花香的香水味似乎总结了"纽约"二字。一楼二楼之间的半层上，有人在酒吧里弹奏《日日夜夜》，好像是为了突出这个结论。

"恩斯林先生，晚上好。"

"奥林先生。有什么问题吗？"

奥林露出痛苦的神情。他环视了一下那个小巧玲珑的大堂，仿佛在寻求帮助。门房柜台边，一个男人正和他的妻子讨论戏票的事，门房则带着耐心的微笑看着他们。前台边，一位头发凌乱——只有经过了公务舱里的长时间飞行，才会如此——的男士正和一位女士讨论他的预订事宜。

这位女士身穿漂亮的黑色西服，那西服可以兼做晚装。海豚酒店里一切如常。大家都得到了帮助，除了可怜的奥林先生，他落入了作家的魔掌。

"奥林先生？"迈克重复道。

"恩斯林先生……可以去我办公室谈一下吗？"

好吧，为什么不呢？这将对关于1408房的那部分有所帮助，增加他的读者似乎在渴求的不祥基调，但这还不是全部。迈克·恩斯林直到现在才确定，尽管经过了那么多反反复复。现在他确定了，奥林真的很害怕1408房，害怕迈克今晚会在那里发生什么。

"当然可以，奥林先生。"

好心的主人奥林伸手去拿迈克的包。"请让我来。"

"我拿就好，"迈克说，"除了换洗衣服和牙刷，什么也没有。"

"你确定？"

"是的，"迈克说，"我已经穿上夏威夷幸运衫了。"他笑了，"就是那件带驱鬼剂的。"

奥林没有回以微笑，他叹了口气。一个圆滚滚的小个子男人，穿着黑色的裁剪外套，系着一条打结工整的领带。"很好，恩斯林先生。跟我来。"

酒店经理在大堂里显得犹豫不决，几乎气馁了。在他橡木镶板装饰的办公室里——墙上挂着酒店的照片（海豚酒店于一九一〇年开业——迈克尽管可以在没有期刊或大城市报纸评论的情况下出书，但他做过研究）——奥林似乎又恢复了信心。地板上铺着一块波斯地毯，两盏落地灯发出柔和的黄光，桌子上放着一盏带绿色菱形灯罩的台灯，旁边放着一个雪茄盒，雪茄盒旁边是迈克·恩斯林最近出版的三本书。当然，都是平装本，没有精装本。我的酒店主人也做了一些研究，迈克想。

迈克在桌子前坐下。他原以为奥林会坐到桌子后面，但奥林让他吃了一惊，他坐在了迈克旁边的椅子上，交叉着双腿，然后向前探过他整洁的小肚子，摸着雪茄盒。

"雪茄，恩斯林先生？"

"不，谢谢。我不抽烟。"

奥林的目光转向迈克右耳后夹着的香烟——扬扬自得地突出来，就像从前爱说俏皮话的记者把他的下一支烟夹在贴在软呢帽上的媒体标签下面一样。那根香烟已经成为他的一部分，以至于有那么一会儿，迈克真的不知道奥林在看什么。然后他笑了，把烟拿下来，看了看，然后看回奥林。

"九年没抽过了，"他说，"我有个哥哥死于肺癌，他死后我就戒了。耳朵后面的这根烟……"他耸了耸肩，"我想，一部分是装模作样，一部分是迷信吧。就像夏威夷衬衫，或者你有时在人们的桌子上或墙上看到的香烟，装在一个小盒子里，上面写着**遇到紧急情况，打碎玻璃**。奥林先生，1408 房是抽烟房吗？只是以防'核战争爆发'[1]。"

"事实上，它是。"

"好吧，"迈克痛快地说道，"夜深人静的时候，又少了一个担心。"

奥林先生又叹了口气，但这个叹息并没有他在大堂的叹息中那郁郁不乐的意味。是的，是因为办公室，迈克想。奥林的办公室，他的特别之地。今天下午，当迈克和律师罗伯逊一起来的时候，奥林一到这里也显得不那么慌张了。为什么不呢？如果不是在你的特别之地，你还能在哪里感觉有掌控力呢？奥林的办公室是一个墙上挂着上等画作、地上铺着上等地毯、雪茄盒里放着上等雪茄的房间。自一九一○年以来，许多经理人无疑在这里开展了大量业务，以其独特的方式，它就像那个金发女郎的黑色露肩礼服、她周身的香水味，以及她含糊其词的在凌晨同你来一场时髦的纽约式性爱的承诺。

"你还是认为我没法说服你放弃自己的想法，是吗？"奥林问道。

---

[1] 此处应指触发烟雾报警器。

"我知道你做不到。"迈克说着把香烟放回耳朵后面。他没有像过去戴着彩色软呢帽的三流作家一样用维他力或野根油把头发往后梳，但他依然每天换香烟，就像换内衣一样。你耳朵后面会出汗，如果一天结束时，在扔进马桶之前检查一下那支未抽的致命香烟，迈克就能看到薄薄的白纸上沾着汗液中那浅橙黄色的残留物。这不会增加点燃香烟的诱惑。他怎么能抽将近二十年——一天三十支，有时四十支，现在他已经无法理解了。或者不如问，他为什么抽烟呢？

奥林从吸墨板上拿起一小摞平装书。"我真心希望你错了。"

迈克拉开旅行袋侧边口袋的拉链，拿出一台索尼迷你录音机。"你介意我录下我们的谈话吗，奥林先生？"

奥林摇了摇手。迈克按下录音键，小红灯亮了，滚轴开始转动。

与此同时，奥林慢慢地翻着那摞书，读着书名。和往常一样，看到别人手里拿着他的书时，迈克·恩斯林感到一种奇怪的混合情绪：骄傲、不安、高兴、蔑视和羞愧。他没有理由为它们感到羞愧，过去的五年里，它们一直把他照顾得很好，他也不必和包装工（他的经纪人称他们为"书妓"，或许部分是出于忌妒）分享利润，因为这个点子是他自己想出来的。尽管当第一本书卖得这么好之后，只有傻瓜才会错过这个点子。在《弗兰肯斯坦》之后，除了《弗兰肯斯坦的新娘》，还有什么可做的呢？

尽管如此，他还是去了艾奥瓦州。他和简·斯迈利一起学习过。他曾经和斯坦利·埃尔金在同一个座谈小组里。他曾经渴望（在他现在的朋友圈里，绝对没有人知道这一点）以耶鲁年轻诗人的身份出书。当酒店经理开始大声念出这些标题时，迈克真希望自己没有拿录音机挑战奥林。后来，他会听着奥林那抑扬顿挫的声调，想象在其中听出了轻蔑的意味。他不由自主地摸了摸耳后的香烟。

"《十个闹鬼的房子里的十个晚上》，"奥林读道，"《十个闹鬼的坟场里的十个晚上》《十个闹鬼的城堡里的十个晚上》。"他抬头看着迈克，嘴角挂着一丝微笑，"这本让人想到了苏格兰，更别提维也纳森林了。都是免税的，对吗？毕竟，阴魂不散的故事是你的事。"

"你想说什么？"

"你对这些很敏感，不是吗？"奥林问道。

"敏感，是的。脆弱，没有。如果你想通过批评我的书来说服我离开你的酒店……"

"不，没有这个意思。我只是好奇，仅此而已。两天前，我让马塞尔——值白班的门房——去买来的，当时你第一次出现，带着你的……请求。"

"是要求，不是请求。现在仍然是。你听到罗伯逊先生说的话了，纽约州法律——更不用说两部联邦民权法了——禁止你拒绝提供给我一个特定的房间，如果我要求那个特定的房间，而那个房间又没人住的话。1408房没人住。这段时间，1408房总是没人住。"

但奥林先生并没有从迈克最近的三本书——全上了《纽约时报》畅销书榜——的话题上移开。他只是翻了第三遍。柔和的灯光从它们光亮的封面上反射出来，封面上有大量的紫色。有人告诉迈克，紫色比其他颜色更容易让恐怖小说畅销。

"直到今天晚上早些时候，我才有机会深入研读这些书。"奥林说，"我一直在忙。通常都在忙。按照纽约的标准，海豚酒店规模不大，但我们的入住率达到了百分之九十，而且通常从大门进来的每位客人都会带着问题。"

"就像我一样。"

奥林微微一笑说："我得说你有点特殊，恩斯林先生。你和你那位罗伯逊先生，还有你们的威胁举动。"

迈克又感到不高兴了。他没有做出任何威胁举动，除非罗伯逊本人算是威胁。他被迫动用了律师，就像一个人被迫用铁撬撬生了锈的箱子一样。

箱子不是你的，内心的一个声音告诉他，但是州和联邦的法律有不同的说法。法律规定，如果他想要，海豚酒店的 1408 房就是他的，只要没人先得到它。

他意识到奥林正看着他，脸上仍带着淡淡的微笑，仿佛一直在逐字逐句地听着迈克的内心对话。这让人感觉不舒服。迈克慢慢发现这是一次出奇地不舒服的会面，感觉自从他拿出迷你录音机（这通常会令人生畏）并打开后，他就一直处于守势。

"恐怕我看不出这有什么道理，奥林先生。我刚度过了漫长的一天，如果我们关于 1408 房的争论真的结束了，我想上楼……"

"我读过一篇……你会怎么称呼它们？文章？故事？"

摇钱树是迈克给它们起的名字，但他并不想在录音带转动时这么说。即使那是他的录音带。

"故事，"奥林决定，"在每本书中我都读到了一个故事。那个关于堪萨斯州里斯比家的房子的故事，出自那本《闹鬼的房子》……"

"啊，是的。斧头谋杀案。"砍死尤金·里斯比一家六口的那个家伙依然逍遥法外。

"没错。还有一个讲到你晚上在阿拉斯加一对自杀恋人的坟墓上露营——一直有人声称在锡特卡周围看到过他们——还讲到你在加兹比城堡过夜。那其实挺有趣的。我很惊讶。"

迈克的耳朵仔细捕捉着关于他的"十个晚上"系列图书评论中哪怕最温和的轻视的暗示，他确信有时会听到其实并不存在的轻视——迈克发现，地球很少有生物像作家一样偏执，打心底里认为自己生活清贫——但是他觉得这话里没有任何轻视的意味。

"谢谢，"他说，"我猜是吧。"他低头瞥了一眼录音机。通常，它的小红眼睛似乎都在盯着对面的人，让他不敢说错话。而今天晚上它似乎一直在看迈克自己。

"哦，是的，我是想恭维你。"奥林轻敲着书，"我希望读完这些……只是因为作品的风格。这是我喜欢的风格。我很惊讶地发现自己在嘲笑你在加兹比城堡的非超自然冒险，我也很惊讶地发现你是这么优秀，这么敏感。我原以为会更粗犷。"

迈克坚定了意志，准备迎接接下来几乎肯定会发生的事情，奥林对"你这样的好姑娘在这种地方干什么"的演绎。温文尔雅的酒店经理奥林，接待穿着黑色礼服走入夜色的金发女郎，雇用穿燕尾服、骨瘦如柴、在酒吧里弹奏《日日夜夜》之类老歌的临退休男士，晚上休息时可能会读普鲁斯特的书。

"但这些书也让人不安。如果我没读的话，我想今晚就不会费事等你了。我一看见那个拿着公文包的律师，就知道你打算住那个该死的房间，而且我说什么也不能阻止你。但是这些书……"

迈克伸出手，啪的一声关掉了迷你录音机——那只红色的小眼睛开始让他毛骨悚然。"你想知道我为什么如此清贫吗？是这样吗？"

"我猜你是为了钱，"奥林温和地说，"而且，至少在我看来，你远说不上清贫……但有趣的是，你如此敏捷地得出了这样的结论。"

迈克两颊发热。不，这没按照他期望的路子走，他从未在谈话过程中关掉过录音机，但奥林并不是他外表看上去那样。我被他引入了歧途，迈克想，那双矮胖的酒店经理的手，修剪整齐的指甲上有整洁的月牙白。

"我担心的是——我害怕的是——我发现自己读的是一个聪明、有才华，却一点都不相信自己写的东西的人。"

那是不可能的，迈克想。他写了二十多个他相信的故事，实际上也出版了一些。在纽约的头十八个月里，他写了大量自己相信的诗歌，那时，他靠着《乡村之声》的薪水过着挨饿的日子。但是他相信尤金·里斯比的无头幽灵在月光下在他堪萨斯州废弃的农舍里走动吗？不。他在那个农舍里住了一夜，睡在厨房地板肮脏的油毡上，看到的最恐怖的东西不过是两只在着护墙板边爬来爬去的老鼠。他在特兰西瓦尼亚城堡的废墟上度过了一个炎热的夏夜，据说德古拉依然在那里接受朝拜——真正出现的吸血鬼是一群欧洲蚊子。在连环杀手杰弗瑞·达莫的墓前露宿的晚上，一个血迹斑斑的白衣人挥舞着一把刀从半夜两点的黑暗中向他冲了过来，但这位幽灵的朋友们的笑声把他出卖了。不过迈克·恩斯林倒也没怎么留下深刻印象，他知道十几岁的"鬼"看到一把橡胶刀的时候就会拿在手里挥舞。但他无意把这些话告诉奥林，他无法承受……

除非他愿意承受。迷你录音机（他现在明白，从一开始这就是个错误）又被收起来了，这几乎算得上最秘密的会面了。而且，他开始以一种奇怪的方式欣赏奥林。当你欣赏一个人的时候，你想告诉他真相。

"不，"他说，"我不相信有食尸鬼、幽灵和长腿怪兽之类的东西。我认为没有这样的东西是好事，因为我也不相信有什么能保护我们不受它们伤害的上帝。这就是我相信的，但我从一开始就保持开放的心态。我可能永远也不会因为在霍普山公墓调查吠鬼而获得普利策奖，但如果它出现了的话，我会写得很不错。"

奥林说了什么，只有一个字，但声音太低，迈克没听清。

"你说什么？"

"我说不。"奥林几乎带着歉意地看着他。

迈克叹了口气，奥林认为他是个骗子。到了这个时候，唯一的选择就是举手投降或者彻底结束谈话。"我们何不改天再谈呢，奥林先生？我要上楼刷牙。也许我会从浴室的镜子里看到凯文·奥马利出现在我身后。"

迈克开始从椅子上起身，奥林伸出一只短粗的、精心修剪过指甲的手阻止了他。"我不是说你撒谎，"他说，"但是，恩斯林先生，你不信。鬼魂很少出现在不相信它们的人面前，而当它们出现时，也很少被人看见。比如说，尤金·里斯比就拿着他那颗被砍下的脑袋在他家门厅里打保龄球，你也什么都听不见！"

迈克站起来，弯下腰去拿他的手提袋。"如果是这样的话，我住 1408 房就没什么可担心的了，对吧？"

"会有的，"奥林说，"会的。因为 1408 房里没有鬼魂，而且从来没有过。房间里有什么东西——我亲身感受过——但那不是鬼魂。在一栋废弃的房子或一座古老的城堡里，不信鬼神可以保护你。但在 1408 房里，这却只会让你变得更脆弱。不要去，恩斯林先生。我今晚等着你就是为了这个，求求你，求求你，不要这样。地球上所有不应该去那个房间的人当中，写了那些令人愉快的、唯利是图的鬼书的人排在第一位。"

迈克听到了这话，但同时又没有听到。你把录音机关掉了！他在胡言乱语。他让我尴尬得关掉了录音机，然后，他变成了主持《全明星幽灵周末》的波利斯·卡洛夫。妈的。我还是要引用他的话。如果他不喜欢，让他告我好了。

突然，他迫不及待地想上楼去，不仅是为了能在街角的旅馆房间里结束漫长的一夜，还因为他想趁对奥林说的话记忆还清晰的时候把它誊写下来。

"喝一杯，恩斯林先生。"

"不，我真的……"

奥林先生把手伸进大衣口袋，拿出一把挂在一条长长的黄铜片上的钥匙。黄铜看起来年月久了，划痕累累，已经失去了光泽，上面浮雕着数字 1408。"求求你，"奥林说，"满足我一下。再给我十分钟，就喝一小杯苏格兰威士忌的时间，我把这把钥匙给你。我会拼尽全力改变你的想法，但当看到事情不可避免时，我想我也能感觉出来。"

"你们还用真钥匙吗？"迈克问，"很有品位，复古的感觉。"

"海豚酒店一九七九年采用了磁卡系统，恩斯林先生，我担任经理的那一年。1408 是这栋建筑里唯一一间还用钥匙开门的房间。没有必要在门上装磁卡锁，因为里面从来没人住过。这个房间上一次有付费住客是在一九七八年。"

"你在骗我！"迈克又坐了下来，又准备用录音机。他按下录音键，说："客房经理奥林声称 1408 房二十多年没有客人住了。"

"幸好 1408 房从来都不需要磁卡锁，因为我完全相信这个装置不会管用。电子手表在 1408 房里不能用，有时它们还会倒着走，有时它们会直接关机，你用电子腕表看不了时间。在 1408 房不行。袖珍计算器和手机也是如此。如果你带着传呼机，恩斯林先生，我建议你把它关掉，因为一旦进了 1408 房，它就会开始随心所欲地响。"他停顿了一下，"关了也不能保证管用，它可能会自动开机。唯一保证有效的办法是拿出电池。"他看都没看，就按下了录音机上的停止键。迈克认为他在口述备忘录时也用过类似的模式。"事实上，恩斯林先生，唯一保证有效的办法就是远离那个房间。"

"我不能那么做，"迈克说着，拿起录音机，又把它收了起来，"但我想我能抽出时间来喝这杯酒。"

当奥林在世纪之交于第五大道拐角处油画下的熏橡木吧台里倒酒时，迈克问他，如果自一九七八年以来那个房间一直没有人住，奥林怎么知道那些高科技的小玩意儿在里面用不了。

"我不想给你留下一九七八年以来从未有人踏进过那扇门的印象，"奥林回答道，"首先，每月服务员会进去简单打扫一次。也就是说……"

此时，迈克写《十个闹鬼的旅馆房间里的十个晚上》已经差不多四个月了，他说："我知道那是什么意思。"打扫一个无人居住的房间，也就是打开窗户通风，除尘，在马桶里放上足够的汰涤宝，让水稍微变蓝，还有换毛巾。很可能不换床上用品，简单打扫的时候不会换。他在想自己是否应该带睡袋来。

奥林手里端着两人的酒，站在吧台边，似乎能从脸上看出迈克的心思。"今天下午床单刚换过，恩斯林先生。"

"何不换个称呼？叫我迈克。"

"我想我不会习惯的，"奥林说着把酒递给迈克，"敬你。"

"也敬你。"迈克举起酒杯，想跟奥林碰杯，但奥林把自己的酒杯端了回去。

"不，敬你，恩斯林先生。我坚持。今晚我们俩都应该为你干杯。你会需要的。"

迈克叹了口气，用酒杯的边缘碰了碰奥林酒杯的边缘，说："敬我。奥林先生，你很适合演恐怖电影。你可以扮演一个阴郁的老管家，试图警告一对年轻夫妇远离末日城堡。"

奥林坐下了。"感谢上帝，我不用经常扮演这个角色。1408房并没有出现在任何有关超自然地点或通灵热点的网站上——"

我的书出版后，情况就不同了，迈克边想边喝了一小口酒。

"——虽然他们会去雪利－尼德兰广场和公园小径，但海豚酒店并不是幽灵之旅的站点。我们已经尽可能地保持沉默了……当然，历史总在等待那个幸运又顽强的研究者。"

迈克微微一笑。

"维罗尼克换了床单，"奥林说，"我陪着她。你应该感到受宠若惊，恩斯林先生，这就像是让皇室给你穿睡衣。一九七一年或是一九七二年，维罗尼克和她姐姐来到海豚酒店当服务员。我们叫她维尔，她是在海豚酒店工作时间最长的员工，资历比我至少老六年，她后来升为客房主管。我猜在今天之前，她至少六年没换过床单了，但是以前1408房都是她负责打扫——她和她姐姐——直到一九九二年前后。维罗尼克和西莱斯特是双胞胎，她们之间的联系似乎使她们……怎么说呢？不是说对 1408 房免疫，但也差不多……至少在打扫房间所需的短暂时间内。"

"你不会告诉我这个维罗尼克的姐姐死在那个房间里了吧？"

"不，并没有。"奥林说，"她当时身体状况不佳，于一九八八年前后离开了这里。但我不排除 1408 房是她精神和身体状况恶化的原因之一。"

"我们似乎在这里建立了融洽的关系，奥林先生。告诉你吧，我觉得这很可笑，希望这样说不会打破这种融洽。"

奥林笑了笑。"对一个幻想世界的学生来说，这是多么现实啊。"

"这是我欠读者的。"迈克温和地说。

"我想，在大部分的日日夜夜里，我本可以对 1408 房不管不顾。"酒店经理沉思着说，"锁上门，关上灯，拉上窗帘，遮住阳光，不让地毯褪色，被单拉起来，把门把手上的早餐菜单放到床上……但是一想到空气会变得闷热而污浊，像阁楼上的空气一样，我就受不了。一想到灰尘会积得又厚又蓬松，我就受不了。这让我变得怎么样，是挑剔，还是彻头彻尾的偏执？"

"这让你成为一名酒店经理。"

"我想是吧。不管怎么说，维尔和西尔打扫那个房间——很快，进去一会儿就出来——直到西尔退休，维尔第一次大升职。从那以后，我让其他服务员两人一组打扫那个房间，总是挑那些彼此相处得好的——"

"希望这种联系能抵挡妖怪？"

"是的，希望有这种联系。恩斯林先生，你可以随意拿 1408 房的妖怪开玩笑，但你几乎可以立刻感觉到它们，我对此很有信心。不管那个房间里有什么，它都不害羞。"

"很多时候——我尽可能——和女服务员一起进去，为的是指导她们。"他停顿了一下，然后几乎是不情愿地补充说，"我想是为了把她们拉出来，如果真发生了什么可怕的事的话。不过什么都没发生过。有几个人曾经突然大哭，一个人曾经突然大笑——我不知道为什么一个人失控地笑比失控地哭更可怕，但确实如此——还有几个人晕倒了。不过，都没有什么太可怕的问题。这些年来，我有足够的时间做一些简单的实验——传呼机，手机，等等——但没有什么特别可怕的。感谢上帝。"他又顿了顿，然后用一种古怪而平淡的声调补充说，"她们当中有一个人失明了。"

"什么？"

"她失明了。是罗密·范格尔德。她当时正在擦电视顶上的灰尘，突然间尖叫起来。我问她怎么了。她扔下抹布，用手捂住眼睛，尖叫着说她瞎了……但是能看到最可怕的颜色。我刚把她拉到门外，那些颜色就消失了，等我把她从走廊抱到电梯里时，她的视力已经开始恢复了。"

"你说这些只是为了吓唬我，奥林先生，是吗？把我吓跑。"

"实际上我没有。你知道那个房间的历史，从第一个房客自杀开始。"

迈克知道。一九一〇年十月十三日，缝纫机销售员凯文·奥马利结束了自己的生命，他从楼上跳了下去，丢下妻子和五个孩子。

"有五个男人和一个女人从那个房间唯一的窗户跳下去过，恩斯林先生。三个女人和一个男人在那个房间里服药自杀，两个在床上，两个在浴室里，其中一个在浴缸里，还有一个瘫坐在马桶上。一九七〇年，一名男子在壁橱里上吊自杀……"

"亨利·斯托金，"迈克说，"这个可能是意外的……性窒息。"

"或许吧。还有伦道夫·海德，他割了双腕，在流血而死的过程中，还割掉了自己的生殖器作为补充。这可不是性爱窒息。意思是，恩斯林先生，如果六十八年里十二起自杀事件的纪录都无法动摇你的决心，那么，我怀疑几位女服务员的喘息和颤动也不能阻止你。"

喘息和颤动，这听起来不错，迈克想，他在想能不能把它偷来写进书里。

"这些年打扫过 1408 房的服务员，很少有人愿意经常去。"奥林说，然后一口喝完了剩下的酒。

"除了那对法国双胞胎。"

"维尔和西尔，没错。"奥林点点头。

迈克不太关心女服务员以及她们的……奥林叫它们什么来着？她们的喘息和颤动。奥林列举自杀事件，这确实让他有些恼火……仿佛是迈克太迟钝了，竟没有注意到它们的重要意义（而非它们存在这件事本身）。只是，真的没有意义。亚伯拉罕·林肯和约翰·肯尼迪的副总统都叫约翰逊；林肯和肯尼迪的名字都由七个字母组成；林肯和肯尼迪都是六〇年当选的，分别是一八六〇年和一九六〇年。这些巧合证明了什么？什么都证明不了。

"这些自杀事件将成为我这本书的一个精彩片段，"迈克说，"但既然录音机没开，我可以告诉你，它们也就是我的一位统计学家朋友所说的'集群效应'。"

"查尔斯·狄更斯称之为'土豆效应'。"奥林说。

"你说什么？"

"当雅各布·马利的鬼魂第一次和斯克鲁奇说话时，斯克鲁奇告诉他，他不过是一团芥末或一块没煮熟的土豆。"[1]

"我应该觉得好笑吗？"迈克略显冷淡地问。

"我觉得没什么好笑的，恩斯林先生，一点都不。请仔细听我说。维尔的姐姐西莱斯特死于心脏病。当时，她正处于阿尔茨海默病的中期，她很年轻的时候就得了这个病。"

"可是根据你的说法，她妹妹安然无恙。事实上，还是个美国梦式的成功故事。看起来，你自己也安然无恙，奥林先生。但是你已经进出

---

[1] 出自英国作家查尔斯·狄更斯的小说《圣诞颂歌》。

1408 房多少次了？一百次？两百次？"

"每次时间都很短，"奥林说，"这也许就像进入一个充满毒气的房间。如果一个人屏住呼吸，也许他就会没事。我知道你不喜欢这种比喻，毫无疑问，你觉得这有点过头了，甚至是可笑。但我相信这是一个恰当的比喻。"

他把手指放在下巴下面。

"还有一种可能，有些人对房间里的东西反应更快、更剧烈，就像有些人潜水时更容易得潜涵病一样。在海豚酒店将近一个世纪的经营过程中，酒店员工越来越清晰地意识到 1408 房是个有毒的房间，这已经成为这栋楼历史的一部分，恩斯林先生。没有人谈论它，正如没有人会提及在这里——就像在大多数酒店一样——十四楼实际上就是十三楼……但他们很清楚。如果所有与那个房间有关的事实和记录都能找到的话，那会是一个惊人的故事，一个比你的读者所喜欢的更让人不舒服的故事。

"我应该能猜到，比如，纽约的每家酒店都有过自杀事件，但我愿意用生命打赌，只有海豚酒店才会在同一个房间里发生十几起自杀事件。撇开西莱斯特·罗曼杜不谈，1408 房里的自然死亡呢？所谓的自然死亡？"

"多少？"他还从未想到过 1408 房里所谓的自然死亡。

"三十起，"奥林回答，"至少三十。我知道的就有三十起。"

"你撒谎！"他想收回但已经脱口而出了。

"不，恩斯林先生，我向你保证我没有。你真的认为我们把那间屋子空着是出于某种索然无味的迷信或是可笑的纽约传统……比如，每个精致的老旅馆都应该至少有一个不安分的鬼魂，戴着隐形锁链在酒店里晃荡吗？"

迈克·恩斯林意识到，正是这样一个想法——虽然没有清晰地表达出来，但在那里，就是这样——萦绕在他的"十个夜晚"新书的周围。听到奥林用科学家讥讽一个还相信女巫的土著人的恼怒语调讥讽它，丝毫没有缓解他的懊恼。

"我们酒店行业有自己的迷信和传统，但我们不会让它们妨碍生意，恩斯林先生。在中西部有句老话——我就是在那里进入这个行当的：'当牧场主进城时，没有通风好的房间。'如果有空置房间，我们就让里面住上人。唯一的例外是1408房，这也是我唯一一次这样谈论它，一个位于13楼的房间，房间号的数字加起来也是13。"

奥林平静地看着迈克·恩斯林。

"这个房间里不仅发生过自杀事件，还有中风、心脏病和癫痫发作。住在那个房间里的一名男子——那是在一九七三年——显然被一碗汤淹死了。你肯定会说这很荒唐，但我和当时负责酒店安保的那个人谈过，他看到了死亡证明。住在房间里的东西中午的时候似乎没有那么大的力量了，打扫房间也是在这个时候，但我知道有几个打扫过那个房间的女服务员现在也患有心脏病、肺气肿和糖尿病。三年前，那层楼出现了供暖问题，当时的首席维修工程师尼尔先生不得不进入几个房间检查供暖设备，1408房就是其中之一。他当时看起来没事——在房间里以及之后不久——却在第二天下午死于脑出血。"

"巧合。"迈克说，但他不能否认奥林很会说。他要是野营辅导员，讲完第一轮篝火鬼故事就会把百分之九十的孩子吓得跑回家了。

"巧合。"奥林轻声重复了一遍，语气并不十分轻蔑，他拿着挂在老式铜片上的老式钥匙，"你的心脏怎么样，恩斯林先生？先不说你的血压和心理状况。"

迈克发现需要有意识地努力才能抬起手来……不过一旦他让手动起来，就没事了。手抬到了钥匙旁，指尖一点也不颤抖。至少在他眼中是这样的。

"很好，"他说着握住那个磨损的铜片，"另外，我还穿着夏威夷幸运衫。"

奥林坚持要陪迈克坐电梯到十四楼，迈克也没有反对。他饶有兴趣地看到，一旦他们走出经理办公室，进入通向电梯的走廊，这个人又恢复了不那么自傲的面目——他又变成了可怜的奥林先生，那个落入作家手中的奴才。

一个穿燕尾服的人——迈克猜他是餐厅经理或领班——拦住了他们，递给奥林一小摞文件，并用法语低声对他说了什么。奥林低声回答，不时地点头，然后迅速在文件上签了字。酒吧里的那个家伙正在演奏《纽约的秋天》。从这里听去，有如一种回声，就像梦中听到的音乐。

穿燕尾服的人用法语说了句"非常感谢"就走了，迈克和酒店经理也继续往前走。奥林又问能不能帮他提旅行袋，迈克再次拒绝了。在电梯里，迈克发现自己的眼睛被三排整齐的按钮吸引住了。每个数字都在它应该在的地方，中间没有断开……然而，如果你观察得再仔细些，就会发现是有断开的。标有 12 的按钮后面是标 14 的按钮。迈克想，仿佛他们把这个数字从电梯的控制面板上删掉，它就不存在了似的，愚蠢……不过奥林是对的，全世界都这样做。

电梯上升的时候，迈克说："我有件事很好奇。如果 1408 房真的像你说的那样让你害怕，为什么不干脆创造一个房客呢？说到这个，奥林先生，为什么不声称它是你自己的住处呢？"

"我想我是害怕会被指控欺诈，如果不是被负责执行州和联邦民权法令的人——酒店的从业人员对民权法令的看法，可能就像你的读者对夜里呼啦作响的锁链一样——那就是被我的上司们，如果他们风闻此事的话。如果没法说服你远离 1408 房，我估计也没多少好运能说服斯坦利公司的董事会，我把一个正常完备的客房退出市场是因为我担心幽灵导致偶尔入住的旅行推销员从窗户跳下，把自己摔扁在第 61 街上。"

迈克觉得这是奥林迄今说过的最令人不安的事情。因为他不再尝试说服我了，他想。不管他在办公室里有什么样的推销才能——也许是波斯地毯上发出的某种氛围在作祟——在这里他失去了它。才能，是的，当他在领班的单据上签字时，你就能看到，但不是销售才能。也不是个人魅力，在这里没有。但是他相信，他打心眼里相信。

电梯门上方，被照亮的数字 12 消失了，数字 14 显示出来。电梯停了，门开了，映入眼帘的是一条再普通不过的酒店走廊，铺着红金两色的地毯（绝对不是波斯地毯），还有一些看上去像十九世纪煤气灯的电器装置。

"我们到了，"奥林说，"你的楼层。请原谅我要把你留下了。1408 房在你的左手边，走廊尽头。除非迫不得已，否则我就到此止步了。"

迈克·恩斯林从电梯里走出去，感觉他的双腿比通常情况下沉重一些。他转过身面对着奥林——一个矮胖的小个子男人，穿着一件黑色外套，戴着一条精心打结的葡萄酒色领带。奥林指甲修剪整齐的双手在身后紧紧地握在一起，迈克看到这个小个子男人的脸苍白得像奶油一样。在他那高高的没有皱纹的额头上，一滴滴汗珠格外显眼。

"当然，房间里有电话，"奥林说，"如果有麻烦，你可以打个电话试试……但我怀疑它不能用。如果那个房间不想让它能用的话。"

迈克想了一个轻松的回答，"至少可以省下一笔客房服务费"之类的话，但他的舌头突然变得像他的腿一样沉重，它就躺在他的嘴里不能动弹。

奥林从背后伸出一只手，迈克看到它在颤抖。"恩斯林先生，"他说，"迈克，不要这样。看在上帝的分上……"

不等他说完，电梯门就关上了，打断了他的话。迈克在原地站了片刻，在海豚酒店的员工们都不愿承认的十三层上完美的纽约式酒店寂静中，他想伸出手，按下电梯的呼叫按钮。

只是，如果他那样做了，奥林就赢了，他新书中本该最精彩的章节会变成一个大洞。读者可能不会知道，他的编辑和经纪人可能不会知道，律师罗伯逊可能也不……但是他知道。

他没有按呼叫按钮，而是伸手摸了摸耳后的香烟——那个不自觉的老习惯，自己都意识不到自己在做——轻轻掸了掸幸运衫的领子。然后，他沿着走廊朝 1408 房走去，小旅行袋在身体一侧摇摆着。

II

迈克·恩斯林在 1408 房短暂停留（大约持续了七十分钟）之后，留下的最有趣的工艺品是他的迷你录音机里十一分钟的录音带，烧焦了一点，但远没到被毁掉。有趣的是，录音中关于这件事的叙述非常少，而且非常奇怪。

这个迷你录音机是他前妻五年前送给他的礼物，他和她一直很友好。在他的第一次"案件考察"（堪萨斯州的里斯比农场）中，他很有预见性地带上了它，连同五本黄色的信笺簿和一个装满削尖了的铅笔的小皮箱。在出版了三本书之后，当他到达海豚酒店 1408 房门口时，他只带了一支笔和一个笔记本，外加五盒空白的九十分钟时长的磁带，还有他离开公寓前装入录音机的那盒。

他发现口述比记笔记更适合他，让他能够即时捕捉一些奇闻逸事，其中一些非常棒——比如在传说闹鬼的加兹比城堡里，蝙蝠朝他俯冲下来。他尖叫起来，就像第一次在嘉年华上进了鬼屋的女孩一样，听到叫声的朋友们无一例外都被逗乐了。

这台小录音机也比笔记更实用，尤其是当你在一个寒冷的新不伦瑞克墓地里，帐篷被一阵半夜三点的狂风骤雨吹倒的时候。这种情况下，你不会很成功地记下笔记，但是你可以说话……这正是迈克所做的，一边挣扎着从潮湿的、被胡乱拍打的帐篷帆布中出来，一边继续说话，眼睛始终没有离开录音机那令人欣慰的红眼睛。在多年来的"案件调查"中,这台索尼迷你录音机成了他的朋友。他从来没有在滚轴之间转动的细磁带条上第一手记录过一次真正的超自然事件,包括他在1408房里做的断断续续的评论,但他对这个小玩意儿有这么深的感情可能也不足为奇。长途卡车司机深爱他们的肯沃斯卡车和吉米-皮特斯餐馆,作家珍惜某支钢笔或破旧的打字机,专业的清洁女工不愿放弃那台旧伊莱克斯吸尘器。迈克还从未面对过真正的闹鬼或灵异事件,只有迷你录音机——他那个版本的十字架和大蒜——保护他,但是在无数个寒冷的、不舒服的夜晚,它都在。他很固执,但这并没有使他变得不近人情。

他跟1408房之间的问题在他进去之前已经开始了。

门歪了。

歪得不多,但确实歪了,好吧,稍微往左边倾斜了一点。他想到了恐怖电影里导演试图通过倾斜画面来暗示某个角色精神上的痛苦。这种联想之后是另一种联想——当你在船上、天气有些恶劣的时候,门看起来就是这样的。忽前忽后,忽左忽右,咔嚓咔嚓地响,直到你开始觉得脑袋和胃都有点发麻。并不是说他自己也有这种感觉,一点也没有,但是……

是的,我确实有,就一点点。

他会这么说,如果只是因为奥林的暗示,他才无法在绝对依赖主观的恐怖故事采风过程中准确感知就好了。

他弯下腰(意识到,当他不再盯着那扇略微歪斜的门时,他胃里那种发麻的感觉就消失了),拉开手提袋的拉链,拿出迷你录音机。他直起身子,按下录音键,看到小红眼睛亮了,便张嘴想说:"1408房的门用它独特的方式问候了我,它似乎被安歪了,稍微向左倾斜。"

他只说了"1408房的门",然后就没了。如果你去听录音,可以清楚地听到这几个字,1408房的门,然后按下了停止键。因为门没有歪,它是笔直的。迈克转过身，看了看走廊对面的 1409 号门，然后又看回 1408 号门。两扇门都一样，白色的门上安着金色的门牌和金色的门把手。两扇门都是笔直的。

迈克弯腰用拿录音机的手提起手提箱，另一只手拿着钥匙向锁孔移动，然后又停了下来。

门又歪了。

这次是稍微向右倾斜。

"这太荒谬了。"迈克嘟囔着，他的胃里又开始犯恶心。不是"像晕船一样"，就是晕船。几年前，他曾经乘坐 QE2 号渡海去英国，有一天晚上，海况极为恶劣。迈克记得最清楚的是，他躺在特等舱的床上，总是想吐，但总是吐不出来。如果你看着门口……或是一张桌子……或是一把椅子……看着它们忽前忽后，忽左忽右，咔嚓咔嚓……恶心眩晕的感觉会变得更糟。

这是奥林的错，他想，这正是他想要的。他把你的胃口吊起来，伙计。他陷害了你。老兄，如果他能看到你，一定会笑死的。如何……

当他意识到奥林很可能可以看到他时，他的思绪突然停止了。迈克回头往电梯的方向看了看，几乎没有注意到当他不再盯着门的时候，胃里的那种轻微的恶心感就消失了。在电梯的左上方，他看到了预想的东西：一个监控摄像头。此时此刻，一名警卫可能正看着它，迈克愿意打赌，奥林就在他身边，他们俩都像猿猴一样咧着嘴笑。奥林说，让他来这里作威作福，还用上律师。看他啊！警卫回答，比之前笑得更开心了。他脸色煞白，钥匙连锁都碰不到。你抓到他了，老大！你把他抓得死死的。

如果他们真的在看就太他妈糟心了，迈克想。我住在里斯比家的房子里，睡在至少有两个人被杀的房间里——而且睡着了，不管你信不信。我在杰弗瑞·达莫的墓旁过了一夜，还在 H.P. 洛夫克拉夫特墓相隔几块石头的地方过了两夜。我在浴缸边刷牙，据说大卫·斯迈思爵士在那个浴缸里淹死了他的两任妻子。我很久以前就不害怕篝火鬼故事了，你们他妈的居然通过监视器偷看我。

他回头看看门，门是直的。他咕哝了一声，把钥匙插进锁孔，转动钥匙。门开了，迈克走进去。当他摸索着寻找电灯开关时，门并没有在他身后慢慢关上，使他完全陷入黑暗（此外，隔壁公寓楼里的灯光从窗户射进来）。他找到了开关，当他打开开关的时候，头顶那盏周围装饰着水晶的灯就亮了，房间另一侧桌子旁的那盏落地灯也亮了。

窗户就在这张桌子的上方，所以坐在那里写作的人暂时停笔时可以眺望第 61 街……或者跳到第 61 街上，如果他一时冲动的话。只是……

迈克把包放在门口，关上门，按下录音键。小红灯亮了。

"据奥林说，曾有六个人从我看着的这扇窗户跳下去，"他说，"但今晚我不会从海豚酒店的十四楼——对不起，十三楼——跳下去的。"外面有一个钢铁网格栅，过度防护总比遗憾好。我想，1408 房就是你们所说的普通套房。这个房间有两把椅子，一张沙发，一张写字台，一个里面可能放着电视机或者迷你吧台的壁柜。地板上的地毯毫不起眼——相信我，一点也不上奥林的。壁纸，也一样。它……等一下……"

这时，迈克又按下了停止键。录音带上本就不多的口述都断断续续的，这与他拥有的其他一百五十多盘磁带完全不同。此外，他的声音变得越来越心烦意乱。这不是一个在工作的人的声音，而是一个困惑的人自言自语却不自知时的声音。磁带晦涩的特质加上越来越多的言辞，让多数听众产生了一种明显的不安，许多人在远没有结束时就要求把录音关掉。当然，仅仅是纸上的文字并不能让听众相信讲述者对现实失去了把握（如果不是失去理智的话），但文字本身足以暗示一定有什么事发生了。

迈克这时注意到了墙上的画。有三幅：一个穿着二十年代式样晚礼服的女人站在楼梯上；一艘柯里尔–艾夫斯[1]式样的帆船；还有一幅水果静物画，上面的苹果、橘子和香蕉都用了令人讨厌的橙黄色。三幅画都镶在玻璃框里，而且都歪了。他正打算在磁带上提画挂得歪歪扭扭的事，但是三幅挂歪了的画有什么不寻常、值得评论的呢？门应该是歪的……嗯，这有一点老电影《卡里加里博士的小屋》的味道。但门并没有歪，他的眼睛欺骗了他片刻，仅此而已。

站在楼梯上的女士向左倾斜，那艘帆船也是，船上一排穿喇叭裤的水手靠在栏杆上观看一群飞鱼。那幅橙黄色的水果画中的水果——在迈克看来，就像用令人窒息的太阳光画的，保罗·鲍尔斯笔下沙漠中的太阳——向右倾斜。尽管他一般不挑剔，但他还是在房间里转了一圈，把画扶正。看着它们歪歪扭扭的样子，他又感到一阵恶心。他对此并不惊讶，人们容易受这种感觉的影响，他在 QE 2 号上发现了这一点。他被告知如果能挨过这段敏感期，他通常就会适应了……"就不晕船了"，有些老水手还会这么说。迈克出海的时间不多，还没有适应，他也不想去适应。这些日子，他的腿一直站在陆地上，如果扶正 1408 房的那间不起眼的客厅里那三幅画能使他的胃安定下来，那也是好事。

画外面的玻璃上有灰尘。他用手指滑过静物画，留下两条平行的条纹。灰尘有一种滑腻感，就像腐烂之前的丝绸，这就是他脑海里的想法，但他才不会把这些录下来。他怎么会知道丝绸腐烂前的感觉呢？这是一个醉汉的想法。

照片扶正之后，他后退几步，依次审视它们：穿晚礼服的女士那幅在卧室门旁边，在四大洋之一上航行的帆船位于写字台左边，最后那幅肮脏（而且画得很差）的水果画在电视柜旁边。他有些怀疑它们会再次变歪，也许在他看着它们的时候就会变歪——这是《猛鬼屋》之类的电影以

---

[1] Currier & Ives，美国一家著名的版画公司。

及老电视剧《阴阳魔界》中经常发生的情形——但画仍然挂得笔直，就像他之前扶好的那样。他对自己说，即便回到之前歪歪扭扭的状态，他也不会觉得是什么超自然的东西。以他的经验，逆转是事物的本质——那些已经戒烟的人（他不自觉地摸了摸夹在耳后的香烟）想继续吸烟，而自尼克松任总统以来一直歪歪扭扭的画也想继续歪歪扭扭地挂着。它们已经在这里很久了，这是毫无疑问的，迈克想，如果我把它们从墙上拿开，就能看到墙纸上颜色较浅的部分，或者有虫子蠕动出来，就像你翻开石头时那样。

这个想法既令人震惊又令人厌恶。伴随它的是一个生动的画面，白色的虫子像脓水一样从曾经受到保护的苍白墙纸中渗出来。

他举起迷你录音机，按下录音键，说："奥林无疑往我的脑袋里开进了一列思考的火车，或者锁上了一条思考的锁链，是哪个呢？他想让我紧张，他无疑成功了。我并不想……"不想什么？不想种族歧视？"忐忑不安"是"希伯来神经过敏"的缩写吗？[1] 但这很荒谬。那就是"Hebrew-jeebrews"，一个毫无意义的短语。它……

这时，迈克·恩斯林对着录音机，清晰而果断地说道："我必须控制自己。马上。"接着又是咔嗒一声，他又把录音机关了。

他闭上眼睛，做了四次缓慢的深呼吸，每次都屏住呼吸数到五，然后再呼出。他从来没有经历过这样的事——无论是在那些据说闹鬼的房子和墓地里，还是在据说闹鬼的城堡里。这不是闹鬼，也不是他想象中闹鬼的样子——这像是被劣质毒品麻醉了。

是奥林干的。奥林催眠了你，但你会摆脱它的。你会在这间屋子里度过这个该死的夜晚的，不仅因为这是你去过的最好的地方——不提奥

---

[1] 此处"忐忑不安"原文为"heebie-jeebies"，"希伯来神经过敏"原文为"Hebrew jeebies"。

林，你也已经够接近十年来最好的鬼故事了——还因为奥林没有赢。他和他那个三十个人死在这里的狗屁故事，它们没赢。我是这里掌管一切的人，所以，吸气……呼气。吸气……呼气。吸……呼……

他就这样持续了将近九十秒，再次睁开眼睛时，他觉得自己又恢复了正常。墙上的画呢？还是笔直的。碗里的水果呢？仍然是橙黄色的，而且比之前更难看了。肯定是沙漠水果了，吃一口那玩意儿，能让你拉到腚疼。

他按下录音键，红灯亮起。"我头晕了一两分钟，"他说着穿过房间，朝写字台和外面装着防护格栅的窗户走去，"这可能是奥林编的故事的后遗症，但我相信这里真的有幽灵。"他当然没有这种感觉，但是只要录了音，他几乎可以想写什么写什么。"空气很污浊。奥林说，没有发霉，也没有难闻的气味，奥林说这里每次打扫都会通风，但打扫得很快，而且……是的……空气有点陈腐。嘿，看这个。"

写字台上有一个烟灰缸，那种厚玻璃做的小烟灰缸，在旅馆里随处可见，里面放着一盒火柴。前面印着"海豚酒店"几个字，酒店门前站着一个面带微笑的侍者，穿着一套复古制服，制服上有肩章、金色纺锤纽扣、戴着一顶看上去只有同性恋酒吧才有的帽子，笔直地靠在一辆摩托车车头上，身上穿了一些银色体环。酒店前的第五大道上，来回穿梭着来自另一个时代的汽车——帕卡德和哈德森、斯图贝克，以及有鳍的克莱斯勒纽约人。

"烟灰缸里的火柴盒看起来像是一九五五年的东西，"迈克说着把它塞进了夏威夷幸运衫的口袋里，"我要把它留作纪念。现在是时候呼吸点新鲜空气了。"

当他放下录音机的时候，传来一声闷响，大概是写字台那边。停顿了一下，接着是模糊不清的声音和几声费力的咕哝。之后又停顿了片刻，然后是一声尖叫。"成功了！"他说。这话有点没对准话筒，但后续的话离话筒更近。

"成功了!"迈克重复了一遍,从桌上拿起迷你录音机,"下半部分动不了……就像被钉死了一样……但上半部分可以放下。我能听到第五大道上的车流声,嘟嘟的车喇叭声都令人感到舒适。有人在吹萨克斯风,也许就在两个街区之外街对面的广场上。这让我想起了我哥哥。"

迈克突然停了下来,看着那只红红的小眼睛,它似乎在指责他。哥哥? 他哥哥死了,又一名在烟草战争中阵亡的士兵。然后他放松了。怎么了? 这些是幽灵战争,迈克·恩斯林在其中一直是胜利者。至于唐纳德·恩斯林……

"其实,我哥哥是有年冬天在康涅狄格州收费公路上被狼吃掉的。"他说,然后笑着按下停止键。磁带还有——还有一点——但这是最后一句连贯的陈述……最终陈述,也就是说,这句话的意思要很清楚。

迈克转身看了看画,仍然挂得笔直,听话的小画。不过那幅静物画——那是一幅多么丑的画啊!

他按下录音键,对着录音机说了几个字——冒烟的橘子。然后他又把录音机关了,穿过房间走到卧室门口。他在那位穿晚礼服的女士旁边停下来,用手在黑暗中摸索电灯开关。他短暂地感觉……感觉就像皮肤,就像老化的死皮。

他滑动的手掌下墙纸有什么异样,然后他的手指找到了卧室的电灯开关,卧室洒满了另一盏埋在水晶饰品里的天花板顶灯发出的橙黄色灯光。一张双人床,藏在橙黄色的被单下面。

"为什么说藏?"迈克对着录音机问道,然后又按下停止键。他走了进去,被被单上冒烟的沙漠、被单下面肿瘤似的隆起的枕头迷住了。在那里睡觉吗? 永远都不,先生! 这会像睡在这幅该死的静物画里,睡在那个你看不太到的、可怕的保罗·鲍尔斯式的炎热房间里,一个为那些被搞他们的母亲时得的梅毒害瞎了眼的英国疯子准备的房间,劳伦斯·哈维或杰瑞米·艾恩斯主演的电影版，那种你自然地会跟失常行为联系在一起的演员……

迈克按下录音键，小红灯亮了，他对着录音机说了句"奥芬剧院巡回演出里的俄耳甫斯"，然后再次按下停止键。他走到床边，被单发着橙黄色的光。墙纸，白天兴许是米色的，此时也染上了被单的橙黄色。床两边各有一个小床头柜，其中一个上面放着一部电话——又黑又大，上面有一个拨号盘。拨号盘上的指洞看上去像因为惊讶而瞪大了的白色眼睛。另一张床头柜上有一个盘子，上面放着一颗李子。迈克按下录音键，说："那不是真的李子，那是一颗塑料李子。"他又按下停止键。

床上放着一张门把手菜单。迈克悄悄靠近床的一侧，小心翼翼地不去碰床和墙壁，拿起菜单。他也尽量不碰被单，但是他的指尖擦到了被单，他发出一声呻吟，它软得出奇。尽管如此，他还是拿起了菜单。菜单是用法语写的，尽管他学法语已经很多年了，但其中一种早餐餐品看起来是裹着大便烤的鸟。不过听上去那至少像是法国人可能会吃的东西，他想，然后发出一阵心不在焉的狂笑。

他闭上眼睛又睁开。

菜单是用俄语写的。

他闭上眼睛又睁开。

菜单是用意大利语写的。

闭上眼睛，又睁开。

根本没有菜单。有一幅画，一个尖叫着的木刻男孩回头看着已经把他的左腿吞到膝盖位置的木刻狼。狼的耳朵朝后，看上去就像小猎狗在玩它最喜欢的玩具。

我没看见，迈克想，他当然没看见。他没有闭上眼睛，看到一行行整齐的英文，每一行都列出一种不同的诱人早餐——鸡蛋，华夫饼，新鲜莓果。没有裹着大便烤的鸟，然而……

他转过身，非常缓慢地从墙壁和床之间的狭小空间挪出来，这个空间现在感觉像坟墓一样狭窄。他的心脏跳得非常厉害，脖子、手腕和胸腔处都感觉得到，他的眼睛在眼眶里跳动。1408 房有问题，没错，1408 房非常有问题。奥林提到了毒气，这正是迈克此刻的感受：吸了毒气或是被迫吸食了含杀虫剂成分的烈性大麻。当然，奥林这么做很可能得到了安保人员带笑的主动默许，通过通风口把他的特殊毒气抽上来。他看不到通风口，并不意味着通风口就不存在。

迈克惊恐地瞪大了眼睛，环视着卧室。床左边的床头柜上没有李子，也没有盘子，桌子上是空的。他转过身，朝客厅门走去，然后停了下来。墙上有一幅画。他不能绝对肯定——在目前的状态下，他甚至不能确定自己的名字——但他相当肯定，他第一次进来的时候，墙上没有画。这是一幅静物画，一张旧木板桌子中间的锡盘上，放着一颗李子，洒在李子和盘子上的灯光是热烈的橙黄色。

探戈灯，他想，那种让死人从坟墓里爬起来跳探戈的灯。那种灯……

"我得离开这里。"他低声说，然后跌跌撞撞地回到客厅。他意识到他的鞋子开始发出奇怪的爱抚声，仿佛脚下的地板变得柔软起来。

客厅墙上的画又歪了，还有别的变化。站在楼梯上的那位女士拉下了礼服上半身，露出双乳。她一手抓着一个，每个乳头上都挂着一滴血。她直勾勾地盯着迈克的眼睛，凶恶地咧嘴笑着。她的牙齿被磨尖了。帆船的栏杆边，水手被一排苍白无力的男女取代。最左边离船首最近的那个人穿着褐色的羊毛西服，一只手拿着一顶圆顶礼帽。他的头发梳得整整齐齐，从中间分开，脸上震惊又茫然。迈克知道他的名字：凯文·奥马利——这个房间的第一个住客，缝纫机推销员，一九一〇年十月从这个房间跳了下去。奥马利旁边是其他死在这里的人，脸上都带着同样茫然而震惊的表情。这让他们看起来亲如一家，都出自同一个近亲繁殖造就的灾难性弱智家族。

在另一幅画里，之前是水果的地方现在是一颗被砍下的人头。橙黄色的灯光从凹陷的脸颊、下垂的嘴唇、上翻的呆滞眼睛，以及夹在右耳后的香烟上一闪而过。

迈克跌跌撞撞地朝门口走去，脚底发着爱抚声，他现在每走一步，两只脚都像粘在了一起。门当然打不开。锁链空荡荡地挂在那里，拇指插销笔直地立着，就像六点时的时钟指针，但门就是打不开。

迈克喘着粗气，转过身去，涉水——感觉就是这样——穿过房间来到写字台前。他看到窗帘在打开的窗子旁边散乱地飘着，但他感觉不到新鲜空气吹在脸上。好像整个房间把它吞下去了。他还能听到第五大道上汽车的鸣笛声，但此刻已经不太清晰了。他还能听到萨克斯风吗？如果是这样的话，房间偷走了它的甜蜜和优美旋律，只留下了一阵混乱刺耳的嗡嗡声，就像风吹过一个死人脖子上的洞，或是一个装满断指的汽水瓶，或者……

停下，他想说，但他不能说话了。他的心跳得非常厉害，如果再快点就要爆炸了。他的迷你录音机——许多次"案件调查"中的忠实伙伴，已经不在他手中了。他把它忘在什么地方了，在卧室里吗？如果是在卧室里，现在可能已经不见了，被房间吞下去了。当它被消化后，就会被排泄出来，形成一幅画。

迈克像接近终点的长跑运动员一样喘着粗气，把手放在胸口，好像在缓和自己的心跳。他感觉那件华而不实的衬衫的左胸口袋里，有一个方形的录音机。那种感觉，那么坚定而熟悉，使他稍稍镇定了一点——他回了一点神。他意识到自己在哼唱……房间似乎也在对着他哼唱，仿佛光滑肮脏的墙纸下藏着无数张嘴。他意识到自己的胃在剧烈翻腾，似乎在油腻的吊床里摇摆。他能感觉到空气像柔软的半凝的血块一样涌向他的耳朵，这使他想起了软糖成形时的情形。

　　但他恢复了一些，这足以确定一件事：他必须趁还来得及的时候呼救。想到奥林傻笑着（以他纽约酒店经理的恭敬方式）说"我早跟你说过"，他一点也不介意，认为奥林以某种化学手段诱发了这些奇怪的感觉和可怕的恐惧的想法，他也完全忘记了。是这个房间。是这个该死的房间。

　　他想伸手去拿那部老式电话——跟卧室里的那部是孪生兄弟。相反，他看着自己的胳膊以一种神志不清的慢动作朝桌子落去，就像跳水运动员的胳膊一样，他甚至觉得会看到泡沫从桌面上冒出来。

　　他握住电话，把它拿了起来。他的另一只手也像这只手一样从容地俯冲下去，拨了"0"。他把电话放到耳边，随着拨号盘转回到原来的位置，他听到一连串的咔嗒咔嗒声，听起来就像《幸运之轮》里的转轮，你是想转轮子，还是想解题？记住，如果你选择解题却失败了，就会被扔到康涅狄格州收费站旁的雪地里喂狼。

　　他没有听到嘟嘟声，一个刺耳的声音开始说话。"这是九！九！这是九！九！这是十！十！我们杀了你的朋友！现在所有朋友都死了！这是六！六！"

　　迈克听着，恐惧越发强烈，不是因为那个声音在说什么，而是因为它那刺耳的空洞。这不是机器发出的声音，但也不是人类发出的声音。这是房间的声音。那从墙壁和地板里倾泻而出的幽灵，用电话和他说话的幽灵，与他知道的任何闹鬼或超自然事件都没有共同之处。这里有种异样的东西。

　　不，还没有到……但是快来了。它饿了，而你就是晚餐。

　　电话从他放松的手指间掉落，他转过身。它在电话绳的一端上吊着，甩来甩去，就像他的胃在肚子里前后摆动一样，他依然能听到那个刺耳的声音在黑暗里说："十八！现在是十八！警报声响起时要隐蔽！这是四！四！"

他不经意间把烟从耳后拿出来，放在嘴里，没意识到自己笨手笨脚地从他那鲜亮衬衫的右胸口袋里掏出那盒上面印着穿带金色饰扣的老式制服的门卫的火柴，也没有意识到，九年之后，他终于决定抽一支烟。

在他面前，房间开始融化。

它正失去直角和直线，不是弯成曲线，而是变成了奇怪又刺眼的摩尔式弧。天花板中央的水晶吊灯像一团黏稠的唾液一样开始下垂。那些画开始弯曲，变成旧式汽车的风挡玻璃一样的形状。卧室门边的那幅画的玻璃后面，那个乳头流血、咧着嘴露出尖牙的二十年代的女人转过身去，跑上了楼梯，像无声电影里发疯的愚蠢荡妇那样，膝盖抬高，像活塞一样抽动着。电话继续唠叨，此刻，里面传出来的声音就像一个刚学会讲话的电推子："五！这是五！别理会警报器！即使走出这个房间，你也永远无法离开这个房间！八！这是八！"

卧室门和客厅门开始向下坍塌，中间变宽，变成了身形不神圣的人的通道。光线变得又亮又热，房间里洒满了橙黄色。现在，他可以看到壁纸上的裂缝，很快就变成嘴巴的黑色毛孔。地板下陷形成一个凹形弧线，现在他能听到它了，这个房间后面的房间居民，墙壁里的东西，嗡嗡声的主人。"六！"电话尖叫道，"六，这是六，这他妈是六！"

他低头看着手里的火柴盒，就是他从卧室烟灰缸里拿的那盒。有趣的老门卫，有趣的老式汽车和它们的镀铬大格栅……以及底部那行字，他很长一段时间没见过了，因为现在那片摩擦条总是在火柴盒背面。

划之前先合上盖子。

想都没想——他也没办法想了——迈克·恩斯林掏出一根火柴，同时让香烟从嘴里掉出来。他划着火柴，然后立即让它接触火柴盒里的其他火柴。他听见一阵呼呼声，一股强烈的硫黄燃烧的气味像嗅盐的气味一样钻进他的脑袋，火柴头发出明亮的火焰。又一次，迈克想都不想，把那束燃烧着的火焰贴到衬衫前襟上。这是韩国、柬埔寨或婆罗洲制造的廉价衣服，现在也过时了；它立刻着火了。趁火焰在他眼前烧起来，房间变得更加不稳定之前，迈克看得一清二楚，就像一个人刚从噩梦中醒来，却发现自己置身于另一个噩梦之中。

他的头脑很清醒——强烈的硫黄味和突然从衬衫上传来的灼热让他清醒了——但房间里仍然保持着那种疯狂的摩尔式面貌。摩尔式不对，差得太远了，但这似乎是唯一能触及这里发生了的……还在发生的事情的词汇。他在一个正在融化的腐烂洞穴里，里面满是扑掠的和疯狂的倾斜，卧室门变成了石棺内室门。在他左边，也就是那幅水果画所在的地方，墙壁正朝他突出来，形成了一道道长长的裂缝，像嘴巴一样张着。眼前出现了一个世界，里面有东西正在靠近。迈克·恩斯林能听到它流口水的声音，呼吸急促，还能闻到一些有生命的危险东西，闻上去有点像狮屋，在……

接着，火焰烤焦了他的下巴，驱散了他的思绪。燃烧的衬衫发出的热浪把他带回了现实世界，当他闻到胸毛开始变焦时的酥脆香味时，迈克又从下陷的地毯上冲到走廊门口。墙上发出一种昆虫似的嗡嗡声，橙黄色的光不断变亮，仿佛一只手正在调大一个看不见的变阻器。但是这一次，他走到门口转动门把手时，门开了。仿佛那堵鼓鼓的墙壁后面的东西对一个着火的男人不感兴趣——也许是不喜欢熟肉。

III

五十年代的一首流行歌曲暗示，是爱让世界转动，但巧合可能是更准确的答案。那天晚上住在电梯附近的 1414 房的鲁弗斯·迪尔伯恩是辛格缝纫机公司的一名推销员，他从得克萨斯州来到这里，商讨升任高管的事。所以，发生了这样的事情，在 1408 房的第一个住客跳楼自杀大约九十年之后，另一个缝纫机销售员救了那个过来写这个据称闹鬼的房间的人。或者这可能有点夸张了，迈克·恩斯林也许还能活下来，即使那时没有人——尤其是一个从制冰机取完冰回来的家伙——在走廊里。不过，让你的衬衫着火可不是闹着玩的，要不是迪尔伯恩反应敏捷、行动迅速，他肯定会被烧得更严重，烧伤面积更大。

迪尔伯恩也不能准确地想起发生了什么。他为报纸和电视新闻构思了一个足够连贯的故事（他非常喜欢当英雄，当然，肯定不会与他想当高管的愿望形成冲突），他清晰地记得看到那个着火的男人冲进走廊，但之后的一切都模糊不清了。回想起来，就像努力重现你一生中最卑劣、醉得最严重的时候做过的事一样。

有一件事他确定无疑，但没有告诉记者，因为那毫无意义：着火的人的尖叫声似乎越来越大，仿佛一台被调大声音的立体声音响。他就在迪尔伯恩面前，尖叫的音调从未变过，但音量无疑在变。那人仿佛一个声音大得惊人、刚刚到达这里的物体。

迪尔伯恩手里拿着满满一桶冰，沿着走廊跑过去。着火的男人——"我一眼就看出他的衬衫着火了"，他对记者说——撞到了对面的房门，被弹了回来，一个踉跄，然后跌倒在地。这时，迪尔伯恩跑到了他身边。他把脚放在尖叫着的男人衬衫肩膀上，把他推倒在走廊地毯上，然后把冰桶里的东西倒在他身上。

这些事情在他的记忆中模模糊糊的，但可以想起来。他意识到那件着火的衬衫似乎发出了太多的光——闷热的橙黄色的光，让他想起了两年前和哥哥去澳大利亚旅行时的情景。他们租了一辆四轮驱动车，穿越澳大利亚大沙漠（迪尔伯恩兄弟发现，当地人不多，都叫它"伟大的澳大利亚屁都没有"），真是一塌糊涂的旅行，伟大，但令人毛骨悚然。尤其是沙漠中间的大石头，艾尔斯岩。他们是在日落时分到的，它男人脸庞似的表面上的光就是这样的……炎热而奇怪……一点也不像你想象中的地球之光……

他蹲在那个着火的人旁边，那个现在身上闷燃、满是冰块的人，给他翻个身，想把要烧到衬衫背部的火扑灭。这么做的时候，他看到那人脖子左边的皮肤已经变成了烟熏状的起泡了的红色，那一侧的耳垂有一点融化了，但是，除此之外……除此之外……

迪尔伯恩抬头一看，好像——这太疯狂了，但是好像那人走出的房间的房门上洒满了澳大利亚日落时的光芒，一个可能生活着没人见过的东西的空旷之地上的炽热光线。那光线太可怕了（还有那低沉的嗡嗡声，就像一个拼命想说话的电剃头推子），但也很迷人。他想进去，他想知道门后是什么。

也许是迈克救了迪尔伯恩的命。他当然意识到迪尔伯恩要起身——好像他不再对迈克感兴趣了——他的脸上洒满了从 1408 房射出的炽热、跳动的光。后来他比迪尔伯恩记得更清楚，但鲁弗斯·迪尔伯恩显然没有为了生存而在自己身上放火。

迈克抓住迪尔伯恩的裤脚。"别进去，"他用被呛到的嘶哑声音说，"进去就出不来了。"

迪尔伯恩停下来，低头看着地毯上那个人发红的、起水泡的脸。

"里面有鬼。"迈克说，这句话仿佛是护身符，1408 房的房门猛地关上了，隔断了光线，也隔断了那几乎是说话声的可怕嗡嗡声。

鲁弗斯·迪尔伯恩是辛格缝纫机公司最好的员工之一，他跑到电梯间，拉响了火警警报。

IV

《治疗烧伤病人：一种诊断方法》一书中有一张迈克·恩斯林的有趣的照片——迈克在海豚酒店 1408 房短暂停留的十六个月之后，该书的第十六版出版了。照片上只有他的躯干，但那是迈克，没错，你可以根据他左胸的白色方块看出来。方块周围的肉呈鲜红色，实际上，一些地方起了水泡，成了二度烧伤。白色方块就是那天晚上他穿的衬衫的左胸口袋，那件口袋里装着迷你录音机的幸运衬衫。

迷你录音机的几个角都被烤化了，但仍然可以用，里面的磁带也没事。有问题的是磁带上面的东西。听了三四遍之后，迈克的经纪人萨姆·法雷尔把它扔进了他的壁式保险柜，拒绝承认他那黝黑瘦削的胳膊上起满了鸡皮疙瘩。从那以后，这盘带子就一直待在那个保险柜里。法雷尔不愿把它拿出来再播一遍，自己不听，也不让他那些好奇的朋友听。有些人想听得要命，纽约出版界的圈子不大，消息传开了。

他不喜欢磁带上迈克的声音，也不喜欢这个声音说的那些话（其实，我哥哥是有年冬天在康涅狄格州收费公路上被狼吃掉的……这他妈的是什么意思？），最重要的是，他不喜欢磁带上的背景声音，那种嗖嗖声，有时听起来像衣服在泡沫太多的洗衣机里翻来覆去的声音，有时又像老式电剃头推子发出的声音……有时像一个人奇怪的说话声。

迈克还在医院的时候，一个名叫奥林的人——竟然是那个该死的酒店经理——来问萨姆·法雷尔他能不能听一下磁带。法雷尔说不行，他不能听。奥林所能做的就是迅速离开经纪人的办公室，一路回到他工作的低级宾馆，并且感谢上帝迈克·恩斯林决定不起诉酒店或奥林的玩忽职守。

"我试过说服他不要进去。"奥林平静地说。他大部分的工作时间都在听疲惫的旅人和暴躁的客人抱怨从房间到报摊杂志的一切，所以对法雷尔的怨恨并没有显出太大的不安。"我尽力了。如果那天晚上有人玩忽职守，法雷尔先生，那就是您的客户。他什么也不相信。这是非常不明智的行为，也是非常不安全的行为。我想他在这方面已有所改变了吧。"

尽管法雷尔对这盘磁带很反感，但他还是希望迈克听一听，承认它的存在，或许可以把它作为一本新书的蓝本。迈克身上发生的事可以写成一本书，法雷尔知道这一点——不只是一个章节，一份四十页的研究案例，而是一整本书，一本销量可能超过三本"十个夜晚"销量总和的书。当然，他不相信迈克的决定，即他不仅不再写鬼故事，写作生涯也到此为止。作家们经常这样说，没别的。不时爆发的恃才傲物的情绪本就是作家成为作家的一部分。

对迈克·恩斯林本人来说，他各方面都是幸运的，他也知道这一点。他本可能烧得更加严重：如果不是迪尔伯恩先生和他那桶冰，他可能要经历二十甚至三十台植皮手术，而不仅仅是现在的四台。尽管进行了移植手术，他脖子的左侧还是有疤痕，但波士顿烧伤医院的医生告诉他，伤疤会自行消退的。他也知道，尽管在那晚过后的几个星期、几个月里很痛，但那些烧伤是必要的。如果不是那盒正面写着"划之前先合上盖子"的火柴，他可能已经死在了1408房，下场惨不忍睹。法医可能会认为是中风或心脏病发作，但真正的死亡原因可能要可怕得多。

可怕得多。

他另一点很幸运的地方在于，在真的碰上一个闹鬼的地方之前已经出版了三本关于闹鬼的畅销书——这一点他也知道。萨姆·法雷尔可能不相信迈克的作家生涯已经结束，但也不需要他相信——迈克自己非常清楚。他连写张明信片都会浑身冰凉，胃里一阵恶心。有时，只要看见笔（或录音机），他就会想：画歪了，我要把画扶正。他不知道这是什么意思。他不记得1408房里的画或其他东西了，他很高兴。这是上天开恩。最近他的血压状况不太好（医生告诉他，烧伤患者经常出现血压问题，让他服药），眼睛也有毛病（眼科医生让他开始用博士伦眼液），背部经常有问题，前列腺肿大……但他可以应付这些事情。他知道自己并不是第一个没有真正逃离1408房的人——奥林告诉过他——但也不全是坏事，至少他不记得了。有时他会做噩梦，事实上，经常做（事实上，几乎每一个该死的夜晚都做），但他醒来时很少记得梦到了什么。一种事物的棱角在逐渐磨平的感觉——就像迷你录音机融化了的角一样。现在他住在长岛，天气好的时候，他会去海滩上散很久的步。在一次散步中，他差点说出了在 1408 房里那怪异（非常怪异）的七十分钟的记忆。"它根本不是人，"他用哽咽的断断续续的声音对涌来的海浪说，"鬼魂……至少鬼魂曾经是人。而墙里的那个东西……那个东西……"

时间可能会让情况好转，他可以，也希望如此。时间会使它褪色，就像使他脖子上的伤疤褪色一样。与此同时，他睡觉时会开着卧室的灯，这样，当他从噩梦中醒来时，马上就能知道自己身在何处。他把家里所有的电话都拆了，在他意识之下的某个地方，他害怕拿起电话然后听到嗡嗡的非人的声音说："这是九！九！我们杀了你的朋友！现在你所有的朋友都死了！"

在晴朗的夜晚，当太阳开始落下，他就会拉上房子里所有的窗帘。他像一个暗室里的男人一样坐在那里，直到手表告诉他，光线——甚至连地平线上的最后一丝余晖——都消失了。

他受不了日落时的光线。

黄色逐渐变深，变成橙黄色，就像澳大利亚大沙漠里的阳光一样。

Riding the Bullet
骑弹飞行

　　关于这个故事，我想我在引言中已经把该说的都说了。我讲的这个故事，你几乎在任何一个小镇都能听到。而且，像我之前的一个故事（《守夜》里的那篇《病房里的女人》）一样，它试图讲述我在母亲即将离世时的感受。在大多数人的生活中，总会有那么一段时间，我们必须面对所爱之人的死亡，接受它成为现实……并以此类推，接受我们自己接近死亡的事实。这可能是恐怖小说唯一重要的主题：我们需要应对一个只有借助充满希望的想象力才能理解的神秘事件。

———

我从未跟别人说过这个故事，也从来没想过我会跟别人说这个故事——确切地说，不是因为我怕别人不相信，而是因为我感到羞愧……还因为我觉得它属于我。我一直觉得，把它讲出来会让我和这个故事本身都变得廉价，让它变得更渺小、更平凡，就像夏令营辅导员在熄灯前讲的鬼故事一样。我想我也害怕如果我讲出来，用自己的耳朵听到它，我自己也会开始不相信。但是自从母亲去世后，我一直睡不好。我打盹，然后猛然惊醒，完全清醒，浑身发抖。开着床头灯会有帮助，但作用没有你想象的那么大。夜晚的阴影太多了，你注意过吗？即使开着灯，也有许多阴影。你会觉得，那些长长的阴影可能是任何东西的影子。

任何东西。

我在缅因大学读大三的时候，麦柯迪太太打电话来说我妈妈的事。我父亲在我很小的时候就去世了，我对他没什么印象。我是家里的独子，所以只剩下艾伦·帕克和琼·帕克相依为命。麦柯迪太太跟我们住在一条街上，她给我和另外两个人合住的公寓打了电话。她是从妈妈放在冰箱上的磁力记事板上找到这个号码的。

"是中风。"她用拖长的慢吞吞的北方口音说，"发生在餐馆。但是你可别太慌张，医生说情况没那么糟糕。她醒了，还能说话了。"

"嗯，但是她能把话说明白吗？"我问。我试图让自己听上去很镇定，甚至是顽皮，但我的心跳得很快，客厅突然变得好热。我那时正独享这间公寓，那天是周三，我的两个室友一整天都在上课。

"哦，是的。她说的第一句话就是让我打电话给你，但不要吓到你。这很明智，你说呢？"

"是的。"但是我当然害怕了。当有人打电话说你妈妈被救护车从办公室送进医院时，你还能有什么感觉呢？

"她说让你待在那里，好好学习，直到周末。她说如果没有太多功课的话，那时你可以来。"

当然了，我想。很大的机会。我就待在这座破烂的一股啤酒味的房子里，而我的母亲躺在向南一百英里处的医院的病床上，而且可能奄奄一息了。

"她还年轻，你妈妈，"麦柯迪太太说，"只是最近几年胖了很多，还得了高血压。加上抽烟。她必须戒烟了。"

然而，我怀疑她是否会戒烟，无论中风与否，关于这一点，我都是肯定的——母亲喜欢抽烟。我感谢麦柯迪太太打来电话。

"我回家后第一件事就是打电话，"她说，"那么，你什么时候回来，艾伦？周六？"她的声音中有种狡黠的腔调，暗示她还知道些什么。

我望着窗外，十月里一个美好的下午：新英格兰亮蓝色的天空下，树木摇曳，黄叶飘落在磨坊街上。然后我看了看手表，三点二十。电话铃响的时候，我正要去上四点钟的哲学研讨课。

"你在开玩笑吧？"我问，"我今晚就回去。"

她的笑声干巴巴的，尾音有些嘶哑——麦柯迪太太很擅长谈论戒烟——她和她的温斯顿。"好孩子！你会直接去医院，对吗？然后开车回家？"

"我想是的。"我说。我觉得没必要告诉她我那辆破车的变速箱出了点毛病，在可预见的将来，它除了屋子旁的私人车道哪儿也去不了。我想搭便车到刘易斯顿，然后再去我们位于哈洛的小房子，如果时间不太晚的话。如果太晚了，我就在医院休息室里打个盹——这不是我第一次从学校搭便车回家了——或是头靠在可乐机上坐着睡一觉。

"我会确保钥匙放在红色手推车下面，"她说，"你知道我的意思吧？"

"当然。"我母亲在后院小屋的门边放了一辆红色的旧手推车，夏天里面开满了花。由于某种原因，想到它会让我觉得麦柯迪太太给我传达的消息真实无误：我母亲在医院里，我小时候在哈洛住的小房子里今晚将是漆黑一片——太阳下山后没人开灯。麦柯迪太太可以说她还很年轻，但当你才二十一岁的时候，四十八岁就显得很老了。

"路上小心，艾伦。不要超速。"

384

当然了，我的车速取决于让我搭顺风车的人。我个人希望，不管他是谁，都能一路狂奔。就我而言，越快到达缅因州中心医院越好。不过，没必要让麦柯迪太太担心。

"不会的。谢谢。"

"不客气。"她说，"你妈妈会没事的。见到你她会很高兴的。"

我挂了电话，然后草草写下了事情起因，以及我要去哪里。我叫赫克托·帕斯莫尔——室友中更有责任感的一个——打电话给我的导师，让他告知系主任事情的经过，这样我就不会因为缺课而惹麻烦了——我有两三个老师对缺课很恼火。我往背包里塞了一套换洗衣服，再加上我那本折了角的《哲学概论》，然后就出发了。接下来的一周我放弃了这门课，尽管这门课我学得很好。那天晚上，我看待世界的方式变了，变了很多，而我的哲学课本里似乎没有内容符合这些变化。我开始明白，在下面还有东西，你看——下面——没有一本书能解释它们是什么。我认为有时候最好忘记那些东西在那里。我是说，如果可以的话。

从奥罗诺的缅因大学到安德罗斯科金县的刘易斯顿有一百二十英里的路程，到那里最快的路线是走95号州际公路。不过，如果你是搭便车的话，收费公路并不是一个好的选择；州警察倾向于把他们看到的任何人撵走——即使你只是站在斜坡上，他们也会撵你走——如果同一个警察抓住你两次，他还会给你开罚单。所以我选择了68号公路，这条路从班戈向西南方向蜿蜒而行。这是一条交通相当繁忙的公路，如果你看起来不像个彻头彻尾的神经病，你通常都会没事，警察基本上也不会管你。

我的第一段顺风车，司机是个郁郁寡欢的保险推销员，他把我捎到了纽波特。我在68号和2号公路的交叉路口站了大约二十分钟，然后搭上了一位去波多英汉姆的老先生的车。他一边开车一边不停地抓他的档部，仿佛要抓住在里面乱跑的什么东西似的。

"我妻子总是跟我说，如果我继续让人搭便车，就会被扔进阴沟里，背上插着把刀，"他说，"但每当我看到一个年轻小伙子站在路边，我总会想起自己年轻的时候。那时我经常搭便车，也经常坐车不买票。你看吧，她已经死了四年了，而我还活着，还开着这辆破道奇。我真的很想念她。"他抓了抓裆部，"你要去哪儿，孩子？"

我告诉他我要去刘易斯顿，以及缘由。

"太糟糕了，"他说，"你的妈妈！我很抱歉！"

他的同情是如此强烈而自然，让我的眼角有些刺痛。我眨着眼睛把泪水挤回去。在这个世界上，我最不愿意做的事就是坐在这个老人的破车里放声大哭，这辆车嘎吱作响，颠得厉害，还有一股浓烈的尿味。

"麦柯迪太太——打电话给我的那位女士——说事情没那么严重。我妈妈还年轻，只有四十八岁。"

"即便如此！这可是中风！"他真的很沮丧。他又抓了一把绿色裤子松垮的裆部，用老人那种爪子一样的大手猛地一拉。"中风总是很严重！孩子，我会送你去缅因州中心医院——直接开车送你到前门——如果我没有答应我哥哥拉尔夫要带他去盖茨的疗养院的话。他老婆也在那里，她患有遗忘症，我怎么也想不出他们管它叫什么，安德森病还是阿尔瓦雷斯病之类的——"

"阿尔茨海默病。"我说。

"哦，是的，可能我自己也得了。见鬼，反正我是想送你去。"

"你不需要这么做，"我说，"我很容易就能从盖茨搭到便车。"

"即便如此，"他说，"你的母亲！中风！才四十八岁！"他抓了一把松垮的裤裆。"该死的疝气带！"他骂道，"该死的疝气！孩子，如果你在附近逗留，你所有的作品都会开始散架。我告诉你吧，上帝最终会揍你的。但你是个好孩子，什么事都放下，就像现在这样去找她。"

"她是个好妈妈。"我说，感觉眼泪又要涌上来。我离开家去上学的时候，从未感到很想家——只是第一周有点想家，仅此而已——但此时我很想家。只有我和她，没有其他近亲。我无法想象没有她的生活。麦柯迪太太说了，不算太坏。中风，但不太严重。该死的老太太，你最好说的是实话，我想，她最好说的是实话。

我们沉默了一小会儿。这并不是我所希望的快速行驶——老人保持着四十五英里每小时的稳定速度，有时还会越过白线到另一条车道上试试，但这是一段很长的路程，而且真的很好。68 号公路在我们面前延伸，蜿蜒穿过数英里的森林，从眨眼间一闪而过的小镇中穿过，每一个小镇都有酒吧和自助加油站：新沙伦，奥菲利亚，西奥菲利亚，加内斯坦（曾叫阿富汗，有点奇怪，但是真的），梅卡尼克福尔斯，观堡村，城堡岩。随着白天渐渐逝去，天空的亮蓝色也暗淡起来。老人先打开了停车灯，然后打开了前车灯。是远光灯，但他似乎没有注意到，甚至当对面驶来的汽车向他闪灯时，他也没有注意到。

"我嫂子连自己的名字都不记得了，"他说，"连'嗯''是''不''可能'都不知道了。这就是安德森病对你的影响，孩子。她的眼神仿佛在说'让我离开这里'，如果她能想到的话，她会说出来的。你懂我的意思吗？"

"是的。"我说。我深吸了一口气，想知道我闻到的尿是不是那个老人的，或者他是不是有只狗，有时会跟他一起坐车。我在想如果我把车窗摇下来一点，他会不会生气。最后，我摇下了车窗。他似乎没有注意到，就像他没有注意到迎面而来的汽车冲他闪灯一样。

大约七点钟的时候，我们开到了西盖茨一座小山的山顶，我的司机喊道："看哪，孩子！月亮！多美啊！"

确实很美——一个巨大的橙色球体从地平线上升起。然后，我还觉得这有点可怕。它看起来既像怀孕了，又像得了传染病。看着缓缓升起的月亮，我突然产生了一个可怕的想法：如果我到了医院，妈妈认不出我了呢？如果她的记忆消失了，完全消失了，连"嗯""是""不""可能"都不知道了呢？如果医生说她的余生都要有人照顾怎么办呢？当然了，那个人肯定会是我，也没有别人了。再见了，我的大学。那朋友和邻居呢？

"许个愿吧，孩子！"老人喊道。他情绪激动，声音变得尖锐而令人不快——就像把玻璃碎片塞进了你的耳朵。他使劲拉了一下裆部，里面有什么东西发出噼啪声。我不知道你怎么能像那样猛拉裆部，而不把睾丸从根上扯下来，不管有没有疝气带。"你对中秋的月亮许的愿总能实现，这是我父亲说的！"

于是我许了愿，希望当我走进母亲的房间时，她能认出我，她的眼睛会立刻亮起来，她会叫出我的名字。我许了这个愿，然后立刻希望我能把它收回，我觉得在那橙色月光下许的愿是不会有什么结果的。

"啊，孩子！"老人说，"我希望我的妻子在这儿！我会求她原谅我对她说过的每一句严厉或刻薄的话！"

二十分钟后，白天的最后一丝光还在空中，月亮依然低垂，臃肿地浮在空中，我们到达了盖茨福尔斯。在 68 号公路和怡人街的交叉路口有一个黄色信号灯。快到路口的时候，老人突然向一侧打方向，道奇车的右前轮轧到了路牙子上面，然后又掉了下来，吓得我牙齿嘎嘎作响。老人用一种狂野、目中无人的激动神情望着我——他身上的一切都很狂野，都有一种碎玻璃的感觉，尽管我一开始并没有看出来，从他嘴里说出来的一切似乎都是呼喊。

"我会送你过去！我会的，的确！别管拉尔大了！管他呢！只要你开口！"

我想尽快到我妈妈那儿，但想到还有二十英里的路要走，空气中弥漫着尿味，对面的汽车朝我们闪灯，就不太乐意了。那个在里斯本街的四车道上来回穿梭的老家伙的画面也令人不快。但最主要的还是因为他这个人，我没法再忍受二十英里扯裤裆的行为和那激动的碎玻璃的声音了。

"嘿，不用，"我说，"没关系，你去照顾你哥哥吧。"我打开门，接着我害怕的事情发生了——他伸出手，用他那扭曲的老人的手抓住了我的胳膊，他就是用这只手不停地扯裤裆的。

"只要你开口！"他对我说，声音沙哑而亲密，他的手指深深地扎进了我腋窝旁的肉里，"我直接送你到医院门口！唉！就算这辈子我们从未见过也没关系！没关系，'嗯''是''不''可能'！我直接把你送到……那儿！"

"不用了。"我重复道，突然，我努力抑制住想要冲出汽车、把衬衫留在他手里的冲动，如果那是获得自由的条件的话。他好像快溺水而死了。我还以为如果我动弹，他的手会抓得更紧，甚至会抓住我的后颈，但是他没有。他的手指放松了，当我把一条腿伸出车外的时候，他的手完全拿开了。我想知道，就像惊慌失措过后我们经常做的那样，我之前在担心什么。他只不过是一辆道奇汽车内散发着尿味的生态系统里，一种以碳为基础的老年生命形式，对自己的提议被拒绝感到失望，只是一个疝气带老是不舒服的老人。我到底在害怕什么？

"谢谢你载我一程，更要感谢你的好意，"我说，"但是我可以走那条路。"我指了指怡人街，"马上就能搭上便车。"

他沉默了片刻，然后叹了口气，点点头。"嗯，那是最快的路线，"他说，"就待在城外，在城里，没人想让一个小伙子搭便车，没人愿意慢下来，然后被人按喇叭。"

他是对的。在城里搭便车，即使是像盖茨福尔斯这样的小镇，也是徒劳的。我猜他是在搭便车上花了些时间。

"可是，孩子，你确定吗？你知道到手的鸭子是怎么一回事。"

我又犹豫了。他又说对了。交通灯往西大约一英里，怡人街就变成了山脊路，山脊路穿过十五英里长的森林，然后到达刘易斯顿郊外的196号公路。那时，天肯定全黑了，晚上搭便车总是更加困难——当车大灯在乡间公路上照到你时，即使你头发梳得整整齐齐、衬衫披得好好的，看上去也像个温德姆少年监狱的逃犯。但是我再也不想和这个老人同行了，即使是现在，我已经安全地走出他的车，仍然觉得他令人毛骨悚然——也许是因为他的语气中充满了感叹号。而且，我总能幸运地搭到便车。

"我确定，"我说，"再次感谢。真的。"

"任何时候，孩子。任何时候。我的妻子……"他停了下来，我看到他的眼角渗出了泪水。我再次谢过他，然后在他还没来得及说话之前，我就砰地关上了车门。

我匆匆穿过街道，影子在灯光下忽隐忽现。到了路对面，我转过身来，回头看。道奇车还停在那儿，停在弗兰克冷柜和水果店旁边。借着转向灯的光和车子后方二十英尺的路灯，我看到他颓然趴在方向盘上。我突然想到他死了，我因为拒绝让他帮忙而杀了他。

这时一辆车绕过街角开过来，司机对着道奇闪了闪灯。这次，老人把车灯调成了近光，我才知道他还活着。过了一会儿，他把车开到路上，驾着那辆道奇慢慢转过街角。我一直看着，直到他走远，然后抬头看着月亮。它正失掉橙色的肿胀外衣，但仍然透着一丝邪恶。我突然想起以前从未听说过对着月亮许愿——会对着夜晚的星星，是的，但不是月亮。我再次希望能收回自己的愿望。夜幕降临，我站在十字路口，很容易想起猴爪的故事。

我走在怡人街上，朝着那些没有减速的过往车辆摇着大拇指。起初，道路两旁都会有商店和房屋，然后人行道到头了，树木围了过来，静静地占据了阵地。每次道路上洒满灯光，我的影子被推到前方，我就转过身，伸出大拇指，脸上露出我希望是令人感到安心的微笑。每次，迎面而来的汽车都会呼啸而过，从不减速。有一次，有人喊："去找份工作，罐头牛肉！"

我不怕黑——当时也不怕——但我开始担心自己犯了个错误，没有接受老人的邀请，没让他开车送我去医院。我本可以在出发之前做一个牌子，上面写着"母亲生病，需要搭车"，但我怀疑这不会有用。毕竟，精神病也会做牌子。

　　我继续往前走，运动鞋摩擦着路肩上沙砾般的尘土，听着渐浓的夜的声响：一只狗，远远地；一只猫头鹰，近得多了；上升的风的叹息。天空被月光照亮，但我此刻看不到月亮——这里的树很高，暂时遮住了月亮。

　　我离盖茨福尔斯越来越远，路过的车越来越少。随着时间一分一分地过去，我不接受老人提议的决定似乎也显得越来越愚蠢。我开始想象母亲躺在病床上，嘴角挂着僵硬的冷笑，正在松开抓握生命的手，但还是为了我试图抓住越来越光滑的树皮，还不知道我赶不到了，就因为我不喜欢一个老人刺耳的声音，或是他车里的尿味。

　　我爬上一座陡峭的小山，在山顶上重新步入月光。右边的树木不见了，取而代之的是一片小小的乡间墓地。石头在微光中闪闪发光，一个又小又黑的东西蹲在一块石头旁边，看着我。我好奇地走近了一步。那个黑东西动了起来，变成了一只土拨鼠。它用红色的眼睛朝我投以责备的一瞥，然后钻进了高高的草丛。我突然意识到我很累了，事实上，几乎筋疲力尽。自从五个小时前麦柯迪太太打来电话，我一直在肾上腺素的刺激下奔跑，但现在肾上腺素消失了。这是糟糕的部分。好处是那种毫无用处的急迫感也离开了，至少暂时是这样。我已经做出了选择，决定走山脊路而不是68号公路，没有理由为此而自责——既来之，则安之，我母亲有时会说。她满嘴都是这样的话，禅宗小格言，几乎总能说得通。无论是理智还是胡闹，这句话安慰了我。如果我到医院的时候她已经死了，那就这样吧。也许她不会。麦柯迪太太说，医生说不算太糟。麦柯迪太太还说，她还年轻。有点偏胖，没错，抽烟也抽得凶，可是还年轻。

　　这时，在这前不着村后不着店的公路边，我突然感到很累——两只脚好像浸在水泥里似的。

　　墓地靠公路的一边有一堵石墙，墙上有个缺口，两道车辙从中穿过。我坐在墙上，双脚踩在其中一道车辙里。从这个位置上，两个方向都能看到很长一段山脊路。当我看到向西朝刘易斯顿行驶的车灯，就走到路边，伸出大拇指。与此同时，我就坐在这里，背包放在腿上，等双腿恢复一些力气。

草地上升起了一层薄雾。环绕墓地三面的树木在渐强的微风中沙沙作响。墓地后边传来了流水声，偶尔还有青蛙跳进水里的扑通声。这个地方很美，而且出奇地令人心旷神怡，就像一幅浪漫诗集里的画。

我沿公路向两边看，什么车也没有，地平线上连一点亮光也没有。我把背包放在双脚一直踩着的那道车辙里，站起来，走进墓地。一缕头发落在我的眉头上，风把它们吹下来的。薄雾懒洋洋地在我的鞋周围翻滚。墓园后面的墓碑年月久了，许多已经倒在了地上。前面的要新很多。我弯下腰，双手扶着膝盖，望着一块被鲜花环绕的墓碑。借着月光，墓碑上的名字很容易辨认：乔治·斯托布。下面是他短暂一生的日期：一端是一九七七年一月十九日，另一端是一九九八年十月十二日。这就能解释为什么花儿才开始枯萎了，十月十二日是两天前，一九八八年则是两年前。乔治的亲友来凭吊过他。名字和日期下面还有一些文字，一段简短的铭文。我继续往下弯腰去看。

之后我跌跌撞撞地退了回来，被吓坏了，突然意识到我正孤身一人，在月光下参观墓地。

铭文是：

既来之，则安之。

我母亲死了，也许就在那一刻去世了，是什么东西给我捎来了口信。带着令人极度不快的幽默感。

我开始慢慢地退向公路，听着树上的风声，听着水流声，听着青蛙的动静，突然害怕我会听到另一个声音，伴随着土地摩擦和树根断裂的声音，一个没有死透的东西摸索着要抓我的脚……

我的双脚纠缠在一起，摔倒了，一只手肘重重地撞上一块墓碑，后脑勺差点磕在另一块墓碑上。我砰的一声倒在草地上，抬头看着刚刚升过树梢的月亮，它现在从橙色变成了白色，亮得像一块打磨光滑的骨头。

这次跌倒不但没有让我更加惊慌失措，反而让我清醒了。我不知道自己看到了什么，但不可能是我以为我看到的。在约翰·卡朋特和韦斯·克雷文的电影里，这种事情可能会出现，但在现实生活中不会。

是的，好吧，很好。一个声音在我的脑袋里低语。如果现在离开这里，你可以继续这么想。你可以继续相信它，直到生命的尽头。

"去他的。"我说着站了起来，牛仔裤的臀部湿了，我把它从皮肤上扯开。重新接近乔治·斯托布安息之地的墓碑并不容易，但也没有我想象的那么难。风在树林里叹息，风势还在加大，这预示着天气的变化。影子在我周围晃动，树枝彼此摩擦，树林里传来吱吱声。我俯身读道：

乔治·斯托布
1977 年 1 月 19 日—1998 年 10 月 12 日
开端良好，离世过早

我站在那里，弯着腰，双手撑在膝盖上，直到心跳开始减慢，我才意识到自己刚才的心跳有多快。一个令人讨厌的巧合，仅此而已，我误读了名字和日期下面的内容，这有什么奇怪的吗？即使没有疲劳和压力，我也可能读错——月光是个众所周知的误导者。就此打住。

只是，我知道我之前读到的是：**既来之，则安之。**

我妈死了。

"去他妈的。"我重复了一遍，转过身去。这时，我意识到在草地里翻滚、围绕着我脚踝的薄雾开始变亮。我能听到一辆汽车驶近的声音。有车开了过来。

我急匆匆地从石墙的洞口跑回去，经过的时候一把抓起背包。那辆驶来的汽车的车头灯还在半山腰上。就在灯光打在我脸上，让我暂时盲了眼的时候，我伸出了大拇指。我知道那家伙会不减速地直接停下。有趣的是，有时候你就是知道，但是任何一个有丰富搭便车经验的人都会告诉你这是真的。

那辆车从我身边驶过，刹车灯亮着，在将墓地与山脊路分隔开来的石墙尽头拐到了柔软的路肩上。我跑过去，背包撞着膝盖外侧。这是辆福特野马，六十年代末七十年代初的车型。发动机轰隆作响，轰鸣声从消声器里传出来，也许下次保险杠贴纸到期时，消声器就没法通过车检了……但这不是我的问题。

我猛地把门打开，坐了进去。我把背包放在两脚之间，一股气味扑面而来，一种似曾相识但又令人不快的气味。"谢谢，"我说，"多谢。"

开车的那个家伙穿着褪了色的牛仔裤和黑色 T 恤，T 恤的袖子被剪掉了。他皮肤被晒成了黑褐色，肌肉发达，右臂的肱二头肌上环绕着一圈倒钩铁丝文身，倒戴着一顶绿色的约翰·迪尔帽子。T 恤的圆领子旁边钉着一枚小徽章，但从我的位置看不清上面的字。"不客气，"他说，"你这是进城吗？"

"是的，"我说。在这里，"进城"的意思是去刘易斯顿，波特兰北部唯一的城市。我关上车门，看见后视镜上挂着一个松树味空气清新剂，这就是我闻到的气味。就气味而言，我今晚真不走运，先是尿味，现在又是人造松树味。尽管如此，我也算搭上了便车，我应该松一口气。当那家伙加速回到山脊路上时，那辆老式野马的发动机咆哮着，我试图告诉自己，我确实松了一口气。

"你到城里有什么事？"司机问。我觉得他年龄跟我差不多，可能在奥本的职业技术学校上学或是在当地仅存的几家纺织厂工作的城里人。他可能在业余时间修好了这辆野马汽车，因为城里的孩子就爱干这种事：喝啤酒，抽烟，修理汽车——或者摩托车。

"我哥哥要结婚了，我要去给他做伴郎。"我撒这个谎时连草稿都没打。我不想让他知道我母亲的事，尽管我不知道为什么。哪里有点不对劲。我不知道是什么，也不知道为什么自己一上来就这样想，但我知道不对劲。我很积极："明天彩排。明晚还有个单身派对。"

"是吗，这样啊？"他扭头看着我，瞪大了眼睛，面庞英俊，丰满的嘴唇微微带着笑意，眼神里透着怀疑。

"是的。"我说。

我很担心。就是这样，我又开始担心了。有点不对劲，也许是当道奇车里的老家伙邀请我对着发炎了的月亮而不是星星许愿时，我就开始出问题了，也许从我拿起电话听麦柯迪太太说她有坏消息要告诉我的那一刻起。

"那太好了，"倒着戴帽子的年轻人说，"哥哥要结婚了，哥们，真好。你叫什么名字？"

我不仅担心，还很害怕。一切都不对劲，一切，而我并不知道为什么，也不知道怎么会发生得这么快。然而，我只知道一件事：我不想让野马汽车的司机知道我的名字，就像我不希望他知道我去刘易斯顿的目的一样。我也不想让他知道我要去刘易斯顿。我突然相信再也见不到刘易斯顿了，就好像知道车要停了一样。还有那气味，对此我也知道一点。这不是空气清新剂，是空气清新剂下面的东西。

"赫克托，"我说了室友的名字，"赫克托·帕斯莫尔，就是我。"这话从我干涩的嘴里说出来，顺畅而镇定，这很好。我内心坚定地认为不能让野马司机知道我觉察出了不对劲。这是我唯一的机会。

他稍微朝我转过身来，我能看清他徽章上的字了：**我在拉科尼亚的战栗村玩了骑弹飞行。**

我知道那个地方。我在那里待过，虽然时间不长。

我还看到一条黑色的粗线绕着他的脖子，就像倒钩铁丝文身绕着他的上臂一样，只不过司机喉咙周围的那条线不是文身。几十个黑色线条从上面垂直穿过，那是把脑袋重新缝到身体上用的缝线。

"很高兴见到你，赫克托，"他说，"我是乔治·斯托布。"

我的手像在梦中一样飘出来。我希望这是个梦，但它不是，它具有现实所有的尖锐边缘，上面是松树的味道。这味道下面是某种化学物质，可能是甲醛。我正和一个死人同乘一车。

野马汽车以每小时六十英里的速度在山脊路上疾驰，在圆月明亮的月光下追逐着它的远光灯光柱。路的两旁，密密麻麻的树木在风中起舞、扭动。乔治·斯托布用空洞的眼睛朝我微笑，然后放开了我的手，把注意力转回路面。我高中的时候读过《德古拉》，现在其中一句台词又出现了，像一个破裂的钟一样在我的脑海里叮当作响：死人开车快。

不能让他知道我知道。这话也在我脑海里叮当作响。虽然不多，但这是我所能想到的全部。不能让他知道，不能让他知道，不能。我想知道那位老人现在何处。安全到了他哥哥家吗？还是老人一直都参与其中？也许他就在我们后面，开着那辆破道奇，弯着腰趴在方向盘上，猛拉着疝气带？他也死了吗？可能没有。按照布拉姆·斯托克的说法，死人开车快，而老人的车速从未超过每小时四十五英里。我感到一阵狂笑想从喉咙里往外冒，但我把它压了下去。如果我笑了，他就知道了。他一定不能知道，因为这是我唯一的希望。

"没有什么比得上婚礼。"他说。

"是的，"我说，"每个人都应该至少有两次。"

我的双手交叉，紧紧地握在一起。我能感觉到指甲戳进了指关节上方的手背，但这种感觉很遥远。我不能让他知道，这是问题的关键。树木环绕着我们，唯一的亮光是骨头般无情的月光，我不能让他知道我知道他已经死了。因为他不是鬼，不是这么无害的东西。你可能会看到一个鬼魂，但是什么样的东西会停下来让你搭便车呢？那是什么生物？僵尸？食尸鬼？吸血鬼？以上都不是？

乔治·斯托布笑了起来："两次！是的，伙计，我全家都是这样！"

"我也是。"我说。我的声音听起来很平静，就像一个搭便车的人在打发时间一样——这次是夜里的时间——有礼貌地交谈，作为搭便车的回报。"没有什么能比得上葬礼。"

"婚礼。"他温和地说。在仪表板的灯光下，他的脸像蜡一样惨白，是化妆前的尸体的脸。那顶倒着戴的帽子尤其可怕，它让你禁不住想知道下面还剩什么。我在什么地方读到过，说殡仪馆的人会锯掉头骨顶部，取出大脑，再放入某种化学处理过的棉花。也许是为了防止脸塌下去。

"婚礼，"我嘴唇发麻地说道，甚至还笑了笑——一声咯咯的轻笑，"我想说的是婚礼。"

"我们总是说我们想说的话，我是这么想的。"司机说。他仍然微笑着。

是的，弗洛伊德也相信这一点，我在心理学教材中读过。我怀疑这个家伙是否了解弗洛伊德，我觉得不会有很多弗洛伊德学者穿无袖 T 恤，倒着戴棒球帽，但他知道的够多了。葬礼，我说。天哪，我说的是葬礼。我突然想到他在耍我。我不想让他知道我知道他已经死了。他不想让我知道他知道我知道他死了。所以我不能让他知道我知道他知道……

世界开始在我眼前摇摆。不一会儿，它就会开始转圈，然后回旋，然后我就会失去理智。我闭了一会儿眼。月亮的余像悬在黑暗中，变成了绿色。

"你还好吧，伙计？"他问道，声音里的关切令人毛骨悚然。

"是的。"我睁开眼睛说。周围停下来了，手背上指甲扎进皮肤的疼痛强烈而真实。还有那气味，不仅仅是松木味空气清新剂，不仅仅是化学药品。还有泥土的味道。

"你确定？"他问。

"只是有点累，我搭了很长时间的便车。有时我还有点晕车。"灵感突然袭来，"你知道吗，我想你最好让我下去。呼吸点新鲜空气，胃里就会舒服些。还会有人经过……"

"我不能这么做，"他说，"把你丢在这里？不可能。可能要过一个小时才会有人经过，经过的时候还可能不让你搭车。我得对你负责。那首歌是什么来着？让我准时到教堂，对吗？我绝对不会让你下去。把车窗打开一点，会好一点。我知道车里闻起来不太好。我把空气清新剂挂起来了，但是那些东西根本不管用。当然，有些气味比其他气味更难去除。"

我想伸手去够车门上的曲柄，转动它，好透透气，但胳膊上的肌肉似乎不会收缩了。我所能做的就是坐在那里，双手紧紧地握在一起，指甲抠进手背。一组肌肉不起作用，另一组却怎么也停不下来。多好笑啊。

"就像那个故事里一样，"他说，"一个孩子花七百五十美元买了一辆几乎全新的凯迪拉克。你知道那个故事，对吗？"

"是的。"我用麻木的嘴唇说。我不知道这个故事，但我非常清楚我不想听，不想听这个人讲的任何故事。"那个故事很出名。"在我们前面，公路就像一部黑白老电影里的路一样向前延伸着。

"是，没错，真他妈出名。所以，这个孩子在找一辆车，他在一个家伙的草坪上看到一辆崭新的凯迪拉克。"

"我说我……"

"是的，车窗上有个牌子，上面写着'车主出售'。"

他的耳朵上夹着一支烟。他伸手去拿，这时，他T恤的前襟被拉了起来。我看到那里又有一条皱巴巴的黑线，还有很多缝线。接着，他身体前倾去打打火机，T恤又回到了原位。

"这孩子知道他买不起凯迪拉克，也没法靠近凯迪拉克汽车，但是他很好奇，你知道吗？于是他走过去问那个人：'这辆车多少钱？'那个家伙关掉了手里的水管——他在洗车，你知道——说道：'孩子，今天你走运了。七百五十美元，你就能把它开走。'"

打火机冒出了火，斯托布把出火口抵在香烟头上。他吸了一口烟，我看见小股的烟圈从他脖子上缝线之间的缝隙里渗出来。

"那个孩子，他透过驾驶室的窗户往里看，看到里程表上只有一万七千英里。他对那个家伙说：'好的，没问题，这就像潜水艇的铁丝网门一样好笑。'那个人说：'不是开玩笑，孩子，把钱交出来，车就是你的了。见鬼，我甚至可以接受支票，你长得很诚实。'然后孩子说……"

我向车窗外望去。我以前听过这个故事，很多年前了，可能是上初中的时候。在我听的那个版本中，汽车是雷鸟而不是凯迪拉克，但除此之外都一样。那个孩子说尽管我只有十七岁，但我不是傻瓜，这样的车，没有人只要七百五十美元，特别是低里程数的车。那个人告诉他，他这么做是因为车里有味道，你无法把气味去掉，他反复试过，怎么都去除不了。你看，他去出了趟差，时间很久，至少有……

"……两周。"司机说着。他面带笑容，就像人们在讲一个真正好笑的笑话时那样。"等他回来的时候，他发现车停在车库里，他的妻子在车里。在他离开的这段时间里，他的妻子死了。我不知道是自杀还是心脏病还是其他的什么，但是她全身浮肿，车里满是那股味道，而他只想把车卖掉，你知道。"他笑了，"真是个好故事，是吧？"

"他为什么不打电话回家呢？"是我的嘴自己在说话，我的大脑僵住了，"他出了两周的差，一次也没往家打电话问问他太太的情况？"

"这个，"司机说，"这有点离题了，你说呢？我是说，嘿，真便宜——这才是重点。谁不会被诱惑到呢？毕竟，你开车的时候总可以开着他妈的车窗，对吧？这就是个故事，虚构的。我想到它是因为这辆车里的气味。这是事实。"

沉默。我想：他在等我说点什么，等我结束这个话题。我也想这么做。我确实想。只是……然后呢？之后他会做什么呢？

他用拇指肚摩挲着 T 恤上的勋章，上面写着**我在拉科尼亚的战栗村玩了骑弹飞行**的勋章。我看见他指甲下面有污垢。"我今天就在那里，"

他说，"战栗村。我帮一个家伙办了点事，他给了我一张全天票。我女朋友本来要和我一起去的，但是她打电话说她病了，她来月经的时候真的很疼，害得她十分虚弱。这太糟糕了，但我总是在想，嘿，还有别的选择吗？一点不开玩笑，对，然后我就有麻烦了，我们俩都有麻烦了。"他叫了一声，一种一点都不好笑的叫声，"所以我自己去了。没必要浪费一张全天票。你去过战栗村吗？"

"是的。"我说。去过一次，十二岁的时候。

"和谁一起去的？"他问，"你不是一个人去的，对吗？如果你当时只有十二岁的话。"

我没有告诉他我当时的年龄，是吗？不，他只是随口说的，仅此而已，无聊地来回答我。我想把门打开，然后滚到外面的夜色里，在撞到地面之前用手臂抱住脑袋，但我知道不等我逃走，他就会伸手把我拉回来。而且，我也抬不动胳膊。我所能做的就是紧握双手。

"没有，"我说，"和我爸爸一起去的。我爸爸带我去的。"

"你玩过骑弹飞行吗？那玩意儿我玩了四次。天哪！完全倒着！"他看着我，又发出一声空洞的笑声。月光在他的眼睛里游动，把眼睛变成了白色的圆圈，变成了雕像的眼睛。而我知道他不仅是死了，他还疯了。"你玩过吗，艾伦？"

我想告诉他，他叫错了名字，我的名字是赫克托，但有什么用呢？我们马上就要聊完了。

"是的。"我低声说。除了月亮，外面没有一丝灯光。树木飞快地跑过，扭动着身体，像宗教仪式上自发舞动的舞者一样。道路从我们下面跑过。我看了看时速表，车速高达每小时八十英里。我们现在就是在骑弹飞行，他和我。死人开车快。"是的，骑弹飞行。我玩过。"

"不，"他说，吸上一口烟，我再次看到他脖子上的缝隙冒出了一缕缕的烟，"你没玩过，尤其是和你父亲。你去排队了，没错，但你和你妈

妈一起。队伍排得很长，玩骑弹飞行的队伍总是排得很长，她不想站在
烈日下暴晒。即便是那时，她也很胖，酷热让她很难熬。但你整天缠着
她，缠着她，而搞笑的是，天哪——当你终于到了队伍的前头，你却胆怯
了，对吧？"

我什么也没说，我的舌头粘在了上腭上。

他悄悄地伸出手，在野马汽车仪表盘的灯光下，皮肤发黄，指甲脏兮兮
的，紧紧抓住我紧握的双手。这时，我双手的力量消失了，它们就像绳结一
样，经魔术师的魔杖一碰就神奇地解开了。他的皮肤冰凉，有点像蛇。

"对吧？"

"是的。"我说，我的声音没法高过耳语，"等我们走近了，我看到它
那么高……在上面倒过来，倒过来的时候，大家都在里面尖叫……我胆怯
了。她打了我一顿，回家的路上也不跟我说话。我从没玩过骑弹飞行。"
至少到现在为止没玩过。

"你应该玩一下，伙计。那是最好玩的，不可错过，没有比那更好玩
的了，至少在那里没有更好玩的了。我在回家的路上停了下来，在州界
附近的商店里买了些啤酒。我要去我女朋友家，把勋章送给她，跟她讲
个笑话。"他轻敲胸口的勋章，打开车窗，把香烟弹到有风的夜色里，"不
过你可能知道发生了什么。"

我当然知道。你听过的鬼故事都是这样，不是吗？他的野马汽车出
了车祸，当警察赶到时，他已经死了，皱巴巴的身体坐在方向盘后面，
脑袋在后座上，帽子倒戴着，呆滞无光的眼睛盯着车顶，从那以后，每
逢月圆有风的晚上，你都能在山脊路上见到他，喂——哦，一段简短的广
告过后我们再继续。我现在知道了一件以前不知道的事——最糟糕的故事
是你在其中听到了自己的一生。那些才是真正的噩梦。

"没有什么比得上葬礼，"他笑着说，"你不是这么说的吗？你滑了一

跤，艾尔[1]，毫无疑问。滑了一跤，绊了一跤，然后摔倒了。"

"让我下去，"我低声说，"求求你。"

"这个，"他扭头对我说，"这个我们得谈谈，不是吗？你知道我是谁吗，艾伦？"

"你是个鬼魂。"我说。

他不耐烦地轻哼了一声，在时速表的灯光下，他的嘴角往下拉："得啦，伙计，你不会就这点本事吧。他妈的卡斯珀[2]才是个鬼。我飘在空中了吗？你能透过我看到别的东西吗？"他举起一只手，在我面前伸开又握上。我能听到他的肌腱发出干涩的、未润滑的声音。

我想说点什么。但我不知道说什么，不过也无所谓，因为我什么都说不出来。

"我是个信使，"斯托布说，"来自坟墓那头的该死的联邦快递，你喜欢吗？像我这样的人实际上经常出来——只要条件合适。你知道我在想什么吗？我想无论是谁掌管这一切——上帝或是别的什么人——肯定都喜欢被人款待。他总是想知道你是否珍惜已经拥有的，或者他是否能说服你探究幕后的事情。不过，条件必须刚刚好。今晚就很合适。你独自一人在外……母亲生病了……需要搭便车……"

"如果我和那个老人待在一起，这一切就不会发生了，"我说，"对吗？"我现在能清晰地闻到斯托布身上的气味了，化学药品的刺鼻气味以及腐肉迟钝缓和的臭味，我不知道之前怎么没有闻到，或是我误认成了别的味道。

"难说，"斯托布回答，"也许你说的这位老人也死了。"

我想起了老人碎玻璃般的尖利嗓音，以及疝气带的啪嗒声。不，他

---

[1]艾伦的昵称。

[2]美国动画《鬼马小精灵》中的主角，是一个小幽灵。

没有死，我舍弃了他那辆旧道奇车里的尿味，换来了糟糕得多的味道。

"不管怎样，伙计，我们没时间谈论这些。再走五英里，我们就又能看到房子了。再过七分钟，我们就到刘易斯顿的市界了。这意味着你必须现在就做出决定。"

"决定什么？"只是我认为自己知道答案。

"谁玩骑弹飞行，谁留在地上。你和你妈妈。"他转过身来，用那双朦胧月光般的眼睛看着我。他笑得更开心了，我看到他大部分牙齿都没了，在车祸中被撞掉了。他拍了拍方向盘说："我要带走你们中的一个，伙计。既然你在这里，你来选吧。你说呢？"

你不会是认真的吧？这话到了嘴边，但是说什么话又有什么意义呢？他当然是认真的。死认真。

我想起了我和她一起度过的那些年月——艾伦·帕克和琼·帕克相依为命。很多美好时光，也有不少糟糕的日子。我裤子上的补丁以及炖菜晚餐。别的很多孩子每周有二十五美分买热午餐，而我总是吃一块花生酱三明治，或者一片夹在隔夜面包里的博洛尼亚香肠，就像那些从赤贫到暴富的故事里的孩子一样。天知道她在多少个不同的餐馆和酒廊工作来养活我们。那次，她休假一天跟一个 ADC 的男人谈话，她穿着自己最好的裤装西服，他穿着自己的西服坐在我们的厨房摇椅里（连我一个九岁的小男孩都能看出来，那衣服比她的好多了），腿上放着笔记板，手里握着一支闪闪发光的粗笔。她回答着他提出的令人尴尬的侮辱性问题，嘴角挂着一成不变的微笑，还主动给他添咖啡，因为如果他提交了不错的报告，她每个月就能多拿到五十美元，可怜的五十美元。他走后，她哭着躺在床上，我进来坐在她身边，她努力挤出笑容，说 ADC 不是什么"贫困儿童补助计划"（Aid to Dependent Children），而是"该死的浑蛋"（Awful Damn Crapheads）。我笑了，然后她也笑了，因为你不得不笑，我们明白这一点。当只有你和肥胖、烟瘾又大的妈妈相依为命的时候，笑往往是让你挺过艰难时光而不发疯、不用拳头捶墙的唯一方法。但是你知道，不只是这些。对我们这种像动画片里的老鼠一样在世上匆匆经过的小人物来说，有时嘲笑那些浑蛋是唯一的报复手段。她打那么多份工，不停地加班，脚踝肿了就自己处理一下，把收到的小费放进一个写着"艾伦的大学基金"的罐子。是的，是的，就像那些从赤贫到暴富的愚蠢故事一样——一次又一次告诉我，我必须努力学习，别的孩子可以在学校里鬼混，但我不能，因为她存小费存到世界末日都不够我上大学。如果我要上大学，就得靠奖学金和贷款，而我必须上大学，因为这是我——还有她——唯一的出路。所以我努力学习，你会相信我努力了，因为我没有瞎——我能看到她有多重，看到她吸了多少烟（这是她唯一的个人娱乐……她唯一的缺点，如果你非要认为吸烟是缺点的话），我知道有一天我们的位置会发生逆转，我会成为照顾她的人。上了大学，再找份好工作，也许我可以做到。我想这么做。我爱她。她脾气暴躁，说话难听——那天，我们排队玩骑弹飞行，然后我退缩了，那并不是她唯一一次对我先是大喊大叫接着又动手暴打——但是我依然爱她。甚至一部分原因正是这个。她打我的时候我爱她，就像她吻我的时候我爱她一样。你明白吗？我也不明白。没关系。我不认为你可以总结生活或是解释亲情，我们曾是一个家庭，她和我，最小的家庭，一个属于我们俩的秘密。如果你要求的话，我会说我愿意为了她做任何事。这正是目前我被要求做的事。我被要求为她而死，替她而死，尽管她已经活了半辈子，也许比一半多得多，而我的生活才刚刚开始。

"怎么说，艾尔？"乔治·斯托布问道，"你在浪费时间。"

"我决定不了这种事，"我嘶哑地说，月亮升到了公路上方，动作轻快敏捷，"这样要求我不公平。"

"我知道，相信我，他们都这么说。"接着，他放低了声音，"但是我得告诉你——如果在我们走到第一所房子的灯光下时你还没有做出决定，我就把你们两个都带走。"他皱起眉头，然后又高兴起来，仿佛想起坏消息之外还有好消息一样。"如果我带走你们俩的话，你们可以一起坐在后排座位上，聊聊过去的事，就是这样。"

"去哪里？"

他没有回答。或许他也不知道。

树木像墨汁一样模糊地闪过，车前灯在路上快速前行。我当时二十一岁。我不是处男，但只和一个女孩睡过一次，我当时喝得烂醉，也记不太清那时的情况了。我想去的地方有上千个——洛杉矶，塔希提岛，或者卢肯巴赫，得克萨斯——想做的事也有上千件。我母亲四十八岁，很老了，妈的。麦柯迪太太不肯这么说，但她自己也老了。我母亲待我很好，长时间加班工作，照顾我，可我替她选择了自己的生活吗？要求出生，然后要求她为我而活？她四十八岁了，我才二十一，就像他们说的，人生才刚刚开始。但这就是你的判断标准吗？你怎么决定这样一件事？你怎么能做出这样的决定呢？

树木飞掠而过。月亮像一只明亮而致命的眼睛俯瞰着大地。

"最好快点，伙计，"乔治·斯托布说，"荒野快到头了。"

我张开嘴想说话，但是除了一声干巴巴的叹息，什么也没说出来。

"来，刚好有你需要的东西。"他说着，把手伸到身后。他的T恤又拉了起来，我又看到了（不看我也知道）他肚子上的黑色缝合线。那条黑线后面还有内脏吗？或者只是浸透了化学药品的填充物？当他把手缩回来时，手里拿着一罐啤酒——大概是他最后一次开车时在州界边的商店里买的。

"我知道这种感觉，"他说，"压力会让你口干舌燥。拿着。"

他把啤酒递给我。我接过来，拉开拉环，喝了个痛快。喝下去的啤酒又凉又苦。从那以后我再也没喝过啤酒，我就是喝不下，我甚至忍受不了电视上的广告。

在我们前面扑面而来的黑暗中，一盏黄色的灯闪着微光。

"快点，艾尔——你得加快速度。那是第一所房子，就在山顶上。如果你有话对我说，最好现在就说。"

灯光消失了，然后又回来了，只是这次变成了好几盏灯。那是窗户。窗户后面是做着平常事情的平常人——看电视，喂猫，或者在浴室里手淫。

我想起我们在战栗村里排队，琼·帕克和艾伦·帕克，一个大块头的女人——太阳裙的腋窝周围有两片深色的汗渍——和她的儿子。她并不想排队，斯托布说得没错……但我一直缠着她。在这一点上，他也是对的。她打了我，但她也跟我一起排队了。她和我一起排过很多队，我可以一个挨一个地讲一遍，正反双方的所有论点，但是没有时间了。

"带走她吧。"当第一幢房子的灯光洒向野马汽车时，我说，我的声音沙哑、刺耳而响亮，"带走她，带走我妈，不要带走我。"

我把啤酒罐扔到汽车地板上，双手捂住脸。这时，他碰了碰我，碰了碰我衬衫的前襟，手指摸索着，而我心想——突然清晰地认识到——这一切都是一场考验。我没有通过，现在他要把跳动的心脏从我的胸膛里挖出来，就像那些残忍的阿拉伯童话故事中邪恶的灯神那样。我尖叫起来。接着他松开了手指——仿佛他在最后一刻改变了主意——把手伸过我。有那么一瞬间，我的鼻子和肺里充满了他那致命的气味，我确信自己也死了。这时，门咔嚓一声开了，清冷的新鲜空气涌了进来，把死亡的气味吹散了。

"做个好梦，艾尔。"他在我耳边咕哝了一声，然后推了我一把。我滚进了刮着大风的月夜，闭着眼睛，举着双手，身体紧绷，准备迎接让骨头断裂的坠落。我可能一直在尖叫，我记不清了。

坠落并没有发生，在无尽的瞬间之后，我意识到自己已经落到地上了——我能感觉到身下的地面。我睁开眼睛，几乎立刻又闭上了。强烈的月光令人目眩，刺得我一阵头痛，这种剧痛并不是位于眼睛后方——当你盯着一束出乎意料的强光后通常感到疼痛的地方，而是还要往后，一直

406

到后颈上方。我意识到我的双腿和臀部又冷又湿。我不在乎。我落到了地上，那是我唯一关心的事情。

我用胳膊肘撑起身体，再次睁开眼睛，这次更加谨慎。我想我已经知道自己在哪里了，看一眼四周就足以证实：我躺在山脊路上的山顶小墓地里。此刻，月亮几乎就在头顶上方，亮得很，但比不久前小了很多。雾气也更浓了，像毯子一样笼罩着墓地，有几块石碑像石岛一样从薄雾中突出来。我试着站起来，又一阵疼痛传到后脑勺。我把手放上去，感觉有个肿块，湿漉漉、黏糊糊的。我看了看手。在月光下，手掌上的血痕变成了黑色。

第二次尝试时，我成功地站了起来，摇摇晃晃地站在墓碑之间，雾气漫过了膝盖。我转过身，看到了石墙上的开口以及外面的山脊路。我看不见背包，因为雾气把它罩住了，但我知道它就在那里。如果我沿着左侧的车辙走到路边，就能找到它。天哪，我可能会被它绊倒在地。

这就是我的故事，打包得好好的，还绑着蝴蝶结：我在山顶停下休息，去墓地里小逛了一下，从乔治·斯托布的坟墓边慢慢后退时，被自己愚蠢的大脚绊到了。我跌倒了，头磕在一个墓碑上。我昏迷了多久？我的悟性有限，不能通过月亮的位置变化来准确地判断时间，但是至少有一个小时。足够让我做个梦，梦到自己搭上一个死人的车。什么死人？当然是乔治·斯托布了，我昏迷前在墓碑上看到的名字。经典的结局，不是吗？上帝，好可怕的噩梦！当我到了刘易斯顿会发现母亲已经死了吗？只是夜里的一点预感，就记了下来。这是那种你多年后才会讲的故事，派对快结束时，人们若有所思地点着头，一脸严肃的神情，某个花呢夹克的肘部打着皮革补丁的蠢货会说，天地间的东西比我们想象中的还多，然后……

"然后狗屁。"我用嘶哑的声音说道，薄雾的顶部在慢慢地移动，就像沾在镜子上的水汽，"我永远也不会谈起这件事。永远不会，一辈子都不会谈起，哪怕是临终的时候。"

但这一切都是按照我记忆中的那样发生的，对此我深信不疑。乔治·斯托布开车经过，让我搭了他的野马汽车，那个伊卡博德·克兰的老朋友，头被缝在脖子上，而不是夹在胳膊底下，要求我做选择。我也选了——面对着第一所房子即将到来的灯光，我几乎毫不犹豫地出卖了我母亲的性命。这也许无可厚非，但并不会因此减轻我的罪恶感。然而，没有人知道。这是好的一面。她的死会显得很自然——该死，会很自然——这也是我想要的结局。

我沿着左侧的车辙走出墓地，脚碰到背包时，我把包捡起来，背在肩上。山脚下出现了灯光，仿佛有人提示了它们。我伸出大拇指，奇怪地认定会是那个开道奇车的老人——他沿着这条路回来找我了，当然是这样，这让故事的结局圆满了。

只不过，不是那个老人。是一个嚼着烟草的农民，开着一辆福特皮卡，车上装满了苹果篮子，一个再普通不过的人：既不老，也没死。

"你去哪儿，孩子？"他问，等我告诉他了，他说，"我刚好顺路。"不到四十分钟之后，九点二十，他把车停在了缅因州中心医院前面，"祝你好运。希望你妈正在好转！"

"谢谢你。"我说着打开了车门。

"我知道你很紧张，但她很可能没事。不过，应该在上面涂些药膏。"他指着我的手说。

我低头看着双手，看到手背上深深的、正在变紫的新月形抓痕。我想起之前我的两只手紧紧握在一起，指甲抠进了皮肤，感觉到了疼痛，却停不下来。我想起了斯托布的眼睛，映满了月光，像波光粼粼的水面。你玩过骑弹飞行吗？他问我，那玩意儿我玩了四次。

"孩子？"开皮卡的男人问道，"你没事吧？"

"嗯？"

"你浑身都在发抖。"

"我没事,"我说,"再次感谢。"我砰的一声关上皮卡车门,沿着宽阔的人行道向前走,经过月光下停着的一排排闪闪发光的轮椅。

我朝问讯处走去,提醒自己,当他们告诉我她死了的时候,我必须表现得很惊讶。必须表现得很惊讶!否则他们会觉得奇怪……或者他们会认为我太过震惊……或者我们相处得不好……或者……

我沉浸在这些想法中,起初都没弄明白桌子后面那个女人对我说的话。我不得不请她重复一遍。

"我说她在 487 房间,但你现在不能上去。探视时间九点就结束了。"

"但是……"我突然感到头晕眼花,紧紧抓住桌子边缘。大厅被荧光灯照亮,在这明亮甚至耀眼的光线下,我手背上的伤口很显眼——八个微笑般的紫色小月牙,就在指关节上方。皮卡车里的那个人是对的,我应该涂点药膏。

桌子后面的女人耐心地看着我,她面前的牌子显示她叫伊冯娜·埃德尔。

"但是她没事吧?"

她看着电脑。"我这里显示的是'优',代表情况不错。四楼是普通病房楼层,如果你妈妈病情恶化了,她就在重症监护室了,那是在三楼。我相信等明天再来时,你会发现她很好。探视时间从……"

"她是我妈。"我说,"我从缅因大学一路搭便车过来看她。你不觉得我可以上去吗,就几分钟?"

"有时候直系亲属可以例外,"她说,并对我笑了笑,"请稍等,让我看看我能做些什么。"她拿起电话,按了几个按键,无疑是在给四楼的护士站打电话,我能看到接下来两分钟的进程,就好像我真有预测能力一样。问讯处的伊冯娜会问 487 病房的琼·帕克的儿子能不能上去一两分钟——就给他妈妈一个吻,说句鼓励的话——那名护士会说,上帝啊,帕克太太不到十五分钟之前去世了，我们刚把她送到太平间，都还没来得及更新电脑上的信息，真是太糟糕了。

桌子后面的女人说："缪里尔吗？我是伊冯娜。我这儿有个年轻人，他的名字叫"——她看着我，扬起眉毛，我告诉她我的名字——"艾伦·帕克。他母亲是琼·帕克，在487房。他想知道能不能……"

她住了口，在听。电话那头，四楼的护士无疑是在告诉她琼·帕克已经死了。

"好吧，"伊冯娜说，"是，我理解。"她默默地坐了一会儿，望向远处，然后把话筒靠在肩上，说："她会让安妮·科里根去看一眼。很快就好。"

"没有尽头了。"我说。

伊冯娜皱起眉头："你说什么？"

"没什么，"我说，"我在路上折腾了一晚上，而且——"

"而且你还担心你妈妈。当然了。我认为你是个好儿子，能放下手边的一切，大老远跑来看她。"

我在想，如果伊冯娜·埃德尔听了我和开野马车的那个年轻人的谈话，她对我的看法会不会大打折扣。不过她当然没有听到，这是我和乔治之间的小秘密。

我站在明亮的荧光灯下，等着四楼的护士回来接电话，似乎过了好几个小时。伊冯娜面前放着一些文件，她用笔在其中一份上从上往下滑，在一些名字旁打上小小的对勾，我突然在想，如果真的有死亡天使，他或她很可能就像这个女人一样——一个略微劳累过度的职员，一张办公桌，一台电脑，还有许多文书工作。伊冯娜仍然把电话夹在耳朵和抬起的肩膀之间。广播上说放射科找法夸尔医生，法夸尔医生。在四楼，一位名叫安妮·科里根的护士正看着我母亲，她躺在床上死了，眼睛睁着，嘴角因中风导致的冷笑终于消失了。

电话里传来一个声音，伊冯娜直起了腰。她听完，说道："好吧，是的，我理解。我会的。当然会的。谢谢你，缪里尔。"她挂断电话，一脸严肃地看着我。缪里尔说你可以上去，但只能待五分钟。你妈妈晚上服过药，她非常多愁善感。"

我站在那儿，目瞪口呆地看着她。

她收敛了笑容，问："你确定没事吗，帕克先生？"

"是的，"我说，"我还以为……"

她又恢复了笑容。这次透着同情。"很多人都会这么想，"她说，"这也难免。你突然接到一个电话，你冲到这里……做最坏的打算是可以理解的。但如果你妈妈情况不好，缪里尔不会让你上去的。相信我。"

"谢谢，"我说，"非常感谢。"

我转身正要走开，她说："帕克先生？如果你是从北边的缅因大学赶来，恕我冒昧，那你为什么戴着那个勋章呢？战栗村在新罕布什尔州，不是吗？"

我低头看了看衬衫前襟，看到了别在胸前口袋上的勋章：**我在拉科尼亚的战栗村玩了骑弹飞行**。我想起那时我以为他要把我的心挖出来，现在我明白了：就在把我推进黑夜之前，他把勋章别在了我的衬衫上。他用这种方式给我做了标记，让我不得不相信我们的相遇。我手背上的伤口说明了这一点，衬衫上的勋章也是。他让我做选择，我也选了。

那我母亲怎么还活着？

"这个？"我用拇指肚摸着它，甚至把它擦亮了一点，"这是我的幸运符。"这个谎话糟透了，甚至透着一个特别的光彩。"是很久以前我和妈妈去那儿玩的时候拿到的，她带我玩了骑弹飞行。"

问讯处的伊冯娜露出了微笑，好像这是她听过的最甜蜜的话语。"给她一个甜蜜的拥抱和吻。"她说，"看到你，比医生开的药更能让她安睡。"她指着说，"电梯在那边，拐过去就是。"

探视时间结束了，只有我在等电梯。报刊亭关门了，里面黑漆漆的，门口的左边有个垃圾箱。我扯下衬衫上的勋章，扔进了垃圾箱，然后在裤子上擦了擦手。我还在擦的时候，一扇电梯门开了。我上了电梯，按了四楼的按钮，电梯开始上升。楼层按钮上方有张海报，上面写着接下来一周的献血活动。盯着那海报看的时候，我突然冒出了一个想法……但与其说是个想法，不如说是一种必然。此时此刻，当我站在这台缓慢上升的工业电梯里时，我的母亲快要死了。是我做出这个选择，因此，我必须亲眼见到她。这完全说得通。

电梯门打开了，眼前出现了另一张海报，这张上面是一根卡通手指放在又大又红的卡通嘴唇上。下面有一行字：**为了病人，请保持安静**！电梯门厅外是一条走廊，左右都有房间，奇数房间在左边。我沿着那条走廊往前走，我的运动鞋似乎每走一步都在增重。我在经过 47 开头的几个病房时放慢了速度，然后在 481 和 483 号房之间完全停了下来。我做不到。汗水像半冷冻的糖浆一样又冷又黏，从头发里一滴一滴地渗出来。我的胃像一只套在华而不实的手套里的拳头一样打了结。不，我做不到。最好是转身逃走，就像之前的胆小鬼那样。我可以搭便车到哈洛，早上再给麦柯迪太太打电话。很多事情，早上更容易面对。

我正要转身，这时，一个护士从隔着两扇门的房间里探出脑袋……我妈妈的病房。"是帕克先生吗？"她低声问道。

一时间，我差点否认了这一点。然后，我点了点头。

"进来。快点。她快闭眼了。"

这句话我预料到了，但这仍然使我感到一阵恐惧，让我双膝发软。

护士看见了，急忙向我跑过来，裙子沙沙作响，面带惊慌之色。她胸前的金色别针上写着安妮·科里根。"不，不，我只是说镇静剂……她要睡着了。天哪，我真蠢。她很好，帕克先生，我给她服了安必恩，她快要睡着了，我是这个意思。你不会晕倒吧？"她握住我的胳膊。

"不。"我说，也不知道自己是否会晕倒。整个世界都在向下猛冲，耳朵里嗡嗡作响。我想起了那条路向汽车奔来，在银白色的月光下，像黑白电影里的那种公路。你玩过骑弹飞行吗？伙计，那玩意儿我玩了四次。

安妮·科里根把我领进房间，我看到了母亲。她一直是个大块头，而医院的病床又小又窄，但她躺在上面，看起来还是很瘦小。她的头发披散在枕头上，白发已经多过了黑发。她两手放在被子上，像一双孩子的手，甚至像是洋娃娃的手。她脸上没有我想象中的那种中风导致的冷笑，但是脸色发黄。她闭着眼睛，但当我旁边的护士低声说出她的名字时，她的眼睛睁开了。眼睛是深深的彩虹蓝，她身上最年轻的部分，依然生气勃勃。有那么一会儿，这双眼睛哪儿都没看，之后它们找到了我。她微笑着，想伸出双臂。其中一只伸了出来，另一只颤抖着，抬起了一点，接着又落了回去。"艾尔。"她低声叫道。

我朝她走去，哭了起来。墙边有一把椅子，但我没有去拿。我跪在地上，用双臂搂住她。她闻上去既暖和又干净。我吻了她的太阳穴，她的脸颊，她的嘴角。她举起那只好用的手，用手指在我一只眼睛下面轻轻抹着。

"别哭，"她低声说，"不用哭。"

"我一听到消息就赶来了，"我说，"贝齐·麦柯迪给我打了电话。"

"告诉过她……周末，"她说，"说周末打就好。"

"是，管她呢。"我说着，抱住了她。

"车……修好了？"

"没有，"我说，"我搭的便车。"

"哦，天哪。"她说。显然，每一个字对她来说都很吃力，但并没有含糊不清，我也没发觉有混乱或迷茫。她知道自己是谁、我是谁、我们身在何处，以及为什么我们在这里。唯一的问题是她虚弱的左臂。我感到极大的宽慰。这一切都是斯托布残忍的恶作剧……又或者，根本就没有斯托布，也许这一切根本只是一场梦，尽管有点过时。现在，我跪在她床边，双臂环抱着她，闻着她身上残留的浪凡香水，梦的想法更加可信了。

"艾尔？你衣领上有血。"她闭上了眼睛，然后又慢慢睁开。我想，她的眼皮一定像我在走廊时的运动鞋一样沉重。

"我撞到了头，妈妈，没事。"

"那就好。要……照顾好自己。"眼皮又合上了，睁开得更慢了。

"帕克先生，我想现在我们最好让她睡觉，"护士在我身后说，"她今天过得非常艰难。"

"我知道。"我又吻了她的嘴角，"我走了，妈妈，但我明天会再来的。"

"不要……搭便车……危险。"

"我不搭，我搭麦柯迪太太的车过来。你睡吧。"

"我一直……睡觉，"她说，"我当时在工作，正把碗碟从洗碗机里往外拿。我突然感觉头好痛，摔倒了。醒来……就在这儿了。"她抬眼看着我，"是中风。医生说……不太严重。"

"你没事。"我说。我站起来，然后握住她的手。她手上的皮肤很细腻，像浸了水的丝绸一样光滑。老人的手。

"我梦见我们去了新罕布什尔的那个游乐园。"她说。

我低头看着她，全身上下冷飕飕的。"是吗？"

"嗯。排队等着玩那个……升得那么高的项目。你还记得那个吗？"

"骑弹飞行，"我说，"我记得，妈妈。"

"你害怕了，我还大吼。对着你大吼。"

"不，妈妈，你……"

她用力握了一下我的手，她的嘴角变深，几乎变成了酒窝，还带着一丝她惯有的不耐烦表情的影子。

"是的，"她说，"对你大吼大叫，还打了你。脖子……后面，对吧？"

"可能吧，是的。"我说，投降了，"你大多都是打那里。"

"不该打的。"她说，"天气很热，我也很累，可还是……不该打的。

我想跟你说声对不起。"

我又流起了眼泪。"没关系，妈妈。那都是很久以前的事了。"

"你再也没有玩过。"她小声说。

"玩过。"我说，"最后我玩了。"

她微笑着看着我。她看上去瘦小又虚弱，跟那个易怒、满身大汗、肌肉发达，当我们终于排到队伍前面时冲我大喊大叫，然后又打了我后颈的女人相去甚远。她一定是看到了什么人脸上的表情——一个也等着玩骑弹飞行的人——因为我记得她牵着我的手离开时，说了句："你在看什么，美人儿？"我在炎炎夏日下瑟瑟发抖，用手摸着脖子……只不过其实没那么痛，她没那么用力打。我记得当时主要还是感激，感激能逃离那两端各装着一个太空舱的旋转着的高大建筑，旋转的云霄飞车。

"帕克先生，真的该走了。"护士说。

我抬起妈妈的手，吻了一下指关节。"明天见，"我说，"我爱你，妈妈。"

"我也爱你，艾伦……对不起，我打了你那么多次。不应该那样。"

但事实就是那样，那时她就是那样。我不知道该如何告诉她我知道，并且也接受了。这是我们家的秘密，那种时刻在神经末梢轻声耳语的东西。

"明天见，妈妈。好吗？"

她没有回答。她的眼睛又闭上了，这次眼皮再也没抬起来。她的胸部缓慢而有规律地起伏。我退着从床边离开，眼睛一直盯着她。

在走廊里，我问护士："她会好起来吗？真的没事吗？"

"谁也不能肯定，帕克先生。她是农纳利医生的病人，他水平很高。他明天下午会过来，你可以问他……"

"告诉我你是怎么想的。"

"我想她会没事的。"护士说着，领着我沿走廊朝电梯间走去，"她生命体征很强，所有的症状都表明她中风很轻。"她皱了皱眉头，"当然了，她得做些改变。在饮食方面……生活方式……"

"你是说抽烟。"

"哦，是的。烟必须得戒。"她说话的口气，就好像我妈妈戒掉她这个保持了一辈子的习惯，就像把客厅桌子上的花瓶移到走廊里一样轻而易举。我按下电梯按钮，我上来时坐的那台电梯的门立刻打开了。探视时间一过，缅因州中心医院里的节奏明显放慢了很多。

"谢谢你。"我说。

"不客气。对不起，我那会儿吓着你了。我说的话愚蠢至极。"

"没有啦，"我说，虽然我同意她的说法，"没关系。"

我走进电梯，按下大堂对应的按钮。护士举起手摇了摇，我也摇了摇手，接着电梯门合上了，电梯厢开始下降。我看着手背上的指甲印，觉得自己真是个坏家伙，下流中的下流。即使这只是个梦，我也是他妈的下流中的下流。带走她，我说。她是我母亲，但我还是这么说了：带走我妈，别带走我。她抚养我长大，为了我加班，在炎热的夏日阳光下在新罕布什尔州一个尘土飞扬的小游乐场里和我一起排队，最后我却几乎没有犹豫。带走她，别带我走。胆小鬼，胆小鬼，你他妈的是胆小鬼。

当电梯门打开，我走了出去，拿掉垃圾箱的盖子，它还在那里，在某个人的几乎空了的纸咖啡杯里：**我在拉科尼亚的战栗村玩了骑弹飞行。**

我弯下腰，从那洼冷咖啡里抓起勋章，在牛仔裤上擦干，放在口袋里。把它扔掉就是个错误。现在，它是我的勋章——不论是幸运符还是厄运符，它都是我的。我离开医院，经过的时候朝伊冯娜轻轻挥了挥手。医院外面，月亮高挂正当空，把世界淹没在它那奇异而无比梦幻的光芒中。我从未如此疲倦或萎靡过。我希望能再做一次选择。我会做出不同的选择。有趣的是——如果我发现她死了，就像预料的那样，我想我也能带着这个决定活下去。毕竟，这种故事不应该都是这样的结局吗？

"在城里，没人想让一个小伙子搭便车。"戴着疝气带的老人说过。

我一路步行穿过刘易斯顿——沿着里斯本街走过三十几个街区，沿运河街走过九个街区，沿途的酒吧里，点唱机播放着外国佬乐队和齐柏林飞艇乐队的老歌以及 AC/DC 乐队的法语歌——大拇指一次也没伸出来。伸出来也没什么用的。我还没到德姆斯桥就早过了十一点了。一到哈洛那一侧，我竖大拇指的第一辆车就停了下来。四十分钟后，我就在后棚门口的红色手推车下面捞钥匙了，又过了十分钟，我就上床了。我正要睡着时，突然想到，这是我有生以来第一次一个人睡在那所房子里。

十二点一刻，一通电话把我吵醒了。我以为是医院打来的，医院里的人会说我妈妈病情突然恶化，几分钟前过世了，非常抱歉。可打电话的是麦柯迪太太，她想确认我安全到家了，想知道我晚上探视的所有细节（她让我讲了三次，第三遍结束时，我开始觉得自己像个正在受审的谋杀犯），还想知道那天下午我想不想坐她的车去医院。我告诉她那就太好了。

我挂了电话，穿过房间走到卧室门口。这里有面穿衣镜，镜子里是个身材高大、没刮胡子的年轻人，略微有点啤酒肚，只穿着一条宽松短裤。"你必须振作起来，大男孩。"我对镜子里的自己说，"你不能一辈子都这样，每次电话铃一响，就以为有人打电话通知你母亲去世了。"

我也不会的。时间会使记忆变模糊，时间总能这样……但令人惊讶的是，前一天晚上的情形竟如此真切，仿佛就在眼前。每一个边角都清晰可见。我还能看到斯托布那顶倒着戴的帽子下面年轻漂亮的脸，夹在耳后的香烟，还有他吸烟时烟雾从脖子上的伤口渗出来的样子。我还能听到他讲那个廉价销售凯迪拉克的故事。时间会磨平棱角，但这时还做不到。毕竟，我有这枚勋章，就在浴室门旁边的梳妆台上。勋章是我的纪念品。每一个鬼故事的主人公不是都带着纪念品离开吗？以此证明这一切都是真的。

房间角落里有一套古老的立体声音响，我翻看旧磁带、寻找刮胡器时可以听的音乐。我找到一盘标着"民谣合集"字样的磁带，把它放进录音机。是我高中时录的，我几乎想不起上面都有什么了。鲍勃·迪伦唱到了海蒂·卡罗尔寂寞的死亡，汤姆·帕克斯顿唱到了自己散漫的朋友，然后，戴夫·范·朗克开始唱可卡因蓝调。第三首唱到一半时，我停止了剃须。我喝了一大杯威士忌，又喝了一肚子杜松子酒，戴夫用刺耳的声音唱道，医生说这会要了我的命，但他没说什么时候。这当然就是答案。内心的愧疚让我认为母亲会马上死去，而斯托布从未纠正过这个看法——我甚至没有问过他，他又怎么纠正呢？——但很明显不是这样的。

医生说这会要了我的命，但他没有说什么时候。

我到底在自责什么？难道我的选择不符合事物的自然规律吗？孩子们不是通常都比他们的父母活得长吗？那个狗娘养的想吓唬我——让我内疚——但我不需要买他的账，对吗？我们最后不都玩了骑弹飞行吗？

你只是在努力宽恕自己，想办法辩解。也许你想的没错……但当他让你选择的时候，你选择了她。你绕不开的，伙计——你选择了她。

我睁开眼睛，看着镜中的自己。"我做了自己该做的。"我说。我都不太相信，但随着时间的推移，我想我会相信的。

第二天，我和麦柯迪太太一起去看妈妈，她好了一点。我问她是否还记得梦到了的拉科尼亚的战栗村，她摇了摇头。"我几乎不记得你昨晚来过，"她说，"我困坏了。这个重要吗？"

"不，"我说，吻了她的太阳穴，"一点也不重要。"

五天后，我妈妈出院了。她瘫了一小段时间，但这个症状之后消失了。一个月后，她又回去工作了——起初只上半个班，后来就恢复了全职，就好像什么事也没发生过一样。我回到学校，在奥罗诺市中心的帕特比萨店找了份工作。虽然钱不多，但足够我把车修好了。这很不错，对搭便车本就不高的兴趣也就完全消退了。

我母亲试图戒烟，有一段时间也确实戒掉了。后来，有一次我提前一天从学校回家过四月假期时，发现厨房里像以前一样烟雾弥漫。她用羞愧又带有挑衅的眼神看着我。"我做不到，"她说，"对不起，艾尔——我知道你想让我戒烟，我也知道我应该戒烟，但是没有它，我的生命就会有个洞，没有什么可以填满它。我能做的就是希望一开始就没有抽烟。"

我大学毕业两周后，我妈妈又中风了——轻微中风。医生责备她以后，她又想戒烟，结果体重增加了五十磅，之后又开始抽了。"就如狗转过来吃它所吐的。"《圣经》上说，我一直很喜欢这一句。我第一次尝试，就在波特兰找到了一份相当不错的工作——我猜是因为运气好——然后开始说服她辞掉自己的工作。起初这很难，我本可以厌烦地放弃，但一份记忆驱使着我不断地瓦解她北方佬式的防线。

"你应该为自己存钱，而不是为了照顾我，"她说，"艾尔，总有一天你要结婚的，你花在我身上的钱是不会有回报的，是不会对你的现实生活有帮助的。"

"你就是我的现实生活。"我说着吻了她，"不管你喜不喜欢，事实就是这样。"

最后她认输了。

在那之后的几年里，我们过得相当不错——总共七年。我不和她住在一起，但几乎每天都去看她。我们玩了很多次金拉米牌，用我买给她的录像机看了许多电影——就像她喜欢说的那样——笑得不可开交。我不知道这些年月是否要归功于乔治·斯托布，不过那确实是美好的岁月。与斯托布相遇的那个夜晚的记忆，并未像我所预料的那样褪色，它变得像梦一样：从老人让我对着满月许愿，到斯托布把勋章给我时手指在我的衬衫上摸索，每件事都历历在目。有一天，我找不到那枚勋章了。我知道当我搬进位于法尔茅斯的小公寓时它还在——我把它放在床头柜的上层抽屉里，里面还有两把梳子，两对袖扣，一个旧的政治勋章，上面写着**比尔·克林顿，安全驾驶总统**——但是之后就失踪了。过了一两天，电话铃响了，我知道电话里的麦柯迪太太为什么在哭。是我一直在等待的坏消息，既来之，则安之。

葬礼结束后，守丧以及似乎没有尽头的送葬队伍终于到头了，我回到了位于哈洛的小屋，母亲在那里度过了她最后几年的时光，抽烟，吃糖粉甜甜圈。之前是琼·帕克和艾伦·帕克相依为命，现在只剩我一个人了。

我整理了她的私人物品，把为数不多的几份要处理的文件放在一边，把我想保留的东西装箱，放到房间一侧，把要捐给慈善机构的东西打包，放到另一侧。整理工作快结束的时候，我跪下来，往床底下看，发现它就在那儿，我一直在寻找的东西，尽管我自己并不承认这一点：一枚落满灰尘的勋章，上面写着**我在拉科尼亚的战栗村玩了骑弹飞行**。我把它攥进手心，针头扎进肉里，我却攥得更紧了，从这疼痛中感到一丝苦涩的快乐。当我再次伸开手，眼里已满是泪水，勋章上的字变大了一倍，闪烁着重叠在一起，就像不戴 3D 眼镜看 3D 电影一样。

"你满意了吗？"我问寂静的房间，"够了吗？"当然没有回答。"为什么要费这个心思呢？到底有什么意义？"

依然没有回答，为什么会有呢？你排着队，就是这样。你在月光下排队，借着染了病一般的月光许愿。你排着队，听他们尖叫——他们化钱买惊吓，而玩骑弹飞行，他们总能如愿。轮到你时，也许你会玩，也许你会逃跑。但不管怎样，我想结果是一样的。应该没这么简单，但真的就这么简单——既来之，则安之。

拿着你的勋章，离开这里。

Luckey Quarter
幸运币

　　一九九六年秋，我骑着哈雷－戴维森摩托车横穿美国，从缅因州去加州，到各个独立书店推销一本名为《失眠》的小说。那是一次很棒的旅行，最精彩的大概要算坐在堪萨斯一家废弃的百货商店的门廊里，看太阳从西边落下、满月从东方升起了。我想起了派特·康洛伊的《潮浪王子》中的一幕，当同样的事情发生时，一个欣喜若狂的孩子喊道："哦，妈妈，再来一次！"后来，在内华达，我住在一家摇摇欲坠的旅馆里，做晚床的女服务员在枕头上放了面值两美元的老虎机游戏币。每个游戏币旁边都有一张小卡片，上面写着"嘿，我是玛丽，祝你好运"之类的话。这个故事涌上心头，于是我将它写在了旅馆的信笺上。

———————

"哦，你这狗娘养的贱种！"她在空无一人的旅馆房间里叫道，与其说是生气，不如说是惊喜。

接着——她天性如此——达琳·普伦笑了起来。她在那张皱巴巴的、被遗弃了的床旁边的椅子上坐下，一只手拿着那枚25美分硬币，另一只手拿着硬币先前从中掉落的信封，来来回回地看着它们，笑得眼泪从眼睛里流出来，顺着脸颊滚了下来。她家的老大帕齐需要戴牙套，达琳完全不知道要从哪儿弄钱支付费用，她已经忧虑了整整一周，如果这都不是压垮她的最后一根稻草，那什么是呢？如果你不笑，又能做什么？找把枪自杀吗？

不同的女孩喜欢把这至关重要的信封放在不同的地方，她们把这信封称为"蜜罐"。耶尔达，瑞典人，在去年夏天在塔霍的布道会上找到耶稣之前，是个市中心的街角女郎，她把信封靠在浴室的一扇玻璃窗上。梅丽莎放在电视遥控器下面，达琳则总是靠在电话上。当她早上进来，发现322房的信封出现在枕头上时，她就知道他给她留了钱。

是的，他的确留了。一枚小小的铜制三明治，25美分，"我们信仰上帝"。

她的笑声本来逐渐变成了咯咯笑，突然又爆发了。

蜜罐正面印着文字和旅馆的标志：悬崖顶上的马和骑手的轮廓，外面是菱形框。

欢迎来到内华达州最好客的卡森城！（这句话在旅馆的标志下面）欢迎入住牧场主旅馆，卡森城最好客的旅馆！您的房间由达琳整理。如果有什么问题，请拨0，我们会很快纠正。这个信封是供您对一切都满意，并想给服务员留下一点"额外的东西"时使用的。

再次欢迎来到卡森城，欢迎入住牧场主旅馆。

威廉·埃弗里
牧牛人

蜜罐经常是空的——她曾发现信封被撕碎扔进废纸篓，皱巴巴地躺在角落里（好像给女服务员小费的主意确实激怒了一些客人），漂在抽水马桶里——但有时也会有不错的小惊喜，特别是如果老虎机或赌桌善待了客人的话。322 的房客肯定用了它。天哪，他给她留下了 25 美分！她得靠这些小费来解决帕齐的牙齿矫正器，还有保罗一直想要的世嘉游戏机。也许他都不用等到圣诞节，他可以有一个……一个……

"感恩节礼物。"她说，"当然可以，为什么不呢？我还会付清有线电视的钱，这样我们就不用放弃有线电视了，甚至还可以开通迪士尼频道，而我也终于可以去看看我的背了……妈的，我有钱了。如果我能找到你，先生，我会跪下来亲吻你的双脚。"

不过没有机会了，322 的房客早就走了。牧场主旅馆算是卡森城最好的住处，但住的仍然几乎都是过路客。早上七点，达琳从后门进来。他们起床、刮胡子、洗澡，有时还服药缓解一下宿醉。而她则同耶尔达、梅丽莎和简（总管，她有一对可怕的乳房和一张涂成红色的固执的嘴）整装待发：先喝咖啡，然后把推车装满，准备好开工，卡车司机、牛仔和销售员在陆续退房，他们的蜜罐信封里可能放了钱也可能是空的。

322 房的那个绅士在信封里放了 25 美分。也许还在床单上给她留了点什么，还可能在没有冲水的马桶里留下了一两件纪念品。因为有些人似乎无法停止给予，他们天性如此。

达琳叹了口气，用围裙边擦了擦湿漉漉的脸颊，用力撕开信封——322 的房客还费事把信封封上了。她迫不及待地撕开信封的封口，看看里面装了什么。她正想把硬币放回去，这时，她看到里面有东西：一张用桌上的便笺纸写的字条。她把它掏出来。

在马与骑手的标志以及"来自牧场的便条"几个字下面，322 的房客写了这几个字：

这是一枚幸运币！是真的！祝你好运！

　　"那敢情好！"达琳说，"我有两个孩子，还有一个五年没回家的丈夫，我真的需要一点好运。老实说，真的需要。"接着，她又笑了——短暂的扑哧一笑——然后把那枚 25 美分硬币塞回信封。她走进浴室，往马桶里看了看，里面除了清水什么都没有，但这是件了不起的事。

　　她开始干活，没多久就干完了。她想，这枚 25 美分硬币是恶意的挖苦，但除此之外，322 还挺有礼貌。床单上没有条状痕迹也没有斑状痕迹，没有令人不快的小惊喜（自从德克离开她以后，在做服务员的五年间，她至少有四次在电视屏幕上发现了正在变干、只可能是精液的条纹痕迹，一次在抽屉里发现了臭烘烘的尿），也没有东西被偷走。实际上只需要铺床，冲洗水槽和淋浴间，再换一下毛巾。她做这些事情的时候，心里在想 322 可能是什么模样，哪种男人会给一个独自养活两个孩子的女人25 美分小费。她猜，一个爱笑同时又很刻薄的男人，手臂上可能有文身，看上去像伍迪·哈里森在电影《天生杀人狂》中扮演的角色。

　　他对我一无所知，她一边想一边走进门廊，把门关上。也许他喝醉了，看起来很滑稽，仅此而已。肯定有点滑稽，不然你为什么要笑呢？

　　没错。不然她为什么要笑呢？

　　她把车推到 323 号房门口，想着会把那枚 25 美分硬币给保罗。两个孩子中，保罗是常常处于劣势的那个。他七岁，沉默寡言，一直不停地吸鼻涕。达琳还想到，他可能是这个高地沙漠小镇的干净空气中，唯一一个七岁就患上哮喘的孩子。

　　她叹了口气，用钥匙打开 323 号的房门，心想也许能在这个房间的蜜罐里找到一枚 50 美分硬币——甚至是 100 美分。她几乎每次走进房间时都会最先想到这个。然而，信封还在她之前放的地方，靠在电话上，

424

虽然她为了确认会检查一下，但她知道那是空的，也确实是空的。

不过，323还是在马桶里给她留了点东西。

"看，好运已经开始流走了。"达琳一边笑一边冲了马桶。她天性如此。

牧场主旅馆的大堂里有一台老虎机——就这一台。尽管在这儿工作的五年间达琳从未用过，但是，那天去吃午饭的路上，她还是把手插进口袋，摸着那个撕开了的信封，朝那台镀铬的蠢货猎手走去。她没有忘记她自己打算把这25美分给保罗，但如今25美分对孩子们来说毫无意义了，难道不是吗？25美分，你连一瓶差劲的可乐都买不来。突然间，她只想摆脱这该死的东西。她的背在疼，十点喝的咖啡反常地让她胃酸过多、消化不良，她极度沮丧。世界的光芒突然消失了，这一切似乎都是那枚讨厌的25美分硬币害的……就好像它好端端地待在她的口袋里，散发着一种腐烂的情绪电波。

耶尔达从电梯里出来，正好看见达琳站在老虎机前，把硬币从信封里倒到手掌上："你？"耶尔达说，"你？不，不可能——我不相信。"

"你看着。"达琳说着把硬币塞进了投币口——投币口上写着**投1个、2个或3个硬币**，"那东西不见了。"

她正要走开，然后，突然明白一般，回身猛拉了一下操纵杆。她又转过身去，懒得看滚筒打转，所以也没有看到窗口里的铃铛排成了一排——一，二，三。听到大把硬币开始流进机器底部的托盘时，她才停了脚步。她睁大了眼睛，然后又怀疑地眯了起来，仿佛这又是一个玩笑……或者是第一个玩笑的笑点。

"你赢啦！"耶尔达喊道，瑞典口音因为情绪激动显得更加强烈了，"达琳，你赢啦！"

她飞快地从达琳身边跑过，而达琳只是站在原地，听着硬币哗哗地流进盘子。这声音似乎没完没了。我真幸运，她想，真的，真的幸运。

终于，硬币不再往下流了。

"哦，天哪！"耶尔达说，"我的天哪！想想看，我往里塞了那么多硬币，这台卑鄙的机器从来没给过我任何回报！好运气来了！肯定有十五美元，达尔[1]！想象一下，如果你当时塞进去了三个硬币！"

"那运气好得我都承受不起了。"达琳说，她想哭。她不知道为什么会这样，但确实如此。她感觉泪水像弱酸一样灼烧着她的眼球。耶尔达帮她把硬币从托盘里捧出来，当硬币全都装进了达琳的制服口袋时，那一侧的衣服滑稽地向下坠着。她唯一的想法是应该给保罗买个好东西，一个玩具。十五美元不够买世嘉游戏机，还差得多，但也许够买一个商场橱窗里他总是盯着看的电子产品——他只是看，从不吵着要，他很懂事，他生着病，但这并没有让他变蠢，只是用似乎一直在发炎和流泪的眼睛盯着看。

你会买才怪，她对自己说，你会买一双鞋，你会这么干……或者是帕齐的牙齿矫正器。保罗不会在意的，你知道这一点。

是，保罗不会在意的，这就是见鬼的地方，她想，用手指在口袋里的硬币里筛来筛去，听着它们叮当作响。你替他们在意。保罗知道商店橱窗里的遥控船、汽车和飞机就像世嘉游戏机以及所有你能在上面玩的游戏一样遥不可及。对他来说，那些东西只能在想象中欣赏，就像画廊里的画或博物馆里的雕塑一样。对她来说，然后……

好吧，也许她会用这笔意外之财给他买件傻玩意儿，傻但是不错的东西。给他个惊喜。

给自己一个惊喜。

她确实很惊喜。

非常惊喜。

---

[1]达琳的昵称。

那天晚上，她决定步行回家，而不是乘公共汽车。沿北街走到一半时，她拐进了银城赌场，她之前从未去过的地方。她已经在酒店柜台把硬币——一共十八美元——换成了钞票，现在，她觉得自己像个游客，走到赌场前台，用一只毫无知觉的手把钞票递给了赌场总管。不仅仅是她的手，她皮肤下面的每根神经都死了，仿佛过载的保险丝一样被这个突如其来的反常举动烧断了。

没关系，她一边告诉自己，一边把十八枚没有污渍的粉色一美元筹码都放在了标着"奇数"的区域。这就是25美分，真的只是这样，不管它在那块条状毛毡上是什么样子，这只是某个人对一个他根本不用见到的女服务员开的一个恶意的玩笑。就只是25美分，而且你仍然在试图摆脱它，因为它只是增加了数量，并且改变了形状，但它仍然散发着不好的信号。

"停止下注。停止下注。"当球逆时针旋转到转轮的位置时，赌盘的看守人喊道。球落了下来，弹了起来，落定了，达琳闭上了眼睛。当她睁开眼时，看到球在15号槽口里滚来滚去。

赌场管理员把另外十八个粉色筹码——在达琳看来，这些筹码就像是压碎了的加拿大薄荷糖——推到达琳面前。达琳把它们拿起来，又全部放到"红色"上。赌场管理员看着她，扬起眉毛，一言不发地问她是否确定。她点头表示肯定，接着，他转动了轮盘。等红色出现了，她又把越来越多的筹码移到"黑色"上。然后是奇数。然后是偶数。

这一把之后，她面前有五百七十六美元，她的脑袋已经跑到别的星球上去了。她眼睛里看到的不是黑色、绿色和粉色的筹码——不全是，而是牙齿矫正器和一艘遥控潜艇。

我真幸运，达琳·普伦想，哦，我可真真真幸运。

她又把筹码放下，所有的筹码。在赌城里，即使是在下午五点，突然间连续赢钱的人后面和周围也会聚集着一大群人。这时，他们发出一阵惊呼。

"夫人，没有监赌人的同意，我不能允许您继续下注。"轮盘赌看守人说道。他现在看起来比达琳穿着蓝白条纹的人造纤维制服走过来时清醒多了。她把钱押在了第二轮三倍数上——从 13 到 24 的数字。

"最好叫他过来，亲爱的。"达琳说，等待着，她很平静，双脚站在内华达州卡森城的大地上，七英里之外，就是于一八七八年开挖的第一个大银矿。她的脑袋深深地埋在大傻子星球的妄想矿里，监赌人和看守人正商量着什么，她周围的人群小声咕哝着。最后，监赌人走到她跟前，让她在一张粉色便笺纸上写下姓名、地址和电话号码。达琳照做了，很有趣地发现她的笔迹都不像自己的了。她感觉很镇定，像有史以来最镇定的妄想矿工一样镇定，但两只手抖得厉害。

监赌人转身面向轮盘赌看守人，在空中转了转手指——转起来，孩子。

这次，在轮盘赌周围可以清楚地听到那个白色小球的嗒嗒声。人群完全安静下来，达琳下的是毛毡上唯一的赌注。这是卡森城，不是蒙特卡洛，而对卡森来说，这是一次巨赌。小球嗒嗒作响，掉进了一个槽，跳起来，又掉进另一个槽，然后又跳了起来。达琳闭上眼睛。

好运，她想，她祈祷道，祝我好运，祝妈妈好运，祝女孩好运。

人群发出一阵惊呼，既不是恐惧也不是狂喜。她因此知道轮盘已经慢得可以看结果了。达琳睁开眼睛，知道她的那枚硬币终于不见了。

只是，它并没有不见。

那个白色小球停在了标着"13 黑色"的球槽里。

"哦，我的上帝，亲爱的，"她身后的一个女人说，"把你的手给我，我想搓搓你的手。"达琳把手伸给她，觉得另一只手也被人亲切地握住了——握住了，抚摸着。在离她的妄想矿——她的幻觉都来自这里——非常非常遥远的地方，她感觉到先是两个人，然后是四个，然后是六个，然后是八个人，轻轻地抚摸着她的双手，就像感冒病菌一样试图抓住她的好运气。

轮盘赌先生把成堆的筹码推给她。

"多少钱？"她含糊地问道，"这是多少钱？"

"一千七百二十八美元，"他说，"祝贺你，夫人。如果我是你……"

"可你不是。"达琳说，"我想把这些都押在一个数字上。那个。"她用手指着，"25。"在她身后，有人轻轻地尖叫一声，仿佛到了性高潮。"一分都不剩。"

"不行。"监赌人说。

"但是……"

"不行。"他又说了一遍，她一生大部分时间都在为男人工作，这足以让她明白他们什么时候说的话是当真的，"赌场有规定，普伦太太。"

"好吧，"她说，"好吧，你这个胆小鬼。"她把筹码揽回来，弄倒了几摞，"你能让我押多少？"

"失陪一下。"监赌人说。

他离开了差不多五分钟。这段时间里，赌盘一直悄无声息。谁也没有和达琳说话，但她的手不断地被人触碰，有时还被擦热了，就好像她要昏过去一样。监赌人回来的时候带着一个秃顶的高个子男人，那男人穿着燕尾服，戴着金边眼镜。与其说他在看达琳，倒不如说他正试图看透她。

"八百美元，"他说，"但我建议你不要下注。"他的目光落在她的制服前襟上，然后又回到她脸上，"我觉得你应该把你赢的钱兑现，夫人。"

"我觉得你连狗屁都不懂。"达琳说，高个子秃顶男人厌恶地绷紧了嘴唇。她把目光转向轮盘赌先生。"照做。"她说。

轮盘赌先生把一块写着八百美元的木板放在上面，小题大做地摆好，让它刚好盖住数字25。然后，他旋转赌盘，让小球掉下来。现在，整个赌场都安静了下来，甚至连不停发出刺耳叮当声的老虎机也安静了。达琳抬头看了看房间另一端，毫不意外地看到，原来播放马赛和拳击比赛的那排电视机上，现在播的是旋转的轮盘……和她。

我甚至成了电视明星。我真幸运。真幸运。哦，真是太幸运了。

小球转动起来，弹跳着。它几乎被卡住了，然后又转动起来，一个小小的白色苦行僧，在轮盘抛光了的木头圆周上奔跑。

"赔率！"她突然大叫起来，"赔率是多少？"

"三十比一。"高个子秃顶男人说，"夫人，如果你赢了，就是两万四千美元。"

达琳闭上眼睛……

……然后在 322 房里睁开眼睛。她仍然坐在椅子上，一只手拿着信封，另一只手拿着从信封里掉出来的那枚硬币，脸上沾着笑出来的泪水。

"我真幸运。"她说着，捏了一下信封口，这样好往里面看。

没有便条。那只是幻想的另一部分，跟拼写错误差不多。

达琳叹了口气，把那枚 25 美分的硬币塞进制服口袋，开始收拾 322 房。

帕齐没有像往常一样在放学后带保罗回家，而是把他带到了旅馆。"他到处擤鼻涕，"她向母亲解释道，声音里透着十三岁孩子才会有的那种轻蔑，"他好像要窒息了。我想也许你想带他去看医生。"

保罗透过含着的泪耐心地看着她，他的鼻子像棒棒糖上的条纹一样红。他们都在大堂里，目前没有客人入住，埃弗里先生（女服务员们都叫他德佬，她们一致讨厌那个小浑蛋）也不在柜台边。可能回办公室打飞机去了，如果他能找到他那东西的话。

达琳把手掌放在保罗的额头上，感觉到额头滚烫，然后叹了口气。"也许你是对的。"她说。"保罗，你感觉怎么样？"

"还好……"保罗用遥远而恍惚的声音说。

连帕齐都有些沮丧。"他可能十六岁就死了。"她说，"比如说，是史上唯一一例自发性艾滋病。"

"闭上你的小脏嘴！"达琳说，语气比她预想的尖锐得多，但看上去受伤的是保罗——他瑟缩了一下，把目光从她身上移开。

"他就是个婴儿，"帕齐绝望地说，"我是说，真的。"

"不，他不是。他只是敏感，仅此而已。他抵抗力不好。"她把手伸进制服口袋，"保罗？想要这个吗？"

他回头看着她，看到了那枚硬币，露出一丝微笑。

"保罗，你打算拿它做什么？"他接过硬币时，帕齐问他。"和戴尔德丽·麦考斯兰出去约会？"她窃笑着说。

"我会考虑一下。"保罗说。

"别逗他了，"达琳说，"让他休息一会儿，可以吗？"

"好吧，但是我有什么礼物？"帕齐问她，"我走了一路，把他平安送到这里，我总是陪他走路，确保他安全无事，所以我得到了什么？"

牙齿矫正器，达琳想，如果我买得起的话。痛苦和忧愁突然袭来，来自生活这样一个巨大冰冷的废矿堆——妄想矿渣，如果你喜欢这么说的话——它始终悬在你的头顶，随时可能落下来，不等把你压死，就已经把你切成了尖叫的丝带。运气是个笑话。好运气，也只不过是头发梳得整整齐齐的坏运气。

"妈妈？妈妈？"帕齐听上去突然有些担心，"我什么都不要，我只是开个玩笑，你知道的。"

"如果你想要的话，我有个漂亮东西给你。"达琳说，"我在一个房间里找到了它，放在了我的储物柜里。"

"这个月的？"帕齐听上去不大相信。

"是这个月的。走吧。"

她们走到房间中间时，保罗拉了一把桌子旁边的老虎机手柄，然后放开手，接着，她们听到了硬币掉下来的声音、把手的嗒嗒声，以及滚筒呼呼的旋转声。

"哦，你这个笨蛋，你有麻烦了！"帕齐喊道，她听上去并不对此感到不快，"妈妈告诉过你多少次不要把钱浪费在这种东西上？老虎机是给游客玩的！"

　　但达琳甚至没有转身。她站在那儿，望着那扇通向女服务员休息间的门。在那里，埃姆斯和沃尔玛的廉价上衣像破烂不堪、被人丢弃了的梦一样挂成一排，钟表始终嘀嗒作响，空气里总是弥漫着梅丽莎的香水和简的镇痛膏的味道。她站在那里，听着滚筒的呼呼声，站在那里，等待着硬币落进托盘的叮当声，当硬币开始掉下来的时候，她已经在想怎么让梅丽莎在她去赌场的时候看着孩子了。不会很久的。

　　我真幸运，她想，然后闭上了眼睛。在眼皮后面的黑暗中，硬币落下的声音似乎很响亮，听起来像金属渣落在棺材盖上的声音。

　　这一切都将像她想象中的那样，不知怎的，她确信会是这样，虽然生活这种巨大的矿渣堆和一堆外星金属的形象仍然存在。它就像一个洗不掉的污渍，你知道，它永远无法从你最喜欢的衣服上被清理掉。

　　然而，帕齐需要牙齿矫正器，保罗需要去看他不停流鼻涕的鼻子和不停流泪的眼睛，他需要一套世嘉游戏机，就像帕齐需要一件色彩鲜艳的内衣一样，好让她觉得有趣又性感。而她自己需要……什么？她需要什么？需要让德克回来？

　　当然，让德克回来，她想，几乎笑了起来。我需要他回来，就像我需要青春期或者分娩阵痛回来一样。我需要……好吧……

　　（什么都不要。）

　　是的，没错。什么都不要，零，空，再见。黑暗的日子，空虚的夜晚，以及一路的欢笑。

　　我不需要任何东西，因为我很幸运，她想，她的眼睛仍然闭着，泪水从她紧闭的眼睑下挤出来。而在她身后，帕齐正声嘶力竭地尖叫："哦，该死！该死的，你中大奖了，保利[1]！你中了那该死的大奖！"

　　幸运，达琳想，真幸运，哦，我真幸运。

---

[1] 保罗的昵称。

EVERYTHING'S EVENTUAL
Copyright © 2002 by Stephen King
This edition arranged with The Lotts Agency Ltd.
through Andrew Nurnberg Associates International Limited

著作权合同登记号：图字 18-2019-014

图书在版编目（CIP）数据

世事无常 /（美）斯蒂芬·金（Stephen King）著；车家媛，鲁锡华译 . —长沙：湖南文艺出版社，2019.9
书名原文：Everything's Eventual
ISBN 978-7-5404-9322-6

Ⅰ.①世… Ⅱ.①斯… ②车… ③鲁… Ⅲ.①短篇小说—小说集—美国—现代 Ⅳ.① I712.45

中国版本图书馆 CIP 数据核字（2019）第 125112 号

上架建议：畅销·外国文学

SHISHI WUCHANG
世事无常

作　　者：［美］斯蒂芬·金
译　　者：车家媛　鲁锡华
出 版 人：曾赛丰
责任编辑：薛　健　刘诗哲
监　　制：吴文娟
策划编辑：许韩茹
特约编辑：李甜甜
版权支持：辛　艳　张雪珂
营销编辑：徐　燧
封面设计：利　锐
版式设计：李　洁
出　　版：湖南文艺出版社
　　　　　（长沙市雨花区东二环一段 508 号　邮编：410014）
网　　址：www.hnwy.net
印　　刷：嘉业印刷（天津）有限公司
经　　销：新华书店
开　　本：875mm×1270mm　1/32
字　　数：362 千字
印　　张：14
版　　次：2019 年 9 月第 1 版
印　　次：2019 年 9 月第 1 次印刷
书　　号：ISBN 978-7-5404-9322-6
定　　价：49.80 元

若有质量问题，请致电质量监督电话：010-59096394
团购电话：010-59320018